鸠摩罗什

平凹题

徐兆寿 著

作家出版社

鸠摩罗什尊者

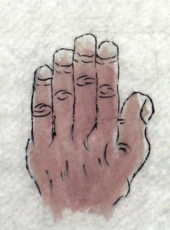

勤奉养敬也

鸠摩罗什画像　郑彦英　绘

一切都有缘起

——《鸠摩罗什》自序

徐兆寿

一切都有缘起。

小时候，祖母不吃肉，一点荤腥都不沾。当然那个年代吃肉是少有的事，但只要吃肉，母亲便要做两种饭。一种是荤的，一种是素的。素的自然只有祖母一人吃。先做荤的，后做素的。所以做完荤的后就要洗锅。有几次大概是母亲没有把锅洗干净，祖母一闻便闻着了，于是，祖母便骂母亲，母亲也委屈地说她真的洗了。后来吵起来。母亲在我们村里是最没脾气的人，但偶尔也会有一些反抗，然而只要母亲稍微说一些不高兴的话，父亲便不高兴了，就起来打母亲。父亲是方圆几里最孝顺的汉子，祖母骂父亲时，我从未听到父亲说一个字。这成为我小时候日常生活中最不解的一个情结。

有一天，家里来了很多人，据说是城里来的。听说村里有人搞"一贯道"，那些人也不吃肉，还搞封建迷信。来的人要他们吃肉。不知怎么又牵连到我祖母，也要我祖母吃肉。到底后来吃了没有，我们小孩子们就不知道了。但那一次，我知道了不吃肉也是有问题的。

再后来便慢慢地知道祖母是12岁时开始吃素，当时她生了一场大病，险些死去。此后便信佛了，但她不上香不拜佛。那时我并不懂得什么是佛教。家里没有人说起这些事，学校则认为这些都是迷信。

再大一些时，便常常听到很多人说祖母做了无数的善事。有一个嫁到远处的姐姐，一见面就对我说，大奶奶太好了，挨饿时，她把碗里的汤喝了，把稠的给我们吃，我们才活下来，你们兄弟几个能有出息全是大奶奶积的德。

等我做了大学教授，也有一些名气的时候，去给祖母上坟。路上会碰到很多人，没一个赞扬我们奋斗的，都在重复一句话：你们能有今天，都是大奶奶行的善、积的德。

我从生下来不久就与祖母一起睡，直到我去城里上师范。据说，小时候挨饿时，我饿得哭个不停，祖母便把她的乳头让我吮。当然是没有乳汁的，但我就不哭了。

祖母去世时，是夜里一点半。家里只有我不在身边。祖母便叫着我的名字，从枕头下取出一沓一毛钱，告诉我父亲，一定要支持我上大学。然后便闭上了眼睛。父亲数了很久，算出那笔遗产大概有十几块。

那时我正在武威师范读二年级。那天夜里，我在梦中忽然听到有人叫我的名字，声音很空旷，我四处寻找，惊醒来。我从床上坐起，意识到祖母可能去世了。看了看表，大约两点钟。第二天一早，我一位堂弟从乡下赶来对我说，大奶奶去世了。

村里人都惊叹，大奶奶真的行下善了呢，你看她死的时候头上一根白头发都没有。祖母去世时七十六岁。

更多的人惊叹，大奶奶真的是积下德着呢，你看大热天死了，棺材跟前一个苍蝇都没有。这件事我并没有在意，但村里人都如此说，我也便信了。

祖母活着的时候，我从未觉得她对我的精神生活有多么重要，在她去世后，我才开始理解她。从她开始，我对佛教有了一丁点的兴趣。

之后便是漫长的求学之路。我沉迷于西方哲学与科学。尼采、萨特、海德格尔、康德、苏格拉底、柏拉图、《圣经》《古兰经》以及牛顿、爱因斯坦、霍金……那是我们那一代人共同的经历。文学方面的阅读更不必说了。

只是偶尔，我才会翻阅《论语》《道德经》《庄子》《史记》，但直到四十二岁那年，我离开兰州，去复旦读书时，有人送给我一套《金刚经》。到底是谁，到底在哪里送给我的，我都想不起来了。只是记得有一天中午我在睡觉前忽然翻开了《金刚经》……

然后我便写长篇小说《荒原问道》，开始站在上海重新观看大西北，眺望古丝绸大道，自然也开始重新理解祖母以及我的故乡凉州。原来我是准备留在上海的，但那一年回家时，从飞机上看到荒山野岭的大西北时，我忽然间热泪盈眶。我听到飞机上有人讥笑说，太荒凉了，连草都没有，人怎么生活呢？我在心里默默地回答着他，你根本不懂这片山川和荒漠。

于是，我下定决心回到大西北，也开始把笔紧紧地扎根在大西北。我开始写丝绸之路。我看到的第一条大道，便是从古印度传来的佛教。我与清华大学出版社签订了一本书的写作，三座佛寺，三个高僧大德。先写敦煌，然后写白马寺和麦积山石窟。它们花去我整整一个月的工夫。我第一次深入地领会了佛教如何汇入中国文化并成为中国传统文化的一部分。

然后是写三位大德。鸠摩罗什、法显、玄奘。但迄今为止我只写了鸠摩罗什一人。

本来只是书中的一部分，计划写三万字，可越写越长，读的资料也越来越多，而且越是阅读有关佛教方面的书籍便越是感到无知，于是，花了几个月时间专门阅读这方面的图书。

听说我在写鸠摩罗什，省委宣传部的朋友来找我，说要拍纪录片，希望我能写稿本。武威的朋友也来找我，也说要拍相关的纪录片或影视剧，希望我写成剧本。还有一些经商的朋友也找我，想与我合作。我意识到，"一带一路"的实施把早已被风沙湮没的古丝绸之路擦亮了，那条路上的人也重新活了起来。玄奘和鸠摩罗什便是耀眼的明星。玄奘的电影很快便上演了。接下来人们便开始呼唤鸠摩罗什上场。这是这么多人找我的原因。

2015年秋天时，我终于完成了十二万字的跨文体著作《鸠摩罗什》，里面有故事，有学术随笔，有诗歌，也有学术考证。总体而言，是为拍摄鸠摩罗什纪录片而做的准备。但有两件事改变了我。

给我们家做饭的杜姐有一天忽然翻开了它，便看下去。我发现后问她，写得如何。她说，很好啊，我看着都想出家了。我说，啊。我后来又问她，有什么不好的地方吗？她说，有很多看不懂。

最早的时候，我是把这本书作为一本学术传记来写的，只是给少部分人看的，但与杜姐交流完的那天夜里，我睡不着，便翻看《妙法莲华经》，第二天清晨六点左右，我放下那部佛经时，做了一个大胆的决定，我要重新去写，要让大多数人能读懂。这才是方便法门。

如果说我过去写的很多小说、诗歌、散文都是给少数人看的，那么，这本书一定要走向民间。写作的人物也决定了它必须走向普罗大众。

于是，我重新开始写作。但还存在着一个巨大的困难，这就是鸠摩罗什在凉州的活动。史料少之又少，民间传说也几乎没有。怎么写鸠摩罗什在凉州的十七年呢？

那年春节，我专程去凉州考察。去了莲花山，去了海藏寺，去了恒沙寺，还又去了一趟天梯山……我把整个凉州跑完了。

资料还是极少。于是，我又开始阅读五凉时期的史料文献。慢慢地，那个时代的图景在我眼前活了起来。

我做了第二个大胆的决定：虚构鸠摩罗什在凉州的生活，重新呈现五凉时代的文化盛景。这也许是以后很多凉州人会议论我的一个地方。

最后的写作难点便是如何解读鸠摩罗什的两次破戒。我看了很多写鸠摩罗什的文章，都是从世俗者的角度去解读的。我还上了一些佛教网站，看到很多僧人在批评鸠摩罗什。

两次破戒，成为佛教与俗世的关切点。如果人云亦云，写作便极其简单，当然也毫无意义。如果那样，鸠摩罗什便停伫在人佛之间。这是人间最为欢喜的，但佛界弟子便迷茫无助了。于是，我开始阅读罗什的一些笔记，阅读他翻译的佛经。当我读完《维摩诘经》时，便有了重新解读他的法门。

当我把这个问题解决后，我以为便可止笔了，但我心中又生起一个巨大的疑问。其实，这个疑问自始至终就潜藏在心底。今天写鸠摩罗什能给当世什么样的启示呢？说得再大一点，佛教甚至中国传统文化能给今天的人类什么样的启示？能解决今天人类精神生活的什么问题？如果没有什么启示，写作便毫无意义。于是，我在小说中引入一条副线，以便让读者诸君思考这个问题。当然，我只提供我个人思考的样本。

小说写完后，很多人都在问我什么时候能看到。我突然感到惶恐，我怕没把这位高僧大德写好。

在发表和出版的漫长过程中，我渐渐放下了这种惶恐，且放下了名利心。很多年来，我一直想为祖母写些什么，也想为凉州大地写些什么。这个愿望依托在鸠摩罗什大师身上算是实现了。其他的一切都不重要了。

因此，本书是献给祖母的，是献给凉州大地的，也是献给伟大的丝绸之路的。

目 录

第一卷

佛国奇遇

神童出世

你将来要去中土世界传扬佛法。

当耆婆对十二岁的儿子鸠摩罗什说这句话的时候，是在迦毕试国北山上说的。那是他们告别师父不久之后。那是在一座寺里。那座寺是在他们最为疲惫的时候突然出现在他们视线里的。已经到了黄昏时分，他们迫不及待地走去推开了寺院的大门。里面有一些香火的痕迹，一炷残香正要灭去。说明白天来过不少人。但这个时候寺里已经没有人了。

小罗什快速拿起一炷香，燃了起来，然后用左手插在香炉上。一个世界刹那间圆满了。

就在这个时候，从阴影里走出来一位僧人，对着他们念了一声佛号。耆婆也双手合十，将佛号送达过去。然后，他们就在那里吃斋、过夜。

当太阳升起的时候，他们又要赶路了。小罗什对着修行僧，面带微笑，念声佛号。修行僧看着罗什脸上纯洁的微笑，庄严地行了礼，对罗什说，小弟子，请你先行一步，我有几句话对女弟子讲。

罗什向着太阳的方向快乐地走了。修行僧转过身对耆婆说：女弟子，昨夜我观小弟子，非凡品。他骨骼奇特，言语不俗，心里俗尘不染，我从未见过他这样的修行者。你要看好这个孩子，如果他在三十五岁前不破童子身，必将成为阿育王门师优波掘多第二，一定能大兴佛法，度人无数，若是戒律不全，就不会有太大的作为，也就是做个才明俊义的法师而已。

耆婆双手合十，念声佛号，作别僧人，再看着已经走到远处的罗什，心想，我怎么告诉他呢？

罗什在一片树林边等到了母亲，他好奇地问，母亲，那个师父说我什么呢？

耆婆吃惊地问，你怎么知道说的是你呢？

罗什说，我看他眼神庄重，又不让我听到，肯定与我有关。

耆婆一边走一边对他说了苦行僧说的那番话，最后，她看着东方的太阳说，你将来要去太阳升起的地方传播佛法，并且一定会有大成。

罗什看着东方说，那里是什么地方？

耆婆说，就是你父亲常常说的震旦国，有时说中土，也叫中国，还叫秦地。

罗什又说，就是商人们送来丝绸与《易经》术的地方？

耆婆说，是的，你父亲身负佛像，本来是要去那里的，但他在龟兹做了国师。

罗什神往地看着东方。等他们再回头去看那座寺的时候，发现那座寺已经被树林和山势遮没了，不在了。

一路上，耆婆开始给他讲很多与他相关的故事。她确信自己的儿子是一位不凡之人，她所做的事就是完成这一佛的愿望。所以，这一次讲的时候便格外神圣。

那是整个佛教史上最灿烂的时代。无论是成年的鸠摩罗什，还是老年的鸠摩罗什，都清晰地记得那个金光辉映的早晨他和母亲是如何蹚过一条清澈的小河的，也忘不了母亲从她项上取下一个玉雕的佛像，庄严地戴在他的脖子上，并说了一番令他终生难忘的话。他摸着那个佛的佩饰，抬起头，便看见天空里有一朵祥云在望着他。他对母亲说，看，母亲。

鸠摩罗什成长的时代是令人羡慕的。他的父亲鸠摩罗炎和母亲耆婆都是受人尊敬的求道者。据说他父亲鸠摩罗炎是北天竺国的贵族，生于相国之家，从小就被誉为神童。成人后，他辞了相位，像孔子、墨子、亚里士多德一样周游列国，一心求道，于是就来到了佛国圣地龟兹。他的这一行为，从佛教的角度来看，其实是有因缘的。他首先被龟兹王看重，拜为国师，然后他就看到了龟兹王的妹妹耆婆。这个一心求佛的才子忽然间凡心大动，被耆婆的美貌和才情所征服。他们都深信，这是前世的因缘，但他们不知道，其实他们还有更大的使命。

鸠摩罗炎和耆婆成婚，这也是龟兹王所渴望的。那时，龟兹国常常受到北匈奴的侵扰，龟兹王白纯为发展国力求贤若渴。鸠摩罗炎的才名在西域三十六国中人人得知，龟兹王一见鸠摩罗炎更是觉得喜从天降，将其拜为国师。但他们哪里知道，他们的所作所为只是在成就另一个非凡之士的出现。

耆婆怀着身孕的时候，还是喜欢去佛寺看佛经，并与僧人们聊天。这一天，她又去寺院的时候，一个从北天竺来的僧人正在用北天竺国的语言向一群僧人们讲法。她便静静地听着。听着听着，她就向那位僧人提问了。那位僧人便向她解释着。

等僧人休息的时候，她的侍女问她，公主，您什么时候学的天竺语啊？

耆婆大惊，说，我也不知道啊，可我突然间就会了。

这件事便从侍女和僧人中传开去了。

公主自从发觉自己能认识和说天竺语后，便特别喜欢到皇家佛寺里去与僧人们交流。有一天，在与僧人们讨论一部佛经时，她竟然能大段大段地背诵出来，而这部佛经只是昨天看过而已。她大惊。

第二天是腊八节，她又带着侍女去寺里。一位僧人要与她讨论天竺文的佛经，正好这几天她在研读此经，便开始滔滔不绝地背诵和讲解起来。她大惊，不但能将龟兹语的这部佛经背诵下来，还能把天竺语的原经唱诵出来。她还发现，天竺语的佛经有着优美的节奏与韵律，是可以唱出来的。

这一奇迹立刻被人们传开，一时间，龟兹国人都对公主充满了敬仰，都以为她是天神下凡。耆婆百思不得其解，但她对佛经的痴迷随着这神奇与日俱增。她几乎每天都到寺里去。几个月来，她所读过的佛经胜过她之前所有的经卷，她所唱过的圣歌比以往所有歌都要多，且要动听，她所理解的善比以往所有的理解都要深刻且充满欣喜。人们看见，她的脸上始终开着一朵莲花，而她的口里不停地吐露着芬芳，她的每一句话都散发着奇异的光芒。

她将大量的钱财散发给穷人。穷人们叫她菩萨。

她学着佛陀经常去郊外探视那些饥饿和病困着的人们。人们跪拜在她的面前。

她觉得有一种神圣的力量在托着她，在运行着她。她到哪里，那神圣之光就到哪里。

直到有一天，一位名叫达摩瞿沙的罗汉站到她面前，对她说，你知道奇迹的原因吗？

她说，愿闻其详。

达摩瞿沙说，舍利弗在你腹中。

她大惊，用手摸着自己高隆着的肚子。

达摩瞿沙说，当年舍利弗在母胎时，其母也发生过这样的奇迹。这说明你怀的这个孩子无比智慧。

于是，人们又将达摩瞿沙的话传开了。他似乎解开了公主身上的神奇之谜，但是，另一个奇迹又被等待。人们不知道，公主将生下一个什么样的神童呢。

僧人们在等待婴儿的第一声啼哭。然后他们逢人就说佛陀当年出世时的奇迹。有个僧人站在地上，想象着说，当年，释尊从他母亲的右肋出生，出生后就能走路，他走了七步后，一手指着天，一手指着地，说，天上地下唯吾独尊。

他说这话的时候，正好公主走过，被她听到了。她笑着，向僧人致意。立刻便有人问那僧人，那么，舍利弗呢？

僧人一听，先是冲着公主笑笑，然后对着那个人说，舍利弗啊，虽然不能和释尊相提并论，但也充满奇迹。他母亲怀着他的时候，智力突然大增，这个人人都知道。他母亲有个弟弟叫拘稀罗，本事也很大，善于辩论，但每次与怀孕的姐姐辩论时都败下阵来，以致于理屈词穷，无以言表。他就知道姐姐怀着一个非凡的孩子，于是，他离家出走，四处拜求名师，研究学问，据说连指甲都没时间剪，后来也皈依了释尊。

公主笑着，下意识地摸了摸自己的腹部。她继续往前走，走不多远，又听见有人讲舍利弗的故事。这是个普通的学者，他说，舍利弗在八岁时就已经通晓世上的所有知识，无人能及。当时的摩揭陀国，有人设宴招待国王与太子，舍利弗便去了。舍利弗在当时可是婆罗门族，父亲是著名的婆罗门教论师。大概是父亲带他去的。他一进去便坐在论师的宝座上，很多人都觉得他年少无知，不懂规矩。但也有人上前与他论理，被他驳回。人们一听这孩子出口不凡，便有年长者与他论理，结果还是被他驳回。在场者没有一个能辩论过他的，众人此时才知道这孩子天赋异禀，皆赞叹不已。国王一看此乃国中栋梁，当即将一个村庄赏赐给舍利弗……

公主继续往前走。她没有想到，佛国世界龟兹已经被她的美丽和腹中的神奇彻底地征服了。她所到之处，看见人们比以往十倍的尊敬礼待她。每一个人都含着微笑看着她。

她也在微笑和神奇中度过每一天，就是睡觉也是微笑着的。

整个龟兹等待了数月。

当公主要分娩的消息传开的那天清晨，人们在街上转悠着，都在等待听到舍利弗那光明的啼哭声。那一天，几乎所有的门都大开着，人们走上街头，喝着葡萄酒，哼着小曲，甚至有人轻轻地舞蹈着。他们的嘴在大声地说着话，但他们的耳朵则格外警觉，生怕那第一声啼哭被别人听了去。僧人们一边念着经，一边竖起耳朵，意识早已往皇宫处飞去了。

就是那些无事生非的小狗小猫，也在那一天悄悄地坐在主人旁边，也在等待奇迹的发生。

似乎所有的生灵都屏着呼吸，直到那一声清脆的啼哭划破长空，从皇宫里传出，然后借着众人的口舌，向整个世界传递。

他诞生了。确实是一个儿子，眉清目秀。一个侍女说，他像玉石一样光洁，像泉水一样清澈。他的脸上泛着未曾见过的光辉。

人们这才松了口气，各干各的营生，大声地说话。狗和猫们也开始喧嚣起来了。

再不久，人们又听到，公主在生下儿子后慢慢地不懂天竺语了，记忆力也没有先前那样好了，甚至理解力也有所下降。

于是，人们便相信达摩瞿沙的话是真的。

于是，人们便等待这个孩子八岁时的奇迹。

这些奇迹，对于鸠摩罗炎和耆婆来说，无疑是一次巨大的开悟和宗教体验。耆婆渐渐地对修行就有了信念。她常常与鸠摩罗炎讨论此事，有一天，她对鸠摩罗炎说，我想到城外去。

罗炎正在研究中国的竹简。他向来对来自中国的《易经》和《道德经》极感兴趣，最近，他还在研读《论语》。他漫不经心地说，你不是经常去吗？

公主说，我是说……我是说想去那些寺庙里修行。

罗炎猛然转过身，竹简从他手里滑落。他愣了半晌说，你说什么？

公主说，我想去修行。

罗炎说，在宫里不是一样可以修行吗？罗什还这么小，你怎么可以有这样的想法。

公主想了想，说，你说得对，就在宫里修行吧。

但她出家的念头越来越强烈。她从佛经上看到，佛陀的姨母大爱道夫人在佛陀弘法时要求出家修行，佛陀婉言拒绝，也说在家学佛一样可以皈依三宝、奉行五戒、修成圣果。但是，大爱道夫人不满足坐在家学法，带领五百释迦族女人自行剃发，披起袈裟，成了佛教界第一位比丘尼。在罗什七岁那年，她将这番话告诉了罗炎，罗炎还是不同意，并以罗什小为由。耆婆便狠下心道，罗什天生就是学佛的料，我可带着他。罗炎仍然不许，于是，耆婆开始绝食。七天后，罗炎只好同意。

在秋风里，在西域温暖的阳光下，罗炎目送着妻儿走向城外。

神通初现

他们先是到了阿丽蓝寺，这里比丘尼众多，是耆婆修行的最好去处。鸠摩罗什则跟随佛图舍弥学佛。

佛图舍弥早就认识这个传说中的孩子，但并未觉得那传说是真的。所以，她对鸠摩罗什说，我今天忙，你先随便拿本佛经去看看吧，有不认识的字可以来找我。

鸠摩罗什高兴地拿了一本佛经出去玩了。下午的时候，他来将经书递给佛图舍弥。那时，佛图舍弥正在训斥一个小尼姑不用功，看见鸠摩罗什来，便对鸠摩罗什说，好吧，你说说，你今天都看懂了哪些？

罗什说，都看懂了。

年老的佛图舍弥没听清楚，大声地问，你说什么？

罗什稚嫩的声音在天空中晴朗地炸响了，都看懂了，且背会了。

佛图舍弥立刻跳起来，小尼姑也睁大了眼睛。

不久，一大群尼姑都聚集在罗什的周围，因为他正在背诵今天看完的一千个偈子。刚开始，佛图舍弥还要看看经书，后来就干脆不看了。她看着罗什神奇的眼睛和口齿，想起了舍利弗的故事。但她没有打断罗什的背诵。直到罗什背诵得她有些烦了，便在小尼姑头上敲了一下说，愣什么神，你们都是天生不开窍的东西，一天都背不会一个偈子，看看罗什。

不远处，罗什的母亲，现在则是出家的比丘尼耆婆也在静静地看着罗什。她知道，罗什与她们每一个人都不一样。要知道，每个偈子要三十二字，也就是说，罗什每天能诵三万两千言。

她转头看了看西边，太阳刚刚落山，而弦月正挂在树梢。她叫来罗什，拉着他的小手向厢房走去。她刹那间觉得拉着的不是罗什，而是一种不可思议的力量。

调皮的罗什很快就读完了佛图舍弥给他的所有经书，然后，佛图舍弥无可奈何地指着藏经阁说，自己去那里找书看吧，我已经没什么可教的了。罗什便跑去山上的藏经阁。那是一座很久都未开启的楼宇。罗什一看门锁着，便大声地对佛图舍弥说，师父，门锁着呢。

佛图舍弥便挪动衰老而又肥胖的身体，到另一个地方叫来一个尼姑。那个尼姑也有些年岁了。她很不情愿地走到藏经阁前，对着罗什说：

就你？就你要看这里的经书？

罗什稚嫩而又骄傲地说，当然了。

老尼姑鼻子里哼了一声说，你就是那个神童？

罗什毫不客气地说，是啊。

老尼姑并不理睬他，瞪了一眼他，继续嘀咕道，这么小！屁大的人，还要看这里的经书。你要知道，这里的经书已经好些年头没有人看过了。

费了很大的工夫，老尼姑才打开藏经阁的门。她看都不看里面，就转身对着小罗什说，给，钥匙，你自己找一本能看得懂的，慢慢去看吧。看完把它再还回原处，再把钥匙给我。

说完，她就走了。

罗什进去一看，里面全是灰尘。各种经卷横七竖八地乱放着，显然，已经很久未曾有人来过这里了。罗什找了一本，拿着它到外面去读。读过后便放到原处。就这样，他每天都去那里。寺院里未曾有罗什的身影。有时候，耆婆突然想起罗什，便大声地叫罗什的名字。没有应声。后来，她在山上的树林间找到了罗什。罗什正拿着一本连她都未曾看过的佛经在读。

有一天，罗什找到那位老尼姑说，师父，还你钥匙。

老尼姑已经忘记有这回事，顿了顿说，你看过那些佛经吗？

罗什说，都看完了。

老尼姑手里的东西便掉到了地上，看着眼前这个孩子，半天才回过神，然而仍然摇着头说，不可能，没有人能看完那里面的经书。

罗什说，我都能背下来呢。

老尼姑又是一愣，说，胡说。

　　小罗什为了证明自己没有胡说，便对老尼姑说，那你随便去拿一本可考我。

　　老尼姑正在做饭，不耐烦地说，走吧，去玩吧，小孩子不要胡言乱语，佛门中人不可妄言。

　　罗什一听，就有些气，说，你才胡说呢，我说背下来就是背下来了。

　　然后罗什便找到母亲耆婆，流着泪说，母亲，做饭的师父骂我。

　　耆婆问了缘由，便哄罗什说，不用去在意她说的什么，她肯定不相信你的话是真的，连我都有些怀疑呢。

　　罗什更是生气，哭道，你们怎么都这样？

　　耆婆便说，好吧，咱们去找师父，让她给你证明一下。

　　老尼姑看见耆婆和罗什走来，便对耆婆说，公主，你的孩子说他能把藏经阁上的经书都背会了，有这回事吗？

　　耆婆笑着说，我也不信，要不，我们去看看怎么样？

　　老尼姑放下手中的活，说，那走吧。

　　他们三人去了藏经阁，看见里面的经书上少了灰尘，但其他地方仍然被灰尘遮盖着，便知道罗什确实都看过这些经书，但是她们都不相信罗什能将这些佛经背诵下来。耆婆便拿起一部经要罗什背。罗什一时想不起来。老尼姑便鼻子里哼了一声。罗什说，你哼什么，这是我几个月前看过的，一时想不起来，你只要起个头就行。老尼姑便从耆婆手里抢过经书，念了开头。只见罗什很快就接上了，一字不差地往下背诵。

　　老尼姑又从里面随意找了一本，又起了个头。罗什又背了下去。如此有十几本。老尼姑便吃惊地看着罗什说，老尼从未见过你这样的人，确实是神童啊。公主，老尼信了。

　　这件事很快就在吃饭的时候传遍整个寺院。晚上，佛图舍弥来到他们母子的房间，对着耆婆说，公主，公子的确非凡品，阿丽蓝寺所藏的佛学就是这些了，再也没有什么可教给他的了。

　　耆婆说，那么，依师父看，他现在怎么办？

　　佛图舍弥想了想说，现在，只有一个人能教他。

　　耆婆问，谁？

　　佛图舍弥说，达摩瞿沙，他是龟兹国最高明的法师了。

　　耆婆点了点头说，好的，达摩瞿沙法师我也有过几面之缘，他在我怀孕时就预言我怀的孩子是位不凡之人，但未曾专门结识，师父可否介绍一下？

佛图舍弥说，我也正有此意，我可专门写信给他，说明罗什学习的情况。

当晚即写信。第二天，耆婆便带着罗什去达摩瞿沙所在的苏巴什寺院。据说，达摩瞿沙来自于北天竺，要向他学习，首先得学习天竺语。耆婆对罗什说，你得首先向他学习天竺语，然后才能学习上乘的佛法。

罗什说，太好了，父亲不是教过我吗？现在再向他学习，就可以精通天竺语了。

耆婆心想，这也是罗什的大缘，将来可以去天竺继续学习佛法。想到这里，便想到自己的缘浅。她虽然也向罗炎学习过一些天竺语，但到底不能真正虚心地学习，所以只是简单的对话而已。

当他们到达苏巴什寺，正要敲门时，只见寺门突然自己开了，从里面走出一位小沙弥，问道，两位可是公主和鸠摩罗什？

耆婆奇道，你怎么知道？

小沙弥说，我家师父早在数天前就已经预言今天将来贵客，并说是公主和鸠摩罗什小师父，让我在此迎候。

耆婆在惊叹中跟着小沙弥进得寺院，走到一间厢房前，小沙弥敲了几下门，里面发出一声洪亮的声音：

可是公主与公子到了？

是的。小沙弥应声说道。

然后他们进到厢房。耆婆一看，是一位她曾经见过的大胡子的胖和尚，惊道，原来真的是师父，从前见过，但未曾请教，今日前来，还望莫怪前罪。

大和尚说，我和公主尤其公子的缘分早在前世已定，今日得见，早在意料之中。

耆婆笑道，是啊，世间只有您知道我怀孕时的神奇。

大和尚说，从那一天起，我就知道，我和他的缘分在那时就开始了，我一直在等着这一天。我本可以去其他的国家传法，但我知道，我来到世间，最大的任务就是向公子传法，所以，我一直在这里等了七年。

耆婆一听，动容道，有劳师父了，来，罗什，向师父行礼。

罗什跪倒在地，向着大和尚拜下去。大和尚兴奋地把小罗什扶起，摸着他的头，喜悦地看着眼前这位有些调皮但绝对聪慧的孩子，说道，你要记住，你将来的果位要远远超过为师，你将在世间有大作为，我只是来度你一程。

罗什笑着，说，师父，您先教我天竺语吧。

大和尚看着耆婆笑道，果真是好学的孩子。

上午，罗什向师父学习天竺语，下午，便可以自己去看一些天竺语的书，不懂的地方再去问师父。如此一年多时间，罗什的天竺语已经说得很好了，天竺文也能看懂了。耆婆也跟着罗什学习天竺语，也能渐渐地看一些天竺文的佛经了。

有一天，达摩瞿沙正在抄写佛经时，十岁的罗什走了进来，他说，师父，所有的经书我都学习完了。

达摩瞿沙抬起头，看着罗什愣了片刻，然后立刻站了起来，他叹道，三年前，你和公主拿着佛图舍弥的信来找我，你还记得她怎么说吗？

罗什说，记得，她说我需要六年以上的时间在您这儿学完所有佛学。

达摩瞿沙看着窗外，一片秋叶正好划破视线，落在院子的中心。他叹道，我用了十多年时间，这还不算我学习语言的时间，佛图舍弥觉得你是神童，所以预言你需要六年以上时间，她哪里知道，你只用了三年时间。

罗什不好意思地站着，盯着师父的背影。师父继续对着外面的虚空说道，记得那年你们来时，也是秋天。我做了一个梦，梦见一片绿野，我在绿野上散步。醒来时，看见的是秋天的荒凉。我便想，一定有贵客来访。我便算了一卦，知道是你们要来。但是，我却不知道你这么快就学完了。我的任务也完成了。过几天，我就离开这里了。趁着冬天还未到来，大雪还未封路。

罗什突然生出伤感，他问，师父您要去哪里？

师父道，天竺，迦毕试国。

罗什点点头，神往地将头抬起来，下意识地看了一下西方。

第二天一早，耆婆带着罗什站在达摩瞿沙的门口。她看见落叶将达摩瞿沙住的小院占领了。他们踩着那些落叶进去时，罗什对母亲说，妈妈，你看这些叶子多美啊，我都不忍心踩过去。耆婆说，是啊，它们也是众生啊，只是它们已经成了大地的一部分，生命已经从它们身上撤走了，它们是生命的幻影。

罗什若有所思地说，一切都是梦幻。

耆婆也慨叹地说，一切都是缘，缘尽则散。

罗什看了看院子说，妈妈，师父可能已经走了。

耆婆问道，你怎么知道？

罗什说，你看，这些落叶都快把院子遮盖住了，过去可不是这样，师父会早早地起来把落叶扫到一起。

耆婆敲门，里面没人应。门虚掩着，他们便进去。罗什一眼便看见桌上放着一封信，是天竺文写的。罗什拿给母亲，母亲则说，你来读。罗什便读道：从来处来，往去处去。

耆婆问道，再没有别的？

罗什说，没有了。

耆婆便叹，大师看来真是为了度你才在这里一待便是十年，现在，事了了，便迫不及待地连夜走了。

罗什便说，母亲，接下来我们还在这里住吗？师父都走了，我们怎么办？

耆婆若有所思地说，往去处去。

罗什不解地看着母亲。母亲问他，你最想去哪里？

罗什脱口而出，天竺，迦毕试国。

在通往天竺的路上，秋风开始一天天凉下来。他们看见山坡上一片片树林像起了火一样。耆婆说，以前在宫里真是浪费了，天地间有如此之大美，我竟到现在才看见。罗什听到，便说，父亲读中国的《老子》，我记得其中有一句，大致的意思是，天地有大美而无言，可能说的就是这个吧。

耆婆便叹道，你父亲执着于学问，他本是精通天竺语的，同时又是少有的精通大汉之文的人，但他也只能如此了。你现在精通了天竺语，将来还得精通大汉之文。

罗什便回头向着东方张望。东方除了空茫，还是空茫。他问母亲，中国有多远？

耆婆说，从我们国家往东南走，然后要经过无边的沙漠、戈壁，就能到那里。先到一个叫敦煌的地方，然后，据说再经过漫长的绿洲，就能到达长安。

罗什问，长安是什么样？

耆婆说，世界上最繁华的地方，听说有无数的人流，比我们多无数倍的人在那里生活，他们很富有，有华丽的丝绸，有精美的玉器，有盛大的歌舞，还有豪华的宫殿，只是，那么多的人都渴望沐浴佛的光辉。

罗什问，他们为什么得不到佛光呢？

耆婆说，听说，那里已经有佛的信仰了，但是，他们缺少伟大的导师去启开他们的智慧和心灵。他们在等待一个人。

罗什问，那个人是谁呢？

耆婆看着东方，喃喃地说道，你父亲曾说，那个人是他，但龟兹需要他，所以他留在了龟兹，再没往东走。现在，那个人也许就是你，罗什。

耆婆一次又一次地想起自己怀孕期间的神迹。在她的心中，儿子罗什的诞生和成长是不可思议的。她总觉得，罗什的降生意味深长。所以，当达摩瞿沙离开之时，她似乎明白了一些什么。她越来越感受到，她将来做的一切都是为了成就儿子不可思议的事业。她也觉得，自己与达摩瞿沙说的一样，此生就是来度罗什的。当罗什不需要她的时候，她才有真正的自由。所以，她愿意跟随着儿子的心长途跋涉，千山万水，在所不辞。

在秋天的尽头，他们终于来到传说中的迦毕试国。

迦毕试国是当时的世界佛教中心，因为早在亚历山大时期，她被欧洲来的马其顿帝国所征服，经过了两百年的希腊化运动之后，她又被从中亚来的塞种人统治。又是两百年之后，贵霜帝国兴起，她又成了印度的一部分，或者说，印度成了她的一部分。佛教也在此播撒在人心上。

鸠摩罗炎熟读汉史，曾经在宫里给龟兹王讲课，讲到了贵霜帝国和迦毕试国的历史。回来后，也会给罗什母子讲。父亲说，要讲迦毕试国，就必须先讲贵霜帝国。

罗什问，为什么？

公主在一旁附和着说，是啊，为什么呢？

迦毕试人原来是塞种人，而贵霜帝国则是由月氏人建立的。先有迦毕试国，后有贵霜帝国，然后又有迦毕试国，但是，从佛教的角度来讲，若是没有贵霜帝国，则没有今日之迦毕试国。

公主和罗什便听得入迷。使罗什未曾想到的是，父亲所讲的这些故事后来都成了他显示智慧的知识。

初入迦毕试国

话说公主带着罗什到达迦毕试城时已至傍晚。在最后的霞光中，迦毕试城中佛光四射，香烟袅袅，佛音低喃。到处都有塔寺，到处都是僧人。公主叹道，原以为龟兹是真正的佛国世界，现在才知道，这里才是真正的人间佛国。

罗什说，妈妈，父亲说过，人世间最伟大的导师都在这里，我们去向谁学习呢？

公主笑道，咱们先逛几天，再打听向谁学习。

罗什便高兴地说，就是，咱们先看看这里的风土人情，尤其是要去看看父亲老给我们提的巴米扬大佛。

正说着，他们看见街上一群人围在一起，里面有一个高台，上面坐着两个和尚，都说着天竺语。外面则是军人在维持秩序。公主和罗什挤了进去。公主听了半天，只能听懂几个字，就问罗什：

他们在干什么呢？

罗什说，他们好像在辩论。

这时，有一个老人告诉他们，那个二十多岁的比丘从印度南方的国家来，他说，他知道世界上所有知识，他让人们问他问题，如果没有人难住他，他就要那个五十多岁的大比丘宣布，他是世界上最聪明的人，且让他退出职位，以他为师。

罗什问，为什么是那个大比丘宣布呢？

那个老人说，因为那个大比丘是前面伽蓝寺的住持。

罗什又问，如果有人能把他问住呢？

老人说，他就立刻自杀，或永远做被问者的奴隶。

罗什便问，老爷爷，难道就没有人能问住他吗？

老人说，没有。从早晨到现在，已经有很多人来问过他问题，他都一一解答。

罗什便把这些都告诉了母亲。公主说，难道国王也允许这样的事？

老人说，迦毕试国从来都是如此，不禁止任何人讨论知识与佛法。

罗什更是好奇，难道那位住持也问不倒他？

老人说，每个人只能问他三个问题。住持曾经问过他两个问题，现在是最后一个问题。

只听住持问道，请问舍利弗为何修得天眼通？

罗什一听这个问题就极为敏感、兴奋，他早就听母亲讲过，他出生前就有和尚告诉他母亲，他犹如舍利弗再生。

只听那个年轻僧人呵呵笑道：

这就是您的第三个问题？这个太简单了，我几乎都不愿回答。舍利弗乃佛陀上首弟子，他发心修菩萨道，行大乘布施，把自己的一切财产都布施给人，最后连身体和性命也布施出来。一天，他在路上走，看见一位二十多岁的青年，像我这样年龄，在路上放声大哭，舍利弗有些不忍，便上前安慰，问青年你为什么这么伤心？青年说，我的母亲得了不治之病，医生说一定要用修道者的眼珠为药引熬药，母亲吃了病才会好。现在我到哪里去找呢？舍利弗一听，略一思考，便说，我是修道者，我愿意布施一只眼珠给你。

年轻僧人见大家听得入迷，便站起身来对大家讲：

你们猜，这时候舍利弗怎么做？

台下有人也回应道，是啊？

年轻僧人道，舍利弗说，那你来拿走一只眼珠吧。青年说，那不行，既然你是要给我，那就你自己挖下来给我，我怎么能强行挖你的眼睛呢？

台下众人都惊说，那怎么办？

年轻僧人看到大家急切的神情便说，舍利弗心想，也对，于是，他用力挖出左眼珠给青年。你们想想，这得多大的勇气。舍利弗想，左眼没了，还有右眼，一样可以看清这个世界。但是，青年大叫道，谁让你挖左眼了，我母亲的眼睛是右眼，我要的是右眼啊。

台下的人们都惊叹一片，啊……

年轻僧人显然是位非常了不起的演讲家，他缓缓坐到自己的座位上，才说，舍利弗一听，也觉得自己做得不对。怎么办呢？左眼已经挖了出来，左眼是瞎了，现在只有右眼了。他想了想，便伸出手，下大力气又把右眼珠挖了出来，递给青年说，这下可以了吧？

年轻僧人看着台下的人们，指着一个十几岁的小和尚说，你觉得这样做难道还不行吗？

小和尚摸着头说，我不知道。

人们也跟着笑起来。这时，年轻僧人看着小和尚说：

你猜猜这个青年怎么说？他把舍利弗的眼珠放在鼻子上闻了又闻，然后往地上一摔，说，不行。

人们又惊呼着。年轻僧人说：

青年骂道，你是什么修道的沙门？你的眼珠这么臭气难闻，怎么好煎药给我母亲用呢！他骂过后，还用脚踩着舍利弗的眼珠。舍利弗此时已经不能看见什么了，眼睛里流着血，但他并没有生气，他想：众生难度，菩萨心难发，我不要妄想进修大乘，还是先重在自身的修行吧！

此时，有人已经开始在台下骂那个青年了，都说，好人难做啊，菩萨更不容易啊。

年轻僧人听着人们的骂声越来越多，一直到没有人再说话，都看着他时，他才说道，我们都错了。当舍利弗这样做和想的时候，就听到天空中有人对他说：修道者！你不要灰心，刚才的青年是我们天人来试探你的菩萨道心的，你更应该要勇猛精进，照你的愿心去修学。

小和尚一听，叹了口气，他便问道，那么，他的眼睛就那样瞎了吗？天人怎么这样？

年轻僧人也叹道，经上没说，但我肯定他的眼睛就这样瞎了。这是他的一个小劫。但是，他修道的决心更坚定了。就这样，他前后经历了六十小劫，终于在佛陀在世时遇到了佛陀，证得圣果，能有天眼通。

人们都叹着气，再也没有一个人出来问问题。老和尚看着台下说，大家还有问题吗？如果没有的话，我就宣布他为伽蓝寺的住持，我即刻退位。

年轻僧人看着老和尚，说，还要补充一点，我是舍利弗在世。

台下一片安静，大家你看我，我看你。有人说，你问啊。对方则说，我的三个问题都问完了。罗什给母亲一直在做翻译，当龟兹国的公主在听到最后一句时，她一时有些怒了，对罗什说：

他怎么能是舍利弗在世呢？罗什，难道你没有问题问他吗？

罗什说，母亲，他讲得很好，我也想问，但不知前面大家都问了些什么问题，若是问人家都问过的问题，不是很难堪吗？

母亲想了想说，你想想有什么他不知道的知识？对了，你问他中国的知识，还有你父亲告诉你的乱七八糟的知识。

罗什说，他们谈的都是佛学，那些能问吗？

母亲说，反正他不是说天下所有的知识他都懂吗？你就问他佛学以外的。

罗什和母亲的谈话，台上的老和尚虽然没听清，但他还是说：

你们两位是新来的，现在也只有你们没问问题，如果你们不问的话，我就宣布了。

罗什一听，便说，是指天下所有的知识吗？

老和尚转头看着年轻僧人说，是的。

年轻僧人看了一眼罗什，傲慢地说，当然，任何知识。小和尚，随便提吧。

母亲把罗什往前一推，罗什便到了台前。但台子有些高，他的个子又不是很高，很多人看不见他，都说让他上台提问。有一个人将罗什抱起，往台上一放。罗什便毫无退路了。他回头看了一眼母亲，母亲向他点着头。他便用从父亲和师父达摩瞿沙那里学来的纯正的天竺语问道：

我可以问您关于佛教以外的知识吗？

年轻僧人笑了笑，说，天下知识，无所不可。

罗什飞速地盘算着父亲讲给他的关于中国与印度以及罗马的知识，一时想不起来任何问题，情急之下，忽然想起小时候他与小伙伴们争论的一个问题，便嬉笑道：

嗯，先问你一个最简单的问题吧，先有鸡还是先有蛋？

台下便轰地一下笑起来，年轻僧人的脸也一下红了，但他克制着自己的情绪，说道，小和尚，这也算问题？

罗什不知道这算不算问题，他抓着脑袋回头看母亲，但台下的人都笑着说，当然是问题，看你怎么回答？你要能回答上来，我们就都服了。

人们便又笑。那个住持也禁不住笑了起来。罗什也没想到，自己的这样一个问题一下子使一场严肃的辩论突然间活跃了起来。他看见母亲也忍不住笑起来。

年轻僧人不知如何回答，他想了片刻说道，佛教是不讲第一因的，一切为空，所以，没有哪个先哪个后，一切都是因缘造化的结果。

罗什一听，也不知算不算对，觉得有理，可是，又觉得对方没有回答。他还没说什么呢，台下已经嚷成一片了，有人喊道，你这个就是等于没有回答，按你的意思，一切问题都可以如此回答了。

年轻僧人急道，这个问题就只能如此回答了，我们小时候都讨论过这个问题，可是怎么会有答案呢？我也跟我师父讨论过，他也无法回答。后来我想，为什么佛陀没有讨论和回答过这个问题呢？原因就在于，佛法是讲究轮回的，一切都是因缘和合的结果，又怎么会有创造世界的神佛呢？佛陀之前还有燃灯佛呢。

台下的人们还有些不服的，觉得他这是狡辩。最后，年轻僧人说道，好吧，这个问题就算我回答不了，但也不能说我就输了。如果谁说我输了，那请他把正确答案说给我听一下。

大家一想，也觉得还真是这样。年轻僧人看人们再不说什么了，便对罗什说，小和尚，你的第二个问题准备好了吗？

罗什脑子里还是一片空白，觉得无问题可问，他下意识地把目光向东方看了一下，快速地想着问题，但台下的人们都在睁大眼睛看着他，似乎都把希望寄托在他身上。他觉得有些心急，便坐了下来，闭上眼睛，于是，他在第一时间便看到了父亲手里捧着的《道德经》和老子的塑像，然后又看到了父亲在研讨的天书《易经》，便睁开眼睛说道：

在遥远的东方，也有像佛陀一样的圣人，他被很多人信仰，他叫老子，他说，人法地，地法天，天法道，道法自然。请问，师父看过这部著作吗？这部著作名叫什么？他的思想出自哪里？他与我们的佛陀有何不同？

年轻僧人立刻跳了起来，怒道，你这是哪里来的外道？你的师父是谁？

罗什吓了一跳，往台下去看母亲，母亲正要说话，但她又不会说梵语，只好用吐火罗语说道，罗什，你告诉他，他不是说所有知识都可以问吗？罗什转过头去，正要说话，只见住持老和尚上前说道，这也是天下的知识，况且还是很多人信仰的大道。

年轻僧人怒道，但这与佛教有什么关系？

红胡子和尚在下面喊道，你刚才不是说可以问你与佛教有关也无关的天下任何知识吗？

年轻僧人终于一脸通红地斥道，这些书我从来就不看。

老和尚用低沉的声音缓缓说道，天下之大，无奇不有。天下之广，非我们智慧所及。有知道的，也有不知道的。我们应当谦虚为上。

年轻僧人看了一眼罗什，嗔道，第一个不算我输，应当说我赢了，第二个就算是输了，扯平了。好，第三个问题是什么？

罗什也觉得他说得对，第一个问题既然别人都没有答案，而他还是有个答案的，可以说是人家赢了。第二个输了，现在是平了。那么，第三个问题就至关重要。他看见所有的人都看着他。这也把他难住了。他立刻闭上眼睛。他想，佛教中的任何问题、任何典籍，这个年轻僧人肯定都知道，这是世上的聪明人，他不知道的，恰恰就是人世间的俗事或佛教外的知识，而且一定是印度之外的知识。父亲告诉他的很多，一时之间他想不起来。父亲对罗马也常常说起，但似乎不大懂那边的文字，所以，看的书大多还是中国书。近两年来，父亲看的书从老子开始转向孔子，于是，他的眼前便立刻出现了孔子的形象。他在琢磨孔子曾提出过什么问题呢？于是，他试着说道：

在遥远的东方，有一个比我们这些国家要繁荣得多的大国，当然，还是中国。它是天下最大的国家，比我们之前的贵霜帝国还要大得多，富有得多。也许，我父亲说的那个罗马也是天下最大的国家之一。所以，那里的知识也算是天下知识的一种。那么，我的这个问题还是来自中国。中国有一个和老子一样崇高的圣人，叫孔子。他继承了中国最古老的法术，名叫易术。解读易术的经典名叫《易经》。据我父亲说，孔子通过易术，而不是通过佛陀的佛法，就能知道天地间鬼神的想法，并且以此来确立人该怎么做。这是天下不通过神佛，而是用人的智慧来管理神鬼人三界的唯一的法术。不知师父知道它的法则和运用的规律吗？

年轻僧人用低沉但又异常愤怒的声音斥道，你这是贬低佛法。

罗什正要说什么，老和尚又出来说道，非贬低佛法也，而是佛法未达也。我也曾经听过中土有这样的法术，实在是无缘得见，又哪里能参悟呢？佛陀说，他灭度五百年后，佛法将向东传播，一千年后，将在东方光耀。那个东方，指的就是中国。你我只知读佛经，却未曾想到天下知识哪里是学得完的，况且，你我都不懂中土语言，更不可能接触这么广泛的知识了。

年轻僧人还是不服，他说，他这明明是外道，你还护他。

老和尚说，非护也，实在是你我智慧未达也。你的性命现在在他手上，请听他发落吧。

年轻僧人一听，再一看台下人们快乐的神情，便愤怒地咆哮道，栽在这样一个乳臭未干的孩子身上，还有什么话说，只好下辈子再修道了。

说完，他拿出了一把短剑，准备自刎。老和尚大声唱道，阿弥陀佛，师父何必如此，请听这位小师父如何发落。

年轻僧人怒道，何必让他羞辱我。

老和尚说，既然是修道者，听完大道后再往生，不是更好吗？你刚才不是在讲你是舍利弗第二吗？

年轻僧人这才放下短剑。罗什一时愣在那里，不知怎么说好，这时，见老和尚让他处理，便笑道：

其实，你的学问是很了不起的，只因你没学过中国的文字，没接触这方面的知识的缘故。我刚才想，也许今天一天里所有的人都在问你关于佛学的问题，而这方面的问题没有难得住你的，所以无所不答。但是，我也觉得，你实在是有些太不谦虚了，说天底下所有的知识你都知道。我父亲常常拿着中国的《易经》在研究，就是不明白其中的道理。他说，世界上竟然有这样的智慧，完全是靠人的智慧就能知道过去和未来的，太了不起了。所以，他经常请人来给他讲解。我也曾经听说我父亲是天竺有些名气的佛家弟子，但是，在他经常叹息的时候，我就知道，世上的知识远比我们想象的要多。父亲跟我说过，中国有位叫庄子的智者说过一句话：人生有涯，而知无涯。他说，人一定要谦虚，谦虚才能进一步学习。中国也有句古话叫"谦受益，满招损"。所以，我只是从我父亲那里听来一些我也不大懂的知识请教你，让你知道这世上还有无穷的知识在等着你去学习、体会。我再说一遍，我刚才问你的三个问题，除了第一个问题觉得好玩之外，其余有关中国圣人的两个问题，我也不懂。你不必自责，当然也不必自杀，因为也根本没有完全输。

有人说，虽然这样，也是他输了。

老和尚示意大家安静。大家便都静下心来，听从老和尚如何发落。只听老和尚说道：

各位，请听我一言。这位师父远道而来，目的是向我们宣示佛法。一天来，我们都深受他的启示。况且，他也未曾食言，愿意为修道而舍命。此等愿行，我等应当佩服。我刚才听他讲舍利弗的故事时，很受感动。那时候，我情愿他获胜，成为伽蓝寺的住持。我相信在他的住持下，大家在学习佛学上一定会大有进步。他年纪轻轻，竟有如此修为，在我之上。所以，我愿意退位请贤。

大家都"啊"的一声。红胡子和尚大声喊道，我不服，他明明是输了。

老和尚便说，我还没说完。就在我这样想的时候，这位小师父来了。他问的问题尽管在他看来都不算是赢了这位师父，但这又恰恰显示出他的道行来。他既把在座各位的困局打破了，又不想让这位师父自寻短见。这是何等的善行！我不能不说，他小小年纪，但其修为已经在我们众人之上，当然也在这位师父之上。他刚才的一番言辞，使我突然间觉得，他可能会将佛法远播四方。心相即世界。他的心已经在我们的世界之外了。

红胡子和尚生气地问道，那结果呢？

老和尚说，《金刚经》上说，佛法非佛法，故而我说，结局非结局，生而往来，无不循环。这位小师父是救了这位师父啊。

红胡子和尚想了想，还是不解，说，那还得有个结果吧！我不服。

老和尚说，我宣布，他们都是赢家。至于，对这位师父的惩罚，我想听听小师父的。

罗什一听，便说，其实，真正的赢家是您，住持。您就是刚才这位师父讲舍利弗故事中的天人，您一直在救他。如果我猜的不错的话，您根本不想让这位师父死，所以，您一直未曾问过难得住他的问题。您如果非要他死，就一定会问得住他。但那样的话，就不是修道者了。我说的对吗，住持？

老和尚一听，微微一笑，闭上眼睛，冲着天空唱道，阿弥陀佛！善哉！善哉！

然后，罗什看着年轻僧人说，其实，如果按照我问问题的方式，只要有佛教以外知识的人，都可以把你问倒，但在场的大多数人都是佛教徒，剩下的人都未曾接触过外面的知识，所以，没有人难倒你。我从你身上也学到了勇气，但是，我不主张用知识来取你的性命。所以，你要自杀我并不同意。你的死非我所愿，你若死，我将有罪。难道你用这种方式施舍于我罪吗？我想这非学佛者所愿吧！

年轻僧人不知如何以对，叹了口气，说，那你说如何惩罚我吧！

罗什笑道，我想你应该扔掉短剑，从此不必佩剑。你要学法。知识非法。同时，你也应当学习佛学以外的知识，以此证明佛法的伟大。所以，你在此小住几日后就回国吧。也许，几十年后我们还能在哪里继续探讨佛法，那时，你一定是我的老师。

年轻僧人不知如何自处。他跌坐在座位上，直视着前方，目光空空，嘴里喃喃自语，知识非法。

这时，老和尚突然问罗什，你刚才说你的父亲是天竺的佛家弟子，敢问令尊姓名。

罗什说，这个……

他看了看母亲，母亲并不知道他们的对话，只是笑着看他。他便说道，家父鸠摩罗炎。

罗什一说出口，台下众僧便都惊呼，原来是龟兹国鸠摩国师的公子。怪不得。

老和尚说道，原来如此，昔日鸠摩罗炎就被称为神童，后学佛法，是北方天竺诸国中最有学识的人，他一心想将佛法传向中土，便背着佛像东去，而在龟兹国留下来，被尊为国师。听说他留下来还因为龟兹国的公主，可见他必定有这一段姻缘，这位就是公主殿下了？

他看着公主，公主不知说什么，便用眼神询问罗什，罗什说：

住持已经知道您的身份是龟兹公主，他问您是不是公主殿下？

公主笑道，那是过去的身份，现在是修行者耆婆。

罗什翻译给老和尚。老和尚继续说道：国师的故事已经传至我们这里。大家经常在议论他。然后他转身对着年轻僧人说道，小师父，你输给这位公子不算丢人。

大家便都散去。红胡子和尚过去将年轻和尚的短剑一脚踢到远处，说，狂徒！赶紧回国去吧！

但年轻僧人并不理他，目光还是看着远处，像呆痴了一样。

老和尚对罗什母子说，天黑了，前面有客栈，我已经让人去给你们订住处了。明天再请教。

公主和罗什谢过后去住店，果然已经有人给他们订下了。罗什多少有些兴奋，睡不着觉。母亲问他，你那些知识怎么能记住呢？

罗什说，是啊，我也想，我怎么能记住呢。父亲给我讲过，我当时也是好奇，并未学习过，可没想到今天都能想起来，就像我专门记下了一样。

母亲又问，你怎么能猜到住持老和尚不愿意难倒那个年轻的和尚？

罗什说，从他的判词中我听出来的。他还是挺肯定那个和尚的，同时对他寺里的和尚也有不满。所以，他一举几得。一得是让那个和尚给寺里的和尚们好好地上了一整天课；二得是让寺里的和尚们感到惭愧，以此激发他们的学佛热情；三得是因此向人们展示了佛法的伟大，且以善为本；四得是拯救了那个年轻的和尚；五得是让我们也学习了佛法，教育了我。我从他身上学到了伟大的精神，所以说，他才是真正的赢家。

母亲说道，看来你确实像他们说的，小小年纪，修为已在众人之上。但我还是疑惑，老和尚真的能难倒年轻的和尚吗？

罗什说道，母亲，佛法讲知识障，前面老和尚也讲《金刚经》中所说"佛法非佛法"，其实，知识只是法的一端，我们执着于它的时候，它的另一端就被遮蔽了，所以就有了知识障。这就是老和尚讲的理。他并不看重知识，他看重法。他的修为远在年轻和尚之上，当然也在我们之上。

母亲说，那为什么他说你在众人之上。

罗什笑道，他是在鼓励我啊，母亲！

公主心疼地看着对面的儿子，摇着头，微笑着。

这一天，母子俩走了太多的路，累了。睡得很沉很沉。

伽蓝奇迹

第二天早晨，母子俩还在沉睡，突然听到有人敲门。公主先醒来，一看，太阳竟然都照到房间里的茶几上。他们睡得太沉了。

公主赶紧穿好衣服，开了门。是客栈里的小厮，他笑着说，公主！

公主惊道，你怎么知道我的身份？

小厮说，现在整个迦毕试国的人都知道您是龟兹的公主。

公主疑惑地说，怎么会呢？

小厮说，公子昨晚的事已经传遍迦毕试国，楼下有好几位在等您呢。

公主更为惊奇，问道，什么人啊？

小厮说，您下去就知道了。

公主赶紧洗了脸，催着小罗什起床。小罗什还想再睡会儿，便说，我再稍微躺一会儿，好吧，妈妈！

公主笑道，好吧，小懒虫。我先下去，据说有好几个人在等我们呢。你睡一会儿后赶紧起床吧。

说完，公主就出门。绕过一个弯，便下了楼。她一看，是昨晚伽蓝寺的住持老和尚、红胡子和尚，还有那个提问的小和尚。

她笑道，原来是住持。谢谢您帮我们订好了客栈，其实我们一般都是住尼姑寺里。客栈里太奢华了。

住持说，公主是真心修道，佩服！佩服！公子呢？

公主笑道，他有一个小毛病，就是醒来后要冥想一阵，他总是说，再稍微睡会儿。等会儿就下来了。千万不敢再叫我公主。我也是出家人，叫我耆婆好了。

住持说，公主是尊贵之人，叫什么都无妨。对了，我们昨晚也没有告知我们的名字。我是浮景澄，他是跋陀远，这位小和尚是小阿兰陀寺的浮陀波利。

公主——拜会。住持浮景澄说，待公子起床后，先请公主和公子用膳，然后我们一起去拜访一下达摩智。

公主问道，达摩智是什么人？

浮景澄说，就是昨天的辩论者。他是南印度的智者，被称为声闻第一。昨晚辩论失败后，他一直坐在讲经台上不下来，现在还在那里坐着。我和跋陀远劝他回去，他也不回答。

红胡子跋陀远嗔道，管他呢，还爱理不爱理人的。我说谁也别管他，看他如何下台？

浮景澄说，跋陀远，出家人要慈悲为怀，何况他也是我们同道中人，现在他在自己的难中不能自拔，还希望公子能去救他。

公主失声道，这可怎么救他啊。

正说着，小罗什下来了。他一看都是昨晚见过的人，就笑道：

客栈比尼姑庵舒服多了，都醒不来了。

公主看了看住持，嗔道，罗什，咱们可不敢这样想。修道者应当以清苦为本。

浮景澄笑道，公子率性，而真理也在率性里。昔日，佛陀求法，苦修不得，后见性而成佛。此等悟性，非我等所能及。

公主叹道，大师此说，惭愧！但罗什尚小，今才十岁，不敢如此袒护他。

浮景澄笑道，天才是因缘造化，非刻意造作而成。公子大才，日后定有大作为。好吧，不多说了，你们先用膳吧。

公主看小和尚浮陀波利欲言又止，便问道，小师父，你找我们有什么事吗？

浮陀波利说，我是达摩瞿沙的弟子。

公主和罗什都站了起来，同时"啊！"地喊了出来。公主说，师父现在在哪里？

浮陀波利说，在小阿兰陀寺。

罗什好奇地问，他在那里做什么呢？

浮陀波利说，是我们的住持。

公主更为好奇地问，他怎么这么快成了那里的住持？

　　浮景澄道，公主有所不知。达摩瞿沙原本就是小阿兰陀寺的住持，但在十年前突然离寺，说要去东方传法。十年后他又回到了这里。这十年里，是他的师兄在住持，他一回来，他的师兄觉得自己年纪太大，又把住持让出来，请他继续做住持。

　　公主叹道，原来他是为罗什而去的。但他怎么知道我们来这里了呢？

　　浮陀波利说，他早已料定你们会在这几日来迦毕试国，就让我在东门附近等候。我前天就等了一天，昨天又是一天。伽蓝寺就在东门口，你们一定会经过那里的，所以，师父让我在那里等就行了。果然就等到了你们。

　　公主问道，那你昨天怎么不告诉我们？

　　浮陀波利说，我看到你们住到了客栈，才去告诉师父的。我们的寺院不允许女施主住，我也不知道怎么办。师父说，今天他在寺里等你们。

　　公主喜道，那我们赶紧去把达摩智救了，就去见师父。

　　罗什也很高兴。其间，大家都在商议如何去说服达摩智，都没有好的办法。浮景澄道，我们去后见机行事吧。

　　一行人到伽蓝寺前的讲经台上一看，达摩智仍然坐在台中央，闭着眼睛。红胡子跋陀远嗔道，咳，达摩智，你看谁来了？

　　达摩智闭着眼睛说，是公主和公子到了。我只有一个请求，请公子收我为徒，教我天下知识。

　　跋陀远骂道，还这么狂妄！既然要拜师，也不睁开眼睛？那要看人家公子收不收你为徒。

　　达摩智这才睁开眼睛。众人一看，他的眼睛里全是血色，嘴唇干裂，显然一夜都在进行艰难的自我斗争。他突然跪倒在地，双手合十，要参拜罗什。罗什看着母亲，说，妈妈！怎么办？

　　公主也为难地看着众人，浮景澄叹道，世上果真有如此好学之人。

　　罗什看众人也无奈，便对达摩智说，收你为徒也可以，但不是现在。我现在还不能收你为徒，你也不够资格。

　　众人大惊，达摩智也看着罗什，一脸惊讶。罗什说，说实话，我也不懂罗马文和中国文。待我回去向父亲和中国的商人们学习后，就可以收你为徒了。你也回去吧，先到集市上找一些从西方来的罗马商人和东方去的中国商人，从他们那里学习一些语言，并让他们给你捎一些书去。等我们都学习了语言后，再约定到哪里见面。

达摩智说，那我就去龟兹学习汉语，是否可拜令尊为师？

罗什一听，连忙说道，不行，不行。他不收徒弟，你找他也没用。再说，他忙得根本没有时间去教你。他也是自学的，他有一个朋友，是中国商人。从中国的长安来，到龟兹后卖丝绸，给他带去中国的书籍，并教他认字、读书，然后又经过龟兹、天竺去罗马。从罗马回来时，他会带一个罗马的商人朋友，也会带一些那边的书籍，同时教父亲罗马语。但父亲似乎更喜欢中国的书籍，可能与他那位中国朋友有关吧。所以，我建议你先结识一位中国的商人。

在达摩智犹豫不决间，罗什看着母亲，母亲便出来替他解围，说：

这样吧，你回南天竺国，然后写信给龟兹的鸠摩罗炎，让他介绍他那位朋友给你，那位朋友叫张怀义，请张怀义到南天竺国时给你带去中国和罗马的书籍，并教你认识那些文字。不过，很难学。

罗什便把母亲的话翻译给达摩智，达摩智感激地说，不怕困难，就怕学不到。

公主赶紧说，那就这样说定了，你可告诉罗什的父亲，我们在北天竺很好，让他放心，那样的话，他也一定会帮你的。好了，我们赶紧要去办其他事了，就此别过。

罗什又将这番话对着达摩智说了一遍，达摩智终于迷茫地看着罗什说，希望我们有朝一日还能辩论佛法和天下的知识。

浮景澄道，有缘人自然会再见。

说完，罗什母子跟着小和尚走了。浮景澄又请达摩智去寺里用膳，达摩智看了看跋陀远，不愿意进寺。浮景澄便请跋陀远去拿了馒头和水来，达摩智接过便走了。走了几步后，他回头对浮景澄和跋陀远说，二十年后，我还会回来的。

话说罗什母子跟着浮陀波利往小阿兰陀寺走去，路上，公主问道，阿兰陀寺在佛陀诞生和讲法的地方，为什么这里还会有一个小阿兰陀寺呢？

浮陀波利说，听说是贵霜帝国时修建的，曾是大师胁尊者住持的寺院。凡是东方来的人，要前往佛陀圣地的人，必须先经过小阿兰陀寺，然后才去大阿兰陀寺。

走了一阵，浮陀波利指着一尊高高矗立的佛像说，就在那里。母子俩定睛一看，那尊大佛是整个迦毕试国最高的建筑，佛像面向东方，似乎在凝视着什么。再走一阵，就到了寺院。他们看到，这个寺院的建筑与龟兹的大体相似，但仍然有很多不一样的地方。他们走近那尊伟大的佛像跟前，发现其高约几十米，他们刚刚达到佛的脚面高度。罗什笑道，妈妈，你看，这里的佛像上的裙子好像在动啊。

公主一看，佛像上的裙褶很大，好像有阵风来，将其微微吹动一样。她呵住罗什说，不要笑，来参拜一下。

他们正在敬礼，就听一阵笑声从远处传来。罗什熟悉这声音，还未抬头便呼道，师父。

来人正是达摩瞿沙。两人赶紧致礼，达摩瞿沙还礼。然后便是久别重逢的喜悦表达。达摩瞿沙说：

我料定你们会来这里，谁知你们一来便惊动整个迦毕试国。现在，人人都想见一下罗什。

公主耆婆说，这未尝不是好事。我们是来学佛的，不是像达摩智一样是来斗智的。

达摩瞿沙笑道，也无妨。迦毕试国比龟兹更开放，龟兹只有佛教，较为单纯，用这里的话说是小乘佛教，而迦毕试国什么教都有，虽然佛教是最为昌盛的宗教，但也有大乘佛教和小乘佛教两类，而最为流行的又是说一切有部。说真的，为师也只是学会了被他们认为的小乘佛教。

说着他们已经来到住持的上房。有人奉上茶水。达摩瞿沙说，这是从中土来的茶叶，不光是你们龟兹皇室有，这里的皇室也有。因为您贵为公主，所以，我让人到宫中要了一点，特来招待公主和公子。

耆婆说，师父，我们都是出家人，不必再称公主。

达摩瞿沙笑道，昔日受鸠摩罗炎国师和公主您礼遇，习惯这样叫了。

罗什一直想着大乘佛教的事，他是第一次听到，他便问师父，师父，那谁能教我大乘佛教呢？

达摩瞿沙笑道，依贫僧愚见，我们先精通我们自己的佛教，至于大乘佛教，我也未习得。这个看缘分。其实，在贫僧看来，世上哪有大乘佛教，佛教，只有一种，就是佛教，就是我们现在学习的一切佛教的知识和智慧。

罗什一听，便说，明白了，师父。

达摩瞿沙看了看罗什，说，不过，我现在也不能教你了。你得另拜高师。

耆婆说，现在迦毕试国最好的寺院就是您住持的小阿兰陀寺，说明您就是最高智慧的法师了，难道还有比您智慧更高的法师吗？

达摩瞿沙叹道，十多年前，我虽不能说是这里最好的法师，但也是权威之一，十多年后，我来这里才知道，比我有智慧的法师比比皆是，比如，你们昨晚看到的伽蓝寺的住持浮景澄就是一位，还有我的师兄达摩慧。还有好几位。而最有威望的则是槃头达多法师。他精深纯粹，才智通明，熟读佛教三藏九部经典，是整个西域三十六国佛法最高的法师。

耆婆说，我也曾听说过这位法师。那可否请师父为我们引见？

达摩瞿沙说，槃头达多法师近期不在这里，在梵衍那国城北几十公里处的巴米扬山谷，正主持开凿那里的佛像。估计他要在那里住上一段时间。如果你们要去找他，可前往那里。

罗什问道，师父，梵衍那国离这儿远吗？

达摩瞿沙说，在迦毕试国西北方，也得几百里路呢。这样吧，你们刚来，还是在迦毕试国住上些日子，休整一下后再去那里为好。

于是，达摩瞿沙介绍了一座迦毕试国前公主捐建的伽蓝寺，罗什母子就住在那里。浮陀波利一直陪伴着他们，带他们到迦毕试国的各大寺院去拜访高僧和观赏名迹。各大寺院早已听说了罗什母子，都对罗什充满了好奇，一见面，看见他比想象中的还要小一些，都暗暗称奇。也有为难罗什的，但罗什都无不能回答。这连罗什自己也感叹。他越来越发现，父亲教给他的远比他想象的要多得多。他从小在父亲的书房里乱翻，也常在一旁听父亲与中国商人和罗马商人交谈，夜里又总是会问父亲一些问题，一来二去，没想到学到了不少天下的知识。而关于佛教的知识，小时候的潜移默化与后来几年的专门学习，则使他无所不通。而这一切的一切，全凭他有惊人的记忆力与超强的触类旁通的理解力。

浮陀波利对公主耆婆说，迦毕试国的僧人们都在传说，罗什是舍利弗再生。

耆婆看着罗什在前面玩耍的调皮样子，意味深长地说，一切都由缘定，也不知道他将来要做什么？他父亲想让他将来到中国去传法，他对中国的汉字也极为敏感。

浮陀波利一听，说，为什么要到中国去？我们这里不好吗？我们这里可是天下佛学的中心。

　　耆婆说，佛法讲究因缘，因缘则讲究流变，想当初，释迦佛创立佛学时，并不在北天竺，后来无忧王将佛法传至广大，而迦腻色伽王又将佛法传至北天竺，并且东传至龟兹一带，将来，有可能传至中国。我佛愿度一切众生，东方中土，富饶昌盛，礼仪有规，唯缺生死解脱之法。罗什父亲曾一心想去中土，到了龟兹后便遇到一中国商人，方知语言不通。又看龟兹乃西域三十六国最富饶之地，但佛教不昌，于是，先在龟兹传播佛法，开凿佛窟，塑造佛像，经营十多年后才有今日龟兹佛国盛境。他能在那里倡扬佛法，靠的也是一个佛缘。我父王在世时就曾信仰佛法，但没有遇到修为精深之人，所以，佛教虽有流行，但并不昌盛。到我王兄白纯时，他自身也比我父王要仁义强大，一心想将佛法进一步传播，想效法无忧王与迦腻色伽王，所以，四处邀请佛教大师到龟兹传法。恰恰，我夫鸠摩罗炎东至龟兹，便请他为国师，佛教在龟兹才得昌盛。

　　浮陀波利听到这里，插话道，公主，如今您也是佛门中人，有一句话不知是否可以请教？

　　耆婆笑道，请讲。

　　浮陀波利说，听说鸠摩罗炎大师是被您的美貌所惑，才留在了龟兹。

　　耆婆苦笑道，浮陀波利，你是佛门弟子，难道也信这样的传言？当时我的确是佛门外面看热闹的人，对佛法感兴趣，但并未完全信仰佛法。人人都说鸠摩罗炎是天才，可以度人，于是，也就成了王兄的老师。王兄每次听罗炎讲法，总要把我也叫上。反正我也无事可做，便去听。王兄常常要处理国事，罗炎讲着讲着，他就去忙了，我就一个人请教罗炎一些问题。一来二去我们便常常在一起探讨些问题。再后来，我发现，王兄为了让罗炎待在龟兹，便有意让我们在一起。今天想，我和罗炎也是前世的因缘未了，所以，当王兄问及他时，他一口便应承了。然后来问我，我对罗炎也有好感，再加上王兄的着意说服，自然也应了。这便是事情的经过。世间的事，都是因缘际会，哪有什么被美貌所惑之说？

　　浮陀波利说，公主如此解说，小僧也算是明白了。那么，后来，您为何又出家了呢？

　　耆婆说，那你为什么这么小就出家了呢？

　　浮陀波利说，我是家里的老三，母亲得了一场大病，无药可救，有人说让我到寺里经常上香，求佛陀保佑，后来又碰到原来的住持，也就是师父的师兄达摩慧，他教我读佛经，并放生散财。那时我才七岁，我两个哥哥不太同意，我便把我那份财产全都散了，捐给了寺里，我自己则到寺里打杂听经，三年后，母亲的病竟然奇迹般地好了。

耆婆接着说，然后你就信了佛教？

浮陀波利说，对，三年的寺院生活，使我知道，母亲生病是因为此生的业报，因为我一心向佛，她的病情才好转，如果我就此结束，并且跌入世俗，不但母亲会重新生病，且百年后不能超生，而且我也不能超脱，往生后仍然堕入生死轮回，所以，我就跟着师父出家了。

耆婆叹道，其实，你我都是一样，听从了佛陀的指引，想超越生死轮回，罗什的父亲开示了我，我接受了佛陀的指引。事情本身如此简单，哪里会有什么复杂的纠结。

浮陀波利问道，那罗炎国师如何理解？听说他是不愿意您出家？

耆婆叹道，世人的心，堕在尘埃里，便也以尘埃来看一切，于是，他们就污蔑罗炎，其实，罗炎能使龟兹成为佛国世界，又怎能耿耿于我们的因缘。我们都深知，因缘是拒绝不了的，但一心求道者，佛陀则会指引我们超越轮回。他当然刚开始是不赞成的，但后来看我态度是坚决的，也便认同了我，不然他怎么可能让罗什跟着我呢？

浮陀波利说，世人的心被蒙在尘埃里，公主不必挂碍。

耆婆看着前面跑着玩的罗什，笑道，其实，罗炎和我，都深知一件事，我们都是为了罗什才聚到一起。

浮陀波利也看着罗什说，公主，您刚才说罗什将来可能要去中国，要不，今天我们就去一个中国王子的寺院看看？

耆婆奇道，怎么会有中国王子的寺院？

浮陀波利说，我们边走边说。

他们叫了罗什，往城东去。一路上，浮陀波利向母子介绍，他们去的这个寺院叫沙落迦，已经有一百多年了，就在城东三四里的北山下，是迦腻色伽王时修建的。迦腻色伽王时代，威被邻国，化治远方，今日你们龟兹国等都在其统治之内，而且中国的河西地区也在依附贵霜帝国。

耆婆问道，是吗？

浮陀波利说，公主，不是我冒犯，真的是这样传说的。

罗什这时说，听父亲说过，好像有这么个寺院，我那时也问过相同的问题。他说，贵霜帝国当时很威风，势力很大，那时，中国也乱了，分为很多个小国家，河西地区虽然自为一统，但也臣服于贵霜帝国。

浮陀波利说，好像是这样，说是中国河西的王子在这里做质子，就是做人质。但迦腻色伽王对这个质子礼遇有加，冬天让他住在印度各国，夏天把他接到迦毕试国，春秋则去犍陀罗国，三个地方都建有伽蓝寺。现在我们去的地方是夏天住的伽蓝。在伽蓝各屋中，都画着质子的像，容貌和服饰，都与中国的一样。后来这个质子回到了中国，但仍然想着这里的寺院。寺院里有三百僧众，经常有法会，为质子祈福，这样的活动直到今天还在进行。但是，后来就发生了一件奇怪的事。当年质子在造寺时，传说在寺院什么地方，埋了很多财宝，为备后来者修缮寺院而用。还说当年立了一块碑，上面清清楚楚写着，哪里藏有财宝，等寺院和神像毁坏时可挖来修缮寺院与神像，但不可他用。一旦有人想贪为己有，或挪作他用，则会被诅咒，会惹祸上身。两百多年来，石碑早都不见了，只剩下传说，而这个传说引来了不少土匪和小国家的王室来盗宝。但每次盗宝时都会发生地震，大地轰隆隆作响，神像头上的鹦鹉也发出非常凄厉、恐怖的叫声，所有的人都被吓跑了，没有一次成功过。

罗什好奇地问，那伽蓝寺的僧人们没试过能否挖出财宝来修建寺院吗？

浮陀波利说，听说也试过，但不知道财宝在哪里。

正讲着，他们已经到了伽蓝跟前。只见很大一座伽蓝，里面也足足有三四百僧人在活动。罗什看着东门南面大神王像，有几十丈高，但因为经过了一百多年的风吹雨蚀，已经缺了一条胳膊，面目也有些模糊不清。他们进得伽蓝里面，看见屋顶上都有塑像，虽然很模糊了，但仍然能看清是中国人的音容画像。寺院看上去确实有些破烂。神像头上的鹦鹉被风蚀得只剩一个模糊的形象了，不知道的人怎么也认不出是一只鹦鹉。

浮陀波利指着寺庙以北的山岭说，看，那里有几间石窟，就是中国王子修习禅定的地方。

几人便去看。石窟前不远处有僧人们在晒太阳，他们近前，问一僧人，这些石窟能进去看吗？

僧人们窃窃私语，其中一个僧人说，你们想进去也可以啊。

耆婆便说，那能不能麻烦你带我们看看。

那个僧人却连连摇头说，不行，我不行。

耆婆说，哪位师父能带我们进去，且向我们解释一二的话，我定当感谢他。

说完，耆婆便拿出一块银币来。一位身体粗壮的僧人立刻出来说，好，我去。

大家便跟着他继续往山上去，进了第一个石窟。

他们进去一看，里面有几尊塑像，但都只剩下下半身，且大多倒在地上。耆婆便问，为什么会这样？僧人说，听说这里曾经发生过战争，反正也是几十年前的事了，我来以后就是这样。我的师父说，大概这里原来是藏宝的地方吧，所以土匪们和军队都来这里抢过宝。但因为里面说是有鬼，所以也没人敢进来。刚才大家都不敢来。我也是第一次进来。

耆婆又问，那结果呢？

僧人说，传说是那些人都死在这里了。说着，他指着一个头骨说，瞧，这可能就是盗宝者的头骨吧。

罗什吓了一跳。耆婆赶紧把他拉在了自己跟前。他们继续往前走，果然还有一些骷髅。这个窟不大，他们很快就出来了。

他们继续去看另一个石窟。这个石窟比前一个要大得多，里面的塑像也所剩无几了，同样也有不少骷髅。罗什看见一尊小佛像倒在地上，就将其扶起来。他看见这尊小佛像是一个小沙弥，微笑着看他。他便大声地笑了起来。大家过来看，也都笑了。耆婆说，这是阿难的塑像，没想到这么逼真，这样快乐，难得。想来当初中国王子请人在塑这些佛像时是多么的喜悦，但可惜其他的塑像都被毁了。

罗什看着塑像，说，妈妈，你看，阿难的一只手在作揖，但另一只手垂在下面，食指指着地下。

耆婆一看，果真如此。她说，我还没见过如此造型的佛像，难道他在暗示什么吗？

他们又把阿难的像挪开，发现尘埃中有一块石板。耆婆请那位僧人将石板翻过来。石板上刻着一些文字，浮陀波利和耆婆都看不懂。罗什觉得在哪里见过。仔细一想，是在父亲的书房里见过，便说，我知道了，这是王子刻下的中文汉字，不是梵语，也不是吐火罗文。

耆婆便说，罗什，那你慢慢认一下，看能不能认出这些字来。

罗什让僧人将石板上的灰尘擦去，和大家一起将其抬到窟外的阳光下。下面的僧人们也围了过来看。

罗什便慢慢地看下去。他也只是跟父亲一起向常来家里的中国商人学习过一些汉字，并不精通，所以，有些字他能认识，有些字不认识。他把能认识的字写下来，把不能认识的字标出来。经过大家的共同猜测，最后，罗什说道，这块石板其实是一块碑，上面写的是铭文。大致的意思是说，他是中国河西的王子，在伟大的迦腻色伽王执政时来佛教圣地学习佛法，受佛陀教化，得脱离生死之法，建伽蓝，度化众生，今欲离开圣地回河西，便将个人所有财富及迦腻色伽王赐予的珍宝埋于伽蓝门前，由药叉神守护。待伽蓝破毁，且得遇有缘者，取出珍宝，修缮寺院与诸佛像。倘若非为此愿而盗宝者，药叉神将幻化为毒蛇猛兽与鬼怪，严罚盗宝者。

此时，寺里的住持与众僧都听说此事赶了过来。浮陀波利向住持介绍了罗什母子，住持一听是名动全国的神童，便对公主施了礼，看着罗什笑道，最近听说了神童公子的很多事，如今又破译我寺两百多年来的秘密，真是我寺的有缘人，也是佛界幸事啊！有缘得见公主与公子，也是我等的福分。

浮陀波利说，住持，我在路上就想，你们伽蓝是为中国的一位王子修建的，而公子罗什有可能将来去中国传法，所以，我带他们来看看伽蓝，没想到他一来就发现了这个。

住持叹道，真是想不到啊。那块石板，也有人曾看到过，但并不认识，也未在意。主要是无人能认识其中的字，又不像石碑，而是像块铺地的石板，更是无人顾及。两百多年来，无数的土匪和一些国王、将军们都听说了寺里有珍宝，都以为藏在石窟里，所以，一直去挖石窟，都被大神王头上鹦鹉发出的怪声吓跑。

耆婆说，那窟里为什么会有骷髅和头骨？刚刚有僧人说是强盗的骷髅和头骨。

住持说，其实也很难断定。也许是我们这里的僧人为保护寺院和佛像而被强盗所杀，也许是寺里的僧人在那里坐化，都无法知道了。贫僧想，学佛之人不会设下这样的机关，不会让众生为财富而相互残杀，但是，传说这里有鬼怪，大神像头上也会发出怪叫，这些倒是真的。我在这里已经几十年了，也遇到两次强盗来盗宝，大神像头上的鹦鹉的确发出凄厉的叫声，且狂风大作，强盗们都吓跑了。之后，就再无人来石窟内。说真的，我也是第一次来这里。

耆婆说，我们是不知道这些传说，就直接闯过来了，如果知道了，还不敢来了。也真是巧了。

住持双手合十说，小师父是我们寺院的大缘者啊，那么，我们去看看大神王脚下有没有财宝。

罗什好奇地看着母亲，问道，妈妈，真有财宝啊？

耆婆笑着对住持和浮陀波利说，也是巧了，罗什他父亲本来要去中国传法，可惜未能成行，他父亲便希望罗什将来能做这件功德，所以，平日里也让他学习过一些汉文，没想到能在这里用上。

住持一听，便说，照公主如此说，小师父真是有缘者了。此寺乃中国王子的伽蓝，他得了佛法，一定也在中国有所发愿，所谓念念不忘，必有回响。罗炎国师和罗什小师父大概是此愿的回应者了。

众僧都集于东门外大神王像下，早有一僧人拿了铁器，等着住持下话。众人看了看神像，都不知从哪里开始挖。住持想了想说，就先从左脚处往下挖吧。

那位僧人的铁器刚碰到地面，就听到神像头上的鹦鹉发出叫声，一声比一声凄厉，一声比一声大。紧接着，西边的天空开始暗了下来。众僧们吓得赶紧跪在地上。

罗什紧紧地抓住母亲的胳膊说，妈妈，看来传说是真的，但我也不是有缘者。

耆婆对住持说，赶紧上香，让罗什来祷告。

于是，有僧人赶紧抬来香案，罗什高擎三炷香，祷告道，神王在上，中国的王子在上，我等今番祷告，非谋您足下之财，而是以佛陀之名，挖出您足下财宝，以修缮您的寺院，补齐您的胳膊。若我真是有缘者，请允许我们取出您的财宝。

众僧也向神王行过大礼后，战战兢兢地跑到远处看着，不敢前来。谁知等罗什三个响头拜过，叫声就开始慢慢小了下来，不一会儿就停止了。罗什嘻嘻道，住持，好像可以挖了。

僧人们还是不敢挖。罗什对住持说，住持，请您先挖。于是，住持开始挖。没有怪叫声，再挖，仍然没有。僧人们这才前来开始往下挖。不久，有僧人喊道，有一铁柜子。打开一看，全是金币。

耆婆一看，说，原来传说是真的。这一柜子金子，足够把这里重新修一遍了。还可以再开凿一些石窟。

住持也笑着说，已经很多很多了，够了。耆婆便说，住持，可以了，叫大家住手吧。

这时，有僧人说，住持，好像下面还有东西。

耆婆赶紧劝说，且莫再贪，叫人住手吧。

住持犹豫着，自言自语说，如果还有这么多，我们要干什么呢?

正说着，只听神王头上的鹦鹉又开始发出奇怪的叫声。耆婆大声喊道，住手，赶紧叫大家住手。

所有的人都吓坏了。耆婆叫人拿来香，让罗什又跪倒祈祷道，神王和中国的王子，请原谅弟子们的贪心，所幸大家都未曾再挖下去。依弟子看，剩下的财富应该是等下一位有缘者再开启，再修缮寺院。弟子们赶紧掩埋，并将挖出的财宝全部用于修缮伽蓝。

说完不久，怪叫声停止。众人起来。

住持则一直跪地祈祷。耆婆将他扶起来，他红着脸说，贫僧起贪念了，差点惹下大祸。

耆婆说，我相信住持也是想将财宝用于有用之处，绝非想贪为个人所有。只是，既然这些财宝只能用于修缮寺院与神像，还请住持一方面将挖出财宝完全用到该用的地方，也请住持告诫众僧，若非寺院和神像毁坏，不敢再去碰那些财宝，而挖出来的财宝也必当用于修缮寺院与神像。

住持应承着，并在神像面前起誓。然后，他毕恭毕敬地将耆婆与罗什、浮陀波利迎到大殿重新行礼，再请到厢房用膳。耆婆则一直暗暗称奇。她再一次坚信，她和罗炎的一切，都是为着罗什而做的。

黄昏的时候，小罗什出神地向着东方张望。

他们哪里知道，又是两百多年之后，唐代僧人玄奘再次来到这里时，这里又变得像罗什看到的那样，只是人们已经忘记罗什的故事，而只记着神像足下有财宝。

巴米扬拜师

罗什母子在迦毕试国待了近一个月，已快到了中秋。天空中开始飘起了雪花。还没有槃头达多法师的音信，罗什有些急了。他已经走了几十个寺院，认识了很多高僧，但都不是他想象中的师父。迦毕试国总共有一百多个寺院，但剩下的他就不大愿意去拜访了。

许多年之后，当罗什在长安译经的当儿，他总是回首少年时的往事。那时，他便看见少年罗什与母亲耆婆在沙弥浮陀波利的陪同下翻过雪山的情景。听浮陀波利说，雪山上终年都飘着雪花，更别说已经中秋时节了。那一年的中秋节就是在雪山顶上度过的。山顶上有一个军人住的哨所。雪山这边是迦毕试国，雪山那边是梵衍那国。沙弥浮陀波利拿着出关文书和宫中的一封介绍信给哨所军官，他们便被安置在军营里。夜里，当一轮满月升空时，耆婆拿出随身携带的点心献给月亮。小罗什争着要给月光菩萨上香。沙弥浮陀波利还念了一阵《月光菩萨陀罗尼》经文。

罗什记得，一生中最亮最圆最大的月亮就是那一晚见的，仿佛刚刚从雪水中沐浴而出，离他们那样近，近得几乎可以伸手可摘。月光下，罗什拿出佛经，每个字清清楚楚。

罗什记得，军人们坐在火堆旁，一直看着月亮，听公主耆婆给他们讲月光菩萨的故事：在久远的过去世，当电光如来住世时，有一梵士养育两子，一名日照，一名月照。梵士发心拯救浊世众生，其二子也随喜而发愿供养……

火光将母亲的脸照得那样温柔、神圣。待母亲讲完后，军人们为他们献上古老的歌谣。待军人们唱完歌后，母亲又开始念诵《大悲咒》。他是在温暖的火堆旁睡着的，是听着母亲的诵经声进入梦乡的。

那个晚上的雪山是那样温暖，那样明亮，那样洁净，那样神圣。也是在那一晚，有位军人对着母亲说道，公主，在我们心里，您就是月光菩萨在世。是的，那一晚，月光菩萨一定借了母亲的容颜向整个雪山降下神圣的光辉。要不，山上的军人们怎么都说，那一年中秋节的月亮最亮、最大、最圆、最宁静。

罗什还记得第二天早晨他被母亲叫醒时的声音，母亲说，罗什，罗什，快醒醒，去看看雪山上的日出。罗什挣扎着起来，睁开一只眼睛，对母亲说，我稍微睡一会儿就起。但母亲这一次没有依着他，母亲说，太阳可不等你啊。他立刻醒了，心想，是啊，太阳是不会等的。于是，他翻身而起，和母亲一起去看日出。

那一天的日出，也是他一生中所见过的最美的日出。身在长安城里的罗什，晚年总是闭上眼睛想起，在无边无际的雪山之中，小罗什抓着母亲的手，站在雪山顶上，旁边是沙弥浮陀波利。他们看见绯红的东方，突然间捧出一轮火红的太阳。整个雪山都被它染上了红晕。母亲双手合十，口中念念有词。浮陀波利也诵起《日光菩萨咒》。罗什则被巨大的红日所感染。他看见无边的黑暗顿时退却，整个世界光焰万丈。他把小手放在眼前，看见一双手被照得透明而通红。

然后，就在那一天傍晚的时候，他们终于到达梵衍那国。都城建在巴米扬山崖之上，并且横跨一道峡谷，长六七里，北面背贴着高耸的山岩。夕阳将梵衍那都城照得像一个想象中的圣境。

浮陀波利在这边有熟悉的寺院，但为了考虑他们都住在一起，特意找了一家客栈住下来。因为都走累了，所以，也就早早地睡了。第二天一早，浮陀波利去打听槃头达多法师的行踪。耆婆和罗什无事可做，便在房间闲坐。罗什拿出昨日从浮陀波利处借来的一部佛经看起来。

突然，他们听到外面一阵喧哗，罗什跑到客栈外去看，是一群官员和士兵在往城外去，吹吹打打，不胜热闹。但他也看不清楚是怎么回事，便回到客栈问老板。老板是一位五十多岁的男人，长着一脸大胡子。老板见问他问题的是一个小和尚，便笑着说，小孩子，懂什么？

罗什有些不高兴，回到房间还噘着嘴，耆婆就问他是怎么回事，罗什告诉了她。耆婆笑道，咱们修道之人，最怕贪嗔痴，等会儿我去问他，他可能觉得你听不懂。罗什就更是生气，说，他怎么知道我听不懂呢？

两人又在房间看了一阵经书，罗什已经将大半都看完了。浮陀波利回来了，他对罗什母子说，走吧，今天就能见到槃头达多法师。

他们出了门，经过柜台时，耆婆微笑着用刚刚学会的北天竺语问老板，老人家，刚刚罗什小师父问您外面发生了什么事，您能告诉我吗？

老板一看罗什还噘着个小嘴，笑道，呵呵，对不起啊，小师父，我是真觉得给你说你听不懂。好吧，我现在告诉给你的师父，让她讲给你听，大概你就能听懂了。

罗什和耆婆相视一笑。只听老板说，刚才这些官员和士兵是去城外的卧佛寺了。前几天国王在卧佛寺召集了无遮大会，大会期间，国王开始把自己的财产进行了施舍。当他施舍完后，问主持无遮大会的大法师，说，法师，我如此慷慨，把我所有的财富都散尽了，我此生的罪孽应当可以消除了吧？我是不是也可以证得罗汉果？

浮陀波利插话道，你说的法师是不是槃头达多法师？

老板说，当然是他了，不然，还会是谁呢？他可是整个西域最高的法师了。

浮陀波利点点头，对着耆婆说，那就对了。

只听老板继续说，也只有槃头达多法师才敢于回答，他怎么说的呢？他说，国王，财产乃身外之物，这只是您获得真理的第一步，这还远远不够。国王便问法师，那么，法师，请告诉我，我怎么才能获得真理？法师说，佛法讲究一个空字，要真正体验到空无的无上境界，方可得到真理，所以，散去身外之物的财富，是第一步。第二步是要除去情欲，即要过欲障、情关，要出家，也就是要妻离子散，将每个人都作为一个个体而独立存在，这是人世间最难的事。您愿意舍弃美丽的王后、嫔妃与年幼的王子们吗？国王说，我愿意。王后和王妃们以及王子们都哭成一片。大臣们也苦苦相劝。甚至有人开始指责槃头达多法师在破坏国家，法师说，我现在面对的不是一个国王，而是众生中的一个个体生命。这种事也许只有我们梵衍那国有了。国王对佛教是无上尊重的，所以，法师的地位极高。这也是槃头达多法师一直在我们国家传法的主要原因。

耆婆几人已经听得入了迷。罗什早已忘了不快，坐在一张椅子上认真听讲。老板继续说，国王已经把他所有的财产都捐了出去，且把国库也捐空了，但现在要让他把家人都舍弃，还是有些不舍。你们大概能理解，但我们这些俗人还是无法理解，也无法做到。他犹豫了一阵后，当场把王后和嫔妃与王子们舍弃。然后，他问法师，法师，现在总可以了吧？法师却说，还有最后一关，也是最难的，不知您愿不愿意去做？国王说，还会有什么比以上两个还难的呢？法师说，最后是你的身、心、意，而这些中排在最前面的是身，你愿意舍去生命吗？国王还未说话，下面的臣子和人们都惊呼，有人大声指责法师，说法师将把国家毁了，甚至有人扬言要把法师抓起来，或赶出梵衍那国。但是，国王把大家的愤怒压住了，他说，你们要尊重大师，尊重大师就是尊重佛法，佛法在我们世俗之上，大师是要度我，这是何等的功德，你们竟然不知。国王还说，国王是人人可做的，旧的去了，新的就会来，但对于我来讲，这是脱离生死之苦的大好机缘。于是，国王下定决心后，对法师说，我愿意，请法师说明，如何舍弃生命。法师说，在巴米扬山谷，有一只猛虎，连续几天来它已经吃了近十个人，伤了二三十人，至于其他众生就无法计数了，我前天已将其征服，但是，它的兽心仍然很凶猛，也已经饿了两天了，正等着吃人呢，你愿意为救别人而舍弃自己的生命吗？

浮陀波利说，把它打死不就行了吗？为什么还要让它吃人呢？

罗什说，不行，不行，佛家是不杀生的。

老板看着罗什说，嗯，看来这个小师父还挺有道行的，当时，几乎所有人都说，杀了那畜生不就完了。军人们问法师，猛虎在哪里，他们立刻就去将其处死。但是，法师问他们，佛陀当时也遇到类似情况，他以身伺虎，我们现在把它杀了，难道不是违背佛陀的教育吗？

浮陀波利争辩道，话虽如此，但怎么办呢？

老板说，没有人能想出办法来，国王也无计可施，而且他还问法师，是不是它吃了我以后就不吃别的人了？法师说，那不一定，只是你舍出了生命，就救活了一个人而已。国王也绝望了，他说让他想想。法师说，好的，你先舍身为僧吧，等你想好要舍身伺虎时，我再将猛虎牵来。

罗什问，那后来呢？

老板说，后来啊，还没结果呢？这不，现在那些官员和士兵又赶过去了，也不知情形会如何？

罗什便对母亲说，那我们赶紧走吧。

罗什等一行三人出了客栈，又出了东门，走了二三里，就看见一巨大卧佛横亘在一寺前，长约一千多尺。寺前已经人山人海了。卧佛前有一讲经台，有军人在把守。

他们挤到台前时，听见有人大喊，先把猛虎找来，杀死猛虎，国家不可一日无主。有人认出这是主管军事的大臣。很多人都在响应。人群开始骚动起来。但是，谁也不知道猛虎究竟在哪里。不一会儿，一位僧人走上台来，说，请国王和法师上台。

于是，人们看见一位大高个子僧人先上了台，大概有五十多岁。浮陀波利对耆婆和罗什说，这就是槃头达多法师。不一会儿，又一位僧人上台。有人喊道，这是国王。人群中开始有人大喊，国王，你是不是已经出家了？

国王双手合十，对着台下喊，贫僧已经出家为卧佛寺僧人了，今天是法师收徒之日，也是贫僧舍身伺虎之日。

台下人乱起来了。

只听槃头达多法师说道，今天是国王出家的日子，但是，从昨天到今天，已经有很多大臣来找我，说如果国王出家了，国家将陷于混乱。国王一人伺虎了，但千万人将死于战乱。孰大孰小？其义自明。其实，我的本意是向国王开示真理，并非真要国王伺虎。在一天多时间里，国王已经将生死置之度外，能脱离生死之困，说明他已经初步得法了。所以，贫僧今日宣布，国王可在宫中修道，仍然回去做国王。只是这舍出的金银和王妃、王子已经收不回去了。还有，他自己也已经舍身为僧了，恐怕还要各位官员将他从寺里赎回吧。

国王一听，叹了口气说，大师，等我回去将后继者找好，把国家大事交代后，再向您学习。

槃头达多法师说，请国王就在宫中修道即可，我可去宫中传法。

说完，那个掌管军事的大臣即喊道，大家回去赶紧筹集钱财，明天来这里赎回国王、王后、王妃和王子们。于是，大家开始散去。

突然，人群又开始回拢。只听台上有人与槃头达多法师对话。众人一看，是位少年小和尚，大概十岁左右。

小和尚说，法师，国王可以被赎回，但猛虎怎么办？

法师看着小和尚说，我也想请教于大家，依小师父之见呢？

小和尚说，师父，依我来看，您让国王舍身伺虎，是想让他知道一切皆空的真理，即身空，意空，心空。国王不知是否体会到？若是无痛苦，则真的得道了，若还怀有痛苦，此等舍身饲虎，我以为仍然是未解脱，甚至是恶业。

法师喜道，正是，也许国王未曾得道，但小师父居然先得了，恭喜小师父！

小和尚说，但是，猛虎仍然是猛虎，弟子仍然不明就里。假使猛虎不再吃人，也倒罢了，但猛虎一定是要吃人的，那么，国王不去喂猛虎时，必然有别人要去喂猛虎，如此下去，如何是好？

法师双手合十叹曰，小师父好心肠，依你之见，如何是好呢？

小和尚摸着手笑着看法师，法师也笑着说，你且放心说说看。

这时，那个掌管军事的大臣又过来喊道，法师，请告诉我们猛虎在哪里，我这就去将这畜生杀了，以免再祸害人间。

法师说道，阿弥陀佛，将军，且听听这位小师父如何说，好不好？

法师说完，鼓励小和尚说出自己的想法。

小和尚罗什便对法师说，那好吧，师父，我就把我的想法说一下，有不对的地方请师父开导。我前几天在迦毕试国的大雪山去拜访一座寺院，听到一个传说。大雪山上有一天池。大池里有一龙土。当初，犍陀罗国有一位阿罗汉，常受这个池子里的龙王供养。阿罗汉门下有一沙弥，看到龙王在供养阿罗汉，就藏在一个地方，结果被龙王发现了，于是龙王就请他到龙宫吃饭。但龙王对待师徒有别，他把上天的甘露供养给阿罗汉，而用人间的饭食招待沙弥。每次吃完饭后，阿罗汉就向龙王说法，小沙弥则去洗阿罗汉的碗筷。每一次，小沙弥都觉得阿罗汉的饭食比自己的要香甜百倍，于是就对老师和龙王产生怨恨，后来直接发愿自己做龙王。在他的怨怒下，阿罗汉的教诲也无效了。后来，他死后变成了大龙王，杀死了原来的龙王，自己做了龙宫的主人。然后，他就向自己的师父阿罗汉报复，常常摧毁寺院。阿罗汉便想如何来说服大龙王。此事被迦腻色伽王听说，就在雪山下修建了宝塔，塔高一百多尺，以此想镇住大龙王。岂料大龙王的怨怒很重，将塔摧毁。迦腻色伽王不甘心，再建。大龙王还是将其摧毁。如此，六建六毁，第七次时才建成。这下也惹怒了迦腻色伽王，他誓要填平龙池，于是，大兵压境。此时的大龙王才感到害怕，变成了一位老婆罗门，对迦腻色伽王说，大王广兴佛法，广栽善根，为什么要对龙王兴恶？龙王乃凶恶之物，若胜了，也不见得是善，若败了，则王无颜面矣。说完后，即兴风作雨，要王退兵。士兵恐惧。王大怒，令士兵归心三宝，并向佛陀祈求保佑，然后派士兵搬石填海，眼看天池就要化为乌有，大龙王终于害怕了。他再次化作婆罗门，重新向国王请求说，冤冤相报何时了，假若今日我被大王所杀，那么，来世我还将报复大王，大王也必须要再加报复，如此孽缘，何日才是尽头？我愿归顺大王，但也请大王发誓，再不加害于我。大王想了想，就与龙王当众庄严立约，如果龙王再来侵扰，一定不再赦免。龙王说，我本身并非恶者，只因前世看到不公而起，但此不公也非真的不公，还是我心有恶念所造，于是，此世化身为龙，被恶念所困，不能自我克制。大王今日所建寺塔，我决不再来损毁，但是，因为恶念还在身上，生怕一时糊涂，再犯错误，所以，请大王派人长年在寺里把守，一旦看到天上有黑云升起，就敲鼓为号，我便知道自己的誓言，以此来震慑我自己。到现在为止，寺里一直都有人常常看天上的云气，随时敲击鼓号。我想，那龙王何尝不是今日之猛虎，它一定是因前世的恶念所困，所以今生便以作恶为业，而将军虽不是迦腻色伽王，但也有迦腻色伽王的威力，法师虽非佛陀，但也是佛法的化身。如果将军今日将猛虎杀死，那么，猛虎必定心怀更大的恶念，来世便以更大的恶业相报于世人和将军。如此下去，冤冤相报何时了？所以，我想此事并不是杀了猛虎那么简单，但如何化解这场人虎之间的冤孽，需要伟大的法力，这就需要法师开示于我们了。

将军一听，也对法师说，法师，我虽不是佛门弟子，但也相信灵魂轮回的道理，这个小和尚说得也有道理，那么，难道我们也要为这个猛虎修一座寺和一座塔吗？我觉得没必要。

法师一听，也笑了，说，将军，当然，猛虎不像龙王，龙王是靠天池为生，猛虎却是以山林为生，而且居无定所，无法固定，为它修庙，似乎不妥。

下面有人也喊道，难道我们还要与猛虎订约吗？如何订约？它可吃了那么多的人呢？

法师说，阿弥陀佛，我们刚刚已经说了，冤冤相报何时了。今日，那些被吃了的死者的家属可将此猛虎杀了，甚至吃了，但这是恶人的法则，在下一世或下下一世，那么，猛虎会将恶念再一次地施暴于这些家属，如此下去，何日才是了啊？至于订约，我们倒也可以试试。

说完，法师叫弟子将猛虎拉来。原来猛虎就藏在一间厢房里，被关在一个铁笼子里。众人呼喊着让开一条道，让拉猛虎的车过去。此时的猛虎，看上去哪里像吃人的猛虎，几次想站起来，扑过来，但都因站立不稳而跌倒。旁边军人拿起刀恐吓着它，它也有些害怕。

等到了台前，法师对众人说，刚才这位小师父讲得极为精彩和恰当，他说出了我心中的故事。他讲的故事，我想，你们各位都听过，那么，我们现在来看看这猛虎，是不是像大龙王被镇住的样子呢？它虽不能说话，但依然是众生的一个，也是有愿力与业报的，也是有善根的，我来为大家讲一下它的故事。

众人都静了下来。法师说，前一世里，它是一位将军，曾立下赫赫战功，但是，被自己最亲密的战友出卖，说他要图谋造反，本来国王就觉得他战功太显赫，现在一听此说，便立刻将他和他家人及所有亲近的人都杀了，一共三百二十人。死时他立誓，来世一定变作猛虎报仇，加倍复仇。于是，此一世，它便化作猛虎，四处作恶，至今已经吃了很多人，我前几日缚住它时，掐指一算，它已经吃了一百六十人。业报未了。同时，它的恶性已成，还将继续吃下去。大家刚刚不是问我如何约定吗？我现在向它开示，让它看看它前世与今世的情景，它必定会有所醒悟。

于是，法师在猛虎旁坐定，进入禅定，猛虎也匍匐在他跟前，闭上了眼睛。众人都惊叹，不敢出声，静静地等待法师醒来。

罗什也坐在台上法师旁边，静静地看着猛虎。半个时辰后，法师先醒来，然后猛虎也睁开了眼睛，温顺而自责地看着法师。法师说，我今收你为弟子，每日为你说法，但你因为恶念未退，恶性尚在，先在这铁笼子里待着吧。从今天起，你以吃素食为生，来生将超脱矣。

众人一听，都觉得法师说得有理。眼看着法师让徒弟把猛虎拉走，也没有理由再将它杀死。但也有不信法师的，觉得这样不对，然而又说不出哪里不对，因为他们无论如何也没有法师的法力去看猛虎的过去与未来。

众人都叹着离开。台上剩下罗什和法师。罗什纳首便拜，说道，师父，弟子鸠摩罗什，从龟兹国前来拜您为师，望师父收下徒儿。

法师笑道，我已猜到你就是最近传遍迦毕试国的神童小和尚，你我在轮回的一世里互有因缘，那时你可是我的师父啊，今生我又成了你的师父。因缘造化，真是奇妙。

罗什一听，极为感动，但更是心服，赶紧又拜了三拜，然后向法师介绍母亲说，这是我的母亲耆婆。

法师作揖道，公主好，我已经听说你们的事迹了。佩服！佩服！

耆婆赶紧回礼道，法师，我已是出家人，不再是公主了，法师的道行和法力的确在西域三十六国众僧之上，罗什能拜您为师，如您所说，是前世的因缘。不知法师是否也可收我为徒？

法师一听，忙道，公主，按理说，比丘尼是要拜比丘尼为师的。

耆婆说，昔日，佛陀的养母出家时，佛陀可是她的法师。请师父看在佛陀的分上收我为徒。

说完，耆婆就跪地拜起来，法师犹豫了一下，便将她扶起来，说，既然如此说，我也就破破例吧，起来，起来吧。

耆婆刚起来，谁知浮陀波利也跪下说，法师，既然收了公主和罗什公子为徒，多收一个也不多，就请法师也收我为徒吧。

法师问耆婆，这位又是谁？不是已经出家了吗？

耆婆说，这位小师父名叫浮陀波利，是小阿兰陀寺住持达摩瞿沙的弟子，是他一路护送我们来找您的。

法师说，既然已经拜了达摩瞿沙为师，又怎么能拜我为师呢？

浮陀波利说，师父，请让我叫您师父。说真的，我本来也没有要拜您为师的想法，但今天您收服猛虎的情景感动了我，不知为什么，我就突然有一种非常强烈的冲动，想拜您为师。我没有别的要求，我就想一心侍候您，同时，也向猛虎说法，降服其心，归于佛法。

法师一听，颇为感动，即说，好吧，既然你如此说，我也不妨告诉你，上一世，你就是杀死猛虎前世将军的一位军人，本来也是要堕入地狱的，但你在杀死将军一家人的过程中，目睹了宫廷的残酷，便在上一世就出家为僧，一心拯救自己的灵魂，所以，此一世在七岁的时候就开始听经，十岁时正式出家为僧。是不是？

浮陀波利更是惊讶，说，法师，您连我这些事都知道啊？

法师说，这个容易。所以，今天降服猛虎，其实我就在等你。也只有你为它说法，开示它，它才会真正收服其心，一心吃素，来生求得解脱。谁知你自己已经愿意做这样的事，真是天降佛缘。你也会因此而修得罗汉果。

浮陀波利一听，更是感动，他说，师父，您如此一说，我的决心更大了。

几十年之后，当罗什在夕阳中听到一声呼唤，便莫名地向着西方张望寻找时，他看到的第一个人便是母亲，然后可能是父亲，也可能是槃头达多师父，而紧接着出现的竟然不是浮陀波利和达摩瞿沙等人，而是那只猛虎。他发现，就是从那一天开始，他的心真正地被佛法所降服、所感动。

　　他看见一只猛虎在夕阳中向东张望，目光已温柔无比，早已脱去野兽的凶猛，像一位兄弟。他伸出手，想拍拍它宽阔的额头。

舌战群僧

春天。冰雪消融。

巴米扬山谷已经深深印下小罗什跟随师父开凿石窟与大佛的脚印。山谷里回响着罗什与师父的对话：

师父，为什么我们这么早就来到这里。

迎接光明。只有迎接光明的人，心中才有比别人广大的光明。

那我们身处黑暗中怎么办？

我们就是光明。

那我们为什么还要迎接光明呢？

因为黑暗本身不能带来光明，只有光明能驱除黑暗。

……

师父，这尊立佛有多高啊？

罗什，天有多高，它就有多高。

它是谁造的人呢？

当然是我们自己。从我们认识佛教的那一刻开始的。

那师父，它什么时候完成呢？

无我的时候。

……

春天的时候，巴米扬山谷隐藏着一场无比广大的秘密与快乐。有绿色的铺陈，有雪水流动的声音，有百鸟的鸣叫，有石头的缓慢蠕动。罗什感觉到了。他问师父：

师父，您听到了吗？山谷里有一场盛大的音乐会。

是的，罗什。它们正在赞美佛陀，有的还在跟你打招呼呢。

师父，您说生命是什么？

当然是灵魂了。

那灵魂是怎么产生的呢？

从来就有，不生不灭，不增不减。

那灵魂成佛后，生命不就不轮回了吗？灵魂不就减少了吗？

罗什，有我之境，是个体，是我执，是个体灵魂的轮回，一旦进入无我之境，就无个体之分，无我执，灵魂还会减少吗？

明白了，师父。

……

当巴米扬山谷被绿色装点完，被百鸟礼赞后，梵衍那国王又和槃头达多法师商议，如期在卧佛寺召开无遮大会。罗什、耆婆与浮陀波利以及众弟子前一天就开始准备了。梵衍那国几十个大寺的所有僧众都聚到了这里。

使众人们未曾想到的是，国王在第二天又一次将自己的财产、王后、王妃、王子们都施舍给了众寺院，而将王位施舍给了自己的弟弟，自愿成为卧佛寺的一名僧侣，成为槃头达多法师的一名徒弟。他向众人说：

自从去年秋天听了法师讲说猛虎的前世与今生之苦，便觉得我的祖先犯下了不可救药的大罪，我的那些祖先今天肯定仍然生活在地狱之中。他们的苦与罪，皆因贪念王位，非为百姓考虑。他们需要有人去超度，需要有人替他们受罪。诸王之中，我未见一人。我们这些王族中人，都是深受世俗迷惑的人。唯有一人值得尊敬，即我的父王，他在巴米扬山谷开凿佛窟，造大佛像，叫众生顶礼膜拜，但是，他也舍弃不了自己的王位。本王在很小的时候，他就教我如何行使王权，但未曾教我礼拜佛陀。本王今年已五十有六，早已想归入佛门，为先祖们念佛，度化他们。同时，也找到了王弟来接替我。他今年四十有六，为人忠诚，爱护百姓，以他为王，我也就放心了。去年秋天，本当以身伺虎，替我的族人们和后辈们还清冤债，怎奈众臣阻拦，未能成愿。半年多来，本王一心向善，心意已决，请众臣再勿阻拦本王。

说完，他又面向法师跪下，说：

法师，如非得您开示，本王仍然还在迷途中逍遥。今日拜师，还望不要拒绝。我听说猛虎在法师的开示下，和浮陀波利师父的说法下，已经降服野心，开始吃素。弟子愿意每天听您说法，并为其割草伺候，以求得其永久的宽恕和谅解。

众臣们早就担心他这样做，所以，文臣武将都一一劝说。有位文臣说：

大王，我等无明，所以不明法师所说是否真实，但即使是真实的，我等也以为大王应当效法无忧王和迦腻色伽王，大力弘扬佛法，而不是以出家为唯一方式。

法师也劝道，大王，众臣说的极有道理，大王应当学习先王之法，将佛教弘扬到更为广大的地区，这样的愿力与修为不比大王自己出家修行差。

国王说道，你们说的这些我都想过，但是，诸位应当知道，我自四十岁始，就经常患病，体力上远不及先王。自前年以来，病已深矣，一个月只能出朝半个月。去年以来，出朝时间又少至十天。非本王不愿意效法两位伟大的先王，而是体力不支。同时，在近年的修行中，我也觉得两位伟大的先王还是存在诸多罪恶，尤其是迦腻色伽王，所以，文人们多有抱怨与谴责。这就说明，他们广大佛法是有功德，但他们自己的修为就不敢苟同了。所以，这件事我已经想得非常明了了，请法师再勿劝说。

国王说完，而向台下说，请王弟上台。只见国王的弟弟上了台，国王说，本王将王位传至于你，希望你能勤政爱民，同时，继承先王之志，大力弘扬佛法。

王弟跪拜。再起。国王便对众臣说，请大家拜见新国王。说完，他先跪拜。把新国王吓了一跳，赶忙要扶国王，国王却说，现在你是国王，这是必须的礼规，让大家都拜见吧。没办法，新国王只好应了。

大臣们和众僧们都跪地拜见。罗什对母亲说，我看这位国王是真心要退位学佛，而新国王也还不错。耆婆说，希望如此。

过了一会儿，新国王对法师说，法师，王兄将王嫂、王侄等都施舍给了寺院，本王有一想法，不知是否该讲？

法师说，请讲。

新国王说，王兄将他们都作为自己的财产施舍出去了，但未知他们是否愿意成为比丘和比丘尼，若都愿意，自然是顺了王兄的善意，同时也没有违背他们自己的意愿，但若有不愿意，我是否可以先赎回来，还他们自由身，另置王府安顿他们，等他们确有心意向佛时，再如此。

法师说，国王之意甚好。

于是，问王后、王妃、王子们。竟有大半多愿意跟随国王出家，有一王子和两个王妃不愿意。新国王便自己拿钱，将他们从卧佛寺和其他寺赎了回去。

众人都叹说，还是原国王待人宽厚，竟有这么多人跟随他出家。也有人赞美新国王。无遮大会再无新事，不久便落幕。新国王将槃头达多和卧佛寺的几位高僧请到王宫，给他们批拨了钱款，让他们带领众僧，并请当地民众一起在巴米扬大佛旁进一步开凿石窟。然后，他又请来全国的画家们在石窟的四壁上画上佛教中诸故事。槃头达多的事便多了起来。如此，他忙了两个月，终于将各种事情都安排妥当了。

一天，槃头达多对罗什母子说，我在梵衍那国已经待了将近十年了，我准备要离开这里了，你们也收拾一下，随我去迦毕试国吧。

耆婆奇道，师父，新国王请您开凿石窟和勾画壁画，这是大功德，如今刚刚开工，师父却为何要去他国？

槃头达多说，我与新国王接触了几个月，发现他对佛教并无真的诚意，当然也不能说他完全不信。他只是在敷衍他哥哥。最近，他给我说石窟的事时已经流露出不快，他说，老国王把国库都施舍空了，拿不出钱来，所以要向百姓加税。我说，这样就不用大修石窟了，应当在财力充足的时候再修，可是，他说他不好向哥哥交代，怕大家不拥护他。我估计，石窟之事只能进行一半就停止了。我再待下去，对他和他哥哥都不是好事。我在这里的时间太长，民众都听我的话，再待下去，就会与新国王产生矛盾，对谁都不好，说不定新国王还会加害老国王，引发战争和动乱，造成大罪，所以，我想去迦毕试国。迦毕试国如今是佛教最兴盛的国家，全国有一百多座寺院，国王也笃信佛教。一来可以免罪孽，二来也可寻求新的佛缘。昨日，我已向新的国王请示去周游列国，他也允许了，说明他是希望我离开的。过去老国王可不是这样，我几次说要走，他是千方百计地挽留我，就如同龟兹国挽留罗炎国师一样。所以，昨日我已经安排新的住持了，让他照顾好老国王。大多数人还不知道。

当下罗什母子便收拾了东西，与师父一起出了卧佛寺。走了几步，碰到浮陀波利，他问罗什，你们与师父要去哪里啊？

罗什看了看母亲和师父，还是耆婆反应快，说，师父要我们跟他一起去一趟小川泽僧伽蓝，去看看寺里的草衣。师父本来也想叫你一起去，但这一去要好几天，老虎就没人管了，师父说，你与老虎本就有缘，老虎离了你说不定会出事，所以，这次你就不出去了。

樊头达多也说，老虎的寿命一般最长二十年，如今它已经过了十五年了，也就是说，你们还有不到五年的缘分，希望这五年里，你和老国王能善待它，以使它灵魂得脱，不再转世害人。我去几天就回来，所以，也未与你们大家说。

浮陀波利也未起疑心，便说，师父如此说，我们更当用心一些。

于是，罗什师徒三人便往大雪山来。路上，罗什问师父，师父，徒儿一直好奇，您是怎么缚住那只猛虎的？大家各说纷纭，但不知哪个是真的？

法师说，噢，你倒是先说说大家是怎么说的。

罗什便说，有人说您有神通大力，遇到猛虎时便轻轻施展法力，猛虎便不敢动了，然后您让徒弟们把它绑起来；也有人说，您会各种西域幻术，用幻术将猛虎吓住，然后缚住了它。

法师笑着说，你相信哪个？

罗什说，我都相信，师父。

法师便笑道，罗什，所谓入乡随俗，就是说人到一个地方去，一定要与那地方的乡俗同流，然后大家才会认为你是他们一伙的，才会相信你，你也才会安定下来。佛教本不是西域各国的宗教，而是南天竺国的宗教。西域各国信的是各种鬼神，靠巫术，刚才你说的幻术便是这些巫师们的法术。我的父亲是一位巫师，所以，从小就学会了各种巫术，后来得遇我的师父罗摩恒达，他要我真心诚意，学习佛法，可能因为我天生就是巫师的缘故，有灵气，所以悟性高，记忆力强，小时候与你差不多，过目不忘。我的师父罗摩恒达的师父是迦腻色伽王时的大师马鸣菩萨的第十二代传人。说是传人，其实肯定已经有了大变化，融合了各种学说。所以，我的身上既有我们西域自产的各种巫术，同时也有佛法，当然，是以佛法为主旨，巫术为辅助手段。我之所以让大家觉得有神通，就是继承了我们先祖留下来的巫术，能知鬼神，能知过去，还能以佛法来降服众生。对待猛虎，自然是两种法力都有，先捆住其灵魂，然后缚其身，就简单了。

罗什惊道，怪不得师父比其他法师都要高明，有神通，原来如此。请师父也教我。

樊头达多叹了一口气，说，原来我父亲教我时，说能做巫师者，乃一国之国师也。所以，我先祖们一直是国家的国师，但到佛教传入西域各国后，我的先祖们就开始受到冷落。但是，仍然有一条规矩，即传男不传女，同时，要在家族中找最有灵气者传授，从小开始传授。没想到，到我时佛教已经广大无边，我们先祖们留下的这些法术就成了外道，所以，我才学习佛法。我的家族已经四分五裂，除我之外，再无继承者。我呢，偏偏那时痴迷佛法，就出家为僧了。当然，也可以像你父亲那样一边做国师，一边在家修行，但我的师父说那样不彻底，佛陀都出家了，所以，我也就出家了。十几年来，我一直在暗中寻找能继承我这些法术的人，也有几个，试了一下，心术不太正，就放弃了。去年见到你后，便觉得后继有人了。但是，这些幻术大法并非佛教正法，所以，不可外传，只能秘密传授，这也是我带你出来的原因所在。

耆婆与罗什这才知道师父为何只带他们俩人的缘故。师徒三人并不急着赶路，而是走走停停。一路上，认识槃头达多的僧人非常多，都在询问他往何处去。后来，槃头达多便对众人说，他是要去参加迦毕试国的无遮大会。一路上，他们所到之处都由耆婆安排，或住寺院，或住客栈。法师与罗什住一处，夜间向罗什传授幻术。

不久，他们翻过大雪山，到了迦毕试国的小阿兰陀寺。达摩瞿沙出门迎接。第二天，整个迦毕试国都知道他们三人到达的消息。达摩瞿沙对他们三人说，大师降服猛虎、国王出家以及罗什拜师的消息早已在我们这儿人人皆知，国王也知道了，有一天他问我，迦毕试国不如梵衍那国吗？我说，当然不是。国王又问我，那为什么槃头达多不来我国，却在梵衍那国一待就是十年。梵衍那国的佛教就因为他而盛行，后来，听说又来了位神童鸠摩罗什，还是鸠摩罗炎国师的公子，本来是你的徒弟，可为什么也没留在我国，而是去了梵衍那国？我羞愧难当，对他说，当今世上，佛学最高者当属槃头达多法师，而后辈人中，可能就要属鸠摩罗什了。我的道行不够，既不能与槃头达多法师相比，也再教不了罗什了。国王便问我，怎么才能请他们来我们国家呢？我说，这就看国王您是否重视佛教，如果重视，我可以去请他们来这里讲法。国王反问我，难道我还不重视吗？迦毕试国可是大国，梵衍那国原来只是我们的属国，以后也肯定是属国，它怎么能与我国相比呢？我一听，便说，既然国王如此说，那我到夏天就去请大师，秋天就可以参加无遮大会了。没想到你们自己来了。这真是佛缘啊。

罗什和耆婆都很高兴。耆婆对达摩瞿沙说，我也成了大师的弟子。槃头达多笑道，公主聪慧，心诚意诚，已经证得阿罗汉初级果位了。

达摩瞿沙说，祝贺公主。这样吧，大师就住我寺，公主和罗什仍然住原来的伽蓝寺，我去宫里告诉国王你们来的好消息。

耆婆说，就让罗什住你们寺吧，让他伺候好师父。

达摩瞿沙回来说，国王确定要在后天召见你们，他要让全国寺院里的高僧都来参加，因为有些寺院离得远，得一天的路程，所以定到了后天。

进宫那天，达摩瞿沙陪着三人进了宫，先去拜见了国王。国王是位四十多岁的身强力壮的人，他一见三人便说，你们的事迹我都知道了，你们现在可是整个西域甚至天竺国的精神领袖了。

耆婆赶紧说道，不敢，国王，师父没问题，贫尼与罗什实不敢当，才在学法。

国王看着耆婆说，公主，难道你不是这些国家王室中最有道行的人吗？试问，除了你还会有谁？公主能出家事佛，是多么高尚的行为啊，本王佩服。至于公子，比你的名气还要大啊，人人都说，他可是几百年不遇的不世人才啊。大师，您的地位不用我说了，有朝一日，本王也效法梵衍那国王随您学法，现在，我要效法的则是无忧王，把佛法广大。

槃头达多双手合十，赞道，国王英明，对于佛法来讲，无忧王和迦腻色伽王都是护法大王，功德无量，这是佛教之幸啊！请受贫僧一拜。

说完，槃头达多便鞠躬礼拜，其他三人也跟着礼拜。国王笑道，本王是诚心诚意地请三位住在我们这里，光大佛法。然后，我们要把佛法传播到更远的地方去。法师，你可有什么好的建议？

槃头达多一听，便说，大王确是无忧王再世，依贫僧之见，佛法已经越过雪山传至龟兹并播向中国，但是，那里的佛教典籍不仅很少，而且因为语言不通，翻译得有问题，缺乏译经传教之人，所以，大王可以像无忧王一样派出僧人去中国传教。

国王一听，说，好，此建议很好，今天我们就可以从来的高僧中派出几个去中国传教。

说完，他们来到大殿，连同大臣和各寺高僧共有近两百人在场，黑压压一片。他们一到，大家安静了下来。国王对在场的人说道，今天请大家来，有三件事，一是我想请槃头达多做我国的国师，二是请大家认识神童鸠摩罗什，三是今天要从在座的各位高僧中选出几位去中国传教。

国王说完，底下一片争议声。连槃头达多也愣了，他说，大王，国师本来就有，一国怎能有两位国师？再者，大王刚才并未征求贫僧的意见，贫僧心里没有思想准备。

国王一听，笑道，好，我们一件一件来。国师的确是有的，但是，国师这个位置并非人人可坐，而是由佛学的高低来确定，所以，也不是我这个国王能定的，实在是由各位学佛的人自己来定。试问，今天在场各位之中，谁的佛学最高？

底下便无人回答了。国王便问，国师可在？

国师应声而出。是一位六十多岁的僧人，瘦瘦的个子，花白的胡子，看上去慈眉善目。他向国王敬了礼，说，大王，自然是您面前的槃头达多法师，这个人人皆知，不可辩驳。多谢大王能礼遇这样的高僧，同时，也让我能腾出时间好好学习佛法。

但下面仍然有嚷嚷声。一个僧人出来说，大王，人们都说槃头达多法师佛学在我们之上，但我们也是很少与他谋面，我们并不知道他到底有多高的道行和法力，同时，大王选国师，也应当在本国僧人中来选，一则熟悉本国情况，二则安定民心。

国王一听，便说，你这是愚见，僧人哪有什么国籍？他们浪迹天涯，四海为家，只以佛法为国。佛陀在南天竺出生，佛教足迹却遍布整个天竺。若按你的意思，佛陀只能待在南天竺了？

那人一下子脸红了，欲言又止。国王说，迦毕试国如今是贵霜帝国后最大的帝国，当然是要天下最好的法师来当国师。这样吧，若你们觉得槃头达多法师的佛学修为还有待见证，那不妨今天就成为一次绝好的论道大会。刚好今天全国各寺的住持都到了，若是槃头达多法师赢了各位，各位必须以法师为宗师。当然，若是法师……

他转身看着槃头达多法师不知怎么说下去。突然，他看到了罗什，便笑道，这样吧，出于对法师的尊重，各位可以和他的弟子鸠摩罗什讨论，若是这位小师父输了，再请法师出面。如此可好？

罗什一听，有些不安地看着母亲。耆婆也未曾想到国王会有这样一个想法，但是，在这种情况下，又怎能拒绝。她便悄悄对师父说，师父，如此也好，罗什年幼，若输了再请师父出面。

槃头达多说，我未曾想过要做什么国师，我现在拒绝好了。

达摩瞿沙拦住了他们，说，不可，大师在这么多僧人面前拒绝国王，国王就太没有威信了；其次，国王确是弘法之人，他也怕法师不同意，才要这么做，依贫僧之见，这也是法师的法缘，可在此大力弘扬佛法；其三，依我对这些僧人的了解，罗什应对他们，应当是可以的。

台下仍然一片混乱。国王便问槃头达多，法师，如此虽有不恭，但也可以在此弘法。

槃头达多双手合十，对曰，大王，贫僧其实也只是小有所成，实不敢做贵国的国师，但弘法之事，若有所需，必当赴汤蹈火，在所不辞，至于辩论，可先由小弟子罗什代论，有贫僧出面请教诸位法师的地方，贫僧定当谦虚请教。

国王便对大殿中诸法师说，各位法师，今天我们就来一个佛法辩论大会，大家先向这位鸠摩罗什小师父讨教，若是小师父回答不了的，可请他的师父槃头达多来回答，若是槃头达多大师也回答不了，且连续三次回答不了，那就算是槃头达多输了。槃头达多大师，今天殿里法师多，您可限定大家给您提多少个问题，我想，问题也不要太多。

槃头达多看了看罗什，说，既然是讨论，请大家可随意提些问题，至于多少，到时候请大王决断。

国王看着罗什说，小师父，你说呢？

罗什说，师父已经说了，请他们随便来问好了。

国王笑了，但殿内众法师就极为不满了，尤其是原来的国师在位十多年，大多数寺院的住持都是他安排的，所以，殿内唏嘘声一片。国王说，那就开始吧，到下午申时结束。午饭就在宫里吃，吃饭的时候，大家也可互相讨论。

于是，国王宣布开始。第一个出来提问的僧人是一位五十岁左右、长着一脸络腮胡子的男子，他说，听说槃头达多法师去年在梵衍那国降服猛虎，小师父，可否以此打一偈子。

达摩瞿沙低声对耆婆说，此人本来是一文臣，能诗会画，因与佛法有缘出了家，发誓一定成佛，据说，国师退位后，他是后备人选五人中的一位。

耆婆说，怪不得他出了这么一道题，这可怎么办？罗什倒是背了很多偈子，但还没自己做过呢？

达摩瞿沙便站起来大声说，这个不是讨论问题，而是作诗，请法师另出一道题吧。

那位法师说，这也是佛法的一种修为，小师父若作不了，就请大师父来作。

话音未落，就听罗什站起来，用童稚的声音念道：

手握一善念
即能缚猛虎
破除千般执
跳出轮回苦

本来耆婆为罗什暗暗叫苦，她没想到第一个问题就如此之难。如果是她，她第一个回合就失败了，何谈后面的辩论。现在一听，她几乎是有些狂喜。她万万没想到，罗什还能作诗。

达摩瞿沙第一个叫好，国王也跟着叫好，鼓起掌来。大臣们也跟着鼓掌。国王问罗什，小师父，以前你作过诗吗？

罗什说，没有，大王。

国王便说，那你这首偈子是怎么得来的？是你刚才作的？还是你师父以前作的？还是你听别人说过？

罗什说，没有人作过，我就是从前人作过的偈子中忽然想到这几句。

国王说，听说你一天能背一千首偈子？

罗什说，是的，大王。

国王便笑道，那也难为你了，我们也背过太多的偈子，但能在片刻之内作出这几句也是不易。好，你胜了。

第二个上场的是一位四十岁左右的尼姑。她瘦瘦的脸庞，一脸苦相。她说，小师父，你的事我们也听说了，都说你是几百年以来少见的人才，贫尼有一问题，也是近年来苦苦相执的大问题，想请教于你。

罗什一听，就有些害怕。她这么大年纪了，被一问题苦苦相逼，他能回答吗？他正在想，就听尼姑说，近年来，我身体常有小恙，而修道又不够，所以常常在想，我们修道到底有什么意义？我们看破世俗，觉悟佛法，要的是刚刚你说的跳出轮回之苦，但是，贫尼在想，我们成佛后去了极乐世界，而佛法是永恒的吗？极乐世界也是永恒的吗？永不消失的吗？请小师父开示于贫尼。

罗什答道，法师好，这个问题我在不久前与师父探讨过。那是从梵衍那国往迦毕试国来的路途中，路过一座寺，名叫小川泽僧伽蓝，想必法师也去过。寺中有佛齿，有大阿罗汉用的铁钵，还有商诺迦缚婆的一袭九带僧衣，是用商诺迦草的纤维纺成的。商诺迦缚婆是阿难的弟子。据说，在他修道的某一世里，他就身裹这件商诺迦草衣。在解安居当天，他把草衣施舍给了众僧。他没想到，这一施舍的福力，使他后来五百世的转世轮回中，都穿着这样的衣服。在他最后一次转世时，胎儿就是穿着这身僧衣降生的，而且以后随着身体逐渐增长，僧衣也随着逐渐宽大。在阿难度他出家的时候，他的草衣就变成了法服。到他受具戒的时候，又变成了九带僧伽胝。到他即将圆寂的时候，他进入禅定境界，并发愿留下这副袈裟，希望袈裟随同佛陀传下的法教永久于世，直到佛法完全毁灭以后才会完全坏掉。我们看到那副袈裟时，已经略有变坏的迹象。

众僧都静静地听着罗什讲解，罗什讲得真切，都有些伤感了，他说，我当时就问师父，这是真的吗？师父说是真的。我又问师父，如果是真的，那么，佛法就有可能像传说中那样毁灭吗？师父说，是的，佛法讲，相由心生，同时也讲心性生佛，若心中无佛，佛便不在。所以，我在想，假若没有人去传播佛法，而别的宗教和知识又在不断地传播着，那么，佛法将会被越来越少的人接受，最后，当没有人相信和接受佛法时，佛法就真的毁灭了。

有僧人立刻问道，如你所说，佛法就会被外道所取代？

罗什说，若我们都不去弘扬佛法，佛法就会受到外道的侵蚀，就好比那件袈裟一样，没有轮回中的求道与弘道，只是静静地被时间所侵蚀，总有一天都会毁坏的。

又有一位僧人站起来说，这只是你的比喻，请问小师父，哪部佛经中说过佛法会毁灭？

罗什说，《金刚经》中说，在佛灭度五百年后，若还有人持经弘法，其福报会比任何施舍行为都要多得多，甚至比佛陀还要了不起。佛陀为什么会如此说？就是因为佛法在传播的过程中会被外道侵蚀，会被人遗忘，所以，弘扬佛法的人才会比静静修道的人更伟大，有更多的福报。

国王一听，鼓掌立起，说道，小师父说得太好了。没想到他这么小，就能有这样了不起的志向、胸襟和承担。如他所说，佛法是否毁坏与我们在座的各位都有关系。若我们能像无忧王时期的国王和信徒们那样去传法，佛教就会永存于世，造福苍生。

国王话音刚落，立刻有一位文臣站起来问国王，大王，听说这位小师父无所不知，不知我们这些臣子们也能否请教于他？

国王说，当然可以，但这些不是佛教的知识，可以问，不过可以宽限几个问题。

这位文臣便说，听刚才这位小师父说，佛法也会毁灭，所以，需要我们大家去弘扬，我们这些没有修道的人，也极想了解一些佛教的历史和知识，但我们留下来的似乎极少，听说大多在经里，那么，小师父，请问你对佛教的历史熟悉吗？听说你能看懂中国书？中国书中有没有关于佛教的记载？可否给我们简述一下，也算是给我们这些文臣武将们补补课，也让我们知道我们怎样去做才算是弘扬佛法。

国王一听，说，嗯，问题多了，但对你们这些平日不学佛法的人，这些问题是极好的，罗什，你就把你所知道的给我们讲讲吧。

罗什一听，便说，按说，这些都是常识。但据我父亲讲，我们与东方的中国与西方的罗马相比，我们这些佛法盛行的地方是没有历史的，只有宗教的知识，而那些国家都有专门的史官来记述国家发生的事情。所以，那些国家从古至今发生了什么，他们都知道，而我们这些国家，是没有专门的史官的，所以，我们对我们的前世并不清楚，我们不知道我们国家是怎么来的。我们只能从老人们的记忆里和一些传唱中知道一二。我父亲讲，关于天竺国与佛陀的历史，以及贵霜帝国、迦毕试帝国的历史，可以从罗马和中国的史书中去查看。

国王一听，迷惑地说，你的意思是，我们的历史需要他们给我们说？

罗什说，是的，比如，我父亲说，中国有史书如《史记》，记载的是从古代到汉武帝时代的历史变迁，很清楚。还有一部叫《汉书》，是熟悉我们西域这些国家的一个汉朝大将班超的哥哥班固写的。他参加过中国与匈奴的战争，对我们这边很熟悉，也记录了很多我们这些国家的事情。最近，还流传一部史书，是近些年传到龟兹的，叫《后汉书》，是继前面两部史书之后写的，对我们西域有很多笔墨。罗马也有历史，对我们也有记载。

国王兴奋地说，噢，那他们是怎么说的，请给我们讲一讲，倒是让人极为感兴趣的事。

　　罗什说，他们的史书上讲的与我们的传说有很多是一致的，只是我们的传说在后期就加入了很多个人的想象，变得无比神秘。他们的书上说，最初，在古天竺生活的人们信的是古老的宗教，并非佛教，但一群骑着马的雅利安人来到了天竺，占领了那里，并建立了新的宗教，叫婆罗门教。一千五百年后，释迦族的王子悉达多不满于婆罗门教种下的种种不平等恶业，于是创立佛教，消除这些恶业。佛教初创时期，佛陀派出十大弟子向外传法。那是佛教第一个昌盛期。过了两百多年后，天竺国迎来了他最伟大的时期——孔雀王朝。帝王阿育王早年征战不断，杀业太重，晚年笃信佛教，消除恶业，他立佛教为国教，并集结国内高僧编纂整理佛教经典。这还不够，他派出大量人力向世界各地传扬佛法。据说他把佛舍利分为八万四千份，想在世界各地修建八万四千座佛塔。这是佛教传播的第二个时期。关于这些传说，我们的佛经里记载的很多，与东西方史书记载差不多，大概他们也是听我们的传说而记载下来的。

　　罗什喝了一口宫女送来的香茶后继续说道：第三个时期便是贵霜帝国时期。这一时期，中国的史书记载得就较为详细了。虽然也不能完全信，但毕竟是天底下唯一记载我们历史的史书了。他们的史书上说，贵霜帝国起于中国河西走廊一带，也就是龟兹国的西南部。据说那里草场肥沃，后来又开垦土地，人口众多。近几百年以来，中国也战争不断，所以，大量中国的贵族都逃到河西避难，那里便成为中国最繁盛的地区之一。贵霜帝国的先祖们最早就生活在那里，属于大月氏族，曾与匈奴对垒。当然，也可能是从其他的地方迁徙过去的，但史书上已经没有记载了。史书上只记载，大约在 800 年前至 500 年前，这些大月氏人游牧于中国的河西。那时候，贵霜帝国的东面和北面是两大国家，一是中国，二是匈奴。匈奴很强大，常常想灭了中国，所以，中国也就想打败匈奴。这里就发生了很多故事。在中国与匈奴打仗的时候，贵霜帝国乘势就壮大了起来，重新统一了天竺，开始发展佛教。

　　罗什讲到这里时，所有人都听得入了迷。事实上，整个国家并没有几个人了解这些历史，所以，也就无人能提问题，都认真地听罗什来讲。这一次，十一岁的小罗什不仅发现父亲教给他的太多太多，而且连他也惊讶地发现，他的记忆力超乎寻常。要知道，这些历史，都是父亲在与中国的商人们聊天或偶尔讲给他听的，他竟然也能讲得头头是道。时至午时，大殿内上了饭食，众人一边吃，一边听罗什继续讲。罗什匆匆吃了一些，喝了点水，继续讲道，中国有一位很厉害的皇帝，叫刘彻，史书上称他为汉武大帝。据说，他建立的帝国是当时世界上最强大的帝国，比我们的帝国要强大得多。

这时，有一位武将嚷嚷道，怎么可能呢？我们才是天下最大的帝国。国王笑了笑，问他，你知道中国和罗马吗？那位武将顿了顿说，不知道。国王便说，那你就认真地听听。

罗什笑了笑，继续说，其实，天下的强国是经常在变化的，一会儿是中国，一会儿是罗马，再一会儿又是孔雀王朝，再后来便是贵霜帝国，现在我们的国家当然也是很强大的。至少现在的中国四分五裂，分裂为十多个小国家。中国的汉武大帝为了打败匈奴，就派出了一个叫张骞的人来联合大月氏国。这个人的活动在中国的史书中记载得很详细。结果，他在中国的河西就被匈奴抓了。但匈奴王没有杀他，想让他投降。他在匈奴的帐篷里住了十年，十年间，他花了不少心思，了解到大月氏国已经迁至伊犁河流域，后来又被乌孙国打败，被迫迁至阿姆河流域。

罗什看着众人说，这个时候，就要再翻翻罗马的历史。在罗马帝国建立之前，还有一个伟大的帝国，叫马其顿王国。国王叫亚历山大。这是个年轻人，他的老师是一位哲学家，叫亚里士多德，生活在一个叫雅典的城里。亚里士多德的老师叫柏拉图，是另一位哲学家。柏拉图的老师叫苏格拉底。他们是罗马帝国之前那片土地上最了不起的思想家。年轻的国王亚历山大就想把雅典的精神、文化带到其他的地方，与我们的阿育王一样，也想传播自己的文化。但他的方式比阿育王要残酷，他是通过战争。他从遥远的西方一直打到了我们现在所在的城市迦毕试城。我想，关于这些记忆，我们的老人们有传下来的。那是六七百年前的事了。

大家都沉默了下来。罗什继续说，那个时候，亚历山大的部队在阿姆河流域建立了一个国家——巴克特利亚，后来就被大月氏人灭了，变成了大月氏国。他们慢慢安定下来，过着安居乐业的生活，不愿意再花精力征战匈奴。中国派来的特使张骞从中国最繁华的都城长安出发，经过了十一年的时间，来到了大月氏国，在那里住了一年多时间。从那以后，中国人就都知道我们这里有些什么国家和人种，有什么样的宗教，吃什么，穿什么。他记载得清清楚楚，回到中国，给同样年轻时就做了皇帝的汉武大帝讲了。亚历山大比汉武大帝要早两百多年，都是少年英雄，但亚历山大很快就得病死了，要不然，我们现在信仰的可能就不是佛教了，而是现在的罗马人信的基督教了。关于基督教我知道的不多，我父亲也很少向我讲起，所以我不能再讲什么了。

国王听得津津有味，说，太不可思议了，世界上竟然有这么多事，我一点都不知道，请罗什小师父继续讲下去，我想知道那个叫什么张骞的人后来怎么样了。

罗什说，张骞这一次徒劳无功，但他带了我们的很多物种到了中国，在那里开始生根发芽。事实上，我们是要感谢张骞的，他带去的也是佛缘。从那时候开始，中国人就经常想到这里看看，而我们这边的人也常常去中国做买卖。张骞给汉武大帝绘了一张整个西域的地图。这使得汉武大帝有了布兵的把握。后来，中国终于发动战争，打败了匈奴。月氏国一看自己的强敌匈奴被打败，发现自己有了新的历史机遇。经过一百多年的努力，大月氏的贵霜部族统一了其他族，终于建立强大的贵霜帝国，与中国、罗马、安息并列为世界的四大帝国。

罗什说到这里时，大家的脸上便显出得意，好像他们生活在贵霜帝国一样。罗什也笑了笑，继续讲道，到了迦腻色伽一世时，他做了一件与阿育王同样伟大的事，被称为"阿育王第二"。他依从胁尊者的指导，召集世友以下的硕学比丘五百人在纂辑三藏，并加以编述注释，共三十万颂，九百多万言，历时十二年之久。他将当时世上最了不起的佛教学者都集中到自己的身边，如世友、马鸣、龙树等，都受到了空前的待遇。龙树菩萨自不必说，胁尊者、世友、马鸣都是当时的大学者。贵霜帝国在迦腻色伽王一世时完成了佛经从口传到文字记录的第四次集结，将佛教的中心从恒河边移到北方，迦毕试国和附属国犍陀罗国所在地便成为当时佛教最为兴盛的地区。这是佛教的第三次大发展。迦毕试城是迦腻色伽王的夏都。所以，我要说的是，大王所在的地方，也是今天我们所在的国家，就是今天佛教最昌盛的地方。大王若是想弘扬佛法，将佛法传至更远的中国，那么，就会迎来佛教的第四次大发展。

罗什讲到这儿，他看了看国王，又看了看槃头达多，他说，大王也许不知道，我的师父槃头达多法师就是马鸣菩萨的第十三代传人。我刚刚已经讲过，无论是佛陀住世时，还是无忧王和迦腻色伽王时代，天下的大才都集中到了他们身边，佛法才得以光大。今天，大王要是想弘扬佛法，也必须把当今世上佛学修为最高的法师们请到自己的身边。

国王一听，又惊又喜，说道，真的是缘分啊，我刚看了看天气，已经到了申时，辩论结束。没有一个人能难倒罗什小师父，他的师父还未及出场，所以我宣布，槃头达多师法和罗什小师父获胜。各位，今天，不仅仅是我国的高僧们齐聚王宫，而且一直在梵衍那国弘法的大师槃头达多和龟兹国的公主耆婆与小公子鸠摩罗什也聚到了这里。这是天大的佛缘啊。今天进行的讨论，不知道各位高僧有没有受到教益，本王不但受到了很大的教益，而且获得了无比的信心。按照事先的规定，我宣布，槃头达多法师为我国的新任国师。

槃头达多赶紧站出来说，大王，贫僧还是觉得不妥，贫僧与迦毕试国的各位高僧交际还不多，机缘仍然不够，不足以承担大任，我可以先试着做做事情，然后再说。

国王正色道，大师，您的徒弟小罗什所讲的弘法之道您可认同？

槃头达多说，当然认同。

国王说，那么，您还要等什么时机呢？我们既然都有心为弘扬佛法做点事情，又分什么国家之别。

这时，达摩瞿沙也站出来说，大师，既然大王已经决定了，就接受国师一职吧。

达摩瞿沙又看看各位文臣武将说，各位觉得大王的决定是否得当？

大臣都说，得当。

达摩瞿沙又对原来的国师说道，请国师说句中肯的话，若觉得槃头达多大师不能胜任国师之职，可明说，也使大王不至于失策，但觉得能胜任国师一职，还请国师能诚恳地邀请为上。这并非你我之私事，乃国家大事，更是佛教大事。

国师一听，站出来对着国王敬礼，然后又对着槃头达多敬礼。

槃头达多说，请国师继续任职，贫僧可随意任遣。

国师双手合十，突然向着槃头达多跪拜道，法师，您的佛学修为，当世再无人可及，这是您未来迦毕试国时人人皆知的事情。只是众僧中有些人没有接受过法师的教诲，所以有所冒犯，但今日小师父罗什所言，的确使我们大开眼界，顿时开悟，尤其是法师在梵衍那国开凿石窟之愿行人人感佩，而小师父句句不离弘扬佛法的大愿，真的让贫僧羞惭万分。若法师今日不接受国师一职，贫僧就长跪不起。

先前与罗什讨论的尼姑也跪拜道，请法师接受。在她的带领下，很多人都喊道，请法师再勿推辞。

樊头达多只好接受。国王大喜。他说，好了，这两件事算是完成了，接下来是第三件事，对了，罗什小师父，我想再请教一下，过去我们有多少法师去中国传法？

罗什说，三百年前，中国的皇帝刘庄做了一个梦。第二天找人解梦，说是佛陀向他托梦，要他将佛教请到中国去，于是，他就派出人到迦毕试国来请法师，当时在迦毕试国传法的高僧迦叶摩腾和竺法兰被邀请去，他们去到中国的另一个繁华的都城洛阳翻译佛经。中国也为他们修建了第一座寺院，叫白马寺。从那以后，就不断有高僧去中国传法。最近几十年去的最有名的法师是佛图澄。他本是我龟兹人，九岁在乌苌国出家，两度到迦毕试国来学佛，七十九岁时去中国的洛阳传法，离今天四十五年。我们大多数人可能只是听说过他，他在中国有一个徒弟叫道安，是中国佛学最高的僧人。

国王说，他现在可否还活着？

罗什说，父亲听中国的商人和僧人们说，可能还活着。

国王吃惊地说道，那么，让我算算，他现在已经一百二十四岁了。

罗什说，是的，如果活着，应当这个年纪了。父亲说，他是真正的得道高僧。

国王说，各位高僧，罗什讲的大家都可听清楚了，本王有愿望想弘扬佛法，所以，今天的最后一件事是派出高僧去中国传法，不知有哪位愿意？

国王话音刚落，原来的国师就已经站了出来，双手合十，说，大王乃无忧王再生，贫僧愿往。

还有几位也站了出来，表示愿与原国师一起去中国。国王很高兴，赏赐了众僧。时已黄昏。国王便散去众僧，请樊头达多、达摩瞿沙、耆婆与罗什在宫中就餐。就餐后，国王又留他们讨论了一阵佛学的传播策略后，才让他们回去。耆婆回到了原来住的伽蓝，罗什则跟随师父去了小阿兰陀寺暂住，同时还要跟着师父学习西域幻术。

临睡前，樊头达多对罗什说，罗什，为师有句话，要对你讲。

罗什笑着对师父说，好的，师父，您说，要我做什么。

师父说，不要你做什么，而是为师的一些感慨。师父今天听了你在宫中的一番对答，颇有感触。说实话，知识是无穷尽的，佛教的知识你都学习得差不多了。你这么小，记忆力却能通神，天下恐怕无人能企及。这已经非常神奇了，而你理解力又惊人，能把这些知识贯通起来，是非常不容易的。今天为师知道为什么了，是你内心中有一股强大的力量，即弘扬佛法的愿力。这愿力使你广大无边，毫无门户之见，更使你拥有无限信心，能冲破一切障碍。在这两点上，为师比你实在差远了。他们今天问的第一个问题，若碰到为师，可能还得需要一阵时间，我平生没有作过偈子，没想到你能出口成章。第二个问题倒是容易回答，可也容易起争执。这个问题从我学佛以来就一直在争执，到现在谁也说服不了谁。你是心直口快，倒反而显得真了。我是赞成你的。第三个问题本来是很容易回答的常识，但你的回答超出了大家的常识，竟然回答到了众人无法再问的地步。你知道吗？不是你记下的知识征服了大家，而是你的胸怀、志向让众人感叹。国王是被你彻底感动了。为师要说的是，今天我是你的师父，恐怕日后你要成为我的师父了。

罗什一听，嬉笑道，师父是逗我呢，今日您是我的师父，就永远是我的师父。

师父说，咱们睡吧。

那是他们在一个房间休息的最后一晚。

想起往事

罗什在迦毕试国一时成为传奇。国王第二天即下令，每日供给罗什腌鹅一双，粳米、稻米、面粉各三斗，酥油六升，并派五名年长的僧人和十名年轻的沙弥供奉罗什和他母亲。国王给槃头达多国师置办了专门的府邸，槃头达多坚决请辞，于是，便住到了小阿兰陀寺。后来，国王又给他专门修了一座伽蓝。此为后话。

罗什母子跟随师父专心研讨佛经，一年后，槃头达多对耆婆说，你已经证得二等果位。耆婆非常兴奋。槃头达多又对罗什说，罗什，我全部的本事都教给你了，现在也没有什么可以学习的了，你们可以回国了，有两件事你要记住为师的话，一件是我教给你的幻术大法，不到万不得已的时候不要用，因为这在正统佛教人士看来是外道；第二件是向中国弘扬佛法，依你之年龄、学识和修为，做东方佛教界的宗师是没任何问题的，你要时刻提醒自己。

罗什下意识地将头转向东方，他问道，师父，您去过中国吗？

槃头达多苦笑了一下说，没有，为师年轻的时候，曾见过佛图澄大师一面，也是在国王的大殿里，他与众僧辩论，最后获胜。国王要留下他做国师，他谢绝了。我后来一直想追随他去中国，可是，大雪山把我的脚步挡回来了。

罗什问，这个我倒没听父亲说过。

槃头达多说，他要去东方传法。那时，他已经比我现在的年龄都要大了。他先去了你的国家，龟兹。那时，你的父亲，还有公主都没有出生呢。龟兹王想请他为国师。他在龟兹待了一阵，还是去了中国。

耆婆叹道，佛图澄大师的传说我听过很多，听说他先去了河西，在凉州翻译了一阵佛经，龟兹的一些僧人都慕名去找他，后来，他又往东去了。剩下的事情我听来龟兹的中国商人和僧人们说过一些，不是太清楚了。佛图澄大师是真的令人崇敬。

槃头达多说，但他有一个预言，你应该听说过。

耆婆说，是的，他预言，在他之后，天竺国和西域各国将有很多高僧到中国去传播佛法，但有一位高僧，将在他圆寂四十年后到中国传法，这位高僧将会把佛法在中国真正地兴盛起来，甚至其兴盛的程度要远远超过天竺。罗炎也是受到这个预言的暗示才要去中国，后来，他就知道这个人不是他了。

槃头达多说，我曾经也听说过这个预言，几次想翻过大雪山去中国，但最终也因为各种原因留在了这里。我一直在想，他预言的这个人的修为一定在他之上，我觉得我可能不是，罗炎国师也不是，那么，就一定会在我们的后辈人中。一年多来，我觉得这个人有可能是罗什你啊。

罗什失声地说，师父，您都不行，我能行吗？

槃头达多看着罗什的眼睛说，罗什，你一定会超过师父的。你要记住，佛学修为的高低一是在悟性上，在智慧上，但更多地在实践方面。

罗什若有所思地嗯了一声。

罗什去向国王告别，国王惋惜地说，你虽然才十二岁，但你的修为已经与你师父差不多了，可否继续留在本国，我们一起弘扬佛法。

罗什微笑着，不知说什么好。耆婆便说，感谢大王的恩典，我们会永远记得大王的施舍，既然结了这样的佛缘，我想有一天我们还会回来的，那时候，他也就长大了，就能帮国王处理一些事情了。如今我们已经出来五年多时间了，我王兄和罗什父亲不断有信来询问我们的情况，我们也想家了，先回去一次吧。

国王无奈地苦笑道，怕是与罗什一别，就永无见面之期了。

国王与国师将母子俩送至迦毕试城外，又派五位年长的师父一路护送他们往沙勒国去。母子俩不要，非要一路行乞而行，但国王不依。

国王望着远方对公主说，我不知道你们是怎么翻越葱岭到这里的，但我知道，每年派出去龟兹的使者，十个中就有两个埋骨于大雪山中，有的是因为身子骨不行了，有些却是被风雪卷走了。公主和公子是龟兹国的贵人，若是有什么闪失，则是两国之间的问题了，有可能发生战争。此外，罗什公子可不能有什么闪失，我还希望在有生之年再见到他呢。

公主笑着说，好吧，既然大王如此礼待，我们也不好推辞，只是有一个请求。

国王说，请讲。

公主说，我从出家之日起，就不曾再有什么随从，我带着罗什一路行乞，为的是，沿着佛陀的行迹，抵达觉悟之境。我当年从龟兹来迦毕试国时，也是这样过来的。但我知道，国王和罗炎他们肯定派人暗暗地在支援我们，所幸的是，我们也翻越了葱岭，不但体验了佛陀伟大的启示，而且也领略了葱岭无与伦比之美景。虽是幻境，但亦然难以忘却。所以，我们此番回去，我依然会带着罗什一路行乞而去。大王派出的五位师父，我希望能与我们保持半天的距离，彼此照应，但只是以防不测就可以了。至于大雪山，现在的时候还不错，我们已经熟悉它了，应当没问题。到了沙勒国，他们就可以回了。

国王只好答应。

往沙勒国的路上，虽说是夏天，但雪山顶上仍然白雪皑皑。他们沿着古人们走过的路慢慢前行。有河谷，有草地。见到这些景色，罗什就高兴起来。在几年前，他们第一次越过葱岭时，耆婆就告诉罗什，中国汉朝的军队曾沿着这些路越过了葱岭，而葱岭的乱山之间，也还有一两个小国家。既然人们都能在这里生活，他们也没多大危险。但那一次，他们曾在蒲犁国国都石头城外被一群盗贼抢劫，强盗们把他们所有的东西都抢了去，还把耆婆和罗什抢到了山上。山大王是一个三十多岁的大胡子男人，叫乌犁黑。他原是邻国乌茶国的一位将军，打了败仗不敢回国，便在乌茶国与蒲犁国之间的山上当了强盗，手下有四五十人。他一看耆婆美色，就想把耆婆娶为自己的夫人。

乌犁黑问耆婆，你是什么人？哪里来的？

耆婆哪里受过这样的气，便说，你连出家人都敢抢，难道你不怕报应吗？我劝你赶紧放了我们。

乌犁黑说，我不相信有什么报应，如果你不答应做我的夫人，我就先杀了这个小和尚。如果你还不答应，我就先睡了你。如果你在那时候，还是不答应，我就只好杀了你。

耆婆一听，便喝道，你敢？我也不妨告诉你我原来的身份。我是龟兹国的公主，这是我儿子。你应该知道龟兹国是现在西域三十六国的盟主，你敢动一下我们，你们就死无葬身之地。我们是要去天竺国学道，你不相信没关系，但我相信你的报应马上会到。

正说着，山下有土匪跑上山来告诉乌犁黑，说蒲犁国国王亲自带领国内所有军队两千人到山上要人。

耆婆道，瞧，我说你的报应马上就到。你如果放了我们，我还可以向国王求情，不至于把你们全都杀了，但如果你还想抵抗，我就无话可说了。

罗什这时候也说道，你最好乖乖投降，我们可以向国王求情，不但不杀你，还可以给你一官半职。

乌犁黑看着耆婆说，我要是不投降呢?

耆婆便说，那么，你只有一死。

乌犁黑说，我投降了，他们也不会放过我，因为乌茶国会向他们施压，他们可能会把我们押解到乌茶国，那时，我还是一死。还不如，我与他们一拼到底。我告诉你们，我这座山，易守难攻。国王不会真正来攻打的。

耆婆便说，那也不要紧，我的仆人们马上就到龟兹国搬兵，到时候，你这座山，几万大军一步踏平。

乌犁黑瞪了一眼耆婆，问手下的土匪，国王的军队已经上山了吗?

土匪说，是的，头领，已经有几个弟兄死了，还有几个投降了。

乌犁黑气得打了土匪一记耳光，说，让弟兄们退到主峰来，告诉他们，谁投降就杀了他们全家。

罗什一听，便说道，头领，你虽不信佛法，但你总该相信这世上有鬼吧?

乌犁黑说，那又怎样?

罗什说，人死后，人的灵魂会受到赞赏和惩罚，我们虽看不见，但的确存在，鬼就是受到惩罚的一种灵魂。如果你行了善，你死后就会投生到好的六道轮回中去，如做天人，但你如果行的恶太多，你就受到地狱的惩罚。你看过人死后受到地狱惩罚的情景吗?

乌犁黑骂道，小杂种，人怎么能看到。

罗什说，你抢来的我们的包裹里，有一块布帛上画着呢。

乌犁黑还没说什么，他手下的一个土匪开始打开包裹。罗什指着一块说，你们可以自己看。像你们这样的土匪，杀了人的，就会在地狱里受大刑，会被剜了心，剖开肚子，浇上油，点上火烤……

那个土匪看着看着就脸绿了，颤抖着说，头领，你看。

乌犁黑早已看到，他骂道，你也相信这些鬼话?

罗什说，你们现在不相信也不要紧，等你们下了地狱后再相信也来得及。

罗什指着那个土匪说，你们头领可以不信，但你们呢？到地狱里去，他可是保不了你们的。他受的刑更重。你呢？现在还有回头路。

那个土匪便说，那我怎么办？

乌犁黑骂道，没出息的东西，我先杀了你。

土匪赶紧跪地求饶，说，头领，我们失败是注定的，就算蒲犁国国王现在不杀我们，可是我们能抵挡得住龟兹大军吗？我们都输给了沙勒国，可沙勒国哪里又是龟兹的对手呢？头领，小和尚说的这些很多人都信呢。

小罗什站了起来，对乌犁黑说，佛教有句话叫，放下屠刀，立地成佛。你听说过吗？意思是，只要你立刻改变了心意，从此以后一心向善，不再做恶事，你就会摆脱地狱的惩罚。你现在还来得及。

乌犁黑开始犹豫起来。耆婆便开口说道，你应该知道孔雀王朝的阿育王吧，他年轻的时候杀了不少的人，可是他后来改了，信了佛教，然后再也不杀人，一心传扬佛法，他死后成了护法王。你现在如果能改变心意，我可以向国王请求不杀你，也不惩罚你。

乌犁黑坐了下来，问土匪道，人死后真的要入地狱？

土匪说，那是作了恶的，如果行了善就不会。

乌犁黑说，可我们杀了那么多人，怎么能不入地狱？

土匪向耆婆和罗什看过来，罗什便说，只要你从此后一心向佛，吃斋行善，并宣扬佛法，你就会得救。

土匪向他的头领说，我听人们都是这样说的，阿育王才成了无忧王。头领，他们说的是对的。我们就听他们的吧。也只有他们现在才能救我们。

乌犁黑转过头来向耆婆说，我怎么才能相信你们说的话？

耆婆说，我们可以订立一个盟誓，若你投降，且一心向佛，我不能保你们活下来，就让上天惩罚我们立即被毒蛇咬死，或暴病而亡。

乌犁黑说，那我们就在这里向天盟誓。

说完，乌犁黑与耆婆跪在门前，向天盟誓。然后，耆婆让土匪向蒲犁国国王报信，请求立刻收兵，等待乌犁黑投降。

蒲犁国国王在山下接见了耆婆和罗什，耆婆向国王表示感谢后，把他们在山上与乌犁黑之间的盟誓过程讲了后说，请国王看在佛陀和龟兹国国王的分上，宽恕他们吧。

乌犁黑跪倒在地，不敢看蒲犁国国王。蒲犁国国王说，乌茶国国王曾来使说，要与我们合力捉拿你这个败军贼子归案。多年来，我一直想找个机会来收拾你，没想到你还敢侵犯龟兹公主。来人，将山上贼人全部充军，将乌犁黑先押大牢，派使臣往龟兹和乌茶国通报，再听候发落。

耆婆一听，即向国王说，请大王再次开恩，刚刚我已经劝说乌犁黑，他也已经愿意出家为僧，从此一心供佛，佛教有一句话说，放下屠刀，立地成佛，何不先给他一个机会，看他表现，若他真的不思悔改，到那时再法办他不迟。

国王即说，也好，公主为你求情，快快向公主谢恩。

后来，乌犁黑在蒲犁国出家，一心在他占过的山上修寺院，以在蒲犁国弘扬佛法。耆婆和罗什以及众仆人则一路西去。

从蒲犁国出来后，走了一天后，便到了乌茶国地界。乌茶国是一个只有两三千人的小国，游牧为生，军队大约也就五六百人。乌茶国有一河，名曰叶尔羌，是冰雪融化之水。河水很急，亦很宽，河面上有一绳索结成的索桥，大约一百米之宽。耆婆一看，便有些怕。罗什顽皮，倒觉得好玩。自从被乌犁黑捉过后，龟兹国王派来的仆人们早早地就在前面打探地形了，再也不敢在后面怠慢了，所以，现在他们早早地就到了叶尔羌河。有一个仆人自告奋勇地上了桥，试着走了一程后觉得没问题，便和其他人等着公主和公子。好一阵工夫后，两人终于来了，他们便护送两人过桥。一行大约十人都上了桥，行走到一半的时候，突然桥对面出来五个人，喝道，来者留下你们的钱财，可放你们过去，否则，就砍断绳索，让你们喂鱼。有仆人便说，赶紧往回退。正要退，桥那边也出来五个人。

仆人们有些慌了，耆婆说，别慌，他们要的不就是钱财吗？给他们就是了。而且，他们的人与我们也差不多，未必能胜得了我们，慢慢过去，赢得时间。然后她让人喊道，你们可知道我们是什么人吗？你们竟敢连我们都打劫。

对面喊道，你就是天王老子，我们也要抢了。

有一仆人是国王的侍卫长，前面在蒲犁国时离公主远，还未出力公主就被抢了。此时，他一直走在最前面，于是，他喊道，我们是龟兹国的使者，要去天竺，我们刚刚从蒲犁国来，蒲犁国国王已经派使者去通报乌茶国国王了，若是知道你们在此作恶，两国的国王以及我龟兹国定当出兵将你们剿灭。你们若是还想活着，就乖乖地放我们过去，如果你们胆敢抢劫我们，那三国的国王一定会将你们及你们的家人从这大山中翻出来，剁为肉酱。

土匪们在那边开始窃窃私语，耆婆便对侍卫长说，你说说乌犁黑的事，也许能震住他们。侍卫长便说，你们都知道乌茶国的将军乌犁黑吧？

一土匪说，他怎么了？

侍卫长一听，便说，他在蒲犁国时抢劫了我们，你猜他的结果怎样？我们有人告诉了蒲犁国国王，国王一听是我们龟兹的使者被抢，立刻把全国的大军派出要剿灭他们。倒是我们王子心软，替他们求了情。既把他们都放了，还度化了乌犁黑。若不是我们王子求情，乌犁黑和他的五十多人就都成了刀下鬼了。现在你们把我们截在这里，还不算抢劫，你们最好把我们接过河去，然后送我们到国王那里。我猜蒲犁国的使者已经告诉了乌茶国国王我们的消息，他肯定也正在赶往这里来迎接我们。若你们不听我的劝告，那等待你们的只有死路一条。这一次，我相信我们的王子不会那么心软。

土匪们又议论了一阵，说，哪一个是你们的王子？

侍卫长对耆婆说，公主，放心，这些人就是欺软怕硬，让公子出来说些话即可，我们慢慢靠近，再拖延一阵，估计乌茶国国王会派人来迎接我们。

罗什便说，不错，乌犁黑是我向蒲犁国国王求的情，他在我的点化下也皈依了佛门。他杀了那么多的人，也犯下了不可饶恕的罪。但是，现在他一心念佛，一心做善事，我相信他死后就不会到地狱里受苦了。但你们这些人，我不知道你们过去犯下过什么样的罪，如果你们仍然这样下去，不但报应会马上到来，而且死后还要上刀山，下火海，在油锅里炸，永世不得翻身。但是，如果你们现在放下屠刀，从此不作恶，我可以请求国王赦免你们以往犯下的错，永不追究，而且你们若是信佛，念佛，行善事，那么，你们死后也就不会下地狱。两条路，你们自己选吧。

一土匪哈哈大笑说，你让我们现在听你的？国王会听你的吗？再说了，我们今天杀了你们，谁知道你们是我们杀的。即使知道了，又能奈何得了我们？这么大的山，老天都拿我们没办法，你们的国王又能把我们怎样？

罗什便说，也好，你们不信我也没办法。大家把你们所有钱财都拿出来给他们。你们让我们过去给你们。

土匪说，不行，你们把钱财拿出来，包在一起，然后由一个人拿过来就行。

罗什说，如果你们拿了钱财，又不放我们过去怎么办？

土匪说，那要看我们的心情如何。

罗什便说，我要告诉你，你现在不思悔改，那么，你是要下地狱的，而且就在今天。我不知道其他人是不是也像他一样，我劝你们其他四位，包括桥那边的五人，都不要像他一样。

土匪哈哈大笑，说，什么王子，我看分明就是一个小和尚，你让我下地狱啊。

土匪话音未落，只见侍卫长的手中飞刀已经在二三十米之外飞来，正中土匪的喉咙，那个土匪啊了一声就倒了下去。

土匪们慌了。罗什也未曾想到侍卫长会如此下手。他本身只是想吓吓土匪，让土匪们改变主意，没想到，他的话如此应验了。他立刻呵斥侍卫长，谁让你杀人了？

侍卫长说，公子，你不是要让他下地狱吗？如果这时候不震住他们，那么，下地狱的可能就是我们了。

罗什喝道，谁说我们要下地狱？我看是你。

耆婆说，罗什，不要再责怪他了，他也是扬善惩恶，用一个土匪的死来换我们众人的平安。

然后，耆婆命令侍卫长，你立刻带领四个人，迅速过去，我估计他们会砍断索桥。

果然，其他土匪立刻就乱了，有人拿起刀来要砍索桥。罗什大声喝道，你们谁还敢犯同样的错误吗？如果你们立刻投降，且从此念善，我前面的话还是有效的。不错，刚才那名死者说我是一个小和尚，我的确是一位和尚，是要去天竺修行的。

但是，那个土匪并不听罗什说，举起大刀已经砍了一刀，正准备砍第二下。侍卫长手中的飞刀又一次刺进了他的喉咙。他举起的刀无力地掉在了地上。侍卫长带领四人迅速往前爬去。罗什叹了口气，对母亲说，也许这也是报应的一种吧，是我想不到的。

土匪们哪里再相信他们的话，剩下三人立刻上来乱刀砍桥。眼看侍卫长几个已经快靠近对岸了，但索桥也在那时候断了。十个人立刻掉进了水里。耆婆对罗什说，抓住绳子，等待国王的到来。

谁知桥那边的土匪也把索桥砍断了。所有人都往下游漂去。耆婆紧紧抓着罗什的手不放。突然，他们撞到了一块大石头上，然后罗什就不省人事了。

等到罗什醒来时，他看见一群陌生人正围着他。后来他才知道，这是乌茶国国王率领士兵们救了他们。但他们的仆人中有一人不知去向。

侍卫长也受了重伤。罗什本要狠狠地责骂侍卫长，但听母亲说，正是侍卫长救了他。土匪们都被国王抓了，要被砍头。罗什对母亲说，让国王宽恕这些人吧。于是，耆婆对国王说，大王，就请宽恕这几个人吧，他们也是迷了途，误当了土匪。

国王说，可是，这些人当土匪惯了，今天我们放了他们，明天还会上山当土匪，还会危害百姓。

罗什说，我看叶尔羌河如此汹涌，应当在这里修一座佛塔，镇住此河，同时，也要修一座佛寺，为过河的人们祈福。如果国王同意的话，我看就让他们在此修建塔寺，也算是为他们造下的恶业消灾。

国王一听，叹道，公子真的是佛心宽广啊，就依公子。

休息了三天，耆婆和罗什要赶路。此处已经离天竺的迦毕试国不远了。耆婆和罗什去看侍卫长，侍卫长的伤还很重。她对侍卫长说，我们已经越过葱岭，快到目的地了，你们的使命也完成了，就再不用跟着我们了。你好好养伤，其他人等你。等伤好了，你们一同回国复命吧。

几个人不肯，说一定要跟随公主，若公主和公子有什么不测，他们也活不成。罗什说，你们回去就说，已经把我们送到迦毕试国了，所以我们才让你们回去的。说真的，我们也不敢再让你们跟着了。你们若不跟着我们，你们就不会为我们拼命，那天就不会有人死。侍卫长辩解道，可是，公子，我若不惩罚他们，他们怎么……

罗什说，反正我不想看到有人因为我死。

于是，从那一天起，耆婆和罗什两人就又开始以乞讨为生，一步步向着天竺国行去。他们再也没有看到侍卫长和其他仆人。

如今罗什想到这些情景，便想，如果那时学会了师父教给他的幻术大法，他一定会用他的方式来制服那些土匪，不但不伤一人，还会让他们从此学习佛法。想到这里，他叹了口气。

耆婆便问他，你是不是又想到乌茶国的事了？

罗什说，是啊，母亲，马上就到乌茶国了。

遇见故人

在往乌茶国的路上，总是隔一段就能看见一座小的寺院。有的只有一间屋子，里面连僧人也没有，只能看见一尊佛像。有的是几间屋子，还有一个院墙，里面便会有僧人。无论多高的地方，也总是有一两户人家。

耆婆感叹，你看，罗什，只要有人的地方，就有佛陀的形象。

罗什说，那没人的地方那些佛寺是谁修建的呢？

耆婆说，国王。

罗什说，如果国王不信佛法，那就意味着佛法不能抵达他所在的国家。

耆婆说，是啊，国王的信力和愿力是一个国家的福报。

正说着，他们看见有一座寺屹立在山顶上，虽然只有三间小殿，但依然看上去很壮观。罗什对耆婆说，妈妈，我怎么不记得这里有一座寺啊。

耆婆说，大概是这两年新建的吧。

再走一阵，看见一群人正围在寺里。罗什好奇，跑上前一看，原来是一个僧人正在为另一个人剃度。罗什好奇，问旁边一位老汉，为什么大家都看这个僧人的剃度呢？

那位老汉说，传说这个僧人之前是一位将军，是从龟兹国来的，因为护送公主不力，被留在乌茶国，后来，他在乌茶国当了驸马，可是，公主在临产时死了，孩子也没生出来，驸马心灰意冷，就出家了。

罗什仔细一看，可不，就是护卫他们的侍卫长。他看着他的最后一根头发落到地上时说，侍卫长，原来你一直没回龟兹国啊？

侍卫长抬头一看，立时跪倒在地，双手合十道，公子，公主呢？

这时，耆婆已到。他向公主行了礼。然后他站起来，说，我本来是想继续去天竺国找你们呢？可是，同来的有几个僧人，他们说你们既然不让我们去，我们也不能回龟兹，就在乌荼国等你们吧。他们便在这里修了寺院，国王也支持，给他们拨了费用。你看，给我剃度的可不就是咱们的人吗？

这时，五个僧人过来向公主、公子行礼。侍卫长继续说，我和其他的几个是当兵的，所以，我们也未敢回去，心想，与其回去可能会被惩罚，倒不如在这里等你们。于是，我们也向国王说了，国王一听，便把我们安排到皇宫里当差。就这样，我成了乌荼国的驸马。但我的福浅，公主和孩子都没了。我便再也无心待在皇宫里了。想到当日公子教导我们因果报应，可能是我那日没有领会公子的意思，竟然杀了两个人，现在也算是业报吧。

罗什闭上眼睛，过了一会儿说，真是业报。你前一世是一位养花的人，曾经救过一只兔子。那只兔子在此一世便成了公主。你千里而来非为保护我们，而是为了和她在此相会。但是，那个孩子是谁呢？你肯定无法相信。正是你杀的第二个土匪，他转世来向你报仇。一个是向你报恩，另一个则是向你来报仇，都不过是一念而已。

侍卫长一听，叹道，公子才两年多时间，修为竟然如此之高，能知道我的前世。看来我此番剃度，也是公子的法缘之因。

耆婆问道，那为什么这么多人来看你剃度呢？

侍卫长说，这里的佛教还不兴盛，他们听说驸马要出家，是新鲜事，都来看。

罗什便说，看来你们在这里一定会大有作为。

一个僧人说，公主，公子，既然我们都已会合，那么，我们现在随你们一同回龟兹吧。

耆婆说，不行，这里正是需要僧人向人们传播佛法的时候，若你们都走了，佛法就会在这里寂灭。我看，这样吧，既然侍卫长与乌荼国有缘，与公主结缘，那么，就在这里传扬佛法吧。你们几个先在这里帮他打理好一切，等这里的佛法都兴盛起来后，你们再回龟兹。同时，我倒是觉得学佛之人，都应当到迦毕试国去学习佛法。这里离那里很近，你们可以轮流去那里学法。以后你们就不必拘泥于国家了。

僧人们一听，也觉得有道理。另外，他们在这里已经生活了两年，国王待他们也很好，便留了下来。

当晚，他们就留在了寺里。第二天，他们到了乌荼国，受到乌荼国国王的热情接待。国王已听说罗什讲了驸马与公主的因缘，对罗什极其尊敬。他说，小公子如此年轻，佛法竟如此之高。我国正是佛教兴盛之时，听说公子的父亲是龟兹国的国师，公子能否在我国留下来做国师。我国虽小，但人人皆希望听到佛陀的教诲。

耆婆笑道，谢谢国王的盛意，罗什还太小，还不会处理这些事情。我王兄和他父亲一直在催促，所以才匆匆回国。不然，我们的师父也不愿意我们如此早地就离开他的身边。他正准备在四处修建大佛呢。

国王一听，叹了口气，说，我也不能太贪求，你们已经留下了几位高僧和几位将军，他们在这里正发挥重要作用。唯求公主和公子在这里能多留些时日，给他们指导一下如何弘扬佛法。

耆婆与罗什果真在乌荼国留了半月。他们由几位原来的仆人和护卫们陪同查看了乌荼国的地形，确定在几个地方的石壁上可以开凿大佛。他们还在最后一日来到了原来受难的叶尔羌河边。过桥重新修了。在桥的旁边，正在修一座七层宝塔，塔旁已经修了三间正殿。那八个土匪跪在耆婆与罗什前，千恩万谢，不但让国王宽恕了他们，而且让他们削发为僧、修建佛塔来抵消他们的恶业。他们说，驸马经常会派僧人来给他们讲经说法，他们现在也已经渐渐地入道了。

耆婆与罗什都极为高兴。

从乌荼国出来，母子俩便觉得葱岭的风光越来越美了。从迦毕试国跟来的五个僧人仍然距离他们有半天的路程。但是，还是有一人悄悄地抄近路去向蒲犁国国王报信。不久，他们到了蒲犁国。蒲犁国国王早已在城门前等着。母子俩有些受宠若惊，对国王说，大王国务繁忙，何必为我母子前来耽误国事？

国王说，哪里的话？你们不知道。在你们的感化下，乌犁黑皈依了佛门，在他原来住的那座山上修了一座寺院，叫报恩寺。一个土匪都尚且能如此崇尚佛法，所以，一时有了崇拜佛法的风气。迦毕试国的使者来告诉我，你们在乌荼国待了半个月，国王想请公子留下来做国师，公子谢绝了。蒲犁国比乌荼国要繁荣得多，人口也是乌荼国的四倍，这里正需要一个开风气的国师。我诚恳邀请公子能成为我们的国师。

耆婆又说了在乌荼国国王面前的那些话，谢绝了国王，但也在蒲犁国逗留了半月。乌犁黑来拜见他们，毕恭毕敬地说，现在我总算相信了公主与公子所说的每一句话。国王请罗什在报恩寺登坛讲法。罗什对母亲说，母亲，您来讲吧。耆婆说，罗什，别怕，我相信你，你要知道，你的口才，你的记忆力和理解力，以及你的修为，早在我之上，再说，他们想请你为国师，也不是随便请的。

十二岁的罗什虽已长高了许多，但不管怎么说，仍然是个孩子。当他登上乌犁黑为他搭起的讲坛时，他看见黑压压一片人，像是沸腾的水一样。他看了一眼母亲，母亲向他微笑着，于是，他也微笑起来。他说，佛在舍卫国的时候……罗什又是一讲成名。第二天，当他在大街上与母亲行走时，他看见所有的人都向他微笑致意。

喀什奇迹

当罗什从葱岭中出来，他回首凝望了一阵这个被称为世界上最高的山峰，他想，等他再年长一些时，他一定会去看望师父和与他有缘的那些僧人，他想，他一定会再次徜徉于巴米扬山谷，倾听万籁的歌唱。

但他哪里会想到，那是他唯一的旅行经历。他更不会想到，在经历数百年之后，他所漫游过的佛教圣地都一一变成伊斯兰精神渲染的土地和山谷。佛迹在渐渐寂灭，只留下一些遗迹，昭告世人，那里曾有一种古老的宗教流行过。他永远不会想到，在一千六百年之后，一群穆斯林打着圣战的旗帜，将他曾经久久凝望过的巴米扬大佛毁为灰烬。宗教的战争在人类心灵的宇宙间不断地上演。人世间的一切，似乎都受冥冥之中的另一种力量在支配。

葱岭，也就是今天人们所说的帕米尔高原，曾是世界的一个屏障，一道天然的分水岭，但信仰的力量还是激励人们超越了它们。佛教从帕米尔高原的西端，来到了喀什、于田、阿克苏，再到龟兹、焉耆，然后一路向东，到敦煌、凉州、长安。佛教的传播经历了数百年时间，到罗什的时代走向辉煌。他哪里能想到，如此辉煌的佛教也有衰落的时候。龟兹，那个他曾经认为是佛教第三故乡（第一在南天竺，第二在北天竺）的伟大圣地，后来也成了穆斯林念经的地方。

佛教如何不灭？

只有一条道路。根据世情变化不断地创新佛教，倾心尽力弘扬佛法。

罗什从葱岭上走下来，穿越戈壁，走向喀什的时候，他还是快乐的，他还是相信佛教是他唯一的伟大宗教。他看着茫茫戈壁，并未产生一点点的恐惧、伤感、绝望，而是无限的希望。

　　母子俩沿着一条汉代军队开通的大道走着。按着婆的看法，这是官道，一路有驿站可以歇息。喀什是曾经的安西都护府的府址，向着整个西域的大道就只有这一条，且以前常有军队守护。但自曹魏之后，西域就脱离了中原王朝的管辖。这条官道只有沙勒国来维护了。他们上次去的时候，路上还常常会有商队出现，但这一次，竟然连一个商队都没有。

　　他们走到正午时，在一个向阳的山坡上休息。耆婆有些累，罗什便让母亲晒着太阳打坐休息一会儿，他自己则到附近的地方去玩。正当他回来的路上，就看见一队骑兵飞驰过来，大约有四五人。罗什赶紧把母亲叫醒，但那些人已经到跟前了。

　　他们所有值钱的东西都被洗劫一空。这些土匪倒也没有再为难他们的样子。一个土匪说，是尼姑与和尚，我们还是不要惹得太过了，走吧。

　　便绝尘而去。

　　事实上，他们身上也没有多少东西。乌荼国国王和蒲犁国国王要给他们很多银两，耆婆都拒绝了，只留了一点点，想在路上不测时用。但这也够那些土匪们高兴的了。

　　耆婆看着土匪们远去，回头看罗什，说，也好，我们倒也轻松了。我们就到附近的人家去讨吃的吧。

　　那天夜里很晚的时候，母子俩敲开了一位农民的家门，在那里过了一夜。第二天一早，他们便脸也未洗就上路了。中午的时候，罗什饥饿难耐，不停地对母亲说，妈妈，前面什么地方才会有村庄啊？

　　但眼前除了戈壁还是戈壁。荒原向永恒在延伸着。从莫名处吹来的风在戈壁上强盗一样肆虐着，无人阻拦。耆婆与罗什找了一处避风的向阳处，开始打坐休息。罗什也跟着打坐。一刻后，他们起来，精神了许多。但走了不到一个时辰时，他们饿得实在走不动了。罗什忽然喊起来，妈妈，你看，前面有一片树林。

　　耆婆一看，真的有。他们走了一阵，发现树林还是那样遥远。耆婆便对罗什说，那是海市蜃楼。又过了一会儿，他们看见一片大海。罗什说，妈妈，我们上次来的时候可没见有什么大海。耆婆说，还是海市蜃楼，是幻境。罗什说，一切都是幻境，但我们现在饿得走不动了，怎么办？

　　耆婆说，必须在天黑之前找到人家，否则，我们会被荒原上的狼吃掉。

罗什忽然问母亲，妈妈，你还记得上次我们在这附近救的那匹小狼吗？也不知它现在长大了没有？

耆婆说，狼是没有良心的，不像人。人有时候都没有良心，何况狼。即使它出现了，也不能给我们吃的。

罗什说，我不是让它来报答我们，我就是忽然间想起了它。

罗什便想起在他们从喀什去往蒲犁国的路上，他们与一个商队一起骑着骆驼走着，那时，他们还没有如此坚定的信心一路乞讨而行。当他们走到一个被荒废的汉代驿站时，他们与商人们一起休息，补给身体。突然，一匹马叫了起来。有人立刻喊道，狼来了。只见好几匹狼来袭击马队，一匹马已经被狼咬伤了。商人们冲了过去。罗什也好奇地跟了去。

他看见共有五匹狼，有一匹显然是狼王，头很大，目光很凶。有一匹是小狼，有些胆怯，尾随着老狼。狼可能是饿极了，见到商人们也不愿放弃，于是，商人们拿出刀与狼们打斗起来。商人们把狼围在马圈中开始围杀。战斗中，有两个人受了伤，狼王第一个死了，后来几匹狼都陆续战死。唯一那匹小狼，既不敢战斗，也无法逃跑。罗什突然对这匹小狼产生怜悯，便对母亲说，妈妈，我想要那匹小狼活着。母亲说，狼，始终是要吃人的，你救了它，又能怎么样呢？罗什说，我也不知道，我就是很同情它，不想它死。

在罗什的哀求下，耆婆便对商人的头领说，请把那匹小狼留给我儿子吧，他想将它买下来。耆婆给了商人头领一匹马的钱，将狼买了下来。耆婆问罗什，你要把它怎么样呢？罗什毫不犹豫地说，放走它。

于是，耆婆给了狼一些吃的，在众目睽睽之下，将小狼放走了。小狼头也不回地走了。后来，罗什几次对母亲说，妈妈，我们将小狼救下放了它，它为何连头也不回？耆婆说，它毕竟是狼啊。

今天，罗什突然又想起了它。天渐渐地暗了下来。他们却连一户人家都未找到。耆婆说，我们赶紧走吧，无论如何得找到一个休息的地方。他们走了一阵后，终于看到一条河，于是，他们在那里喝了一阵水，精神了一些，又匆匆上路。终于，他们看见一户人家。但到了跟前，才发现，是一处废弃的汉代驿站，连门窗都没有了。他们再也走不动了。耆婆对罗什说，我们就在这里休息吧。也许到后半夜时，后面那五个师父也就到了。

他们就坐在一间屋子里等后面几个僧人。大约一个时辰后，罗什听到外面有动静，便告诉了母亲。耆婆出去看了一下，回头告诉罗什，不好了，外面有十几匹狼，悄悄将我们围了，怎么办？

罗什看母亲已经慌了，他开始也紧张了一阵，后来，他就冷静了下来，他告诉母亲，妈妈，您先别怕，师父教了我很多法术，我今天正好可以试一下。说完，他拿了一根棍子，在他们坐着的地方画了一道圈，然后，他念了一阵咒语，对母亲说，可能会有效果的。

正说着，一匹狼已经在门口了，另一匹狼占领了窗户。接着，所有的狼都跟着进了屋子。耆婆吓得紧紧抓着罗什的手，抖得越来越厉害。罗什本来也抖着，后来他让母亲安静下来，然后闭上眼睛开始念咒语。有一匹狼要冲过来，但似乎看见了什么，又退了回去。紧接着，所有的狼都围着他画的那个圈不停地转。突然，有一匹开始嗥叫起来，所有的狼都向着天空叫个不停。不一会儿，又是十几匹狼冲了进来。罗什让母亲闭上眼睛念经，他也不停地念着咒语。

这时，有一匹狼缓缓走了过来，围着他们转了一圈，便坐下来看着罗什。罗什突然睁开眼睛。四目相对，罗什愣了一下。他觉得似乎在哪里见过这匹狼。他高兴地对母亲说，妈妈，是我们救过的小狼。耆婆睁开眼睛，说，我看不出有什么不同。说完，她就又闭上了眼睛。罗什说，我觉得是它。我认识它的目光。

罗什便对着它念起了佛经。不一会儿，只见那匹狼冲着所有的狼看了一阵，然后，它跪在了罗什面前。所有的狼都跟着跪到了罗什前。罗什对母亲说，妈妈，是它，它说服了所有的狼，您放心吧，它不会吃我们的。您就放心地睡吧，我看着就可以了。

耆婆哪里敢睡，对罗什说，希望如此。

罗什说，当年师父缚住猛虎就先是用这个咒语，然后开始对着它们念经、作法，让猛虎乖乖地受缚。我还没有那样的法力，但看来保护我们自己是没有问题的。

天快亮的时候，五个僧人大声吆喝着过来了。那匹狼率众迅速离开了。他们拿出食物，给耆婆和罗什吃。耆婆问他们，你们在哪里休息的？其中一个说，我们也没休息，一直在赶路，可我们中途实在累得不行了，到那条小河边时，我们喝了水后突然拉肚子，走不动了。我们就在那里又休息了一阵，才赶过来。可远远地看见很多狼围着你们，我们也不敢动，等着天亮。狼这些东西，喜欢在夜间行动，天亮时就怕人了。

耆婆叹了口气，也没责怪他们，说道，我原来以为狼是没有回报心的，今天才知道，佛陀所说的众生，也有凶恶的狼啊，它也必会报恩。

耆婆便把罗什如何救狼和如何使用法力震住狼群的事一五一十地告诉了五个僧人，大家都听得目瞪口呆。

他们在那里休整了半日。耆婆也不敢再叫几个僧人走开，便一起上路了。又走了半日，终于看见了一些人家，耆婆带着罗什去化了缘，吃饱后继续上路。又走了一阵，他们看见了一座寺院，便走了进去。

里面没有几个僧人，庭堂凋零，秋叶开始飘落。寺院倒是颇大，看上去春天时候香火还很旺盛，但战争使这里有些荒凉。五个僧人进去找僧人要水喝。耆婆坐在一个向阳的地方休息。罗什也坐在母亲旁边。突然，他看见这个院子里有一个很大的佛钵，好奇地说，这么大的佛钵，谁用啊？

说完，他就走了过去，抓住佛钵的边，往上一拉，然后就端在了手里。他笑着说，我看这么大的佛钵，是给我准备的。

耆婆看着罗什手里比他身体要大很多的佛钵，吃惊地喊道，罗什。

这时，从厢房里出来的一个僧人也失声喊道，天哪！

罗什笑着问母亲，怎么了？

耆婆还未说什么，一个僧人已经说道，公子竟有如此大的神力。

里面出来的一个僧人也惊讶地说，这个佛钵，是几十年前造寺时国王造的，放在这里就再也没有人动过，没想到，小师父竟然轻轻端起。

罗什这才意识到，他看着头顶的佛钵，说道，是啊，这么大的佛钵，怎么这么轻呢？话音刚落，他就感到沉重无比，再也托不住了，失声喊了一下，便将佛钵重重地摔在地上。这是一个青铜铸造的佛钵，是寺院的震寺之宝。国王运来后就再也没有人动过。

罗什也看着自己的手说，这是怎么回事？

耆婆道，是你的心有了分别，有了对物的执着，所以佛钵便有了轻重的分别。

一个僧人对耆婆说，公主，从昨晚到今天，公子的法力和修为，令人赞叹啊，我还没有见过这样的人。

耆婆说，他的道行在我们今天所有人之上，可能比不上我师父，但也没有几个人能比得过他了。

这时，从正殿里传出来一个声音道，阿弥陀佛，小师父真是神人啊，虽不能说是佛陀在世，但也是我佛的福音啊。

说完，只见一个僧人从正殿中出来，大约有五十多岁。他的后面跟着两个小沙弥。一个僧人向耆婆介绍道，这就是寺院的住持。僧人又向住持介绍道，这是龟兹国的公主，法名耆婆。这是她的公子，也就是龟兹国国师鸠摩罗炎的儿子，鸠摩罗什。

住持双手合十道，原来是最近闻名于北天竺和葱岭各国的鸠摩罗什法师。

罗什笑着说，住持，您叫我法师？

耆婆止住罗什道，罗什，别嬉笑。

住持道，你已经超过很多法师了，我听说几个国家都要请你做国师，你都坚辞不受。

耆婆道，他还小，路还长，这些功名还不到时候。

住持对耆婆说，公主，有一句话，我必须对你讲。

耆婆说，请讲。

住持说，公主，你要守护住公子，假如他能到三十五岁而不破戒，那么将来就会大兴佛法，度无数众生。

当他们从寺里出来时，耆婆对罗什说，罗什，看来你此生的使命已经注定，从迦毕试国到沙勒国，已经有两位高僧对你的未来进行了预言。

罗什看着茫茫东方，心想，那是个什么样的地方呢？

大乘佛教

罗什到沙勒国的消息不胫而走。当母子俩与五个迦毕试国的僧人刚刚看见喀什城时，就看见一骑飞尘而来，到他们跟前时滚下一个士兵，向他们问道，各位可是从天竺国来的龟兹公主与罗什公子一行？

耆婆答道，请问有什么事吗？

耆婆对一路上被劫的事心有余悸，所以多了一个心眼。来者说道，我沙勒国国王在国都外迎候各位呢。

耆婆这才放了心。兵士说完也就绝尘而去，向国王复命去了。

国王是一位四十多岁的中年男子，很清秀，一看罗什母子俩，便率百官迎上前来。耆婆对罗什说，一定又是请你做国师的。罗什说，妈妈，我可不想。

但这一次，国王并没有说。他只是说，听说公主与公子到北天竺学成归来，一路上降魔度人，整个西域各国都在传扬公子的美名呢。我沙勒国人数虽少，但天高地阔，佛法已经泽被全国。公子此来，乃我国幸事。请公子到宫里休息一两日之后，为我国民众讲经说法。

耆婆正要拒绝，罗什却说，只要不让我做国师就行。

国王笑道，公子快人快语啊。

耆婆笑道，不管怎么说，他还是个孩子。

国王却说，看他性情，确实还是少年，可是，论修为，他已经在所有人之上了。

国王请他们住在宫里，但耆婆坚决要住到寺里，她说，不瞒大王说，我正是害怕被人们供养，所以，去的时候不要随从，来的时候也不要，但我王兄和迦毕试国国王还是不放心，给我们派了随从。我和罗什一般都单独行动，学习佛陀的乞食圣行，请世人施舍。我们从来也不住宫里。请大王给我安排一个比丘尼们修行的寺院，罗什跟着我就行了。

国王没办法，只好将他们安排在城东面的伽蓝。这是皇后捐资修建的皇家寺院。三天后，国王来请罗什登坛讲法。

使罗什未曾想到的是，当他走向法坛时，沙勒国的国王和相国都跪在地上，一定要让他踩着他们的脊背登上法坛。罗什只好如此。当他盘坐在莲花座上时，看见台下人山人海，他有些慌张，便看了一眼母亲。母亲向他点着头，他便再也没有恐惧了。

他缓缓讲起。人们听到，他讲的是《转法轮经》。他始终微笑着，声音虽还有些稚气，但是，母亲教他尽可能地放慢语速，而台下虽有小声议论者，他的声音也能传到四周很远的地方。

耆婆听到有人说罗什像是佛陀座下的小阿难，有些调皮，但智慧无比。耆婆心想，不知道何时才能到达龟兹。

当罗什讲完时，国王第一个上前跪倒在地，让罗什踩着他的脊背走下法坛。国王将他们母子接进宫里，设宴款待。耆婆看到都是素食，便对国王更是心生敬意。国王又像迦毕试王一样，分给他们一大堆食物，和十个僧人为他们服务。耆婆不接受，可国王极其诚恳，她也只好答应。国王给迦毕试国来的五个僧人又赠给吃的用的，留了五天后让他们回去复命了。

国王请耆婆和罗什不要急于回龟兹，在这里住上一段时间再走。耆婆一看天气已经转冷，便也想在此再修行一阵。如果回到龟兹，就被供养起来了，就不会再有苦修的时间了。他们答应了国王，等到第二年春天天气暖和时再走。罗什便在这里诵读《阿毗昙》，向一位法师学习《修智》《六足》等经典。说是向法师学习，其实是自学。倒是法师经常来向他请教一些问题。转眼冬天即至，大雪常常堵门。他也乐得闭门读经。

有一天，一位商人求见。罗什出门一看，原来是父亲的老朋友张怀义。张怀义对耆婆说，几年不见，公子长大了。耆婆说，张施主是从龟兹来的吗？张怀义说，是的，公主，我要去天竺国送货，经过龟兹时，罗炎国师嘱咐我一定要注意你们的行踪，看我能不能照顾你们。耆婆笑道，多谢张施主，我们挺好的，不过，我们要谢谢你，你给罗炎和罗什教的中国汉字以及中国的那些史书，这次可帮了罗什的大忙。耆婆就把罗什在迦毕试国如何征服外道和国王，在大殿上舌战群僧的事都告诉了张怀义。张怀义听完后说，公主，我已经听人说了，不过，听你说的时候，我才知道这些与我这个粗人还有些关系。

罗什问张怀义，张先生，您什么时候离开喀什？

张怀义说，得等到明年春天天暖一些时，不然，到大雪山上就会被风雪吃掉。也好啊，这个冬天就可以跟你们在一起度过了。

罗什一听，无比高兴，他说，那您教我认识汉字吧。

张怀义一听，说，也好啊。

耆婆道，这都是机缘，有劳张施主了。

从那以后，罗什上午诵读佛经，下午跟着张怀义学习汉字，晚上则自己看张怀义拿来的中国书。这个张怀义，乃凉州人士，是凉州王张轨之后，自幼饱读诗书，本也可以继承王位，但王室斗权，他和母亲被贬，为了不再成为凉王的眼中钉，他自愿到西域经商，谁知几年后他倒喜欢这种生活了。他自己也在写一部西域见闻录。他告诉耆婆与罗什，他曾去过罗马一次，但对那里的文字不熟悉，而且太遥远，没有多少可以讲的。他最熟悉的是天竺各国。因为四处游走，所以，他路上总带些闲书，没想到，他竟然精通了《易经》、五行和天文星算等，主要也是常常要用这些占卜路途中的吉凶。由于罗什学习过西域幻术，对张怀义所说的这些中国异术更是非常好奇，便请张怀义也教他。

整个冬天，大雪似乎成了他们最好的护卫。除了去见国王和到一些大臣家里去讲经说法外，下午和晚上，罗什就专心地学习张怀义教给他的一切。罗什天生心慧，对这些的学习要远比一般人快。张怀义用了十年学会的东西，罗什只用了一个冬天便大体学会了。

春暖花开的时候，张怀义告别他们，带着自己的驼队向西而去，罗什若有所失。有一天，他去相国府讲经时，正堂里坐着四个人。一个是相国，另一个是相国的公子，还有两个打扮不俗的青年。相国介绍两位是莎车王子兄弟二人，哥哥字须利耶跋陀，弟弟字须耶利苏摩。相国说，两位王子也要去迦毕试国学佛，路过沙勒国，便在此修行。前几天他在一个寺院里与两位王子相识，今天请来说法。罗什讲了《阿毗昙》之后，相国便请苏摩来讲《阿耨达经》。

苏摩向大家行礼过后，便开始讲。他说，此经乃是佛陀应耨达龙王之问，宣讲般若空义。当罗什听到苏摩说"阴界诸入，皆空无相"时，突然觉得五雷轰顶，苏摩后面讲的内容他只听了几句。他的脑海里刹那间仿佛乱麻一片。

等到苏摩终于停下来，他便问道，敢问王子，此经有什么深义，要破坏所有的佛法？

苏摩答道，眼等诸法，非真实有。

罗什说，请解释得再详细些。

苏摩说，我刚刚听公子讲的是上座部经义。现在，就我所知道的，听说的，告诉公子，与公子探讨。现在的佛教有大小乘之别，这个公子应当知道。

罗什说，佛法即佛法，何必要分大小乘之别呢？这个我也有些迷惑，愿闻其详。

苏摩说，天竺现在流行的大乘佛教其实也是经由原始佛教及部派佛教发展而来的。佛陀创立佛教之初，主讲的教理主要是四圣谛和十二因缘。各种缘起与轮回构成了佛学的基本框架。公子讲的与此不悖。但在佛陀灭度一百多年后，佛教内部分裂成上座部与大众部，公子正是上座部这一派。两派分裂后又一再地分裂，到佛陀灭度五百年之后已经十八部派之多，就像一棵大树，每个枝干都想成为大树，但其实是大树的一部分。于是，佛教内部纷争不断，派别林立。其实，这一切的分别，都是因为有了我执。你说你是对的，我说我是对的，都想使自己成为正宗。其实，这些我执恰恰已经偏离了佛教的正义。这个时候就出现了一种佛教派别，名大乘佛教。把之前六七百年的佛教统称为小乘佛教，而把新的佛教称为大乘佛教。大的意思是否定小，要改变过去小乘佛教偏执实有、悲观厌世、自私自利的小境界，从而开拓相法皆空、积极向善、利人利己的大境界。

罗什在迦毕试国时也听到过一些这样的议论，也极想探索，但因为母亲、师父等都学的是上座部佛教，便不敢多问，今天一听，别有洞天，便问，那么，哪些佛教是大乘佛教呢？

苏摩说，由一百多年前龙树菩萨等所开的经典，便是大乘佛教。事实上，诸多经典想必公子也学习过，如《维摩经》《妙法莲花经》《楞严经》《涅槃经》等。

罗什说，是的。

苏摩说，公子所习《阿毗昙》，乃说一切有部"二世实有，法体恒存"之理论，与龙树菩萨的《中论》《百论》《十二门论》有天壤之别。请公子一学便知。

从相府出来后，苏摩便邀请罗什去他的寓所，并借给罗什一部《中论》，叮嘱罗什，待研讨完后，可再来取《百论》《十二门论》等。

罗什回到母亲住的伽蓝，对母亲说了当天的经历，叹道，当时在城外那座寺院举佛钵的事，我就觉得有什么因缘，原来是要让我学习大乘佛法。

母亲不解，他便给母亲来讲，但他也只是陈述了苏摩王子的说法而已。母亲笑着说，你先认真学习龙树菩萨的书吧，等学好了再给我讲。罗什一夜未睡，便将《中论》读完。第二天睡到了中午，醒来后对母亲说：

母亲，我们过去学习的小乘佛法，仿佛人不识金，其实是我们只挑选了我们愿意听的，愿意讲的来学了，佛法中包含的另一层含义我们从来没有发觉。并非龙树菩萨新创立了佛教，而是他把蒙在佛法上的灰尘拭去了，让我们看到了真正的佛法而已。

罗什便常常去找苏摩王子，而他也常常请苏摩王子到他所住的伽蓝来向他讲经说法。那时候，他就总是请母亲也来听。不久，他就能略懂《中论》《百论》《十二门论》里边的内容了。

与苏摩的神秘对话

母亲，人为什么死了后还会活？你知道吗？

怎么可能？只有轮回，没有再活过来的道理啊。

但人睡着后犹如死了，醒来后就仿佛活着。不是吗？

原来你说的是这个问题啊。

是啊，你睡着的时候身体就像死了一样，但有呼吸，就证明人还活着。可是，当人死后，也与人睡着一样，只是没有呼吸而已。你说这是怎么回事？

人总是要休息的嘛。就像花或草不断地在春天生长而秋天凋零一样。

可是，过去我们从没有人思考过这个问题。人的生与死其实就在一呼一吸之间。

对啊，你怎么想起这个问题来了？

不是我在思考，是龙树菩萨在思考。所以，他说，人的死生问题就是无常，就是呼吸之间。他还说，人不应该把死亡看得太严重。

清晨，耆婆与罗什母子在一问一答间开启新的一天时，他们未曾意识到，一切正在发生不可思议的变化。耆婆看见街上的一树花开了，昨天这一棵树看上去还像"死"着一样，不被人注意，可今天就这样兀自开了。多么不可思议啊。但她不知道那是一种什么花，她突然觉得生命也如此奇妙。

过了一会儿，她突然问罗什，罗什啊，你说一小时后我们出门会碰到谁啊？

罗什想了想，说，不知道啊，怎么想起这个问题了。

耆婆说，还不是被你刚刚那些问题刺激的。

罗什放下吐火罗文的帛书，也疑惑地说，是啊，母亲，我们能决定一小时后去做什么，但我们无法确定一小时后世界会怎么样，一小时后天气会怎样，甚至一分钟后我们出门会怎么样也无法确定，甚至一分钟后我们是否还活着也不知道。

耆婆说，我们怎么会有这些奇怪的想法呢？

罗什说，这正是龙树菩萨在思考的问题，我们过去都觉得世界在我们的把握之下，我们也能掌握自己的命运，其实，我们能活到现在已经是奇迹，因为有很多人在我们这个年龄之前就已经死了，遭遇各种不测了。我们能学习这些佛学知识也是奇迹。

耆婆说，尤其是我怀你的时候是奇迹，你的记忆力也是奇迹。

罗什说，整个生命和世界都是奇迹，这一天，这一刻都是奇迹。

耆婆微笑着看着儿子说，我们能成为母子也是奇迹。

罗什说，是的，所以，龙树想告诉我们，其实我们想苦苦执着的一切都毫无必要，一切都转瞬即变，就像那棵开花的树，几天后就开完了。我们根本不必执着于是否变老了，甚至也不必执着于会不会死。死和生之间只是隔着不可思议的一个呼吸而已。其实，我们每天晚上都是一次死亡，第二天又是新生。我们经历了无穷的死亡和新生，但我们很多人都没有觉悟。一旦觉悟了，就知道我们生活的每一天都是经历死生的演习而已，要让我们学会放下，学会从容地面对死亡。

耆婆听着儿子的话语，若有所思地说，是啊，看来这个龙树菩萨确实伟大，可是我们过去为何就很少知道他呢？

罗什说，这也是不可思议的事。所以，我们根本不必在意死生，不必在意生命的流逝。生命的流逝也是不停地死亡和新生而已。不只是每天晚上我们像死了一样，其实，每一刻都在死亡与新生。所以，母亲，我们应当更为喜悦地迎接每一天，度过每一刻。

耆婆笑着说，活在当下。

罗什也笑道，是的。

那天清晨，有一群鸟飞过他们的窗户，又有几只虫子爬过他们的门前，有一条狗在大街深处吠了一阵。这一切又都悄然逝去。罗什想到这里，会心地一笑。

下午的时候，他去拜访苏摩。走到门口，听到苏摩正在和一个人争论什么，他觉得那个人的声音好熟悉。进去一看，是位中国人，有些面熟，但一时想不起来在哪里见过。但来人却认识他，并自我介绍说，他是张怀义的副手李自仁，也来自河西，正要去找张怀义。他曾跟随张怀义在龟兹国见过罗什，前些年经过莎车时认识了苏摩王子，今天在茶市相遇，便来一起聊天。

苏摩说，李先生在和我讨论一个问题，正好你也讨论讨论。

罗什一边坐一边说，好啊。

苏摩说，李先生说，他们中国的学说中有关于世界开始的学说，这个李先生你先给我们再说说。

李自仁笑道，公子，我们中国的学说有几种，一个是道家，一个是儒家。道家的老子说，世界最开始是无，但这无并非什么都没有，而是说一切都处于混沌之中，属于没有被发现没有被命名的时候。那时候世界有一种东西存在，叫道，但也没有被命名。后来，一切都开始被发现被命名被说出，人们才发现大地、天空、万物，然后开始分别，一个被确定说出后，接着第二个也就得说出，第三个又出来，如此下去，万物就有了名字，也就有了这个我们所认识的世界。此时，我原来所说的那个叫道的东西还存在，但就不是原来的道了。世界就如此不停地被分别下去，越来越细，越来越多，似乎也越来越大。但是，有一个问题没有被解决。即原来存在的道又是怎么产生的？也就是道是谁创造的？什么时候结束？道也会毁灭吗？

罗什说，嗯，我想起来了，你们以前与家父讨论时说过，我父亲也一直在思考这个问题。

李自仁说，是的，但我刚才所说的是一个叫老子的圣人说的话，人们依据他说的话创立了道教。道教中，老子是原始天尊。他与天地一起诞生。问题在于，这就有了神仙，有了天帝，即创作世界的天帝。人是可以成为神仙的。另一种学说是儒家。儒家没有回答这个问题，只说人到了文明阶段时产生了一些圣人，他们有着伟大的思想和道德，能创造文字、工具和伦理，然后中国人就按照他们的方式生活下来了。有一种思想或叫法器就是圣人们创造的，即《易经》。说到这儿，儒家也有自己的信仰，信天。天是什么，我暂时说不清楚，但他是知道我们人世间发生的一切的。就像佛教里的天帝、阿修罗、佛陀等所住的世界里活着，在一直注视着我们的世界。《易经》就是上天给中国人的智慧，里面有神和人所遵行的道理。它非常神秘，但实际上掌握它后也不神秘。目前，儒家的学说占主导地位。所以，我就和苏摩王子探讨，到底有没有天帝？到底世界有没有开始？有没有结束？

苏摩说，我正在给他说，你就进来了。我告诉他，佛教有大小乘之别，小乘是说世界是有开始的，佛陀掌握着世界，所以，人人都可以成佛，但达到佛陀那样的觉悟是很难的，但真能成佛的，除了佛陀大概再无第二人了；大乘佛教则不一样，我们都可以成为佛陀那样的伟大的觉悟者，只要我们不断地修行就可以。大乘佛教中，佛陀只是十万诸佛中的一个，且也有灭度，而新的佛在轮回中修行成时，又会在人世间弘扬佛法。我们每个人都有可能是那个佛。

罗什说，是的，我原来也不知道这世上还有大乘佛教，近期读了《心经》《金刚经》《楞伽经》《法华经》等，真的是天地洞开。只是我还有很多迷雾需要除去，和张先生一样，我也有那样的问题需要破开。

苏摩说，这正是大乘佛教要宣示的地方。大乘佛教讲究缘起性空，说一切都无始无终地循环往复着，没有开始，也没有结束。世界的本质是空的。但为什么有了那么多事情呢，就是各种缘法所致，比如，你一个念头就是缘起，然后因为各种原因和另外一些人或事发生关系，这就产生了一个又一个的结果，而一个结果又是另一个缘起，如此，便是轮回之世界，但是终究是空的，要寂灭的，一切都要死亡的，回到空。所以，大乘佛教宣示这一真理，让我们不要执着于生死，也就超越了生死。不要问来处，也不要问去处，那么，生与死的界限也就没有了。佛教不讲世界的开始，因为它是空的，也不讲世界的结束，因为它还是空的。《心经》上讲的六根之缘起和诸般感受，其实都是空的，是我们的执着心的幻象，只有当你知道这些真理时，你便再也看不到这些幻象，你也就没有挂念，没有挂念，也就心无恐怖，心无恐怖，便只剩下真正的欢喜，这就是正法到来的时候。

李自仁问，王子所说的《心经》可否借我一阅？

苏摩笑道，没问题，我这里正好有好几本，但是吐火罗文，没有翻译成中国文字的。

李自仁说，没关系，我懂一点吐火罗文。

罗什则心有所动地说，看来这些佛经翻译成中国文字，还是个很大的问题。

李自仁说，是啊，凉州自我们主人张氏家执政以来，倒是翻译过很多佛经，凉州也是中国最大的佛经翻译之地，但是，能懂几种文字的人实在是太少了。我还没有看到过你说的《心经》。

罗什说，我也是最近从苏摩王子这里才看到这些佛经，真是不可思议之事。按理说，过去这些佛经也是存在的，流通在世面上的，但何以我们过去看不见？

苏摩说，大乘佛法本来是存在于世间的，但因为人们都想拥有，于是，邪念丛生，慢慢地，人们对佛教中关于有的学说发生了兴趣，这就是说一切有部学说兴盛的原因。你行了布施，是有回报的。你做了善事，要让佛看见，并有善报的。做了恶事，自然佛也是看见，要惩罚你，有恶报的。这些恰恰与我们俗世中的规则相符，很容易被人理解和接受，这就是小乘佛教兴盛的原因。但是，慢慢地，人们就开始贪婪了，对佛教中的另一教义，或者说真正的智慧不感兴趣了。这也就是佛陀所说的佛法将会慢慢寂灭的道理。也因为这个原因，大乘佛经也就被人们视若无睹，再也无人去理会。几百年后，这些佛经就在世上消失了。直到龙树菩萨出世后，在大雪山上的一个山洞里看见这些佛经，视若珍宝，才将其带到世上。大乘佛教也才重见天日。其实，佛教无所谓大乘与小乘之别，只因要破小乘佛教中的有，所以才有了分别。

李自仁说，龙树菩萨后也已经两百多年了，可我们竟然还是知之甚少，到今天我才知道还有《心经》这样的佛经。

苏摩说，佛教自佛陀灭度至龙树菩萨时，已经有上百种门派，到现在已经百余种之多了。各派都有自己所供奉的经典，也严格限制别派的经典。门户之见，也是佛经被分别的原因，同时也是佛经毁灭的原因。到现在，说一切有部仍然是最大的小乘佛教派别，罗什所学和你所见佛经，都是说一切有部在倡导的，所以，大乘佛经仍然视而不见，即使见了，也不去理解，犹如不见。

罗什频频点头，赞曰，王子所说甚是。其实，我在迦毕试国时，就常常听到一些大乘佛教的说法，也问过师父，但师父不让我学，所以，也就未曾涉足。现在看来，其实还是门派之见遮住了我们的眼睛和智慧。

苏摩说，对了，罗什，大乘佛学是今日佛教兴盛的正法，是大法。你的悟性极高，且你与龙树菩萨有共同特点，如今若再能精通大乘佛学，就可与龙树菩萨相比，破除一切邪见，振兴大乘佛学。我没有你的学识，也没有你的聪慧，振兴大乘佛教的重任，恐怕将来你得担当了。

罗什一听，连忙说道，您是我师父，学识和智慧自然也在我之上，怎么说起这样的话来。

苏摩道，你我只是朋友而已，哪里是师父？我能给你引见大乘佛学，已经万幸了。你我虽见面的时间还不长，但每见你一次，你的开悟都让人惊讶。也许从小乘佛学开悟到大乘佛学，才是真正的学佛之道，因为有拨云见日之感，也能真正理解龙树菩萨的中观学说。不理解有，而直接去接触无和空，也许如坠云里雾里。知道各种有，同时又深刻体会无和空的境界，就达到龙树菩萨所说的中观之道了。那样的话，离成佛之日也就不远了。

罗什闻此言，起身，又向苏摩跪拜说，今日听王子师父开示，突然间也明白龙树菩萨所倡导的大乘佛法的精义了，更是突然间明白龙树菩萨的中观学说了。请接受罗什三拜。

罗什从苏摩处回去，连续几日再读《中论》《十二门论》及《百论》，犹如披荆斩棘，所向披靡，无往不通。

这一日，他又去拜访苏摩。两人从早上始聊，中午时也未休息，一直聊到太阳下山，才肯散去。走的时候，苏摩问罗什，你我可曾有今日之相聚？

罗什说，无，一切皆空。

苏摩又问，你我可曾是朋友？

罗什说，是，一切都曾暂时有。

苏摩笑道，一切自有不可思议处。

正法将灭

　　罗什和母亲在沙勒国一待都快一年了。自苏摩王子走后，沙勒国国王便常常请罗什去宫里讲经。罗什原来讲的是小乘佛教，慢慢地，他开始讲大乘佛教了，并且常常在宫里与人辩论。国王听得越来越高兴，便请罗什再次给大臣和民众们讲经。

　　这一天，他讲《摩诃摩耶经》，听者甚众。当他讲到佛陀对阿难讲述正法几时当灭时，他看见人们睁大了惊恐的眼睛，但他继续讲道：

　　我知道，你们大多数人没有读过这部经，也没听到过这个法，但你们应当听，应当知道。佛陀说，在他涅槃后，摩诃迦叶与阿难会集法藏，那是第一次结集法藏。然后，摩诃迦叶在狼迹山中入灭尽定。然后，阿难继承，阿难涅槃后，传法至优婆掬多。优婆掬多善于说法，使很多人得到度化，并使阿育王归佛。阿育王以佛舍利在世间修建八万四千座塔，佛法得到宣化。二百年后，比丘尸罗难陀得法，在阎浮提度化十二亿人。三百年后，比丘青莲花眼得法，度化半亿人。四百年后是比丘牛口得正法，度化一万人。五百年后是比丘宝天得正法，度化二万人。正法在这个时候就已经灭尽了。

　　他听到底下的听众"啊"的一片，心中顿生悲悯。但他继续讲道：

　　又过了一百年，即佛灭度六百年后，因为正法灭尽，所以各种邪说诞生，共九十六种外道学说盛行。他们都称自己持的是佛法，但其实已不是正法。这个时候，有一比丘名叫马鸣的人诞生，他是一个会讲故事的人，善于用故事来降伏一切外道，使正法稍有振兴。

　　七百年后，有一比丘名曰龙树诞生。大家都知道，他是马鸣菩萨的再传弟子。他从龙宫里得到大乘佛法，故而可以灭邪见幢，燃正法炬。我今天讲的佛经就是他之后人们又开始传的。实际上之前就有，但没有人去传播，所以也就毁坏了。我们今天大部分人得到的佛法，在龙树菩萨看来，都是外道，非正法。所以，今天龙树菩萨宣示的大乘佛教还在埋没中。

八百年后，佛陀说此时的比丘们喜欢穿好衣服，纵情于声色，已经没有真正修行的弟子了，百千人中偶有一两个得道果者。这就是我们刚刚过去的一百年。

立刻就有声音问，那么现在呢？

罗什说，现在就是佛说的九百年后，佛说，这个时候，佛弟子们都不修道德，寺庙空荒。世间道德败坏，无人再信正法，所以人人贪婪恋物，无恶不作。佛说，奴为比丘，婢为比丘尼。大概的意思是比丘和比丘尼不再是道德高尚者所乐意选择的，而是那些走投无路者或奴隶们选择的末路。或者说，根性低劣似同做奴婢的人才出家做比丘、比丘尼。没有道德，放纵淫欲，行为污浊混乱，男女在一起不能遵守礼度……

罗什说到这时，想起很多事，便停顿了一阵，然后他又说：

在我们之后的一百年后，也就是佛灭度千年后，比丘便开始愿意听与欲有关的事，并容易生怒。一千一百年后，诸比丘如世俗人嫁娶行媒，于大众中毁谤毗尼。多么可怕的事啊，比我们这个时代更为恶劣。

一千二百年后，比丘及比丘尼们做的事已经与正法不同。一千三百年后，僧人们的袈裟变白，不受染色。一千四百年后，众生犹如猎师，好乐杀生卖三宝物。一千五百年后，俱睒弥国有三藏比丘，善说法要，有五百徒弟。此国还有一罗汉比丘，善持戒行，也有五百徒弟。有一天，他们互相比法。罗汉比丘先说佛法，主要说清净法，也说戒律，什么该做什么不该做。三藏比丘的弟子们不服，说你现在身口都不清净，反而来说戒律。罗汉说，我一直持戒，清净身口意行，没有什么过错。三藏弟子一听，很气愤，杀了罗汉。罗汉的弟子们也很愤怒，说，我的师父说的没错啊，为何杀了我师父？于是上前也杀了三藏法师。此时，天龙八部莫不忧恼，而恶魔波旬及外道们则欢喜无限，开始常住世间。一切经藏都流到鸠尸那竭国，被阿耨达龙王再次带入海中。于是佛法灭尽，魔道兴盛。世间没有慈爱之心，人与人之间互相憎恨嫉妒。即使仍有比丘和比丘尼，也是魔比丘和魔比丘尼。寺庙空空，没有一个修道人。

法要灭的时候，女子们精进修行，长期作功德，男子却懈怠骄慢，不再修行。人们看到修行的沙门就像看见粪便臭土一样，没有信爱恭敬之心。人民忙碌辛苦，官府却谋划得很苛刻。不能顺合道理，整天想的是享乐及迷乱。恶人越来越多，就像大海中的沙子那样多。善人却很少，只有一两个……

罗什如此说的时候，只见底下愁云四起，甚至有人绝望地叹着气。他便大声说道，即使如此，我们也不能对佛法失去信心。只要修得正法，一样可以得道。

但他分明感到语言的乏力。他也突然间伤心起来，他看见母亲在不远处也皱着眉头。这时，他忽想起昨日刚刚读完的《金刚经》，不知哪里来的一股力量，他说，如果大家还愿意，我愿意给大家再解读一部大乘佛经《金刚经》，也许这部佛经会给我们力量。

他没有等到人们的回应便讲了起来。当他讲到佛陀说五百年之后还有人诵读《金刚经》，会有无上福报时，他的心里便生出无限的喜悦来，他对众人说：

佛陀还说，经过无数劫时，佛法会重生，众生会得到解脱。在这部经里，我们会看到佛陀告诉我们，我们看见的一切相，其实从永恒的意义上来说，都是空的，比如，我们所看见的这个沙勒国和众生相，从一个角度来说，经过无数劫后，它可能就不存在了，而它之前也是不存在的，所以，我们没必要为它的存在而感到任何苦恼与担忧；从另一个角度来说，它只是一种幻象，是空的。这就是小乘佛法与大乘佛法的区别。再比如，我前面说的佛法将灭的这一佛法，《金刚经》的后面说它也是空的，这就是佛法非佛法的说法。我们自然也不必认为它是真的，不必被其所困。如果我们被佛法所困，那么，我们恰恰是被执见所缚。这部经告诉我们看世界一定要从多个层面去看，一个是有为世界，一个是无为清静世界，两者结合起来才是真正的世界。所以，《金刚经》中也说，"如来所说三千大千世界，则非世界，是名世界。何以故？若世界实有，则是一合相。如来说，一合相，则非一合相，是名一合相。须菩提！一合相者，则是不可说，但凡夫之人贪著其事。"佛的意思是说，我们不必住相，但也不必信法，凡此，才是真正的觉悟。

他看见人们的眼里又生出无限希望。他又一次生出悲悯来，大声说道：

在《维摩诘经》中，佛告诉我们，越是在佛法的末世，越是需要众菩萨去普度众生。那些魔道，也正是众菩萨要去体会与消除的。那么，谁是菩萨？维摩诘居士告诉我们，菩萨就是你，就是我，就是我们众生。他还说，佛法为空，那么，又哪来末世之说？只要你我行菩萨道，佛法就行于世，就无所谓末世。

说到这时，一片祥云正好飘来，停驻于沙勒国上空。民众们仰首观望，欣喜无限，都觉得罗什一定是讲了正法。罗什也觉得无限喜悦。

他没有想到，他的这次说法在沙勒国以及整个西域各国产生了怎样的轰动。从那以后，就不停地有大臣来请他去家里说法，而来请他的寺院里的住持更是摩肩接踵，纷至沓来。他也欢喜于这样的讲法中。

相国的儿子昙无相在院子里不停地张望，罗什看见问道，为何向天空张望？昙无相说，那天你讲法，有祥云缭绕，我想看看你今天讲法时有没有祥云停驻。

罗什笑道，祥云也，相也，有，在你心中，没有，也在你心中。你不从你心中去看，怎么从天空中寻找呢？

昙无相一听，羞愧得涨红了脸。他说，请问罗什法师，我该读什么经呢？

罗什说，一切都可读，一切又都不可执着。

昙无相又问，那么，我现在是居士，按你所说，是否读《维摩诘经》最好？

罗什说，当然好。《维摩诘经》乃大乘法要，你应当去精心研读，但是，过去的小乘佛教倡导的经书也不可不去读。翻越十万大山之后，你才知道最后看到的高峰是什么高峰。倘若一座大山都未曾翻越，却要看到十万大山背后的高峰，是不可能的。

一位老太太在街上一直等待罗什，当罗什经过时，她喊道，小师父，你是罗什法师吗？

罗什笑了笑，说，不是。

老太太眯起了眼睛看着他说，那么，你是谁呢？

罗什说，我就是你啊。

老太太大笑起来，说，你就是罗什法师，但你怎么能说是我呢？

罗什说，如果你觉得我是真正修道的人，那么，我所修的道不在我这里，而在别人那里。这就是菩萨道。

老太太双手合十，默默微笑。

罗什正在街上走，一个比丘尼突然冲出来将他挡在街上，问道，你就是那个说佛法也会灭掉的小沙弥吗？

罗什说，是的。

比丘尼伸手就是一巴掌，说，既然要灭掉，你还讲它干什么？

罗什一愣，随即笑道，不可有怨愤，佛法非佛法，谁说它灭掉就不再生？

比丘尼说，可是，现在整个喀什城里全是佛法要灭亡的声音，我看你就是魔王波旬，什么神童，还什么要弘扬大乘佛教。

罗什说，《维摩诘经》上说，心生净土，魔由心生，灭与不灭，都在心上。维摩诘居士说，一切文字都是自性为空，其根本是无本，无本则无住。哪有什么过去、现在、未来？

比丘尼骂道，那我们还修什么？

罗什看见比丘尼眼里的愤怒，便改变主意，正色道，你的心里，魔道已生。这是你的眼睛告诉我的。你若还愤怒，可再打我一巴掌。

说完，罗什便将脸转给她。比丘尼突然不知如何是好，眼睛里的泪水在打转。罗什又生出悲悯来，他说，我给你推荐一部经，你每天都诵几遍，可消除你心中的恐怖。它是《心经》，很短，但有无上力量。

罗什几乎每天都会在街上遇到人们与他讨论佛法。大乘佛教也在这种个体的讨论中慢慢被传播开来。喀什上空的迷雾逐渐散去。现在，当罗什走在街上时，人们的尊敬几乎超过了国王。

有一天，昙无相对罗什说，我听说国王本来想请你为国师，但有人说你的影响可能会超过国王，国王便有些犹豫。

罗什一听，便说，到离开喀什的时候了。

沙勒国国王听说罗什要回龟兹，立刻赶来，极力挽留他留在沙勒国，并请他为国师。罗什回绝道，母亲十分想念故乡，我们已经在此住了一年了，该回去了。国王见无法留住罗什，便赠送给他很多财富，罗什也回绝了。他说，我和母亲去迦毕试国时就是因为被太多的人供养，我们怕如此会与佛法远离，所以一路乞讨而去，方得正法。如果今天得到大王这么多财富，而不去修行，那么，我们不是离正法越来越远了吗？请大王将这些财富施舍给那些穷人吧。

降服竺明

母子俩又像当初走出龟兹那样从喀什城走出，一路乞讨向温宿国去。一路上，他们看见有人死在路旁，但无人处理尸体。罗什和耆婆便为其念经超度，然后央请路人一起埋了尸体，再行上路。两天的路程，便到了温宿国。

他们找了一家客栈先住下。第二天一早，母子俩开始到温宿国的寺院去转悠。现在，罗什竟然能看见一些寺院里其实早就有了大乘佛经的出售。他买了两本。城东门口有一座大伽蓝，大概是国中最大的寺院。母子俩远远看见寺院门口有一群人，走近时，才知道门口有一个和尚在向大伽蓝里的僧众挑战。

耆婆问旁边一位僧人是怎么回事，那位僧人告诉她，被围观的这个和尚是温宿国有名的和尚竺明，曾去北天竺学法，现在回来后，每天都要向各寺院的住持挑战。有几个寺院的住持应战后，都被他非凡的辩论战胜，现在就剩国内最大的寺院住持了，如果他能胜，国王将请他做国师。耆婆问道，难道现在温宿国没有国师吗？那个僧人说，有，就是这个大伽蓝的住持。

罗什走上前去一看，是一位大约四十多岁的和尚，面目瘦弱，但目光中有一股傲慢之气。正看着，只见大伽蓝寺出来一位穿着庄严的法师，有人说，那就是住持。

住持对竺明说，法师，你若是冲着国师而来，那么，你已经是国师了，我们不必辩了。

竺明一听，愣了一阵。人群有些骚乱。竺明说，那你的意思是，你宣布你失败了？

住持说，法师，你听错了，我说的是，你如果是为国师而来，那么，国师就是你的了，你如果是为佛法而来，则不然。

竺明笑道，我当然是为佛法而来，国师只是理所应当而已。我立过誓，谁能辩过我，我将取下首级来谢他。

住持说，我佛慈悲，怎可取你首级，你胜了。

人群中又发出一阵惊叫，竺明说，那么，你的意思是你自己承认失败了。

住持顿了顿首，说，是的。

竺明简直不敢相信自己的耳朵，他说，你就这样不辩自败了？

住持双手合十，念道，阿弥陀佛！

竺明的眼里飘过一片蔑视的神情，说道，国师，你可不能说你让着我，我敢于献上我的头颅，是因为我对佛法无比崇敬，并非单单是为着国师而来的。你这样做，我倒有些不明白了。

住持仍然双手合十，口里念着阿弥陀佛。

竺明便冷笑道，好吧，你不辩论也不要紧，以后你若在，我们有的是时间，那么，依照国王的约定，我现在就是国师了。还有人愿意挑战吗？

话音未落，便听一个少年的声音从虚空中飘来，你说你没有不知道的事情？

竺明从声音飘来的地方看过去，是一个少年沙弥。沙弥微笑着。他便说，是的，只要你能把我问倒，我就把头割下来给你。

沙弥微笑说，我从未想过要你的头颅，你为何要给我？

竺明一听，有些气恼地说，小沙弥，我说的是你如何把我问倒的话。

小沙弥仍然微笑着说，我问倒你你就觉得我掌握了真知吗？问不倒你你就觉得我没有掌握真知吗？可是，无论问倒还是问不倒你，我都没有想过要你布施你的头颅。你难道不知道这两者之间的区别吗？

竺明被罗什这么一搅，更是生气，说，我让你问问题，你若没有问题，就像刚才的和尚一样，走开。

小沙弥说，实际上，我刚才问的这个问题就是为他问的，好吧，我来问你，你为何如此生气，修佛之人，最大的戒律就是犯嗔戒。

竺明一听，赶紧收容，但是，他无论如何也想不出怎样回答小沙弥的话，便说，你一个小沙弥，没学什么佛法，就来捣乱，我当然是要稍稍惩戒一下你，怎能说这是犯了嗔戒呢？

小沙弥笑笑说，哪部经上说小沙弥就不能得佛法，非要到你这个年龄时才能得佛法？

围观的人便都起哄，说，是啊。

竺明一听，又气恼起来，说，你这个小沙弥，这不是不言自明的道理吗？

小沙弥笑道，那么，法师是不能说出了。

竺明气恼地说，说什么说，我让你问关于佛法的问题，你再捣乱就下去。

小沙弥并未生气，继续微笑着说，什么是佛法？

竺明一听，更是好笑，他说，这还用问？你的师父没有告诉你吗？世间一切关于佛说的法自然是佛法。

小沙弥又问，谁能辩明哪是真法，哪又是邪说？

竺明说，自然是修行高尚者了。

小沙弥便问，那法师肯定是修行高尚者了？

竺明稍有傲慢地说，不敢，不敢。

小沙弥又问，佛法写在哪里？

竺明说，当然是佛经上。

小沙弥说，那么，世间所有的佛经法师都学习过？

竺明说，都有一观。

小沙弥说，好的，佛说世间有一个众香国，法师是否能告诉我它在哪里？

竺明一听，忽然间如坠云里，他想，我怎么没听说过有什么众香国，难道是这个小沙弥在诓我？但是，如果佛经上真有，我又回答不上来，那又说明我没把佛经读遍。想到这里，他便说，小沙弥，世间哪有什么众香国，它也从来未曾存在过。

小沙弥也一惊，便说，你的回答很好，众香国的确也可以是不存在的，但是，佛在《维摩诘经》中通过维摩诘居士讲过众香国，也请诸菩萨和诸比丘吃过众香国的香饭。这又说明你未曾读过这部经，那么，你所说的你已读完世间一切佛经便是一句妄语，你犯了妄戒。

竺明一听，便说，哪有这样的经？

小沙弥从口袋里掏出一部经来说，请法师看，这是我刚刚从另一个寺院门口买到的，我还看到，现在温宿国的很多地方，都开始流行这些佛经。这说明你被早年学过的知识遮住了眼睛，不再接受新的知识，这是住相，也叫无明。

说完，小沙弥把《维摩诘经》递给竺明，说，你可以看看。

竺明接过来，翻了几页，有些不相信自己的眼睛，他一边翻着佛经，一边低头生气地问，这是什么佛经？

小沙弥说，大乘佛法。

竺明又问，你是谁？

小沙弥说，专来度你的人。

竺明又问，那么，你叫什么名字？

小沙弥说，我有名，但也无名，有名时，我叫鸠摩罗什，无名时，便是清静。

竺明低了头喃喃道，原来你就是传说中的鸠摩罗什，败在你手下，我也没什么丢人的，好吧，你现在把我的头颅拿去吧。

竺明说完，便跪倒在罗什脚下。所有的人都惊呼，原来这个孩子就是神童鸠摩罗什啊！

罗什看着竺明说，我早就说，没有人想要你的头，所以，你的头也不可能给谁。其实，这些大乘佛经我也是在一年前才读到，都因为我们的执着而看不见，其实，这些佛经已经存在了两百年了。我们不同的是，我早读了一年而已。

竺明失神地看着手里的《维摩诘经》，喃喃道，两百年了？是的，我想起来了，师父当年也提过大乘佛教，但说无法理解，所以不让我们读，没想到……罗什法师，这部经从哪里能买到？

罗什说，就送给你吧，以后有缘时，我们再见。

罗什说完就要和母亲走，这时，有一个官员一样的人拦住他们说，请罗什法师留步。

罗什问道，什么事？

那位官员说，我是大王派来监督辩论的官员，谁胜了，谁就是国师。如今，您胜了，就得与我回宫去见大王。

罗什笑道，我从未想过要做国师，只是恰遇这场辩论而已，还请转告大王。

官员为难地说，那么，请告诉我你们的住处，我现在就回去面见大王，若有什么旨意，我还要再去见你们。

罗什便告诉了他住处。大伽蓝的住持这时过来邀请罗什母子到伽蓝做客，他们便跟随住持去参观寺院，礼拜诸佛。当即住持请罗什给寺里数百僧众讲法。罗什也欣然上坛。

刚下经坛，先前那位官员又出现了，对罗什母子说，公子，大王本来要亲自来拜访你们，但因为今天正好有要事在与诸位大臣相商，所以让我来请你们到宫中相见。

罗什犹豫着，官员便说，如若公子和公主不去，那么，大王一定会到你们的住处去拜访你们。

耆婆便对罗什说，那就走吧，免得打扰大王前来。

于是，母子便跟着那个官员来到宫中。国王是位三十岁出头的年轻人，看上去很英俊。他一见罗什母子便起身来到殿中，行礼后握住罗什的手说，老人们总说英雄出少年，而中国有句话叫，几百年出一圣人。马鸣菩萨后一百年，出了龙树菩萨，龙树菩萨后两百年来，还不曾有与他们比肩的大师出现。你的奇事我已经听过很多了，犹如龙树再生一般。

耆婆说，大王，不敢如此形容，罗什也只是普通孩子，哪能和龙树菩萨相提并论？

大王说，公主，罗什从出生到现在，是不是有很多奇迹？

耆婆说，是的，大王。

大王又说，神童自不必说，是不是一路降伏魔道而至此？

耆婆说，这个……

大王说，公主当然不便说，但在本王看来，罗什已经成为当今西域诸国最有修为的法师了。

耆婆说，不敢这样说，大王，学佛者可不敢如此看待自己。

大王笑道，你们当然不能，可我能。罗什，你自己如何看待自己？

罗什微笑道，大王喜欢大乘佛教？

大王说，温宿国流行说一切有部，我听有人说过，这是小乘佛教，我也说不上喜欢大乘还是小乘，但是，只要是能开众生智慧的佛教，我都喜欢。

罗什说，依大乘佛教来看待这些，都轻如鸿毛，都是幻象，还未破除无明。

大王说，依你之说，你的事都是假的了？

罗什笑道，大王，按龙树菩萨来看，这些事都是世人心中所想，亦可作真，但正是因为这些乃心中所想，乃心造的幻象，只是假借这些事来阐明大乘佛教而已，故而不必在意是真是假。

大王说，明白了，罗什法师。看来佛法的再一次振兴要靠你了。

罗什笑道，大王，以前我也有此志愿，但自从学了大乘佛教后才明白，是要靠众生。

大王一听，看着罗什说，说得太好了，这也是我所想。你虽年少，但确有破人智慧障的能力。我虽未能深入学佛，但也懂你所说的大法。

罗什说，大乘佛法在于利众，大王也是为万民谋福利者，本身就是菩萨，所以，很容易能理解大法。

大王一听，甚为中意，说道，罗什法师，区区几言，便能将我说服，我欲请你做国师，以弘扬大法，万勿推辞啊。

罗什看了看母亲，母亲向他摇头，他便说，大王，罗什只是学佛中的一普通人而已，因为父亲和母亲的缘故，被人关注，再加上与佛有缘，故而学佛容易。那些神异之事，亦真亦假，可信，亦可不信。去除如此迷障，罗什实没什么可说之处。

耆婆接着说，大王，罗什还只是个孩子，身体未坚，智慧未开，感谢大王如此垂青，待其成年之后，可再考虑让他来陪伴大王，共同弘扬大法。

大王一听，犹豫道，他虽未成年，可其智慧早在众人之上。

耆婆说，这是大王对他的爱护，实际上，他真是个孩子，顽劣之性尚未褪去，怎可担当如此大任。

大王摇着头说，不对，不对，本王真的是与罗什一见如故，他短短几句话，破开我心中迷障。不仅仅是百姓们需要他去开示，本王也一样如饥似渴啊，所以，即使不去处理那些宗教事务，也可以常常来教化我等愚钝之人啊。你们回去可三思。

耆婆便说，好的，大王。

母子俩回到住处，耆婆看见罗什开始研读《中论》，对什么国师丝毫未曾放在心上。耆婆便说，罗什，我看这个大王是真心想弘扬佛法。

罗什说，温宿国是个小国，佛教的传统一直是说一切有部，这个大王一心想弘扬大乘佛法，虽也能做一番事业，但似乎时机还不成熟。

耆婆说，他可能觉得得到你，就是最好的时机。

罗什笑道，母亲，您别忧虑。我们的母国龟兹国目前是西域三十六国的盟主，力量最为强大，温宿国是邻居，有什么风吹草动，立场就吹到了龟兹。过不了多久，父亲或大王就知道了。那时，我即使想做什么国师，也是妄想。

耆婆想了想说，也是，我怎么就没你这么冷静呢？

罗什说，您是母亲，私心牵扯，所以担心，我是局外人，所以冷静。

耆婆笑道，你是当事人，怎么成了局外人？

罗什说，母亲，龙树的中观就是要让我们常常站在其侧面或反面来看问题，所以，我就站在局外人的角度来看我自己，也就成了局外人。

耆婆叹道，这一年来你智慧大进啊，我已经赶不上你了。

罗什笑道，母亲，不可有分别心，你是我，我也是你，你不是你，我也不是我，你和我似乎有分别，其实也无分别。这就是无无明。

耆婆皱着眉头说，好乱，我真的一时还不明白。

第二天，大王就派人来请罗什到宫里给王室成员讲法。罗什问来人，大王要我讲哪部经？来人说，大王说大乘佛经都可。罗什便带了几部经，以备选用。耆婆便陪着罗什去了。到得宫里，一看多是女眷，罗什便想，那就讲《妙法莲花经》吧。

大王问罗什，什么经是可以不分男女的？

罗什说，大乘佛法本身不分男女，男与女只是假名，没有分别，佛陀在《妙法莲花经》中专门讲了这个问题，且为他尘世时的姨母和妃子都授记成佛。

大王说，那太好了，大乘佛法看来真的是好，是真正的平等法。

罗什说，是的，小乘局限于知识和感受，大乘则要破除这些障碍。

两人聊了一会儿，罗什便向各位王室成员开始讲授佛法。这部佛经很长。中午时分，罗什看到所有人都听得津津有味，毫无饥饿的感觉。他问大王，要不要让大家用餐午休，然后再讲。

大王说，我正听到微妙处，哪有什么饥饿和睡意，我们就简单地用点餐，继续听你讲吧。于是，大家就在宫中随意用了一些餐，罗什就又开始了。等到太阳下山时，罗什终于合上这部经典，他说道，我只是非常粗浅地把经里的大致内容讲了一下，细节尤其是微妙处还需要各位去细细品味。这是佛教中最重要的大乘佛经，其中讲到的方便法门其实也是大王和王子们认真思索的地方。

大王喜悦地说，多谢罗什法师，我以前也曾请过很多法师来讲法，当然都是小乘佛教，今日法师所讲，的确闻所未闻，不可思议。

罗什说，经上说，大王是最能广施菩萨行的人，也是最容易成佛的人，必要常常去诵，时时护持。

罗什与母亲一路回去时，母亲说，罗什，我看你常常在读《妙法莲花经》，曾不以为意，今天听你讲，确实是有不可思议之处。看来我必须要摒弃小乘法，要向大乘法学习了。

罗什说，母亲，您早就应当如此了。

过了几天，大王又请罗什为大臣和国中的精英们讲大乘佛法，这一次，罗什选讲《金刚经》。大王问，为何选这部经？

罗什说，这是破小乘器的金刚利器。如今大王治下的众比丘和比丘尼，都是学习小乘说一切有部，少有学习大乘佛法的。大王有心要倡扬大乘佛法，那么，我也有心想破除国人的执见，以帮助大王。

那一天，罗什从午时开始讲起，直到酉时结束。说是讲《金刚经》，其实是讲龙树的《中论》。他还不停地让人提问，然后再与其辩论。当罗什合上《金刚经》，念出四句偈时，他看见天空里有一片祥云正好飘到温宿国的上空，久久不肯散去。温宿王大喜，对罗什说，这真是闻所未闻，见所未见啊。罗什说，这不算什么，您难道没有听到我说吗？当年释迦佛讲这部经时，从地下涌出无数的宝塔和大菩萨，天空中飘下曼陀罗花，像雨一样，各种祥瑞，无奇不有。这说明我们的修为太浅，只能看到天空中的祥瑞。

但似乎恰恰是这片祥云更让大家相信罗什讲的大乘佛法是可以依赖的，而非他的言辞。也因为这片祥云，罗什在温宿国的地位突然间升高。有人向大王建议，一定要把罗什留在温宿国，不能让他回到龟兹去，否则，龟兹将更强大，那么，作为邻居的温宿国之命运岌岌可危矣。

大王对罗什母子的供养更丰厚了。耆婆几次提出要离开去龟兹，大王总是以各种理由来挽留他们。这一天下午，耆婆刚刚午休起来，就听见他们暂住的伽蓝外嘈杂起来，仿佛来了很多人。不一会儿，嘈杂声越来越近。耆婆便出门去看。她刚一出门，就有一人立刻向她跪下说，公主好！

耆婆觉得此人哪里见过面，正要问时，又看见几人进来，紧接着，便看见一个熟悉的身影向她走来。她以为是自己眼睛花了，再一看，确实是鸠摩罗炎。她便下意识地冲着罗什喊道，罗什，你来看。

鸠摩罗炎走近她后，冲她笑笑。他们已经有好几年未见面了。她一时不知如何应对此笑容，便也冲自己的丈夫笑笑。这时，罗什已经出来，看见父亲时便冲了过去。

正在这时，耆婆又看见几人进来，其中有一个穿着华丽的男人，一看便是王兄白纯。白纯看见妹妹穿着朴素，形容质朴，但脸上的微笑那样从容而又高贵，便道，看来你这几年吃苦头了。

耆婆笑道，王兄，我们哪里能吃苦头啊，到处都能得到礼遇和供养。这都是因为您的缘故。

白纯笑笑，让罗什近前来，然后拉着罗什的手说，来，让舅舅好好看看我的神童外甥。你走的这几年，人虽在外面，可你的传说天天都在向龟兹传来啊，比你在还要神奇。

罗什微笑不语。耆婆便问，王兄，为何前来温宿？

白纯指着最早的那个武士一样的人说，难道你就没觉得他一直在你们身边吗？他派人告诉我，你们到达温宿后，这里的年轻国王很喜欢罗什，想把罗什留在他身边，不让你们回去。我一听，便知道他一定不会让你们回龟兹，所以便带着兵马过来接你们了。

正说着，温宿王已经到了伽蓝。两厢行过礼后，温宿王邀请龟兹王和各位去王宫设宴。

第三天，龟兹王率领大队人马向龟兹撤去，耆婆和罗什紧随其后。温宿王一直送到了十里之外。在一片荒凉的山岗上，温宿王握着罗什的手说，罗什，希望有朝一日来温宿传播大乘佛法，我随时都为你点燃檀香。

罗什笑笑说，有缘一定会的。

告别温宿王后，耆婆对龟兹王白纯说，王兄，你们先走，我和罗什还是一路行乞过去。

龟兹王一听，说，走吧，何必拘泥于这个。

耆婆说，你不知道，王兄，这一路行乞，不但对我们的体魄有好处，而且对我们学佛极为重要，收获颇多。我们已经走遍了西域各国，就剩下这几天的路程，如果我们就此放弃，等于就放弃了整个过程。你还是先走吧，我和罗什慢慢来。现在在龟兹国，不可能有任何危险，你就放心吧。

罗什也说，大王，学佛最重要的在于诚心实意，再说，我都已经忘了故乡的大地和山川了，正好让我一点点再温习一遍吧。

鸠摩罗炎看耆婆和罗什是铁了心，便对白纯说，大王，罗炎陪他们走吧，这下您可以放心了。

耆婆却说，你还是先走吧，你已经十几年不这样走路了，我怕你再也难以吃这样的苦了。你留下来，倒是我和罗什的累赘。

鸠摩罗炎苦笑了一下，说，这倒是真的，也好，就让我重新来把这大地用身体丈量一遍吧，让我重温往日的修道之路吧。

说完，他看着罗什。罗什会其意，立刻说，好啊，我们正好一起聊聊佛法。

白纯见妹妹心意已决，知道再说什么也没用，便无奈地说道，好吧，本来我还想早点到宫中与你和罗什好好聊聊你们的心得呢，那我就只好等着你们了。三天之后，我还在城外十里坡等候你们。

第二卷

出龟兹记

龟兹弘法

十里坡。似是一个前世的因缘。

当年，龟兹国国王白纯听到鸠摩罗炎穿过温宿国，要去龟兹时，他便率百官到城郊十里坡迎接。草木深深，白日灼灼。他在那里等了两个时辰，才看见一个僧人背着佛像姗姗而来。有人告诉他，那就是鸠摩罗炎。

当鸠摩罗炎翻过一个小山丘，看见一大堆人和旌旗在荒原上静静地蒸腾，从地面蒸腾而上的光将那些人照得异常诡异。他看见那些人在喝着水。他便快步向前去乞讨。结果，一个穿着华丽的男子向他走来，然后叫出了他的名字，鸠摩罗炎。

那一天，他知道这个叫出他名字的人就是他的宿命，是他的第二故乡。他本来是北天竺某国国相的儿子，声闻之名唱绝国内，但这恰恰成了他离开祖国的原因，因为按规矩，只有他的大哥才可以世袭国相，而国王则要他来继承国相，不得已，他只能远走他乡，潜心学佛。没想到，没几年他就成了西域各国最有影响的得道者。也是因为这样的忍让与修佛，让他名声更响，各国争先请他为国师。可是，他一心想着要去东方传法。

他是被耆婆的美丽留住了。人人都这样说。这一点，他难以否认，也从来不曾否认，但是，事实上，他觉得这是宿命。每一个佛教的传播者，都希望能得到国王的护持。他为什么穿过那么多的国家直接来到龟兹，就是因为龟兹有一个渴求佛法的国王。龟兹国国王白纯曾向三十六国张榜招聘国师，应聘者众，但白纯一个都未曾看中。但也正因为如此，三十六国的佛僧们都不免踏上东去的路程。

他就是其中的一个。那些未曾被白纯看中的僧人并未失意而回，而是仍然受到白纯的优待，在木头沟西岸的悬崖上，他们开始描绘着一尊尊佛像，营造了一个佛国世界。

他就是被这佛国世界留下了。做国师的那些年，他使这人世间的悬崖变成了被瞻仰的景象。柏孜克里克，这个词在今天的维吾尔语中的意思是山腰。人们几乎忘了，龟兹国佛教最为兴盛的时候即是在公元4世纪中叶，而那恰恰是鸠摩罗炎大兴佛法的时候。那时的罗什尚在成长中。俗世的陋见进一步从鸠摩罗炎与耆婆的婚姻中又一次否定了他，使他成为一个被红尘羁绊的僧人。

俗世容不下他。佛国也似乎未曾为他说过一个字。

但那些半山腰的佛像见证了他的诚心。这就像他常常给别人说的那样，是佛国世界真正地留住了他。

现在，一家三口正走在龟兹国的大地上。小罗什在中间，不停地告诉父亲他在西域诸国的奇遇，尤其将他如何用中国的学说来征服毕迦试国狂僧的情景描绘得格外详细。耆婆与鸠摩罗炎微笑着听他讲，鸠摩罗炎则不断地问一些新的问题，以便将这场谈话持续得漫长一些。

鸠摩罗炎发现，六年不见，耆婆已经完全变了。她从原来的一身华丽变成了一袭粗衣，从原来的凌厉之势变成了平和温暖，从原来的一身傲气变成了一眼春风。她看见他的时候，起初是有惊喜的，但慢慢地就变了。

他仍然是主动地与她搭讪，从罗什七岁时，你们出去，现在罗什都十三了，岁月忽已老。院子里的那树胡杨都已经长高了，遮住了其他的树木。

耆婆叹道，当年王兄倡导大家都种这种树，说它寿命很长，能活一千年，死时不倒一千年，倒而不朽又是一千年。原来我以为它的寿命比我们人的要长得多，现在才知道，它和我们都一样，不过是呼吸之间的事而已。

鸠摩罗炎看了一眼耆婆说，你竟有这样的境界，看来是真的得道了。

罗什插话道，母亲已经获得第二果位了。

鸠摩罗炎说，恭喜，我已经听说了。你们在西域的所有活动我都知道。

罗什说，那我就不说了吧。

鸠摩罗炎笑道，那都是别人说的，不一样，你说的跟大王的人说的很不一样。我信你说的，继续讲。

鸠摩罗炎的确已经难以乞讨了。走了一天后，他就有些吃不消，但又不好叫苦。耆婆看在心里，就找了个破庙住下来。鸠摩罗炎看见那破庙，心想，也好，再让我重新体验过去的生活，重拾修道者的信心。那一晚，他们在破庙里休息了一晚。罗什早早地睡着了。鸠摩罗炎睡不着。他听见耆婆也未睡着，就说，看来你真的是得到了极高果位，你能如此，我替你高兴。

耆婆说，这只是开始而已。你在龟兹的弘佛行为，也在各国广为流传，很多人都想到这里来弘法。

鸠摩罗炎说，我只是尽了力所能及而已。

耆婆说，我们学佛之人，既然下了决心，就应当勇猛精进。

鸠摩罗炎叹道，是啊，这次我看到你，就觉得是一位久别重逢的亲人，就像兄妹一样。

耆婆说，我也一样。夫妻只是假名而已，我们应当彼此鼓励，以证得无上正觉。我前一段时间听罗什给温宿王讲一部大乘佛经，名为《维摩诘经》，说的是居士修行之道。也许你应当看看。

鸠摩罗炎说，我知道这部经，但未曾读过。

耆婆说，也许这部经能够让你我既不必为夫妻之名而烦恼，又能在家修习佛法。

鸠摩罗炎一听，高兴地说，那我回去就找来读。

耆婆说，那倒不用，明天可以让罗什讲给你听。

两人聊了很久才睡去。第二天一早，鸠摩罗炎被冻醒来。他知道自己已经很难再适应这种生活了。但他知道，他必须要如此。他对罗什说，罗什，谢谢你们让我重新回到原点。

那一天，罗什为他说《维摩诘经》。鸠摩罗炎听得大为震惊，他说，世间真有这样的佛法？

罗什说，当然，这是居士修行。佛陀以为，其实不必在意你在哪里，最重要的是证得无上果位。维摩诘居士有妻有子，还去妓院，却不被这些所留住。他以为，菩萨若不去那些地方，又如何去度那里的众生呢？所以，怎样生活只是假相，最重要的是修心。心有净土，则一切不污。这就是维摩诘的修道之法。

鸠摩罗炎叹道，我最近读中国的玄学，说的也是这个至理。我们是太执着于凡俗的假相了，所以，心里就有了很多监狱。我们其实是世俗的囚徒啊。

罗什即说，是啊，就像你和母亲一样，你们是夫妻，如果像母亲过去一样，执着于一定要出家才好像是修行，那也是执着于假相。而你呢，觉得母亲不必出家，在家里一样可以修行，但你还是执着于你的假相。《妙法莲花经》中讲的妙法，就是要大开方便之门，要顺着修道者的心理给予，开启，然后才会得道。你让母亲带着我出家，其实是为她开启了方便之门，她因此才可以得道。假若把她禁在家里，那么，她就像个佛教知识的囚犯，如何又能得道呢。同时，你放开了她，也就是放开了你自己。这不，你做了那么多的大事，让龟兹成为佛国盛世，都得道了。

鸠摩罗炎问罗什，依你之见，你母亲回去是住在家里，还是住在哪里呢？

罗什说，父亲，你这样问，就已经犯了执见。她住在哪里已经不重要了。她住在伽蓝也是修道，住在家里也一样是修道。随她之愿就可以了。

鸠摩罗炎看了看耆婆说，嗯，也是，心所在的地方，便是修行的道场，反正家里你们的房子都空着，随你吧。

耆婆说，自在大法，在于懂得因缘，我们此世的世俗因缘已然走到头了，后面的因缘却刚刚开始，应当彼此鼓励修成正法。

鸠摩罗炎点头说，嗯，是这样的。

罗炎知道，从此以后，他们再也不担心彼此失去。他对耆婆说，我得谢谢你，让我从迷雾中走出。

耆婆说，我相信在你的努力下，龟兹一定也会有迦毕试国和梵衍那国那样的佛教盛世。

他们走到龟兹城外时，足足用了三天时间。早有探子得知他们已经到了十里坡附近，便告知龟兹王。龟兹王率百官在那里已经等了一个时辰，此时他抬头向西南望去，只见百草丛中，有三个人影在晃动，渐渐地清晰起来。而鸠摩罗炎在看见龟兹王与百官时，感到恍若隔世。十几年前的情景历历在目。他感到大地在微微摇晃。

而罗什则听见百鸟齐鸣，并看见百草肃穆，山川侧耳。一只巨大的神鹰在他们头顶微微颤动，仿佛天地之使者。他叹道，终于到家了。但他随后又问父亲，父亲，为什么大王要到这里来接我们？

父亲说，因为他心中有佛。

罗什说，他在宫中一样可以接见我们啊。

父亲说，那说明他心中只有他自己。

罗什说，你的意思是他并非接见我们？

　　父亲说，是的。在你们的身上，尤其是你的身上，他又一次看见佛的神迹。

　　到得跟前，龟兹王一把抓住罗什的手说，来，罗什，你坐我的车，我们一起回去。罗什便觉得父亲说得有点道理。回到宫中，龟兹王将百官散去，只叫来王后和几个王妃热情地招待了他们。席间，他问耆婆，王妹，听说罗什在讲大乘佛教？何谓大乘佛教啊？

　　耆婆说，王兄，我和罗什在北天竺修的是说一切有部，到沙勒国时，罗什遇到莎车王子苏摩，他告诉罗什，世间有比说一切有部更为伟大的教义，而那些教义就被称为大乘佛教。

　　龟兹王疑惑地说，难道我们这里没有这些教义吗？

　　耆婆对罗什说，罗什，你来说吧。

　　罗什便站起来说，大王，其实龟兹国到处都有大乘佛教的经书，但因为无人演说，也无人相信，所以，只是一些过往的僧人偶尔说说罢了。比如，大王可请人到街上去看，一定会看到有人在出售《金刚经》《维摩诘经》《妙法莲花经》等。这些佛经是一百多年前由北天竺的龙树菩萨在龙宫中发现，然后带到人世间的。

　　龟兹王说，这就是你在沙勒国、温宿国讲的佛经？

　　罗什说，是的，大王。

　　龟兹王一时兴奋起来，说，现在天还早，请罗什给咱们讲一部最短的经如何？让我们也能感受到大乘佛教的特点。

　　罗什说，好的，大王，那我就讲一下《心经》。

　　龟兹王说，好啊。

　　说完，他叫人请来王子和公主们也一起听。罗什正在上面讲，宫里又进来一个十七八岁的比丘尼，站在一旁认真地听罗什讲，且不停地点头。

　　等罗什讲完后，龟兹王把那个比丘尼叫住说，阿竭耶末帝，你觉得罗什讲的如何？

　　阿竭耶末帝回道，父王，罗什今日之讲，对我们这些初学说一切有部教义的信众来说，犹如拨云见日，让人有豁然开朗之觉，方知世间天外有天，法外有法。

　　龟兹王说，依你之见，世间真有大乘佛法。

　　阿竭耶末帝回道，我也听说过，今日才信真有。

　　龟兹王听罢，叫阿竭耶末帝与罗什相认。罗什说，听母亲常常说起姐姐聪慧，今天才见到你。

　　阿竭耶末帝看着罗什说，你小时候我还抱过你呢，你忘了？

　　罗什笑道，不记得了。

　　耆婆也笑道，那时他还小，等长大一些时，就跟着我出去了，所以不认识公主，请见谅！

　　阿竭耶末帝道，姑姑，哪来那么多的客气，罗什这么小，就有如此高的修为，真是百年不遇的奇才，上天让他生于龟兹，这是我们龟兹国的荣幸。

　　阿竭耶末帝又转头对罗什说，罗什，我现在在城东的伽蓝修行，改天请你登坛说法，你可不要推辞啊。

　　罗什笑道，公主姐姐让我干什么，我就干什么。

　　回去的路上，鸠摩罗炎告诉罗什，阿竭耶末帝十三岁时得了一场大病，谁也没办法治疗，快死的时候，突然来了一位僧人，说如果公主能出家修行，就可以病愈。国王问可以在家修行吗？僧人说，不行，一定要出家，清静修行，半年后方可病好。僧人走后，国王还是舍不得公主，就请鸠摩罗炎来宫中为其说法，但仍然没有什么好转。国王无奈，赶紧送到阿丽蓝寺，拜了师父，每天吃斋念经，半年后果然病愈。国王看见公主好了，便想让其回宫，但公主自己倒不愿意再还俗了。罗什一听，便说，那还是与佛有缘。

　　几日后，阿竭耶末帝便来国师府中找罗什。鸠摩罗炎有公务，耆婆正在府里堂前念经，而罗什正在研读《金刚经》。每日清晨，他都会轻声诵读一遍此经，但每诵读一次，他便觉得又有一扇门在奇妙地打开。

　　阿竭耶末帝看见罗什手中的经卷，便说，我想请你明天去伽蓝讲经，你想讲哪部经？

　　罗什想了想说，这部《金刚经》虽短，但不到一定程度难以理解，《妙法莲花经》虽长，但是进入的方便法门，所以称妙法，就讲《妙法莲花经》吧。不过，这部经至少得两天才能讲完。

　　阿竭耶末帝喜道，没关系啊，你讲几天都可以啊。

　　第二天，耆婆与罗什早早出发往城东的阿丽蓝寺去，一路上，罗什看见有老人在路旁乞讨的，心生悲悯，对母亲说，母亲，这些人虽未学佛法，但与佛教弟子一样行乞为生，我们如何救他们？

耆婆说，因果使然，救他们的唯一办法，就是让他们闻佛法，知生死，可解脱矣。

罗什说，是啊，即使有金山银山，给予他们，若他们不闻佛法，只会令他们产生贪婪之心，反而会害了他们。看来我们不能在城里念经说法，还要在这些地方为这些穷苦人说法。

耆婆说，是的，我正想着还是要从府里出来，到这里来修行。

罗什说，那我也要到这里来。

母子俩说话间，已经到了阿丽蓝寺。这里有三座供比丘尼们修行的寺院，其中阿丽蓝寺最大，有一百比丘尼，其他寺院最多也就八十人之多。这些比丘尼，多是葱岭以东这些西域国家的王室妇女。因为龟兹最富庶，所以都到这里来。阿竭耶末帝虽年纪轻轻，但因为是公主，所以名义上不是阿丽蓝寺的住持，但实际上，这里她说了算。

早有人报与她，她在两人未达之前已经到了寺门口迎候。罗什进去一看，附近三寺的比丘尼近三百人坐在寺内等着他的到来，也有一些比丘在外围站着看热闹。

当日，在讲到释迦牟尼佛为其姨母与王妃授记成佛时，罗什看见台下众多比丘尼欢欣喜悦，就说道，各位比丘尼，在以前我们所学的佛经中，你们都很难超越佛陀而成佛，但在大乘佛教中，你们每个人只要诚心向学，一心供养，在经历千百亿劫后，一定会成就佛。在某一世，你们也会被授记成佛。

下午，罗什看见，围观的比丘越来越多。当天晚上，耆婆和罗什住在了阿丽蓝寺，吃罢斋饭后，耆婆带罗什去拜见佛图舍弥。佛图舍弥一见母子俩，高兴得手舞足蹈，毫无师父之庄严。舍弥抓着罗什的手不放，到处看着罗什，把罗什看得都有些不好意思了。舍弥说，几年不见，罗什越发地俊美妙相了。耆婆便说，没有师父的栽培，哪有我们的今日。舍弥却说，你和我虽然也有修成，但比起罗什来，我们都是天上的星星而已，而罗什，则好比天上的圆月。他的光辉是遮不住的。

第二天，佛图舍弥也在下面听讲。罗什看见除了比丘尼外，来围观的比丘也比昨日要多，但他忽然间想到路上看到的乞讨者，他说，所有伽蓝应当向外开放，众生平等，不应有分别，各位，你们不知道，当我说法时，在座的各位只是婆婆世界的人，而婆婆世界的其他众生你们看不到，他们就在我们的身边，是草木，是飞虫，是鸟兽，但在婆娑世界之外，还有三千大千世界，也在听法，那是我们无法想象的世界，所以我要说的是，现在听法的不止你们，实际上有无数计众生……

众僧尼都听得如坠云里，似懂非懂，似悟非悟，待得讲完后，佛图舍弥说，只用一个词来形容，那就是，妙。

罗什对舍弥说，师父形容得是。

正当他们出发时，有一位僧人拦住他们。耆婆一看，是达慕蓝寺的住持僧昙。她便下了车。僧昙双手合十道，公主，听闻徒弟说，罗什公子在向比丘尼说大乘佛学，甚为广大而奇妙，贫僧想请罗什公子到敝寺开坛说法，以度化众生。达慕蓝寺原是国师所建，罗什公子应当到这里先讲为好。

这时，罗什也下了车，向僧昙行了礼。耆婆对僧昙说，我替他应承下来，再过几天我们再来，可否？

僧昙说，好，可否确定具体日期？

罗什屈指算了一下，说，再过五天，是吉日，就定那一天吧。

僧昙说，好，我即刻准备。

五天后，罗什到达慕蓝寺继续讲《妙法莲花经》，僧众无不喜欢。僧昙听后，叹道，原来我们一直是坐井观天，今日一听，方知何谓茅塞顿开，方知何为觉悟。

两次讲法后，罗什名声大噪。龟兹王便对鸠摩罗炎说，罗什的名声马上要超过你了，你做父亲的可要多支持他。

鸠摩罗炎叹道，当日臣本是要去东土传法，至于龟兹而不能行，且与公主婚配，滞留龟兹，以为大法在臣手上会有更大的传播，直到罗什带来大乘佛法，始知臣与公主是为罗什而生。父子只是前世之因缘，只是一种假名而已，臣当尽全力成就他，成就龟兹的大乘佛法。

龟兹王一听，大喜，当场对鸠摩罗炎说，你赶紧着手在达慕蓝寺旁边兴建一座新寺，让罗什在那里弘扬大法。

鸠摩罗炎大喜，回府对耆婆和罗什道说，皆欢喜。罗什说，我正在如此想，大王就已经做了，可见佛法之妙。

第二年春天，应阿竭耶末帝之邀，龟兹王下令，举国上下一万多僧众聚首北山下，倾听罗什讲《中论》。当十四岁的罗什要登上高高的经坛时，龟兹王拉着鸠摩罗炎跪倒在地，要罗什踩着他们的脊背登上去。罗什推辞再三，见龟兹王心意坚决，便登上了他和父亲的脊背，缓缓登台。那一刻，一万多僧众及数千围观者欢呼起来。罗什在一片轰鸣声中坐定。他说，按佛陀在经上所说，今天听讲者，不止到会的近两万人众，这只是婆婆世界的有情之人，还有婆婆世界的其他有情众生，数也数不清，我们看不见。婆婆世界之外，还有三千大千世界，仍有数万五蕴众生在倾听，故而今天到会者在数十万之多。

下面的听众开始骚动起来，议论着罗什之语。罗什说，依我等凡胎肉眼，只能看见这一万多人，其他的众生都看不见。一旦我们修行到菩萨道时，我们便能看见更多的众生……

他描绘的世界令众人感慨万分。然后，他开始讲龙树与小乘派众教的诸多辩论，听者都觉得在与他们辩论一样。那一天，龟兹国的上空，飘浮着五彩祥云。众僧们抬头仰望，相信了罗什非他们所能企及者，而罗什所语，也句句真理。几乎所有人的世界观和佛教观都被罗什颠覆了。

那一天的故事立刻传到远方。那一天之后，总是有沙勒国、温宿国、焉耆国、莎车国以及西域其他三十多国的高僧来与罗什辩论。为罗什修建的寺院才刚刚开始，建成还需要几年，所以，国师府便热闹了起来。

罗什在这种辩论中逐渐完成着他的中观体系，人们给予他各种赞誉，但他自己知道离大道还很遥远。除了大量学习大乘佛学的内容外，罗什也开始研究父亲从中国商人们那里买回来的各种书籍。有些是翻译了的，但大部分都未翻译，他几乎看不懂。之前张怀义虽教过他一些汉字，但汉字实在太深奥了，他还需要好好学习。

十七岁那年，耆婆又一次要去北天竺学习佛法。耆婆以为，她没有罗什的根器，所以要先学好小乘佛教，尤其是说一切有部，然后再涉足大乘佛教，但是，事实上，她已经在罗什的熏染下早已心向大乘佛教。罗什也想去。

母子俩到宫中向龟兹王请辞。王说，王妹是要去继续学习说一切有部，罗什为何要去呢？我听人们都说，你已经是龙树以来大乘佛教最了不起的法师了，尤其是中观一派，世上再无人能超过你了。

罗什回说，大王，您有所不知，我的师父槃头达多是迦毕试国的国师，他是当今世上说一切有部的最高领袖，母亲是要向他去学习，而我是想去用大乘佛教度化他。他先前曾是我的师父，对我有恩，如今我得到了大乘佛教，就应当回报于他。

龟兹王一听，说，你们俩的目标都是一个人，那请他到这儿来不就可以了吗？

罗什说，他也很想到这里来，但是，他现在是迦毕试国的国师，迦毕试国王定然不会让他来这里的，就像您不会让我父亲去其他国家一样。

龟兹王笑道，不光是你父亲，我现在也不会轻易让你去别的国家，要知道，罗什，你去别的国家，龟兹怎么办呢？

罗什说，我发誓不会去做别国的国师，只去度我的师父，这件事结束后就马上回来。

龟兹王对耆婆说，王妹，你还是三思吧，最好是我派人去将你们的师父接到龟兹来。

母子俩见龟兹王不准，便回来。耆婆对罗什说，王兄不会让你去其他国家的，你在任何一个国家留下来，那个国家就成了龟兹最大的敌国，而且你一旦不答应，还有可能面临被杀的危险，我看你还是不要再想出去了。

罗什问，那母亲呢？还想去吗？

耆婆说，过一段时间再与王兄说吧。

槃头达多

那时，有一首赞歌在龟兹大地上响起，山川和鸣，飞鸟传颂。

那时，有一座新的伽蓝在欢快中修建。为一个少年。

那时，有一个法师，正在翻越帕米尔高原上的雪山，往龟兹方向来。他怀着世上最大的不满——尽管他知道，佛教徒要戒贪嗔痴，但这一次他做不到。这不满是冲着他的少年徒弟来的。

他在帕米尔高原上看见龟兹那广阔的平原时，他依然不能相信他教导的少年会成为另外一个人。他座下是一只猛虎。他本来有两个僧人徒弟，但在翻越雪山时不幸遇难了。现在只剩下他和那只猛虎。

他在龟兹的大街上行走，人人都为其让开一条道。那猛虎则从容地在街中心昂首阔步。

他的手里拿着一根降魔杖，最顶部是一个金刚杵。

这是他第一次来龟兹。他不知道怎么才能找到自己的徒弟。他叫住猛虎，问一位老者，国师府在哪里。老者指给他方向。他便坐上猛虎，缓步向那条路走去。

但他走过一条路，在过十字路口时，被一群士兵挡住。原来迎面过来了一位将军。他很想往旁边闪，但猛虎这时候被士兵惊吓，根本不听他的话。他赶紧下来，想叫住猛虎，但因士兵们惧怕猛虎，早已有人射来一箭，正中猛虎的左腿。猛虎被激怒，向着士兵冲过去。

士兵们吓得让出一条路。猛虎刹那间向另一条街冲去。

他想过去喊住猛虎，可士兵们将他团团围住。一位将军过来喊道，哪里来的妖僧，竟敢带猛虎来国中？

他有些焦急地说，能不能先让我去把猛虎擒住，以免伤害百姓，然后再向将军请罪？

将军却道，还想逃跑，给我拿下。其余人，随我去射杀猛虎。

他急道，千万别伤害它。

将军哪里再容他说话。几个士兵上前来拿他，而剩下的人则去射杀猛虎。他一时着急，便施了一法。

士兵们刚冲上前去，突然发现面前的僧人不见了，都大惊失色，大喊，妖怪，妖怪。

猛虎顺着大街一直往前奔跑着，行人看见都吓得赶紧让路。突然，它看见前面过来一群人，不知怎么办，看见旁边一扇大门正开着，门口也无人把守，便冲了进去。

将军带着人赶过来，一看前面是国师府，而国师正好带着一群人往府里走，双方都看见猛虎进了府里，吓得赶紧冲进去。国师府里佣人极少，只有几个仆人在掌管做饭、打扫庭院及种植花园。

鸠摩罗炎带着人在花园里到处找猛虎，却一时找不到。将军对鸠摩罗炎说，国师，看看公主和公子的房间有没有。

正说着，只见罗什牵着猛虎出来。鸠摩罗炎大惊，将军也大呼道，公子赶紧走开，让我们射杀这牲畜。

罗什说，它是我的老朋友了，你们不必惊慌。这是我迦毕试国的师父槃头达多国师收服的猛虎，刚刚到我房间，寻求我的帮助。你们不可射杀它。但我不知它为何到了这里。

将军说，我看见一位妖僧骑着它到了国中，可能那妖僧已经被我手下拿下了。

罗什问道，将军，他长什么样子？

将军说，他手里拿着一根很长的降魔杖，个子很高，大胡子，说的可能是天竺话。

罗什说，那是我师父槃头达多，赶紧带我去见他。

正说着，有士兵来报将军，说妖僧不见了。罗什一听，便在空中喊道，师父，我知道您会龙树菩萨传下来的隐身术，就出来让徒儿拜见吧。

话音未落，但见他面前正站着槃头达多。

大家都吓得往后退。鸠摩罗炎一看，说道，原来是大师来龟兹了，我只听说世上有这个法术，但未曾见过，原来真有，今日是大开眼界了。

槃头达多向鸠摩罗炎敬过礼说，法师的大名我也早就如雷贯耳，龟兹佛国盛世都是法师所为，真是功德无量啊。这点法术算不了什么，都是我在年轻时学习的，真正像你这样的高僧大德是不必学这些旁门左道的。我给罗什也未传授，怕他起贪念什么的。

将军一看，赶紧拜倒在地，向槃头达多道歉。槃头达多说，不怪你们。我来龟兹时，带了两个徒弟，一个是与罗什相熟的浮陀波利，另一个是我新收的徒弟，都很年轻，都想见罗什。走的时候，这猛虎一时无人看守，浮陀波利硬是要带着它，还让它做了我的坐骑。刚开始我也不适应，但后来我们都适应了对方。经过大雪山时，浮陀波利和另一个徒弟摔下山崖，都没了。唉！罗什，你也不必伤心，每个人的生命都有定数。剩下我与这猛虎一路走来。说真的，没有它，这么远的路我真还走不过来。

罗什听到浮陀波利死了，多少有些悲伤，他将师父一边让进大厅，把猛虎牵到师父旁边，一边扶着师父坐下说，他们肯定已经超脱了，也可能已经转世了。

将军和士兵们都害怕猛虎，不敢入内。鸠摩罗炎把他们打发走了，然后进来对槃头达多说，不知大师不辞劳苦前来有什么急事？

槃头达多看了看罗什，叹道，也没什么急事。我听说罗什一走进沙勒国后就开始学习大乘佛教了，把你我修习的说一切有部的佛教说成是小乘佛教，意思是不如大乘佛教。我无法理解，所以前来与罗什探讨。

鸠摩罗炎一听，便说，原来如此，不瞒法师说，罗什与他母亲前几日也在与国王说，要去迦毕试国，他母亲是继续向法师学习，而罗什则是想把他的学习心得向您汇报，当然也是继续讨教，而国王不同意他们去，说要去请您过来呢。谁知事情就这么巧，您就来了。

槃头达多本是怀着一腔不满的，尤其是在失去两个徒弟时，就更是不满了。但在一见罗什牵着猛虎出来的刹那，他心中的气就消了一半，此时一听，几乎没了。他说，这几年来，不断有僧人从龟兹、沙勒、温宿等地去迦毕试国，每个人都有关于罗什的传说，一些传说已经很离奇了。有人说，罗什能踩着祥云飞行。也有人说，罗什能在瞬间变出一个宫殿来。这些我都不信。但更多的人说，罗什现在天天批判说一切有部，说这是小乘佛教，不足为学，而高度赞扬大乘佛教，说大乘佛教才是真正的佛教。我其实也不信，但听得多了，也就不得不信了，所以来看看，听听罗什怎么说。

后来，鸠摩罗炎与罗什单独在一起时，鸠摩罗炎说，看来你的师父是来兴师问罪的，你得好好向你师父讲讲大乘佛教是怎么回事。

再后来，耆婆被鸠摩罗炎派去的人也叫回来了，拜见师父。耆婆在谈话中明显地感到师父对大乘佛教抱有一些敌意，于是，她也找了空给罗什悄悄说道，师父千里迢迢，似乎是来批评我们的。罗什笑道，母亲，放心吧，我一定会把师父度化过来的。耆婆嗔道，可不敢对师父这么说。罗什说，我也就是在你面前说说。

当天除了说说客套话之外，耆婆便安排师父住在国师府中，让其早早地睡了。第二天，罗什要带师父去看看龟兹的各种名胜之地，槃头达多一点也没兴致，他直截了当地说，罗什，为师已经有些年纪了，这次来不为看那些，而是奔着你所讲的大乘佛教来的。

罗什一听，便说，师父，我从七岁开始学习说一切有部，那时以为这是世界上最伟大的学说，从未有怀疑，至十二岁，读完了几乎所有典籍。虽然不能说徒弟学成了，但至少是暂时把课程学完了，剩下就是修炼了。但十三岁那时忽然遇到莎车王子苏摩，向弟子传授大乘佛学，弟子才知道说一切有部也是佛教的一种，世上还有更为广大的学说。师父您先别生气，容徒弟慢慢说来。因为苏摩王子几个简单的问题就把我问倒了，且向我开示了更为奇妙的法门，于是，徒弟为了弄清楚他们所说的大乘佛教与我之前所学的说一切有部佛法有何不同，便学习和演说了很多部大乘佛经，徒弟方才知道，大乘佛教乃龙树菩萨从龙宫中带出来的佛经，这些佛经在龙宫中被潜藏了七百年，是失传的佛经。佛教自释迦牟尼佛创立以来，经历了七百年后，各种派别林立，门派之间壁垒森严，已经严重地阻碍了佛法，所以，龙树菩萨就是为打破这些壁垒，重新演说大乘佛教，让大家从执念中解脱出来。为了说清楚这些，不知徒弟能不能为师父讲几部佛经？

槃头达多此时已经不再生气了，他极力想弄清罗什所讲的大乘佛教，所以，也只好点点头说，好，你来讲。

罗什首先为师父讲《德女经》。这是龙树在《大智度论》中讲的故事。德女问佛陀什么是无明，在内还是在外，或者不在内外。佛陀讲到了幻象，问德女，幻象是无根的东西，但一样可以有幻象，"如果幻象是空、虚假、欺骗或没有实体存在的话，为什么可能从幻象造得出新的幻象来呢？"

槃头达多如坠雾里。他皱起了眉头，嘴里说道，如果说左手是有，右手是无，你的意思是左手的有也是从右手的无中产生的？从无到有？

罗什说，是的。

那么无，又是从哪里来的？槃头达多不可理解。

无是无根的，不需要从哪里来，它本身就是空。罗什说。

槃头达多摇着头说，这个解释我不能理解。

罗什说，假如我们的身体是有，那么，它一定是要幻灭的。

槃头达多说，但我们的灵魂是存在的。

罗什说，灵魂也是空的，从无到有，然后待修炼成佛后，也便成无，就跳出了三界外。

槃头达多摇着头，陷入了沉思，他喃喃问道，那么，如果灵魂也是空的，成佛的又是什么呢？

罗什说，师父，这只是龙树讲的一个方面。他首先要让你看到这空，这是对有为法来说的。对于这有为法来说，空才是永恒的存在。但是，在看空的时候，龙树又说，只要不执着于灵魂成佛，而是将这一切都超越了，那便是真正的成佛。这个佛，便既存在于有为世界里，又与永恒的虚无融为一体，与天地同寿，与日月同光。既不消失，也不生长。这就是真正的静。

槃头达多再也不说话了。他慢慢地进入了禅定。后来，他对鸠摩罗什说，你说一切皆空，这太可怕了，但我怎么能把无说成有呢？哪有抛弃法而执空的道理？

罗什回道，师父，大乘明净高深，有法皆空；小乘褊狭，拘泥于名相。

槃头达多一听，更是生气。竟然说自己的师父执着于概念和具体的实相，便说，那你告诉我除了这些，这世上还有什么呢？

罗什这才一一解说。他对师父说，小乘佛教本身也很精深，修习者通过八正道等自我修持，终能断尽三界烦恼，超脱生死轮回，但是，师父，这个时候怎么办？除了释尊之外，我们能成佛吗？

槃头达多说，不能。

罗什问，那么，我们若不能成佛，我们最终追求的是什么呢？

槃头达多说，西方极乐世界。

罗什继续说，可是，我们即使有比释尊更大的修为，也是不能成佛吗？

槃头达多说，不能。

罗什说，大乘佛教不是这样的，龙树菩萨认为，众生平等不是指除佛以外的众生平等，而是说每个人与佛也是平等的，每个人都可以成佛……

槃头达多浑身是汗。最初他是无法接受自己与佛能平等的提法，但经过一个多月的辩论，他才一一确信大乘佛教也是佛教，只是在小乘佛教的基础上进行了革命性的解释，将佛陀的信仰真正地开始传播至每个人的心中。从某种意义上来说，大乘佛教就是灭去小乘佛教中的神，而将那神性种植到每个人的心中，也就是每个人心中都有佛性。

槃头达多不禁叹道，师父不能通达，弟子反过来启发其心意，在今天得到验证了。

说完，槃头达多跪倒在地，对着罗什拜道，我是和尚小乘教义的老师，今天和尚是我大乘教义的老师。请受我一拜。

罗什哪里能受得了老师的这样一拜，但在槃头达多的坚持下，他也只好接受。龟兹王听说后，专门在王宫里设宴宴请槃头达多和罗什。鸠摩罗炎与耆婆也在座。龟兹王问槃头达多，法师，您的高名我很小的时候就听说了，一直希望您能来龟兹传法，今天终于来了，又是罗什的师父，希望就留在龟兹与鸠摩罗炎、罗什父子共传佛法，岂不是人间盛事？

槃头达多道，多谢大王美意。我听说当年阿育王传法，他的身边就聚集着很多得道的法师，所以他能支持这些法师将佛法传播到更远的地方。到了贵霜帝国时期的迦腻色伽王时，他又信仰佛教，他的身边又聚集了一大批有大智慧的法师，马鸣菩萨就是在那个时期传扬佛法的。大王能传承两位法王的美德，尊崇鸠摩罗炎法师，大开佛窟建造，并能如此善待鸠摩罗什，弘扬大乘佛教，这是我佛教的幸事，首先，请受小僧一拜。

说完，槃头达多上前向着龟兹王深深地一拜。龟兹王一听，也极为欣慰。槃头达多坐回座位上继续说道，大王可能不知道，罗什虽是我的弟子，向我学习过说一切有部，但是，那是过去，如今，罗什应当是天竺和西域近百个国家最有智慧的法师了，我敢说，当今之世，有他如此修为的再无第二人。如今，我又成了他的弟子。大王，您能得鸠摩罗什父子护佑，可谓前世的造化，同样，他们二人能有大王护持而传法，也是他们的造化。故而，小僧希望大王能善待他们，将大乘佛法广为传播。

龟兹王说，多谢法师指点，这一点请法师不必担忧。

槃头达多继续说，但是，大王也应当听说，阿育王将佛陀舍利分为八万四千枚，他派人向四处传递，想在天下建造八万四千座舍利塔，以此传扬佛法。迦腻色伽王也一样，他也派法师们四处传法。如今大王可谓两位法王在世，如果不谦的话，我等就是当年法王身边的高僧大德，我们的使命就是向更广的地方去传播佛法。故而，我以为，今天的天下已经基本构成以龟兹为中心的一个佛教中心，大王就是这中心的护法，我们应当遵照您的法愿，向世界各地去传播佛法。

龟兹王不禁微笑地说，法师过誉了，但传播佛法确是我的大愿。

槃头达多说，那么，有鸠摩罗炎法师在您身边就已经足矣，而罗什和我应当走向更为广阔的天地去传扬佛法，这样，大王的美名才可以广为流布，而佛法也随着大王的声名和广阔的风向四方传播。

龟兹王一听，皱了眉头，对槃头达多说，你是说，你和罗什要离开我？

槃头达多说，不是，大王，是我们遵照您的法愿，向世界上需要佛法的地方去传播佛法和您的美名。

龟兹王笑道，的确如此，可是，本王哪里能舍得你们远离龟兹呢。

槃头达多说，罗什不必离开。龟兹因为罗什才开始大乘佛教的传播，他走了，这里的佛法又会黯淡下去，所以，他必须留在龟兹，对龟兹和所属三十多国的教僧开示大乘经义，将大乘佛法真正传播开来。而我，我想回到天竺去。那里还流行小乘佛教，而且派别林立。那里的人们还执着于有为法，不懂无为法。我是受龟兹王的派遣，去天竺传播大乘佛法，并传播大王的美名。我还希望，大王能派遣高僧，到东方的诸国去传播大乘佛法。如此，龟兹才是真正地昌盛，龟兹也才是世界佛教的中心。

龟兹王频频点头，心头的忧虑顿解，他对鸠摩罗炎说，国师，你觉得法师说得如何？

鸠摩罗炎答道，大王，我不敢断言罗什现在有多高的修为，但槃头达多法师所讲道理，句句高妙，理理相通，甚为广大。

槃头达多说道，国师有所不知，这些道理都是罗什讲给我的，我只是鹦鹉学舌、照猫画虎而已。罗什，不知我讲得是否对呢？

罗什这才说道，师父，您太谦虚了。

槃头达多对着耆婆说道，耆婆，你说我说得对吗？这些道理当年不是罗什对着迦毕试国国王讲的吗？

耆婆答道，道理是一样，但师父您讲得更为精妙，而且龟兹现在正是佛教兴盛之时，更为恰当。

槃头达多说，是的，罗什当年希望迦毕试国国王能效法阿育王和迦腻色伽王，但现在看来，他的志向并没有大王您的广大而坚定。我在迦毕试国无所作为。但即使如此，我还是应当回到天竺去，为他们开示大乘佛法。

龟兹王道，法师，我知道您心意已决，本王也不再强留，只是希望能常常来龟兹传道。

槃头达多在离开龟兹时，对鸠摩罗什说，如今我是你的徒弟，你是我的师父，请再受我一拜。

罗什哪里敢受，但槃头达多执意要行弟子礼，罗什只好接受。在场数百高僧无不赞叹。

自那以后，鸠摩罗什的法名已经无人不知。而他也遵照槃头达多的教诲，与母亲走出国师府，四处去传法。同时，西域诸国的王子、王妃、公子、高僧都源源不断地向着龟兹走来。

龟兹国的大地上，百花盛开，齐奏一首吉祥的圣乐。

龟兹国的天空中，百鸟飞翔，将罗什的名字撷到很远很远的地方。

三十三岁那年

话说阿竭耶末帝常来请罗什母子去阿丽蓝寺说法，一来二去，与罗什相熟，罗什也总是有事无事就往那里去找阿竭耶末帝。有一天，耆婆与阿竭耶末帝一起去另一个寺院访问一位高僧，耆婆说，我看罗什最近有事没事就来找你，你是姐姐，且已经证得一等果位，很快就能得二等果位，你要多开示他。

阿竭耶末帝脸一红，说，姑姑，您说的哪里的话，我待罗什犹如亲弟弟，我已出家，与姑姑您一样，一心向佛，怎会再动凡心，再说，我是罗什他姐姐，爱护他是应该的。

耆婆笑道，可能是我说错话了，你不要介意。你也听说曾经有罗汉预言罗什若在三十五岁之前不破童子身，必得大果，且度人无数。我们都信佛法，在这一点上要保护他。

阿竭耶末帝说，这个我听说过，姑姑如此说，以后我就不再请他来阿丽蓝寺了，再说他今年也已经十八了，真到了俗世弟子成家的年龄了。

耆婆说，是啊。

自那以后，阿竭耶末帝开始有意回避罗什，而罗什见阿竭耶末帝不见他，再也不请他去寺里说法，心里孤寂，便常常去酒肆消愁，或者去看舞女跳舞。宫中有人给鸠摩罗炎和耆婆都说起过这事，一些僧人们也开始议论罗什。只有罗什不知道。耆婆见之，心下怜悯。一日，她对罗什说，罗什，你也到了成婚的年龄了，别人家的儿子，到这时候都已结婚甚至有孩子了，你是怎么想的？

罗什一听，反问母亲，母亲在我七岁时就带我出家了，我已经是佛门弟子，还能有二心？

耆婆便说，不是我如此想，凡事都要修行，有些事必须得有规矩，也就是要有戒律。佛家也讲这个。你已经到了婚配的年龄了，我想问你，你若还有凡心，我就要给你物色好的女儿家，如果你一心向佛，确实像那些大师所预言的那样，我想，你就要开始思考往后的生活怎么过了。

罗什一听，立刻说，母亲，这事难道还用商量吗？您最了解我了，我已经准备了这么长时间，当然是以弘扬大法为要。

耆婆说，那以后你在接触女儿家时，就要有所戒备了，比如，你表姐那儿，都是比丘尼，你可能就要少去了。说法可以，但私下的接触就要少了。还有，佛家弟子不能饮酒，饮酒会失性，失性便会失根本，但龟兹之地，遍地都是葡萄美酒，更何况酒肆之上，舞女更少不了，这些恐怕都要警戒了。

罗什脸一红，说，知道了，母亲。

于是罗什便不再去阿丽蓝寺找阿竭耶末帝，从此埋头苦读经书。他甚至也开始拒绝其他寺院的邀请。有一次，龟兹王请他去说法，他也懒得去，找了个生病的理由拒绝了。整整半年，他足不出户，每天都背诵佛经，并抄写佛经。慢慢地，他心意坚固。耆婆看在眼里，怜悯在心里，但她并未劝说。她知道，罗什必须要经历这些。

半年后，他走出国师府，去拜访友人。又过半年，他对母亲说，母亲，我已经二十岁了，我想受具足戒。母亲大悦，说与龟兹王，龟兹王便说，既然如此，就在王宫中受吧。

于是，罗什受具足戒的事便成了一件龟兹国的大事，人人得知，街谈巷议全是罗什之事。

那一天，当师父卑摩罗叉做完相关的法事后，开始给他讲《十诵律》时，他看见自己以前所见所闻都在面前一一幻灭。阿竭耶末帝的笑颜也在刹那间闪回，复而寂灭。这部律，未有梵文，也未有吐火罗文，故而罗什过去未曾完整地读到过，只是听父亲鸠摩罗炎与母亲耆婆讲过。

但罗什仍然去酒肆，一些僧人对其产生不满。一日，他正在酒肆上与人聊天，一位僧人进来直接到了他面前，说，你是我以前见过的那个讲经说法的鸠摩罗什吗？

罗什说，当然是。

僧人又说，听说你在王宫中受了具足戒，这是真的吗？

罗什说，当然是。

那你为什么还要来这种地方？僧人说话的声音很大，以至于很多人都围过来看，但酒肆老板就不高兴了，他对僧人说，这地方怎么了？难道不是人待的地方？

罗什笑嘻嘻地看着僧人，僧人生气地说，你们知道吗，他就是被称为神童的鸠摩罗什。

老板说，当然知道了，他经常来。

僧人即说，那你们知道他是个比丘了吗？

老板说，当然知道了，这事世人皆知啊。

僧人即说，那你为什么还让他来这种地方喝酒。

老板将罗什的酒杯给他说，你怎么知道他喝的是酒呢？

僧人说，他到你这儿，当然是酒，还会是什么？

老板即说，我告诉你，他在喝茶，茶，你知道吗？中国的茶。

老板说完，将酒杯递过去，让僧人闻了闻，说，没有酒味吧？

僧人的脸一下红了，他恼羞成怒地说，反正这种地方他就不能进。

老板说，那你为什么进来了？

僧人说，我是来劝他的。

罗什这时叫住老板，请僧人坐下后说，我问你，我们学习佛法为了什么？

当然是修行成佛。僧人说。

修行成佛又是为了什么？罗什问。

当然就是为了修行成佛，还能是什么？僧人不解地说。

那么佛陀的伟大誓愿谁去实现？众生如何得度？罗什问道。

当然是向他们宣说佛法。你以前做得很好，但现在为什么不做了？僧人问。

难道这些酒肆里的人不是众生吗？罗什问道。

当然是了。僧人说，连地狱里的魔鬼都是众生，他们更是了。

那么，如何度他们？罗什问道。

当然是让他们去寺院里听佛法。僧人说。

但他们不去怎么办？罗什问道。

那……僧人不知道怎么说了。

你看过《维摩诘经》吗？罗什问道。

没看过。僧人说。

我建议你读读。罗什说，那上面讲，菩萨为什么要生病，菩萨为什么要化身亿万个分身，到所有众生生活、受苦的地方去，因为只有到那里，才能体验众生之苦，才能解救众生。

但他们到这些地方，不也就受到这些地方的污染了吗？僧人辩驳道。

不住相，不住法，这才是菩萨。什么地方是他们去不了的呢？地藏菩萨连地狱都去，因为若不去地狱，地狱里的恶鬼们就不得被拯救。我来问你，相对那些地狱里的恶鬼，难道这些喝酒的人比他们还更恶吗？即使更恶，菩萨也要化身去救他们，这才是真正的佛。无所不在，无所不化，无所不救。罗什说。

老板和周围的人听到这里时，都动容了，禁不住地鼓掌。有一个人说，天下竟有这么好的佛经，我倒要买来一看。

那个僧人久久地注视着罗什说，原来佛法如此，今日得闻，才知道世人都误解了你。

罗什笑道，没什么，误会是永远都有的，只要有偏见和执迷，误会就不会消失。

僧人向他郑重地一拜，想告辞。罗什说，何不坐下与我共饮此茶呢？据说，在遥远的东方中国，茶道是与佛法一起运化的。

僧人感动地坐下来，老板拿来一个茶杯。僧人这才发现，罗什所喝的酒杯要比普通的茶杯要大得多。

这件事传到了卑摩罗叉那里，他对罗什说，你是要学维摩诘菩萨吗？

罗什说，师父何以如此问我？

卑摩罗叉说，佛教的戒律就是要从行为上约束佛教徒的，你身为佛门弟子，不受这些戒律，怎么能行呢？无怪乎很多人会对你有不同的看法。

罗什说，师父的教导弟子谨记在心，只是弟子有两难，请师父为弟子开示。

卑摩罗叉说，哪两难？

罗什说，一是弟子从幼时开始喝茶，已习惯中国的茶，在家虽然也能喝，但到街市上就只能到酒肆上去喝了。二是弟子想，如果我们这些学佛之人都将自己圈定在寺院里，而不去向众生传法，法还能流传下去吗？如果不去酒肆上传法，那些人还能听到佛法吗？

卑摩罗叉听了后说，罗什，你是大乘弟子，胸怀比为师远大，为师只管你的戒律，却不能解释你的两个问题。

从那以后，卑摩罗叉虽然也与罗什常常谈戒律，但又对罗什的行为总是缄口不言。罗什则常常流连于酒肆之中，为红尘中人说法。岁月恍惚，视之若无，忽一日府里有中国人来，说张怀义在凉州病故，病故前托人给鸠摩罗炎带话，说凉州王张天锡在凉州广开翻译佛经道场，能否请鸠摩罗什到凉州弘法。

鸠摩罗炎一听，细细一算，罗什已经二十有五，虽已满腹经纶，但他仍然觉得罗什过于年轻，便对罗什说，罗什，中国本来是一个很大的国家，但近几十年来分裂为无数个小国家，战争不断，凉州是与我们最近的小国，倒是最为平安，佛教事业也渐渐昌盛起来，为父本来是要去中国传法，但现在已经难以脱身，你还年轻，也有志于去中国传法，不知你怎么想。

罗什说，父亲，中国的儒家有言，圣人有道则显，无道则隐，意思是君王若是有道明君，圣人和贤达才能有所作为，若是无道昏君，圣人和贤达只能遭受迫害，大乘佛教虽然不在乎有道无道之君，一样要传法，但是，从过去和今天来看，君王对传法非常重要。君王若是信仰佛法，且像阿育王和龟兹王一样，佛法就可大力弘扬，若是不信仰或假意信仰，如后世诸多君王一样，那么，我们虽有天大的本事，一样无所作为。如今中国的诸多君王，还没有真正信仰大乘佛教的，凉州王张天锡虽对佛教有功，但也是无道昏君。我已算过，再过几年，将有真正的有道君王出现，到那时再看天机。现在，我还是在父亲的指导下，认真研读佛经，帮助父亲弘扬佛法。

鸠摩罗炎也觉得有理。龟兹王也听说这件事了，对鸠摩罗炎说，还是让罗什在龟兹弘法吧，你再催催新寺的修建，让罗什早点有个地方。

鸠摩罗炎便加催新寺进程，秋天的时候，新寺告成。龟兹王亲自为新寺的落成主持典礼，罗什穿上袈裟，接受加奉。新寺的规模很大，是整个龟兹最大的寺院。阿竭耶末帝也来道喜。如今她已经证得二等果位，成为阿丽蓝寺真正的住持了。罗什微笑着向阿竭耶末帝施礼，阿竭耶末帝也微笑着还礼，未说一句话。

龟兹国和附近十几国的公子、公主以及僧人们听说罗什住持的新寺建成，都纷纷来投奔。龟兹王为新寺供养颇为丰厚，各国国王也不愿落后，纷纷捐资捐款。新寺的人数在半年后超过了所有的各寺。罗什每天忙于说法，有时也参加辩论，耆婆想见其一面都很难。

耆婆在罗什入住新寺后，也基本再不入家门，住到了阿丽蓝寺，与阿竭耶末帝共同证悟佛法，并准备几年后一同去北天竺继续学法。

有一天，一个比丘跑来告诉罗什，他们从寺侧故宫中得到了一本天竺语的经文，是竹简上写的，但一时都不认识，请罗什看。罗什拿起经文一看，经书的名称为《放光经》，过去从未读到过，便开始阅读。他对比丘说，等我看完后再翻译成吐火罗语，你们再看吧。

当天夜里，罗什点着油灯看此经，突然，竹简上一片空白。他拿起来左看右看，仍然一字不着，便知道是怎么回事了。他坐下来，凝神静坐了一会儿，然后睁开眼睛认真地看，渐渐地，竹简上的字迹开始清晰起来。

这时，他听到空中有声音问道，你是有大智慧的人，为什么还要读此经？

罗什便回应道，你只是个小魔而已，奈何不了我，我劝你赶紧离去，如若不走，小心我念收你的经文。我心如地，不可转也。

小魔一听，赶紧离去。空中再无声音。罗什继续诵读。第二天，他把这个故事讲给弟子们听，大家都感慨昨晚睡得早，未能听到他们的对话。

这时，有一个小弟子名唤菩提智的，走出来说，师父，弟子听到了。大家便好奇地问他，要他描述情形。

菩提智说，当时他是要去解手，出门后发现师父房间的灯着着，便想去提醒师父早点休息，刚到门口，便听到空中有声音传来，接着便听到师父的回答。但他不知是怎么回事，回到房间后仍然疑惑不定，现在才知道事情的原委。

于是，弟子们便都羡慕菩提智能听到这样的对话，可菩提智对罗什说，师父，您已经读完了这部经，可否讲给弟子们听听。

于是，罗什便当场给弟子们讲解《放光经》，用了整整半天的时间，也只是讲了个大概。菩提智说，师父，原来大乘教义如此深奥但又有趣，弟子敢请师父尽快将此翻译成吐火罗语，亦可让我等弟子学习。

于是，罗什大喜，请菩提智和另外一个年龄大且文学修养好的弟子与自己一同将其翻译成吐火罗语，一共用了三天三夜的时间。罗什拿着天竺文的《放光经》，口里含着吐火罗语，两个弟子则执笔听写。他们一句句推敲，直到三人都称妙为止。

从那部经开始，罗什带领两个弟子拿来很多大乘经文，他手执天竺文的，菩提智手执吐火罗语的，而另一弟子则执笔写作。罗什将翻译得不合适的地方都重新进行了翻译，他还一边翻译一边解释，其他的弟子则在一旁拿着经书听着。如此用了两三年的时间，对大乘经论又重释了一遍，更觉自己先前理解得有误或太浅。

龟兹王听说这件事后，也常常来新寺听罗什的翻译和讲解。经过十多年的宣法，大乘佛法已经基本上成了龟兹的主要佛法，原来的说一切有部虽然还活跃着，但似乎都成为进一步理解大乘佛法的基础课了。

三十三岁那年，龟兹王特意为罗什造了金狮子座，用中国的丝绸做成褥子铺在上面，请罗什为龟兹一万多僧众讲大乘佛经。

那一天夜里，远在数千里之外的前秦国发生了一件奇事。查看天象的太史发现，西边的天空中突然出现了一颗无比闪亮的星星。为了证明他发现的正确性，他又找来几位同行共同查看，并得出一致结论。他把这结论赶紧报告给了当时的前秦皇帝苻坚，于是，史书上如此写着这位太史的预言：

有星见于外国分野，当有大德智人，入辅中国。

那一年，是前秦建元十三年，也就是公元 377 年。

皇帝苻坚问太史，你知道那边的情况吗？

太史说，陛下，臣了解不广，正好有龟兹王弟白震和一些外国的王子们前来朝贺，何不问问他们。

于是，立刻召见几位。白震等上殿，送上贺礼，然后一一落座。苻坚便问白震，龟兹是现在西域三十六国最大的国家，也是最为富庶的国家，当然也是佛教最繁荣的国家，你能说说你们那里现在有什么大智慧的人才吗？

白震是龟兹国的大将军，军功显赫，但哥哥白纯做了国王，他便只好辅佐。哥哥笃信佛教，不愿杀戮，所以后来凡是征讨小国家的事都由他来出面。军人们都劝他废了白纯做国王，他心有不舍，一直犹豫不决。如今，他一听苻坚如此说，便说，陛下，西域多产美玉、美酒以及美人，我听说一千多年前中国的周穆王就曾驾着八骏到昆仑山上的玉庭与西王母相会，西王母先以美酒款待，然后赠他以美玉，美玉便可传到中国，并成为中国的珍宝，可惜美人与美酒是带不来的。至于陛下问有没有大智慧的人，自然也是有的。中国这边我听说有圣人孔子和老子，有儒道两家。我们西域信仰的是佛教，当然，现在中国有很多地方佛教也已经兴盛起来了。我听我们那里的一位智人说，中国的儒家讲的是人伦，所以中国是一个礼仪之邦，而中国的道家讲的是自然之道，叫人师法天地，但我们佛教通的是生死之道。也就是说，儒道两家没有解决的问题被佛教解决了。我不知道他说得对不对，但他就是这样说的。所以，如果陛下问有无智人，我只能从佛教徒中找一位智人了。那的确是有的。

符坚便问，这位智人是谁？

白震答道，鸠摩罗什。

符坚又问，他有什么样的智慧？

白震答道，他不但精通我们先前流传了八百年之久的小乘佛教，还精通龙树菩萨开启的大乘佛教，但这仍然指的是佛教。他精通的不仅仅是这些。他还精通我们西域的各种法术，以及中国的阴阳算术。这么说吧，只要他想知道什么，他就有办法洞悉天地的秘密。

太史这时站出来问道，这是人是妖啊？

白震答道，非人非妖，一圣教徒也。他使西域的佛教走向大乘佛教，和前所未有的盛况。很多人说，他是龙树菩萨之后最了不起的智者。

白震转头对符坚说，这位比丘在他十二岁时，有高僧预言，他将来会来中土传法，度人无数。

符坚一听，喜道，你是说，他会来我们这里传播佛法？

白震说，有几位高僧都曾如此预言。

符坚便说，那么，他为什么不来呢？

白震说，十几年前，前凉王曾派人去邀请他，他用阴阳术卜算了一下，觉得时机不到，他说，十几年之后，将有一位英明的皇帝会去西域请他，不知道说的是不是陛下您。

符坚喜道，他真有如此的智慧？

白震答道，陛下，这只是他拥有的大乘佛法之外的一些智慧罢了，他曾说过，这是小智慧。

符坚便问太史，太史，朕听你前段时间说，襄阳有一大智者，名释道安，他传的可是大乘佛法？

太史道，是的，陛下。

符坚站起身来，对太史说，如今我秦国比晋国兵强马壮，唯有一样尚需努力，那就是教化。如果晋国的道安是整个中国的大智者，那么，他们说的这个鸠摩罗什便是西方的大智者，但两位大智者，朕一位都没有，秦国如何能是强国呢？

太史忽闻此言，立刻跪拜在地，三拜之后起身道，陛下真乃当世不二英主，我听说晋国虽把原来中原的文人一起带到了南方，南方貌似文明昌盛，但事实上，大智者道安仍然不被重视，晋国的国主也未曾有陛下这样的宏图大略和高瞻远瞩。一时之盛在于力，永久的昌盛却在文明教化。陛下有如此之胸襟，乃我秦国之大福。

苻坚便对右边坐着的几位武将们说道，你们谁可以带兵去攻下襄阳，直迎道安？

殿下立刻站起一人，苻坚一看，是庶长子苻丕。苻丕说，父皇，儿臣愿往。

话音未落，另一人又站起，苻坚一看，是大将吕光。吕光说，陛下，去年凉州已然归顺我国，前往西域的道路已经打通，我愿带兵西进，降服西域诸国，到龟兹迎接鸠摩罗什。

吕光刚刚说完，龟兹王弟白震立刻站起，说道，陛下，西域诸国原本就是中国的附属国，曹魏之后才脱离中国，今陛下若能答应不灭我国人民，若只迎请鸠摩罗什，我愿做内应。

苻坚便说，好，朕答应你，还要让你来做龟兹国王。还有，殿下诸位王子，朕也答应你们，请你们回去后协助我国做好内应，一旦降服西域诸国，朕就封你们为王，取代旧王。

白震等出殿后就大喜，一起商议如何迎请吕光大军，并誓言保密等。这边殿上，苻坚还和几位大臣商议如何出兵的事。太史劝道，陛下，微臣本不该参与此等大事，但此事与臣之职事有关，请允许臣也发表微见。

苻坚便说，请讲。于是，太史道，迎请大智者乃天意，必当取之，但是，出兵要有先后，襄阳乃晋国之地，而晋国乃今日之强敌，应当全力攻之，不可分兵西域。待襄阳谋取后，再出兵西域不迟。

苻丕也赞同太史之说，苻坚便说，好吧，那我们就先攻取襄阳，再攻西域。

道安进谏

第二年二月，符坚派时任征南大将军、都督征讨诸军事、守尚书令、长乐公的符丕，与武卫将军苟苌、尚书慕容暐率领七万步、骑兵，号称十万，直奔襄阳。

但这一仗打得并不顺利。到了十二月，符丕仍然久攻不下襄阳。御史中丞李柔进上弹劾奏章，说符丕带领大军用如此漫长的时间进攻一个小小的襄阳，耗费国家大量物资，应当追回问责。

符坚便说，大军已到那里，即使现在撤回，也要耗费很大的开支，不如让人去责令他们加紧攻城，一定要有所成，否则，不能轻易撤兵。

于是，不久之后，符丕便迎来一位问责大臣，并得到一把剑。那把剑是符坚赐给他的，剑说，明年春天还不能取胜的话，你就可以拿我来自杀，不要再厚颜来见皇帝了！

符丕大惊，日夜攻城，终于在第二年二月戊午日，攻克了襄阳。历时整整一年。当符丕将道安迎送至长安秦国大殿时，符坚出来迎接。他对道安说，我用了十万大兵，只为你一人啊！

道安吓了一跳，问是何故。符坚便对他说，我听说真正英明的君王既要让百姓安居乐业，还要让他们精神饱满，如今，秦国兵强马壮，国力强大，但是，缺少文化的教化，尤其是数百年来战争不断，民不聊生，每个人的内心中都千疮百孔，需要有伟大的文明来抚平人们心中的创伤。我还听说儒家虽是了不起的教化，但是对于生死之道尚未解决，而现在恰恰需要的是生死之教。法师从事的正是这样的教化，所以，我用十万大兵攻下襄阳，只为迎请法师来长安从事教化。

道安双手合十道，陛下，区区一道安，何必动用干戈而导致生灵涂炭？天下有陛下这样为苍生着想的人，自是当世之福。

苻坚听前一句，有些不顺，但听后一句，颇为得意，便对道安说，听说法师乃当今中国真正有大智慧的人，请法师为我秦国百姓祈福。

道安说，陛下，当今天下，战争频仍，国不国，家不家，无常主宰生命，众生皆苦，人佛共难，儒家虽可在乱世立身，但不能通生死，亦不能救苦难，道家避世，只在乎自我的修炼与得道，不愿顾及天下苍生，唯有大乘佛教拥有众多菩萨，住于现世，拯救苦难众生，脱离苦海。当下最重要的是翻译佛经，传播佛法，让更多的人听闻佛法，证悟得道。

苻坚问道，佛法从西方天竺而来，朕听说西方有一大智者名鸠摩罗什，不知法师是否听闻？

道安答道，陛下，佛法本来就来自天竺，经西域而来，鸠摩罗什是当今天竺和西域诸邦的精神领袖，他弘扬的正是大乘佛教。

苻坚问道，法师与他，孰高孰低？

道安答道，陛下，如果把贫僧比喻为暗夜里的一颗星星，鸠摩罗什便是月亮，甚至是太阳。他一发光，我们就都不见了。

苻坚笑道，法师真乃得道高僧，如此自谦。那法师就赶紧组织天下高僧翻译佛经吧。

于是，道安住锡五重寺，从天下广泛招揽翻译士人达数千人，开始翻译佛经。一时之间，长安成为中国佛经翻译之中心。至其圆寂前，共译出佛经十四部一百八十三卷，约百余万言。

话说苻坚见道安译经工作顺利开展，天下文士莫不称赞，一时贪心又起。公元382年的一个早晨，他在太极殿召见群臣说，自我继承大业以来，忽忽已有三十载，今四方初平，然仍有东南一角还存有晋之余势，未能蒙受王化。东南不平，我心不安。今粗算兵力，我有九十七万大军，可称百万之师。我准备亲率大军东伐，各位以为如何？

事实上，这一主张苻坚在私下已经与多人讨论，今天是拿到桌面上来讨论了。秘书监朱彤自然表示支持，但尚书左仆射权翼表示反对，他说东晋虽蜗居东南一隅，然而东晋带去的是当时中原的精英阶层，不单单是财富，人才和文化也集聚于其地，况且现在东晋君臣和睦，拥有谢安及桓冲等不世人才，我们要打胜他们并不是容易的事。

太子左卫率石越也赞成权翼的观点，他说，我们和东晋之间，隔着长江，此乃天堑，我们不善水，要涉江而战，不利也。

苻坚怒道，朕百万雄师，只要一声令下，所有士兵投鞭于长江，长江岂不断流？

苻坚又问其他大臣，赞成者少，反对者多。他苦笑道，老百姓有句名言，说在路上问修建房子的意见，因听太多不同的议论而一事无成，这件事，朕心中自有决断。

群臣退下后，苻坚留下其弟苻融继续讨论。刚才台下苻融也是持反对意见，他想，如果连自己的亲弟弟都反对，这个仗怎么打啊。可是，苻融说道，陛下，太史近日观测过天象，看见东南兴盛，此为天机，乃天时不利也；臣也听文臣武将们常常谈到东晋的局势，其内部上下和睦，对我同仇敌忾，而我方意见不一，乃人不和也；最后再说说我们自己，这几年来，我们北伐西攻，虽兵多将广，但一方面疲于奔命，没有片刻休整，精神劳累，另一方面国家在军事上耗费太大，国力不支，若再去南征，要涉江而战，我方疲惫，南方则以逸待劳，我方处于地理上的不利；凡此三者，恰恰是兵者大忌。

苻坚一听，勃然大怒，胡子都直了，他说，打仗亲兄弟，上阵父子兵，你我兄弟南征北战，多少生死都过来了，才有今天的局面。如今，我们正值壮年，若不乘着这个时候去平定大好江山，难道我们还要等到暮年吗？

苻融说，陛下，您还记得当年王猛临死前给您的遗言吗？

苻坚不说话，瞪着弟弟。苻融还是说道，王猛的话很有道理，他说，晋室虽处偏远一隅，但承继正统，可以号召天下英杰，这是自古以来的传统，不可不重视，不敢轻易取之。他的另外一个意思是，鲜卑、羌虏又是我们的仇敌，虽然我们现在都统一了他们，但他们心怀仇恨，在暗暗地结盟，终会成为祸患，应该将他们除去，以安社稷，然后才能图谋其他。如果现在我们就去攻打南方，那么，鲜卑、羌虏将来必然会与南方合起来灭了我们。

苻坚一听，怒道，危言耸听，朕待他们不薄，他们敢反对朕，那时杀他们也不迟。

苻融一听，跪地劝道，陛下，您的大忌一是仁厚，待人真诚，可您想想，您灭其国家，杀其族人，夺其妻子，你以为给了他们最大的宽恕，可他们的心里一直暗藏着仇恨，他们等待的只是时机；二是大略，您是当世不二英主，胸怀韬略无人能及，但是英主也要等待天机，天机不到，不可动啊，您现在要动，就是违背上天的意志。

符坚一听，一脚踢去，骂道，你敢在这个时候先咒朕，你要不是朕亲弟弟，朕先杀了你。

符融立刻哭道，陛下，若为国家故，杀臣又何妨？可是，杀了臣若也不能阻止您南征，臣死不值得。

符坚一看，气得什么话也说不出来了，便哼了一声，进内室去了。符融只得退回。

过了几天，太子符宏又劝符坚，说，父皇，现在赞成出兵的人还不到三成，人心不定，请父皇三思。

又过了几天，符坚十分喜爱的中山公符诜进宫劝道，陛下，臣所见的大臣中，赞成出兵的人不到两成了，原来赞成出兵的人现在也变了，请您三思。

当天夜里，临睡前，宠妃张夫人劝道，陛下，您现在身强力壮，至少可再活四十年没任何问题，我听大臣们说，现在出兵打仗还不是时候，那您就好好修身养性，治理朝纲，安宁百姓，等再过三五年后出兵不迟。

符坚怒道，连你也不赞成我出兵？

张夫人说，良药苦口，请陛下三思。

符坚本在解衣，突然让宫女停下，忍住发火，到其他妃子处睡去了。第二天早朝时，符坚称稍有些感冒，便辞退百官。符融便去找道安，请道安劝说符坚。

道安进宫后，符坚说，法师不用多言了，朕知道你来是劝朕停止进兵计划的。

道安微笑道，陛下，何以见得贫僧就是来劝您的呢？

符坚说，佛法慈悲，自然是不赞成杀戮的。

道安说，佛法是不赞成杀戮，但佛法需要法王去传播才可造福苍生，我来是问陛下愿意做阿育王一样的护法王，还是秦始皇一样的暴君？

符坚不悦地说，当然是阿育王一样的护法王。

道安说，那么，我就要为陛下讲讲阿育王的一些故事，不知陛下有无兴趣听？

符坚说，法师请讲。

道安说，阿育王十八岁继承王位，听说杀了九十九个兄弟，这个说法也许夸张，意思只是强调他杀了自己的亲人才成为王，但这不影响他后来成为护法王。他是在什么时候突然醒悟过来的呢？大约是在三十多岁。在这之前，他杀人无数，常常十几万十几万地杀人。在他统一印度并向外扩张的一次战争中，他看见那些被杀的战士和百姓后，突然间对自己的行为十分悔恨。也是从那一天开始，他信仰了佛教。陛下知道佛经中是怎么讲他信仰佛教的前因吗？

符坚说，不知，法师请讲。

道安说，佛经中说，佛陀在世时，每讲法之前都要入城乞食。一次，佛陀进城时，一个名叫德胜的童子正在用泥土做游戏，见是佛陀来了，觉得佛陀的相好庄严，忽然生起欢喜心，情不自禁手捧泥沙做食物状，供养佛陀。佛陀欢喜地接受了这个童子的供养，并且告诉阿难，由于这个童子无所求的真诚供养，虽然只是一钵沙土，但以此功德，佛离世后百年，此小儿当作转轮圣王。这就是阿育王为何从暴君突然转变为圣王的前因。他在世界各地建立起八万四千座佛塔，以此供养佛陀，并广泛传播佛教，终成为万世爱戴的护法国王。

符坚叹道，原来是这样。不知朕的前世是谁？

道安说，贫僧法力不济，无法知道陛下的前世，我听说西域的鸠摩罗什可以知道人的前世，但我们无力将他迎来。不过，可以肯定的是，陛下前世定然与佛结下善缘，今生才会广泛传播佛法。

符坚点头道，希望是这样。

道安说，陛下，我刚刚讲过，阿育王当年也遇到了您一样的问题，他也想开拓疆土，那时，他才三十多岁，比陛下还要年轻，但他突然信仰佛法后，便停止了扩张的欲望，因为扩张就会引发战争，而战争一起，生灵涂炭，亡魂遍野。陛下如今请贫僧等数千人来长安译经，就已经是阿育王在世了，这样的功德千秋万代都会造化世人，可为何陛下还要扩张呢？

符坚听此言，一时不知怎么回答道安，半响说道，法师之言，句句在理，只是……

道安说，只是宏图未展，夙愿未了？

苻坚点着头说，是啊。

道安说，当年阿育王也有一样的远大抱负，但他能放下屠刀，从此成了佛教的第一护法王了。陛下难道是信仰不坚定？

苻坚说，不满法师说，我也曾想尽快平定江南，想把大乘佛法传播到江南去。

道安说，我从南方来，大乘佛教在南方确实有些变形，需要重新弘扬正法，但陛下想过没想过，一旦战争爆发，多少生命将因您的愿望而死。

苻坚说，法师，即使朕不这样做，别人也会这样做。中国不统一，战争就始终不断，因为国家在分裂，意志在分裂。佛教不也讲，我不入地狱谁入地狱吗？朕百万雄师渡江，很可能会让东晋不战而降，那样岂不更好？

道安叹息而返。

最后进谏的是一位文士，叫史忠义。他是一位小吏，本无进谏的可能，但他写了一篇文章，被人传进宫里，由张夫人委婉地呈给苻坚手里。此文的大致意思是，当年曹操挥师百万，刚愎自用，可功败垂成于长江之上，如今，听说苻坚也要率百万雄师再次渡江，与有诸葛之称的谢安对战，岂不重蹈赤壁之恨吗？

苻坚非常气愤，立刻派人将史忠义逮捕。第二天上朝时，史忠义被带往朝堂。苻坚一看，此人大约二十多岁，一文弱书生，便喝道，大胆史忠义，竟敢在朕未出征时就乱言蛊惑人心，不杀了你怎能制止流言。

此时，从大臣中走出一人，苻坚一看，乃慕容垂。他说，陛下，国家大事，当由皇帝来定，一旦确定，即为国策，全国上下应当一心一意，决不可三心二意，此乃贼也，不杀怎可安民心？

苻坚立刻着人将史忠义押至市中心，告知天下此人之罪，以绝流言。然后，他对慕容垂说道，与朕平定天下的，现在就只有你一个人了。当着朝臣的面，赐给慕容垂百大匹布帛。众臣一看，再不敢进言。

不几日，苻坚已将南征之事布置停当。众将都有安排，唯独一人没有任何事做。此人便是都亭侯、骁骑将军吕光。他进宫面圣，问道，陛下，为何偏偏微臣没有任务？

符坚笑道，朕正要找你，你却自己来了。好。你另有重任。

吕光一听，面有喜色，便说，请陛下吩咐。

符坚说，你领兵七万，去降服西域各国，给朕把龟兹的鸠摩罗什请来。记住，一旦龟兹攻下，你先速派人将他送来长安，大军可慢慢到达。

吕光领命而去。

龟兹之难

　　八月的长安，秋风已经开始清扫天空了。天空更为明静，所以看上去也更为高远。吕光开始悄悄做去西域打仗的准备。中秋节时，他找来凉州籍的文士贾虔一边吃月饼，一边闲聊。

　　吕光问道，贾学士从河西来，能否为我介绍一下西域？

　　贾虔答道，将军，不瞒您说，仅河西之地，就长达一千六七百公里，西域更远，恐怕在二千五百公里之远，将军想想，长安以东，最远多远？也不过两千公里而已，今将军所问，其实是问属下未曾去过的远方。属下所至，最远也只是到达敦煌。敦煌之外，黄沙漫漫，路途迢迢，仿佛人界之外，但河西之民，恰恰走的就是这条古道。此古道，不知哪一世开，今人已不知，但此古道依绿洲而建，从敦煌往北，一可达焉耆、龟兹之国，龟兹是目前西域三十六国中最富饶的国家，佛教兴盛；二可达伊犁河流域，听说那里富饶千里，长期有乌逊人放牧。从敦煌往西，涉流沙，可至沙勒国等地，再往西，越过葱岭，可达天竺之地，传说那里是神佛居住的地方。

　　吕光道，贾学士也信这些？

　　贾虔道，属下居于信与不信之间。我河西之民，多与西域有交流，多信神佛之事，属下虽读圣贤书，不多语乱力怪神，但属下从小生活在凉州，所见神奇之术多矣，所以，有时信，但不迷信。再说，人神一心，人世间的事也就是神界的事，若人间有信、有义、有功、有德，则可成神。

　　吕光道，我们氐族人也信神，但我常常疑惑。

　　两人聊了一个多时辰后，有客人到，贾虔便告辞。

　　过了半月，车师前部王弥寞、鄯善王休密驮到朝见苻坚，苻坚在大殿里会客，两位客人说，大宛诸国虽通贡献，然诚节未纯，请乞依汉置都护故事。若王师出关，请为向导。

苻坚大喜，对两位说，我正有此意。于是，便请吕光前来与两位王相见。随后，苻坚便催吕光做好准备，寒冬一过，马上启程。于是，大年过后、立春之日的第二天，吕光便率轻车将军彭晃、将军杜进和康盛等人率七万大军向西域进发。他还请苻坚派给他陇西董方、冯翊郭抱、武威贾虔、弘农杨颖四位为四府佐将，京兆段业为参军，随他出征。

吕光大军浩浩荡荡渡过黄河，经过凉州，再往河西进发。一路之上，吕光传檄给大小官员，让他们到指定的地点见面，然后代替苻坚给他们训话，把有问题的官员当即撤职法办，重新责令上级官员马上任命新的官员。凉州刺史梁熙觉得吕光此举过于嚣张，但也敢怒而不敢言。好在几月之后，吕光拔营西去，他也就无心争执。

八月时，吕光所带大军已经过了敦煌，到达高昌。他得到军报，得知苻坚率领大军已攻打东晋，便召集文臣武将到大帐内，问道，陛下已经率领大军南征，我们要不要在此等等命令，万一需要我们去支援，还可回去。大家以为如何？

大家还想起时近半年的朝野争执，便都不知是进是退。这时，部将杜进站起来说道，将在外君命有所不授，但目的是明确的，就是要平定西域。将军若一心想着回援陛下，军心不稳，又怎可平定西域呢？依末将来看，必须一意孤行，先平定西域，再尽快班师回援。那个时候，军心所向，任何困难都一挥而就。

大家都觉得杜进说得有道理。吕光也下定决心再往焉耆进发。

这一年，鸠摩罗什已三十九岁。早在半年前的一天夜里，他向东边看时，看见东方的天空里有些迷蒙，觉得奇怪，就用阴阳术算了一下，便在第二天早上进宫拜见龟兹王白纯，说，大王，昨夜我观天象，东方有异象，然后经过术算，可知东方的中国会大兵压境，我国必有难，请大王早做准备。

白纯即刻派人前去打探，几天后，探子来报，秦国大将吕光率十万大军浩浩荡荡已往西域而来。龟兹王即召集群臣商议。鸠摩罗什和鸠摩罗炎也在列。

群臣中有一半是主战的，有一半是主降的。龟兹王自是要战，但其弟白震则主降。鸠摩罗炎和罗什始终未有言，龟兹王便问鸠摩罗炎，国师，如今国难当头，您有什么好的建议？

鸠摩罗炎说，用兵之事，非我所职，只是战争一起，必然生灵涂炭，众生受苦，非我佛家弟子所愿。

龟兹王又问罗什，罗什，你的身上有我们王室的基因，应当与我们共存亡。你能知未来，可知此番有无胜算？

罗什说，大王，以兵力来看，敌方十万大军，一路西来，势如破竹，我方只有三万兵马，难以匹敌。

龟兹王说，可以集西域三十六国之力后与之对抗，我方可有二十多万，是其三倍之多，难道我们也没有胜算吗？罗什，不可长他人之气而灭我之威风。

罗什说，大王，未来如何其实重要也不重要。因为重要只在一时，胜败也只是片刻之间，这对大王来说也许很重要，其实在我看来并不重要。因为人必有一死，最多也不过百年。大王也一样。但是，生时所做的功德却很重要。阿育王到现在还受人称颂，得到佛陀的赞扬，并不在于他打胜了多少仗。自古以来，打胜仗的帝王多如牛毛，但有几个万世留名的？大王您在位期间，一方面发展国力，使龟兹成为西域各国之盟主；另一方面又力倡佛教，到处开凿佛窟，使龟兹成为佛国盛世，此番功业，非一般国王所能及。所以，大王已经万世留名，犹如阿育王在世一样，何必在意这一仗的胜败呢？

龟兹王一听，叹道，罗什之说，甚合我意，但是，身为三十六国盟主，若不战而降，实在耻辱之极，此战不可不打。

过了几天，耆婆来见白纯，说，王兄，所谓三十六国之兵，实乃乌合之众，大部分国家是墙头草，主力实际上仍然只是龟兹之三万人。王兄要战，我也不再阻拦，只是国家开始衰败了。我今日是来与王兄告辞，明日我将去天竺继续学佛，以求三等果位。阿竭耶末帝本来要跟我前去，但她近来身体状况不是很好，我怕在翻越大雪山时有不测，所以未答应她。

白纯无奈。耆婆又来见鸠摩罗炎，说，国运如此，你的事业也到了顶峰，我要去天竺进一步求法，来给你说一声。你自己是如何打算的？

鸠摩罗炎说，大王对我有知遇之恩，佛教中人虽不必拘泥于此，但大王确实是难得的圣王，我不能在这个时候舍他而去。

耆婆说，好的，这样也好。

耆婆又来见罗什，说了同样的话，问罗什是否与她一起去天竺，并说，大乘佛教，应当大力弘扬，现在看来，将其传播到东方去的人，仍然非你不二，但它于你个人也许是无益的，不如你跟我一起去天竺吧。

罗什说，母亲，你从小就教导我长大有伟大的使命要担当，如今大敌当前，您就开始顾及儿子的性命和得失了，其实不必担心。再说，大乘佛教在于利他忘我，乃诸菩萨之道。若真能将大化流传于中国，能够洗去众生心上的尘土，度得有缘者，刀山火海，在所不辞，虽苦而无恨。

耆婆见罗什心意坚定，也就不再多说，自往天竺去了。罗什在龟兹开始思考剩下的日子怎么对付。一方面，龟兹之难何以能解决，另一方面，东土传法似乎仍然艰难重重。他常常一个人在夜深人静之时，走上新寺后边的小山上，静静地观察东方的星象。第二天一早，又运用阴阳术算窥探天机。母亲感觉得对，龟兹的盛象一去不返了。

下午的时候，他还常常为西域的公子贵妇们讲经说法。他从这些人的口中知道，其实，在西域，有很多人盼着中国的军队，因为军队一来，必将改朝换代，换上中国皇帝喜欢的人做这些国家的国王。中国的军队不可能永久地住在这里，他们只是得到统治权便很快会赶回去。所以，他发现有一些来听法的王子正处心积虑地等待时机。寺院里也充满了战争的气息。

只是他自己未曾想到的是，这一场战争是为他而来。后世的知识分子经常自豪地评价：两千多年的中国历史上，为一位知识分子而发动战争的这是第一次。其实，人们不知道，这场战争早已酝酿了很久很久。

吕光到了焉耆时，焉耆国王泥流率领他旁边的属国立刻请求投降，吕光准其降服，并未更换国王。在焉耆停住了几天，吕光便往龟兹而来。此时的龟兹，感到自己寡不敌众，除了投降的几国外，三十个国家的军队早已在这里吃住了多时。龟兹虽富，但二十多万人吃住十天，就是很大的开支。这一仗，倒不是吕光急于要打，而是龟兹。

吕光得知龟兹的情况后，便命令部众在龟兹城南集中。他对诸将说，龟兹人多，据说有二十多万之众，是我军的三倍之多，但他们都是乌合之众，不必忧虑，现在我们每隔五里就设立一个营寨，挖下战壕，筑起高垒，到处设下疑兵，用木头做成人形，给他们穿上锁甲，罗列在营垒上，要让他们感到我们也有二十万之众，那他们就不战自败了。

龟兹王白纯亲自到一个城楼上查看，看见南方的敌人密密麻麻，长达数里，他说，这哪里是七万军队，分明有十几二十万之众。于是，他赶紧布阵，叫大家先不要急于应战，先拖拖再战。

罗什前来拜见龟兹王，说，大王，罗什有句话，也许大王不愿意听，但这是罗什最后一次劝大王了，我还是要说。

白纯说，请讲。

罗什说，我不知城外有多少敌兵，仅我城里和环城里就有二十多万军队，加上百姓，可达几十万之众。战争一起，不知要死几万人。如此大的罪孽，大王可以不去承受。

白纯一听，大怒，罗什，我待你一直很好，我希望你能拿出你的智慧，为国出策，退敌为上，但你一直心怀二心，动摇军心，若是别人，我立刻会将你推出去斩首，今念你对龟兹的贡献，赶紧走吧。我再也不想见到你了。

罗什说，大王，罗什死不足惜，若罗什一死，能换来几万人的性命，我宁愿一死。

此时，有一位大臣出来说，大王，我听说这场战争不单单是为荡平西域三十六国而来，而是为一人而来。

白纯说，谁？

那位大臣说，鸠摩罗什。

白纯说，怎么可能呢？自古以来，听说过为美女而战的，也听说过为父亲而复仇的，没听说过为一位比丘而发动战争的。

那位大臣说，大王，这是臣私底下打听到的，前秦国皇帝在临行前专门吩咐将军吕光的。大王可能不知，前秦国皇帝之前已经发动了一场战争，也是发兵十万，为的是一位和尚，此人叫道安。道安是中国当世最有影响的佛教僧人，弘扬大乘佛法。此番吕光发兵十万，为鸠摩罗什而来，不过是道安战争的复制而已。这没什么奇怪的。

白纯立刻问白震道，王弟，你熟悉秦地，他说的可属实？

白震道，王兄，他只说对了一半，秦国皇帝苻坚派其儿子苻丕发兵十万，不仅仅是要得到道安和尚，同时还想扩展到中国的南方。现在中国的南方是原来中国皇室的正统，这会儿两国正在交战呢。而此番吕光来西域，主要是灭了西域，重新像几百年前那样统治西域诸国，使西域诸国成为其附属国，朝朝进贡，日日称臣，同时，当然也是想请罗什去中国传法。这是事实，但不矛盾。

白纯道，原来是这样，看来这个皇帝也是有些想法的。

罗什道，大王，如若吕光大军为罗什而来，罗什一草民也，无足轻重，大王可将小民捆绑起来，交给吕光，请他退后可矣。

白纯一听，颇为感动，心中怒气顿时消了，他说，各位，可记得当年我率领你们到温宿国是怎么迎请罗什回国的吗？那时，他就是我们的大宝，他传扬大乘佛法，使各国文士都心向龟兹，如今国难当头，又只有他一人能够如此担当。国之栋梁啊！罗什，刚才本王说的全是气话，请别放在心上。我怎么可能把你交给他们呢？再说，即使我把你交给了他们，他们一样还是会灭了我国。这是明摆着的事。

罗什叹道，大王，论兵力，其实我们是他们的数倍，但是，我们的人心怀二心，很多人在等待吕光平了西域后重新封王，所以，不愿意出力，甚至暗中勾结吕光，以做内应，好为以后称王打下基础，所以，真正打仗的人并没有几个。而对方则一意到底，怀着必死之心。我方能奈何之？大王，这是战争的核心问题。也罢，我愿带领僧人们为国家祈福。

于是，罗什告退，回到新寺，与僧人们一道念经祈福。

吕光看到龟兹方不动声色，便也明白白纯的心思，于是，他首先发动攻势。龟兹方以守为攻。数月之后，龟兹王觉得如此下去恐难支撑，便拿全部财富，去向回鹘请求救援。回鹘是北方草原上兴起的一个大族，回鹘王立刻派其弟呐龙、侯将馗率领二十多万骑兵来救龟兹。西域各国一看又增一倍兵力，顿时觉得胜局在望，军心大振。

吕光军看见又来一倍军队，且他们能征善战，心怀恐惧。吕光便暗中与白震等联络，白震等出了计谋，吕光听了大喜，于是，吕光对将士们说，现在，敌人又多了一倍，且他们善于在马上作战，我们必须认真分析局势，拿出一个克敌的方案。

众将都有惧色，唯独吕光毫无一点惧意。他说，敌人善于马上作战，人数又多，我们人少，容易被冲散，所以，我们将各营结在一起，形成一个整体，不管怎么冲，他们都冲不散我们。然后，请人来操练专门钩锁战马的战法，再用精锐骑兵打游击，把敌人引过来，一一歼灭敌人。

吕光说完就微笑着看众将，众将方有定力。参军段业在众将散去之后，独自留下来问吕光，将军，敌众我寡，到底有多少胜算？

　　吕光仍然笑着说，这还用说，我何时打过败仗？

　　段业说，虽然如此，但今非往昔。众将都有惧色，唯独将军从容不迫，还微笑示众，这可从来不是将军的仪态。将军从来不苟言笑，但今日反而露出喜色，将军是不是有什么锦囊妙计？

　　吕光说，你们且按我说的办，到时候你们就都知道了。

　　众将都按吕光所说的去办了。过了些天，白纯在城楼上观望秦军，看见几十万大军连成一片，浩浩荡荡，茫茫一片，便问左右，此乃什么阵法，吕光为何如此安排？

　　温宿国的将军说，大王，这是针对回鹘大军和我方大军骑兵众多的一种方法，是克我们的长处。

　　回鹘王弟呐龙冷笑道，这种方法能有什么长处？他们是吓得缩到了一起。待我现在带领一队人马杀一个回合你看看。

　　说完，呐龙便带领两万人马出阵，吕光派杜进率领三千骑兵出战。呐龙一看敌方人少，便掩杀过来。杜进抵抗了一阵，便往阵营退过来。呐龙跟着杀进来。吕光一看，令大军列阵等待。等到呐龙的军队差不多都进来时，吕光命令大军开始进攻，只见呐龙一万人马在吕光七万大军中犹如羊入虎口一样，顷刻之间便被打散。等到呐龙带人冲出阵营时，发现二分之一的人马已经死的死，降的降。

　　白纯在城楼看得清清楚楚，心里深深地吸进一大口冷气。便问左右，你们可知这个吕光是什么来历？

　　这时，白震说道，此吕光者，汉代皇后吕太后的后人，出生时有奇迹，据说是夜有神光之异，故名吕光。长大后，身高八尺四寸，眼中有两个黑眼仁，左肘上长有肉印，据说是将来可以成王的预言，总之，奇人一个。此人从小喜欢练武，不喜欢读书，性格沉稳，喜怒不形于色。吕光在二十二岁时，跟随大秦皇帝苻坚出战，敌营中有一个叫张蚝的大将，非常英勇，威名四振，他单枪匹马闯入秦军阵地，反复四五次，没有人应战。苻坚便悬赏招募勇士，吕光率先出战，结果在几十个回合后一枪将张蚝刺于马下，敌军随即溃败。吕光从此威名大振。此后，他屡建奇功，升任为大将军。直到今天为止，他还没有打过一次败仗。

　　白纯听得很不舒服，说道，你是说我们打不过他了？

白震赶紧答道，大王，臣不是这个意思，臣的意思是不可小觑。

正说着，呐龙回来。白纯便安抚呐龙。但这一仗，使白纯的心里突然没底了。不仅是他，所有的西域将军都觉得胜算并不大。白震便把这一消息报于城外的吕光。吕光大喜。

第二天早上睡醒，手下为其穿衣服时，惊道，将军，您的左肘上……

吕光一看，左肘上那块肉印上赫然写着两个字：巨霸。此消息立刻传至全军上下，再加上昨日的胜利，军心大振。

到了夜里时，军士们看到大营外有一黑色物体，像个活物，头上还有角，不停地动着，而其目光则如电一样，首尾不知有多长，兵士们都不敢靠近，心怀恐惧。此活物一直不离去，到黎明时分，营帐外布满云雾，那东西便看不见了。一直到白天时，那东西不见了，再去查看它的足迹，发现其南北竟达五里多长，东西宽约三十多步，卧在地上的鳞甲都还历历在目。

此事惊动了吕光，他好奇地亲自来查看，说，这是一条黑龙。参军段业便说，看来将军有君王之象。吕光说，不可胡说也，只是上天告诉我们，我们有上天在护佑。

吕光便叫人四处传播这一奇迹，同时，通过密探把这一消息告诉白震等。这件事很快便传到了龟兹王白纯那里，白纯便请人迎来鸠摩罗什，把他们听到的吕光的一些情况告诉罗什，道，罗什，如今国难当头，我希望你能给我们指明方向，我们如何才能打胜仗。

罗什说，大王，其实敌方不过十万人，但看上去似乎有二十多万，这是假象。我方目前有四五十万人，但看上去只不过数万人，这些人基本上都是我龟兹军队，为什么呢？因为大家各怀鬼胎，只有我国军队是全心全意。我不妨告诉大王，如今各国的后继者都希望这次战争我方失败，但不是投降。这又是为什么呢？因为直接投降就不易主了，但打败后投降就不一样了，秦国军队在撤走时一定会换一个他们觉得安心的国王，怎么还能用不投降的国王呢？大家都知道，秦国军队从数千里之地前来，不过是让我们俯首称臣，岁岁进贡而已，并不会留下来直接统治这些国家。所以，我方看上去有数十万人，其实也是假象。最终是我们的三万多军队会实心实意去抵抗秦国的十万军队，且我军久不战争，身心俱散，而敌方是久战之师，现在又有天象护佑，军心大振，至少相当于二十万军队。我说这些，都是事实。我近日观天象，东方之星极其明亮，而西方灰暗。我也卜过几卦，知道此战必败……

白纯早已听不下去了，他斥道，罗什，我请你来是为我出主意的，不是涣散军心的。

罗什说，大王，即使今日您要杀我，我也一定要说。龟兹的盛世在您的手上已经达到了极致，盛极必衰，这是命运的必然。您应当顺应天时。您是龟兹盛世的缔造者，也是佛法的护佑者，是活着的转轮法王，您的功德已经达到了无上之境，所以，您现在率领百官和各国投降也不迟，那时，国王还是您的，您还可以继续佛国盛世。佛法讲求忍，如果您能为百姓而忍，佛陀也能看得见的。但如果继续打仗，那么，此战必败，同时，龟兹也就易主了。这不仅是国家之难，百姓之难，也是大王之难。

白纯虽有气，但也觉得罗什说得有理。正在犹豫之时，回鹘王弟呐龙却不愿意，他说，大王，别听这些和尚胡说，我已经丧失了一万大军，此仇不报，我怎能回去，话又说回来了，我损失这一万人马，也算是为我们找到了胜利的钥匙。

白纯便问，此话怎讲？

呐龙说，即使这和尚说敌人不到十万人，但我们上次两万人去对付他们，肯定是敌众我寡。我回来后与将士们商量，下次若要进攻，就全部都上。如果我们一仗仗去打，他们就会像上次一样一点点吃掉我们，而我们如果全部都上，他们那个阵营还能起作用吗？所以，为今之计，大王应当决断，我们三十多国大军全部压过去，我就不信打不过他们。

罗什对白纯说，大王，不可，这不过是伤害更多的生命罢了。您难道想让您的功德因为一己之私而付之东流吗？

呐龙哼了一声说，连国王在国家有难时都不愿牺牲自我，还算什么佛家弟子？

白纯一听，也觉得有理，便对罗什说，罗什，本王念你是国师之子，我们王室的骨血，不治你的罪。你速速离开王宫，再也不允许你胡言乱语，扰乱军心。

罗什跪在地上说，大王，请三思。

白纯喝道，来人，给我把罗什棒打出去，以振军心。

于是上来几人，将罗什一顿棒打，打出宫殿，然后扔在街上，供军士们参观。众人便知此战必打。罗什被弟子们抬回去时，已经遍体鳞伤，弟子们有垂泪的，他叹道，我这点伤算什么。大王到底还是没杀我，说明他的心里还是有善念的，只是他要重振军心，就必要罚我。也罢，国运至此，必败无疑。

当天晚上，吕光梦见一头金象飞出龟兹城外，直往自己这边来，差点撞上他，他吓得醒来。但他不解其意，休息了片刻，又睡了过去。第二天早上，他问段业，此梦何解？段业一听，便拍手称好，说，恭喜将军，此梦乃预示神佛从龟兹离去，向我们这边来了，说明龟兹无神护佑了，必亡矣。

此梦也很快被传至白纯那里，他听了后想起棒打罗什之事以及罗什之语，但又觉得事已至此，也难以收回，再说，他怎么能知道投降之后吕光就不杀他呢。他觉得此事再不能拖延，必须尽快在人心未散尽之时与吕光决战。

吕光也觉得此时已到了决战的时刻，于是，下令大军开始进攻。双方在龟兹城东面和南面展开决战，果然不出罗什所料，真正参与决战者，乃龟兹三万大军和呐龙的几万人，其余军队都在后面且战且退，毫无战意。最后，吕光军大获全胜，斩杀一万多人。白纯一看，急忙收拾珍宝，带着王室人员出城逃走，王爷诸侯投降的有三十多个。鸠摩罗炎也在其中，他要留下来继续雕凿佛窟。

罗什带领一万多僧人在龟兹城北为阵亡将士念经超度。

吕光初试罗什

此时的始作俑者苻坚，却面临另一番命运。

这个氐族酋长的后人，仍然有着少数民族天生的心理缺陷。他的先祖们因世代寄居西戎之地，牧马为生，与中原帝国始终保持着一种野蛮与文明的对峙，即使他的祖父苻洪、叔父苻健开创了前秦大业，但对东晋仍然保持着一种小国敬畏大国的心态。到了他的时代，可以说比他祖父和叔父要强得多了。他不再恐惧汉文化，主动请进汉文化。这个行动就是重用王猛。王猛治理吏治与社会风气，杀贵族，束豪强，看上去用的是法家的一套，但其实此时的法家早已融入儒家的思想体系中，所以，在治理民间时，王猛用的又是仁政。

在用王猛的汉家学说时，他清晰地看到了一条光明大道，那就是文明之治。王猛在任的几十年，把整个国家给他打理得井井有条，且国富民强。但也恰恰可能是因为这个原因，他对汉家文明在心底里又有一种恐惧。尤其是当他听到王猛的最后劝告时，他分明听到了一句话：你打不过汉人。

他的弟弟、他的臣子们也都怀有如此的恐惧，因此他们众口一词地劝说他，你打不过汉文化。只有一个人支持他，那就是慕容垂，也是一个少数民族首领。可能正是因为这样的压力，反倒激起了他的雄心。他不相信他如此强大的军事力量会征服不了一个小小的江东。

他无数次想象自己挥师南下，一声令下，百万雄师挥鞭击水，长江之水飞扬，然后在此间隙，他的百万雄师从容过江，而水花还在空中飘飞，未来得及落下。然后，东晋皇帝率百官群臣立刻投降，皇帝吓得瑟瑟发抖。但他不杀那个懦弱的皇帝，他要把他带回到长安，把他养起来。他还看到江南士子们纷纷向他下跪，但他根本就没把这些人放在眼里。他看到的是几个不肯投降的文士。这些人各个都身怀绝艺，才华冠绝天下，但又口吐狂言，放任自我。他们还写下很多反对他的千古绝唱，但他绝不会杀了他们。他仍然用像尊敬道安与鸠摩罗什一样，为了他们一个人，而不惜动用十万大军。他要的是他们的认可与尊重。他要的不仅仅是对他个人的尊崇，而且还有对整个少数民族的尊重。

他要改写历史上留下来的众多词汇：南蛮、西戎、鬼方。

他要把这些词重新超度，让它们散发出奇异的光辉。那光辉将与"中国"一词同样光亮，且汇为一束。

他还有更大的胸怀，那就是不仅仅用王猛的儒家文化，他还要把西域的佛教文化发扬光大。因为西域的佛教也是外来文化，也是与"中国"一词相对立的文化，但恰恰与他这个少数民族国王的心气相同，所以，他用满腔的热情去拥抱外来的文化。他要把"中国"这一文化的气调和一下。

但这些深处的恐惧，是连他自己也恐怕不知道的最弱处。所以，当他在淝水之战前和弟弟苻融一起去看东晋之军阵时，被其严明的军纪所征服，以为山上摇动的草木都是埋伏的士兵，心中不禁有惧意，于是，指挥军队后撤，结果，心怀恐惧的军队在转身的刹那跌了一跤，以为被对方推了一把，然后吓破了胆，拼命往回跑。敌人乘势追来。遂大败。

当自大的苻坚败退到淮北时已如丧家之犬，饥肠辘辘，不知归处。眼见前面有一村落，便令人前去讨饭吃。有一村民送他饭菜，他便令人给予其赏赐。村民跪拜曰，皇上，我大秦连年征战，民不聊生，老百姓希望的是过着太平的日子，而您希望的是更大的疆土，所以，从千里之外来征讨东晋，而东晋本就富有，且休养生息多年，在我们老百姓看来，您这是自取其厄。您败退至此，作为大秦子民，也一样跟着受辱。这些饭菜，值不了多少钱，我们既是大秦子民，就是您的子民，奉养您是应该的，怎么能再接受您的赏赐呢？

村民拒不接受。苻坚听后，深感惭愧。后听说弟弟苻融在战场上摔下马来被敌军杀害，便痛哭流涕，后悔没有听弟弟的劝告。苻坚在村里找了一家稍好一些的农家住了一夜，早上听到鸟鸣声而惊起。出门一看，田野荒芜，深觉自己罪孽深重。那一日，慕容垂又率三万军队与他会合。当慕容垂在他面前下跪的刹那，他的泪水差点落下来，他说，知我者，慕容垂啊。

然后他们往长安走，一边收拾残兵败将，到洛阳时有十余万人，个个都垂头丧气。苻坚每见一将，都流露出后悔之意和哭悼之情，众将无不动情，莫有怪他者。到了长安后，符坚便长跪在宗庙内，默默流泪，向先人们告罪。然后，他大赦天下。

最后，他亲自登门五重寺，在道安面前谢罪道，法师，也许你说的阿育王当年幡然悔悟的情景在朕的身上应验了。

道安双手合十，一声阿弥陀佛，叹道，众生都要经历一番生死之苦，方能醒悟，陛下也是。愿陛下能发大愿，从今后休养生息，以保护万民安康为重。

符坚叹道，法师，何止这些。朕现在最大的心愿就是请法师进一步召集天下名士，大力弘扬佛法，以化万民。同时，也请法师为朕开示，为死去的众将士超度，并祈祷万佛护佑我大秦国泰民安。

道安道，陛下，今日之举，佛陀必看清，陛下之心境，佛陀必明，请陛下放心，我即刻来做这些事。

符坚从五重寺回宫的路上，有快马来报，吕光收服西域诸国，符坚大喜。回宫后，符坚立刻吩咐拟旨，任命吕光为使持节、散骑常侍、都督玉门以西诸军事、安西将军、西域校尉，同时令吕光速将鸠摩罗什单独护送，速至长安。

就在快马奔向龟兹的千里路上。符坚和吕光则做了不同的几件大事，它们决定了鸠摩罗什后来的命运。

吕光自然不忘符坚所托，他很快就让人请来了鸠摩罗什。在见鸠摩罗什之前，有一个人与他有过一次交谈。此人便是主簿尉佑。此人乃符坚父亲时的部将，有才，通天文地理，但一直是一位没有被重用的文官。他听说吕光要伐西，便要求跟随吕光前行，符坚便答应了，任其为主簿。吕光一路西行，从未与尉佑商议过大事。一直到了攻下龟兹，尉佑来向吕光道贺，吕光才礼貌地接待了他一次，与他长谈了一次。但就在那一次，他就抓住了与吕光接近的机会。他深知吕光对鸠摩罗什的态度，便顺着吕光的心思说道，攻下龟兹，只是攻下了一座城池而已，将军还要攻下人心才算是真正胜利了。

吕光奇问道，尉主簿，怎样就算是攻下人心呢？

尉佑道，我听说在龟兹，政事都由国王说了算，这是俗世的管理，但人心的管理交由国师在管。龟兹的国师叫鸠摩罗炎，但真正的国师则是他的儿子鸠摩罗什。要征服鸠摩罗什，才是真正征服了西域。

尉佑的话，对吕光起了很大的作用。

那时，罗什正坐在一群僧人中间，双目紧闭，口念佛经。他心中想的是为几万士兵超度的事儿，但他在很远处就感到了尘土的喧嚣，接着听到了刀剑的金属声。但他并不为之所动，仍然和众僧人一起念着佛语。

那金属声落了地，然后直奔他来，在他面前停下来。他仍然没有睁开眼。有声音问他，但他听不懂，立刻便有吐火罗语翻译出来，说，请鸠摩罗什跟我们回去见吕光大人。

罗什叹了口气，说，好。

一路上，他被军士们团团围住，而路旁的龟兹人看着他都露出哀伤的神情，他停了下来，对众人说，一切有为法，如梦幻泡影，如露亦如电，当作如是观。

路旁的人们便都流下了眼泪。

他看见龟兹的旷野上微风忽起，微尘浮动。他知道，在那看不见的三千世界里，不知有多少众生听到了他的那四句偈，现在都抬起头来目送他远去。他还知道，在他看不见的天空里，有无数的天人也在哀伤地目送着他。

他双手合十，对着虚空唱道，阿弥陀佛！

吕光在大殿上等着他。在鸠摩罗什还未来之前，他问身边最有学问的段业，你相信这世上有佛吗？

段业答道，将军，段某自幼学习儒家经典，儒家自孔子之时就不语怪力乱神，鬼神之说，存而不论，因为不可言说，故不说。

吕光又问，贾虔大学士，你前些日给我说，凉州盛行佛教，你信人能成佛吗？

贾虔答道，将军，其实凉州的佛教才是初级阶段，除了译经，教化还不十分流行。凉州盛行的仍然是张轨以来施行的儒教，距今已一百五十年多了，名士们大多信奉儒教，与段参军说的一样。属下从小接受的也是儒教，佛教还不十分相信，但能理解佛教中的一些教义。所以说，属下还是将信将疑。

吕光说，龟兹佛教兴盛，有一个大师叫鸠摩罗什的，你们可曾听说？

段业说，在长安时听说此人能知过去，也能预知未来。

贾虔说，我还听道安大师说过，此人是当今世上最了不起的法师，比他要强百倍。

正说着，有人来报，鸠摩罗什到。吕光便对众人说道，我们来看看此人到底有多厉害。

众人望过去，只见大殿里走来一位僧人，身穿黄色袈裟，个子高挑儿，不胖不瘦，面色白皙，表情从容，光着头，双手合十往前走来。看其年纪，也就三十岁左右。吕光有些失望，他看着走到他面前的这位僧人问道：

你就是传说中的鸠摩罗什？

正是贫僧。鸠摩罗什的汉语听上去柔软至极，但又很圆润。虽不非常标准，但也能让周围人听清楚。这些年来，他经常向人学习汉语，所以一般的对话他都能应付。

吕光不相信地再次问道：

你这么年轻就被人们称为大师？

不敢。鸠摩罗什谦虚地说道。

你今年多大年龄？吕光又问道。

四十一岁。鸠摩罗什答道。

众人都惊叹。段业说，看来修行能使人年轻。

吕光向众人中看过去，一眼便看见坐在角落里的白震，便说，龟兹王，我记得你原来向我介绍过，鸠摩罗什能看到别人的过去，是不是？

白震赶紧站起来，走上前来说道，将军，罗什乃龟兹和西域的大宝，我们视其为百年不遇的大才。他曾经说起过很多人的往世，也曾预言龟兹今日之难。他的能力当今无人能及。

吕光惊奇道，是吗？你们这里竟有这样的天才？我倒是很好奇。那么，鸠摩罗什大师，能告诉我我的前一世是干什么的吗？

鸠摩罗什看到吕光对自己既轻蔑又好奇的态度，心里稍有不满，但他也只是略略停顿了一下，然后便从容答道，将军，亡国者岂可偷窥天机？

吕光道，是无法知道，还是你在欺天罔人？

鸠摩罗什从容答道，修道者岂可欺天？将军身上藏有玄机，破我龟兹者亦乃天助也。既然将军此来乃天意，天机又怎可说破。

吕光便嗤笑道，不说也罢，我听说你是国师鸠摩罗炎与公主耆婆的儿子。我想问问你，既然国师是和尚，为何还要结婚生子？我们那里的和尚可是不结婚的。

鸠摩罗什的脸微微红了一下，说道，将军有所不知，佛教讲究轮回，尘缘未了，便会在轮回中往复，家父与家母定然是前一世的缘分未了，故而此一世有此因缘。

吕光道，我听你的意思是，和尚要比我们这些人高尚多了。

鸠摩罗什答道，将军有所不知，在佛教中人看来，修佛的人最终是要跳出轮回，而最后的轮回往往就是红尘，所以，能从红尘中出来的人跟佛的关系最近，自然也就比世俗中人的道行要高得多。

吕光看着台下众将军笑道，听听，你们这些俗人，比起他这位和尚来说，可是低俗得多了。你们天天想的都是美女、美酒，而鸠摩罗什大师想的是如何远离美女、美酒。

大家便都笑。鸠摩罗什叹了口气说道，将军，佛家有云，世间一切，皆为幻象，如露如电，如灭如定，故而要求佛家弟子不必执着于色相。

吕光一听，大笑道，大师，说真的，我原以为你是一位德高望众的老和尚，至少也有六七十岁，今日相见，才知道你四十岁出头，恕我冒昧，我真不知你如何成为道安老和尚心中的大德高僧。

鸠摩罗什一听，赶紧答道，将军莫信他人之言，学佛之人从不说自己是大德高僧，佛陀当年放弃王位，出家修行，二十八岁得道，后四十多年里始终都以乞食为生，是世间最卑微的人，他不会说自己如何如何。道安法师，我也曾听说，乃中土最有德行的大德，贫僧怎敢以大德自居！

吕光看无论如何刺激面前这位僧人，他都以最柔弱的方式对待一切，一时不知怎样才能知道他的本事，便说，大师，从现在起就住在宫里吧，随时准备跟我启程回国，皇帝陛下听信道安法师之言，要我尽快将你迎去长安。你就再不回你的寺院了。

鸠摩罗什一听，长长地出了口气，说道，将军，贫僧等这一天也已经二十多年了，贫僧这就住在宫里，任凭将军差遣。

鸠摩罗什说完，就有一位军人来请他去住处。吕光这边则与众将军们继续商议如何安定西域以及何时回国的事。

且说符坚听从道安之劝休养生息，却不曾想到事情一桩接一桩变化。自从淝水兵败后，他就一直觉得自己身体乏力，御医看了几次，都说他是心力耗费太大的缘故，建议每天多散步，并以中药调理。符坚在床上躺了十天左右，觉得终有些力气了，便起来在外面散步。宫中事务都交由太子符宏与大臣们处理。这天傍晚心情不错，有人送来道安翻译的一部佛经，他看了几页，有些心得，心想，若是早点知道，他就断然不会兵败淝水了。他会将有生的力量全都用来行善。他对身旁的太监道，你说人死后真的会去地狱里吗？

太监答道，陛下做了如此多的善事，定然是要超度到天人世界里了，而我等可能就不一定了。

苻坚叹道，天人世界，那个世界不知道是否存在，但朕最近病的时候是信了，为什么过去朕就不信呢？

太监道，那时陛下身强力壮，神佛都要敬您十分，所以感觉不到，而今陛下有此一劫，更何况陛下智慧超群，在劫难中自然有所觉悟。

苻坚再次叹道，若那时能感知到这一切，朕定当成为阿育王第二，守护和传播佛法，教化万民。

太监赞道，陛下，阿育王所统治的印度怎可比我大秦国富强呢？如今我们正好休养生息，以佛法来教化万民，陛下将比阿育王更伟大。

话音未落，有大臣求见。说道安在早上圆寂了。苻坚从病榻上惊起，问道，怎么死的？

答，病死的。

苻坚喝道，为何早几天没有人告诉我？

答，陛下生病，宫中有令，不能有任何事打扰，故无法禀明，今日法师圆寂，想陛下对道安的诸般关怀，冒险私自来禀告。

苻坚重重地跌在床上，好久才叹道，道安在，福在，道安不在，人心将乱。

大臣回道，陛下，天下乃陛下之江山，陛下若安康，天下亦健康，道安虽重要，但有道之人比比皆是，陛下可再请有道者出山，主持佛事。

苻坚忽起，问道，吕光平定西域，鸠摩罗什可得到？有无消息？可速速请他护送前来。

大臣回道，陛下，关中已乱，陛下派出向吕将军传达圣旨的人已不知下落，没有回音。

苻坚说道，再派人前去，请吕将军班师回朝。

大臣出去了。苻坚问太监，今日几何？

回道，二月八日。

苻坚道，替朕上炷香，请法师在天之灵保佑我大秦安康。

太监刚刚出去，又有太监来报，说太子苻宏有要事相报。苻宏匆忙下跪拜见，然后急切地奏报，慕容垂于不久前偷偷逃跑，近日在前燕故地称王复国，正谋划如何攻伐大秦之策。

符坚一听，勃然大怒，将手中的佛经扔在地下道，大胆贼子，竟做出如此大逆不道之事。他立刻叫来前燕太子慕容暐等人到宫里，大骂道，你们听说慕容垂复国的消息了吧？

慕容暐大惊道，陛下，我等不知。

符坚怒道，肯定是你们定下计谋，他在那边起事，你们故意在这里装作什么事都没发生。当时朕本可以将你们一个个都杀了，但朕心怀仁义，并未如此做，朕不但娶了你的妹妹清河公主，而且将你们家族兄弟个个位列上将，朕待你们犹如自家兄弟姐妹，结果呢？慕容垂还是反了。今天看来不杀你们不足以平朕心中之恨。

慕容暐等一听，吓得面如土色，趴在地上拼命地叩头，大声地哭泣。符宏道，父皇，这些贼子今天必须杀了，不然的话，他们会成为内应，到那时再杀他们就迟了。

慕容暐哭道，陛下，怎么会呢？我等生是陛下的人，死是陛下的鬼。

清河公主也哭道，陛下，您想想我是如何待您的，我相信他们不会反叛的，如若他们有异心，您第一个就杀我。

符坚看见慕容暐额头上叩出了鲜血，眼泪鼻涕一起流着，就有些不忍。任凭符宏和大臣们怎么劝谏，他也听不进去了。他对他们说，朕已放下屠刀，一心向佛了，你们不可让我再生杀戮之心。

第三天夜里，符坚刚刚睡下，太子符宏又来报，拓跋珪在牛川称王复国，丁零、乌丸相继起兵反叛。符坚一听，大怒，一夜未能眠。

就在吕光兵陈龟兹之时，符坚也重新披挂上阵。而这一次，他要迎战的不是别人，而是他一生之中非常重要的一个人。这个人叫慕容冲。

当年，十二岁的慕容冲与十四岁的姐姐清河公主被人带到符坚面前时，不知为什么，符坚一眼就喜欢上了这姐弟俩。正如他所说，他本来是要杀光慕容家族的，但看到清河公主的一双眼睛时，他就不忍心杀了。再看一眼十二岁的少年慕容冲，莫名地产生了喜欢之情。于是，他将姐弟二人双双带进宫来。

当含苞待放的桃花清河公主被送至他的床榻上时，他都有点不忍心将自己的阳物挺进那稚嫩的花茎中，但就在他愣神的一刹那，一心想活命并以此拯救全族人生命的少女，在此时突然一反常态，她目送秋波，并以娴熟的方式将手主动伸进面前这名敌人的胯下，轻轻握住了他正在勃起的阳物。她看见他惊悸了一下，便突然间释然了。于是，她用热切的目光将面前这位比自己大很多的男人扶起来，但她的手始终未曾放开。她生怕它离她而去。而它实际上一直在等待她的服侍。它很快挺得像位将军。而就在那一刹那，她未曾想到自己突然间湿了，且迫切地想要他。于是，她将手里的勃起之物轻轻送进自己的身体。

一阵惊悸，一阵欢愉。她突然间再也不恨这个男人了，她再也不觉得他比她年长很多了，再也不觉得有半点羞耻了。她拥有了他，同时，也许给了他。

很多年之后，她始终不明白，就是那一刹那，改变了她全部的心境与命运。她真心喜欢上了他，而他也喜欢上了面前这位青春才发芽的少女。这种变态的心境使他长期无法自我解读，但他知道，面前这位少女彻底地占有了他。他对皇后和其他嫔妃竟然视若无睹。

最奇怪的是另一天。他在与少女做爱的时候，他看见十二岁的少年慕容冲站在角落里看着他们。不知为什么，他突然间有一种冲动。他叫少年到床榻旁边来，然后叫他脱了衣服，让他用嘴来侍奉他的那个活物，然后他在兴奋不已时开始与少女做爱。后来，他不满足，有一天，他将那活物终于插进了少年的胯下。

有那么一段岁月，他陶醉于其中。宫中传出不少他们之间的闲话，但他并不在乎。他爱他们姐弟俩。后来他算了算，这样的时光竟然时断时续地持续了十多年。直到有一天，那个叫王猛的汉人要他必须将已经成为青年的慕容冲放出宫中。王猛说，宫外已经有人传说，慕容冲除了与陛下相好外，开始与宫女私通了，为防与嫔妃们有染，陛下必须将此人打发到外地去。

王猛是个狠角色，他的话，必须听。于是，他忍痛割爱，将其"发配"为平阳太守。他有些不解的是，慕容冲在离开皇宫时，并未来向他告别，而是公事公办地匆匆上任了。他一直记得那件事。

直到慕容冲兵临城下时，他还是不能相信慕容冲会找他报仇。他站在长安城头看到城外黑压压一片鲜卑大军，便派人送去一锦袍给慕容冲。那时，慕容冲正在大帐内与众军士讨论如何攻城的事，见使者送来如此之物，顿时脸都红了。他抬眼一看，见众军士都望着那件锦袍，顿时恼羞成怒，一剑杀了使者，然后飞身上马，率领众将士来到城下。

苻坚看见慕容冲一袭战袍飘飞于空中，白色盔甲在军中分外显眼，越往近前，就越是能真切地看见他英俊的面孔，喜悦之情顿显脸上。他以为慕容冲是来向他感谢的，但他哪里知道昔日相好在城下勒住战马，然后用左手将那锦袍高高抛起，待锦袍落下时，右手拔剑，将锦袍在空中削成雪片，落于地上。然后，他指着苻坚道：

孤家以天下为任，怎能看你一袍小惠。昔日慕容家族虽受你恩戴，但那都是表面之情。你灭我国家，辱我族人，家仇国恨，今日来报。当然，如果你能束手来降，孤家也可以像你对待我们家族一样待你。

苻坚气得发抖，怒道，当初就应该听众将之言，将尔等杀光灭族，哪里还容得你白虏小儿们如此猖狂。

苻坚下得城墙来，就听太子苻宏奏道，陛下，有情报显示，慕容暐等已经在自己的宅子里聚集了数千人之众，将作为内应，所以将士们要求将慕容暐等及时剿灭。苻坚正在气头上，便说，准奏，你即刻带人去执行。

当慕容暐等数千族人被苻坚的军队全都杀光时，慕容冲在外面也听到了消息。他在城下大哭族人，将士们看见，便都有战死之心。于是，他将长安城围得水泄不通，不久，长安城里便出现了饥荒，随后便有了人吃人的现象。慕容冲仍然不攻城。再等半月，慕容冲开始攻城。苻坚亲自督战，浑身鲜血。

此时，有位大臣对他说，陛下，我听说民间有谚语，帝出五将久长得，大概说的就是此时陛下的情形吧。

此时的苻坚眼看无力保住长安城，便留下太子守城，而他则率众向五将山奔去。

度化墨姑

　　此时，龟兹城内，吕光正在豪华的王宫内大宴将军与西域各国的使者们。

　　这是他定的时间。这几天里，西域各国的国王都拿着昔日的官牒、骑着高头大马，或拿着美玉，或带着美女，或带着各种珍奇宝物，来向吕光致礼，并更换新的官牒。他们跪拜在吕光面前，说着各种恭维之语。吕光将各国国王重新审定，将那些对大秦国有敌意的国王都免去，重新委派亲秦派来当国王。江山易主。一半人高兴，一半人凄凉。

　　龟兹王白纯逃跑了，白震早已成了新的龟兹王。他坐在吕光下面的第一个座位上向吕光一一介绍三十多个国家的首领，看上去，他仍然是西域各国最大的国王。

　　吕光的案头，有吐鲁番的葡萄和哈密瓜，有喀什的石榴，有和田的大枣，有各种各样的干果和水果。他们从来就没有吃过，只是在宫中见过，现在，则任由他们品尝。在他和各位将军的手上，则是又酸又甜的葡萄酒，那些酒，起初他们都有些不习惯，可是，每到第二次喝完时，就有些恋恋不舍了。而在他们的目光中，则是龟兹的美女和乐舞。那些半裸的美女们，个个眉目传情，当她们用柔软的腰肢在将军们面前舞动之时，几乎每一个将军都有些坐不住了。他们一个个喝得丧失了常性，而那些舞女们还在挑逗着他们崩溃的身体。

　　有将军情不自禁地搂过一个舞女亲吻起来。吕光并不生气，因为他也被酒和美女们迷醉得丢了半个魂儿。他看着狂醉的将军们，宣布道，各位将军，这些美女们，你们每人带走一个吧。

　　将军们纷纷挑选。但那个领舞的舞女，则被白震悄悄带到了吕光的面前。吕光大喜，亲热地拍了一下白震的肩膀，然后带着舞女去了后宫。

鸠摩罗什在角落里默默地看着，他看见在众多将军中，只有一个人坐着，默默地喝酒，并没有起身去领舞女。那个人叫段业。他第一次见他就记住了这个文质彬彬的人。他看出这个人是个汉人，与他见的张怀义有一点点类似。

他没有说什么。那个叫段业的人也只是看了看他，也没有说什么。他们遥遥相坐了一会儿，都默默离开了。

第二天下午，白震又领来一群舞女，与昨日的一群舞女一起舞蹈，歌唱。舞女们捧着美酒给每一位将军和客人，然后唱起歌来，歌声不断酒不断。不一会儿，面前的将军就倒下了，或者就有些胡言乱语了。

这场宴会从午后开始，一直进行到夜里。当将军们个个都烂醉如泥时，吕光看见了角落里的鸠摩罗什。他对白震说，我听说鸠摩罗什是你们西域最有智慧的人，但我看不出来。

白震答道，将军，西域人都信仰佛教，而鸠摩罗什又是佛教界的领袖，自然在西域人人敬仰，至于将军所说的智慧，大概是还没有到显示的时候吧。

吕光说，是吗？我听说佛家人是不喝酒的，我倒要看看他是否能喝得了酒。

白震不敢说话。只见吕光吩咐道，来人啊，给罗什大师敬酒。

话音落后，席间一时仿佛停顿了片刻。大家都从酒醉中突然醒来，用目光急切地寻找着鸠摩罗什。

只见一个舞女端着酒向罗什走去，摇曳着半裸的身姿。罗什惊讶了片刻，看见了那个舞女与她手中的酒。然后，他从容地站了起来，对吕光说：

将军，佛家弟子不允许喝酒。

为何不能喝酒？

酒能乱性。

我只听说酒能见性，可没听说过酒能乱性。说完，吕光转身对着主簿尉佑大笑。尉佑乘机说道，酒能乱性的人，说明其性是不稳固的人，法师乃高僧，难道也害怕区区葡萄酒？

这是佛陀定下的戒律，凡佛弟子者，当一律遵守。罗什答道。

吕光站了起来，脸色越来越难看。他说，如果我非要让你喝了这酒呢？

罗什闭上眼睛叹道，色即是空，空即是色。

吕光问段业道，法师讲的是什么？

段业答道，法师说，凡是眼睛能看到的，不过都是幻象而已。

罗什补充道，耳鼻舌意，无不如是。

段业说，法师说，耳朵听到的，鼻子闻到的，舌头尝到的，心里想到的，无不都是如此。

吕光想了想说，既然是空的，那么，法师喝了它又有何妨呢？

罗什答道，是的，从根本的意义上，无妨，但，就佛弟子来讲，同时也是犯了戒的。

吕光沉下声来问道，那么，这酒，你喝还是不喝呢？

尉佑也说道，是啊，将军的话你还敢违背？

罗什缓缓答道，我喝。

罗什这才去看面前的舞女。他突然发现认识这个舞女。他想起来了，在他常去的一个酒馆里，他曾经看过她跳舞。他在那里喝着茶，度过很多人。但他知道，这个舞女心中是空的，所以，她陷在泥淖中。

他知道，她也是来看他笑话的。她将杯中的酒端起来，对罗什说，法师，我知道你以前喝的都是茶水，今天才是真正的酒。酒是好东西，它能让你感受到你从未感受到的快乐。

他微笑了一下，接过酒杯，说道，快乐是很快就失去的乐子。

然后，他将酒一饮而尽。

吕光一看，击起掌来。整个大殿里的人都鼓起了掌。吕光说，这就对了。你也是一个凡人。是凡人，就应当体会凡间的一切。

罗什仍然微笑着答道，将军说的是，我们都是凡间的尘埃，这肉身，只是在凡间借住的寓所而已。

这时，那位舞女仍然举着酒杯看着罗什。吕光便说，按法师所说，这身体是无须看重的，那么，法师何不将那些酒喝干呢？

罗什看了看舞女手中的酒壶，显出一点点难色。舞女却热情地看着他，冲着他做着媚眼，说，其实酒真的是好东西。

罗什还在犹豫。吕光正想发作，旁边的白震看不下去了，他说，将军，法师今天是第一次喝酒，可能喝不了那么多酒。

吕光瞪了一眼白震。罗什缓缓将酒拿起来，准备要喝。吕光却突然大笑了起来，好，好，好，法师，请住手，龟兹王刚刚也说了，你今天第一次喝酒，就先尝尝吧。那壶酒你可拿回去，慢慢品尝。

罗什颔首答道，谢谢将军体谅。

但吕光又说道，不光如此，今夜你收下的还有你面前的这位美女，等回到寝室，你慢慢品尝美人美酒吧。

说完他大笑起来。罗什却愣在那里，一时不知如何是好。

这时，段业站起来说，将军，属下以为不可如此对待法师。我们大秦的将士们都不信佛教，但西域之民，普遍信仰佛教，法师又是他们的精神领袖，我们应当尊重他们，而不该如此羞辱他们。请将军三思。

吕光倒并不恼怒，而是笑道，段参军，你不懂我的意思。我刚刚说了，既然是凡人，就应当体验凡间的一切快乐，当然还有痛苦。你说是不是？

段业还要说，但鸠摩罗什插话道，谢谢段将军的美意，大将军说的对，菩萨要救世，就要到世间的一切快乐处和痛苦处去，如若不去，就不是菩萨。这位美女我带走了。

众人皆愕。吕光也惊了一阵，看了一眼身边的尉佑，随后便大笑道，段参军，你看，你看，我说是不是，他也是凡人。这么美妙的姑娘，谁不动心呢？

且说罗什带的这个姑娘叫墨姑，本是龟兹城里一酒肆的舞女，因为姿色和舞姿双绝，一直是龟兹贵族们茶余饭后的消遣。白震为了给吕光献媚，便将整个龟兹的美貌女子全都集中起来，分批分次地让她们上场，供吕光与秦国将军们玩乐。墨姑是其中最耀眼的一个。她被分配到第二天上场。吕光对其也颇有些意思，但因为前一天已经拥有了一个，这一天便不好再占有。他有意想试探一下鸠摩罗什，未承想鸠摩罗什一下就被试倒了。他在那边嘲笑鸠摩罗什的凡俗之心，这边墨姑也开始试探鸠摩罗什对她的真意。

她当然认识鸠摩罗什，整个西域的大宝、精神领袖。但是，她不信佛。她信吐火罗原始巫术与宗教。她曾几次试图与鸠摩罗什交往，但每次都失之交臂。有那么一次，一个贵族子弟给罗什介绍说，这是龟兹色艺双绝的女子墨姑，但鸠摩罗什并未正眼瞧她一下。她第一次遭受如此的打击，所以，她的心里一直有一种对鸠摩罗什难以描述的矛盾心理。她一直不知道那是一种什么样的心理，这一天她证实了，她要让鸠摩罗什喜欢她，爱她，并与她同房共枕。她要用她的信仰战胜他的信仰。

她跟着他来到罗什暂居的房间，见罗什关上了门，笑道，我们应当认识。

罗什并未看她，一边向茶几旁的椅子上坐下，一边说，何止认识？我们还有两世的缘分。

墨姑笑道，啊呀，原来你也与那些纨绔子弟一样，会说让我们爱听的笑话。

罗什微微一笑，道，我说的是实话。

墨姑将一只胳膊伸过来，向罗什肩膀上搭去，说，我倒是想听听。

罗什站起来，墨姑的胳膊便落空了。罗什坐在对面，对她说，墨姑姑娘，请坐，听我慢慢说来。

墨姑见罗什如此，便有一点点尴尬，但她对这种情况见得多了，恰恰喜欢罗什的这种做派，笑道，好吧，那我便坐你对面好了。

说完，她便坐在罗什面前，对罗什说，好，你说吧。

她一边说着，便一边解开裙裾，隐约间，其双乳已能看见。她似乎知道如何对待罗什这样的君子。她要让他看见一点，但绝不裸露。

果然，罗什说话时声音有些颤抖，且有点干涩。她在内心中微笑了一下。罗什说，先说前一世。前一世，你是一只狐狸。

她一听，便笑道，果然你会这样说，我倒也喜欢狐狸，那你呢？

罗什说，我是一位修道的僧人。

她笑道，原来你还是跟此一世一样。

罗什说，你被猎人追杀，伤了一条腿，是右腿，在山中奔跑，奄奄一息，被我看见救下。伤在腿关节上面一点，是被箭所伤。如果我说得没错的话，你的右腿关节上面一点点的侧面，应当有个指头大的胎记，像个伤疤。我说得没错吧？

她笑不出来了，下意识地撩开裙子看过去，一条玉腿立刻展现在罗什面前。罗什赶紧闭上了眼睛。她笑了一下，然后看过去，果然有罗什说的指头大的一个隐隐约约的伤疤。其实，她何必看呢，她自己当然知道，只是她在惊讶之下还是看了一下。

她突然间对面前这位人们所说的高僧有了不一样的感受。她的心里涌上来一阵惊讶的情绪。但是，当她抬头看见罗什闭着的眼睛时，便又生出恶作剧的念头来。她说，真的啊，你看！

罗什睁开眼睛看时，看见面前的墨姑虽坐着，但裙裾已然大开，赤裸着前面的身子，右腿向他伸过来。她笑道，你说，前一世我就是一只狐狸，狡猾的狐狸，会诱惑你的狐狸，这一世我还是，看来我们要续结前缘了。

罗什一阵眩晕，但他还是把目光硬是移向她右腿关节的上部，果然如他所说那样。他又闭上了眼睛，说道，我还没说完。

我救下了你，把你藏在了寺里，但猎人来问我要你。他们说你吃了他们的很多鸡，甚至吃了一个小孩。我当时一听，真想把你交出去，但转念一想，就说没见过你，于是，他们便在寺里搜你，结果没搜到。等猎人们走后，我便在你面前念佛经，想使你向善转化。我告诉你，你虽杀了不少的生命，尤其还有小孩，但仍然可以得到救赎。你虽是狐狸，也听不懂我的话，但我仍然对你一遍遍地说。你后来就跟我一起生活，大概生活了一年多时间。我给你吃素食，给你念佛经。但第二年冬天，下了好几天雪，我们饿了好几天。雪终于停了，我出去化缘。你也忍不住偷偷下山了。你在山下又偷吃了鸡。山下的猎人们认出了你，追过来，一直追到了寺里。正好我也回来了。他们要杀你，我挡住不让他们杀你。我告诉他们，我已经将你教化好了，但猎人们不信，硬是要杀你。我挡在你面前，说，如果要杀你，就先杀了我吧。猎人中的一个就开始先打我，别的猎人冲过去要杀你。在打斗中，他们不慎将我杀了。在我死之前，我用身子护着你，我请求他们放过你。你舔着我的血，流下了泪，发出从来没人听到过的哭声。猎人们也未曾想到误杀了我，又看见你的情景，有一个猎人说道，放了它吧，既然和尚用生命来救它，我们就成全了它吧。后来，你藏到了山里，又生活了好多年。这就是我们的前一世。

当他再次睁开眼睛时，看见墨姑神情伤感，竟然悄悄地把衣服又系好了。她看着罗什说，如果你说的是真的，那我就欠着你的。

罗什笑道，怎么能说欠着我的呢？修道之人，从不希求回报。

她抿了一下嘴，点着头说，好吧，就算那是你我的前世，那么，这一世的缘分呢？你在我跳舞的地方常常去，可是你从来就没有正眼看过我，我不相信我们还有缘分。

罗什叹道，在此之前，我也不知道。我是在刚才看到的。

她惊问道，你能看见别人的前世？

罗什说，小道而已，但并不经常说起。

她又说，可是你不知道今世？

罗什说，我投胎到公主的腹中，为的是今生继续修行。我的事情我后面可向你详讲。

她说，不用讲，天下谁人不识君？那么我投胎到谁家呢？我倒想知道。

罗什说，你虽也有一些修行，听过佛经，但又是狐狸，所以，你在我投胎十几年后投胎到一位石匠家里。你爸爸是名雕塑佛像的石匠，在你六岁时从山上掉下来死了。所以，你仍然目睹过佛的形象，但是，你的母亲是一名歌伎，靠卖艺为生，所以，她带着你四处卖艺。你从她身上学到了所有的技艺，而你最擅长的是按佛的形象进行舞蹈，但你从不知道。你到今天也未必知道。那是你小时候目睹父亲雕塑过的佛的形象而不自觉地编创的。

她想了想，喃喃说道，嗯，还真是，这个我确实没有想到过。

罗什继续说道，你的母亲信的是吐火罗的巫术与拜火教，她让你学会了向各种人微笑和打交道，所以，你玩弄男人的技巧胜过任何一个女子。你虽是舞女，但心里没有看上过任何一个男子。

她插话道，那是自然，不过，我看上了你。

罗什道，那是我们的缘分，不是说你能看上我。

她说道，是真的。

罗什笑道，我乃出家人，此种玩笑不用再开了。让我继续来说吧。你二十岁的时候，母亲病了。为了看病，你从你经常跳舞的那个酒店的老板跟前借了很多钱。但你母亲还是死了，而你欠下巨大的一笔债。于是，你就在那家酒店长年跳舞，直到今天，你整整跳了六年零三个月过五天。

她彻底被他征服了，她惊讶地叹道，你说的都是对的，但你怎么能算出我跳了多少天呢？

她摇着头，不能相信她面前的这位美男子竟然是位如此高深莫测的僧人。她第一次知道自己的浅薄和无知。

但是，有一个问题执拗地从她口里说出来了，那么，你所说的我们今生的缘分又是什么呢？难道你从没想过女人？

说着，喝得微醉的墨姑将衣服慢慢地脱下来，站在了鸠摩罗什的面前。罗什分明是看了一眼，但他立刻闭上了眼睛，念起经来。墨姑笑道，原来你并不镇定，需要佛法来帮你。

说完，墨姑便将赤裸的身子靠近罗什，坐在了罗什的腿上，然后将双手搂住罗什的脖子，说道，既然我们有一世的缘分，今夜过后，我就再也不做舞女了，从此后伺候你一生。

罗什能闻到她嘴里的葡萄酒味道，在她一双玉手触摸他的脖颈的刹那，他猛烈地抖了一下。他知道，在他眼前的是一个怎样的女人。他几乎是要睁开眼睛了，整个世界都在轰鸣中，但是，他拼命地默念佛经。渐渐地，他清醒了。他缓缓说道，这一世，我们之间，并非男女关系，而是……是……朋友关系吧。

她停下了双手。她欲让罗什双手抚摩她的玉峰，但听此言，一怔，也稍有些恼怒，便道，你的意思是你不是个男人？所以你要不了我？

罗什叹道，学佛之人，非男非女，男女之别，不过幻象而已。

她说道，你们佛教徒都这么说，但我没见过几个人能脱得了色相，我见过的花和尚多的是。

罗什仍然闭着眼睛，道，各有各的道，各有各的命运与因缘。有些人是来还前一世欠下的债，有些人是把持不住，则犯下了来生的罪，来生还得还。生生世世，无穷无尽。就如同前一世我遇到了你，并救了你，此一世，我们必然会相遇。

这一世，便是我为你死。是不是？墨姑放开了双手，坐到了对面的椅子上。眼睛紧紧地盯着罗什紧闭的双眼。

罗什睁开了眼睛，看见了墨姑赤裸的身子。他打量了一下，说道，多么美的身材、皮肤，但你知道你为什么今生能拥有这样美好的相貌吗？

墨姑笑道，曾经有一位僧人向我说过，说我前一世肯定天天在佛面前献花了，所以才有美貌。我才不信呢？你又说我前一世是一只狐狸。

罗什指着面前的灯火说，你知道这些灯火是从哪里来的吗？

墨姑看着灯火，笑道，当然是因为有油，有火，才有灯火了，还会从哪里来？

罗什又说，那么，它们灭了又到哪里去了？

墨姑想了想说，灭了自然就灭了，还能怎样？

罗什说，你闭上眼睛想想，是不是你觉得这世上其他地方到处都有火在燃烧，在我们看不到的地方燃烧？

墨姑笑道，不用闭眼睛就能回答，当然是了，但它与我们面前这灯火有什么关系？

罗什说，它们都是幻影而已。但是，你刚才讲的这些都不对。这世上的火的产生是有条件的，你看到的只是油和火，但你想过没有，这油和火又是从哪里来的？这个王宫里到处都是火，灯火通明，可是，在很多偏远的山村，是没有灯火的。一个人得到灯火，与他前世的行为，此生的努力是分不开的。这就是国王与农夫的不同。但这并非真正的实有。我刚刚说过了，这都是幻象。国王自以为拥有了世上的幻象就是永恒，但农夫可能觉得拥有了善良才是永恒，相比之下，农夫得的是实有，国王却什么都得不到。如果再从根本的更高的意义上来讲，连这善良都是空的。

墨姑有些不高兴地说，什么都是空的，我们还在这世上来一遭干什么？

罗什说，你问对了，这就是根本。这就是我现在要告诉你的。

墨姑突然觉得有点凉了，就找了原来的衣服披了起来。只听罗什继续说道，你说火灭了就灭了，其实你说的就是人的生命，你的意思是人死了就永远地死了吗？就再也没有痛苦了吗？那也只是幻象，是人智慧的局限。我问你，你想过没有，你死了后就真的死了吗？你们拜火教不也相信人有灵魂吗？那么，灵魂去了哪里？

墨姑说，当然是去了很好的地方，是去有阿胡拉·玛兹达圣灵的地方。

罗什说，好吧，我们各自的认识不一样，但你既然知道了你的前世，还能相信你的灵魂后一世不轮回到其他的地方吗？

墨姑系好了衣服，有些不高兴地说，那是你说的，我可将信将疑。

罗什说，其实你已经信了。我们从未说过话，我也没想到会在这里与你相遇。其实，在之前看到你跳舞，我也不知道你的前世。

墨姑好奇地说，那你是什么时候知道的。

罗什说，刚才。我的师父给我传授了这种方法。前几天吕光大将军要我说说他的前世，我不能在众人面前说出。他是想听好听的，但我知道，他根本不相信。所以，没有说。但刚刚在带着你到这里来时，我便看到了你的前世。我要知道为什么我和你有这样的遇见。

墨姑说，你说的一切都是真的？你真的能看见人的过去？

罗什说，当然是真的。你今生的遭遇我又没去调查。佛界中，只有修为达到一定境界时才能开天眼，看到人的过去。佛陀在以身伺虎后进入天人界时才看到自己的过去世，到他成佛的那一世，他得道了，一切都看得清清楚楚。所以，他知道他所有弟子的前身，那些弟子，都是过去久远世与他有过交际的，尤其是跟着他悟过道的。我的这点小本事，在佛陀那里，算不了什么。

墨姑又问，那你知道人的未来吗？

罗什说，通过一些方法能知道一些，但不能像佛陀那样一眼看清楚。

墨姑便说，那你看看我的未来是什么样子？

罗什说，我看不很清楚，也不能说，这个要你自己去开悟。对了，我们跑题了。我要告诉你你为何有这样的容貌。是的，你在我活着时，听了佛经，并且常常在佛前献花和瓜果。你在我死后没有人关照那座寺院时，你还常常给佛献花与瓜果，后来有新的僧人来了，你还常常来寺里听僧人们念经。你在佛前暗暗发过誓，你要下辈子一定做一个女子，要嫁给我。

墨姑有些惊异地看着罗什，罗什看着灿烂的灯火说道，这就是你为什么从一只狐狸变成了人，且为女子的原因，也是你为什么没有婚姻而一直等到了我的出现的原因。你说你早就选择了我，并非你所说的爱，而是前一世发下的愿，是你要报答我为你的付出。

墨姑问道，那你为何不能遂了我的愿望？

罗什道，你发那样的愿望时，并不知道我的愿望和前生。我的前生和无数世，都是为了一个目的，修道。我在前一世之所以那样舍身救你，并不是因为我爱你，更何况那时你还是一只狐狸呢，而是道使我如此。我的愿望是能跳出轮回之苦。我们的愿望不同，所以，此生会有交际，但走的是两条路。所以，这一生你将为我而受苦。现在我看到了这些，也知道了这些，痛苦也便产生了。我在想，如何能使你从痛苦和麻烦中解脱出来。

墨姑不说话了。她在思索着。

罗什继续说道，前一世你是一只狐狸，是幻象，此一世，你是一个身世苦难但坚强不屈且美貌若仙的女子，仍然是幻象。我修道之心如大地一样坚实，任何力量都动摇不了我。所以，你要从幻象的苦难中解脱出来。

墨姑的嘴里喃喃说道，原来是这样，狐狸……佛……女人……原来是佛让我成了今天的这个样子。

罗什说，不是佛，是你自己。一切都由心生。你生出善心，供佛养佛，你发出心愿，所以，此生便成了这样。佛只是一个中介。通过佛，你知道了自己。

墨姑看着罗什说，我是通过你，知道了我自己。

罗什说，你再想想，你所交往过的那些人，每个人都说爱慕你美丽的容貌，但哪一个真正地驻足过？一切都是幻象而已。

　　墨姑说，这么说，你也是幻象？

　　罗什合十说，当然，有缘则生，缘尽则散。

　　墨姑问，那你说说，这世上有什么可留恋的？你说一切都是空，难道就没有一点点真的、实的？

　　罗什道，其实，实与空都是相对的，任何事情都有实与空两个方面。中国有部古书上说，出生入死，意思是人一出生就开始面对死了，也就是说进入了死的阴影中。生是实，死是空。可是，佛教中的死只是另一种开始，就像你前一世死了，那是实死，但又是此一世的开始，那死也就成了空的，生与死是瞬间的事，实与空也只是两种形式的转变。哪有什么真正的实？又哪有什么真正的空？然而，这仍然说的是轮回中的事，假如从永恒的方面来看，一切轮回都变成了空，空变成了真正的存在。

　　墨姑叹道，你说了那么多，我只听到了一个字，空。一切终究是空的。

　　说完，她还是不甘心地说，既然一切都是空的，那么，佛法也就是空的？

　　罗什道，是的，这世上本无佛法，一切法都非佛法。

　　墨姑苦笑道，罗什法师，我尊重你，爱你，但你的话我越听越听不懂了。既然没有佛法，你为什么要信佛法？

　　罗什说，信，但不迷信。佛法是度化众生的，在这个意义上要让人们去真信，但是，等到你信了以后，就可能要迷信，所以佛陀便用一部《金刚经》来破除迷信，说佛法非佛法，说佛法也是空的。你想想，连世上的佛法都是空的，那么，这世上还剩下什么？

　　墨姑茫然地说，一切都不存在，看上去这世界生生不息，但又什么都不存在，没有时间，也没有空间。

　　罗什问，那么，你呢？在永恒的时光里，你在哪里？

　　墨姑说，我？看不见，在永恒的时光里，我还存在吗？

　　罗什又问，那么，你想想，你的美貌，你的愿望，你的苦难、爱恨、欢乐又算得了什么呢？

　　墨姑挣扎着说，是的，罗什法师，我们都很渺小，可是，难道渺小就不应当存在吗？

　　罗什便说，不是，我刚刚让你看到的是你没有意识到的无限的存在，其实，那也是你的一部分，是你意识的一部分，当你经常那样想的时候，你可能会从痛苦中解脱出来，因为一切苦难在永恒面前都不再是苦难，但是，我们每个人又毕竟是渺小的个体，那么，我们每个人如何面对一个个有限的瞬间，如何面对那些具体的苦痛、麻烦、爱与恨、得与失呢？你现在相信人死后有轮回了吧？

墨姑摇了摇头，又点着头说，是，过去有无数的人跟我说，我都不相信，今天我终于信了。

罗什又问，那么，你相信人死后有可能会堕入地狱吗？

墨姑有些惊惧地说，这个……

罗什说，让我来告诉你吧。

说完，罗什对墨姑说，你喝了面前这杯葡萄酒吧。墨姑拿起来便喝了，喝完后，就有些迷离，然后就觉得很困，竟然睡着了。

她梦见自己来到了一处陌生的森林。森林里开满了奇花异草，一只兔子在不远处向她张望，于是，她去抓那只兔子。梦中，她竟然想到自己前一世是一只狐狸，现在仍然无意识地去抓兔子，看来是真的了。但她并未停止，而是跟着兔子往前跑。忽然，她看见一个熟悉的身影，走近一看，竟然是父亲。梦中，她并没有意识到父亲死了，所以高兴地问父亲这是哪里？

父亲说，孩子，这是我投生的地方，是国王的花园。我在这里做一名花匠。国王是一位佛教徒，我因为前一世造过佛像，所以，这一世便成了国王花园里的工匠，除了管理花园，我还负责为国王诵经做好一切服务。你不要惊讶，你可能觉得我怎么还是原来的我，而不是投生后的我。我告诉你，我们的时间是错位的。我们在不同的时间里。今天，我要带你去看看你的母亲。

她发现梦中自己回到了童年。父亲抓着她的手，转眼间进入一座阴森森的宫殿。她看见一群人在拷打着一个女人，那女人的嘴里发出凄厉的叫声。她觉得那声音非常熟悉。她突然间意识到，那是她的母亲。她冲了过去，看见一群人用锁链锁着母亲的四肢，然后将她吊起来在烈火中炽烤。她的衣服很快被烧焦了，她的皮肤在烈火中发出哔哔的响声。她痛苦至极，她想救母亲，便大声地喊着，撕扯着那群人，但是，她发现那些人根本意识不到她的存在。母亲也感觉不到在救她。

她救不了母亲。这时，父亲又站在她旁边。她哭着对父亲说，父亲，你救救母亲。父亲摇着头对她说，我们谁也救不了她。她这是在地狱里。你六岁的时候，我就离开了你们。你母亲带着你无法生存，于是到处唱歌，跟男人睡觉，还到处骗人。这些你都不知道。她生活得很苦。最重要的是，她心中毫无善意，还做了很多恶事。有些你知道，有些你并不知道。她还教唆你跟男人睡觉。她犯下了很多的恶。所以，她死后没有转生为人，而是下了地狱。

她哭着告诉父亲，父亲，她也是没办法，她要活着，还要养活我，我从来就不怪她，现在她竟然为了我受了这样的苦，我们怎样才能救她呢？

父亲说，做善事，信佛法，供养佛。

正说着，只见有人看见了他们，带着一群人向他们冲了过来。父亲说，快跑。于是，他们就拼命地往回处跑。跑着跑着，她便觉得脚下有一个深渊，掉了下去。

她醒来了。她浑身都是汗，脸上全是泪。

她看见罗什微笑着看她。她摸了摸脸颊，摸到了泪水。她迷惑地想着。

罗什问她，你睡着了，还做了噩梦？

她点着头，又摇着头。罗什问她，你看见了你父亲和母亲？

她惊讶地问道，你知道我做了什么梦？

罗什说，不知道，但我希望你能梦见你的父母。

她说，太可怕了。

她将梦中的情况告诉了罗什。罗什说，你父亲与佛有缘，此生是美好的，他要你不必牵挂他，但是，他让你看到你母亲在地狱里受苦，是想让你救她。

她痛苦地问罗什，梦中的情景是真的吗？

罗什说，你父亲向你托梦，自然是真的。他要让你信佛法，大概也是他活着时的愿望，当然也是死后的愿望。其实，我要告诉你的是，今天我所告诉你的前一世、你父亲和母亲的事情，以及你我今生的缘分，都与佛法有关。

她抬起头来，痛苦地看了一眼罗什的眼睛，问道，是佛让你来拯救我的吗？你上一世救了我，这一世还要救我？

罗什微笑着说，不是我救你，是你自己救自己，而且你还要救你母亲，将她从地狱里的烈火中拯救出来。

她哭泣着问道，我能吗？

罗什说，当然可以。你知道地藏菩萨的故事吗？

她说，听说过一些，记得不很清楚了。

　　罗什说，佛经中说，地藏菩萨曾是一位婆罗门女，她的母亲不信三宝而信邪道，死后和你母亲一样堕入地狱。她知道母亲的报应后，便变卖家产，供养诸佛，广施修福，吃斋念佛，终于在一次定境中到达地狱，向地狱里的鬼王询问她母亲的情况。鬼王告诉她，因为她的诸般行为，其亡母早已从地狱里脱离出来，投生到六道轮回中了。她看到了那么多地狱里受苦的众生，于是，她便在佛像前立下誓愿：地狱不空，誓不成佛。这就是地藏菩萨的前身。后来，她在久远劫中又数次发下同样的誓愿。这个事情告诉我们，只要此生我们愿意为自己的亲人赎罪，是可以拯救他们的。

　　她擦干脸上的眼泪说，那么，法师，请告诉我如何信仰佛法，如何供养诸佛。

罗什破戒

　　八月，温暖的风从北方一遍遍吹来，在龟兹城里来回吹送着凉意，但也恰好把葡萄酒的芳香吹拂开来。整个龟兹城的酒窖都被吕光的士兵打开了，几十年的酒香一下子像一杯浓茶一样酽开来。龟兹城自从建立以来第一次被这样的芳香灌满。所有的人都微醉着。

　　龟兹的女人们本来就没有汉地的规矩，现在，很多女人乘机撩开了裙子。而那些尚未出嫁的姑娘本来在出嫁前是可以跟任何男子来往的，只有在结婚后才可以守规矩，现在，微醉的她们一方面出于被迫，另一方面则出于自愿，成为汉地军人争夺的宝贝。军中常常有为争夺龟兹姑娘而自相残杀的事。这些事后来就成了常事，人们见怪不怪了，甚至在一个军人死后一个时辰后就可以将他忘记，再也无人想起。

　　那些在战争中失去丈夫的年轻女人，哭泣了两天后就被满城浓郁的葡萄酒熏染了。有人忍不住立刻打开了自己家的酒窖，将自己灌醉。醒来时，她们已经变了一个人。忧愁虽然还挂在她们的脸上，但立刻就被吹来的酒香赶走了，于是，她们便想着以后的事。想着想着，也就和其他未失去丈夫的女人一样，擦干眼泪，涂上胭脂，穿上花服，上街去搂住远方来的士兵的脖子。

　　从王宫到街市，整个的龟兹城除了浓郁的葡萄酒芳香，还飘荡着男人和女人做爱的腥味与臭味。这种味道后来一直持续了将近两个月，直到秋风来临，龟兹城藏了几十年的葡萄酒被喝干，所有西域和汉地来的男人都疲惫不堪时才被遏制。很多男人死在了龟兹女人的床上。

　　从汉地来的将军中，只有一个人未曾被熏染。他就是段业。他几次对吕光说，要制止士兵挥霍无度和为女人相互残杀的局面，但吕光从微醉中抬起头对他说，段参军，龟兹真乃天堂也，让军士们快乐快乐吧，你也一样，去找乐子吧。

段业后来又找吕光说，将军，如此下去，整个军队都要烂掉了。吕光从大床上坐起来，裸露着上身说，段参军，你现在要考虑的问题是，我们要留在龟兹，在这里生活，你想想我们如何建立一个强大的西域王国的事吧。

说完，吕光便倒在床上，与几个龟兹美女滚到了一起。

这时，主簿尉佑过来对段业说道，段参军，过虑了吧。整个龟兹都成了我们大秦的天下，玩几天算不了什么，别杞人忧天了。

段业说，尉主簿，您也如此以为？

尉佑道，是啊，我与吕将军的认识是一致的。

段业无奈，便去找贾虔。贾虔正与几个将军搂着龟兹的姑娘们喝酒，见段业来，便笑道，段参军，来来来，我给你介绍一个姑娘，妙不可言，你今夜尝尝。

段业摇着头叹道，真是不可思议啊。想我大秦士兵，在汉地时是何等的纪律严明，是何等的洁身自好，没想到，到龟兹后竟然都变成了一个个淫棍、酒鬼，都没有一个想要回到自己的家乡了。你们想过没有，你们都是有妻儿的人，他们在那边苦苦地等着你们回去，天天为你们是否活着而煎熬，而你们呢，早已把他们置于九霄云外了。

段业说完就走了。贾虔愣了一阵，出去找段业去了。似乎是整个的龟兹城，是被一个叫段业的参军在叫醒。

其实，真正悲伤的人不是段业，而是鸠摩罗什。他经历了最为不幸的痛苦。

话说他在带着墨姑过了一夜后，便又被吕光叫了过去。在大殿上，在飘着葡萄酒的芳香和男女体臭的人群里，吕光坐在最上面，他的左右都是白震送给他的龟兹美女，裸露着双乳，左手端着葡萄酒，右手拿着扇子。

他问鸠摩罗什，法师，昨夜过得如何？人间的美味你都尝过了吗？

所有的人都停下了微醉的身姿、笑容、心跳，连十方三界的众生都似乎竖起了耳朵。一滴酒掉下去的声音都显得很大。

罗什答道，将军，昨夜过得很好。

吕光笑道，那就好，我再问你，你面前的这个姑娘怎么样？你们可曾……啊……哈哈……和尚也是人嘛，我在想，你知道人的味道吗？

所有的人都跟着吕光笑了起来，似乎他们面前的那些葡萄、瓜果都发出扑哧的笑声，似乎那些酒杯都想挣脱人们的手在空中舞蹈。在人们看不到的十方诸界也发出一片狰狞的浪笑。

罗什微笑了一下，从容答道，将军，墨姑是一个好姑娘，她整晚都在听我给她讲经，她已经是一个虔诚的佛教徒了。她将跟我一道为将军祈福，将为战争中死去的双方将士们祈祷，让他们早日投生。

大殿上有人发出惊异的声音。吕光也停止了笑容，他站了起来，仔细地看了一遍鸠摩罗什，然后又看了一眼旁边的墨姑。他发现，这个女人在一夜之间竟然庄严了起来。他不相信，他问墨姑，他说的是真的？

墨姑跪在地上说，报告将军，法师说的都是真的，我已经成了他的弟子，此生将在他的指导下供养诸佛，为众生祈福。

吕光看着墨姑不相信地问道，你们没有男女之事？

墨姑说，回将军，没有。我本来也以为法师带我去有这个意思，但法师说出了我的前世今生，让我看了地狱里受苦的母亲，也看到了已经投生到来世、正在供佛的父亲。他让我知道，今生我已犯下很多罪孽，他要为我赎罪，父亲托梦要我信佛，以此去救母亲。一夜犹如阴阳两隔，犹如天上地下。我父亲是一位佛教徒，母亲接受过一些拜火教的教育。我受母亲影响，也接受过一点点拜火教的教化，现在则皈依了佛教。

吕光不相信地看了一眼尉佑，又看着四周。他看见众人都跟他一样，睁大了惊奇的眼睛。他问道，你真的看见了地狱？

墨姑答道，是的，将军。在龟兹，人人都相信有地狱。

吕光便问白震，你也相信？

白震道，是的，将军，不光是龟兹，整个西域，人人都相信。

吕光转过身去，思索了片刻，然后，他突然转过身来，一字一句地说道，我也相信上天有眼，但我偏偏不信在这人间，有跟我们不一样的神一样的人存在。

吕光看着鸠摩罗什说道，法师，人人都说你有非凡的智慧，把你像神一样对待，我却看不出你有什么比我们高明的地方。如果你真有非凡的智慧，为什么救不了龟兹？

罗什看到吕光已然生气，便答道，将军，一切都有缘定，龟兹的气数尽了，而将军的事业才刚刚开始。这非罗什之力能改变的。其实，罗什也乃一凡人，只不过入了佛门，就当守佛门规矩而已。

吕光一听，心中的气稍微缓和了一下。但是，他看到人们都放下手中的酒杯，女人们也端正地坐在男人身边默不作声时，他就突然间又生了气，他问白震，龟兹王，法师可能看不上这个舞女，你可知道，龟兹的公主中有愿意嫁与法师的吗？他父亲不就是因为你的妹妹而成家的吗？难道他还要胜过他父亲？

白震一听，吓得哆嗦了一阵，答道，将军，龟兹被破时，王宫里所有的女子都跟着白纯逃跑了，小王只有一女，现才十三岁，尚未成年。

吕光自语道，十三岁，法师呢，四十一岁……

就在这时，突然有个龟兹的旧臣站出来说，将军，有一个公主，且我们都知道，鸠摩罗什曾经喜欢过这位公主。

尉佑一听，对吕光说道，此乃天意啊，将军。

吕光大喜，问道，是哪位？赶紧找来。

那位大臣道，叫阿竭耶末帝，也出了家，在阿丽蓝寺做住持。

吕光失声说道，是个尼姑啊？看来西域的风俗确与我们汉地不同。

那位大臣说道，是的，将军，在西域，出家的王子、公子、公主比比皆是，这是信仰佛教的原因。

吕光一边思索着，一边说道，是不同，看来要把我们的王化也要在此地流行才是，段参军，你说呢？

段业一听，赶紧站起来答道，是的，将军，汉地流行儒教，西域流行佛教，确有不同，要想使西域真正地心向汉地，儒教必须强化，甚至达到与佛教相同的程度，西域才能真正地归顺于我。

尉佑站出来说道，段参军说得极是，征服西域的城池容易，要征服西域百姓的心可就难了，就得让我们的儒教来代替西域的佛教才是。

吕光一听，一拍大腿说，好啊，那就从今天开始。来人，把你们刚刚说的这个公主找来。

一个时辰后，阿竭耶末帝走上殿来。人们看见一位四十岁左右的尼姑款款走来，她的脸上一片宁静，手里拿着一柄拂尘。到了跟前，她俯身施礼。吕光打量了一下阿竭耶末帝，说道，公主，今日请你来，不为别事，只请你和罗什法师喝酒。我不信你们的佛教，请不要要求我遵从你们的习俗。你们现在是大秦的子民，就应当遵守大秦的习俗。我大秦子民好酒，所以，也以酒相待，望不要推辞。

阿竭耶末帝看了看罗什，罗什点着头，但她不理解地盯了一阵罗什后，还是说道，将军，出家人有戒律，酒能乱性，请将军理解。

段业站出来说，将军，这个使不得，鸠摩罗什与阿竭耶末帝乃西域佛教领袖，我们应当尊重。

吕光啪地一下把手里的酒杯砸在地上，吼道，段参军，这个大殿上是你说了算，还是我说了算？

段业低头施礼，答道，当然是将军，可是……

吕光打断他道，够了，是你说的要让我们行王化，你若再打断本将军，本将军就不客气了。

罗什见段业还要争辩，便说道，将军，佛家有云，我不入地狱，谁入地狱，如今龟兹国败，我等都是大秦的子民，将军又代天子之命，我和公主喝了便是，请将军勿怪别人。

说完，罗什便对阿竭耶末帝苦笑了一下。

吕光让鸠摩罗什与阿竭耶末帝坐在一起，让墨姑也坐在他们跟前，然后，他叫来舞伎，一边欣赏舞乐，一边叫人给罗什和阿竭耶末帝敬酒。

阿竭耶末帝看着罗什，罗什拿起酒杯喝了起来。罗什轻声说道，且先喝下，忍过这一段再说。阿竭耶末帝皱着眉头，犹豫了很久，只好喝起来。吕光一看两位喝下，便带着大家为他们鼓掌。阿竭耶末帝气愤地低下了头，罗什则微笑着面对大家。

一曲舞蹈下来，吕光又让大家喝一大杯。他对罗什说，法师，你怎样评价你们龟兹的舞姿？

罗什说，华丽而奢靡，单纯又庄严。

吕光问，愿闻其详。

罗什说，龟兹的舞蹈来源于古老的祭祀之礼，原是献给神的乐舞，后来，在宫廷里慢慢有些变化，开始艳丽起来，看她们的衣服，都是来自中土的丝绸，翩翩起舞，美妙动人，所以说华丽而奢靡。但是，龟兹的乐舞既保留了草原上原始的野性与单纯，又融入了对佛教的礼赞，所以说单纯而庄严。

吕光点着头，段业与贾虔等也觉得罗什说得极好，都纷纷端起了酒杯。吕光说，好，为法师干一杯。

罗什和阿竭耶末帝只好再喝一杯。喝完后，吕光说，法师，你知道我是怎么看的吗？

罗什说，愿闻将军妙解。

吕光说，我是个粗人，不能跟你们这些文人们相比，所以我就直接说说我的感受。龟兹之舞，豪放，动人，野性，迷人。你知道我们这些个将军为什么爱看你们龟兹的姑娘们的舞蹈吗？因为她们能让我们觉得我们都是男人。哈哈哈，是不是，将军们？

所有的将军都端起酒杯，说，是的，将军。于是，又干一杯。吕光说，人类要繁衍下去，千秋万代，永恒不息，是这里的舞蹈让我突然间懂得舞蹈的奥秘，它就是要赞扬生命。如果像法师你们，都出了家，再也不生育，断子绝孙，那么，人类岂不要断了后？

大殿上一片掌声，尉佑附和说，是啊，孟子说，不孝有三，无后为大。

吕光对罗什和阿竭耶末帝说，所以，本将军今天要做一件大事，要为你们成亲。

罗什大惊。阿竭耶末帝也惊讶而愤怒地看着吕光。吕光根本不顾他们的脸色，而是端着酒杯继续说道，我还没到这里来的时候，陛下就告诉过我，要我取得龟兹后火速送罗什法师入关，因为道安那个大和尚告诉陛下，说普天之下，最有智慧者，就是我面前的这位罗什法师。一路上，我一直在想，让世上所有人都称赞的这样一位法师该是位怎样的大师呢？说真的，到今天我也没能看出有什么大本事来。唯一让我惊讶的便是，一夜间让舞女墨姑变成了尼姑。但是，我还是尊重陛下的意愿和西域诸王们对法师的爱戴，礼遇法师，并快速护送法师入关。不过，我始终觉得像法师这样的人没有后嗣是件非常遗憾的事。我也说过，既然法师已经成为我大秦的一员，也就要遵守我大秦的礼制。所以，我找来了你曾经喜欢过的公主，为你们完婚。希望你们能早生贵子，继续你们的事业。

罗什终于无法忍受了，他低沉着声音道，将军，我的确也有心去中土传法，所以，我怀着巨大的忍耐在忍受着你的种种欺凌，没想到将军步步紧逼，一定要让我等破戒不成。

吕光一看罗什终于动了怒，反而异常地冷静起来，他笑道，法师，千万别以为我在逼迫你，我只是完成你的心愿而已。

　　阿竭耶末帝本来非常愤怒，但是，她看见罗什已经与吕光对抗了起来，便站了起来，对罗什说，罗什，看来今天到了我们以身护法的时候了，但是，你的愿望未了，我知道你为了这样的愿望等待了很多年，也忍受了巨大的煎熬。你还记得姑姑临走之前你对她说过的话吗，你说，大乘之法，在于舍身利彼，即使粉身碎骨也在所不惜。

　　墨姑也站起来对他说，是啊，法师，还记得昨晚你对我讲过的地藏菩萨的故事吗？你能那样让我醒悟，难道你又迷失了自己？

　　罗什看了看两位，叹道，母亲曾对我说过，说好几位法师曾向我授记，在我三十五岁之前若不破戒，则可传播大法，度人无数，我以为我成功了，没想到……这也许是我的命运。

　　他闭上了眼睛，对着虚空中默念道，佛祖啊，非我自愿，为了大法得以在中土传播，弟子只好一只脚踏入地狱了。

　　他默念了一阵，然后睁开眼睛，看着阿竭耶末帝说，如果你也愿意牺牲，那我们就……

　　说完，罗什的眼泪终于流了下来。阿竭耶末帝也哭了起来，她说，罗什，不哭，我永远都支持你。

　　吕光便道，好啊，各位，今天就让我们来见证罗什法师与公主阿竭耶末帝大婚的时刻，来，各位，连喝三杯。

　　泪光中，罗什与阿竭耶末帝也连喝三杯。他们都有些醉了。在醉酒中，吕光让尉佑派人将他们送至一间密室内，然后将他们脱得一干二净，把衣服拿走了。

　　密室里很凉，放着很多葡萄酒，里面有一张床，侍从们走的时候特意将他们用被子裹在一起，大笑着说就不闹洞房了。看得出来，这里原来可能是一间酒窖。等他们走后，罗什在醉酒中拥抱着阿竭耶末帝赤裸的身体，便惊醒了过来。但他看见阿竭耶末帝正醉眼蒙眬地看着他，他便轰的一声不知身在何处了。他的眼前出现少年时他们在一起时的情景。他是爱过阿竭耶末帝一段时间的，他以为他早已超越了，也放下了。可是，现在他还是心潮澎湃。在酒精的作用下，在肌肤的相互抚摩中，他开始冲动起来。他的阳物直挺挺地顶在了阿竭耶末帝的身上。他无法控制它。

　　阿竭耶末帝拼命地控制着自己，但是，酒精让她迷离不清。她竟然情不自禁地摸起了罗什的身子。她的抚摸，使罗什更加难以控制。于是，他们像久旱的天地突然间阴阳相交时那样，雷鸣电闪，以迅雷不及掩耳之势便结束了。然后，他们沉沉地睡去，像死了一样。

不知过了多久，他们终于醒了过来。阿竭耶末帝先醒了过来，她意识到发生了什么事。她拼命地寻找衣服，但找不到。她用被子想把自己遮起来，可是，她那样做的时候，发现罗什又赤裸起身子了。同时，罗什也醒了过来。他惊讶地看了看阿竭耶末帝，又看着自己，意识到发生了什么事。他背过身子，开始打坐，闭上了眼睛。

好一会儿以后，他背对着阿竭耶末帝说道，公主，你为了我，值得吗？

阿竭耶末帝说，我只是想让你活下来，我陪着你，去中土，传播大法，至于我们的破戒，我想，佛祖是能看清的。

罗什叹了口气说，你已经快到第三果位了，不值得。

阿竭耶末帝说，罗什，如果我们现在的罪孽能够换得你在中土的弘法，我愿意下地狱，愿意忍受再一次的轮回之苦。

罗什不停地叹着气。阿竭耶末帝说，罗什，罪孽已经种下，你就不必再叹息了。你起来去叫人把衣服给我们拿来吧。

罗什便起来去敲门，早有人在门口等着给他们衣服。他们出来一看，已然是第二天清晨。

龟兹的太阳落得迟，比大秦的太阳要晚将近两个时辰，而早上太阳似乎并未迟起，可大秦来的军士们则睡得很迟很迟。一方面是他们不适应早起，另一方面则是前一晚纵欲的结果。

早晨从中午开始，早饭与午饭合在一起。而午饭后，欢宴又开始了。

罗什与阿竭耶末帝默默地在宫里打坐了两个时辰后，又被叫到大殿上。吕光看着他们，问旁边的主簿尉佑，他们昨晚过得如何？

尉佑答道，将军，他们成了真的夫妻。

罗什与阿竭耶末帝低着头，仿佛囚犯一样。吕光则大笑道，好啊，好，法师，你终于尝到了人间最美妙的一刻，我相信你能理解我为你付出的一切了，从今天起，鸠摩罗什法师也是我最尊敬的人，来，让我们为你们的喜事干一杯。

罗什悲伤而默默地端起了酒杯。他再也没有说过一句话，再也没有过一次微笑。整个龟兹的人们，从此再也没见过他们尊敬而热爱的鸠摩罗什大师那迷人而温暖的微笑。

吕光放过了他们，任他和阿竭耶末帝在自己的寺里住一段时间，等待时机去大秦长安。

自从征服了鸠摩罗什之后，吕光便觉得整个西域都在他的股掌之内，便放心地寻欢作乐了。他要让所有的士兵都备尝这人间的美味与欢乐。龟兹城的城门大开着，吕光相信没有一支军队会来侵扰他。龟兹人的家门则微启着，因为女人在等待爱她的男人来相拥，男人则在街上喝酒，等喝得微醉时便悄悄推开他爱的女人的房门。那些大秦来的士兵们，则左搂右抱，他们喜欢龟兹女人身上发出的味道。那种味道犹如鸦片一样让人越来越爱，越来越上瘾。

似乎所有的葡萄酒都兴奋起来，似乎所有的龟兹人都得到了一次前所未有的解放。佛教的戒律曾经约束着龟兹人的生活，如今，在吕光的强力下，连鸠摩罗什大师都被迫结婚了，就更不用说普通的人们了。事实上，大部分龟兹人似乎在等待着解放的这一天。

他们纵情享乐。女人的裙子往往在舞蹈刚刚结束的时候，就被一个男子解开了。葡萄树下，往往是男女赤裸裸地躺着。这情形，龟兹人已经见怪不怪了。他们只愁没有更多的男人或女人躺在自己的怀里。

鸠摩罗什悲伤地走在龟兹的大街上。已经没有人在乎他了，他也不再微笑了。当他闻到那葡萄酒浓郁的芳香和着男女身体上散发出来的腥味时，他便念起佛经来。

有一名龟兹的军人对他嘲笑道，你还相信那荒谬的佛经吗？

他并不答话，悲伤而默默地离开了。

有一位老妇人摸着佛经走过他的身旁时，摇着头说，罪过啊罪过，人间刹那间就成了地狱，而佛祖的信仰者也都变成了魔鬼的帮凶。

他并不答话，悲伤而默默地离开了。

墨姑在街上看到再不微笑的鸠摩罗什时，悲伤地说道，罗什法师，也许整个龟兹的人都不会理解你，但我理解你的悲伤，也悲伤着你的悲伤，请你告诉我，我现在能做些什么呢？

他并不答话，悲伤而默默地离开了。

墨姑看着他的背影，站在葡萄树下默默地流泪。

罗什的弟子一个个跟随在后面，议论纷纷，有弟子说，师父，生或死哪个大？

罗什悲伤地说，生就是死，死就是生。

弟子说，师父，既然如此，又何必执着于您的过失呢？更何况那也是不得已的。

罗什不再答话，悲伤而默默地离开了。

有一天，他的父亲鸠摩罗炎站在一条河边等他，与他一同站在河边，河里映出他们的身影。鸠摩罗炎说，罗什啊，你不是向我传授过《维摩诘经》吗？你不是说过真正的菩萨是要经过所有的苦难才能拯救众生吗？

罗什悲伤地看着父亲，摇着头，说不出一句话来。

最后，阿竭耶末帝找到他，对他说，我听你的弟子说，你一直悲伤地不说一句话，如果我能做什么可以吹走你心上的悲伤，请告诉我。罗什啊，你不是一直教导弟子们不要贪嗔痴吗？你这样做是不是与嗔一样呢？你不是说一切都是空的吗？你不是说为了传播大法粉身碎骨都可以吗？但你为何如此悲伤？

罗什说，我不知道，我就是感到悲伤，为我自己，为你，为龟兹，为天，为地，为众生，我感到从未有过的悲苦。我过去以为认识其本质，就可以度化，现在才知道，每一次劫难都难以度化。那些被我度化的人才是真正了不起的人，而我竟然如此顽固。我为这顽固而悲伤，为这悲伤而更加悲伤。

在每一座山面前，罗什都久久伫立。他不再读新的佛经。他心中的佛经已经超过了世上任何一个人。他把那心中跳出来的佛经默念给大山，大山不言。他悲伤而默默地离开了。

在每条河流面前，罗什都凝望片刻。他知道那肉眼看不到的地方，有三千大千世界。他把心里涌出来的佛经念给河流里面的众生，众生不言。他悲伤而默默地离开了。

在龟兹的每一条街道上，人们看见一个悲伤的影子在默默飘荡，但他们已经不再关心那个曾经追随的影子。

日复一日，整整两个月，鸠摩罗什每天都悲伤地流浪着。他仿佛是为把人间的一切都一一记在心里，又仿佛要把曾经念过的佛经一句句倒出来。

直到秋天来临，秋风把一切都慢慢吹走，连同他脸上的悲伤。

离开龟兹

秋天，一场秋雨下了三天三夜。然后，整个龟兹突然间凉了下来。

荒淫的龟兹就在这三天之后醒来了。所有的人都像长久地睡了一觉，这时候才醒过来。但因为这一觉睡得太长，竟然大家都少言寡语了。

大殿上，吕光伸了伸腰，看见没有一个有精神的人。他寻找着一个人，但似乎不在。他问手下，段参军呢？

回说，段参军最近病了。

什么病？我怎么没听说？吕光有些纳闷地说。

听说是心病，心痛，胸闷，精神也有些恍惚。已经一个月了，将军。

赶紧去看看，看他好些了没有。若好一些的话，就把他叫来。若没什么大碍，就给我把他抬来。吕光似乎有些着急。

过了片刻，人们看见军士们把段业抬了进来。段业生了一个月的病，整个人都消瘦了很多，双眉间刻了一道深深的折痕。

段参军，你得的是什么病啊？吕光问。

将军，非我得病，是整个龟兹得了病，是我们大秦的军队得了病，我是代病受过。段业道。

此话怎讲？吕光问。

将军，我们的军队之前怎样？是整个大秦国最威严的军队，最守纪律的军队。可是，这两个月来，我们的军队把整个龟兹老百姓家里的葡萄酒都抢来喝光了。几乎每一个妇女都被我们的军士占有过。整整两个月啊，将军，天下还有这样的军队吗？您给我的命令是让我想我们如何长久地留在这里，我看了两个月，得出的结论是，不义之师，快速离开，还龟兹以宁静。段业非个人得病，而是为将军您忧愁而病。段业说完竟然咳嗽起来，咳出一口血来。

吕光有些生气。他问殿下的人们对段业的话有什么看法，竟然没有一个人回答。他闷闷不乐地宣布解散了。

段业的话立刻传遍了龟兹，也传到了鸠摩罗什那里。他终于微笑了一下。第二天，吕光召集大家议事时，人们便看见罗什站在了人群中。罗什的个子高，又穿着黄色的袈裟，显得格外显眼。吕光一眼就看到了他。

罗什法师，我已经很久没看到你了。你来说说龟兹是否是我们的久留之地。吕光问他。

将军，托将军的福，我度过了灾难，所以才可以重新见到将军。罗什答道。

噢！法师生病了？吕光皱着眉头问道。

不光是我生病了，整个龟兹都生病了。将军难道没有看到吗？龟兹的妇女们都得了失心疯，男人们都得了狂乱症。眼看瘟疫即将到来。秋天是瘟神的季节。我已经看到瘟神正在翻越天山，但上天有好生之德，他怜悯龟兹，爱护将军和士兵，所以连降三天大雨，把瘟神挡在了天山以北。现在龟兹暂时安全了。罗什说道。

你说得如此令人恐惧！先不说是不是真的，我且问你，为什么说暂时安全了？吕光问道。

因为新的灾难即将发生。罗什答道。

什么灾难？别危言耸听。吕光正色道。

再过两天，龟兹将有一场地震。地震之后，将有冰雹和大雪。上天拯救了我们，但因为整个龟兹的荒淫无度，也将惩罚龟兹。罗什合掌说道。

吕光一听，站了起来。他思索了片刻，转过头来怒言道，大胆妖僧，我念你是整个西域的佛教领袖，一再地宽容你，怀柔以待，没想到你不但不报恩，还说出这样令龟兹不安的咒语来，来人啊，给我把这妖僧抓起来，吊在龟兹城门上，若是两天之后没有地震和冰雹、大雪，就给我把他就地正法，以正视听。

贾虔站出来劝道，将军，不可，佛教弟子，已然破规，这已是极大的羞辱，若将他在城门上吊起来，恐怕……

吕光大怒道，我不相信龟兹还反了，谁反就杀谁。

罗什被吊在了南城门上，整个龟兹的人都赶来看热闹。罗什听到有人道，活该啊，这是他破戒的报应。他不惩罚他自己，上天也会惩罚他的。

他还听到哭声。他从声音中就能辨出，那是墨姑的声音。后来便是阿竭耶末帝的叹息声。

有个僧人过来评价道，你们看，他原来可是龟兹和西域最大的人物了，可是，今天竟然落得如此下场。

最后是他的弟子们。有个弟子大声对罗什说，师父，我们要反了。

罗什一听，睁开眼睛喊道，请你们忍耐两天，且要在这两天内，让大家做好迎接灾难的准备。

弟子不解地问道，师父，您是说真的有地震发生。

罗什说，千真万确，你们会看到，天地都要为我做证。

贾虔偷偷地吩咐执法的军士，你们要善待法师，皇帝陛下在等着我们把法师送到他面前呢，吕将军那儿，过两天气消了就好了。

于是，军士们等人少一些时，就将罗什放下来休息一阵，后来，他们索性在罗什的腰间也系了绳子，看上去还是吊着，实际上要好受得多了。一天就这样过去了。

第二天，天气一下子热了起来，到中午时已极度炎热。士兵们有些吃不消了，便到城楼下乘凉。谁知这时候吕光来了。他看见罗什的腰间有绳子，便怒问是谁之主意。士兵们不敢说。吕光拔出剑来，便杀了一人。士兵们吓得纷纷跪在地上。罗什叹道，将军，不必再杀了，你每杀一人，我的罪孽便深一重，不如杀了我吧。

明天再杀你不迟。吕光说完便怒气冲冲地走了。

那天夜里，罗什的双臂已经失去了知觉。他昏了过去。当他醒来的时候，看见东方已经开始微明。他感到了一种不祥，他冲着士兵喊道，马上要地震了，你们赶紧做好准备。

士兵们再也不敢回应他，一个个都坐着不动。半个时辰在无声中过去。突然，人们听到从北方传来一阵轰鸣声，由远及近，紧接着，便听到有人喊道，地震了……

士兵们从睡梦中惊醒过来，四散逃开。罗什在半空中念诵佛经。

这次地震并不大，只是把整个龟兹摇撼了一下，似乎没有多么大的损失。士兵们很快又回来了。他们看着那个半空中的人，讨论道，他说的是真的，现在是不是应该把他放下来了？有人说，现在还不能，还得等吕将军的命令。

正在讨论中，他们便听到又一阵轰鸣声过来，这一次比上一次要大得多。有一个士兵在逃跑了一阵后又跑来，将罗什救下说，法师，赶紧跑吧。但罗什浑身已失去知觉。那个士兵便背着他跑到城门外很远的地方停下来，把罗什放在地上。

罗什慢慢地恢复了知觉，然后端坐在地上，开始诵经。

只见整个龟兹被摇得七零八落，很多年久未修的院落纷纷倒塌，街道上出现了很大的裂缝。王宫里也有数间宫殿倒塌。吕光披着薄裘向王宫的花园里逃跑，待大家都围在他身边时，地震已经过去。他喃喃自语道，真的有地震，原来真的有地震。他对一个士兵说，快，派人去看看鸠摩罗什还活着没有，若活着，带他过来。

一个时辰后，鸠摩罗什被人背到花园里。吕光看到罗什前来，赶紧上前行礼。罗什赶紧躬身还礼，但因为两天的惩罚，站立不住，差点摔倒。吕光叫人拿椅子给罗什，罗什推辞再三后坐了下来。吕光此时说什么也不愿意到大殿里去办公。所有的将军、王公及龟兹的国王和大臣们都站在花园里。只有他和罗什坐着。吕光对罗什说，法师，请别怪本将军如此对你，你要知道，我若不这样惩罚你，军队和龟兹就乱了，还请法师谅解！

罗什似乎并没有生多大的气，微笑了一下后答道，将军，我从来没有责怪过您，现在，请将军做好迎接冰雹和大雪的准备。

吕光便让人向龟兹城四处告示。然后，罗什对吕光说，现在请将军移步到大殿。然后，所有人这才移到大殿上。到下午的时候，从北方飘来一片黑云，到达龟兹时果然便落下豆大的冰雹，有些甚至有枣子那样大。后来，人们听说有一个青年不信有冰雹，去城外玩去了，结果被冰雹打伤了。

冰雹整整下了半个时辰。人们发现，整个街道已经无法行走了。吕光便派士兵们清扫冰雹。当天夜里，天气凉了下来，接着就开始下雪。最开始还是小雪，下着下着，就变成了大雪。整整下了一夜又一个白天。

吕光对罗什说，法师，现在我们该如何是好？

罗什说道，将军，这是上天在要求将军快速撤兵，将军请放心，半路上有比龟兹更好的地方在等着您呢。

吕光将信将疑，联想到他一生的奇迹，也觉得必须得离开龟兹了。于是，在大雪融化后的那一天，他召集文武百官，商议去留问题。使他没想到的是，经过两个月的纵情声色和近些天的灾难，几乎没有人愿意留下来。于是，他决定，九月班师回朝。

九月的时候，龟兹的天空又一片蔚蓝。似乎未曾经历过任何灾难。吕光将西域三十多国献来的奇珍异宝要运回去，竟然派了两万多头骆驼。他还把各国献来的两三百奇妙艺人也要带回去。还有一千多种珍禽异兽与一万多匹骏马。这还不算。他从龟兹和各国选拔了近千名美女和歌伎、舞伎，以及几百位西域的文士和僧人。那些歌伎和舞伎全由墨姑和吕光的一个妃子来带领，而几百位文士和僧人则全由鸠摩罗什与段业带领。本来吕光还想把鸠摩罗炎也要带回去，但新任的龟兹王白震央求吕光说，将军，您把西域的大宝带回去了，还在意一个老人吗？就让他待在我身边，为您把西域守好吧。吕光一听，也觉得那样不近人情，便让鸠摩罗炎留了下来。

如此庞大的军队护送这些天下的大宝浩浩荡荡往敦煌而去。

一个老人则一直目送着大军往东而去。他不知自己是喜是忧，只是忍不住地一直跟着走了很久很久，直到黄昏来临。

第三卷

客在凉州

在敦煌

　　话说吕光带领鸠摩罗什等开始启程的时候，有人才向他报告，苻坚得知他平定西域后封他为使持节、散骑常侍、都督玉门以西诸军事、安西将军、西域校尉。原来送旨的官吏在凉州一带被人劫了。他立刻派人去打探苻坚现在的消息。

　　他哪里知道，早在一个月前，苻坚逃到五将山后，竟然被曾经的部下姚苌包围。此姚苌，乃羌人，生于今天的甘肃陇西西梁家营村红崖之地，汉之前乃秦人之地。其父招兵买马，建立小国，后败，降于前秦，所以，算是苻坚的旧臣。但淝水之战后，不仅北燕等地纷纷叛变，而且姚苌也带着自己的人马另立门户。他听说苻坚带着玉玺，便派大将吴忠包围了苻坚，要其交出。

　　此时的苻坚身边，只有十几个侍卫。他们吓得个个发抖，苻坚骂道，给我都镇定一些，我乃皇帝，他们是乱臣贼子，何惧之有。他坐在山上，让厨师给他做吃的。姚苌的军队在旁边看着，被苻坚吓住，都不敢上前。

　　吴忠一看情形不对，便率人杀了十几个卫士，然后将苻坚和他的家眷捆起来送到姚苌驻扎的地方。那是一个寺院，叫新平寺。苻坚看到一个西域僧人远远地在看他，觉得面熟，但想不起来。

　　随吴忠前来的有一文官，身长八尺，腰带十围，看上去更像位武将，其人名唤尹纬，已五十多岁，是要说服苻坚交出玉玺的。他看见苻坚将众人喝住，便叹道，真乃霸王也。

　　吴忠一听，不悦，问道，先生何必长他人志气？

　　尹纬道，将军，你我本是前秦旧臣，后随姚公反秦，今见前君，仍然应当以礼相待才是。

吴忠道，既然已反，何必再认其为君？

尹纬道，古之贤者，先礼后兵。

吴忠便说，先生是来做说客的，尽可以礼待之，我就算了。

尹纬便说，也罢。

于是，尹纬上前向苻坚的侍卫说道，我要见陛下。侍卫不让，尹纬道，我是来救陛下的，你们为何不让我进去？

侍卫便带着尹纬去见苻坚。尹纬看见苻坚时，跪地行礼。苻坚本来只是斜视来人，今见来人行大礼，便正眼看去，不认识，便说，你也是乱臣贼子吧？还虚情假意行礼干什么？

尹纬说，陛下错了，行礼是因为在此之前我确实是陛下旧臣，食过陛下俸禄，故而必须行礼，以谢陛下。此乃义也。至于乱臣贼子却不然。陛下想知道为什么吗？

苻坚嗔道，乱臣贼子还敢狡辩。

尹纬道，陛下，敢问当年您废苻生而自立为大秦天王是不是乱臣贼子？

苻坚怒道，朕是替天行道，苻生暴政，天下义士皆愿废之。再说，朕是天意授权。

尹纬道，陛下指的是您背后的谶言："草付臣又土王咸阳"？

苻坚默不作声。尹纬便道，所以说，天下人都认为陛下应当称王，后来也确实应验了。但是，陛下是否想过，一切事自有因果。当年陛下和邓羌等人杀害陇西人姚襄，逼迫其族人投降，就已经埋下了仇恨的种子，淝水之战时，这颗种子已经长成参天大树。替兄报仇，此乃义也。再说，陛下不听众臣之言，非要穷兵黩武，此乃暴政，天下义士皆愿反也。所以，淝水之战后，各地皆反。姚公如此，难道不也是替天行道？还有，我曾夜观天象，看见祆星出现于二十八宿中的东井位置，便知道上天也要让姚公取代陛下了，这难道不是天意？

苻坚怒道，好一张强辩之口，如今朕是虎落平阳，你们想怎么样？

尹纬道，姚公之意，陛下交出玉玺，以古之圣贤之礼禅让给姚公，陛下亦可颐养天年，享受荣华富贵。

苻坚怒道，乱臣贼子，也敢谈禅让？想当年朕授予姚苌龙骧将军的时候，对他是多么的器重，现在你们比虎狼还要狠毒，如今落到你们手上，只求速死，别无他想。再说，小小的羌胡竟敢也做梦想当皇帝，天下哪有这样的道理？五胡的序列里没有你们的名字，别做梦了，玉玺已送到晋朝那里去了，你们妄想。

尹纬站起来，然后跪下，向苻坚行三次大礼后道，陛下，现在我是最后一次称您为陛下，从这一刻开始，我们君臣之谊就此了结。不过，我想，您也从不认识我。到现在为止，您都没问过我姓甚名谁，做臣子的到这一步也就够了。

苻坚突然抬起头，看着面前这位中年大个子男人，良久才说，是的，朕确实不认识你，你是谁？做过什么官职？

尹纬道，臣乃天水人尹纬，任尚书令史，只因我祖人尹赤辅佐过姚襄，故而被朝廷禁用，只能做小官，不能有大作为。臣一生所学，皆付东流。姚公高举义旗之日，也是我尹氏重生之时，故而，我族人皆跟随姚公举义。读书人当重礼崇义，虽与您未谋一面，但仍属旧臣，所以，我来一是要向您行礼告别，二是想救您。

苻坚嗔道，大丈夫生当为人杰，死亦临危不惧，何必苟且！你的计谋恐怕是要落空了。

尹纬道，也不尽然。您若禅让，则留美名，当然是救您不死。然您若不禅让，一心赴死，则留义名。真英雄者，当留名于史上。若如此，也是救您。

苻坚叹了口气，缓缓道，道理是这样的。对了，尹氏人，你有宰相之才，堪比王景略，可惜朕以前不知道有你这样的大才，真乃天亡朕也。

尹纬告辞，苻坚突然间觉得天地在顷刻间坍塌了。他缓缓站了起来，拔剑对着女儿苻宝和苻锦流下了热泪，他说，为了不受凌辱，朕只有把你们先杀了，你们能理解为父吗？

两个女儿跪在地上大哭不止，苻宝说道，父皇，孩儿先您一步了。说完，她伸手将父皇手中的剑刺向自己的腹部。苻坚恸哭不已。但苻锦则吓得一直在发抖。苻坚道，锦儿，父亲保护不了你了，说完，将女儿刺死，然后，他对着姚苌的军队吼道，来啊，杀死朕吧，朕看你们哪一个有胆来担负这样的罪名。

姚苌的军士们被苻坚的气概与举止都吓住了，纷纷后退。有人赶紧去报告姚苌，姚苌一听，便立刻下命令给吴忠，既然得不到玉玺，也得不到禅位，那就绞死苻坚。

那一天，八月辛丑日，苻坚被绞死于新平寺，终年四十八岁。临死前，他对忠心耿耿的张夫人说道，五年前，一位西域来的僧人告诉过朕，说朕若能平稳地度过鸡年和本命年狗年这两年，则能长命百岁、王朝绵延，若过不了这两年，则国家也有大凶。朕将那位僧人赶出了长安，刚刚朕看见他远远地看着我，朕觉得面熟，就是想不起来，现在终于想起来了。是那个僧人。看来，他说得对，我死之后，国家也将不长了，我不忍心让你自杀，你可选择改嫁。

张夫人流着泪说，陛下殁之后，我将追随您而去。

符坚死后，张夫人果然自杀。姚苌为掩饰杀死符坚的事，将寺里全部僧人都杀死，但只有一人逃跑，那就是符坚所说的那个西域僧人。姚苌还将吴忠及手下人全都杀了，说他们叛变将符坚杀死，然后他昭告天下，谥符坚为壮烈天王。然而不久，他杀死符坚的细节还是被人传播开来。

此时的吕光，正沉浸在龟兹女人的体香中。当他在班师回朝的途中知道符坚曾授予他诸多功勋时，他已经开始想鸠摩罗什的话。罗什告诉他，回途之中，自有福地。

他想的是敦煌。

他将兵马直接挺向敦煌。

人马行走了两天后，终于到达一个谷底。时至下午五六点时，西域的阳光像针刺一样照射着人们。有人建议休息，吕光便吩咐在此安营扎寨。

罗什前来劝道，将军，此地不可久留，当速速离开，夜里恐有灾难。

吕光看着晴朗的天气说道，法师，这里是最好的扎寨地，大家都累了，我看不出有什么问题，你就别当心了。

傍晚的时候，天气依然有些燥热。大家都骂秋老虎。太阳落下去时，天上已经有了乌云，同时开始刮起风来。半夜里，当人们熟睡之时，有人大喊，下大雨了。人们立刻发现，雨水很快进了帐篷，并把被褥淹了。没法睡了。

正乱之时，忽然听到山上一阵轰鸣声。有人大喊，泥石流下来了，赶紧跑啊。慌乱之中，整个大军都往谷外跑。等跑到谷外时，天已经微亮了。人们发现，鸠摩罗什带着文士和僧人们以及歌伎、舞伎们早在谷外等着了。原来罗什发现吕光不信他，便带着人在谷外扎营。

天大亮时，吕光才看到鸠摩罗什，他埋怨道，法师，你明明知道有泥石流，为什么不告诉我，导致我损失了很多兵将。

罗什道，将军，我知道您不会听的，所以，我只带着信我的人们在这里扎营了。

　　吕光自从那次以后，便叫罗什随时与自己在一起。他对儿子和一些亲信们说，我早些时候还是小看了这和尚，你们以后要多尊重他一些。

　　军队到达安西时，吕光派出去的探子回报道，将军，我们到达凉州后就再也不能前行了，听说陛下淝水之战失利，现在各处都反了，所以赶紧回报将军，请将军早做打算。

　　正好此时前军来报，说凉州刺史梁熙派敦煌太守杨翰阻止大军东进。吕光便心中有数了。他吩咐前军，对杨翰说，若杨翰阻止大军东进，将进攻敦煌。杨翰一听，赶紧率领百官在城外十里处静守。

　　吕光到敦煌，看见十里绿洲，众人皆着汉服，间或有西域或罗马人杂在中间，已与龟兹的风情截然不同。有人告诉他，敦煌虽人烟并不多，但十分富庶，进可拿下凉州，再取中原，退可入龟兹，甚至超过天山，隐入大漠，便心想，此地倒也可以自成一统。于是，他将鸠摩罗什叫来问道，法师，你所说的福地可是敦煌？

　　罗什摇摇头说，此地狭小，怎可放下将军？请将军在此休息半月，打听清楚秦国的消息，再图东进。

　　吕光便命大军在此安营。

　　敦煌太守杨翰原在凉州任职，组织僧人们翻译过佛经，对鸠摩罗什的大名早有耳闻，当他听说鸠摩罗什在此，便请罗什在敦煌开坛说法。吕光默许。敦煌隶属凉州，一百多年来，一则因凉州对佛教的重视，二则因为敦煌离西域较近，传播较为容易，所以，佛教活动非常兴盛。到鸠摩罗什到来时，此地已有近十座寺院，敦煌城里也有两座，一座名灵修寺，一座名敦煌大寺。两座寺院虽然规模都不大，但香火很旺。杨翰介绍，自"永嘉之乱"以来，关中及中原一些大族为避战乱，远迁河西，大部分留在了凉州，一部分则到了敦煌。这些大族人家对佛教都极为重视，两座寺院都是他们捐资修建的。罗什便选择在敦煌大寺讲经说法。第一天讲《华严经》，便听者云集。

　　第三天讲《金刚经》，来听讲的人多达千人。寺院里站不下，很多人都到寺院外站着，偶尔挤进去听上几句。讲到一半时，忽然台下一阵骚乱。只见一个妇女羞红了脸，正在四处张望。她本来挤在人群中正津津有味地听讲，突然觉得有一只手伸进了她的腰间，很温柔，很老练。她知道她的后面站着的是谁。她下意识地知道发生了什么事，但她装作不知道。然后，她就一阵眩晕，因为那只手慢慢伸到了她的肚子下面，最后伸进了她的私处。她觉得自己突然间浑身湿透了，她想呻吟，她想大喊，可她知道不能那样。于是，她咬紧牙关，一任那只手将自己弄到高潮。她不敢转身看对方是谁。人群挤得像锅里的饺子一样，谁也顾不上谁。

但就在这时，人群里突然有人大喊，你他妈的把手伸到哪里了？

她以为那只手被人发现了，因为那只手突然间移走了。她立刻就"轰"的一声晕了过去。她努力地克制了自己，稳住了，并闭上了眼睛。她不敢迎接周围人的目光。然后她立刻想到必须冲出去撞到寺院门口的石狮子上。正当她奋不顾身要冲出去时，她才发现在自己不远处，两个男人打起来了。她一阵窃喜。然后她便轻轻转身想看看令自己销魂的男人，但当她转过身去时，发现自己的旁边是另一个人，一个她并不认识的男人，也很俊俏，正装作什么也没发生一样向不远处张望。而原来自己身后的那个男人在不远处正举首向两个男人处望过去，根本没有看她。她不禁有一些迷茫，也有一些失望。然后，就在这种迷茫与失望中，她冷却了下来，知道了骚乱的原因。原来是一个男人偷了另一个男人的银子，被人抓了个正着。小偷的手被旁边那个人高高地举起，他的手里正捏着一锭银子。

她就是墨姑。而与她一同前来的男人是段业，此刻他正在努力向那两个男人处挤过去，要处理这件事。她也向外挤出去。那个俊俏的男人此刻向她看过去，但并没有跟着她去，而是站在了原地。

她本来与段业只是想看看鸠摩罗什到底在敦煌人心中是什么样子，同时也是想起到保护作用，才一同前来的，那时人并不多，可后来就不断地有人涌进来，直到把他们紧紧地挤在一起，难以动弹。起初，她觉得有些难为情，但慢慢地就觉得自然了，然后，她就被鸠摩罗什的演讲吸引了。但就在那时，发生了那难以让她说清的事。

她并不生气。她在龟兹的生活早已让她习惯了一切。她甚至觉得是段业那样她的时候，还有些窃喜，现在，她就觉得像是进行了一次偷欢一样。她与段业后来走到一起时，她便再也不想让人知道刚才发生的一切了。当后来她在人群中想再找到那个男人的时候，那个男人却像幻影一样消失了。

再后来，很多人又慢慢地走了。原来大部分人都是来看鸠摩罗什的，看过了，听过几句后就可以了，便慢慢地走了。留下来的是当地的僧人、居士和一些文人们，大约几百人。墨姑和段业一直陪到了最后。

讲法结束时，听众中有一五十多岁的僧人站起来笑着向鸠摩罗什走来，说道，法师，久仰高名，今日才得见。您讲得太好了。几十年来，所有的人都是按字面意思来理解，总是解释不通。您今日一讲，全通了。

罗什双手合十，向对方施礼道，师父过誉了。

僧人仍然微笑着，谦恭地说道，法师，贫僧是雷音寺的住持慧仁，能认识您真是太高兴了。

罗什道，杨翰杨大人给我提过雷音寺，不知离这里有多远？

僧人道，大约几里而已，明天是寺里观音殿的开建之日，贫僧想请法师能光临寒寺，为观音殿进行奠基揭彩。

罗什对段业和墨姑说，正好明天是休息日，我们去看看也好。

慧仁便双手合十，行礼感谢。第二天一早，罗什和墨姑出发，段业则是吕光指定的罗什的监督人，但他有事，便派几个军士跟随罗什前去。罗什在路上对墨姑说，我看你和段参军最近来往密切。

墨姑便突然想起昨日之事，羞红了脸说道，只是近日有些来往而已。

罗什说，这个人我觉得不错。

墨姑说，人家是有家室的，再说，我的心你是知道的。

罗什便不再说什么。正说着，就看见前面有几座沙山。慧仁领着几个僧人早早地就在山下等候了。罗什和墨姑下了马，让别人牵着。慧仁对罗什一行说，前面那座山叫鸣沙山，山下有一眼泉，泉水积在一起，形成了一个月亮一样的湖，叫月亮湖，寺院就在湖的旁边。

罗什问道，为何叫鸣沙山？

慧仁道，此山全都由沙子堆成，人们发现，上山时人们把沙子都蹬下了山，可是，到了晚上时，流下来的沙子又悄悄地回到了山上，第二天一看，又成了原来的沙山，几千年来都一样。

墨姑觉得神奇，便问道，这是为什么呢？

慧仁道，谁也不知道，这是这座山的神奇之处，但这还不算什么。你若去登山，可听到沙子随着你而鸣叫。有时候，可以听到整个山谷都在歌唱。所以才叫鸣沙山。我们这里的老人们都叫它神山。所以，我们才在山下建雷音寺。

罗什看见那些起伏不定的山都像波浪一样运动着，到了他们面前的这座主峰时，山势便显得极陡，山峰也极高。他叹道，天下真有如此神奇的器物，也不知道是什么力量能把山下的沙子吹上去，否则，恐怕沙漠里的那眼泉早就被埋了，而你这座雷音寺也就无从建立了。

慧仁道，是啊，神奇得不得了。凡是到敦煌来的人，都要来看看这神奇的山和水。对了，这水还能治病呢。每年春天，这里都有祭山活动。老人们说，我们这里的风俗比中原地区较为开放一些。到了三月三的时候，伴随着祭山活动，这一天也是敦煌一带最自由的一天。什么自由呢？就是这一天呢，所有男人和女人都不必守规矩，都可到山上来祭神，然后就可以和任何你喜欢的异性发生关系，就可以到附近的山上去野合。若是没有儿女的男人和女人就必须来祭拜山神，然后也必须喝那神水，然后在几个月以后女人就会发现自己怀了孕。若是没有结婚的男子和女子，那一天也可以自由地结合，但他们也必须喝了那神水，然后他们以后就有可能会结婚，若是不喝，以后可能就散了，就会和别人结婚。

罗什笑道，原来这里的风气与龟兹的差不多。

墨姑问道，现在还这样吗？

慧仁道，现在规矩多了。若是有了儿女的男人和女人，尤其是女人，就不会去山上了。有些人家也不让没结婚的女子在结婚前来这里了。所以，现在就是结婚没子的女人经常会来祭拜山神，第一年不行，第二年就一定会怀孕。再后来，每年的四月初八日也有活动，这一天不是祭拜山神，而是浴佛节。雷音寺就是这些年慢慢建起来的，刚开始，大殿里有佛祖像，后来又有了观音像和地藏像。很多男女便都来拜观音，因为他们都是为婚姻和后代而来寺里的，所以，我们才考虑建另一个大殿，即观音殿。我们准备现在把地基打好，在寒冬时节就做木工活，太冷时就不能干活了，到开春时把最后的收尾活干完，到三月三时把观音殿开放。

墨姑又问道，您说这里比较开放，到底开放到什么程度呢？

慧仁笑道，这个嘛，贫僧的老家在山西，那里的人们是有严格的规矩的，一般情况下，女子未出嫁之前是不能和任何男子有身体接触的，一旦嫁给哪个男人，就永远地依附于他，再也不能和任何男人有不轨行为，但男人可以休你，女人就不行。这里就不一样。我觉得是这里人烟稀少的缘故，还有就是儒家的教化还没有完全施行的缘故，总之，这里的风气就开放得多。结婚前，男女可以随意地结合，只要不生孩子就行。结婚后，女子就规矩了，但是，男子还可以不规矩，可以在外面与别人的老婆偷情。比如像昨天的法会，你们知道为什么去了那么多人吗？

罗什好奇地问，为什么？

慧仁道，一部分人是去听您讲法的，最后能留下来听的人就基本上是这些人；大部分人是去看您的，因为您在我们这里的名声太大了；还有一部分人是凑热闹的。这里除了三月三、四月初八两次大的聚会外，就基本上没有大的聚会了，所以人们都盼着有这样的活动。在这些人中，有些男女正好可以出来偷情。有些男人专门就是来勾引女人的，而有些女人也当然是。法师别笑，这就是婆婆世界嘛！所以，女人经常会有被别人摸身子的，像墨姑这样漂亮的女子，就是很多男人注意的对象。

墨姑一听，立刻红了脸。

慧仁笑道，所以你以后若在这里生活，出门时就要稍微小心一些。

罗什点头道，法师讲得极好，经法师这么一讲，我们似乎就了解了敦煌。

正说着，他们已经到了雷音寺门口。出来一堆人，有僧人，也有工匠，还有若干官员，都来迎接罗什一行。奠基时辰本来是已时，因为罗什要来，改为午时。午时一到，慧仁便请罗什举行奠基仪式。按慧仁提醒，罗什拿起一把香点上，然后把一匹红搭在临时搭起的大梁上。人们便放起鞭炮。仪式也便很快结束。罗什后来与墨姑去看了附近的景点，又一同爬了一次鸣沙山。到山顶上时，看见山脊像刀削下的一样陡峭，越发觉得鸣沙山神奇无比。下午时，几个士兵提醒罗什早点回去，他们便在酉时出发，一个半时辰后到达敦煌的住处。

第五天，又开始讲法。第六天讲完时，有一位六十多岁的僧人上前向他施礼，并自报家门，法师，贫僧乐僔，十几年来，日日听人说法师的高名，前些日子听说法师至此，可贫僧离敦煌有些路程，恰好这几日贫僧生病不能前来，便派弟子来听讲，昨日有弟子回去说，前日法师去了雷音寺，我便在今日三更时出发，终于能赶上法师的后半场讲法。法师真是名不虚传啊，贫僧听后犹如醍醐灌顶。这使贫僧更加坚定了一个想法，无论如何，要请法师去三危山讲法，并开示弟子如何进一步开凿佛窟。

说到这儿时，乐僔突然跪了下来，说道，如若法师不答应，弟子则永跪在此。

罗什本见这位法师虽然身体消瘦，但神情极为慈悲，就已经有了好感，又见他跪了下来，便感动地赶紧将他扶起道，小僧一来敦煌便听说过法师的大名，正好想择日去拜访法师呢，岂有不应之理？真是心有灵犀，明天我再讲一天，后天就是休息日。你我后日可去。

乐僔一听，也极为高兴。第二天，他早早地坐在前排，听罗什讲法。第三天天刚亮，他就牵着自己的毛驴，带着一个徒弟到了罗什住处外守候。罗什也是早早地起了床。他本来是要带墨姑去的，但墨姑要为吕光跳舞。段业本来是要护送罗什去的，但吕光要他去拜访敦煌的一位名士郭瑀，也去不了。

罗什骑着从龟兹带来的白马，在乐僔的带领下，往三危山去。有三名士兵紧紧地保护着他们。此乐僔者，本是关中人，喜好云游，一心想去天竺国取得真经，他在荒山和沙漠里行走了数天，行至敦煌城外东南方四十里处的三危山对岸时，已是口渴人乏，极度难耐，他攀上悬崖，想看看哪里有河流。刚登上崖顶，便看见对面的三危山上突然出现金光，仔细一看，乃千佛端坐。他左看右看，此景不变，且久久不散。他感动不已，再三参拜。待他参拜之时，同时也看见一条大河从西南而来。他顿时热泪盈眶，发愿在此修建佛寺。他爬至河边喝了水，并休息充足时，再看四周，这里什么人烟也没有，修建寺庙何其艰难。他一时不知如何是好。

当时的敦煌，佛教已出现，他去问一位高僧，高僧说，这确是佛的圣迹，我听说龟兹国的一条大河边有高山耸立，于是，佛教弟子便在那里开凿佛窟，难道这是要你在那里的山上开凿佛窟吗？

乐僔一听，大喜，道，正与贫僧所想一致，贫僧看了，三危山乃石山，正好可以开凿佛窟，而山下有一河，叫宕泉河，可以供人用水。佛窟有了，佛教活动便可以在那里进行，人们到那里去也有水喝。

高僧说，好是好，但我们没有这样的石匠，又如何开凿佛窟呢？

乐僔说，这个不用愁，弟子年轻时就是石匠。

于是，在公元366年的佛诞日这一天，乐僔和尚早早地上了香，开始了伟大的一天。至罗什到敦煌时，已是公元385年。他已经开凿了整整二十年。

一路上，乐僔对罗什说，法师，贫僧本是要去龟兹拜佛取经的，佛祖让我在此开凿佛窟，便从此不能西去。二十年来，往来于西域的僧人们和商人们，没有人不说您的。贫僧是心向往之，未承想今日能得见。

罗什说，法师，小僧是来中土传法的，能在此得遇法师，也是缘分。

乐僔道，阿弥陀佛，善哉善哉！昔日西域来的佛图澄法师在凉州传法时，贫僧正好有缘得见，并向其请教，所以才会有到天竺去学佛的信念，也才有了在三危山上得见佛光的幸事。未承想，几十年之后，贫僧又能遇见法师您，实乃三生有幸。前日已经说过，贫僧请法师前去，一则讲法，二则向弟子开示。贫僧在三危山上开凿佛窟，毫无经验，往来僧人和商人们也曾给贫僧讲过龟兹的石窟，今日请法师前去，也想再次请教如何进一步开凿佛窟的千秋之事。

罗什合掌道，阿弥陀佛，法师洞见，开凿石窟，一是依自然之力，不再浪费土木；二是可以千秋万代地一直开凿下去，这里不行，便在那里开凿，使佛像遍布于天地之间，不仅人道众生可以参拜，而且六道众生皆可以参拜；三是可以形成佛教盛地，远离俗世，既可以让修行之人安静地修行，也可以在此举行各种法会。

他们一路说着，一路往前走。罗什看见这里的植被基本上与龟兹的差不多，而且胡杨树很多，此时正好是胡杨林最好看的时候。一片片胡杨与一片片秋水相遇，分外美妙。一路上到处都是农人们在放牧牛羊，有些还骑着驴和骡子。天空中盘旋着巨大的鹰，时而俯冲下来，像是看见了地上的某个猎物一样，但又刹那间盘旋而上，直到高天上，成为一个虚无的小黑点。四十里路整整走了大半天，中途几次休息。这里风沙大，人烟稀少。幸亏乐僔让三个士兵和小徒弟带足了水。太阳西斜之时，所有的人都困乏之极，士兵们一个劲地问乐僔，到底还有多远？乐僔说，不远了，不远了，就到了。正说着，便看见一条河流从一座大山中流出来。乐僔指着那座山说，到了，就在那里。等到三危山下时，所有的人都疲惫之极。

罗什和三个士兵便住在石窟里。夜里，罗什与乐僔在宕泉河边漫步，但见满天星光陈列，天宇澄清，再听河水潺潺，虫鸣、鸟鸣四起，愈显寂静。旷野无边，时空无限。他赞道，以前在龟兹，或是天竺与西域诸国，我是贵族，即使修道，也觉心有所属，吃住无碍，且多在王宫市井中宣道，不免有贵气、傲气，而今家破国亡，流浪于四野，才知即使修行也是极其艰难的。今夜在旷野中体味天地之浩大、亘古、无限，才真真切切地看见一个空字，而这空字下又写着一个实字。实是小的，空是大的，空也是实在，是由无数个小的实在构成，这无数个小的实在面对巨大的实来说，实便也为空。善哉！妙哉！

乐僔道，依法师来看，如何来建这石窟？

罗什道，昔日，我曾在巴米扬山谷看着那巨大的佛像被无数的工匠雕凿成功，矗立在天地间，我问师父，为什么要在这里修建？师父说，你看，这里有水，有水的地方，便会有生命，不光是人，还有各种我们看得见和看不见的生命，你再看，前面有条大路，过往的人们是否就能看见大佛呢？不但是过往的人类，就连三千大千世界中的众生都能抬头看见。如果我们把佛修在寺院里，那么，众生就被阻挡在外面了，可是，现在，你看这大佛，谁能阻挡？所以，我的父亲和我，毕生的精力都放在修建石窟上。在龟兹，只要有合适的山体，我们都想把佛的形象雕刻在那里，让众生抬头就能礼拜佛。这就是雕凿大佛的意义。当然，也不光是这样，开凿大佛需要巨大的开支，一是国家要出资，二是民间要捐资。这是你以后的路。

乐僔说，感谢法师开示，弟子懂了，从明天起，弟子就四处化缘，弟子开凿的石窟太小了，弟子要发愿开凿一尊伟大的佛像。

罗什道，阿弥陀佛，小僧在这里给法师敬礼了。

第二天一早，不断有人从四面向三危山聚来。罗什才知道，原来乐僔早已让几个弟子四处告诉人们，今天西域来的大法师鸠摩罗什要来宣法。罗什便在三危山下讲了一天的经。

第三天，罗什在乐僔的再三邀请下，还想留一日，可是，三个士兵说什么也不行，他们说，按照吕光的要求，今日必须回去。罗什只好返回。

路上下起了秋雨，越下越大，没有躲避的地方，于是，三个士兵拼命地驱赶罗什的白马往敦煌城里跑。待到敦煌城时，罗什发起了高烧，倒在了地上。弟子们赶紧将罗什抬到床上。等他们出来的时候，有人惊呼，白马死了。

这匹白马，罗什一直骑着，大概与他已有十年的时间了。到敦煌时，它已经老了，经过这么一天的折腾，竟然累死了。

弟子们敬仰白马，便纷纷捐资，说要给白马修一座塔。罗什发高烧整整三天，三天后慢慢好起来。七天之后，他在当地高僧和杨翰的请求下，为当地僧人和百姓开始讲经说法。一开讲，便没完没了，整整讲了十天。其间，吕光也曾去参观过罗什的法会，使他惊讶的是，那么多的人竟然都崇拜罗什，而罗什讲的内容，他则极少能听懂。他问段业，这个和尚看起来真的不简单。段业说，将军，我们占领龟兹后，龟兹的佛事活动都停了下来，所以我们没有机会知道鸠摩罗什在龟兹百姓中的地位。现在，在偏远的敦煌，在异国他乡，他还有如此的影响力，说明他在西域的影响是无法估量的，我们应当尊重他，让他来为我们效力。

半月之后，敦煌的僧人们要给白马修塔。罗什早已知道此事，但他一直未同意，可弟子们执意要如此做，杨翰也来对鸠摩罗什说，法师，你们还要东去，此去便不再回来，法师半月的讲经说法，已经在敦煌形成了巨大的影响，现在修一座白马塔，说是纪念白马，其实是让人们永念佛法。这只是一个像而已，实同佛法在，请法师勿执念。

罗什还在犹豫。晚上，他做梦梦见白马，只见白马开口向他说道，我本是上界天骥龙驹，受佛祖之命，特送你东行传法。现已进阳关大道，吾也要超脱生死之地。

罗什醒来，知道这是白马向他托梦，第二天早上，他便叫来弟子，说他同意修建白马塔。此事被吕光听说，便叫去鸠摩罗什问道，我听说你要在这里为你的白马修一座塔，是不是真的？罗什便把原委告诉了吕光。吕光说，修塔是国家的大事，是否需要我批些经费？罗什拜道，将军，有一事我一直未敢向您提起，今说到这里，便只好说，在敦煌城东南有一三危山，有一个和尚在那里开凿佛窟，他是受了佛的感应才这么做的，他已经个人开凿了二十年，非常辛苦，但成绩并不大，才开凿了几个佛窟，我希望将军能看在百姓的分上，捐资给那里，让他们雇用石匠，开凿大佛。这是万民之福。

吕光说，我对你修塔之事，说真的，还没十分想通，如果是你们开办学校，宣示儒学，行王化，敬王道，我是十分同意的。你说的这件事，可以再商量。有一件事，我要问你，你说的中途的福地确定不是敦煌吗？

罗什道，当然不是。

吕光问，那么，到底是哪里？

罗什说，将军到时候就知道了。那个地方，是整个河西最富庶的地方，文化也最为繁盛，足可称雄一方。将军参悟。

吕光听罗什如此说，便对杨翰说，从即日起，你好好筹集资金去支持和尚们在三危山上开凿佛窟，我这里就不支持你了。明天我就要班师回朝了。

第二天，吕光拔营东进。刚到玉门关下，有探子来报，原前秦各部纷纷造反，凉州刺史梁熙也在观望之中，他已发下军令，阻止将军东进。话音未落，便收到梁熙发来的檄文，责备吕光擅自做主回师。吕光问尉佑、段业等如何回复，尉佑与段业商量回书，斥责梁熙虎狼之心，国难当头，不但不去共赴国难，还要阻止救难的将士。吕光看此檄文振振有词、掷地有声，且大义凛然，便道，好，一边将檄文送至梁熙，一边飞速攻打凉州。

在酒泉，吕光先打败了梁熙的儿子梁胤的五万兵众，军心大振。祁连山上的胡人们都纷纷来投奔，更是势力大壮。军过酒泉，便碰到了梁熙的大军，于是，吕光亲率大军作战，大败梁熙。梁熙逃往凉州。尉佑对吕光说，现在武威太守肯定害怕极了，因为你若抓住梁熙，定当杀了他，而梁熙现在一定是要命令太守出兵与你作战。武威的太守叫彭济，他知道打不过你，但也只好硬拼了。最好的办法是，我去找彭济。

尉佑过去与彭济有过一些交往，他便写信给彭济，陈其利害，劝其绑了梁熙，投降吕光。他选了一位心腹，偷偷潜入武威城，把信交给彭济。彭济拆信一看，正中其下怀，便与人设计擒住梁熙，向吕光投降。吕光大喜，经此一战，他对尉佑越来越器重。

吕光曾在酒泉查探过地形，不大满意。他叫来尉佑、段业、贾虔问道，你们说说，整个河西之地，哪里最富庶？贾虔回道，将军，自然是凉州武威，那里的人口最多，耕地最多，河流丰富，相对平安，而酒泉贫瘠，张掖与胡人间多战争，不安宁。

段业说，将军，我虽非河西之人，但一路西来时，也曾留意观察，整个河西之地，文化最盛者乃凉州武威，此地在一百多年前就由张轨全力经营，"永嘉之乱"，中原大乱，关中士子与大家族都退避凉州，大多留在武威，此时，武威的文化已经比关中、中原强盛得多，若说福地，难道还有比它更好的地方吗？

尉佑与贾虔也十分赞同段业的说法。吕光大喜，道，好，直接过张掖，到武威。那年冬天来临的时候，吕光带领大军到达凉州武威，大军安扎在城西，他则率领新军进了武威。那时的武威城也叫姑臧城，传说是由匈奴修建的。吕光亲自监斩了梁熙，自任凉州刺史、护羌校尉。整个河西四郡全由他来管辖。

献计救人

    吕光站在姑臧的南城门上，向北望去，虽已冬天，树木已凋零，但仍然能看出这里的夏天将是何等的郁郁葱葱。民房一片连着一片，井然有序，无边无际。他叹道，果然是富庶之地。向东看去，有一条大河正蜿蜒绕过姑臧城，向东北方向驶去。他问道，那条河叫什么？

    有人告诉他，黄羊河。秋天的时候，成千上万的黄羊会到这里来喝水，所以，老百姓称其为黄羊河。

    他再向西望去，又看见一条大河仍然绕城向北流去，河水被阳光照见，泛着粼光。在河的两岸，是大片大片的田野。有人告诉他，这条河叫石羊河。当地百姓说，常常有石羊在河边出现，故得名。

    吕光不住地点头。他再向南望去，但见祁连山近在眼前，雪线分明，在阳光下闪着光辉。有人告诉他，这山上终年积雪，有茂密的森林，黄羊河与石羊河都乃雪水所化，是天然的圣水。

    吕光向一旁的鸠摩罗什问道，法师，这应当是你说的福地吧？

    罗什道，正是，将军。将军可在此一边建设，一边等候皇帝的消息。

    吕光问，你是说我还可能要东进？

    罗什道，非也，请将军好好治理凉州，皇帝的消息也无非让将军治理好所管辖的地方而已。

    吕光笑道，也是。

    段业道，将军，这是可以长久坚守的地方，张氏家族在这里经营一百多年，历经九代人，进可以取关中，退可以长守河西一方，乃天然的独立王国。若陛下请将军回去，将军可称有病，就在此驻守即可。

吕光正色道，段参军此言差矣，臣乃君之臣，将乃王之将。君王要我到哪里，做臣子的，当然要到哪里。难道还会有选择吗？

段业便不敢再说话。

吕光暗中派出探子，探听苻坚消息，大多都未返回，回来的都说前秦各部多有反叛。吕光便请鸠摩罗什到密室，问道，法师，现在我们得到了应有福地，接下来到底该怎么做，还请再行指点。

鸠摩罗什道，将军，您要听实话，还是官话。

吕光道，请你到密室，当然是实话。

罗什道，好吧，据我观看天象与推算，不出几月，你就会听到大秦皇帝不幸的消息，而你面相中带有君王之相，所以贫僧说，可在此驻留，作长久打算。吕光听后，并不露出喜色，反而说道，法师，这可是大罪，你竟敢如此污蔑天子。

罗什道，将军说要与我私下聊天，且要听实话，为何出尔反尔？

吕光笑道，法师请勿怪，我这是试探法师，同时也是告诉法师，此话不可再对第二人说起，若有人说起，我就认为是法师说出去的。

罗什笑道，其实，将军，我倒以为可以让一些将军知道，同时，私下里让人连为一气，到时候也就名正言顺地登上大宝。

吕光又问，那么，请问法师，我等外族来此，该当如何治理此地？

罗什说，这方面我不是很懂，我向将军推荐一人，他的话您一定要听。

吕光问，谁？

罗什说，段业。从龟兹到这里，我与他天天在一起。我向他学习汉语，他请我向他解释佛学。我学习到的自然要比他学到的多得多。此人有大志向，且才学第一，敢于担当。他可以把当地的文人团结起来，让人心向着将军。至于打仗的将军，则很多了，这方面，将军比我清楚。

吕光便叫来段业，说道，段参军，如今我们初来乍到此地，不管怎么说，我得替陛下把这里治理好再说，不知道你有什么想法没有？

段业答道，将军，治理一地，无非两个方面，一个是让百姓吃饱、吃好，仓廪要实，另一个便是让百姓心安、心定，一心向着将军。前者当然是要休养生息，减免税负，且官府要有所作为便可以，但后者就非常难了。

吕光问道，何以见得？

段业答道，将军，此地乃张氏家族百年家业，虽然陛下之前灭了张氏，且重新派来刺史、太守，但此地依然是向着张氏的，所以，您去查查，这里的刺史和太守频频换人，一直坐不稳。为什么坐不稳？有重要的原因。

吕光说，请讲。

段业道，这里的文气很盛，一则张轨以来重视儒学，大兴文明之道，百年来已有深厚的基础，二则"永嘉之乱"之时，中原和关中士子以及大家族为避战乱，都纷纷移至凉州，这一点我之前向您说过，他们进一步把中原和关中的文明带过来，加重了凉州的文气。

吕光问，文气与我们何干？

段业答道，文气就是习惯，就是文化。儒学之盛，使这里的士子们只认有道之士，也只尊重张氏家族的人领导这里。我看过凉州的府志，张氏统治凉州之时，若是有道明君，士子们则拥戴，百姓亦跟着拥戴，若是无道之君，则士子们首先起来反抗，百姓亦跟着造反。好在张家人众，且自身的文脉也强盛，可以不停地更换君主，所以，这里一百多年来一直在张氏手里，没有落到别处。他们虽然没有明着称王，面朝西南以晋室为天子，但实际上这里自成一统，是独立王国。十年前，这里还是张天锡的天下。陛下派兵十三万攻打凉州，将其灭掉，凉州表面上归顺了大秦，但是，实际上暗流涌动。十年来，这里更换了好几任刺史与太守，为什么？因为士子们不服气。

吕光不解地问，他们为什么不服气？

段业答道，一方面，他们只认张氏后人乃凉州真正意义上的君王，不认可陛下派来的刺史；另一方面，这些刺史到凉州来以后也不好好经营，一心想着贪腐，同时也不团结当地士子们，所以不久之后就被士子们讨伐，并上书陛下更换官员。

吕光摇着头说，这是文人治世，我还不相信什么士子能翻天。

段业一听，赶紧劝道，将军，若将军想在此干一番事业，除了用兵之外，治理地方首先是要与士子们结好，不可轻视啊。

这时，尉佑求见，段业便走了。尉佑自吕光进驻武威后，颇受吕光信赖，军国大事皆由其处理。尉佑向吕光报告，魏安人焦松、张济等人聚集数千人，在揖次迎立张大豫为首领，已经攻陷昌松郡。

吕光问，张大豫何许人也？

尉佑答，张天锡世子也，十年前凉州灭，张天锡逃奔东晋，长水校尉王穆将张天锡的世子张大豫藏匿起来。淝水之战后，王穆领着张大豫逃奔河西，投靠河西鲜卑首领秃发思复鞬。后来，秃发思复鞬把他们送到魏安。现在他终于出头了。

吕光为人沉着，即使生气也常常不为外人所见。他思忖道，看来段业说的有道理，武威还是张家人的天下。他与尉佑商议了一阵，将尉佑打发走，叫人请来鸠摩罗什，问道，法师，我们才刚刚坐定，就有张氏后人出来造反，看来这地方还不是我们的。

罗什道，将军，我听人说，凉州由张氏家族经营已一百多年，已是大树，现在大树看上去被别人拔了，但根还在，还在从地下伸出来。将军若要在此地久留，一方面要善待这里的读书人，让他们拥戴你，另一方面，要适时地除去这些杂草，否则战事不断，民不聊生。

吕光一听，道，法师觉得此战会如何？

罗什说，将军虽是外人，但力量很大，对方虽是地头蛇，但年轻气盛、刚愎自用，不足为患。

吕光一听，便派杜进带领大军去剿灭张大豫。

再说张大豫那边，自以为是正宗，焦松、张济对他说，河西之地，百年来一直以张氏为宗，自成一统，且与东晋帝室同气连枝，苻坚胡人，竟灭我宗庙，今又有吕光胡儿再来占我家园，幸好皇天护佑，送来世子，我等正好在世子带领下共举大业，赶走吕光胡儿，重振我晋室江山。

不多久，就有很多人来响应。再过些天，齐肃等人来投，并说，河西之地，士子们皆愿以张氏为宗，时机一到，都将揭竿而起，共灭胡人。

张大豫年纪尚轻，微胖，在胡地长大，颇有些气力，他被几人拥戴，便气血上涌，立刻便想灭了吕光。王穆受张氏厚待，有心报答张氏，故而起兵，但他觉得此时与吕光决战，还不到时候，便对张大豫说，吕光粮草丰足，城池坚固，装备精良，且有西域之势力为掩护，正在势头上，此时进逼他不会有利。不如先从外围开始，联合张掖、酒泉等势力，练兵积粮，然后在内部再请凉州士子们支援，内外相济，再与吕光决战，不满一年，就可以平定。

张大豫在众人的吹捧下，哪里能听得进去王穆的进谏，他对王穆说，王将军，你说的事恐怕不能耽误，我们现在已起兵，吕光定要派兵来战，如果我们现在不马上去联系众人，等到众人想要响应我们时，我们早已成为刀下之鬼了。

王穆无奈，只好带领十几位轻骑去西边求援。他顺着祁连山南麓往西奔去，在张掖，建康太守李隰、祁连都尉严纯愿意起兵响应。他又连夜往敦煌奔去，他要去见一个人。

在他心里，这个人若要举事，则大事可成。这个人若不举事，则整个起义便缺失了一半的灵魂。

这个人是个书生，就是前面提到的郭瑀，字元瑜，敦煌大族人，祖籍西平郡西都县，乃避战乱至此。吕光至敦煌，派段业去见郭瑀，他自称病重，未见。吕光也不是爱才之人，再加上后来要来凉州，也便再没理郭瑀。但在整个河西士子的心中，郭瑀可不是一个普通的人。

郭瑀因出身大族，小时候就被人关注，都说他才高八斗，节操超人。那时的河西，一派清平天下，且尚读书。河西之地，到处都是名士隐居。身在敦煌的郭瑀与西去天竺取经的和尚们走了一条不同的道路，和尚们往西去拜谒佛祖，他则往东走，去迎接儒道之学。十五岁那年，他辞别故乡，与几位好友沿祁连山往东而来，在张掖东山得遇隐居的著名学者、洛阳人郭荷，被其精深学问折服，拜其为师，潜心攻读六艺，精通百家之学。忽忽经年逝去，郭荷老死，郭瑀仍不愿离去，为师守孝三年。三年间，前来向其学经者络绎不绝。各地太守都来请他为官，他则坚持守孝，哪里都不愿去。四野皆服。三年后，他继承师业，到临松薤谷开凿石窟，融佛学于身，并设馆讲学，著书立说，四乡弟子多达千余人。

前凉王张天锡慕其高名，派使者三次去请他出山，他都婉言谢绝。有弟子问，师父，凉王三顾茅庐，仁至义尽，师父为何还不出山？

郭瑀说，昔日刘皇叔三请卧龙先生，是真龙在身。

弟子们便明白了。

前秦皇帝苻坚慕郭瑀大名，也远派使节来请郭瑀出山为官，郭瑀说，父丧，当守孝，此为大。拒绝前往。

弟子问，师父，张天锡德薄，您不愿前去，我们能理解，当今天子德行不错，十万大军请了一个道安，天下为之动容，他请您出山，何以也拒绝？

郭瑀说，一则他乃胡人，正宗在南方晋室耳；二则他以十万大军请道安，听起来是千古绝唱，实则乃大凶。他以凶器示人，非有道者为。故辞。

弟子们服。

王穆在途中受伤，且累死一匹战马，仍往敦煌。士兵们便问他，将军为何非要请郭瑀？

王穆便给他们讲了郭瑀的这几则故事，说道，郭瑀乃当今凉州真正有道之士，天下无双，得郭瑀者，得天下。

与此同时，段业也向吕光进言道，将军，如今河西暂时安宁，但张大豫起兵，重用王穆，而王穆又是郭瑀的朋友，河西有谚语，郭瑀郭瑀，国宝之喻，国师之喻。又有人云，得郭瑀者，得天下。张天锡与陛下都曾请其出山，他都坚辞不授，足见此人之德行高古。我估计王穆必去请郭瑀出山，以此号召河西之士。将军应当早做打算，可考虑再请郭瑀出山。

吕光说，在敦煌时，你就曾给我说过此人，我让你去请他来见，他称病不起。奈何？

段业道，将军，这样的有道之士，一定在探我们是否诚心。我本来还要去见他，可后来我们离开了敦煌，就没有机会再去拜见，如今再去，至少说明我们是诚心的。郭瑀一出，河西定矣。张大豫不足为患。

吕光说，你们不是说河西乃张氏之地吗？怎么张大豫还比不了一个郭瑀？

段业道，河西士子都以郭瑀为师，郭瑀尊谁，谁就是王者。

这时，尉佑说道，段将军的意思是，郭瑀若不尊将军，则凉州之地就不是将军的了？

段业道，至少士子们内心不服，士子们不服，则百姓不服。

吕光说，那就请段将军再辛苦一趟，去敦煌请郭瑀出山。

段业说，将军，小将去请，仍然是白去一趟，此事必须将军亲自前往。

吕光说，目前张大豫将进兵武威，我怎能离开这里。还是请将军设法办理此事吧。

段业出来去见鸠摩罗什，说了心中的苦恼。罗什说，将军不必烦恼，依贫僧来看，将军是请不到郭瑀的，而且王穆已经在路上。郭瑀必反。

段业大惊，问，那如何是好？

罗什淡然说道，凡事都有机缘，郭瑀者，道行高古，但机缘未到，可惜了。我在敦煌也曾听过他的高名，但无缘相见，遗憾啊！

段业便问，那我去与不去？

罗什道，当然要去，君命不敢违。但是，不去是空，去也是空，结果是一样的。你有这个心理准备就可以了。

段业只好带领一行人马往西而去。且说这郭瑀现在也已六十多岁，弟子遍布河西，有一半以上的文官都曾接受过他的教育，现在敦煌书院掌事。吕光过敦煌时，派段业去请他，他称病在身。弟子问他，为何不见。他说，我观吕光者，必在河西滞留，此人，武人也，不尊敬圣人，只以权力压人，非同道人。

吕光走后不几天，乐僔求见。郭瑀与乐僔也算是老朋友了，曾帮着乐僔开凿过石窟，但后来就忙于书院的事，顾不上他了。乐僔进来，喝几口茶，便说，今日前来，有一事相求。

郭瑀说，法师请讲。

乐僔说，夫子听说这次吕光迎请了西域的鸠摩罗什法师吗？

郭瑀说，听说了，这不人们正在为他的马又建白马塔吗？此人到底如何？

乐僔说，举世无双，百年不遇，此去长安，中土佛教将在他的手里兴盛。

郭瑀叹道，因拒绝了吕光，便也只能拒绝与他交往的所有人，如此宗师，未能一见，太遗憾了。

乐僔说，贫僧请他去了三危山讲法，他向贫僧指点了如何开凿石窟的法门，并向贫僧开示佛法，真是受益颇多啊。他对我讲，三危山是开凿佛窟的好地方，可千年不绝，但他要贫僧一借官府之力，二要众人共同开凿，方能有所成就。

郭瑀叹道，此两者，你我不是没有尝试过，但官府这边支持极少，而靠众人就只能你化缘了，何其艰难也。

乐僔说，这次不一样了，我听说他临走时特意请吕光下达命令，要官府支持，所以，贫僧才来找夫子，我们一同去找杨翰太守。

当下两人就去见杨翰，杨翰正在让夫人给他缝补衣服，见两人进来，便笑道，这套官服穿了好几年，补了好几次。

郭瑀道，何不再做一套？

杨翰说，我在敦煌为官已经五年了，你们见过我穿过新衣服吗？

郭瑀笑道，还真未见过。

杨翰说，我也是夫子的学生啊，我们都是圣人的弟子，为官者，当先让百姓穿上新衣服，而非自己。

郭瑀赞道，若天下为官者，都能如杨太守一样，则天下岂能不富？岂能不太平？

杨翰道，谢谢夫子夸奖，有什么事让我办吗？

郭瑀便将他们的来意对杨翰说了。杨翰道，我也正要找你们两位，鸠摩罗什法师临行前的确是请求吕光从他那两万匹骆驼驮着的财富中分出来一些给你们开凿石窟，但他分文不舍，转过头来又吩咐我来筹集资金。这几天来，我一直在想如何为你们筹集资金的事，想来想去，想出了一个办法，而这个办法，也需要郭夫子、乐僔法师与我共同来做，才可能完成。

两人便问是什么办法。杨翰说，既然官府没多少钱，我们可请敦煌的大户人家来一起开凿，乐僔法师，你可划出地方来让他们去开凿，让他们供养诸佛的同时，也可以把他们的名字及形象画在墙上，这样既可以供佛，也可以让他们的后人永远知道这是他们的先人做的善事。法师，您和敦煌的僧人们就宣传这样做的诸多好处，让那些大户人家愿意拿钱出来。而郭夫子呢，替我去几个大户那里说服说服，您的威信高，说什么话他们都信。我这边呢，可派兵士和工匠帮你，兵士不用给钱，工匠的钱我来想办法。

两人一听，虽说官府基本没拿钱，但办法是有了。于是，两人便各自开展工作。不出半月，已经说服十多个大户人家，而且远在高昌的国王也愿意拿钱开凿一个大的佛窟。

一场大雪后，三危山下又来一僧人，求见乐僔。乐僔一看，乃一四十多岁僧人，脸黝黑，大个子，自称法良，从东游来，本意也是要去西域求法，行至敦煌想求见鸠摩罗什，到敦煌后又听说鸠摩罗什已被迎至凉州，便决定返回凉州，正要回去时，又听说三危山乐僔请人修建佛窟，便欣然前来。乐僔大喜。

乐僔在三危山下看着高耸的石壁，对郭瑀和法良说，鸠摩罗什曾要我在这里开凿一尊大佛，他说要让过往的人们都能远远地看见佛祖，让我们能看得见的众生和三千大千世界那些我们看不见的众生，都能在此礼佛、信仰佛，至少能让作恶者从此行善事，让行善者坚定信念不做恶事。如此，一尊大佛便可教化四方了。

郭瑀点头称是，他说，看来这位鸠摩罗什法师真是百年难遇的大才啊。他为这里带来了福祉。对了，法师，咱们得为这些石窟取个法名。

乐僔说，是啊，这个事我天天在想，也想过就叫三危山石窟，或宕泉石窟，总觉得缺乏禅意。请夫子指点。

郭瑀说，我也想了很久。这里是沙漠之地，而三危山又是沙漠的高处，是否可叫漠高窟。

法良道，这个也妙，不过，我在想，既然是佛窟，我们不如在夫子提的名字上再改一改，把漠的三点水取掉，叫莫高窟。从佛家的角度来看，开凿佛洞功德无量，再没有比这个行为更高的修为了。如此来说服那些有钱的大族人家，更妙。

郭瑀和乐僔都说妙。于是，三人商定，中间那尊大佛由众人和官府共同修建，而其他的地方则划给一些大户人家。工期就放在第二年春天的某个法会时间。那时，敦煌的天气也就热了。

春节过后，郭瑀忙着去说服各处，弟子们也到处讲佛法。有弟子问郭瑀，师父，您虽在马蹄寺开凿石窟，但您平时只讲儒道经义，并未给我们讲佛法，这是为什么？

郭瑀道，孟夫子说，人之初，性本善，说人有恻隐之心，以此而生发出人的道德之善来，而孔夫子要儒家弟子行大道，舍小我成大我，这些都与佛教的大乘教义相一致。道家学说的有无之辨与佛教《金刚经》等大乘经中的有些教义相通，且小乘佛教又与道教的内容有相似之处。所以说，三家可以相互借鉴，共圆大道。我对佛教的研究只是皮毛，不敢给你们讲，但儒家之说，我是深信不疑的，所以大说特说。

弟子又问，可是我们都不懂佛法，何以能说服大家呢？

郭瑀说，用儒家的学说来解释给他们听，要特说来世有报应，甚至可说现世就有报应，一定会有效果。

郭瑀正忙着筹集资金，听说王穆来访，便赶紧回家接待。一看王穆风尘仆仆，身上还有伤，便问何故。王穆道，淝水之战之后，我听说苻坚胡儿一病不起，等稍有好转时，五胡又乱，原来各部纷纷起义，慕容家已经将长安占领，听说苻坚也被姚苌所杀，前秦亡矣。凉州本由张氏累世经营，"永嘉之乱"时期，这里是华夏之地最平安的地方，所以关中与中原大姓都迁至于此，夫子家便是其一。但前秦暴虐，将凉州灭去，迫使张天锡远避晋室。而今胡儿吕光又背叛前秦，自立为王，占领凉州。凉州士子义愤填膺，多不敢言，但也有豪侠义士，愿意揭竿而起，奋起反抗。幸好张天锡世子张大豫被我带往胡人之地，现已经成人，诸豪侠便共赴义事。如今世子已经在武威东南举事。各地响应者众。我从武威出发到这里，已经有几位太守愿意响应。但所有人都希望郭瑀夫子能一同举事，此事才有可能谋成。至于原因，夫子比我清楚。凉州各地多是夫子门生，夫子起事，他们岂能不响应？

郭瑀听后，思索不语。王穆道，夫子为何不说话？郭瑀说，张大豫德行若何，我不清楚，但其父曾三次请我做官，我都辞了，如今我为其不谙世事的儿子起事，未免过于唐突。再说，我一介书生，起事又能如何？

王穆一听，便说，夫子，此一时，彼一时。彼时，凉州还是晋室江山，只是张天锡不是仁君，故而夫子不愿出山。此乃高节。此时，凉州已是胡人天下，张大豫虽不是明君，但毕竟代表正宗，夫子起事，名正言顺。此乃大义。至于夫子说乃一介书生，难以起事之说，更是推托之词。夫子虽为布衣，实乃凉州人人皆知的卧龙。民间有云，得郭瑀者，得天下。夫子执旗，必将一呼百应。此乃忠义之师。

王穆见郭瑀有所动容，便纳首下拜，道，天生夫子者，不为名利，只为道义，如今国难当头，若夫子还为个人之得失犹豫不决，则不仅王穆会轻视夫子，连天下人也难以认识夫子了。更何况，此事若夫子不出，谋事便不成，所以，夫子不应，王穆便在这里刎剑以谢天下。

说完，王穆便拔剑而出。郭瑀深出一口气，道，好吧，我已六十好几，原以为会有文王再世，如今若再不出山，怕遭天下人非议。我就将这朽骨抛于千里河西吧。

王穆大喜，拜了又拜，并拿出张大豫手书，拜郭瑀为左长史、军师将军。郭瑀又说服敦煌人索嘏，此人亦为大户人家，且为官长。王穆便替张大豫拜其为敦煌太守。不几天，他们募集到五千兵马，三万石粮食，日夜前行，直奔武威而来。

段业刚到张掖，便听王穆请到郭瑀，正往东来，叹一口气，便往回赶。回来未敢去见吕光，先来见鸠摩罗什。鸠摩罗什听后叹道，郭瑀者，确为国之大宝，可惜生不逢时，不能遇见明君，犹明珠投入尘土中。

段业也叹道，若是吕将军能够听我的劝告，在敦煌时就三顾茅庐，郭瑀也可能会出山，就不会成为我们的敌人。

罗什道，段参军，不必忧伤，即使吕将军六顾茅庐，郭瑀也不会见吕将军，这是前缘所定。现在你们只好战场上相见了。

段业叹道，法师说得轻巧，您是不上战场，所以也不用与郭夫子相遇，我就不同了，得在战场上与他相战。

罗什道，也许你们无缘相战。

段业问道，法师的意思……

罗什说，以后你就知道了。

且说王穆与郭瑀、索嘏从千里之外往凉州奔来，一路上众多响应，皆为郭瑀之影响。途中，郭瑀劝王穆先扫平酒泉、张掖，再图武威。王穆见郭瑀与自己意见一致，便派人向张大豫汇报，但张大豫不同意，命令他们火速赶至武威。王穆与张大豫会合时已达三万人。同时，张大豫向秃发思复鞬求救，秃发思复鞬派其儿子秃发奚于等率三万大军来救援，再加上焦松、齐肃、张济等人从武威四乡募集一万多人，共有七万人之众。

王穆向张大豫介绍郭瑀道，主公，此乃敦煌郭瑀郭夫子，民间有云，得郭瑀者，得天下。张大豫看了看郭瑀，见其年老，便只是瞥了一眼，说，我还以为你向我说的这位贤人是位青年人呢。

郭瑀见张大豫如此，便笑道，老朽无能，让大人见笑了。遂退下，再不愿见张大豫。后来，郭瑀对王穆说，将军，我知此次前来，必定受辱，但所幸来之前已经下决心与将军共进退，所以，以后不必再让我见主公了。

王穆也叹息不止，感慨张大豫年少无知，且急功近利。王穆对张大豫说，主公，眼下我们虽有七八万军队，但人心还不齐，军队还有二心，且我们缺乏一位像吕光一样有作战经验的将帅。

张大豫不悦，说，将军是小看我们自己了，你不就是那样的将帅吗？

王穆道，主公，我还不能统领秃发奚于等的人马，我说的不是这个意思，你知道我说的是什么意思。

张大豫更不悦，冷然说道，你是说我不如吕光吧。

王穆道，主公息怒，信言不美，忠言逆耳，属下一直觉得主公勿急于和吕光决战，待我们挥师西进，扫平张掖和酒泉、敦煌，将各郡收复为一体，然后再回师攻伐，那时，人心已齐，主公在军中的魂魄已铸就，且人马必将超过现在的一倍，那时，主公一挥手，则十多万大军犹如利剑一样，很快就能将吕光斩于马下。

张大豫对王穆说，王将军，吕光刚入武威，人心还不稳，等你说的那些事做完，吕光也已羽翼丰满，且人马也将壮大，那时，再灭吕光，何其难哉！休再多言，即刻做好与吕光决一死战的准备。

四月时，天气刚刚转暖不久。鸠摩罗什看见凉州大地上的麦苗已长到小腿部，万顷碧野，浩浩荡荡，煞是好看。但这一片绿野，在他面前刹那间就被鲜血染红了。十几万军队在武威城南展开厮杀，秃发奚于等率领的两万多人和王穆带来的一万多人被吕光的军队斩杀于绿野上。张大豫带着焦松、齐肃等人往武威西北方向逃去，武威人念张氏之恩，竟在张济的鼓动下有五六千户人家跟着他往东北方向奔去。

王穆本也要跟着张大豫前往，但索嘏不同意。索嘏说，民为贵，社稷次之，君为轻，有道明君当一心为民，无道昏君则只为一己，我观世子只为一己之私心，并不顾军人的死活与百姓的疾苦，这样的君王不要也罢。

王穆道，索兄之言，当然也在理，可现在我等如何自处？

索嘏道，如今天下大乱，得道多助，失道寡助，将军应当自立和自保，我等响应则是。然后退居酒泉、敦煌，再做打算。

王穆不知怎么办，便问郭瑀。郭瑀说，你听说过诸葛亮背叛过刘阿斗的事吗？刘阿斗非明君，但臣子岂可轻易背主？难道你没有听说，有五千多户凉州百姓愿意跟随世子吗？百姓是在报答张氏之恩啊。

王穆听后，叹道，知我者，夫子啊。

于是，王穆和郭瑀劝说索嘏率余部随张大豫往临洮方向奔去。吕光派彭晃、徐炅率领大军追赶而去。王穆欲护送张大豫往青海方向奔去，到祁连山便可过扁渡口，入张掖，然后去酒泉。但在临洮与彭晃、徐炅大军相遇，大败，张大豫逃至广武，王穆则与郭瑀、索嘏逃至建康。广武人听说张大豫至此，便将他活捉送给彭晃、徐炅。张大豫被押送到武威，吕光将其斩杀于闹市，将其头悬于闹市七天。整个凉州皆知张大豫被杀。

王穆听说此事，摆案上香，向着东方垂泪哭道，世子啊，不肖之臣王穆不能随同赴死，此乃不义，罪臣将继续举义，对抗胡儿到底。

郭瑀赞道，世子非明君，但忠臣者还有王穆这样的人吗？真乃义士。人皆有一死，能以仁义而死者，可不朽矣！

索嘏道，如今张氏已灭，天下大乱，你我正好重新举义，请将军称王，我等誓死追随。

王穆道，世子虽死，但在下也不能称王。我听说称王者，必是仁者，我不配啊。

索嘏道，将军若不称王，我等如何是好？

王穆道，我等先举事，待有道明君出现时，自会有分明。

郭瑀道，王穆者，真义士也。

索嘏听了则不服。郭瑀便劝索嘏，再给王将军一些时间，让他自己先成为仁义之君，那时，再推他不迟。再说，德要配位，德若不配，上天就会处罚他。

话说吕光杀张大豫之前，特意请尉佑和段业把凉州的文人名士们请到了一起。尉佑让太守彭济写了个名单，让吕光和段业看，段业一看，吓了一跳，里面有很多人他以前都曾听说过，未承想都逃难到这里了。他指着一个叫商古的名字说，这是易学大师商古，他是孔子的弟子商瞿的后人，原在天府之地，后在长安，现在竟隐居在此。他又指着一个名字说，这是道家的传承者李致，只是闻过其名，既未见过其人，也未见过其文。他再往下看，看到一个名字时更为惊讶，他说，孟砚，天哪，他竟然在这里。他是孟夫子的后人，听说他本在徐州开学堂，战乱中死了，未承想竟活在这里。他又指着一个名字惊道，叶清商，这是音乐大家叶大佑的后人，叶大佑是嵇康的传人，听说是《广陵散》的唯一传人，但嵇康死后，叶大佑也不知所终，十多年前，有人说有个叫叶清商的人能弹《广陵散》，但不知在哪里，原来也藏在这里。后面还有一串名字，都是战乱中远避河西的名士，如南安人姚皓、天水人尹景，这可是当世赫赫有名的人物啊。

吕光皱着眉头道，段参军说得这么厉害，尉主簿，这些人真有段参军说的这么有名？

尉佑道，将军，段参军说的一点没错，这些人都是当今天下的奇人、名士。我们上一次匆匆从这里经过，并不知道这小小的武威城竟然藏着天下大宝。如果将这些人聚集起来，为将军谋事，要远比曹孟德、刘玄德强多了。恭祝将军！

段业道，还有一位更大的奇才，鸠摩罗什。这是将军的造化啊。

吕光大喜，道，是的，这鸠摩罗什可真是奇人，我本不信他，但后来一件件、一桩桩事，都被他轻易说中，他的确能知未来啊。我是一个粗人，不懂你们文人的法术，但我知道他的厉害了。如果按你们名单上所说，那些人真有那么有名的话，这可真是真正的福地了。大和尚说得太对了。

段业道，这个名单上还缺了一份名单。

尉佑问，什么名单？

段业道，佛教中人，要知道，凉州是佛教西进的第一站，而凉州所管辖的武威、张掖、酒泉、敦煌四郡中，武威的佛教更盛，其译经道场与长安、襄阳等地并举，甚至说比那几个地方更为兴盛。要知道，佛教是先传至凉州，然后再传到中原。西域的僧人也首先要到武威的译经道场中滞留几年才会东去长安、洛阳。所以，这里的文人中不能没有佛教中人。

吕光说，也好，就一锅烩了吧。

段业忽然忧虑地说，将军，我还有一些忧虑。

吕光问，何忧？

段业道，这些文人名士们来到武威时，都曾受到过张氏家族的厚待，现在我们要杀张大豫，却要请他们，这不让他们心里先反吗？

尉佑道，段参军不知，正是因为要安这些人，不让这些人在背地里再有什么动作，也打消他们谋反的念头，所以才把他们叫到一起，让他们心里彻底断了念想。

段业还是摇着头走了。

于是，尉佑将名单交给彭济，请其一一去请。端午节那一天，鸠摩罗什读了一阵经，然后就和阿竭耶末帝吃早餐。吕光给他们派了几个本地的下人侍候他们，昨天刚到。下人称他为大人，他觉得不习惯，让称他为师父。下人说，那可不敢，那是要杀头的，我们这里一般把您这样的人都称呼为大人。他笑了笑说，没关系，别人问你的时候就说是我让你叫我师父的。下人只好如此。下人称呼阿竭耶末帝为公主，他想了想，没说什么。只见下人给他们端上来一碗香喷喷的米汤，和一盘油饼卷糕，并用凉州的土话告诉他，师父，这叫米汤，是把黄米、扁豆，再加少量的糜子，磨成粉，然后放在砂锅上熬，最后再炝上清油、小葱、花椒粉和面粉，吃起来很香的，这个是油饼卷糕，是用清油炸的油饼，里面卷的是大米，还有几个红枣，也很香，但这个油饼卷糕我们只有端午节才吃。

罗什早已闻到那米汤有一股浓浓的香味，现在一看那油饼，也觉得很香，便问，这些东西要花多少时间才能做好呢？

下人答道，天不亮就开始做，到现在才好，要两个时辰吧。

阿竭耶末帝叹道，要花这么长时间啊，太辛苦你们了。

下人笑道，公主说哪里话，我就是专门来干这个的。过去我在街上卖米汤油馓子，或米烫油果子，前一天晚上就要开始做，第二天早上早早地又得起来做，那才叫辛苦。现在是睡醒了才做，不辛苦。对了，师父，公主，中午是想吃行面还是转百刀？

阿竭耶末帝一听，好奇地问道，什么是行面和转百刀？

下人说，行面就是前一天要把面和好，或者是今天上午就要把面和好，再把面放到暖和一些的地方行（醒）好，然后到中午时就可以拉成很精很精的面，做得好一些，一条面就可以盛一碗，拌上酸汤臊子，很香的，我们这边招待人都是这个。如果在定亲时，男方家里就要看女方能不能做行面，做得怎么样，做得好，基本上就行了，做得不好，男方可能就会给媒人说不行的话了。所以行面就是定亲的面，是鉴定女儿家能不能嫁出去的手艺活了。转百刀面则是把面和好，到吃的时候才切，把面先切成一半，放到一起再切一半，将它们都合起来，沿着边缘来切成细细的小拇指长的面条，煮熟后拌上做好的菜，或酸汤臊子，可香了。我们这里的人大多都是种田的，若苦了一上午，中午能吃一顿酸酸的转百刀面，则犹如神仙一样。

罗什听得笑了起来，说道，凉州果然是好地方，连吃的都这么考究。我中午要到将军府上去吃，你中午就给公主做行面吧，晚上你做顿转百刀我尝尝。

阿竭耶末帝笑了笑说，好啊。

下人高兴地说，好得很，我就去和面。

罗什和阿竭耶末帝开始吃早餐，一吃那米汤，简直香极了。他叹道，人世间竟有如此美味，让我这个和尚都觉得出家是不是错了。

下人在一旁听了，高兴得笑道，师父见笑了，哪有您在王宫中吃得好。

罗什道，比龟兹宫中的好吃多了，是不是，公主？

阿竭耶末帝嗔道，咱们出家人可不敢贪吃的。

罗什笑道，说出感受而已，怎可说贪吃呢？这个也是素食啊，过去我可没吃过这么香的米汤。对了，还有这个什么，油饼……卷糕。对了，端午节是干什么的？

下人说，我说不好，就拣知道的说说。听说端午节是纪念中国一个著名的诗人，叫屈原。他爱国不成，便投江自尽了。但他留下了很多伟大的诗歌。所以南方人就以吃粽子来纪念他，传到我们北方时，就有些变了，到凉州后，粽子就成了油饼卷糕，因为我们这里没有粽叶、竹叶之类的东西，就用油饼代替了。

罗什点头道，原来有这么个来历啊！

吃过饭后，罗什也出门去走走，一出门，便看到大门门框上插着柳枝，还夹着一两枝艾条。

他问跟随他的侍从道，这是什么意思呢？

侍从说，这是我们中国人的风俗，其实也可能是从南方传来的。我是南方人，我们那里插的是艾和菖蒲，是杀虫、防病、提神的，有时还要洒雄黄酒，也是防病的。可能是汉武帝时那些开垦河西走廊的士兵们把这些风俗带到了这里。这里很少有菖蒲，但多杨柳，所以，也便用杨柳来代替菖蒲。艾则哪里都有。所以，这一天也是中国人的"卫生节"，人们在这一天洒扫庭院，插杨柳和艾条，为的是迎接夏天。

罗什又问，那怎么又与端午节联系到了一起？

侍从笑道，屈原是端午节自杀的。

罗什道，噢！

罗什在街上转了转，发现所有人家的门前都打扫得干干净净，门楣上插着柳枝和艾条。走着走着，就到了城东门口的铁佛寺，进去与几个僧人聊了聊天。他的汉语水平已经基本能够对话了。一个时辰后，便出了铁佛寺，慢慢往吕光府上转去。尉佑、段业、彭济、贾虔四人早早地来到吕光府上，等待各路名士们。说定的上午午时开宴，但到午时，才来了一半。段业从签名册上去看，他前日说的那些名士几乎一个都未到，好像商量好的一样。

吕光出来了一次，看了看太阳，问尉佑，人到齐了吗？我的茶都喝败了。

尉佑说，将军，再等等，您和罗什大师再聊聊。

彭济便差人再一一去请，过了一阵，只听一人唱着歌进来，段业抬眼一望，只见一人约有四十多岁，头戴一顶草帽，肩扛铁犁，进来也不与人打招呼，直喊，怎么还没开宴啊，我都饿死了。

彭济说，此乃商古也，喜欢去种菜，可能刚刚从田里回来。

彭济上前去与商古行礼，商古还了礼，坐在一桌上，与桌上人嘻嘻哈哈说笑起来。尉佑有些不悦。段业则上前施礼道，在下京兆人段业，不知先生在此隐居，实在惭愧。

商古看了一眼段业，也还礼道，段参军好，什么隐居？是逃难至此，活着就不容易了。你还知道我？

段业道，先生说哪里话？在下曾经一度想去拜先生为师，后来打听，不知先生去向，原来在这里。不知先生刚刚从哪里来？

商古道，这还看不出来？当然是菜地里了。我是紧赶慢赶，可宴席还未开始。

段业道，马上开始，请先生稍等。

正说着，听到一人一边急急地走，一边骂骂咧咧。段业再一望。来了三个人，前面是一位书生，大约四十五岁左右，后面跟着两名仆人，抬着一架很大的古琴。书生一见彭济，并不向其施礼，而是嗔道，我住在城西啊，您让我来弹琴，我找不上帮我拿琴的人，你若不去再请我，我就不来了。这不，你的人给我在街上雇了两人才把琴搬来。可回去时怎么办啊？

彭济笑道，叶先生，回去的事我让人办好了。

说完，彭济向尉佑和段业介绍说，这位就是叶大佑先生的后人叶清商，嵇康的传人。

尉佑和段业赶紧作揖，但叶清商只是冲两人笑笑，然后就向商古方向奔去，似乎也没有再与两位寒暄的意思。

彭济对尉佑说，再稍等一下，只要孟夫子和李致任何一位能到场，其他人不来也就算了。

可是，又是半个时辰过去，院子里坐着的人都嚷起来了。尉佑便怪彭济办事不力，彭济道，将军有所不知，这些人从来就未曾聚齐过，都很难对付的。

段业道，贤者，当敬之，然后礼之，诚心意至，方可请到。

尉佑气愤地骂道，什么贤者？没有一点点规矩。我看不治治这些人，总有一天会反的。

说完尉佑对两人说，我看就这样吧，还是请将军出来开始吧。彭济着急得头上直冒汗。正在这时，听到一群人进来，带头的是一位拿着酒壶的年轻人，约有三十多岁，后面跟着七位，都比他年龄大，皆为书生打扮。

彭济对尉佑和段业道，前面来的是天水人尹景，后面那位年龄大一些的是南安人姚皓，再后面是洛阳人徐攸、襄阳人樊誉、曲阜人颜辉、敦煌人郭昌、京兆人姚岸、武威人霍松，都是诗人、画家、书法家等，他们自称凉州八怪，可能刚刚喝了一阵了。

正说着，八人已经到跟前，彭济上前笑道，八贤光临，真是难得，请让我先来介绍一下尉主簿和段参军。尹景看了看两位，笑道，噢，大人说这两位啊，大名鼎鼎，谁人不知，你们说是不是啊。后面的七位都笑道，是啊，不必介绍了。彭济又说，待我一一向两位介绍一下你们吧。尹景笑道，我等俗人，不在官场上，也就不必介绍了。说完，他自顾自地去找地方坐，其他人也纷纷施礼往桌上去坐。

段业叹道，真是藏龙卧虎啊！

尉佑却道，我看就是一群不知天高地厚的怪物，来日有他们好看的。

彭济说，现在可以了，八怪能来，也算是齐了。可以了。

尉佑便请出吕光和鸠摩罗什，坐于上座。彭济从后面找商古、叶清商两位到前面去，两位说什么也不愿意。吕光有些生气，道，就各坐各的吧。吕光说完，便讲话。他从长安之行开始讲起，很快说到征服龟兹与西域的事情，然后便说到凉州，他说，我知道各位受张氏优待，但各位也要知道，张氏仍然是行天子礼法，早在张天锡时，张氏在凉州就结束了他的时代，梁熙不但不去救天子于苦难，反倒阻止我去长安赴难，故而，本将军代天子将其正法。本将军本想继续东行，但凉州无人把守，故而想将凉州治理稳定后再东行，面见陛下。更没想到的是，王穆又拉来张天锡的后人张大豫为旗，与天子对抗。本将军只好将其捉拿。今天是端午节，是个好日子。本将军听尉主簿、段参军和彭太守的意见，先要见见凉州的文人名士。段参军说，凉州文脉强盛，儒家精神已经熏染凉州山河，你们是凉州精神的领袖人物，所以我要先告知你们，听听你们的意见，然后再决定张大豫的处决。

吕光说完，但见院内文人士子们个个默然不语。尉佑向彭济示意，彭济便道，刚刚去请孟夫子的人来说，孟夫子突然闹肚子，来不了了，李致先生三天前去了张掖给人看病了，除了这两位，今天武威的文人名士们都到齐了。我估计，凉州历史上从来没有今天这样拥有如此众多的文人士子，以后大概也很难有。这都是因为关中、中原之乱造成的结果。倒是凉州之幸。张氏家族已是历史，张大豫也非天子认可的正统了。吕大人今日请各位士子们前来，就是想与各位交个朋友，以后还要请各位能出山做官呢。所以，请各位有什么想法就都说出来吧。

说完，还是无人说话。彭济便对商古道，商古先生，你是否带个头？

商古看了看四方，说，别人先说，以前都是孟夫子和李致先生先说，我是随大流的，让我先说还真不会说了，那还是请叶先生、尹景先生等先说吧。

推来推去，彭济便对尹景说，尹景先生，那你说说吧。

尹景看再推不过，便干笑了两声道，好啊，那我就先说。刚才彭太守说张氏非正宗，那么，我想听听现在谁为正宗？凉州几百年来一直是汉室江山，即使晋代，也仍然是汉家天子，现在，秦国是胡人为天子，我们这些汉人到底是以胡人为正宗，还是汉人为正宗，我倒要请教请教彭太守。

彭济未曾想到尹景会如此说，脸上的表情一时很难看，红一阵、青一阵，他说，谁为天子，自然谁为正统。

南安人姚皓插话道，按太守所说，正统与否，是与势有关，而与道无关？

彭济不知如何辩驳。段业一看，便说道，各位，我们都是读书人，商古先生应当知道，阴阳消长，五行相克相生，朝代更替的事，非我等凡人所能定，每个朝代都有其气运，也与五行运行变化有关。夏商两代据说各一千年，周代八百年，前四百年为仁道运行的四百年，可后四百年乃天子失道的四百年，列国纷争，干戈不断，生民苦痛。暴秦无道，只存十四年。然后朝代更替，进入汉代，又历四百年。汉之末年，大道受阻，礼法不在，奸贼当道，故而战乱不断，民不聊生。五行循环，再进入魏晋。曹魏贼子，犹如暴秦，只存六十年而已。又进入晋室。晋朝也是名不正，故而江山不稳。北方先崩，关中与中原大乱。自此，中国进入黑暗时期。所幸苻姓从关中崛起，遵行汉室文化正统，行王化，崇儒道，天子还从襄阳请去道安教化天下，又派吕将军西征龟兹等国，迎回鸠摩罗什大师，教我们生死之教。要说正统，哪有什么姓氏上的正统？此乃愚见。只有道之正统，而今吕光将军在凉州宴请各位文人士子，就是想从今以后行王道、行仁政，而灭姓氏之愚见耳。

话音刚落，只听一人拍掌而起，众人一看，乃洛阳人徐攸，他说，段参军真乃当世大才，然，吾真乃愚见者也。段参军身为京兆人，又为读书人，必然知道并见过"永嘉之乱"的局面。虽然段参军说晋室乃偷盗而来的江山，非正统也，所以，才招致国家昏暗，五胡乘机乱华。恕我直言，吕将军本是西征之大将，功成则身退，而今不但未去赶赴秦之国难，反而乘机攻城略地，占为己有。不知这是否是有道之所为？

段业正要对答，吕光却已经听不下去了，他将手中的杯子掷于地上，道，本将军原本好意请各位前来赴宴共欢，未曾想到竟然是另一番战争。我不是文人，我只会带兵打仗。我也知道，这凉州是我打下来的，我死了不少的兄弟，是流了血的，所以这凉州便是我说了算，哪里轮得着你们这些闲人扯淡。来人，给我把这三个不服管的推出去斩了。

众人吓得要站起，吕光道，今天凡有不服者，一律处斩。

八怪中的五怪见三怪要被斩首，便都跳起来，其中敦煌人郭昌大声喊道，死则死矣，比苟活于胡儿淫威下强多了，十八年之后，我等再次相聚，推翻这强盗世界。

军士们立刻将八怪都绑了。段业对吕光道，将军，千万不可，待末将慢慢说服他们。

吕光怒气未消，道，这都是你们文人治理时惯下的毛病，今天看我怎么收拾他们。

此时，鸠摩罗什站起来，合掌道，阿弥陀佛，将军，刀下留人，文人者乃国之瑰宝，今若杀之，则大凶降临，四方将有大乱。

吕光一听鸠摩罗什如此说，便道，若非法师求情，今日必将你们几个斩首示众，死罪可免，活罪难逃。来啊，给我拉出去各打五十大板。

八怪被拉出去暴打。这边，吕光又请大家坐定，道，各位，刚刚一个小插曲，不必在意，请大家吃好，喝好。

众人哪里还有心再吃饭，纷纷都说吃好了。彭济要请叶清商弹奏一曲《韶》乐，叶清商道，太守此言差矣，《韶》乐只有一种人能够享有，那就是有道天子。今日天子不在，《韶》乐不能出。

彭济看了看吕光，不知如何应对。吕光一听，便道，可否面对东方弹奏，也就是面朝天子，我等跪拜而听？

叶清商一听，道，若如此，则可。于是，便摆好琴，让人上了香，面向东方，奏起《韶》乐。众人则面朝东方跪拜而听。琴声一响，众人皆肃静。琴声绵延，飞向天宇，但见飞鸟驻足。再续，便见四周陆续飞来各种飞鸟，有一些是人们未曾见过的。待到乐曲高潮时，忽见天空中飞来一凤一凰，其后跟着两只金雀，落于琴旁，如入无人之境。众人皆屏息倾听，心感神妙。待一曲终了，飞鸟们又陆续飞走，复归原状。

吕光大喜，端起酒杯给众人敬酒。罗什则上前与叶清商说话，他叹道，我曾听有人说，中土乃礼仪之邦，有他方未有之文明，今日得见，方才确信。先生真乃神人也。

叶清商道，法师过奖，华夏文明之神韵，我等只得末端而已，但即使此末端，也在快速地消亡。《韶》乐已经很久未在世上流行了，也许今日是最后的时日。

罗什道，贫僧今日得见中华士子个个慷慨激昂，有高尚节操，比起我西域与天竺文人，真是判然有别，然而，我佛有云，有道之士，当忍辱负重，抛却名教为空，方能真正得见真如。先生何不将此传授后世，以教天子，以化万民。

叶清商悲伤地说，法师之言，当铭记。我等从关中、中原乃至山东远避于此，没想到仍然不能避世。

罗什道，菩萨不避世，地藏菩萨有云，我不入地狱，谁入地狱。更有誓言，地狱不空，誓不成佛。送给先生，以此共勉。

叶清商道，谢谢法师。

待吕光敬酒后，尉佑又请龟兹来的舞伎上场。墨姑领舞。一舞结束，众士子们都惊呼，冲淡了刚才的肃杀之气，又喝起酒来。吕光大喜，更令舞伎们频频献艺。士子们竟然都喝得酩酊而醉。鸠摩罗什在一旁只叹息。

八怪之殇

第三天正午。闹市中心。

端午节后，武威城里的阳光已经很有些灼人了。菜市场早已热闹起来。商古从菜市场的东面走到西面，又从西面走到东面，一样东西都未买。有人问他，商夫子，有什么要买的吗？他想了想说，不买什么。又问，那你看什么？他反问道，不能看吗？

其实，他与很多人都一样，早早地就到这里等着了。快正午时，人越来越多，三五成群地在相互聊天，但菜市场上的东西一样也没卖出去。似乎全武威城的百姓都聚集于此，黑压压一片。

他们在等着看一场触目惊心的杀戮。

果然，从城东面来了一群军人，车上绑着一个青年。有人说，看啊，那就是张大豫。

你见过？旁边的人问他。

谁见过他啊。小时候在武威长大，十年前凉州被灭时逃到了祁连山南边去了，现在已经成了青年。哪能认出来啊。那人说。

众人见张大豫毫无畏惧之色，便有人说道，听说这小子还不错，有义气，也有仁德，就是缺少谋略。

另有人便说，总比他老子强。

正说着，只见后面又有一队人马过来，坐在车上的人，大家已经认得，是吕光。众人便不再议论。

张大豫被押到临时搭起的台上，吕光已坐在上面，兵士让张大豫给吕光叩首，张大豫不从，并破口大骂，吕光胡儿，今败在你手里，要杀就快些，别想让我给你行礼。十八年后，我会找你报仇。

吕光并不生气，反而大笑起来，张大豫，自古以来，成者王侯败者寇，你知道你败在哪里吗？

张大豫并不搭话。吕光道，我来告诉你。你有一个忠肝义胆的好将军，王穆。王穆又有一个贤人帮助，他就是郭瑀。得此两人者，应当说天下可得矣。但你没有君王之德，一不能听从王穆之劝，二不能礼敬贤达之士，所以败矣。如果当初你听了王穆的劝告，先平张掖、酒泉以及祁连之南，然后与我决战，我可能会败于你，但你年轻气盛，义气当先，报仇心切，所以败了。再一点，如果当初你能礼拜郭瑀，听从他的教导，那么，四方义士很可能皆归于你门下，我这边就会势单力薄，也可能会败于你。但你因为在牧区长大，未接受圣人之教，所以想以武力取胜，没有礼教，没有谋略，没有仁德。你能胜利吗？

台下有人听后说道，听这位吕光将军之说，他倒像一位明君啊。

他的话刚说完，便有一人喝道，他是什么明君，不过是盗我汉家江山的胡儿罢了。

众人看过去，竟都认识他，都惊道，孟夫子。

说话的人确是孟砚。只见他衣衫虽破，但干干净净，一脸美髯，一色庄严，约有五十岁左右。他说，这些道理人人都懂，何须他来说？

吕光见台下有些骚动，便问道，何以骚动？

有兵士来报，台下有人发表与将军不符的言论。

吕光大怒道，何人敢在此胡言乱语？

彭济眼快，见是孟夫子，便上前一步，微笑着说，将军息怒，是孟夫子孟砚。大前天闹肚子未到，今天来了。我请他上前，与将军相见。

说完，彭济便上前去把正要捉拿孟夫子的士兵打发走，而把孟夫子请到台上。孟夫子并不向吕光行礼。尉佑道，为何不向将军行礼？

孟夫子道，贤士不事二主，我之前侍奉过前主人张天锡，今天看其世子被戮，恨不能替其赴死，怎可在众人之前侍奉他主。

尉佑道，你家先人孟子都提倡仁人义士当侍奉明君，张天锡、张大豫乃昏主也，贤士当弃之，而吕光大人才是有道明君，你应当投奔大人才是。

孟夫子道，张氏经营河西已历九世，将一个未化之地治理成当今中国少有的文明之地，且从未自立为王。近世以来，又移中原文脉于此。功莫大焉！说张天锡无道，并未有多少证据。他也许没有他先祖那样英武，但他接纳关中士子犹如亲人，还主持翻译佛经，教万民信仰善道，仅此两点，不知将军是否能做到？

尉佑道，大胆狂徒，还敢诬蔑将军？难道你就不怕死吗？

孟夫子哈哈大笑，只要是人，就有一死。若苟且偷生，与死又有何异？

尉佑正要拔剑，被吕光制止。吕光说，让圣人之后继续教导我们。

只见孟夫子转向张大豫道，世子，愚夫与你也是第一次谋面，我也不能说你是有道明君，但我三世以来蒙张氏厚恩，尤其敬仰张氏崇文敬佛的遗风，今日恨不能代君去死，然堂上还有老母在养，待老母仙逝，愚夫也将隐世，永不事二主，以此相报。

说完，他含泪向张大豫三拜九叩，飞身下台，扬长而去。尉佑本想将其捉拿，但吕光将其制止，叹道，凉州真是多义士啊，孟夫子，乃圣人之后，若杀之，则有背圣教，史书上将记载下来，让他去吧，日后本将军当亲自登门去拜访，怀柔使用。

段业一听，便道，将军如此，凉州可治。

孟夫子刚走，忽听琴声大作。众人皆惊，循声过去，只见一人坐于菜市场口，抚琴弄音。众人惊呼，叶先生。

只见叶清商如入无人之境，埋首弄琴，全然不把众人放在眼里，然众人皆屏息听琴。琴声先是呜咽如哽，如泣如诉，忽然间犹如急流直下，闪电雷鸣，狂风大作。众人的心被揪起。有人忽指着天上说，哎，天怎么突然黑了下来？

众人一看，平地里起乌云，地底下生狂风。众人皆闭上眼睛。只听琴声吹过他们的头顶，然后漫过去，又是如泣如诉，慢慢结束。此曲约有小半个时辰。众人再睁眼，狂风已过，天气已晴朗。

只见叶清商起身，对着张大豫说道，世子，我叶家六代蒙受张氏厚恩，无以为报，今送上人间早已失传的《丧乱曲》，据说，这是钟子期与俞伯牙为周朝作的一首曲子，后人不知，被我先人传了下来。以此相送，也算是此曲之命运。从此之后，人间不复有叶清商，请世子走好。

吕光一方面惊奇，一方面颇为愤怒，但他又不好当着众百姓之面发怒。尉佑对士兵道，将此狂士逐出场外，时辰一到，立刻开刑。

叶清商被逐出场外后，尉佑下令斩首张大豫。在众人注目下，张大豫忽然大哭起来，他对着众人跪拜道，诸位父老兄弟，若非今日两位贤达送别，张大豫至死不知败在何处，现在我才知道，张大豫比起列祖列宗，犹如臭虫面对凤凰，若非今日我也不会知道，在凉州竟有如此忠肝义胆之士，可惜我明白得太晚了，来不及了。我对不起王穆将军和郭夫子，对不起为我死伤的几万军士。今天，我知道你们来送我，非对我个人，而是报答我先祖也。凉州人，义人也。今日就此别过，十八年后，大豫之忠魂将再临凉州，报答这片土地。

吕光铁青着脸任其说完，然后他对尉佑道，下令吧。

尉佑下令，时辰已到，斩。

只见一兵士将刀狠狠地向张大豫砍去，锋利的马锋经过脖颈时并未停顿，然后在天空中画下一道弧线，刀锋向上扬去。众人看去，张大豫的头还稳稳地长在头上，眼睛还在动，都愣了。那个刽子手也一愣，他再看去，只见张大豫的头忽然掉了下来，滚到了一边。脖颈上的鲜血直往上冒，冒出三尺之高，但身子一直不倒。

有老人便说，看来这还是一条硬汉子。

众人什么话都未说，默默地离去。菜市场竟无一人营业。众人皆饿，回家吃饭去了。

最后一个离开的人是鸠摩罗什。他对着张大豫默念佛经，希望将其超度。段业走了几步后，又回来陪鸠摩罗什。罗什感慨道，中土文脉竟然如此强壮，真令人既悲又赞。

段业道，儒家礼乐，上启五帝，再经夏商周三千年经营，到孔子之时，已有衰亡之象，孔子便重新编撰六艺，重振礼乐，到现在又已八百多年了。

罗什感慨道，过去只知中土有人伦，无解脱生死之教，现在我才知道，易术可以知生死知未来，而礼乐之法犹如四维，文明始定。

段业道，说是这样说，但我仍然担心后面的事。八怪前几天被打，个个身体有残损，所以今日未到，但以后呢？还有今天的这两位，将军肯定心里有气，他们的命运又将如何？还请法师在将军面前多多劝导。

罗什道，我的话他也并不会听。

段业道，不然，自龟兹撤军之日起，将军对法师的信赖与日俱增，法师每每说中事情的结果，让将军不得不信法师，但因为将军不信佛法，所以他也只能如此了。

罗什道，将军怕是今生与佛法无缘，只求将军不禁佛法就可以了。也请段参军为佛教多多开导将军。

段业道，这是自然。与法师相处的这段时间，我已经悟到不少东西。儒释道三家，虽道法不同，但皆可融会贯通，相互补济，造福万民。

再说吕光回到府中，对着尉佑与彭济大骂，我纵横疆场几十年，到过的地方不计其数，即使征服西域三十六国，也没有凉州这么麻烦，区区几个文士，就把法场闹得人心晃动，如此下去，凉州哪有什么安宁？

彭济道，将军不必着急，文人们反不了天，也就是牢骚而已。

尉佑道，从大前天到今天，都是几个文人念前朝之恩，以此搅动人心，将军，我看必须杀一儆百，否则局面不好收拾。彭济一听，劝道，不可，这些人可以怀柔之策慢慢化之。

吕光黯然不语。两人看吕光生气，便告辞出来了。

话说吕光令人将张大豫人头挂在闹市口的一个旗杆上，说要示众七日后方可取下。而身子则被士兵拖至荒野里埋掉。有人便问，七日后首级怎么处理？士兵说，埋于他处。又问，这是何人之计谋？答曰，尉佑。

第二天，人们看见李致突然出现，在挂着首级的旗杆下念念有词，其后以酒相祭，旋即便离开。

第三天，人们看见尹景出现，提着酒壶，先祭祀，然后独自在旗下喝得大醉后离开。

第四天，八怪中剩下的七子集体出现，在菜市口作词相悼。洛阳人徐攸赋一诗，大致意思是华夏蒙难，文明遭劫，凉州之难亦华夏之难之缩影。山东曲阜人颜辉则作曲一首，和敦煌人郭昌合奏，祭奠张氏英灵。京兆人姚岸作画一幅，武威人霍松写书法一幅。皆焚于旗杆下。

尉佑来看过几回，对段业说，我实在想不通这些书呆子为何冒生命危险做这些毫无意义的事，难道他们不知道张大豫并非有道明君吗？难道他们不知道这样做有可能会被杀头的吗？

段业道，我等粗读圣贤之书，然后从武，皆以势度人，他们可能跟你我不一样，长期读经书，日夜在心里修筑礼乐之墙，他们不从势，从道。夫子说，求仁得仁。大概他们就是这样的人吧。

第五天，尉佑得报，从张掖和酒泉也赶来士子们在旗下祭祀，便报告吕光。吕光问段业，此事如何了结？

段业说，这些人，如果我们能得到他们，他们一样对我们忠心不二，属下以为，要得人心，而得人心者必宽厚待人。他们祭祀后也便回去了，并没有伤害任何人。而他们如果觉得我们能宽以待之，以后自然也就转变对我们的态度。我以为，将军可安睡，不必有顾虑。

第六天，有百姓来祭祀，烧了很多纸。

第七天一早，发生了一件不可思议的事。士兵睡醒来一看，旗杆上的人头不见了，再一看，是真的，便赶紧向尉佑报告。尉佑大怒，便大动干戈开始查起来。

吕光听说此事后，对段业嗔道，你不是让我安睡吗？现在这场面如何收拾？

段业道，是否可听听罗什法师的意见？

吕光想了想，说，好，听听他怎么说。

段业赶紧叫人去请罗什。罗什到后，段业将事情讲了一遍，吕光问道，你是佛门中人，告诉我现在怎么办？

罗什道，将军，恕我直言，这世上的罪孽无穷无尽，皆由人心造。当初杀张大豫时，是无奈，但杀了他就不该再在闹市中将此悬挂，因为这样做的结果有两个，一个是警示人们，但同时也提醒了人们的愤怒。人们在想，要将张大豫的身子与头分开来葬，确是凶事，因为这一点，就会有人敢冒杀身的风险去将其头身合一，重新下葬。

吕光道，这是尉主簿的想法，我也同意。问题是，今天有人敢这样做，明天就会有人造反。

罗什道，将军，化解人心中的仇恨，在佛教从不用杀罚之法，而是以忍辱负重、宽以待人来和解，甚至不惜牺牲自己。

吕光听后，沉默良久，然后缓缓说道，看来文人的事还是让文人去处理较好。真的要动乱起来，我再出面吧。

正说着，尉佑来报，已经查明，乃八怪所为。他们现在正在东面的沙漠边缘为张大豫做法事呢！

吕光又恼怒起来，对罗什说，看看这些人，眼里还有没有王法？

罗什说道，将军，依贫僧之愚见，完全可以不理这些事。就把他们当成张大豫的亲戚们，他们是在为亲戚做一些法事。在我们佛教界，不光是为自己的亲人、朋友做法事，超度他们，有时还要为陌生人超度，甚至有可能，有些大气量的国王或将军还要为敌人做法事，超度他们，并化解仇怨。

吕光摇着头道，那都是你们和尚们的见解。尉主簿，你来处理此事吧。

尉佑便道，遵命，将军，必须杀杀这些文人的嚣张气焰，你看他们哪里把我们当回事？这不就是在光天化日之下与将军作对吗？我的建议是将八怪押赴菜市口，斩首示众。

段业赶紧跪地求情，鸠摩罗什也苦苦相劝，但吕光心意已决，示意让尉佑去办即可。

那一天午时，人们看见军士们又押着八怪来到菜市口。八怪们个个并无挣扎之意，而是嬉笑不已。

要处决八怪的消息突然间传开，不到半个时辰，菜市口又是人山人海。这一次，吕光未出现，而是尉佑、段业和辅国将军杜进前去执行命令。尉佑对八怪道，尔等大前日造次，若非鸠摩罗什大师求情，早已是刀下之鬼，不但不反思，反而在昨夜又犯下重罪。如今若再不惩治尔等，恐法纪被乱，人心被惑，故而今日必当诛杀尔等以定人心。尔等还有什么话要说？

颜辉道，我只有一个要求。

尉佑道，说。

颜辉道，我和郭昌学琴，怎么也比不过叶清商，我生平唯一想听的就是听他谈一曲《广陵散》。

尉佑不从，段业说道，将军，难道这《广陵散》还真的留存于世，藏于叶清商这里？难道你不想见识见识？我看，就遂了他们的心愿，也让我们见识一下《广陵散》的真容。

尉佑听后，说道，也行。便派人去请叶清商。

原来这颜辉与郭昌都曾想拜叶清商为师，学习《韶》乐和《广陵散》，但叶清商不愿意，他说，他只传给自己的后人。可叶清商只有一个女儿，并没儿子，所以，他要求女儿学琴，女儿八岁开始学琴，至十八岁未学成，他便不让其出嫁，又学四年，还未成，上门求婚者渐绝，他索性不让女儿出嫁，继续跟他学琴。如今女儿已经二十八岁，不但未出嫁，还未出师。

颜辉便去拜师，在雪地里跪了三天三夜，叶清商给吃的给喝的，就是不予传授。颜辉只好返回。郭昌从敦煌来学琴，在门口跪了二十一天。叶清商仍然给吃的给喝的，就是不收徒。

叶清商在凉州没朋友，总是独来独往，谁也不知道他到底是怎么想的。颜辉和郭昌也不恨叶清商，但一直不明白为什么不收他们为徒。

叶清商听说八怪要被斩，颜辉和郭昌想听他弹奏一曲《广陵散》，便和女儿抬着琴来到菜市口。

叶清商摆好琴，见女儿有些害怕，便说，乐，乃天地相授，夫子说，礼乐相合，礼不到，乐不出，乐出，礼必行。今日八子赴死，天地悲悯，我们先为他们弹奏一曲《慷慨颂》，然后再为颜辉、郭昌弹奏《广陵散》。

颜辉对郭昌说，我还不知道人间有一曲《慷慨颂》，可惜这是最后听了。

郭昌道，没有我们的死，《慷慨颂》永远不出。也罢，这也是我们的福气。

叶清商与女儿坐于琴前，他弹主调，女儿弹副调。此曲《慷慨颂》听上去犹如将军出征，行于无边的旷野，琴声宽广而低沉，然后突然间又激越、慷慨起来，有刀剑厮杀、万马奔腾之象，然后，悲声忽起，孤独无依，但又一意孤行，最后又开始变得坚定、宽广，像英雄出行一般，琴声越来越高亢，越来越激越，突然间，像是万马跳下悬崖，琴声戛然而止。

颜辉听得热泪盈眶，他与郭昌一起向叶清商跪拜，颜辉道，我以为我之前能弹奏的那些风花雪月的曲子已经是人间最好的乐曲了，也曾目空一切，大前日无缘听先生弹奏《韶》乐，今日听了《慷慨颂》，才知我等皆旁门左道而已。先生不收我为徒，始知矣。

叶清商道，非也，非我不愿收你和郭昌兄为徒，实在是师门有规。凡进我师门者，需是大道在胸之人，需是愿为大义赴死之人，需是有大悲悯之人，更重要的是，需是懂礼法且严格守礼法之人。不守礼法者，乐便乱。我一直在寻找这样的传承者，到我门前来学乐的人不计其数，两位只是个别而已。为何不传两位，皆因两位都是有大才华的人，但才华过于强盛则德行不固。本想等两位经历一些世事时再传，因为那时两位的德行就可以与才华相媲美相和谐了。未料今日要作别，非两位之大哀，也乃我之大哀。说起大前天弹奏《韶》乐者，听琴者皆面朝东方跪拜而听，符合礼法。今日，八子慷慨赴死，所以《慷慨颂》才出。至于《广陵散》，是祖师嵇康为自己所做，仿佛一个人在天地广宇间舞蹈。正好送给颜辉兄与七子。

说完，他让女儿起身，一个人开始弹奏。曲调先扬后抑，毫无悲伤，但又无比孤独。孤独之后，又忽然峰回路转，进入大道，于是，又无比壮阔。琴声悠扬，仿佛能看见一个人在舞台独舞。大自在，大境界。最后，琴声一唱三叹，悠扬不绝，就像一个舞蹈家久久不肯离开舞台一样。

一曲终了，叶清商站起，向颜辉等八怪施礼。只见颜辉眼睛里有泪水，对叶清商道，若先生不弃，只求速速转世，还能赶上先生教我。

众人都被琴声所感染，脸上一片悲伤。尹景大声说道，各位兄弟，我等在结义之时就发下誓愿，不求同年同日生，但求同年同日死。求仁得仁，夫复何求？

尉佑为读书人，听叶清商弹奏，确为人间奇事。他第一次觉得这凉州真的不简单。他对八怪突然间也产生了怜悯，但是，军令如山，更何况杀八怪最初还是他的主意，于是，他下定了决心，下了命令。

八颗人头相继落地。突然，人群里有人哭出声来，接着，哭的人越来越多。尉佑怕再生事，就让士兵把众人遣散。

鸠摩罗什双手合十，口里默诵佛经，为八子超度。待他抬起头来，看见阿竭耶末帝站在不远处也默诵佛经，他便走了过去。阿竭耶末帝说，这里的文化与我们的不一样，看得人惊心动魄。

罗什道，是啊，中土人伦教化深厚，读书人多，人心皆有所指，所以，不必有佛法的地狱来震慑就可达到目的。

学习汉学

张大豫被杀，人们觉得换了朝代，但八怪被杀，整个凉州都被震惊了，人们觉得不仅换了朝代，而且换了人心。士子们纷纷远避乡下，甚至逃往张掖和酒泉，不肯出仕。吕光也觉得有些慌乱，来告尉佑者比比皆是，为了稳住人心，吕光便安排尉佑去做金城太守，并封其为宁远将军，将其打发至金城一带。吕光还乘机调整了各地太守，令彭晃去做张掖太守。

九月很快就到了。凉州大地上的麦子收割后，便是无边的旷野。北风从遥远的地方吹来，毫无阻挡地吹向了武威城。吕光觉得天空开始高远，天越来越蓝，大雁从高天上排成人字形向南飞去，发出凄厉的鸣叫。士兵们就开始想念家乡了。来请假去看望父母和妻子儿女者多了起来。吕光带着鸠摩罗什、段业等人巡游了一次武威。

重阳节那日，吕光本要去南山登高望远，刚要出门，就有探子来报，说苻坚早在去年八月就被姚苌所害，只是一方面消息被封锁，另一方面战乱不息，黄河以东的消息很难传至黄河以西。吕光立刻令三军缟素服丧，自称使持节、侍中、中外大都督、督陇右河西诸军事、大将军、凉州牧、酒泉公等，建年号为太安。军中各将都改称吕光为主公。这似乎都是事先准备好的，做起来也很顺利，没有任何障碍。但另一人也似乎在等待这个消息。

果然，消息一出，吕光旧部都有些骚动。这些人，大都跟随苻坚南征北战过，后来才跟着吕光西征。不久，徐炅找到彭晃道，陛下已崩，山河分裂，吕光专横，凉州士子多有不服，人心不稳，我看他也不能长久，不如我们乘机谋事，响应凉州士子驱除胡人的号召，将吕光赶出凉州去。

彭晃响应。于是，他们又联系西平太守康宁。康宁自称匈奴王，见有同谋，同意联合对付吕光。郭瑀的门生到处都是，他们又对三位说，不如再联合王穆、郭瑀，岂不更好。他们便请人送信。此时的王穆，已占据酒泉，在郭瑀的催促下，自称大将军、凉州牧，誓要为张氏报仇。王穆看信后道，彭晃、徐炅者，昔日追杀我者，怎可与其同气连枝？

索嘏则道，此一时，彼一时，彼时是敌人，现在则是共同对抗吕光的战友。我们与他们和吕光，不就是三国时期的曹、孙、刘三家吗？

郭瑀也说，君子先守大节，此时当以国事为重，个人恩怨当暂时搁置，甚至永远抛弃。

王穆听郭瑀如此说，便也同意。

再说尉佑也听说苻坚已死、彭晃等人反叛，也乘机反了。吕光腹背受敌，慌了手脚。此时他才发现，忠于自己者，唯有段业。便对段业说，尉佑小儿，怂恿我杀了八怪，从而得罪凉州士子，如今各方都反了，应当如何应对？

段业道，主公，尉佑、彭晃、徐炅几位，都是过去您非常器重的大将，今都叛变，何也？或他们都是汉人，而凉州士子在暗地里对主公您有非议，所以连为一气。或他们都因占据要害地理位置，一听说天子驾崩，便乘机自立为王。这些人都不足为患，真正忧患者仍然是王穆。

吕光仍然心慌，请来鸠摩罗什道，法师，请用您高超的法术，帮我看看现在的形势。

罗什道，段将军已经找过我，我已细细研算。主公不必忧虑，您只要出兵，必胜。西方对手们会自乱阵脚，而东方尉佑部不堪一击。

吕光便派魏真、姜飞去剿灭尉佑，自己则亲率大军去讨伐彭晃等。

却说王穆与郭瑀、索嘏在酒泉商议如何对付吕光。索嘏极力要与彭晃等人联合抗敌，王穆却另有打算，他说，彭晃、徐炅本为吕光手下，吕光亲自去讨伐，彭晃等必败无疑，我们不必与其太密切，应当稳定大局，待成熟后再与吕光决一雌雄。

索嘏与康宁有一些交往，也深信之，则极力主张与康宁结为联盟，共同抗击吕光。

郭瑀则道，我还是那句话，在此图存救亡之际，要放弃各自的小算盘和小恩怨，应当联合对抗吕光，如同三国时期孙刘两家共抗曹贼一样。

三人意见难成一致。晚上，索嘏带领兵马要走，想奔康宁处，被王穆知道，王穆遂派兵将其抓获，推至军营中斩首。

　　等郭瑀知道时，已然晚了。郭瑀悲痛万分，一夜未睡。第二天，王穆给郭瑀说明缘由，郭瑀反问，难道你能如此轻易地杀掉与你共同患难的兄弟？此乃不仁。不仁之帅，难有仁义之师。我军已败矣。索嘏者，义士也，当初你两手空空来找我，我劝他跟随你，他是唯一能打仗的人。如今，也是想让你最后不至于失败，所以冒死去联合抗敌。你却先杀了自己的兄弟和大将。请恕我不能再与你为伍。

　　郭瑀说完便不再说话。王穆派人看着郭瑀。那一天，郭瑀没说话，也没吃饭。第二天亦如是。第三天时，王穆前来探望，说了很多懊悔的话，但郭瑀一句话也未说，仍然一滴水不进，一粒米不食。

　　到第七天夜里时，郭瑀被饿死。王穆失声痛哭，令厚葬。

　　与此同时，吕光已经杀了彭晃，败了徐炅，直奔王穆处来。眼下的王穆，无大将无谋士，不久，兵败，一人往西逃走。吕光派兵追去。

　　这一天，王穆逃至玉门东北的骗马镇时，已是人困马乏，难以支持。骗马镇因经年战乱，人烟稀少。王穆逃至那儿时，正值中午。整个骗马镇上空无一人，无马可骗。王穆曾记得，十年前，他来过这里，这里到处都是马和人，人喊马叫，热闹得很，如今竟成了一座空镇。

　　他记得镇中央有一口井，那是专门饮马的井。他挣扎到那儿时，发现井里还有水。井口有一个烂木桶，他从自己的马上找了条绳子，拴在木桶上去打水。当他刚刚打上一桶水时，就听见一声箭响，将他射于井旁。

　　他再一看，是骗马令郭文。此人与郭瑀同出一族，他的这个令长还是王穆封的。王穆躺在井旁，等待郭文到跟前，怒道，我对你不薄，为何如此待我？

　　郭文道，人人都说，你不该杀索嘏，更不该让郭夫子饿死。我本尊重你是一个忠义之士，但索嘏和郭夫子的死改变了我对你的看法。你自从自立以后，就变成一个自私自利的小人，与你之前判若两人。现在我杀的是后来的你。

　　王穆叹着气道，墙倒众人推，你要杀我，又怎么能找不出理由来呢。来吧，杀了我，向吕光去领赏吧。

　　郭文道，我必须要杀你，因为我不能让别的人杀了你。别人杀你，连同你的前生也杀了，而我只杀后来的你。

　　王穆嘲笑道，这有什么区别吗？

郭文道，这就如同马一样，未骟之前的野马与骟过之后的良马是完全不同的两匹马，但身形一模一样。你放心，杀你之后，我会将你秘密厚葬，但要把你的头先给吕光去看，然后再找机会偷回来让你身首合一。

王穆不说话了。郭文继续道，我不杀你，吕光一样要杀你，而且无人给你收尸，你一样是死，不如死在曾经崇敬你的人手上。

王穆叹道，这一辈子，我什么样的义人都见过，没想到天下竟然还有你这样的人。我不知道你是不是义人，但我也只能相信你了。来吧，割下我的头吧。

郭文用骟马用的刀将王穆的头割下，并说道，我说过，我杀的是后来的你。然后，他把王穆的头包好去交给吕光。吕光叫人来辨认是否是王穆，有三个人都说是。

不久，在无人说起王穆的时候，王穆的首级不见了，但谁也没在乎。吕光班师回朝。第二天，他请鸠摩罗什来到宫中，告诉其结果，并说，大师的法术越来越神奇了。罗什道，所谓术业有专攻，如果主公很小就学习佛法和各种法术，现在也会像我一样。吕光笑道，我可学不会你们那些东西。

段业向罗什讲了王穆与郭瑀之死的细节。罗什道，难道这就是你们所说的士子？他是怀着怨恨离开这世上的啊，将军是否想过，那怨恨已生，被他带进了坟墓，那怨恨难道就这样消失了？

段业愣道，当然是消失了，难道还会继续？

罗什摇着头道，会的，会在另一生继续，当然也会解脱。这是佛教与你们的儒教不同的地方。无儒教，人不能立于世，但在贫僧看来，佛教恰恰能补儒家之不足，即生死之道。

段业道，法师所言极是，法师当教化于我们。

罗什道，如今不是我开示于将军的时候，倒是我要向将军等学习汉学的时候。贫僧有一个请求，请将军成全。

段业道，请讲。

罗什道，请将军向我介绍孟夫子，我想向他学习儒家经典，再请将军向我介绍商古先生，我要向他学习《易经》大法，再请将军向我介绍李致先生，我要向他学习道家经典，当然，还要请将军为我介绍一位专门讲语法的先生，为我讲授汉语。

段业笑道，这个应当不难，我现在已经与这几位有些交情了，他们也初步能信任我了。

但三天之后，段业来向罗什道，法师，看来段某吹了牛了，孟夫子婉言谢绝，说近来身体不好，商古先生已经住到乡下去了，李致先生则一直未找到。

罗什想了想，叹道，大概是我太心急了。前日去城东的铁佛寺，看他们译经，懂梵文的人本身很少，多是从龟兹、焉耆等地来的僧人，拿的也不是梵文，而是吐火罗语的佛经，他们基本不懂汉语写作。张天锡在位的时候，他从龟兹请来世子帛延在铁佛寺译经，译出《优婆塞支施仑诵习须赖经》《首楞严》《上金光首经》等经卷。那时，我才三十岁左右，常听母亲说起。将军攻下龟兹后，帛延便意识到凉州也不安全，就悄悄地离开了铁佛寺，至今下落不明。我去看他翻译的经卷，只认识一半的字，看不懂。我问现在铁佛寺的住持智严法师，帛延懂汉语吗？他说，比我差远了，我至少还认识一些汉字。我又问智严法师懂不懂梵文，他摇着头说，不懂。我又问他，懂不懂吐火罗文，他仍然摇头。你想想，中间是不是有一道巨大的鸿沟？

段业笑道，可不是，现在中国的佛经都是这样，都在猜着翻译。

罗什说，是啊，你想想这中间会有多大的出入？我是吐火罗文和梵文都懂，但汉语懂得就很可怜了，也帮不了他们。所以我想，我得花时间来学习汉语。

段业道，学习汉语很容易啊，我给你随便找几位老师就行了，何必找他们呢？

罗什道，刚开始一般的老师就够了，但我不能停留在初级层次上，要想使佛经翻译得让你们汉人都懂，都喜欢，就得把高深的东西都懂才行。

段业道，那是，那我先给你找个一般的老师吧。

第二天，段业找来一位先生，大概三十岁左右，姓高。高先生听说是给罗什教书，便有些紧张，对罗什说，大师，我只负责教你认识汉字，高深的东西得别人讲了。罗什笑着迎接他。

罗什本身就是天才，之前就已经学习了一些汉语，有一定的基础，再加上记忆力又好，一个月后，他便能读一般的书籍了，且很多篇章都能背下来。三个月后，罗什把《诗经》都背诵完了。高先生便开始给他讲《左传》，讲着讲着，便讲不下去了。罗什便自己看，然后又讲给高先生听。待《左传》勉强讲完后，高先生便对罗什说，大师，我的本事也就这些了，您得另请高明了。

罗什便请高先生为他推荐一位。高先生推荐的是张左。张左的祖籍在襄阳，所以对道安非常推崇。他对鸠摩罗什也非常有兴趣。他一直不明白，为什么道安那么推崇鸠摩罗什，所以，当段业去请张左的时候，张左便欣然前往。张左大约有四十多岁，在官府里谋有一闲职，所以有时间来教书。因为道安的中介，他们相处得非常好。张左为罗什解读《论语》《史记》，而罗什也常常向张左普及佛经。几个月过去，罗什对这些典籍大都学了一遍。虽然还不能通解，但也一知半解了。

罗什对《论语》大加赞赏，赞扬孔夫子是菩萨转世。罗什学完《史记》后才知对中国的历史文化有了一个大致的印象，他叹道，过去只知中国有繁盛的人伦文化，现在才知道这人伦文化有着怎样的历史绵延，我在天竺、龟兹就没有看过这样的历史记载。

有一天，罗什请张左为其讲《道德经》，每天讲一章。讲到第三十章时，罗什问，当今中国谁对《道德经》最有研究？张左说，当然是李致，就在凉州，但这位先生很古怪，他常年在外游荡，很少回家，所以找他的人一般都找不到。

罗什说，先生与他有什么区别吗？

张左笑道，当然是天壤之别了。天地间到底有道还是无道，我是存疑啊，但对于李致先生来讲，他说他生于道，行于道，将来回到道，他是深信不疑的。这就是差别。

罗什道，看来这位先生才是真正的高人。

张左笑道，那当然，不仅仅如此，他还是一位医生，能医人之不能医治的难症，可是他偏偏又不行医。总之，是一位怪人。

罗什道，再过五天，他就回家了。那天大雪，你我一起去拜见这位奇怪的高人如何？

张左奇道，大师知道他再过五天就回来了？还知道天有大雪？

罗什微笑不语。

果然，第六天早上，张左推开门一看，一场大雪早已将世界涂得白茫茫一片。他想起罗什的话，很是惊奇。他赶紧洗了脸，去看李致是否在家。到得李致家门口，看见李致正好在扫雪，更是惊奇，便一路小跑去找罗什，不小心滑倒了，起来时，发现脚骨折了，疼得走不成。幸好已到了罗什住的府第门口，有仆人已去向罗什报告了。

罗什带着人出来一看，张左的脚开始肿起来，便对仆人说，赶紧抬上他去找李致先生。张左说，还是先去给我看看病吧，他人在呢，跑不了的。

罗什道，就是让他给你看病呢。

张左心里又气又好笑又觉得也在情理之中，便也同意去找李致。到得李致家门口时，李致刚刚扫完雪，把扫帚立在墙角，就听到有人敲门。他开门一看，认出鸠摩罗什，但仍然诧异地看着鸠摩罗什。这时，张左说话了，说，李先生，这是鸠摩罗什法师，我的脚受伤了，您能治吗？

李致先向罗什施礼，然后才看张左的脚，他捏了捏，张左疼得直叫，他冷冷地说，骨折了，来吧，我有药膏。

张左一边被人扶到李致家里，一边说，咱们俩认识也有十几年了，我还是第一次请您看病。

李致一边去取药膏，一边还是冷冷地说，最好别让我看病，让我看病的人，都是得了绝症的人，你幸好不是，只是小伤。

鸠摩罗什这时说道，是的，只是小伤，不过，即使这小伤，恐怕最好的药还在李先生这里。

李致抬头看鸠摩罗什，笑道，法师高抬了，我用的药也是普通的药，非名药。

鸠摩罗什道，但我听说你们道家是研制膏药的专家，对人是最有研究的。

李致又抬头看了一眼罗什说，那倒是的，阴阳五行决定了人体的变化，若要行医，这个一定是要懂的。

罗什说，在我们西域，你们可都是救苦救难的活菩萨。

李致冷笑道，活菩萨，能活着就不错了。

罗什道，若只为自己而活，即使苟全性命于乱世，也是艰难的，但若是为众生而活，即使刀山火海，也心藏热泪。

李致停下了包扎，对张左道，听说你在为这位大师讲《道德经》？

张左道，是的，我讲到三十章时就讲不下去了，法师问我道是什么，我无法回答。我说，人世间就只有您能回答他的问题了。

李致道，所以你们就来找我？

张左道，巧合。本来，法师算定你今天会在家里，而且算定有一场大雪，我们说好要来找你的，我先来看了看，你确实在，所以我就去找法师，结果跑得快，脚骨折了。巧合。

李致接着把张左的脚包扎好。里面已经敷上了热热的药膏。然后，李致慢慢洗了手，对张左道，法师也知道你会生病的，所以来找我。这就顺理成章了。

张左看着鸠摩罗什，罗什笑笑，说道，一切都是机缘，我倒并不盼你生病。在我看来，生病也只是假相，是为另一个事情而生。

李致坐在罗什对面，端起茶杯喝了一口说道，佛教在三百年前来到中国，靠的是道家的经典解读，才立住了脚。三百年来，儒家也被拿来解释佛经。如此，三教似乎走到了一起，这就是今日之玄学。道家成为道教之后，道家的经典就更是佛教化了，所以，才会一脉专释道家经典。同时，道家自古就生于民间，隐于民间，不求显达，只求养生，所以将古代中国的医学又继承了下来，也成为道家的法术。道家还有一法，即用易术和阴阳之法推知过去和未来。十天前，我在张掖卜有一卦，卜得老母生病，且有贵人来访，于是，匆忙往家里赶。五天前又卜一卦，知道老母的病已有好转，但仍显示有贵人来访。我在昨天终于赶回来。回来后母亲的病已经好了。我便知道我那样匆匆忙忙地赶回来，只有一个原因，即见一位贵人。今天才知道，是罗什法师。

张左笑道，原来您也知道啊，看来你们真的是当世的高人。

罗什笑道，其实我用的也是易术，只是再用我在西域学的法术印证了而已。

李致略有震惊，微微转了转头，但并未完全正面罗什，他沉吟了片刻说道，法师也会我们的易术？

罗什笑道，罗什生来就是一位好奇之人，凡是奇异的法术，我都用心学过，易术是我小时候就开始学的，只是教的人不专，都是一些凉州这边过去的僧人和商人，正经的文人一个都没有。所以，学的只是皮毛而已。今天来就是向先生请教的。

李致似乎知道罗什要说什么，微笑着摆手道，我也只是略通一二，但即使如此，也受用无穷了。真正通的人自然是商古先生了。

罗什道，商古先生与我的机缘似乎还未到，但与先生您的机缘今日有了，希望先生能赐教。

李致道，法师说到这儿了，我怎么好违背天意。只是我可能让法师失望了。

罗什见李致同意，大喜，便让仆人送上带来的礼物，然后请李致移身到自己的府上专门请教。李致也怕外人常来打扰，也同意前去。

自那以后，罗什便每隔几天请李致向其解读《道德经》，后又向其学习《南华经》。他对段业说，越是深入，越是对中华文明礼敬有加。李致也常带罗什去乡间看病。罗什的仆人跟在后面。一次，他去乡下，看见蝗虫遍野，回来对吕光说，主公，我看中国的古书，那些上古时代的圣王都非常关心百姓的生活，常常与他们一同劳作，这样老百姓才真正地拥戴他们。这几天，我在乡下看见蝗虫遍野，老百姓的收成可能会有问题，我想，主公应当乘机修德，与民共同捕虫。

吕光答应了，第二天便带着人去与百姓一同捕虫。吕光起初还有君王的架子，后来干得突然有了兴致，便脱了衣服，与百姓们打得火热。中午吃饭的时候，他不吃官饭，专门去到百姓家吃酸酸的转百刀面，一气吃了两碗，说道，已经有很多年没这么干过农活了，但也有很多年没吃过这么香的饭了。

过了些天，老百姓对吕光的看法开始改变了。段业高兴地对吕光说，老百姓过去没见过您这样的君王与他们一同劳作受苦，现在终于见了，所以，他们编成谣曲在赞扬主公呢。吕光很高兴，给鸠摩罗什赏赐了很多吃的、用的。

阿竭耶末帝知道后问罗什，佛祖要我们不杀生，你却让吕光去捕虫，是不是犯了戒律？

罗什道，佛经上有云，人间法即佛法，我也常常为这样的事而苦恼，难道我们要眼睁睁地看着老百姓的庄稼被蝗虫吃掉，然后让他们饿肚子并互相残杀吗？原来我不知道怎么办，只是用因果报应的方式去解读，但自从学习了中国儒道两家的法术后，才知道有中庸之道这个说法。任何事情走过头了就都走到它的反面了，所以必须予以治理，这样就避免了很多的因果报应。蝗虫太多，从佛教的法理上讲，定然是有原因的，也是要惩罚一些人的，但我们一般人是不知道这些原因的，也无法知道后果。若是从中国的道术上来看，是需要治理的，所以请人去治理，让天地保持一种平衡。

一天，金泽县县令上报，说县内有麒麟出现，百兽从之。吕光便请百官商议，皆以为是祥瑞，便自任为三河王，置百官，大赦境内，年号麟嘉。然后他悄悄派人去请妻子石氏、儿子吕绍、弟弟吕德世从仇池来到武威。吕光带着鸠摩罗什等人到城东迎接，路上，他问罗什，你当初怎么知道我会成王的？连我自己都未曾想到。

罗什道，主公，我曾说过，各有各的法术，就如同您带兵打仗一样。佛教自有佛教的一套法术，再加上西域先人传下来的本土大法和中土的易术等，都可以通天地鬼神，知过去未来。

吕光道，我还是不能理解，我最近在想，我虽不信佛法，但也不能禁佛法，如同我在秦时，先帝虽不信仰佛教，但他专门请去道安传播佛法，还让我去西域请你，自有他的道理。不做皇帝，是不知道安民这件事的。

罗什道，多谢主公。

回去的路上，他问弟弟，人们是怎么评价我的？吕德世说，人们都说你杀了多少名士，而杜进又有多么厉害，反正说你好的人不是很多，现在称王了，恐怕要多修德行了。

吕光听了后很不是滋味，便问鸠摩罗什，你说我称王是上天要我如此，还是另有原因？

罗什道，当然是上天要你称王。

吕光说，可是，我听说现在杜进比我在老百姓中的威信还要好，我怎么称王？

罗什说，那你就要好好为老百姓做些好事了，你不是与百姓一起去灭过蝗虫吗？再多做一些对百姓有益的事，百姓就会说你好的。

吕光问道，除了吃饭问题，还有什么是最有益的事呢？

罗什道，让百姓觉得平安、幸福。

吕光问道，如何才能使他们感到平安、幸福？

罗什道，少一些战争，让他们离战争远一些，则会感到平安；国家的法律能一以贯之，对任何人都一样，不论王子还是平民，百姓会感到安全。而幸福就难了，有些人很有钱，可他感觉不到幸福，有些人官很大，可他也感觉不到幸福，而有些人，没有多少钱，也不是什么官，但他可能会感到幸福，因为他满足了，所以说，幸福是一种感觉，或者说，幸福是一种信仰。这是我最近从儒家的教义里发现的，所谓知足者常乐。但按我们佛家来看，幸福是超脱，超脱所有欲望、名利、假象，认识到一种真理，才会感到幸福。总之，对幸福的追求是不容易的。

吕光骑在马上听罗什滔滔不绝地说着，等他说完后，缓缓问道，法师，那么，我问你，你感到平安和幸福吗？

罗什一愣，随即答道，主公，当然平安，我出门的时候，您还给我派了卫士，我的人身安全是有保障的。至于幸福，我们佛家弟子追求的是永久的超脱，最后达到极乐世界。幸福是婆婆世界中芸芸众生追求的极乐世界，是人世的快乐与满足。

吕光问道，就是说你现在不幸福？

罗什道，主公，要我说实话，首先得请您不要生气。

吕光说，当然不生气，说吧。

罗什便说，主公，罗什生为佛教弟子，必当弘扬佛法，度化众生，可自从我跟随主公到凉州后，就不能自由地去弘扬佛法，每日里都过着普通人的生活，吃饭、喝茶、出入上流社会，有时还陪伴您左右。

吕光反问，这难道不是你想要的？

罗什答道，主公，罗什也不能免俗，当然是我想要的，可是，我不是官员，不能为百姓办事，我也不是将军，能领兵打仗，我就是一个佛家弟子，我的职责就是向众生宣扬佛法，告诉他们因果报应，帮他们解脱痛苦，我的工作应当在寺院里，在众生家里，而不是在王宫里。

吕光沉吟了一阵说道，我知道你说的是什么了，尽管我不能完全理解你们的佛教，但有一点我是看得清的，你们这个佛教不像道教弟子，你们不与人争天下。这个就很好。

罗什答道，主公，您说得太对了，这么说吧，您管理的是百官，百官帮您管理百姓，我们这些佛家弟子，就是帮您把所有人的苦恼解脱了，让他们少一些欲望，多一些奉献，少做一些恶事，多做一些善事，如此一来，社会不就更好更安定。

吕光笑道，这样说就最好了。先帝当时请道安大和尚，我们都不大懂，他就说了这番话。现在有一些懂了。不在其位，就不懂其政啊。

不久，吕光立妻石氏为王妃，子绍为世子，建太庙，追尊三代谥号。他的外甥石聪自关中来，他问道，那边的人常常说起我吗？石聪说，当然也说起您。吕光便问，如何说？石聪说，说起杜进的时候会顺便说一下您。吕光听后非常生气，但他没表现出来。

杜进因被吕光宠信，进宫时一般佩戴宝剑。段业对这一点看不惯，在罗什面前发过牢骚，罗什说，宝剑，凶器也，他必然会死在宝剑上。杜进军功大，对段业向来不放在眼里。一次吕光宴请百官，杜进向百官敬酒，经过段业时，说道，来来来，段参军，你们这些读书人，嘴上的功夫都厉害，我来看看你的酒量有多大。段业不大高兴地说，将军，咱们都读过一点书，后来可都是跟着主公出生入死过啊，您可不能把我往书呆子里塞。杜进大概喝得也差不多了，稍有些轻蔑的表情，说道，在我看来，都差不多。段业那夜喝了不少酒，第二天来给罗什诉苦。罗什说，骄兵必败，自满者必损，杜进危矣，您不必在意。

又一年端午节到了，段业向吕光奏道，主公，端午节是纪念爱国诗人屈原的节日，过去我们在关中时也过，但凉州这边近些年有一个风气，就是端午节这天，士子们都要聚集到一些名山上搞些活动，不外乎也就是作作诗赋、聊聊天而已。敦煌的士子们聚集在三危山，张掖的今年都去了胭脂山，凉州的则要去莲花山。这几年来，士子们都早已忘了张氏，心向主公，但主公并没有参加过他们的任何活动，臣想今年主公是否能与士子们一道登高望远，聊聊天，谈谈心，共享君臣之乐呢？

吕光笑道，你们那些活动，我说实在不大喜欢，我又不会作诗，不过，士子们的心是要收回来的，好，我去。

端午节当天一大早，吕光即率大队人马出发，杜进、段业、鸠摩罗什、墨姑等陪同，正午时分才到莲花山。此山在武威城西南三十多里处，山上泉水纵横，森林密布，半山上有一平缓处，建有一寺，名灵岩寺，大殿几座，小殿十几座，各种房舍数十间。罗什一看，叹道，原来凉州竟有如此大的寺院。段业说，是啊。

寺内方丈名法慧，听说吕光至此，早早地带着僧人跪拜于山门前。吕光骑马跑了一阵，反而精神了许多，他喜道，原来你这里是风水宝地啊，给我讲讲这里的来历。

法慧道，大王，这座山在汉武帝之前叫姑臧山，是匈奴人祭拜天神的神山，武威城那时也叫姑臧城。匈奴人被赶走后，这里就成了佛教传播的地方，传说这里最早的寺叫灵岩陀，是西汉时期修建的，那时汉王朝还没有建寺呢。如果这个传说无误的话，这座寺院应当是中国最早修建的寺院吧。东汉时有了白马寺，这里才改称天竺寺。后来，这里来了一位了不起的西域佛学大师，名叫佛图澄。他说这座山像佛祖座下的莲花，便又更名为莲花山。

听到这儿时，吕光转头对罗什说，法师，这个佛图澄你知道吗？

罗什说，主公，他也是从龟兹来的名僧，在凉州传法很多年，后来才去了中原，道安便是他的弟子。

吕光一听，惊道，噢！原来这么厉害啊！对了，方丈，我还未给你介绍，这位是从龟兹来的鸠摩罗什法师。

法慧赶紧施礼道，久仰法师高名，端午节后的五月十三，是本山的水陆法会，贫僧正想着要去拜访法师，想请法师来主持这个凉州最大的法会。到时候，不仅是凉州，敦煌、酒泉、张掖各地的僧人、文人、名士都会赶来参加活动。那才是凉州最大的盛会。今日之活动，是近几十年来从关中、中原等地来的士子们搞的一个活动，虽然没有五月十三日的热闹，可意义重大，因为他们是凉州精英们的一个活动。很多外地的士子们昨天就已经到了，有些甚至前天就到了。这个活动一般是官方主持，最好是大王能光临训导，因为这些士子都是国家的栋梁之材。但十三日的活动就是民间的了，也一般由凉州佛教中地位最高的法师主持，大王是否光临，就看有无兴趣和时间了。

鸠摩罗什一听，便道，善哉善哉，这个还是由主公来定夺，即使由贫僧来主持，最好大王能驾临，与民同乐。

吕光一听，喜道，总之是好事，法师就别推辞了，十三日我也争取来。

当日这场活动，段业主持，各地士子们争先献诗，段业也赋诗几首。吕光最后对士子们进行训话。因为没有了紧张感，吕光讲话也很放松，士子们很高兴。太阳西斜时，吕光返回。夜里睡得很香，第二天起床后心情仍然很愉快，便对杜进说，看来，打仗是需要你这样的将军，可建设一个国家就得靠段业那样的文士了。杜进听后心里不悦。

转眼又到了五月十三日的水陆法会。吕光说他要去参加，于是，鸠摩罗什和段业前一天就去了莲花山布置，当他们在十二日下午到莲花山上时，发现山上已经到处是人。士子们的身影夹杂其中，但多的是善男信女。晚上，几间大殿里人挤人坐着睡觉。第二天一早，山下就不断地涌上来人。到了午时，山上已经到处是人了。吕光也在那时到来。

罗什主持法会。此法会是佛教和道教以及民间祭祀活动的综合，佛教分为七个坛场，每个坛场，都有高僧在诵经。法慧主持着一场，铁佛寺的智严、宏藏寺的宝荣各主持一场，从敦煌赶来的法良法师、慧仁法师也各主持着一场，还有从张掖赶来的几位法师主持另外几个法场。

道教在凉州还不兴盛，所以只有一个分会场，是祭天祈雨。民间的一些巫师也有自己的活动。法慧告诉罗什，这个活动本来可能是匈奴人祭天活动的延续，所以，民间活动非常兴盛。佛教在此兴盛后，这里便又成为善男信女们祈福还愿的场所。有些夫妇一直没有儿子，在观音殿里许愿后，很快就有了儿子，所以连续三年要到这里来还愿。还有很多人想发财，也到这里来祈福，因为道教的大殿里有财神殿。人们都说，莲花山上的观音和财神很灵验。

罗什问法慧，过去都是混合在一起搞吗？

法慧说，是的，一直如此，只不过，佛教一直是主流，所以，由佛教人士主持。

法慧向罗什介绍了活动的议程，罗什第一次主持这样的活动，心中还有些忐忑。等法慧介绍今天来的住持是西域高僧鸠摩罗什时，整个山上都掌声雷鸣，他就更有些紧张。段业便对墨姑说，看来罗什法师在百姓中已经很有名望了。罗什上前主持，本来已经说得流利的汉语此刻又回到了半龟兹语半汉语的状态。段业便上前站在他旁边，悄悄对他说，你不要慌，慢点说，一个词一个词地说。罗什便按照段业的提醒，一个词一个词顿开来说，结果效果很好。他慢慢地就不紧张了。

等到吕光以君王的身份上香时，罗什突然灵机一动，在法会上增加了一个仪式，即以佛祖的名义授予吕光以天王。这个活动议程上没有，罗什见大家都看他，他便对法慧道，请法慧法师为天王披红。法慧一听，便赶紧从旁边拿了几匹红献给吕光，搭在吕光的肩上。罗什道，从今日起，主公便是凉州地界上天授予的天王了。吕光大喜。

段业后来问罗什，这个授予仪式议程上本来没有啊，你是怎么想到的？

罗什说，这是我们龟兹的规矩，国王被佛授权后，就有了神圣的地位，同时，国王也将大力弘扬佛教。

段业笑道，你是想让主公弘扬佛教。

罗什笑而不语。

但吕光到底不懂佛教的法场，所以看了半天，除了叩首便无事可做，悄悄地让段业领他到四处走走。出了法场，就看见有道士在祈雨。吕光问段业，道教在凉州境况如何？段业说，不如佛教。道教在河西地区始终没有发展起来，目前，武威只有雷台观，因这里缺水，所以，雷台观主要的宗教活动便是祈雨。这位道士大概就是雷台观的。

再走不远，有好热闹的艺人在闹社火，中间夹杂着戴傩面具的人在跳舞。吕光便问，这不是春节才搞的活动吗？怎么这时候也在搞？段业无法回答，便问后面跟的法慧，法慧上前答道，大王，可能也是匈奴人留下来的遗风，都是颂扬天神的，那些戴傩面具的人在我们这里叫跳大神的，是巫师。他们来这里，也有传播自己的愿望。

再走不远，听到对面山头上有人唱歌。法慧道，这是唱情歌的，听说在汉以前，这里每年的三月三和五月十三，都是情人们聚会的地方，所谓"奔者不禁"，那两天，这里方圆几百里的地方都是如此，男女最自由的一天，这一天，任何男人与任何女人都可以谈情说爱，但过了这一天，则要守礼法。后来还延续着这些约会的传统，但有身份有地位的人都不敢来了，来的都是些爱好唱歌的男女，唱的也是情歌。再后来，就成了老百姓看热闹的地方。

只听一个男人在山上唱道：

那声音格外嘹亮，最后亮晃晃地飘进了晴空。一个老人形容道，这唱得好啊，嗓子里木挡挂。

那男人话音刚落，就听一个女人在另一个山头对唱起来，刚开始婉转流连，后来就有些直抒胸怀了，她唱道：

只听那个老人说道，这女子啊，是男人身，可惜生了个女人相，要是个男人就了不得了。

吕光也听得心旌摇荡，叹道，民间竟有这样的唱法，今日若待在宫里，就亏大了。

段业笑道，主公，所以说，您就要多出来走走，看看，听听，聊聊。老百姓的生活其实也很有意思的。孔夫子编的《诗经》中的《国风》，就是把民间的这些歌谣采集到一起，把雅一些的放下，把野一些的删了。汉代有乐府，也是收集民歌的。臣建议我们也要成立一个乐府，来做这些事。

吕光道，非常好啊，依我看，把这些野一些的收集起来也无妨。民间民间，就要有野味，若民间也变得很雅，那就不是民间了。当兵的若不野一些，怎么打仗啊？可当兵的不就是从民间出来的嘛！

段业说，好啊，主公能有这样的胸怀，已经超过过去的君王了。

再往前走，还有各种卜卦的，有很多西域术士玩火的，耍魔术的，看热闹的。吕光叹道，这民间可真是丰富啊，你我待在宫廷里是什么也看不到。段业笑道，主公，这些中的好些人，还是您当年从龟兹带回来的呢。凉州是西域人到中国的第一站，也是当今世界上最开放的都市之一，现在主公又是西域的统领，西域与河西毫无戒备，双方百姓可以自由出入，所以这些人都聚焦在这里。

吕光禁不住往西转了一下头，叹道，是啊，你这么一说，其实我们国家的边境是非常广阔的。

再往一个山头上一拐，便到了士子们兴诗作赋的地方，总算觉得找到了去处。士子们因端午节吕光对他们都很友善，此次又见面便也觉得有些亲切，便有人作颂诗给吕光，赞扬其功德。吕光听着听着，便情不自禁地多喝了几杯。下午的时候，杜进催促他回去，他还有些舍不得，想住在这里，等晚上猜灯谜。杜进便找到段业，说道，我看这里人太多，晚上又没处住，还是你给主公说说，让他回宫吧。

段业便对吕光说，主公，您贵为君王，能在端午节和今天两次驾临莲花山，凉州的士子们和百姓都对您有了新的认识，都赞颂您的功德呢，但这里毕竟不是王宫，安全当然也没问题，但是，目前没有适合您住的殿，还是请主公回宫吧。等明年在这里专门修建一座可供主公休息的大殿时，再请主公夜晚览胜。

杜进也再次催促，吕光便只得回去。鸠摩罗什和墨姑则留在山上，三日后才能回。路上，吕光对段业说，看来治国的事还是要多听听你的意见啊，那个乐府的事就交给你去办，墨姑可协助。

杜进听后有些不悦。过了些日子，段业出去公干，回来后，吕光将他叫到宫里，说，你与杜进是否不和？

段业说，主公，杜将军和我都是跟着您南征北战的将士，为主公都愿意舍生忘死，但杜将军军功比我多，也有些看不起我。我起初有些不高兴，后来我发现，他对百官似乎都如此，而且，百官之中，唯有他可以带剑出入王宫，我也就不敢对他不敬了。

吕光听了后，再没说什么，就让段业回去了。第二天夜里，杜进去向吕光汇报一件事，吕光喝了酒，看见一人仗剑向他走来，便喝令左右说，有刺客，给我拿下。杜进毫无防备，便被左右拿下。说时迟，那时快，吕光从一名侍卫手上夺过剑来，一剑便杀了杜进，然后倒地睡觉。左右大惊，将其抬至榻上。第二天一早，他对左右说，叫杜进来，有事商量。左右面面相觑，他问，怎么回事？左右支吾道，昨晚大王已将杜将军杀了。他大惊，问道，怎么回事？左右将原委讲了，他跑去看见杜进还在堂前放着，便抱着杜进大哭。

段业对鸠摩罗什说起这事，罗什道，杜进权位太重，影响太大，主公已经容不了他了。

段业大惊，道，你是说是主公故意杀了杜进？

罗什笑着说，那我就不知道了。你不是对杜进一直有看法吗？这不对你是好事吗？

段业叹道，我对杜进确实是有些看法，但还不至于让他死。现在，跟随主公去西域的大将几乎都死了，他们反的反，被杀的杀，只剩下我一个人了，你说我该怎么办？

罗什道，将军不必忧虑，你为人忠厚，又是文官，只要你不带兵，就不会有事。

杜进死了才几天，吕光便大宴君臣，有一位将军是杜进的部下，酒至酣处，突然大哭起来。有人就问他为何哭，他说，为杜进将军而哭。吕光假意过去敬酒，说自己醉中不慎杀了杜进。那位将军哭道，我听说是您害怕杜进，便故意杀了他。吕光一听，大怒，道，敢在这里危言耸听、蛊惑人心，来人，将此人拉出去砍了。

众人皆惊。唯有段业站了起来，他说，主公，现在整个凉州都安泰一片，应当宽容待世，不敢轻易杀大臣。我听下面的人说，现在的刑罚太严苛了，这不是明君之举。

吕光说，治乱当以重典，不然天下将分崩离析，国将不国。

段业道，明君都受到上天的眷顾，尚且君临四海，景行尧、舜，就这样他们还怕天下不安，怎么能用重典呢？重典往往是末世之法，主公乃明君，尚望三思。

吕光此时酒也醒了，也不生气了。他听到段业一再地劝他，又听罗什在一旁也劝道，主公，段将军说的对，您乃天授之王，上天会保佑您，但您也要感应上天的要求，修明君之德。

吕光一听，点头称是，赶紧向两位行礼，并下令自责，减轻刑法，行宽简之政。将段业任命为尚书，给鸠摩罗什赐予很多物品，并让他自由出入境内，可弘扬佛法，但每次出行，后面总有两个仆人相随。

罗什便在凉州大地上漫游，此时的凉州，经张氏一族的经营，佛教已渐入人心，到处都有僧人可见，偶尔也有一两座寺院，但里面的陈设极不完备。他的汉语在交流方面早就没障碍了，所以与僧人的交流不再靠别人翻译。他一方面帮助铁佛寺、宏藏寺、灵岩寺等寺院建设，另一方面又常常为僧人讲经。凉州管辖的地方是整个河西走廊，包括兰州、青海的部分地区，他一出去便是很多天。

龟兹舞

吕光称王之后，开始对舞乐感兴趣起来。有一天，他把段业和墨姑叫来讨论乐舞。段业道，主公此举合乎正道。礼乐兴，国家兴，礼乐亡，则国亡。现在主公已为三河王，独自成一统，就应该重整礼乐，以教化四方。

吕光大喜道，我不懂这些，只知道军队与官员要听从长官意志，这可能就是你说的礼吧？

段业说，不光是听话，还要真诚，所谓真诚，就是有好说好，有失说失，不偏不倚。孔子说，天子有天子的礼乐，好比之前叶清商弹奏《韶》乐，是天子之乐，且是有道天子的音乐。无道天子不配享有此乐，而臣子就更不能独自听了。做臣子的有臣子的音乐，百姓则有百姓的音乐。《诗经》中的《国风》都是百姓之乐，也就是老百姓抒发自己喜怒哀乐的内容。音乐是不能乱的，乱了，礼也就乱了，礼乱是心乱，造反的人就多起来了。

吕光道，有这么严重吗？

段业道，主公必须把它重视起来。

吕光便对墨姑说，听段尚书讲，礼乐是大事，那么，我现在升任你为宫里掌管乐舞的长官，你有什么想法没有？

墨姑道，大王，我还需要向尚书多学习。几年来，我也看过凉州的乐舞，有原来的匈奴祭祀天神的乐舞，有从长安等地学习来的代表儒家祭祀天地的乐舞，我想把它们都融合起来，自创一种凉州乐舞，不知可否？

吕光便问段业，尚书觉得如何？

段业道，这是自然，但最好是以儒家乐舞为重。

墨姑便不说话了。吕光不大喜欢在长安宫里看的舞蹈，却极为喜欢龟兹乐舞，便对墨姑道，我看尚书说的也要重视，但目前就随你自己先创吧，慢慢再改。

段业还要再说，被吕光打断。墨姑退出，去找鸠摩罗什，将事情原委说了，问道，该如何去做呢？

罗什道，龟兹的乐舞，本就是原始舞蹈改编而来的，变成了向佛礼敬的圣乐，但在他们看来，可能还有原始舞蹈的野性，这是主公喜欢的。现在主公要你继续龟兹的乐舞，大概还是想把龟兹的乐舞在凉州光大。你且边做边看。

不久，吕光的儿子吕覆要去西域任都督玉门以西诸军事、西域大都护之职，吕光大宴群臣，设舞乐以助兴。吕光便命墨姑献上舞乐。墨姑便献上龟兹舞乐。当时从龟兹归来的将军们都一下子兴奋起来，大喊好。很多从凉州本地提拔起来的官员一下子看呆了。大家喝了点酒，便都情不自禁地舞蹈起来。吕光也频频举杯。

吕光的堂弟吕韦酒醉，当下就搂着一个龟兹姑娘要亲，那姑娘不从，吕韦便拔剑刺去，将其杀了。百官大惊。

只听一人高声说道，君王面前竟敢行凶杀人，礼法不从，国家将乱。

众人看去，皆认识，乃孟砚孟夫子。且说这孟夫子清高孤傲，吕光本想找个机会将其杀了，以震凉州士子，但八怪之后，他就不敢再如此了，便有心想将其怀柔以待，拥为己有。恰好段业也屡屡推荐使用孟砚，吕光便予以官职，但孟砚说什么也不肯入仕。段业便请凉州很多义士去说服，终于说通，做了太学的祭酒。一段时间后，吕光又请人去劝说孟夫子做御史，孟夫子坚辞不受。有一天，段业与孟夫子喝酒，酒酣之时，段业再次邀请孟夫子出仕，孟夫子笑道，除非朝里有个谏官，我就去做那个，其他的我一概不做。谁知第二天段业便找到吕光，建议设一个谏官，任孟夫子为其职。吕光同意，当场下旨，并在段业建议下亲自到孟夫子家里去请，孟夫子傻眼了，对段业说，段尚书，你陷我于不义。段业笑道，主公是真诚请您出山的，您就从了吧。孟夫子只好跪拜接受。

这是孟砚上任不久的第一次谏言。他还想继续说下去，但有一柄锋利的剑已经向他刺来，剑的主人正是吕韦。只听吕韦大骂道，臭文人，我们吕家的天下，想怎么样就怎么样，哪里轮得上你这样的人来指手画脚？

话音未落，孟砚已然倒地，鲜血在地上惊恐地四处寻找同情者。它找到的人是段业。段业与孟砚本来坐在一起，见吕韦一剑刺来时，他想去阻止，可是，事情发生得太突然，他刚刚迈出一步时，孟砚已经被刺中心脏，当场毙命。孟夫子的血流到他的脚下不动了。

他抬起头来，看着吕韦道，你竟然敢随意杀一个朝廷命官，这是谁给你的权力？

然后他朝着吕光道，主公，孟砚乃凉州赫赫有名的文士，领袖人物，太学的祭酒，刚刚上任谏官，今天是第一次履职，就遭杀害，凉州今后还有人敢说话吗？不杀吕韦，难平民愤。

吕光此时也醒了，他没有想到刹那间就有两条人命横亘于他的面前。吕韦是跟着他打天下的堂兄弟，当初带出来时他曾亲口对吕韦说，有我吕光在，你就跟着享福吧。可是今天这个场面如何收拾？

所有人都屏着呼吸听他发令，就连树上的秋虫也在焦急地等待。吕光看见吕韦仍然醉醺醺地提着剑，剑上还滴着孟砚的鲜血。等一滴血在地上溅出声音时，他喝道，吕韦，你可知罪？

吕韦一听，歪着头，没想清楚地说，你不是也讨厌这个臭文人吗？

吕光一听，更为气恼，怒道，给我把吕韦拉出去斩了，厚葬孟砚。

上来几人把吕韦的剑夺下，将其推到外面去了。不一会儿，有士兵来报，吕韦已被问斩。吕光闭上眼，摇着头让人赶紧散了场子。

第二天，墨姑去向鸠摩罗什说了此事，罗什道，吕光是武人，他喜欢的恰恰是龟兹舞中野性的一面，而这正是昨夜群臣大醉、舞女被杀的原因，导致孟夫子被杀、吕韦问斩。我给你说过，龟兹舞乐要改一改，要与中国儒家的《韶》乐类似，要能正人心，所以，要增加其庄严的部分，符合儒家的礼乐精神，减少其野蛮的力量。下次要表演，一定先请段业过目，然后再上场。否则，龟兹舞乐将绝迹于凉州。

于是，墨姑便重新改编龟兹舞乐。但最难的是如何融进儒家舞乐。她去向段业请教，段业道，得向叶清商先生求教。墨姑道，叶先生那儿，我一个女流之辈恐怕不好去请，还希望段大人为我举荐。

这一天，段业微服私访叶清商。叶清商住城东，平时也不与人交往，所以邻居们都不知他什么时候在家什么时候不在家。段业去敲门，看见门已破，里面的情景也看得真真切切。敲第一遍，无人应。再敲一遍，还是无人。第三遍时，只听里面有响声。出来一个人，段业一看是叶清商之女。段业现在已知，其女儿名叶羽。他见叶羽翩翩而至，但并不开门，而是问道，请问是哪位？

段业答道，在下段业，想拜访叶先生。

叶羽的声音听上去像位少女，她答道，大人，家父不在。

段业便道，不知先生何时在家？

叶羽道，请问大人有何事？

段业想了想，道，在下有事想请教于叶先生。是这样，大王要置办宫里的音乐，想把龟兹乐与儒家的正乐合起来，这事天下再无人能做，只有叶先生可以。当然，还有你。

叶羽答道，家父已经预料到段大人会来，因为孟夫子的事已经人人皆知了。他让我回大人话，我们叶家从来都是为天子置乐，现在三河王还不是天子，所以，此事有家规，不能出。请大人回吧。等家父回来，我再劝他，七天后回大人话。不知这样可以吗？

段业怅然而归，对墨姑说，七天后我再去请叶先生。

墨姑道，即使叶先生不出面，其女叶羽也可以。

七天之后，段业又是微服去请，让仆人带着丰厚的礼物。到了柴门口，他敲门三遍，仍无人回应，便推门，发现门没上锁。进得院内，见没有动静，便进堂屋去看。堂屋门也是开着的。他进去看，里面是空的。桌上放着一封信，他打开一看，竟然是写给他的。信的内容如下：

段大人：

见信如晤。

凉州自张轨经营以来，已百余年，文昌民富，尤以"永嘉之乱"期间，儒家血脉皆藏于此。然吕光西来，常谋武事，不但刑法严厉，而且乱开杀戒。八子之殇，破凉州气象，境内乱象丛生。孟夫子之难，再使凉州士子心寒胆战。

叶家自古为天子制乐，师从嵇康，只是一说而已。《韶》乐在世间已不存，然我叶家独存。有道天子出，此乐也会重显于世。叶家还存有诸多圣乐，故负有独特之使命也。吕光非天子，令我奏《韶》乐，已为不祥，而今又要命我制乐，有违古命。

我观大人乃儒家正统，能仗义执言，且临危不惧，所以敬焉。然我不能再在凉州栖身，故于六天前已遁漠北。望能周全，以保圣人之乐！

叩首！

叶清商

有仆人问信里写的什么，段业说，叶先生说女儿要远嫁河西，去给女儿完婚了。说完，他跌坐在空荡荡的屋子里想，就这么一个落魄的夫子，家里四壁空空，女儿也三十多了还不能出嫁，竟然心里想着传承圣人之乐。想着想着，他的泪水便出来了。

仆人问，大人这是怎么了？

段业道，想家人了。

仆人说，是啊，您已离家好多年了，家里人也一定在想您。

回头见了墨姑，段业说道，叶先生把女儿嫁到了河西，已经送女儿去了，恐怕半年也回不来，我们就不等他了。墨姑便问，那现在如何办？段业道，把舞蹈中野性的部分收一收，再增加一些圣乐的成分吧，记住一点就好，即乐要正，能正人心，而不是乱人心。

墨姑说，知道了。

墨姑便来说与鸠摩罗什，罗什说，就按段大人说的做，你以前跳的都是民间的舞蹈，现在要增加一些宫廷舞，你带来的那些人里面，肯定有会跳的，然后再把原来凉州宫廷里的舞女请几个，变通一下即可。

墨姑便去改编舞乐。有一天，段业来与罗什闲坐，又说起叶清商。段业又说了给墨姑说的那些话。罗什微笑不语。段业道，法师为何微笑不语？罗什说，你不说，我也不说，咱们就不再说了。段业道，法师真的是天人啊。罗什仍然笑而不答。

转眼又到了腊月。一天，后秦皇帝姚兴派使者来，说要迎请鸠摩罗什去长安。原来苻坚的秦国已灭，人们称其为前秦，而姚苌又建后秦，现在姚苌已死，他的儿子姚兴已经做了皇帝。姚兴学习符坚之法，一方面大兴儒家教育，另一方面又大兴佛教。然而，道安入灭，鸠摩罗什又在凉州，君臣商议，都以为吕光不兴佛法，当将鸠摩罗什送与后秦，于是派使者来迎请。使者还道，倘若不与鸠摩罗什，后秦将派大将姚硕德带兵十万攻打凉州。

吕光看后，非常生气，骂道，小儿姚兴都成了皇帝，还叫我奉还鸠摩罗什，我还怕他不成，便将使者赶出城外。

有将军道，区区一和尚，为何先帝宣召皇帝要请大王去西域迎请他，如今后秦又要请他，难道他有什么天大的本事？他在这里几年了，我怎么没看到。

一位文官道，此话差矣！先帝宣召皇帝以十万大军攻取襄阳，得道安和尚一人，此乃千古美谈。为什么呢？因为先帝知道，得人心者得天下。而道安这样的人在民间有非常大的威信，弟子遍布天下。得道安，便是得天下。另外，道安传播佛教，乃教人行善，不作恶事，这有什么不好的吗？治理国家，就需要这样的人。先帝还请大王到西域迎请鸠摩罗什，其意也在于此。

段业道，主公，您还记得当年先帝为何派我们去西域吗？

吕光道，当然记得。当时，道安对先帝说，西域有位和尚比他要厉害得多了，先帝问是谁，道安说，名鸠摩罗什。我这才出兵西域。

段业道，正是因为罗什法师，才会有主公的功业与今日之天下。罗什法师乃西域领袖，但至凉州，毫无发挥，其作用丝毫没有彰显。今后秦来迎，说明我们对罗什法师的作用要慎重考虑了。

此事很快就传到罗什的耳朵里，罗什对阿竭耶末帝道，我们的时运到了。果然，几天后，吕光请他去宫里喝茶。吕光问罗什，你在凉州待得可好？

罗什说，蒙主公之恩，待得很舒服。

吕光道，先帝在位时，派我去龟兹迎你，欲去长安弘法。我不懂这些，但今日思之，应当对国家只有好处，没有害处。

罗什道，主公高见。佛法是安心的，对每一个人都是平等、公平的，佛教中人士，都是舍弃王位、官位等荣华富贵，而弘扬佛法，倡导行善，修慈悲心，只有对国家有安定之好，又哪里会有一个想去篡位或动武的呢？

吕光叹道，我过去不懂，这几年一直在想，先帝为何要如此，现在终于想明白了。正好前几日后秦来使要迎你去长安，被我拒绝了。我想，从今天起，我要给你修一座很大的寺院，就像你在龟兹时龟兹王给你建的一样。

　　罗什向吕光施礼感谢，道，罗什有一请求，望主公恩准。贫僧妻子阿竭耶末帝乃一尼姑，希望也能为她建一尼姑寺，让她也去教化百姓，以此可安定人心。

　　吕光哈哈大笑道，好。

天梯山悟道

墨姑的舞乐终于编排好了。段业去看了一遍，说，大体可以了。儒家和佛家算是平分秋色，融会贯通了。

正月十五日的时候，墨姑献上一台舞乐，开始、高潮与结束的舞蹈都是龟兹乐改编的，中间是各民族的舞乐，大多是表现民风的。所有的人都认认真真地看完了，都说好。吕光也很满意，问墨姑，这已经不能叫龟兹舞乐了，应当叫什么呢？墨姑道，正要请大王给赐一个名字呢。

吕光便大笑，问左右叫什么好呢。大家你一言我一语，说了很多，最后，吕光道，这样吧，综合大家的意思，就叫它为凉州乐舞吧。

为鸠摩罗什修的寺院就定在了北街上，吕光已经为它取好了名字，叫凉州大寺。罗什觉得也很好。而为阿竭耶末帝修的尼姑寺定在了西门外。这是阿竭耶末帝自己要求的。她说，修行需要宁静，西门外人少，但有一片松树林，郁郁葱葱，看起来极好。她的寺院，吕光也取好了名字，叫阿丽蓝寺，仍然与龟兹的一样。阿竭耶末帝也极为欢喜。

那一年，鸠摩罗什雄心勃发，他向吕光上书，想在凉州各地仿照巴米扬大佛和龟兹石窟也开凿石窟，希望吕光支持。吕光同意了。就在凉州大寺修建的同时，鸠摩罗什便开始寻找开凿石窟的地方。

段业对罗什说，我觉得两个地方可以完成法师的宏愿。一个是郭瑀在张掖教书的地方，临松薤谷，我听他的学生说，他在那里自己就开凿了几个石窟，只是没有佛像。另一个则是我在前几年疗养过的地方，在武威城东南方一百里处，叫天梯山。我看过那里的山石和地形，是好地方。你还记得我写的《九叹》《七讽》等十六篇讽谏诗吗？就是在那里写的。

罗什一听，大喜道，好啊，现在敦煌已经有乐僔和法良在三危山开凿石窟，张掖若能开一个，武威再开一个，佛的足迹就可从巴米扬大佛、龟兹石窟、敦煌石窟到临松薤谷石窟、天梯山石窟绵延而来，若再能在凉州以东一路开凿而去，佛法则兴盛矣。

罗什自从吕光同意他在凉州弘法后，就日夜不停地开始忙碌了。过去，他常常对阿竭耶末帝说，枉我身具大乘佛法，却难有献身之日。现在，他总是对她说，我要在凉州做三件大事，一是修建凉州大寺，让它成为中土佛教弟子都来敬仰的一个地方，就像龟兹的新寺一样；二是重新翻译佛经，把过去有谬误的翻译全都改正过来；三是从敦煌一路开凿石窟到凉州的最东面。

阿竭耶末帝也为他高兴，但她提醒罗什说，你也别太高兴了，我看大王现在是信你了，所以让你弘法，但他可能活不长了，到他的儿子们继承王位呢？就不一定了。

罗什说，管不了那么多了，希望佛祖能保佑大王多活几十年，好让我完成大愿。

于是，罗什每天都四处奔波，两个兵士仍然跟在后面。他们的任务并没有变，一方面保护伺候罗什，另一方面则是监督罗什不要跑了。罗什每天回来都很晚，有时，好几天都在外面奔波，寄住在一些寺院里。阿竭耶末帝对他说，你要注意身体，细水长流，慢慢来。罗什道，身体是迟早要坏死的，这有什么关系呢？大乘佛法，在于舍己利彼。我们在凉州已经快十年了，却什么也未做，这才是最可惜的事。

根据段业的提示，罗什与智严法师带着几个随从去了天梯山。天梯山是祁连山的支脉，在武威城的东南方，段业说骑马一天就到了，但是，罗什有自己的打算。自从有了弘法的行动后，他就开始有了一种强大的冲动，很想像小时候那样跟着母亲一路乞讨去悟道。在凉州，他基本上过着贵族一样的生活，到哪里去都是豪车相随。现在，他觉得自己再也不能那样了。他把这个想法告诉智严法师的时候，智严法师久久地看着罗什，眼里的泪水就出来了。智严对罗什说，法师，说句真心话，您来凉州后，凉州的僧人们每天都在看着您的言行，诸僧对您精深的佛法自然是崇敬有加，可是，每当看到您陪同大王出入于各种场所时，各人的想法就不一样了，有些僧人对您的行动就产生了一丝丝的怀疑，而更多的僧人则对您的地位产生渴望，从而对金钱、名誉、地位产生了贪恋，如今，您能放下这一切，像一个普通僧人一样去效法佛陀，我相信正法将会慢慢地回到他们的心中。

罗什说，这个想法由来已久了。我从九岁与母亲离开龟兹，用双脚丈量天竺的时候，我就觉得那是人生中最快乐的事。每天都去不同的地方乞讨，然后向他们宣扬佛法。十三岁时回到龟兹。后来，这种生活就慢慢地很少了，因为在龟兹，没有人不认识我，所有人都施舍给我丰盛的物产，甚至金钱。我对这种生活实际上也有些厌倦。到了凉州后，大王起初不大赞同我出来弘法，所以，不能随意出门。现在大王终于允许了，我就可以重新去体验大地的广阔、人心的宽度以及佛法的广大了。您愿意跟我一起走吗？

智严法师说，法师，我愿意追随您的脚步。

两个随从的士兵似乎不大愿意，但罗什如此定了，他们也没有办法。只是阿竭耶末帝担心罗什的身体，罗什说，没问题的，放心吧，而且出去走走会更健康的。

于是，一行四人往东走去，身上带了一些干粮，和半天的水。这使两个士兵极为惊慌，罗什说，没关系的，你们的吃的，全包在我和智严身上了。

一个时辰后，过了黄羊河，他们就看见越往东走，地势越荒凉。连年不断的战争使人口锐减，村子里时不时能看见荒弃不用的房子。鸡在房顶上乱飞，街道上一片狼藉。因为男人越来越少，只能看见女人、老人、孩子们在南墙边晒太阳。罗什便感叹道，上天啊，到底是什么使人间变得如此荒凉？

智严听后叹道，这几年还好一点了，前些年这些村庄的周围都是死人，都没人埋。几乎隔一年就有战争，现在基本上是太平了。

罗什双手合十道，阿弥陀佛！唯愿天下太平，少一些血雨腥风。

一个时辰后，大家都有些累。智严说，前面是祈雨村，我到前面去要点水喝。

罗什说，我跟你一起去，咱们分头去要，然后在村后头那棵能看见的大槐树下集合吧。

大家抬头一看，村后面确实有一棵大槐树，高高地耸立在村后，像是整个村子打着的一把雨伞。于是，两个士兵直接去了那棵槐树下，罗什和智严则一前一后进了村子。村子并不大，大概也就一百户人家左右。罗什一手拿着法杖，一手端着钵盂先进了村子。那根法杖上面有一个铜质的降魔杵，看上去有些威严。

有几条狗从几个大门中冲出来，狂吠着，但一见罗什后就安静地坐在了自家的门前，像是见了亲戚一样。罗什敲开了一家的门，出来一位老太太，罗什双手合十说道，施主，我是去天梯山的和尚，想问您要些水喝。

老人打量了他一下，说道，只要水吗？

罗什便说，若有吃的，当然更好了，出家人不敢贪求。

老太太把他的钵盂要上后进了门，不一会儿，拿着一个馒头和钵盂出来。罗什一看见水，便赶紧喝起来，只喝了一小口，就烫得直打哆嗦。老太太看了一下他的法杖说，你是从哪里来的？

罗什说，是从武威城里来的。

老太太又说，你会祈雨吗？让雨下下来吗？

罗什皱着眉头，摇着头说，老施主，很抱歉！这个不是贫僧的本事，但贫僧可以请人来做法事。

老太太失望地关了门进去了。罗什也失望地拿着水和馒头往村后走去。

罗什走后，智严进了村。他拿着法杖刚走了十几步，一条狗就狂吠着向他扑来，不一会儿，他的身后已经有七八条狗了，可街上连一个人影都没有，仿佛这个村子是一个狗村。智严看到一家院门收拾得很干净，便走上前去敲那家的门。一会儿后，来了一个妇女开了门，上下打量了他一下，用眼神问他。他便说道，施主，我是铁佛寺的和尚，要去天梯山，带的水少了，可否给点水喝？

妇人什么话也没说，拿了钵盂去舀了一碗凉水就给了他。他犹豫了一下，笑道，女施主，有热水吗？我肚子不是很好。

那妇人眼睛一瞪道，你难道不知道我们村叫祈雨村吗？就是这里没水喝，才叫这个名字。有水就不错了。

智严再不敢说话，便端着水到了村头。

两个士兵一个叫马龙，一个叫齐飞，都是凉州人，是当年吕光经过凉州时征兵带着去龟兹的。马龙个子高，人长得也俊，使着一套好枪法，齐飞个子小，会的却是大刀。据马龙自己说，他先人是三国时期马超的兄弟，所以常在罗什跟前讲马超的故事。齐飞是当地人，没有多少故事可讲。两人在一起时，总是马龙说个不停，齐飞则不多言。

马龙见罗什先来，便说道，法师，谢谢您！

　　说完，便把钵盂里的水给齐飞分了，两人一阵就喝完了。罗什看着，嘴动了动，终于没说什么。不一会儿，智严气呼呼地走来。马龙问道，智严法师，为何如此生气？智严说，我想要点热水，可那个妇人给我的是凉水。罗什便对智严说，法师，不可动气。我们出来就是要修行的。智严一听，立刻红了脸，点头道，法师说得是，我怎么一时动了气，真是不该啊！

　　马龙拿出干粮，对罗什道，法师，咱们都吃一点吧，在这里休息一阵，然后再走，那个馒头可能没我们拿的好，就由我和齐飞吃吧。罗什说，也好，走路容易饿，就先吃点吧，我要来的馒头就由我来吃吧。马龙不给，罗什便说，这只是开始，以后就没有吃的了，就必须吃要来的东西……那就分开都吃点吧。大家这才吃起来。

　　智严说，不瞒法师，我十几岁就出了家，那时还乞过食，可自从进了铁佛寺后就再也没有出来过，张天锡的供养很丰厚，后来大王虽不像张天锡那样了，但吃的仍然供给得够了。现在都四十多岁了，再出来真是不习惯了。不过，这是真的修忍辱啊！

　　罗什问马龙，为什么这个村子叫祈雨村？它离黄羊河也还没有多远啊，难道很缺水吗？

　　马龙说，法师，您没喝这水吗？

　　罗什说，只喝了一口，太烫了，再没喝。

　　马龙赶紧把自己的那杯水放下后说，不好意思，我以为您已经喝了。您觉得这水是不是很苦？

　　罗什说，是有一点，当时以为我自己太渴的缘故，没有多想。

　　马龙说，我听一位这里出去当兵的人说，这个村子原来叫苦水村，吃的水是苦的，虽然离黄羊河不远，也就几里路，但很奇怪就是没水。所以这里的庄稼就不行，得靠天吃饭。后来佛图澄大师在凉州说法，这里的人们就去请他来祈雨。佛图澄大师就作法，请来了龙王爷，这里就真的有了水。但没过几年，又变成了这样。所以，这里的人们便把村子改为祈雨村。

　　罗什叹道，原来如此，怪不得那个老施主问我能不能祈雨。可惜的是，这个法事我在龟兹的时候学习过，但因为一般都是由国师在做，我练习得少。既然如此说，我倒是可以一试。

　　说完，罗什让马龙和齐飞把随身带来的香点上，让智严默诵《金刚经》，他则先念一遍《祈雨龙王咒》，只听他念道：

　　　　唵　达至托　缩辣缩辣　悉利悉利　苏鲁苏鲁　那茄喃　阇婆阇
婆　侍毗侍毗　树符树符　佛神力故　大龙王等　速来于此　阎浮提
内　降树大雨　遮啰遮啰　致利致利　朱漏朱漏　娑婆诃。

　　然后他又念七遍《大悲咒》，之后再念《消灾吉祥神咒》《观世音菩萨灵感
真言》《七佛灭罪真言》等，最后再念三遍《祈雨龙王咒》，只见天空立刻阴云
密布。智严一看，高兴地说，看来雨真的要来了。罗什说，我们再来念《金刚
经》。他们还没念完，只见大雨已经倾盆而下。

　　村里的人们在大雨中出来，都惊呼，下雨了。这时，他们才看见罗什几
人在大槐树下。马龙在雨中跑过去告诉他们，是罗什法师为他们祈了雨。先前
的那个老太太顶着一个簸箕，簸箕上盖着一层油布，兴奋地过来看着罗什，慢
慢地跪了下来说道，原来是鸠摩罗什法师，请不要怪罪我们这些乡下人不认识
您。罗什赶紧将她扶起，说，我也只是试了一试，没想到真的祈到了雨。

　　老太太一边站起来，一边说道，就怕过几年又没水了。

　　罗什说，我回去后请大王在这里兴修水利，把黄羊河的水引过来后就再也
不怕没水吃了。

　　老太太抓着罗什的手说，您太好了，今年的庄稼有收成了。

　　罗什说，但你们现在还是没有水吃啊。

　　老太太指着街上忙碌的妇女和小孩们说，每个家里都有个水窖呢，你看，
他们把街上的雨水全都引到水窖里，明天就清清的了，可以吃好一阵子了。

　　罗什点点头说，好办法。

　　老太太说，这个还是佛图澄大师从西域带来的方法。

　　罗什双手合十，道，阿弥陀佛，佛图澄大师真是功德无量啊。

　　半个时辰后，雨停了。罗什看见街上的雨水都不见了，原来街道要比住
户的院子高一点，这样，雨水就都流到了各家的水窖里。老太太后来请来了村
长，村长把他们领到自己家里，请他们吃了饭，然后才上路。

　　一行四人走走停停，罗什不停地看着南边祁连山的山势，与路上的行人探
讨对佛教的认识。傍晚的时候，他们终于走到了山脚下不远的一个村庄。据马

龙说，翻过前面这座山，就到了段业所说的那个天梯山。

进得村庄后，看见一位老妇人在街头枯坐，一个小女孩进进出出围着她转。突然，小女孩看见来了一群人后停下了，对老妇人说，奶奶，来了几个人。

老妇人头也未抬地问，是什么人啊？小孩说，四个男人。

老妇人便问，有没有认识的？

小女孩说，一个都不认识。

老妇人便再也未说话。

四人到得老妇人跟前，马龙先上前问道，请问老人家，这个村子叫什么名字？

老妇人头抬起来，大家才看清她是一个瞎子。只听她说，以前叫莲花村，现在叫寡妇村。

罗什好奇，问道，请问老施主，为何叫莲花村和寡妇村？

老妇人说，原来是一位和尚，这是从前从西域来的一位叫佛图澄的大师取的名，那都是几十年前的事了。他曾经云游到这里时，正好天上飘来一片云，像莲花一样，然后就下起了雨。半个时辰后，雨停了。他看见空中出现一片彩虹，突然间远处的地面上升起了一尊金佛的形象。当时村里人都看到了。佛图澄大师便跪下来，村里人也跟着跪下来，就把这个村子命名为莲花村。其实叫莲花村的名字之前，这里叫泉水村，因为靠近南山的山坡上有一眼泉。佛图澄大师说那是一眼药泉，他说要在这里建一座寺院。

罗什便问，那为什么不见寺院呢？

老妇人说，佛图澄大师正在募捐时，这里发生了战争，他就走了，走的时候他说，几十年之后，会有人来这里修建寺院的。

罗什一怔，便问道，老施主，您见过佛图澄大师和空中出现的金佛吗？

老妇人没有马上回话，罗什立刻发觉自己说错了话，便说，不好意思，我忘了您看不见。

老妇人却说，你错了，我那时还没有瞎呢。那时我已经成人了。我当然是看见了的，我还记得佛图澄大师的样子呢？听说他后来去了关中，活了一百多岁呢。

罗什便下意识地转身看着四周已经被夜幕开始笼罩的村庄与大地、山脉，只听老妇人又说，战争一起，我们这里便乱了起来。后来，张大豫征兵，我们这里的男人们都跟着去打仗了，就再也没有回来，听说都死在武威城南面了。我的两个儿子都死了，我伤心极了，眼泪止不住，有一天就再也看不见了。

罗什听到这里，与智严同时念声佛号"阿弥陀佛"，老妇人叹了口气说道，我那时天天都坐在这里等儿子，等成习惯了。我一直觉得他们没死，总有一天会回来。已经十几年了，不会回来了。不光是我儿子没回来，我们村上的大部分男人都没回来，所以，我们这村子，女人都成了寡妇。外面的人把这村就叫寡妇村。有些女人跟着一些男人跑了，可大部分人上有老下有小，不能跑啊。

智严法师这时开口说道，老施主，刚刚跟你说话的这位是咱们凉州最高的法师鸠摩罗什，与佛图澄大师一样，都有很高的法术。

罗什对智严说道，法师，不敢说贫僧法术很高。

智严便笑笑，只听老妇人说道，看来佛图澄法师说得不错，这里的寺院就靠这位罗什法师了。我们这里，本来风水是不错的，人丁也兴旺，但后来寺院没修成，灾难就接连不断，是应当有一座寺院来镇一镇了。

罗什对老妇人说道，贫僧这次出来，就是到处查看一下，哪里适合修建寺院，依老施主之说，这里必定是要修一座的。这个事就交给贫僧来办好了。

老妇人一听，突然跪到地上叩头，说道，我到今天才知道，我天天坐在这里盼着儿子回来，村子里的人都骂我，我却身不由己，现在才知道，我盼的不是我儿子，而是这位罗什法师啊！

然后她又对着西方叩首道，谢谢佛祖！

就在他们说话的当儿，村子里不断地有人涌出来，都来看他们四人。罗什一看，几乎全都是妇女，也有一些小孩。少年有几个，但成年男人则一个也没有。所有的人都看着他们。罗什把老妇人扶起来，说道，我回到武威城里就奏请主公拨下银两，赶紧修一座寺院，可名莲花寺。

老妇人激动地抓住罗什的手不放，问道，法师，你们还没吃饭吧？

马龙一听，赶紧说道，没吃没吃，都渴死了。

罗什对老妇人说，不知道村里有没有人家可以安排我们住一宿，并施舍些饭菜，我们明天一早就离开。

罗什此话一说，立刻就听到妇女们嚷嚷道，到我们家吧，我那儿有吃有住。

罗什不知道如何是好，就在这时，已经有几个妇女来拉住马龙和齐飞的胳膊叫他们跟自己走，还有妇女来拉智严的胳膊。一位妇女跪在罗什面前，说道，法师，请到我家吧。

老妇人对罗什说道，这是我小儿媳妇，新婚之后的第二天丈夫就离开了，这个孩子就是她的。

那位妇女说道，我听我婆婆总是说，佛图澄大师来的时候，就住在我家里。

老妇人也说道，是的，那时我母亲还很年轻，做的素饭很好吃，佛图澄大师在我家住了三天。

罗什便说道，好吧，一切都是缘，看来我是来为佛图澄大师再次结缘的。

那个妇女一听罗什答应了，便一边站起来，一边说道，我做的饭也很好，法师一定会喜欢。

罗什看见那妇女面容姣好，看他的眼神中还带着一点羞涩，又看见别的妇女们都在拉扯智严、齐飞、马龙，便道，最好是一起吃，但我们人多，要不就分开吃也行，智严或齐飞跟我在一起吧。

一个妇女嚷道，那就各家分一个吧，反正我们又不会把你们吃掉。

智严也被一个妇女拉扯着，便说，还是我和罗什法师一起吧。但他要走时，那妇女忽然说道，这和尚是看不起我们家吗？

智严尴尬地笑道，不是，不是，我们出家人，最好是不要给你们添麻烦。

那妇女回道，有什么麻烦的，不就是一顿饭嘛，吃过后你们在哪里过夜随你们便。

智严一听，只好看着罗什，罗什便道，那好，大家各吃各的，吃过后最好还是有个人来与我一起吧。

智严说，好的，我吃过后就过来找你。

齐飞对罗什说，法师，我们吃过后就过来。

罗什说，没关系的，你们看情况，一起住可能也有困难，我和智严法师一起吧，咱们明早见。

于是，四个人被分配到四个家中。罗什跟着老妇人、妇人和那个孩子进了院子。院子里共有三间房子，妇人指着最中间说，这是堂屋，听婆婆说当年佛图澄大师就是住在这里的，那时我公公还活着，与我公公住一起，平时是我公公和婆婆两个人住，公公在十五年前去世，平时就是婆婆和我姑娘住一起。旁边这间是小屋，是我和我相公住的，我相公打仗死了，现在是我在住，还有一间是伙房。法师就还是住堂屋吧，我们睡小屋就可以。

妇人去做饭，罗什和老妇人在堂屋里开始聊天。老妇人又给他介绍了当年佛图澄的一些事情，说道，我们这地方，还有一件事，很奇怪。

罗什问，什么？

老妇人说，男子都活不了。差不多十年前吧，这里十六岁以上的男子都去打仗了，后来一个也没回来，十六岁以下的男子本来就很少，谁知后来所有的男子在十八岁以后就都死了。有些是得怪病死了，有些是出门后就再也找不着了。现在，村子里一个成年男子都没有，所以，你们四个男人出现后，村里的女人们就闻到了，出来看你们了。

罗什一听，惊奇地问，什么原因呢？

老妇人说，不知道，都说是风水不好，需要一座寺院来镇一下。如果这样下去，再过几十年，可能这里就一个人都没有了。

罗什道，我看不是还有些很小的孩子吗？是怎么回事？

老妇人说，我们这里啊，风气早都变了，村里只要来一个男人，女人们就都抢，谁抢到家，就可以与来的男人随意地过夜，当然，男人也不用担什么责任。平时这里不来什么男人，就是一些过路的和尚，挑货担的商人会偶尔住一宿。

罗什惊问，和尚也与女人们过夜吗？

老妇人说，只要人家愿意，我们这里没什么不合适的。

正说着，只见年轻的妇人已经把饭端上来了，她冲罗什笑笑，罗什也微笑着还礼。老妇人继续说着，我们那时候啊，妇人是要守妇德的，凉州人对这个非常注重，我记得我刚嫁到这里来时，有一个女人跟村里别的男人好过，那家人就把那个女人捆起来扔到了山里，据说被狼给吃了，那时候的规矩是很严的，可现在不一样了，村子里眼看人都死光了，再不续种就完了，再加上都是女人，也没什么不好意思的，所以，只要有男人来，谁抢上那个男人，谁就可以有后了。这才是大事。有后，老了时才有靠头啊。问题是，不知为什么，有些女人跟来的男人们也过夜了，可还是怀不上，即使怀上，也全是女孩儿，很少有男孩儿。

罗什听得非常诧异，妇人也已经坐在了炕上，频频看着罗什羞涩地微笑。此时的罗什脸上充满了尴尬。妇人对婆婆说，婆婆，吃吧。婆婆说，好，今天可是我们大喜的日子啊。

罗什问道，老施主，今天是你们什么大喜的日子？

　　老妇人说道，当然是你来家里了。

　　罗什说，老施主，可别这样说，贫僧是路过此地，讨得饭吃，应当是我的喜事才是。

　　老妇人说，不说了，先吃饭吧。

　　罗什的面前放着一碗转百刀，酸酸的，罗什闻着就喜欢，赶紧端起来吃了一口，赞道，太好吃了。

　　妇人说，我们这里也没什么好菜，只有这些刀豆和白菜，您就将就着吃一点吧。

　　罗什一边吃着面，一边夹着吃菜，很快就吃饱了，笑道，这是我这辈子吃得最香的一顿饭。

　　妇人脸上有一些羞涩，笑道，法师说哪里话，看您的皮肤和手，就知道您是大贵人家长大的，我们这乡下人的饭，怎比得上您吃过的山珍海味？

　　罗什看见妇人一双娇羞的眼睛，突然间觉得自己的心动了一下，便赶紧低下头来，笑道，出家人哪敢说谎话。

　　妇人也吃完了，然后退下去收拾饭桌。小女孩也跟着妇人到厨房里玩去了。老妇人对罗什说道，我媳妇这手艺如何？

　　罗什道，很好。

　　老妇人叹道，只可惜她守寡多年，现在连个儿子都没有，以后她可没有依靠了。

　　罗什只叹息，无话可说。

　　老妇人突然又问，法师可成家？

　　罗什一惊，迟疑地答道，有一妻子。

　　老妇人也吃了一惊，又问，可有儿子？

　　罗什道，没有，我们是被迫结婚的。我早就是出家的和尚，但大王攻下龟兹后非要我成亲，说是要给我留个法种。

　　老妇人说，我不太懂你们的佛法，我只知道是人，就得有后人，不然可怎么活啊。

　　罗什道，但和尚不一样。

　　罗什与老妇人聊天的过程中，觉得身体越来越热，便拼命地喝水，可越喝越觉得热。村子里已经安静下来了，狗时不时地叫几声，好像每叫一声，村子就更静一点。老妇人对罗什说，法师，可以早点休息了。罗什便问老妇人，智严他们几个怎么还没人过来？要不，我过去找他们吧。

老妇人说道，他们肯定都吃得很好，估计也快睡了，没关系的，我们这里很安全，明天一早，你们睡醒来再见面吧。

罗什要走出门外时，妇人走了进来，对婆婆说，婆婆，你也该睡了，我来给法师扫炕吧。

老妇人便扶着墙走了。妇人顺手把门关了，对罗什说，法师，我家里有酒，可再喝点，睡得踏实些。

罗什赶紧摆手道，要不得，要不得，出家人不敢乱戒。

妇人说，我们这里是山跟前，晚上凉，喝点酒可以御寒。

罗什说，不用了，不知为什么，我现在觉得身上越来越热，头也有些发昏。

妇人微笑了一下，说道，你睡一阵就好了。睡吧，我已经把炕给您扫好了，被子也铺好了。

罗什越来越觉得身体像是着了火，头也发胀得厉害，他对妇人道，好的，我自己可以照顾自己。

妇人却说，婆婆让我伺候您，我就得把您伺候好。

说完，她端来了盆水，给罗什洗脚。罗什听后大惊失色，说道，我自己来吧。妇人哪里依他，把他一把拉到炕上坐下，然后就把他的鞋子脱了，开始给他搓脚。就在搓脚的时候，妇人的衣服自然地下垂，两只乳房显露在罗什的目光下。借着油灯的光亮，罗什突然觉得自己的身体越来越燥热，再加上妇人轻轻地抚摩他的小腿，他开始眩晕起来。他觉得自己的那儿忽然间开始挺了起来。他有些惊慌，这可是好多年都未曾有过的事了。

他又一次对妇人说，我要去找他们。

妇人说，他们不来找你，一定是已经睡下了。

他说，可他们说好的要来找我的。

妇人说，我保证他们不来找你了。

他吃惊地问道，为什么？

妇人说，他们已经和那家的女人睡在一起了。

罗什听到这儿，只觉得轰的一声，头脑里有东西在炸响，觉得自己快要崩溃了。他听见身体里有无数呐喊的声音，便问道，你们是不是给我们吃了什么东西？

妇人道，我们这儿产一种果，叫人参果，长得像人一样，与别的地方的人参果不同的是，我们这儿的是壮阳的，很厉害，小孩子是不能吃了，若吃了会流很多鼻血，年轻人一般也不会吃，只有到了年纪大一些时才会补身子，很多人都受不住。我切成碎片已经下在你我的饭里被我们吃了，我现在身上也是很烫，跟你一样，我很想把衣服都脱了。他们跟我们一样，都吃了这种人参果，可能早就挡不住诱惑睡在了一起。至少那两个年轻人是受不了的。

罗什一听，闭上了眼睛，叹道，原来你们是早就预谋好的。

妇人道，我们对每一个来村里的男人都是如此，无所谓预谋，这是我们的待客之道。没有男人拒绝过我们村里的女人。对于我们来说，您若能给我们留下一个种子就好，我们并不会对您造成什么伤害，我们不会再去找您的。

罗什叹道，人世间何以变成这样？

妇人道，是这世道。

罗什道，贫僧乃佛家弟子，十多年前已经犯过大戒，再万万不可能有第二次了。

妇人道，可婆婆认为，您就是我的大贵人，今夜若不能同房，恐怕明天我就无颜见人了。

罗什奇道，这是为何？听说过为守住名节而牺牲生命的，没听说过守住了妇道却无颜见人的？

妇人突然流泪道，我们这里就是这样，十年来，有几次我都可以把男人抢来，但因为我害羞总不好意思去抢男人，别的女人不害羞，男人们都跟着她们去了，结果我就一直没有和男人睡过觉，婆婆为此已经把我骂过不知几千遍了。今天您终于能跟着我到我家了，您不知道，我婆婆有多高兴，所以她说您是我们的大贵人，但如果不能睡觉，婆婆明天就会把我骂死。

她的话还没说完，就听窗外有声音说道，玉秀，赶紧把衣服脱了，睡到炕上去。你今晚若睡不成，明早就从这家里走吧。

罗什一听，大声对老妇人说道，老施主，我对你们充满了信任，你们为何如此待我，非要叫我亏了大节？

老妇人嗔道，哪个男人不好色，和尚花心的多的是，你看跟你一起来的那个和尚，现在早都趴在寡妇的肚子上了。我们家玉秀长得标致，身子也滑，底下也干净，不会辱没你的。再说，你白日个女人，还有什么亏大节的？

罗什一听她口里满是污言秽语，便知道她对佛教并无多少根本的了解，一时不知如何应对，再一看，玉秀已经脱下外衣，露出玉体来。他脑子里又是轰的一声。然后，他就看到玉秀赤裸着身子往他怀里来。他突然站起了身，鞋也没穿，就拉开门往外跑。结果他发现，门早被外面反锁了。

这个时候，他慢慢地清醒了一些，他也没有大声喊叫，而是转过身来，坐在炕上，闭上眼，打起坐，念起《金刚经》来。玉秀则半身赤裸地坐在炕上。婆婆在外面大声地骂她没出息，而她又不知道怎么办。

罗什口里念念有词，一会儿后，他仍然闭着眼睛对已经慢慢靠过来的玉秀说道，女施主，请穿好衣服听贫僧说，外面的老施主，也请不要逼迫她。贫僧现在能理解你们的心情了，但是，你们无法理解贫僧的苦处。贫僧出生于龟兹国，父亲是国师，母亲是公主。贫僧还在娘胎里时，母亲突然间就能说天竺语，有奇迹发生。贫僧出生后，她又不懂了。贫僧七岁时跟着母亲出家学佛，过目不忘，理解力超常，人们叫贫僧为神童，这就是贫僧名字鸠摩罗什的来历。十二岁时，贫僧在天竺国碰到一位修道的罗汉，他说贫僧在三十五岁还能保住童子身，就可以在弘扬佛法方面大有可为，且可到中国来传大乘佛法，造福众生。贫僧在二十岁时受了戒，三十五岁时依然是童子身。然而，贫僧在四十一岁时破了戒。那是因为现在的大王领兵灭了龟兹，他不相信佛法，同时要贫僧留下后代，于是，硬逼迫贫僧与龟兹公主喝酒，然后在昏迷中破了戒。当时，贫僧几次想死，但一想到还有到东土来传法的使命，就活了下来。贫僧来到凉州后，由于大王对佛法不大感兴趣，所以不能有什么作为，最近，大王刚刚开恩，命我四处查看地形，可开凿佛窟，或大修寺院。贫僧觉得机会终于来临，谁知会遭遇到你们。我同情你们，可你们要是硬逼迫我做什么，我只好将此事禀明大王，你们将是死路一条。如果你们不信，还要逼迫我，我只好一死了之。我若死了，你们也是死罪啊！你们想想，何苦要如此呢？我已经说了，我会请大王开恩，给你们村修一座寺院，你们从此后会心想事成，你一定会有后代的。我说话算话。

玉秀一听，坐在炕上，说，对不起，请看在我们快要绝后的分上，就不要怪罪我们了吧。

外面老妇人也叹了口气，说道，看来法师的确不是一般人，我家玉秀也只能继续守寡了，是我们命苦啊。

罗什一听，便说，贫僧能理解你们，不瞒你们说，贫僧能看到人的过去世，也能略略知道一些人的未来，可让我来看看你们的过去与未来，如何？

老妇人说，你若真有这本事，我只想知道，我儿子真的死了吗？

罗什道，且等贫僧慢慢说来。先说老施主。您本不在这个村里，您在离这里很远的一座山里长大，父母都是猎户，父亲被猎物所伤，一条腿折了，你是在十五岁嫁到这里来的，是一头小毛驴把你娶来的。

老妇人一听，惊讶地说，就是的。

罗什继续道，你的儿子的确死了，但魂魄在西方游荡，每天都想着要回来，可回不来。你们村里所有男人的魂魄都一样。

听到这儿，老妇人和玉秀都大哭起来。罗什道，这些冤魂迫切地需要超度，转世到六道轮回中去，但没有人做这件事。这就是你们村上为什么出现这么多怪现象的原因。现在，这里急需要修一座寺院。

玉秀看着罗什说，那，那，那法师，我呢？

罗什说，你十二岁丧父，也在很远的大山里，你公公到那里去时把你带回来，做了老二的媳妇，但你也从此再没回过娘家。

玉秀说，就是的。

老妇人说，难道老天就让我们这样断子绝孙吗？

罗什说，不然，等到寺院修好后，就会有男人主动来入赘，那时，不但你们这里可以生男孩儿，整个村子还会人丁兴旺。

老妇人疑惑地问道，法师说的可是真的？

妇人也说道，是真的吗？

罗什说，一切都是随缘造化。你我没有结下前缘，所以今晚我们若苟且，对我就是造下了孽债。你们今晚的这番行为，我起初也是非常生气、绝望，但现在又生出无比的信心，一定要在这里给你们修座寺院，把这里的邪气镇住。

这时，玉秀已经穿好衣服，羞涩地对罗什说，请法师不要怪罪我们。

老妇人这时开了门，说，反正我快入土了，如果真如你们佛法上讲的有地狱的话，希望法师能超度我不入地狱。

罗什说，你是有佛缘的人，不会的。

玉秀已经下了炕，要到自己的房间里去休息。罗什说，请女施主带我去救一下智严法师。

玉秀想了想，说道，好的。

玉秀打着灯笼，带着罗什敲了智严法师的那一家门，里面有人问道，谁啊。

玉秀说，是我，玉秀。

门开了，是一位老妇人开的，一看后面是罗什，便说，你们干完了？

玉秀说，先把门开了再说。

老妇人把门开了，说，这个和尚，喝了很多酒，但还是不肯睡觉，他说要去看看罗什法师，并吓唬我们说，他们如何如何厉害，要把我们村杀光什么的。

罗什道，他说的没错。我们是大王派来的，若大王知道并怪罪下来，你们的确都是要掉头的。

玉秀说，罗什法师说的是真的，他还说出了我和婆婆的身世，并告诉我们为什么村子会变成现在这样的原因。

老妇人问道，那你和他睡了没有？

玉秀羞涩地说，没有，他说，要为我们修一座寺院，把邪气镇住，将来会有男人来我家做我丈夫的，而且还会人丁兴旺。

老妇人看了一眼罗什，疑惑地问她，你信他吗？

玉秀说，信。

老妇人迟疑了一下说，那我把那和尚放出来吧。

他们往里走时，就听智严在房中对一位妇女说道，你不知道，我年轻时什么事都做过，杀人放火，抢别人的老婆，睡过的女人不计其数，可突然有一天，我病了，然后睡了三天三夜，我梦见自己去了一趟地狱，等我醒来后，我就发誓再也不做恶人了，所以我从山西老家往这边走，在这里出家并修行。你现在要和我睡觉，可就毁了我二三十年的修行啊，是要进地狱的。

当他说到这儿时，门被打开了。他看见罗什站在门外，便冲了出来。而炕上那一个妇女赶紧把被子往身上裹去。罗什对智严说，走吧，跟我睡一起。

两人往回走，智严问罗什，齐飞和马龙呢？要不要把他们也叫来。

罗什说，他们年轻，且不修行，肯定把持不住，早就和妇人睡了，我们现在去叫他们，就等于把他们的事公之于众了，他们如何面对我们？我们就当什么事都没发生就行了。至于后面的孽缘，则只有等他们自己去偿还了。

两人到玉秀家，睡到堂屋里，半夜里两人还是觉得浑身燥热，便将厨房里的凉水舀来喝了几回，终于沉沉睡去，竟然睡到了大天亮。等他们醒来时，玉秀已经把饭做好了。老妇人依然出门去坐在原来枯坐的地方。他们吃过后，齐飞和马龙才过来。齐飞对罗什说，昨日走乏了，喝了些酒，竟然睡过头了。

马龙也笑道，是啊，我也是。

罗什便笑道，不要紧，我和智严法师也一样，我们俩在一起也睡到了现在。

马龙奇怪地问道，你们不是分开睡的吗？

智严说，饭是分开吃的，睡觉是一起在这里睡的。

马龙便看着齐飞，罗什便说，好了，再不说了，在哪里睡都一样，咱们赶紧上路要紧。

四人告别寡妇村，一路再不提起昨夜的事。又是一天的行程，翻过了好几个山头，终于到达段业所说的天梯山。罗什一看，天梯山高耸入云，山上终年积雪，积雪化成的雪水流成一条河，从山下蜿蜒向东绕去。山下有一大片开阔地，种着麦子和高粱，一个村庄隐藏在一片郁郁葱葱的树林中。村庄不远处，是一片营地，驻扎着兵士。齐飞早早地去报与营地的将军刘恩军，刘恩军赶紧打马出来迎接罗什。罗什问刘恩军，那个村子叫什么名字？

刘恩军说，叫登天村，也叫灯山村。

罗什惊奇地问，为什么呢？

刘恩军说，法师，您别看这里离凉州城远，且在大山里，好像很边缘，其实，这里是周围其他地方最富饶的，又是方圆几十里的中心。过去匈奴人占领这里时，这里可是祭天的好地方，所以这里叫登天村。据说这里的山里藏着取之不尽的金子，匈奴人的祭天金人就是用这里挖的金子铸造的。我们名义上是镇守边关，其实是镇守这里的金子。匈奴人走后，这里的风俗慢慢变了，但每年正月十五这一天，四乡的人们会做各种灯笼，挂在这山上，那一天非常热闹，所以后来慢慢地又被叫成灯山村。那一天，如果从远处看，彩灯从山底下一直会挂到山顶，看上去就像挂在了天上一样，非常好看。

夕阳中，罗什看见一条河流从西边金光灿灿地奔来，又向东游去，他听到马龙说，太像一条龙了。当天夜里，他们住在了军营。刚刚睡下，就听外面有士兵大喊"着火了"，他披衣出去一看，是对面灯山村的村子着火了。本来是一个地方着了，可忽然来了一场风，一下把一大片引着了，远远看去，还有蔓延的可能。

刘恩军带着士兵去救火了，齐飞和马龙来问罗什，我们要不要也去帮个忙？罗什说，好，我们也去看看，不过，你们稍等我一下，我要看看这是怎么一回事。罗什在屋子里拿出占卜的东西，占了一卦，并进行了一番演算和思考，对三人说，这里面有鬼，有大祸将临，可能是有敌人。齐飞，你赶紧去告诉刘将军，让他火速带领人马回来守营，我怀疑是调虎离山之计。

正说着，就听到外面杀声一片。他们出去一看，数千军队已经团团将营地包围，而军营中有一半人都去救火了，剩下也就一千多人。有一个副将在仓促指挥抵抗，连号角都没顾上吹。齐飞说，法师，怎么办？

罗什看见远处山上的火势还没有被扑灭，便对齐飞说，快，让人吹响号角，让刘将军赶紧赶回来。齐飞快速找到吹号角的人，发现已经被射死，便拿起了号角，吹起来。但已经来不及了。副将很快被杀，一支人马直冲中帐而来。马龙对罗什说，法师，我们往山上撤吧。罗什说，好。

四人赶紧往山底下冲，但那里也有兵马围着，齐飞对罗什说，法师，我和马龙掩护，您和智严法师见空就往山上跑。说完，齐飞第一个冲了上去，紧接着马龙也冲了上去。两人在军营里都是出色的好手，很快他们就放倒了好几个敌人，背对背空出一条道。齐飞喊道，法师，走。

罗什和智严便在他们中间跑过去，两人抵挡住两边的敌人，等他们看见罗什与智严已经开始上山，才放开敌人也冲出去。敌兵现在只知要攻下大营，所以也不追赶他们，任凭他们上到对面山上去。等他们爬到山顶上时，看见刘恩军又率大军往回杀过来，而那边山上的火还没有熄灭，百姓们还在扑火。再看军营这边，敌军一边往军营里杀进来，一进来便放火烧军营，一时间，这边又是火光冲天。等到刘恩军赶过来时，敌军已经撤退。刘恩军看着火光，无计可施。

这边山上，罗什等也看得一清二楚，马龙对罗什说，法师，这么大的火已经无法救了，只有靠老天下一场大雨才可扑灭，您可否祈雨？智严也说，是啊，法师，只有靠您了。罗什便坐在山上，与智严一道再次祈雨。不一会儿，刘恩军看见本来晴朗的天空，突然间阴云密布，紧接着又是大雨倾盆，足足下了小半个时辰。山上和军营里的火全都扑灭了。而在山上，罗什、智严等四人则无处可躲，只好往山崖上的石壁下去躲，但还是被雨淋得湿透了。等到他们后来下了山，回到营地时，发现整个军营有一半的东西都被烧毁了，几乎没有一个营帐是完整的。刘恩军听齐飞和马龙说，是罗什为他们祈雨才保全他们的营地时，扑通一声跪在地上说道，法师，早就听说您法力超常，今日算是领教了。

罗什说，不用谢我，将军，要谢就谢上天有好生之德吧。但你要赶紧派人收拾好营地，并连夜派人去求援，明天夜里，敌人还会再来，这一次，恐怕是大军，就不是这么一点人了。

刘恩军早就听段业给他说过罗什预言的神奇，便一方面赶紧让人收拾营帐，另一方面，派人迅速往凉州城里赶去。直到深夜时，大家才休息。罗什睡在一个新搭起的帐篷里，觉得又冷又饿，但又不好在那个时候麻烦齐飞他们几个，也便睡了。

第二天一早，智严早早地起来了，他在罗什的帐房前徘徊了好久，也没好意思进去。罗什一般很早就起床，但今天一点动静都没有。他把齐飞和马龙叫醒后说，罗什法师好像睡得很死啊。

齐飞说，不对啊，一般情况下，他都是早起的，我看看去。

他过去把帐篷悄悄揭开一看，罗什还睡得很沉，便轻声咳嗽了一声，还是没有动静。他觉得不对，就叫了一声，法师。罗什迷迷糊糊地答应了一声，但又睡过去了。他过去摸了摸罗什的额头，转过头来对马龙和智严说，发烧了，烧得厉害。

几人都赶紧进到帐篷里，都摸了一遍罗什的额头，智严对齐飞说，赶快找军医吧。不一会儿，军医来看了一看，问了问情况，说道，是昨晚被雨淋了，后半夜又被冻了，着凉了，没事，喝一碗姜汤就好了。于是，便命人熬了一大碗姜汤，让罗什喝下，然后又命人拿来两床被子，压在罗什身上，让罗什蒙着头再睡一会儿。大家便出去，半个时辰后，罗什喊齐飞，齐飞赶紧进去，一看，罗什满头是汗，说，轻松了。齐飞再一摸罗什额头，凉了。

罗什说，这个医生还真有办法。医生进来后摸了摸额头，又号了一下脉，说，没事了，下午就会好起来的，明天就好了。齐飞问道，还吃什么药吗？医生说，不用了，多喝水，中午时再喝一碗姜汤就可以了。

医生给罗什讲了一下治病的道理，罗什觉得句句在理，感叹道，汉地的中医真是奇妙。医生摇摇头说，哪有您的法术奇妙，能让老天下雨！

果然，下午的时候，罗什基本上觉得差不多了，便去见刘恩军将军。刘恩军正要来看他，一见面就问罗什，法师，救兵还未到啊，这可如何是好？

罗什道，是啊，但夜里一定会到。

不一会儿，有探子来报，后秦大将姚硕德率军三万从祁连山南麓突袭而来，已经快到天梯山了。刘恩军奇道，天梯山和胭脂山下的马营都是军队们养兵的地方，尤其是天梯山，很少有战争发生，可昨夜为何突然有敌兵出现？

众将们都不明就里，纷纷表示撤离天梯山。刘恩军说，即使要撤离，也得等主公下令，否则我等就是违背军令，我们还是严阵以待，至少能抵抗到夜里，等待大军救援。

黄昏时分，只听外面有人报告，说敌军射来一封信，要将军回复。刘恩军打开书信一看，又转头看了一眼罗什，便破口大骂，姚硕德老贼欺人太甚，来人，给我回信。

众将都不明白，罗什也很好奇，便问道，将军，信里说些什么？刘恩军便把信给罗什和众人看。

原来自从上次后秦皇帝姚兴派使者来迎请鸠摩罗什被吕光拒绝后，姚兴便派人对陇西王姚硕德说，吕光是前秦大将，在军队中享有很高的威望，与他作战，恐怕取胜的机会不多。现在迎请鸠摩罗什的使者被拒，是吕光失礼，现在就该到兵事了，但不可强攻，只可智取。于是，姚硕德便派一支先锋军直接从天水率兵取道祁连山南麓，直接到了天梯山，然后悄悄地烧了灯山村，以调虎离山之计把军营也烧了，又匆匆撤了回去。正当他们撤出不远时，就看见天降大雨，浇灭了灯山村和军营中的大火，而他们站立的地方连一滴雨都没有。他们一边往回撤，一边又派出探子去问个究竟。第二天天刚亮，回来的探子告诉他，说鸠摩罗什就在营中，且祈求龙王下雨了。于是，他们赶紧报给姚硕德，姚硕德一听大喜，赶紧拔营赶来。

黄昏时分，姚硕德大军赶到，立刻吩咐将四山悄悄地围攻起来，并给刘恩军修书一封。罗什一看，即说，既然是为贫僧而来，就让贫僧来结束这场战争吧。

刘恩军一听，急道，法师，您怎么结束？难道您有退敌之策？

罗什说，当然没有，但贫僧可以试一下。

刘恩军说，法师能说说怎么退敌吗？

罗什说，让我直接面对姚硕德，现在还没想好怎么办，到时候就知道了。

刘恩军说，那不行，万一他们把你掳走怎么办？

罗什说，不可能，他们若掳我，我就自杀，但他们肯定不会看着我自杀的，不然他们就无法向他们的皇帝交代。

刘恩军说，不然，法师，他们也可以借着要迎请您的名义来灭我凉州，所以，我不能让您去冒险。还是我带领人马抵抗一阵，等待大军到来吧。

罗什还要据理力争，刘恩军已经命部下护送罗什等四人到昨夜去的山顶上避难。然后，刘恩军命人紧闭军营大门，等待大军到来。

但刘恩军哪里知道，他这个军营只是临时搭起的一个营防，哪里经得起姚硕德的大军进攻。只半个时辰，后秦士兵已经用弓箭射杀几百士兵，刘恩军也受了伤。眼看军营难保，罗什再也看不下去了，他下了山，突然从齐飞手里夺过刀，对齐飞说，你们带我到军营门口，并让对方停止进攻。

对方停止了进攻。罗什来到了军营门口，姚硕德也打马过来，在马上作揖道，鸠摩罗什法师，久仰了。

罗什一手提刀，一手行礼道，贫僧也久仰陇西王的威名，也亲眼看见刹那间就让数百人成为将军的刀下之鬼了。听说陇西王来此，只为贫僧？

姚硕德心中稍有不快，但随即说道，法师批评得对，这也足见法师慈悲为怀。本王此来，确实是为迎请法师到我后秦弘法。当年，前秦皇帝委派吕光去西域迎请法师，不料，他半途称王，并未将法师迎请至长安。长安百姓翘首期待了好多年，相反，吕光并不信仰佛法，法师在凉州也无所作为，所以，我后秦皇帝陛下才派使者来凉州再次迎请，谁知遭到吕光拒绝，本王这才不得不兵临城下，以武力强迫吕光放行法师。

罗什说道，贫僧何德何能，蒙两位皇帝错爱，使我主公与陇西王大动干戈！在陇西王看来，起兵杀人乃正义之行，但在贫僧看来，全都是罪过，而这些又全都是因贫僧而起，所以，刚刚陇西王射杀的几百冤魂，都是因为贫僧而亡，贫僧此时心里真是万箭穿心，恨不能替他们而死。不知陇西王能否体会贫僧的悲苦？

姚硕德一听，一时不知如何回答。他戎马一生，打仗杀人是常事，可今日突然被罗什一问，心里不禁打了一个寒战。他第一次遇到这样的人，他不能生气，但他也无法说自己就是错了。所以，他略略思考后答道，法师，您我虽站的角度不同，但本王也能理解您，现在，请法师也要理解本王。本王奉皇帝之命，以武事来迎请法师，是不得已为之，除非吕光赶紧放行法师，本王则收兵回国。不然的话，将死伤无数。我想，那是法师不愿看到的。

罗什一听，便道，陇西王，刚刚您说贫僧在凉州无所作为？此话错了。贫僧这次来天梯山，就是为弘法而来。主公命我在凉州大行佛法，四处开凿佛窟。昨日才到，即遇陇西王之兵杀人放火。

姚硕德问道，听说是法师祈雨灭的火？

罗什道，上天有好生之德，所以贫僧才敢祈雨，没想到能成功。此乃天意。贫僧劝陇西王尽快收兵回国，后秦皇帝的善意贫僧心领了，等到贫僧在凉州的佛事做完，若主公也允许贫僧去秦地，贫僧则万死不辞。

姚硕德暗暗称奇，一方面，他证实了罗什能祈雨之神力，另一方面，他也佩服罗什的牺牲精神。他开始犹豫起来，但也只是一刹那，因为他立刻想到该如何回去复命呢？一想到这儿，他便说道，法师，我后秦皇帝陛下慕法师之名久矣，我国百姓也盼法师久矣，且整个天下佛教之中心在长安，长安数万僧众也在天天期望法师能去主持译经大业，此非单纯的后秦之功业，而是天下之福。吾皇此番派本王前来，定然不能空手而回，必得迎请法师回长安。此也乃天意。

罗什心有所动，那不正是他毕生之愿吗？然而，他又如何能走成？他若前脚跟着姚硕德走，那么，吕光不但会杀了阿竭耶末帝和他的弟子们，可能还会穷追不舍，为他又将两国兵戎相见，死伤无数。这可是大罪孽。他想到这儿，便镇定地说道，陇西王，实话讲，您所说的正是我所愿的，但我佛慈悲，不能厚此薄彼，舍弃这里的众生，而去他方享福。且如今主公已令我大举佛事，至少，陇西王应当允许贫僧把这些善事做完。更何况，贫僧若此番跟将军一走了之，贫僧不但会让天下人耻笑，而且将战争连绵。这是贫僧不愿看到的。

此时夜幕降临。只见一探子前来向姚硕德报，大王，吕光正率大军从北边杀了过来。

姚硕德吃了一惊，问道，有多少人？

探子回道，大约五万兵马。

姚硕德即对罗什道，请法师赶紧做出决定，否则，本王将强行迎请法师了。

罗什将刀往脖子上一横，朗声说道，陇西王，虽然出家人一般不问政事，也不参与军事，但也不愿看到因贫僧而使众人惨遭杀戮，请陇西王速速撤兵。

如若陇西王往前一步，贫僧将死在陇西王面前。

姚硕德见如此情景，不知如何是好。又听探子来报，说吕光大军已经到了。有将军说道，大王，不能再犹豫了，要么战，要么撤。

姚硕德便悄悄地命人去夺罗什之刀。齐飞和马龙左右护着。一将刚上前，马龙便抢起长枪，两人战了几个回合后，马龙被对方一刀砍断头颅。马龙的头不偏不倚地滚到罗什跟前，眼睛还瞪着。齐飞赶紧护了过来。罗什被惊吓得浑身颤抖，再一看齐飞也非对方对手，便大声说道，住手，若再打下去，我马上自杀。

姚硕德一看不能得到罗什，便说道，法师，请不要怪罪本王杀了你随从，看来这次请不到你了，本王还会回来的。

说完，姚硕德命令三军撤回。半个时辰后，后秦军队撤得一个不剩，只听吕光大军又从北方喊杀过来。罗什和智严跪在马龙的尸首前念着经。又过了一阵，吕光赶到。刘恩军向吕光汇报了军情，罗什则满脸悲伤地站立在一旁。吕光对罗什说，法师，你受苦了！

罗什答道，主公，区区罗什，却惹得后秦如此大动干戈，实乃大罪在身啊！

吕光叹了口气道，不光是你，还有本王的江山，他们的野心不小。现在我在，他们大概不敢轻易侵犯凉州，但我不在后，就不好说了。对了，法师，告诉我你这些天考察的想法。

罗什便大致把路上的情形说了，并替苦水村和寡妇村村民请了愿，吕光都一一答应。罗什又说，天梯山，意思是离天最近的地方，臣还没来得及考察呢，但这里是附近百姓集中的地方，又是古时匈奴人祭天的地方，应该说是好地方，待臣明后天再考察来定。

吕光又叹了口气说，我过去还是没有好好支持你，当然，你也未曾向我提出过什么大的愿望，这都是我们的错。回去你要好好规划一下，把凉州的佛教事业办得有声有色一些，一定要超过长安，让天下的有道之人都翘首西望。

罗什感动地说，感谢主公！

第二天，探子来向吕光汇报，姚硕德之兵已迅速撤回，毫无再回来的意图了。吕光一听，便对罗什说，也好，本王今天就陪同你考察一下天梯山。吕光让大队人马开始陆续撤离，留五千人马护送自己。早上出去，在山上走了一阵后，吕光就有些累了，他感慨道，我老了。

　　罗什道，主公，生老病死乃人之常态，每个人都要经历，即使主公年轻时神勇无比，但上天对每个人都很公平，每个人都得面对生老病死这个常态，佛祖早就悟透了这个道理，所以发明佛教来教育大众，以平常心来对待这些生命的常态。

　　吕光一听，顿时觉得有些沮丧，叹道，是啊，孤王也不能免死啊，对了，法师，世间都传说有长生不老之术，可否真有？

　　罗什道，若真有，佛祖便不会死。

　　吕光说，既然死了，人们还求他保佑，为何？

　　罗什道，那只是轮回之道，只是肉身之死，佛祖的法身则无处不在。

　　正说着，罗什看见前面的天空中有金光在闪，智严惊道，看，法师，那金光好像一尊佛啊。

　　大家定睛一看，都觉得有点像。原来是一片云，慢慢地飘过来，发着七彩之光，上面似乎端坐着一尊佛。罗什说道，是瑞象。他们便都停下来，等着祥云飘来。飘到他们头顶时，那片云忽然停了下来，慢慢地散了。吕光问罗什，这个有什么说法吗？

　　罗什看了看他们所在山峰，说道，也许在暗示我们这里有什么。但站在山顶上，只看见悬崖外，什么也看不到。罗什对智严说，你和齐飞到山下去看看这里有什么异样。

　　两人很快下到了山底下，向上仰头看，说道，法师，我们说不好，你下来看看。

　　罗什下来时，吕光也跟着下来。众人到得山底，再往上仰望时，发现这是一块很大的石壁，有几十人高。罗什再向后看去，石壁对面是一条河，河过去是一片很大的开阔地，不禁喜道，如果在这里雕刻一尊大佛，方圆几里的人们都可以抬头就看见，太好了。再看看这石壁能不能雕凿。

　　齐飞随身带着凿子，罗什让他凿一下试试，是那种沙石山崖。吕光问道，法师，可以凿吗？罗什说，可以。他还看到，大佛的附近，在那些连绵的山崖上，还可以雕凿几十个小佛窟。

　　罗什喜道，就这里了，这是佛祖的旨意，同时，也是主公奇遇的瑞象。

　　吕光也大喜道，竟然如此神奇，好吧，我也信一次佛祖，就这里了。回去我即给你拨人马和银两。

　　下午时，吕光在大营里睡了一阵，忽觉有一些凉意，便起身向山野间看去，但见初秋的天梯山山谷内，大片大片的麦子已经熟了，而高粱开始染上了红色，与山上开始染上秋色的树木相映一片，煞是好看。他忽然想起了故乡，不免生出一点点的伤感。想想上午所看到的瑞象，仿佛梦一般。

　　又有探子来报，姚硕德大军已很远很远了。吕光忽然想回去，众将们都说，主公，身体要紧，我们连夜赶路肯定没事，但您要注意。吕光一听，偏偏说，好，我与你们比赛比赛，看谁最先到达武威城。大队人马顷刻一走而空，留下一片乱象。罗什看了看，对智严说，除了马龙的死像真实的外，一切都仿佛假的。智严也叹道，是啊，这几天竟然发生了这么多事，以前在武威城时，哪想过世间这么复杂。

　　第三天，罗什等在刘恩军陪同下把整个天梯山看了一遍，最后发现，还是那天祥云停驻的地方最好，刘恩军奇道，真是神奇啊！罗什则笑而不语。

　　那天夜里，罗什睡得很沉很沉，梦见自己走到了一片田野里，看见不远处有一高台，高台上端坐着一尊佛，他便前去拜见。他走啊走，明明就在跟前，可怎么也走不到。先是看见前面忽然出现一条河，河上面没桥，他便绕道走，等找到桥时，又不知离高台有多远。问了很多人，才走到跟前，又看见了那尊佛，可忽然又出现火海，他又绕道走，走啊走，终于找到了火海的边缘，绕到了对面，又问了好多人，终于看见高台了，再走一阵，终于看见了那尊佛，等他拾级而上，忽然发现那尊佛变成了一位菩萨，他仔细看去，竟是龙树菩萨。他俯身拜下去时，忽然醒了。

　　第四天一早，罗什等告别刘恩军，往武威城去。刘恩军要派人马送罗什，罗什不愿，于是，派了兵士，用马载着三人出了山，将他们放在大路上便回去了。因失去马龙，三人都有些悲伤，一路走得便快。

　　路上，罗什把昨夜的梦告诉了智严，智严说，是不是佛在托梦呢？

　　罗什说，我也这么想，醒来后再也没睡着，可我来到凉州后还没见过那样的高台，也不知道自己去了哪里。

　　智严想了想说，你梦里的高台是不是有九仞之高？

　　罗什想了想说，总之很高，我好像走了三级台阶才上去，差不多。

　　智严又问，高台大不大？

　　罗什说，很大。

　　智严说，武威城西北有一灵钧台，是前凉时所铸，不知是否法师所讲高台。

　　罗什奇道，贫僧来凉快十年了，尚未去过那里，咱们回去可看看。

　　三人再没走回头路，尽可能贴着祁连山北麓山根走，一方面是看山下是否建寺，另一方面也看看能否雕塑大佛。用了又是两天时间。回到武威城的第二天，三人便去看城北的灵钧台。出了城，往西北走了两三里后，便看见一片田野，罗什远远望见有一高台，惊呼，正是梦中所见。罗什到得灵钧台前，一看，确如自己梦中所见一般高，再拾级而上，看见台上有一大鼎，原来是祷告天地的地方。罗什说，大鼎所在位置正是龙树菩萨像的位置。

　　智严说，这次跟随法师出来，在天梯山看见瑞象，又在这里发现奇迹，才知道何谓有道高僧啊。

　　罗什道，法师言重了，所谓心诚则灵，贫僧只是感应到一点点佛迹而已，但即使如此，也已经坚定了贫僧修道的信心。我们这就回去禀明主公。

　　一路上，罗什和智严讨论在灵钧台上修建什么，罗什说，既然梦到的是龙树菩萨，说明要在这里传播大乘佛法，那么，在这里要修一座与大乘佛法相关的寺院，灵钧台上自然是要修建藏经阁，而这座寺院的名称也可命名为海藏寺，以纪念大乘佛法是由龙树菩萨取自海里龙宫的故事。

　　智严说，甚好。

　　当天吕光忙，未见成。第二天吕光又要接见西域来的诸国使者，也没空。第三天，吕光有一个时辰的空闲，罗什和智严才进宫见驾。

　　吕光对自己感受到的瑞象始终存疑，当罗什说他们和刘恩军考察的结果还是确定那天的地方时，他诧异地瞪大眼睛问道，是真的？

　　罗什平静地说，是的，主公。

　　吕光一听，大悦，立刻同意在天梯山雕刻佛像，以灵钧台为中心修建海藏寺，并初步同意罗什为苦水村兴修水利和在寡妇村修建寺院的建议。此事交给了段业来操办。

寻找商古

吕光将弘法之事交给段业来操办，又说，凡事要按罗什所愿来做。段业来问罗什，主公如此安排，我总觉得不妥，应当把这些事直接交给你就可以了，何必如此麻烦？

罗什叹道，主公从根本上并不是想弘扬佛法，他只是出于政治上的考虑才这样做的。

段业问道，若在西域，这些事当如何处理？

罗什道，当然直接由国师来处理，国师对国王的影响很大。

段业道，这可能就是中国与西域的不同，在中国，目前还没有哪个皇帝和君王设有国师一职。

罗什笑道，段大人，我也只是这样一叹，其实已经很好了。这事交给您来操办，已经是罗什之愿了。

段业说，也只能如此了。依你来看，哪几件事最急着要办呢？

罗什想了想说道，凉州大寺正在修建，加快进度即可，天梯山那边的事也急不得，得把工匠找好才能做，我看目前主要做两件事即可，一是在灵钧台上修建藏经阁，建海藏寺；二是在寡妇村山坡上修建一座佛塔，然后慢慢建一座寺院。

段业说，好，我这就去给你操办。

段业修建海藏寺的同时，罗什开始撰写《龙树菩萨传》。以此开始，罗什想重新翻译大乘佛经，准备将来把所有翻译的大乘佛经都藏于海藏寺。几个月后，段业告诉罗什，寡妇村的七层宝塔建好了，请他去开光。当罗什和智严重新走进那个村子时，他们都感慨万千。所有的寡妇们都跪在两旁，玉秀和她婆婆跪在最前面，玉秀对婆婆说，法师到跟前了，于是，婆婆说道，罗什法师，您是我们寡妇村的大贵人啊！

罗什扶起婆婆与众人道，是佛的光辉照到了你们这里，非贫僧之力也。

当天，又在玉秀家吃了饭。吃饭的时候，一个男人突然闯进来跪倒在罗什面前，说道，罗什法师，请您给我作个证。

罗什看了看这个男人，大约三十多岁，奇丑无比，便奇道，为何请我做证？

男人说道，我是来修佛塔的工匠，天天在玉秀家吃饭，她做的饭可好了，我不久就喜欢上她了，可是，我长得太丑了，总觉得配不上她，不敢向她表白，婆婆也老是说我丑。我听她们说，您说等佛塔修好后，就自然有一个男人来入赘。玉秀说，她要等那个男人。我听说您能看到人的过去和来世，您就替我看看吧。现在佛塔也修好了，若不是我，我就要回去，家里还有七十岁的老母等着我呢。若是我，我就和玉秀成亲，然后回去请弟弟赡养老母，把各方面的事情处理好。

罗什一听，原来是这件事，大喜，问道，你还没有成家？

男人说，是啊，我是敦煌人，我从十七岁开始一直在外修建佛塔，一直没有女子愿意嫁给我，我觉得我此生可能要专门伺候佛祖了，没想到，我来这里后就再也走不动了。请法师成全我。

罗什说，不用问，肯定是你。这是佛祖赐给你们的姻缘。

罗什转头问玉秀，玉秀，你嫌他丑吗？

玉秀笑起来说，男人有什么丑的？我就怕他过两天跑了，所以我要问问您是不是他，他倒自己着急问您了。

罗什笑道，那还有什么可说的，当然是他了。

智严笑道，这真是天意啊！佛塔修成之日，也是你们的姻缘结成之时。择日不如撞日，我看你们这就赶紧结了吧，让罗什法师给你们做证婚人。

大家都说好。这件事竟这样了了。回去的路上，智严不住地感叹这事竟这样巧合。罗什说，世上的事，就是如此。

过了些天，罗什对段业说，大人，凉州大寺修建好了，我选了个好日子要开寺。您看，那一天要不要请主公来。

段业说，当然要了。他是这里最大的王。天上地下，都要有个呼应，他一定得来。

于是，段业和罗什共同去请吕光来为凉州大寺剪彩。吕光很高兴地答应了。那一天，凉州各界来了不少人。从敦煌到金城一带的寺院，也派来了僧人道贺。吕光看着这盛大的场面说道，法师啊，从今天起，你就好好给凉州祈福，让这大凉州国泰民安，千秋万代，永享福报。

罗什听了，很感动，也很激动。众人散去时，段业独留下，对罗什说，祝贺法师。

罗什苦笑道，昨天我一算，在凉州已经整整十年。十年时间，我只做了一件事，那就是学习汉语。现在有了寺院，我可以在此翻译佛经并招收弟子们了。

段业道，是啊，我们在这里竟然已经十年光景了。你的寺院建成了，我却要向你告辞了。

罗什问，大人要去哪里？

段业道，主公的疑心越来越大，老觉得有人要背叛他，谁在朝中的影响稍大一点，谁就有危险。你看侯望，多好的一个人，对他也十分忠诚。只是因为官到辅国将军，有人暗中说了他可能要造反，主公便找了个借口把他一家老小及家里的用人一百多人都杀了。我在尚书这个位置上也已经好多年了，不能再干了，所以我要求去外地休养，正好他在调整各地的太守，便叫我去做建康太守。昨天确定的，过几天就要走了。

罗什说，这样也好，你这个人，忠诚不二，但也死心眼，不会圆通，好在主公对你还是非常信任的，否则你不知死了多少回了。现在离主公远一些，也好。但我要劝告你一句。建康那地方，从来就没有太平过，一半的太守都有过谋反经历，都被杀了，你也要特别注意，否则，就会有杀身之祸。

段业也喜欢占卜，跟着李致和罗什学过一阵易术，算是精通了一半。他说，前几天我也卜过一卦，卦象上说，离开要比不离开好，所以，我决定离开武威。

罗什道，好吧，你保重。

段业道，对了，说起卜卦，便想起商古夫子。听说他住在城北的松涛寺附近，我派人到处去找，就是没找到。如果你有精力的话，可继续去找。这个人，要保护他。

罗什点头称好，说，我还想请教他很多问题呢。罗什回府，阿竭耶末帝对他说，明天我也就去阿丽蓝寺住了，再也不能照顾你了。你看要不再找一个人来照顾你。罗什说，不用了，不是有仆人吗？我也没什么可照顾的。你到那边去也要特别注意，不要生病了。我会经常去看你的。第二天，阿竭耶末帝与两个女仆走了。罗什送到门外，阿竭耶末帝有些不舍，想说什么又说不出来，罗什也不知说什么。阿竭耶末帝只好扭头就走，罗什则一直目送到看不见她们的身影才回去。他和阿竭耶末帝虽说住在一起，其实一直是分开住的，还在守着各自的本分。龟兹那次结合，只是破了戒，但阿竭耶末帝并未怀孕。此后，两人也再未同过房。即使住在一起，阿竭耶末帝对那件事也并无一点兴趣。罗什年龄小一点，从小调皮，两人在一起时，罗什还常常保持着调皮的本色，所以偶尔会说一些那方面的调皮话，但阿竭耶末帝总是会正色道，你我都是出家了的人，都相信孽业有报应，会使我们跳不出轮回之苦。坚持再三，罗什从此也不再说，也似乎慢慢地适应了两人如此朋友、亲人般地相处。现在分开，罗什的心里还是有些凄凉。平时的很多琐事都是阿竭耶末帝在给他打理，现在有些事得他自己来打理了。

　　不几天，段业去建康赴任，除了一众官员送他外，罗什和墨姑带着一些凉州的读书人陪着他走了很远很远。段业在凉州的最大功劳就是保护了很多读书人，所以读书人对他都很亲近。也因为如此，后来从中原、关中还有一些世家望族以及一些避难的士子不断地迁往凉州。凉州的文脉在段业的经营下也稍有一时的繁荣。农历三月三、端午节、中秋节、重阳节时，段业总是要与当地的文人们雅聚一次的，凉州的太学也是在那时建立的，孟夫子生前还任过一阵太学的祭酒。所以，来送他的文人们都对他说，你在的时候，我们还有依靠，你走了，我们可去找谁啊？

　　段业看着鸠摩罗什笑道，可以找罗什法师。

　　说完，他就看见了墨姑，突然有些不舍，半开玩笑地说，墨姑，你又不是真正的尼姑，现在已经三十多岁了还不出嫁，不如跟我走吧。

　　墨姑笑道，大人说笑话吧。

　　罗什知道段业对墨姑一直有好感，但因为段业有家室在长安，所以一直未说，但私下里一直与墨姑走得很近，今听段业和墨姑如此说，便也笑道，我倒是觉得你们很般配，反正段大人身边再无女眷，多一房照顾你也很好，墨姑，不如就跟了段大人去吧。

　　墨姑笑道，我本来是想要出家做尼姑的，如果段大人觉得一路上孤单，我倒也是想陪你走一程。

段业红了脸，道，如不嫌弃，就请一同走吧。

墨姑也红了脸说，你是真的？

段业红着脸，但也认真地说，当然是真的。

墨姑的脸更红了，她笑道，那我是不是要给主公说一声，经他同意后再一同前往。

段业道，我们可一同前往，到建康后我再上奏，那时主公就不得不同意了。

众文人都说好。似乎有一股无形的力量在推着墨姑，墨姑便说，那好吧，说好是去送你啊，送下我可是要回来的。

众人便笑，推着墨姑走，甚至有人把墨姑硬是推上了马车。

罗什目送两人走远，忽然觉得一切都物是人非，有些凄凉。回到府里，又无人说话，便决定明日去住寺里。

吕光说是支持鸠摩罗什，但段业一走，诸事便又停了下来。他去拜见过几次吕光，吕光都在为宫中之事烦忧，对弘扬佛法的事一时上不了心。罗什觉得朝中一时无人周旋，突然生出倦意。海藏寺的修建虽然还在继续，但进度异常缓慢。东边铁佛寺智严常来请他去指导翻译佛经，他也曾投入热情，但铁佛寺有很多西域僧人，早在罗什来凉州之前，就已经有些高僧大德在此译经，罗什也不好插手太多，所以他也觉得心意相隔，渐渐地失去了热情，仍然回到凉州大寺清静地修行，并研究龙树菩萨的著作，撰写《龙树菩萨传》。

偶尔有外地僧人来访，罗什为其解禅意。当然也有僧人来请他去城外讲法，他也欣然前往。只是走的时候，仍然有两个仆人跟随。齐飞仍在，马龙则由另一个叫张涛的兵士代替。张涛是武威人，出生于武威城北。那里有一座小寺，是前秦修的，因那里松柏成林，北风吹来时，松涛骤起，听起来颇为壮阔，所以名唤松涛寺。他去过松涛寺附近多次，也多方打听商古的下落，无人能知。他还去过东北边沙漠边的恒沙寺，据说是一位从天竺来的僧人在那里看见佛光闪耀，便发愿修的一座寺院。僧人早在罗什来之前圆寂了，两个弟子在化缘修建，已经有二十年光景，仍然只有两间大殿。一个弟子后来病故，只剩下一人在苦苦支撑，后来便来找罗什帮助，罗什去看过那里，回来便四处走动，为其化缘，一年后便修得有模有样了。罗什请那个弟子为其在周边寻找商古的下落，也杳无音信。

　　在此期间，传来段业反叛的消息。段业到建康后，就有人不断对他说，你有不世之大才，为何一直忠于武夫吕光，吕光杀光了自己的部下，又杀光了凉州的名士，所有部下中，只有你还活到现在，而凉州的文人们也都推举你为领袖，你若不出来推翻胡人吕光，这凉州还会有好日子过吗？

　　段业道，此乃大逆也，圣人之教，怎能轻易背叛？我之所以活到现在，就是遵循着圣人之教，如今你们让我反叛，不就是让我自寻死路吗？

　　后来又有一群文人与他辩论，说吕光非周武文王，非仁君，恰恰是桀纣暴君，你段业反叛犹如周武文王，怎么能说是背叛了圣人之教呢？段业想了好几天，也觉得他们说的有理，于是便被当地的匈奴部落首领们推为后凉国君。吕光大为生气，便派世子吕绍与庶长子吕纂去讨伐段业，未成。

　　那时的吕光，已继天王位，并生了一场大病。他在宫中召见了鸠摩罗什，生气地说，你与段业交情不错，告诉我他为什么背叛我？

　　罗什也早已听说此事，便说，陛下，段业走的时候，我专门嘱咐过他，到建康后一定要稳住，那儿的太守有一半反叛过，结果都死得很惨。他也答应得很好，但到底还是反了。这个也是他的宿命。不过，我刚刚已经说过，建康太守的命运皆如此，陛下又何必太过担忧，只有等待时机罢了。其实我要告诉陛下的是，他的命不在自己的手上，而在当地胡人的手上。如果胡人不教唆他谋反，他是万万不可能的，要算账，还是要算到别人的头上。

　　罗什出宫后，有太史公刘黎追来问他，法师，告诉我该如何记述段大人的历史？他先前可是这里最忠诚的官员，也曾提拔过我，并告诉我要秉笔直书历史，可现在到了写他的时候了。

　　罗什道，是啊，这叫自食前言，当然要直书。我之前劝过他，你们也都知道，但他还是犯了这个错。并非陛下能杀他，而是胡人会杀他。

　　罗什回到寺里，心里颇不是滋味。他发现，自己还是在担心墨姑的命运。他大致算了算，知道墨姑将与段业一同死，口中不禁念出阿弥陀佛。

　　有一天，罗什被请到城南莲花山上的灵岩寺去讲法。他骑着马，带着两个仆人与来请的僧人向莲花山走去时，看见高耸的祁连山顶上白雪皑皑，而雪线以下便是茂密的森林。莲花山上的灵岩寺就隐藏在一片松柏之中。不知为什么，罗什有一个直觉，他觉得商古就应当隐藏在山下的村民中。他在山上讲法三天，听讲者人山人海。第三天的时候，莲花山上祥云来访，状如莲花。见者无不惊奇而欢喜。此事很快便传到凉州各地，当然也传到吕光那里。吕光把鸠摩罗什请到宫中。

吕光的病越来越严重，他对罗什说，我觉得不行了，不知法师有无办法可以让我续命？

罗什说，死生缘定，行善可改命运。

吕光道，我一生杀业太重，死后是不是要入地狱啊？地狱真的有吗？

罗什道，昔日天竺国无忧王年轻时杀业很重，突然心生怜悯，善心顿生，便改行佛法，后半生致力于弘扬佛法，把佛教传播向世界，死后成了护法王，自然是不进地狱的。前秦宣昭皇帝大概也有这样的经历，他之所以请道安去弘扬佛法，也是有其消除个人业障的思虑。主公已经命我弘扬佛法，修建了佛寺，这已经是很大的功德了。

吕光道，还能如何？

罗什道，若主公同意，我可率国内所有佛家弟子为主公祈福。

吕光说，那有劳法师了。

罗什便率铁佛寺、凉州大寺所有僧人日夜念经祈福。吕光的儿子吕绍问罗什，法师，这样可以为父王续命吗？罗什说，续命不敢说，但至少可以不入地狱，来世转生于福地。

吕绍便跪地给罗什叩首。罗什赶紧将其扶起，道，不敢，你将有大任在身，不能如此行礼，贫僧不敢接受。

吕绍惊问原因，罗什说，过几天你就知道了。果然，第五天时，吕光召集百官，传位于太子吕绍，自称太上皇。封吕纂为太尉，吕弘为司徒。吕绍说，父皇，我的军功太少，恐怕不能胜任，还是传位于吕纂兄长吧。

吕光道，按照礼制，你是正统，这个是不能改变的，若改变，朝纲便乱。你有此心，说明你有贤德，这也是我非常看重你的地方。可使吕纂统领六军，让吕弘来管朝政，你可无为而治，把两位兄长好好倚重就是了。如果互相猜忌，则祸起萧墙，大祸将来临。

然后又对吕纂和吕弘说，你二人务必辅佐吕绍，不敢有二心。

二人跪地言道，请父皇放心，我等不敢有二心。

吕光又对吕绍说，还有一事，你要认真对待。我一生信天信神，就是不信佛法，现在有点信了，但已经晚了。我死之后，你要好心对待罗什法师，一是不能让后秦把他迎了去，二是要多多支持他，让他弘扬佛法，以消除吕家杀业。

吕绍道，这个请父皇放心。

当天，吕光便辞世，时年六十三岁，庙号太祖，谥号懿武皇帝，葬于高陵。吕绍继位。吕绍对哥哥吕纂一直比较忌惮，兄弟吕超劝他趁早杀了吕纂，以免后患，但吕绍说，兄弟之间，我下不了手。过了一段时间，吕纂还是杀了吕绍。吕纂继了皇位，改年号为咸宁。他的弟弟吕弘不服，也反了，吕纂派大力士康龙将其杀了。又出兵征伐南凉，被南凉军挫败而仓皇撤军。吕纂便开始沉溺于宫中酒色，并常常出游打猎，毫无节制。

他把龟兹舞乐又恢复到了原样，夜夜观看，天天酒醉。孟夫子死后，名士陈涌被任命为谏官。陈涌亦乃山东人，心性耿直，不会绕弯子，他以孟夫子之死劝谏吕纂，吕纂一生气，竟将他一剑刺死，全城皆惊。一时间再无人能接替陈涌，谏官一职便空着。

太史公刘黎正在修史，吕纂忽然来看他。他吓得跪在地上，身子瑟瑟发抖。吕纂说要看看史书上如何写他，刘黎只好拿给他看。当他看到吕绍是被他所杀时，便对刘黎说，此处必须修改。刘黎道，陛下，自古以来，太史公治史，都要秉笔直书，不能曲说，更不能篡改。陛下弑先帝，乃事实。臣不记，晋史上也必然会记。

吕纂怒道，任何历史都是当下的历史，是要育化百姓，稳固江山，你如此记述，不是要谋反吗？难道你和段业是一伙的吗？

刘黎还未曾争辩，便被吕纂杀了。刘黎的弟弟刘明继太史公之职。不久，吕纂又来看刘明，也要看如何书写他继位的那一段。刘明便给吕纂看。吕纂发现竟然一字未改，便怒道，朕任用你时就已经言明此事要修改，为何不改？

刘明道，自古太史公乃奉天道，尽天职，上天安排的命运，就当直写，怎敢违背天意而曲就。

吕纂怒道，朕乃天子，天子的话便是上天的话，难道你也不听吗？

刘明道，陛下，天子者，当敬天是从，唯道是命，上天有道，不言自明，天子若敬天唯道，自然与上天之言合，若不敬天奉道，而是以一己之私而度天道，则天也不佑。

吕纂又杀了刘明。刘黎的儿子刘直继太史公位。吕纂对刘直道，你知道你父亲和叔父是为什么而死吗？

刘直道，为天道而死。

吕纂很生气，你是说你也不听朕的话吗？

刘直道，天子有天子的行为，太史公有太史公的职责，各行其道，各安其命。

吕纂拔剑指着他的喉咙说，难道你就不怕我将你们刘家全都杀了？

刘直道，敬天唯命，求仁得仁，君子不苟全性命。

吕纂便没杀刘直。刘直还是按其父亲写的那样把事实书写了下来。罗什听说后叹道，原以为孟夫子、八子之后凉州无人矣，原来代有人出，层出不穷，中华文化真乃天下之大宗也。

刘直来拜访鸠摩罗什，说，百家之说在暴秦之时已亡大半，汉代武帝独尊儒术，虽说也将百家之说的优点继承了下来，但毕竟抛弃了很多，又失去大半，如今中华学术剩下的不多了。这一点，太史公司马迁已在《史记》里写得清清楚楚了。但是，人们不知道，这些学术其实仍然藏于民间，在悄悄地流传。比如《易经》早在孔子之时就已经有重新发挥，孔子说他也没有完全将其改好。后人都以为孔子不通易术，大错特错矣。孔子有一个弟子叫商瞿，继承了易术，藏到民间去了。剩下的易理部分，则写成书，由子夏之流者四处去讲。所以，从孔子之时，易术就已经隐藏于民间，中医、风水和各种巫术都是它的变术。太史公司马迁时已经不怎么通易术了，我祖上是司马迁的学生，后藏于凉州。凉州此地，百家都有藏宝。我本来是想向商古夫子学习易术，可能他早就离开了这里。我听说现在能懂易术的只有您和李致先生了。李致先生最近外出了，不知何时回来。当下只能请教先生了。

罗什奇道，太史公是史官，何必学此术呢？

刘直道，《易经》乃群经之道，儒家奉其为首经，道家视其为护身法，百家皆出于此，学习汉学，不懂易学，犹如盲人摸象。

罗什道，那么，请问太史公此术关乎历史什么呢？

刘直道，按祖师传统，历史是一个不断变化的过程，而朝代之更替都与天时相关，更与帝王之德相关，人间的事上天是会有感应的，所以，人间之历史也会以五行相生相克之理而发生变化，易术便能通晓此理。

罗什叹道，原来如此。可惜我懂的只是皮毛，如果你不嫌弃，可尽数教给你。

罗什在向刘直传授易术的过程中，似乎也有进益，但他更觉得不通达的地方太多太多，越是深入一步，就越是觉得懂得太少太少。他觉得寻找商古就更为重要了。

有一天，吕纂召见他，他多少有些不大想去，但吕光在弥留之际专门对吕绍说过，有什么难以决断之事，可请罗什咨询。吕纂当然也在场。吕绍在位时，对罗什的支持很大，拨了很多银子，让罗什广收徒弟。但天梯山开凿佛窟之事，还是被一再地推后。罗什在一年之内招进五十人，且来自整个河西之地和西域诸国，其中西域来的僧人就占了一半。他发现，凉州人对出家一事并不支持，大部分都愿意做居士。所以，他在凉州讲的最多的佛经便是《维摩诘经》。到吕纂继位后，对佛学并不感兴趣，但是，他仍然遇到了吕光在位时的难题。

他的面前站着一位后秦的使者，说皇帝姚兴派他第三次来请鸠摩罗什去长安弘扬佛法，而且还加了一句，因为他是新君，故而先礼后兵，现在是以礼请人，若凉州不放人，后秦大将姚硕德将率十万大军顷刻即到。

吕纂气疯了。他从桌子上拿起西域朝贡来的胡瓜，本来是要砸在使者身上去的，转念间却狠狠地扔在地上，怒道，回去告诉姚兴小儿，朕在此等待他来送死呢。

朝中大臣便开始议论此事。有大臣说，我们不能放行罗什法师，如若东去，则犹如佛离凉州。大家还记得昔日先帝进攻龟兹时的那个梦吗？就是因为佛离龟兹，佛都不佑龟兹了，龟兹必灭。

另一位大臣说，罗什神机妙算，事事皆能提前言中，若与姚兴，则凉州之日可数矣。

众臣皆议定，罗什不能放，且请罗什广开佛法，以佑凉州。吕纂听后，虽也觉得说得对，但他到底不信佛法，只是假意催促人抓紧海藏寺的建设，并未提天梯山石窟的开凿之事。

他召见罗什，罗什亟亟赶至宫中。他对罗什说，法师，先帝有遗言，国家若有不能决断之事，都要请教于你，我想，有些宫中难事，也当请教于你。

罗什说，陛下请吩咐。

吕纂说，齐王妃患了重病，我已让人贴出告示，重金悬赏能治此病的大夫。很多人都来看，但有一位西域人说能治此病，我已给了他很多封赏，但这个人叫王妃要吃一种他从西域带来的药，我拿不准，想请教法师。

罗什道，此事臣已听说，此人臣也见过，他用的药臣在西域也见过，他救不了王妃。

吕纂道，为什么呢？

罗什道，一个人的命数，冥冥之中有定，虽然我们不知道，但可以用一些方法来试一下。

说完，罗什便拿出五色的丝线打了个绳结，将它烧成灰末，投进水中，说假如这些灰烬浮出水面复原成为绳结，这个病就治不了。奇怪的是，烧成的灰末不但聚起浮出，而且复原成绳结。众人大惊。

吕纂不信，但过了几天，王妃真的去世了。吕纂便开始信罗什了。所以，从那以后，吕纂有空时也常常请罗什到宫中来聊天，就跟吕光在位时一样。罗什觉得吕纂比吕光更难打交道，但也只能如此应付下去。

咸宁二年时，凉州城里出了一件怪事。有头猪生了一个怪胎，一个身体上长着三个头，同时，从城池东厢地区的水井中又出来一条龙，到大殿前盘屈而卧，到第二天早晨才消失。

此等怪事在凉州城里不胫而走，一时人心不稳。有外道人士对吕纂说，这是祥瑞，于是吕纂便将大殿更名为龙翔殿。这件事不久后，又有一黑龙升腾在当阳宫九宫门上，吕纂仍然认为是祥端，又改九宫门为龙兴门。

罗什听到这些怪事后奏道，几天来，潜龙出游，豕妖显异。龙乃阴类，现屡屡出现，一定是灾祸，必有以下犯上之乱，陛下当克己修德，以应上天之儆戒。吕纂一听，大为不悦。

有一天，吕纂与罗什下棋，说起姚兴请罗什去长安的事，罗什道，陛下若不信仰佛法，可将臣放行，我们出家人，对王事不感兴趣，所以对陛下也没什么大的损失。

吕纂道，那可不行，那可是对整个国家的侮辱。

罗什便道，陛下说不行，那就不行，臣就好好地在这里修行、弘法，为陛下祈福。

吕纂说道，有一件事你可能不知道，我得给你通报一下。段业已被胡人所杀，那个跟他一起去的墨姑，听说与你有些关系，也一起被杀了。

罗什心里一凉，顿了顿，说道，缘分早已尽了。死了也好，臣之前劝过段业，他还是经不住诱惑。不是天子的命，就不要做争天子的事。

吕纂道，说得对，我还以为你早知道了呢。

罗什道，我们再无任何联系。

此时吕纂正拿着棋子，笑着问下哪儿呢，看了半天，一边吃掉罗什的一个棋子，一边不经意地说，砍下你这个胡奴的头。

罗什来时已有卜算，便一边攻守，一边吃掉吕纂的棋子，并笑着答道，无法砍胡奴的头，胡奴倒将要砍别人的头。吕纂不明就里，也只是笑笑。过了一段时间，吕光之弟吕保的儿子吕超，杀掉吕纂并斩下了他的头，立其兄吕隆为主，这时，下人们便谈起了鸠摩罗什当时与吕纂的谈话，人们才恍然大悟，因为吕超的小名便叫胡奴。可惜，吕纂到死也不明白当时的谈话有深意。

吕纂死后，吕超扶其兄长吕隆登基。吕隆初立，四处不稳，吕超便杀了很多名门望族，以此想稳固。他万万没有想到这反而激起了凉州很多大家族的反抗之意，于是，有人便给天水的姚硕德写信，希望他乘乱尽快来收复凉州。姚硕德正在准备伐凉迎请鸠摩罗什的事，看到此信，立刻上书姚兴，请求增兵派他灭了后凉。姚兴大喜，增派给他数万大军，并嘱咐他道，灭了后凉，可仍然让其经营，但要把鸠摩罗什法师给我立刻迎来长安。

与商古论道

吕纂死后，吕隆未曾召见过罗什。罗什见吕隆频杀大臣和大家望族，便觉有凶，于是，卜了一卦，他便知道自己将要从凉州走了。

他去阿丽蓝寺看阿竭耶末帝，见她正在经堂里为六七个尼姑们讲经，便在寺内一棵大松树下等她。凉州正午的阳光直射下来，晒得很热。他在那儿忽然想起昨夜梦里梦见一位姑娘，一直看着他，看着看着不知怎么就赤裸着身子了，再一看，她在诱惑他，于是，他在梦里遗了。醒来后便好长一阵睡不着。他的下身的确是湿着，他起床擦了擦，然后躺下。他已经很久不做这样的梦了。在与阿竭耶末帝一起住的时候，大概是互相勉励修行，恰恰是挺过来了，但在阿竭耶末帝一走的当天晚上，他就做了一个与墨姑在一起的梦。他也遗了。那天夜里，他想了很多。

他问过自己，身体真的是幻象吗？难道这些感受真的无足轻重？那么，人世间什么才是最重要的呢？

段业曾经对他说，孔子说，这些是人之大欲，儒家之道在于节制，在于中庸，并不完全否定，佛教完全否定是否又走到了另一个极端呢？

他回答过段业，佛教讲的是轮回，如果人不超越欲望，不走向另一个极端，即完全的神性，那么，人就始终在轮回中受苦。只有超越了它，灵魂便可跳出六道轮回。

段业问他，跳出轮回，又是一个怎样的存在呢？没有任何欲望，也便不会关心轮回中的任何存在，那么，它还存在吗？

罗什说，是的。

段业问，那么，在哪里存在呢？

罗什说，在你肉眼无法看到的地方。

段业问，既然看不到，如何才能证明它存在呢？

罗什说，你修为的这个阶段是无法看到的，但你会以各种方式感受奇迹，感受到它是存在的。事实上，它无所不在，只是不以人世间的方式存在而已。

段业说，我无法理解。

罗什说，信则有，不信则无。

现在，那个与他讨论过这个问题的人已经不在这世上了，但问题并没有因此而消失。还是会有人不断地与罗什讨论这些问题。

有一次，他反过来问一个人，你觉得你知道的东西多呢？还是不知道的东西多？

那个人想了想说，知道的很多。

罗什问，那么，我想问问你，这世上水有多少方？土有多少吨？天上的星星有多少？人间有多少人？

那个人反问道，这怎么能知道呢？

罗什说，这其实是我们最想知道的，但我们并不知道。罗什又问，那么，我再问问你，你说人死后去了哪里？

那个人说，当然是死去的地方。

罗什问，你知道是什么地方吗？

那个人说，我当然不知道了，死了的地方就由死了后再去知道好了。

罗什便问，那么，活着的地方我们知道得就极少，而死后又什么也不知道，还能说我们知道很多吗？

那个人说，相比动物我们应当知道得很多了。

罗什道，那也不一定，你知道狗是怎么想的吗？

那个人说，知道一些。

罗什道，事实上，我们知道得也极少，只是领会了极为简单的意思而已。它对生命的认识，对死亡的认识，对天地的认识，我们都不知道。

那个人说，按你的意思就是说我们什么也不知道。

罗什说，不是，真实的情况是，我们对这个世界知之甚少，所以我们实际上是面对着一个巨大的无知的世界，但我们往往认识不到这一点。

因为问他的人太多，罗什后来便专门为凉州大寺和铁佛寺的僧人们讲龙树菩萨的中观。罗什说，龙树菩萨如果生活在中国，他一定会非常高兴，因为他会发现，在中国，他的中观观念一定会被大家广泛地接受。在中国，人们总是会去认识不同的自己，因为中国的儒家和道家都在讲事物有阴阳，甚至有金木水火土五种属性，也可以说，一个事物至少有两个面，就像我们运用的金币一样，但也可能会有五个面，你看，事实上，金币除了两个面之外，还有它的边缘，也是它的面，可我们常常将其忽略。一言以蔽之，就是说一个事物可能有无数个面，就好比人由无数个你自己构成一样。如此来看，我们就不会执着于己见了。

罗什也发现，在他讲龙树菩萨的中观论时，凉州的文人们都点头称是。他写了两篇龙树菩萨的传记让人们去读。人们总是说，龙树菩萨真有那么神奇吗？他说，是的。

此刻，他也用这样的方式来解释他的梦遗。都已经五十八岁了，怎么突然间还会有这样的事情发生。幸亏在梦里，但梦里与现实中有什么不一样的吗？在佛家弟子这里，应当是一样的。那说明身体仍然是你不知道的时候自己产生着意识，只是你毫无觉察而已。这是生命本身的冲动。

难道连这些冲动也完全否定？可是它真实地存在着，又如何否定它呢？只有超越，只有龙树菩萨的中观思想能超越它。既肯定它此时的真实性，又肯定它彼时的虚幻性。

他曾经对段业说，这是一个人同时存在的两种真理，一般人们只认识到有限的存在，却对无限的大存在认识不到。

段业说，不是认识不到，是无法认识。

罗什道，善哉善哉，段大人说对了，是我们的智慧无法达到的存在，而佛陀能看到一个人过去无数世的存在，又能知道你未来无数世的存在，所以才会有授记，可惜我达不到那样的智慧。

想到这时，他便微笑起来。这微笑正好被阿竭耶末帝看到了，她笑着问他，你在想什么呢？想着还一个人笑起来？

他答道，人生如梦，我在想我们在这里都已经快十七年了，我也近花甲之年了。原以为此生能弘扬大法，度人无数，现在想起来也两手空空，毫无建树。

阿竭耶末帝笑道，你都花甲之年了，我比你不是更老吗？我们这一生也就这样了。

罗什道，不过，我同时还在想，也许命运还有变故。我昨夜卜一卦，发现不久之后，我将东去。后秦皇帝姚兴已经两度来使请过我了，我估计这一次可能会有兵变。所以我来问问你，你可想与我同去？

阿竭耶末帝想了想说，如果你要东去，我也能走的话，我想回老家去。如果身体还可以的话，我想再去一趟北天竺。不知姑姑、姑父现在如何？

罗什也有些伤感，他说，前些天有位龟兹来的僧人告诉我，父亲在我们来凉州后就去了北天竺老家了，他本来是要东来传法的，到头来……母亲大概是留在北天竺了，没有她的音信。想想他们都快八十了，也快了，甚至已经……

阿竭耶末帝也伤感地说，所以，我想回去，这里虽然有我的寺院，但是，年龄越大，似乎生命里有一个声音越大，那就是让你回老家的声音。

罗什说，这样也好。你若是去老家，我也就放心了。

阿竭耶末帝说，可我还是担心你。

罗什说，不用担心我，我知道自己的命运，而且我必须去。

两人一直说了很久，直到傍晚时罗什才回去。他答应了莲花山上灵岩寺的方丈，这几天他要去那里讲经三天。

罗什这一次去讲的是中观论，第一天讲的时候有几个读书人在旁边听，第二天又来了几个，到第三天时来了大约十几个，并与他展开了很多方面的讨论。方丈对他说，法师，您看能不能再续三天，主要是解疑答惑。于是，罗什便又在那里留了三天。

最后一个下午的时候，来了一个三十岁的后生，看上去农夫打扮，但问了他几个让他吃惊的问题。

他说，法师，你能知道前世因缘，我想问问，你能说说道家的老子出身何方？为何去了西方？

罗什一惊，答道，贫僧尚无那样的法力，只有佛陀那样的大智慧者才可以回答这样的问题，当然，贫僧在此读书十七年，也在苦苦思索这个问题，依贫僧来看，道家源远流长，老子之前已经有黄老之说，黄老之前还有伏羲八卦之理，老子的学说绝非独自凭空而出，而是总结前人智慧所得。如孔子一样。至于他去西方，很多人认为是去化胡，这是道教的传说，说老子教化了佛陀，但在佛教史上并无记载，所以暂时只能说是猜测。那么，有一点是可以肯定的，老子西来，肯定是避世。有说到陇山、河西的，也有说去了西域的，然而西域却无老子传说，那么，他定然就在中国境内生活。就像我所见过的商古夫子一样，避世而后，无人能知。

那后生也吃了一惊，他又问，那么，依法师学习中国道学十多年之见，中国的学说可否与天竺的佛教相比？

罗什道，之前我有一个观点，即中国的学说乃人伦之学，所以成为礼仪之邦，而无通生死之教，十多年间，才发现此观点大谬耳。中国的学说，有官方的，也有民间的。官方之学即人伦之学，行教化，固礼教，以儒教为主，然民间有形而上学，通生死之道，此乃易学与道教耳，还有阴阳五行学说，神鬼之说皆在于此。天竺之佛教主要是通生死之教，在于教人认清人有前世、来生和各种因果报应的轮回之说，以此而生伦理、行教化，重在通生死之说，轻人伦之教。所以中土之人自我约束强，西域之人则野性强，自我约束力差。

后生立刻道，那么，法师觉得还有必要行生死之教吗？

罗什道，非常需要。天竺之佛教有一整套完整而系统的理论体系，将人之生死间的一切都说通了，但孔子之说尚未完成，董仲舒之流虽有努力，终止于天人感应而已。老庄之说，在于觉悟，与佛教相类，然庄子仍然迷惑于自然的真宰问题，后道教将其引申为宗教，也只是止于神仙耳，尚有很多不圆通的地方。所以八百年以来，生死之教尚缺耳。这恰恰就是佛教有为之处。

后生又道，听说法师也学习了阴阳五行与易学之术，法师如何看待？

罗什道，佛教是修为到很高的境界才能看到轮回之世，而中国的阴阳五行与易术现在基本合流，可以靠此手法通鬼神、知未来，此乃世上少有之学说。我也只是略通一点而已，就已经受用无穷了。

后生便再不说了。听了一会儿后就走了。罗什讲完后休息之时，看见那后生在不远处坐着，等到罗什独处时，他过来对罗什说，法师何时回去？

罗什道，明天一早。

后生道，晚生一早即来送行。

第二天一早，罗什便告别灵岩寺方丈，骑着马带着两个仆人往武威城方向走，刚走不到一里，突然出来一人，正是昨日那位后生。他在路旁对罗什道，请法师到家里稍坐片刻，家父有病想请法师看一眼，但法师的两位仆人就不进去了吧，家父染有传染病，恐传染外人。两个仆人一听，便说，我们就在门外守候。

罗什对这位后生有好感，同时也有好奇心，便下马让两个仆人牵着在村头等，他则跟着后生去了村里一农家。一进门，就看见一位先生坐在院子里，似乎有些面熟。老人道，法师，难道记不起来了，在下商古，此乃犬子。

罗什一看，果真是商古，大喜道，先生高古之风啊，当年一见，一别就是十几年。十几年前，我和段业大人四处寻找先生下落，好像刚刚有点眉目了，又不见了先生。今日终于得见，也算是了却了心愿。对了，听公子说你有病了？

后生笑道，家父身体是不太好，但也没传染病，我是不想让您那两个盯着您的随从知道我家。

罗什会意。商古道，祖上自商瞿以来，从来不入仕，也不求闻达，只求藏于民间，传承古之道术。所以东藏西躲，终于可以清静无为了。

罗什道，不知为什么，我一直觉得先生就藏于莲花山下，但曾经寻找无果，也便不再寻找了，没想到果真在此。

商古笑道，自佛教进入中国以来，就以道家语汇来传译，所以佛道也便自成一家。之前之所以不与法师来往，是因为那时在法师看来，佛教必然高于汉学，而我等又怎能让汉学之品格低于西学，故而避而不见。昨日听犬子说法师之见解有别于其他法师，儒道皆通，且阴阳五行易术皆学焉，所以便想会会法师，以慰平生之学。

罗什道，先生之说不虚，罗什确有前后两种变化。没有十七年汉学的学习，就不知中国人心中所想，但即使如此，也只是皮毛而已。

商古道，法师谦虚，我听说法师是人世间一百多年来才出的一个天才，很早就精通佛教，年纪轻轻就超过了父亲的成就，到凉州十七年，又精通了中国的学问，如今，天底下恐怕只有法师一人精通儒释道三教，而我、孟夫子、叶清商、段业等人都执着于一教一说，拘泥于祖训，不传于众人，致使古之道术将绝于后世，此等罪责，等于天罪。所以，想请教于法师。

罗什道，佛法也走过这样的历程，执着于一说，然后不传于众人，藏于己，以至于八百年之后，关于佛法之派达百个，所以产生了大乘佛教，有了龙树菩萨，将各派愚见一一破除。大乘佛教，是将佛法给予众生，广泛传播，利彼舍己，这才有了新生。不知佛教的这种革新是否有助于中国道术之传承？

商古道，听起来是有道理，但实践起来可能还是有难度。比如易学，易理之学人人可学，但易术就难了。这需要天赋，天赋好的人通于天，一学就会，触类旁通。没有天赋的人，终其一生也不能开窍。所以，官方得了易理，可以教化大众，而易术则流于民间，成为趋利避害的厚黑学。有道之人得之，则能有助于别人，而无道之人得之，则只有利己害人，最后也害了自己。

罗什笑道，我知道，所以，在中国，学易之人首先德行要好，然后才能得之。

商古道，是的，孔夫子就是在做这件事，他是说易为天地准，也就是在神鬼人之间，用易来规定统一的行为标准，此标准，不但人世间统一，就是鬼神也要遵守。这是何等的气魄！他说，有了这样的道术，天地的尺规就有了，人伦也就定了。

罗什叹道，今日听你说孔夫子，才对他有了真正的理解，多谢赐教！可惜我不知道还有没有时间再向先生认真地学习道术了。

商古道，你将远行，这也是我请你来的原因之一。其实，你懂这些已经完全够用了，再探究也没时间了。你有你的使命。今之一别，再无相见之日。我也将再次远遁。只是希望法师在传佛教之时，不要轻易将儒道之文脉斩断，别无他求。

罗什一听，动容道，凉州之士个个都有高古之风，贫僧感佩不已，哪敢轻视中华之道术。

当下别去。不几日，后秦大将姚硕德领兵七万，号称十万，渡过黄河，直取后凉。吕隆抵抗到七月，终率百官投降。姚硕德仍然封吕隆为凉州牧，统管凉州。姚硕德亲自到凉州大寺拜见鸠摩罗什，说道，法师，吕光在时，曾许你开凿佛窟，大力弘扬佛法，可也是一时兴起，并不是真正信佛法，吕光死后，他的几个儿子都不信佛法，法师也无所作为，今日本王前来迎请法师，只因吾皇陛下是真信佛法，也是诚心诚意想请法师去长安弘法，法师就别推辞了。

罗什施礼后叹道，一切皆有因缘，凉州之缘也暂时结束了，感谢陛下与陇西王厚爱，其实，去长安也一直是贫僧之所愿，终于可以踏上去长安的路途了，可惜的是，我已经快六十岁了。

姚硕德也叹道，本王虽不完全信佛法，但对法师是极为敬重的，法师所言玄妙之极，非本王所能理解，不过，所谓高僧大德，应当就是法师这样的人，也是法师这样的年龄吧，不然，世人无法敬重。道安灭度后，天下佛教已无领袖久矣，请法师做好准备，速速跟本王回长安吧。

罗什道，谨遵陇西王之命，贫僧有一请求，还望陇西王同意。

姚硕德道，请讲。

罗什道，当年吕光不信佛法，硬是让贫僧和龟兹阿丽蓝寺住持阿竭耶末帝成亲，致使贫僧破戒，此乃修道之亏，幸好此后我们各持戒律，坚定信仰，到懿武帝殁前才准各自在寺里修行。她前日跟我讲，她年纪已大，思乡之情日浓，想回乡，请将军给她发一公文，准她回去。

姚硕德说，这个好办，只要大师随本王去京即可。

当下给阿竭耶末帝发一公文，阿竭耶末帝第二日便收拾行李，带着两个徒弟回去了。罗什送至十里外，挥泪相别。

数月过去，到冬天腊月时，姚硕德将凉州这边诸事安排妥当，并要赶在年关之前赶回长安。罗什背上父亲当年背到龟兹后来又被他背到凉州的佛像，随军到长安。

行至古浪大靖时，他下了车，久久地回望着凉州大地。前几天，凉州刚刚被一场大雪覆盖，现在，大雪化去一半。向东望去，原来稠密的村庄都看不见了，隐藏在了大地深处，目光所及，是茫茫原野。远处的祁连山上，大雪也化去一半，森林依稀可见。

突然间，他觉得这是一片陌生的大地，似乎只是自己路过住过一晚的客栈。

那是公元 401 年的深冬。

第四卷

草堂译经

礼为国师

农历 401 年 12 月 20 日。这一天，是历史上很重要的一日。其时正是三九寒冬。清晨，长安的大街上一片萧瑟。行人极少。哈出的气似乎很容易被冻在空中。东市上的店铺才准备开张。

有些发白的曙光斜打在街市上，天气开始有了一点点暖意。行人渐多。

几匹快马从街上穿过，落叶翻飞，微尘四起。不久，从皇宫里开始走出一队队人马来。人们看见皇帝姚兴亲自率领文武大臣向城外晃去。人们早已知道，这是一个重要的日子。中午时分，大街上已经热闹非凡。传说，出兵凉州的姚硕德将军班师回朝了，带回来了一个人们渴望了二十年的人。

鸠摩罗什。

人们是来看这位高僧的。

此时的长安已是中国佛教最为兴盛的城市之一，甚至可以说是第一。因为两个人，一个是前秦皇帝苻坚的大力扶持，一个是高僧释道安的努力。先不说苻坚，单说释道安。此人在中国的思想史上应当有相当的地位，可惜，我们总是以为佛教和道教非主流学术，所以，佛家和道家诸大家都在儒家之后。在一般的主流学术史上，讲到魏晋南北朝时的思想大家，道安等往往不在。他们存在于野史之中。所以，现在说释道安，多少带有传奇色彩。

此人面黑，生来丑陋，七岁开始读书，十五岁即通达五经文义，大概与僧肇一样，因对道家之理不满，转而学习佛法，因他认为只有佛法能通达天理。十八岁出家学佛，但因丑陋而不被师父看重，不给经书看。后因其记忆力惊人，引起师父关注，才逐渐受戒学佛。二十四岁时遇到从凉州出发向东传法的佛图澄，这是第一个对他的长相没有生厌，且对他的见识给予极大赞赏的学术大师，所以，他立刻投奔佛图澄。佛图澄也总是对人说，此人有远识，不是你们所能及。果然，他就成了佛图澄之外最受尊敬的高僧。佛图澄死后，他还替其讲法多年。但不幸的是，他所生活的年代正值乱世，所以，他总是辗转多地传法。看他的传记，每有感动，也总是对当时的现实不满。

比如，他到山西薝泽后，外地僧人竺法济、竺僧辅和竺道护等都先后冒险远来，和道安共同研究后汉安世高所译的《阴持入经》《道地经》和《大十二门经》等经，并作了注解。此种学术氛围今日难见。

再比如，听说道安四处传法，高僧习凿齿从襄阳给释道安写信，请他南下弘法，他为广布教化，命同学法汰率领弟子昙一、昙二等四十余人去扬州，又命法和去四川，他则率领弟子慧远等四百余人到襄阳，先住在白马寺，后又创立檀溪寺。从此处看，那时又没有学校，求法者竟然如此之多。虽然战乱是一个原因，但佛教的兴盛也可看出一端。

此习凿齿博学广闻，以文名著称，辩才名满天下。在道安抵襄阳之前，他特意修书拜访道安，自我介绍曰，四海习凿齿。

道安则应声回答，弥天释道安。

二人机锋相对，禅意益然，这在那个玄学兴盛之时一时成为美谈。

道安在襄阳一居就是十五年，当时东晋玄学鼎盛，名士清谈成风，大多讨论本末、有无、体用等玄学主题，道安在少年时期也熟知这些义理，发现大乘般若学可以通解各种讨论，于是创立"本无宗"学派，成为般若学中创立最早、卓然有成的宗派，这是道安对早期佛教传播发展的重大贡献。

苻坚将释道安迎回长安，令其讲经说法，教化民众，长安一时佛教兴盛。在长安七年，苻坚为道安组织了庞大的译经团队，译出了《四阿含》《阿毗昙》等经共十四部一百八十三卷百余万言，并对以前的译本作了校订和整理工作，对后世影响颇大。

正是这样的高僧大德，他却对苻坚说了另外一番话，其大意是，比他高明得多、在当世真正称得上一代宗师的高僧并不是他，而是另外一个人，远在西域的鸠摩罗什。

在吕光俘获鸠摩罗什往长安回来的路上，苻坚被姚苌所杀。那一年，道安也突然病故。

长安城立时暗淡无光。整个世界都仿佛在蒙难。

所幸的是，后秦皇帝姚兴是一位好皇帝，他不但大兴儒学，而且对佛学也如苻坚一样深爱。那时候，道安已亡多年，长安城在他眼里，空无一人。人们又向他频频说起鸠摩罗什。于是，他也仿照苻坚，派大将姚硕德率领大军攻克凉州，"请"回鸠摩罗什。

正如当年龟兹王亲自到城外十里长亭去迎候鸠摩罗什的父亲鸠摩罗炎一样，姚兴也如此，他要亲自去城外迎接这位"困居"凉州十七年的高僧。

那是正午，长安一带的冬天比凉州和龟兹的冬天要稍暖和一些，尤其是正午的太阳直射下来时，很多人都有些热得出汗了。鸠摩罗什从马车上走下来，凝望着这座传说中的城市。原来这就是世界上最繁华的城市了。它比凉州城和龟兹城要大多了，城外还铺陈着那么多的村庄。

有人告诉他，前面不远处皇帝在专门迎接他呢。他有些恐慌。当年龟兹王在龟兹城外迎接过他，那时年幼，不知道惊动一个国王或皇帝的分量。现在他知道了。他知道有一个热情的皇帝在等着他。可他马上想，他能给皇帝什么呢？与吕光在一起的时光，使他知道伴君如伴虎的滋味。如果他让那位皇帝失望了又怎么样呢？

其实，这些担心他在路上早已想过了。他不断地告诉自己，何必患得患失呢？他不就是一个僧人吗？能怎么样呢？

他看见前面有一大堆人，从华丽的旌旗和服饰就知道那是皇帝的队伍。一个很大的伞盖下，一位穿着黄袍锦缎的中年人坐着，其他的人都站着。他知道，那就是皇帝。

将军姚硕德先上前与皇帝见面，说了几句什么，然后便将皇帝引过来。到跟前一看，皇帝比他远处看见的还要年轻，还不到四十岁。皇帝还未说话，只是笑着要与他打招呼，他便赶紧躬身施礼道，贫僧鸠摩罗什见过陛下。

姚兴一听，是纯正的汉语，只是略带了一点凉州腔。他笑道，法师远道而来，一定是累坏了。

罗什已经非常熟悉汉地的礼节，赶紧回道，陛下如此盛意，贫僧不敢当。

姚兴笑道，法师乃当世之大宝，抵我百万雄师，来，先喝杯热酒，暖暖身子。

罗什谢道，陛下，贫僧不能喝酒。

姚兴道，好，来，上热茶。

罗什端了起来，与姚兴的酒杯轻轻相碰，然后他先向地上浇了一点，算是敬天地，然后才开始端到嘴边喝。姚兴一看，很高兴，也道，好，第一杯敬天地。说完，便将第一杯酒洒在地上，侍从赶紧倒上，他喝了第二杯。

罗什看到，这个比自己小二十岁的皇帝对自己是真诚相待的。他也知道，正是因为他比姚兴大二十岁，所以才让对方真正地尊敬。假如对方比自己大二十岁，或是大十岁左右，甚至大五岁左右，也可能会像吕光那样轻视自己。这下他放心了。

而姚兴看着罗什一脸的庄严、平静，而且带着一身的贵气，便知道这个传说中的高僧确与他见过的长安任何一位高僧都不一样。他看上去那样谦逊，但又绝不造作与卑下，那谦逊反而让姚兴更为喜欢，心里更为踏实。

回城的路上，他们坐在一个车辇里。姚兴说，自从释道安圆寂后，长安就一直是一座空城，空了十六年。

罗什回道，陛下，长安有您在，怎敢说是一座空城？

姚兴说，连朕的心里都是空的，怎能不说是空城。你来就好了，这十六年都是为你准备的。这下长安就踏实了。

罗什摇着头说，陛下如此说，让贫僧诚惶诚恐。

姚兴笑道，朕说的是真心话。

罗什微笑着颔首示意。他的心里暖暖的。

姚兴又问道，法师，你也知道，朕请你来长安的事不是一天两天的事，甚至说也不是一年两年的事了，先帝武昭皇帝在位时就派人到凉州请过你，吕光不放，到现在也有十几年的时间了。我是日夜不停地想啊，现在终于如愿了。不知法师对此有什么看法？

罗什道，感谢陛下和先帝的厚爱，罗什也是日夜苦熬、心急如焚，想着有一天来长安弘法，没想到十七年就那样过去了。现在想想，真是一梦。但在凉州十七年，我对弘法也总算有了自己的一些看法。

姚兴道，请法师明讲。

罗什道，自佛法入中土以来，就面临一个最大的问题，即梵文的佛经如何变成汉语佛经，这是方便教化的最大难题，三百多年过去了，中土的佛经倒是不少，但是存在很大的问题，此问题有二：一是中土流行的大多还是小乘佛教的内容，需要向大乘般若佛法过渡，这与西域佛教的问题是一样的，好在中土有儒道两家的相冲，形成玄学，倒是对传播大乘佛法极为有利，甚至可以说是恰逢其时；二是中土流行的佛经需要重新翻译，否则以讹传讹，后患无穷，因为翻译佛经者不外两种人，一种是懂梵语或吐火罗语，而不懂汉语者，另一种是懂汉语却不识梵文者，故而大多义理不通。此两者，恰是贫僧这十七年所专攻的。十七年来，贫僧将龙树菩萨的中观论及大乘佛法算是精研清楚了，同时，这十七年来，我也对汉语以及儒道百家进行了深入的研读，略有心得。总之，陛下若问贫僧来长安能做什么事的话，贫僧的回答便是：一、重新翻译佛经；二、传播大乘般若佛法。

姚兴一听，看着罗什道，法师，按佛法上来讲，你就是上天派来造福中土的活菩萨。

罗什赶紧合掌道，不敢，陛下。

姚兴道，你说的两点，也是朕的想法。想当年，道安来长安也是做这两件事，一是翻译佛经，二是宣传般若佛法。他还创立了本无宗。但是，他一直强调，你要比他胜过百倍。朕一直未明白，以为他是谦虚，今日朕终于明白了，他说的是实情。如果说他是学生的话，你就是老师。

罗什道，不敢如此说，陛下。道安法师，乃真正的得道高僧，贫僧尊敬得很。

姚兴笑道，就是一个比喻。事实上也是，他的般若思想，肯定没有你的正宗、圆通，他也不懂梵文、吐火罗文，而你都懂。看来上天派你来，也是种种造化、机缘和合的结果。

罗什道，阿弥陀佛。

走了一阵，姚兴突然看了看身后，像是想起来什么似的问道，对了，朕忽然才想起来，怎么就你一个人？不是还有位龟兹公主吗？

罗什微笑了一下，说，看来人人都关心我这点龌龊事，陛下也充满好奇。她已离开凉州，去了龟兹。

姚兴问道，没有留下子嗣？

罗什的脸红了，道，没有。只犯过那一次戒，但未曾怀得孽子。

姚兴有些失望地道，是吗？听说您父亲和母亲聪明绝顶，才有了您这样的旷世奇才。如果您有法种，岂不还要超过您？

罗什摇着头不说话了。他看到城里的百姓像看戏一样看着他，指指点点，不知议论着他什么。有很多僧人立于道旁，向他行礼。他也微笑合掌致意。皇帝向两旁的人们招着手，百姓欢呼着，像过节一样。他突然间觉得在梦里见过这情景，仔细想想，又想不起来。一个乞丐微笑着向他扔过来一个馒头，他伸手接着，也微笑示意。尽管他不会吃那个馒头，可是他觉得这是善意。他也觉得这情景真实地存在于过去的梦里，还是哪里，总之，他非常熟悉。

姚兴看快到住处了，便对罗什说，法师车马劳顿，肯定累了，朕已让人把西明阁给你腾好了，你直接去那里住就是了。你洗漱休息一下，然后进宫来，我们好好聊一聊。

罗什说，谢谢陛下。

罗什稍事休息了一阵，便被来人接到了宫中。姚兴也是小睡了一阵，见到罗什道，今天朕就素食接待你吧。

罗什双手合十道，谢谢陛下。

姚兴便对殿下众臣道，各位，你们今天也就随朕和罗什法师一同用素膳吧。

众臣道，感谢隆恩，万岁。

姚兴便当着众臣的面对罗什道，我本羌族，但崇尚儒学与佛法。前朝苻坚之时，王猛乃汉人，被苻坚重用，提倡儒学，礼法便开始流行起来。朕觉得这仍然是治国的大法，所以尊儒学大成者尹纬为尚书仆射。

罗什便想起段业，于是问道，陛下，可否让贫僧认识一下尹大人？

大家便笑，罗什不知其意。姚兴笑道，法师不知啊，尹尚书早已寿至天年，现在恐怕已陪先帝散步呢。

罗什便道，遗憾啊！贫僧在凉州时，经常听段业大人讲起尹大人，原来已不能见。

姚兴向殿下一看，指着一人道，尹昭大人。

只见殿下立刻站出来一人，也有四十多岁，高大武威，拱手行礼道，陛下，臣在。

姚兴对罗什道，这位尹大人就是尹尚书的儿子，现在是京兆尹。对了，尹爱卿，可否给我们讲讲令尊的故事，让罗什法师也好了解了解我们的情况。

罗什道，陛下，可否先听我讲讲，如果我讲的不对，或有问题，再请尹大人补充如何？

大家立刻惊异地望着罗什，姚兴也迟疑地问道，法师竟然知道他的往事？

罗什道，陛下，臣虽然身在凉州，但每时每刻都关注着关中的一举一动。尹纬大人，天水人也。少有大志，身长八尺，腰带十围，性情豪爽，专读圣贤书，自比为姜子牙、萧何者也。因尹氏为天水大族，而尹氏中有尹赤在辅佐陛下之先祖姚襄，所以整个尹氏遭到前秦符坚所禁，不能做官。也因为如此，尹纬直到晚年才做官。有一天，他夜观天象，看见祅星出现于二十八宿中的东井位置，便预言符坚将灭，而姚氏将取而代之，于是，向天拜祭，但是，他拜着拜着就流泪了。朋友便问他为什么，他说，上天如此，正是霸王飞龙在天之时，可惜我现在老了，又很难遭遇知己之明主，恐怕无法施展平生抱负了，所以感到忧喜交加。

罗什见众人都听得目瞪口呆，便继续说道，但有一件事情帮了他的忙。符坚死的时候见过一面尹纬尹大人，与尹大人有一次长谈，尹大人的学识与思想使符坚颇为惊奇，他问尹大人，你在朕的殿下担任什么职务？尹大人说，尚书令史。又问，何名？答，尹氏，名纬。符坚叹道，原来是尹氏之才啊，你有宰相之才，堪比王猛王景略，可是朕竟然都不知道朝中有你这样的人才，怎能不灭亡呢？

罗什看着众大臣道，符坚的这段话也是从另一个皇帝那里肯定了尹大人之才。尹大人是一位非常清明的人物，他崇拜的人物是孙权的宰相张子布，但又有诸葛之才华，可以说是德才兼备。这里我要举一位反面人物来证明他。这个人就是冯翊人段铿。段铿有才，有大才，但正应了文人无行那句老话，先帝想让他担任侍中，尹大人力谏不可，先帝还是任命了。尹大人没办法，只好当众指出段铿的问题。先帝便找尹大人问道，你为什么憎恨有才学的人呢？尹大人说，臣从不憎恨学者，臣只是憎恨段铿品行不端正。品行不端，则祸患无穷。后来，他们君臣之间还有一段著名的对话，各位应当知道吧？

殿下立刻有人说，说来听听。罗什便看姚兴，姚兴已经被罗什讲得兴致勃勃，说，请法师讲下去。

罗什便讲道，先帝说，爱卿啊，朕且问你，大家都说你没有自知之明，常常把自己比作萧何，实际情况如何呢？尹大人说，汉高祖与萧何都崛起于布衣之中，所以重视丞相。陛下是贵族出身，所以轻视作为布衣的臣下。先帝并不生气，说道，其实你真的不如萧何，难道有假吗？按理说，一般的臣子就不必再辩了，可是，尹大人刚直，他竟然问先帝道，陛下比汉高祖如何？先帝脸红了，但先帝是一位开明的皇帝，他说道，说实话，朕不如汉高祖。说真的，君臣之间，话说到这儿就不能再说下去了，但这不是尹大人的风格，他冒死说道，陛下，您知道您为什么不能比汉高祖吗？

姚兴和众大臣都有些惊慌地看着罗什，只听罗什道，先帝真是一位伟大的人，他说，那你倒是说说看。尹大人只说了一句话，他说，就是因为汉高祖远离段铿这种小人的缘故。先帝默然无语，于是，把段铿派去做了北地太守。

大家都叹了一口气，看着姚兴笑了。姚兴也笑道，法师竟然知道得这么详细，我都只知一点点。

罗什道，陛下，我还没讲完呢，还有您与他的交往呢。

姚兴大笑道，好好好，法师请讲。

罗什道，先帝委以尹大人以重任，先帝殁时，对陛下有遗言，务必要重用尹大人。陛下当然是明君，任用尹大人灭掉前秦，统一北方，并百业并举，中兴后秦。陛下先后封他为辅国将军、司吏校尉、尚书左右仆射、清河侯，在他死后谥号为忠成侯。陛下也与他有过一次著名的对话，这与陇西牛受有关。牛受是尹大人的好朋友，经尹大人出面，不费一兵一卒，率汉中流民投奔陛下。牛受对尹大人说，你总是说，时明也，才足以立功立事；道消也，则追随朱云。今遇其时，正是名垂青史之际，大丈夫应当勉励啊！尹大人则说，我自以为没有辜负昔日之言啊。陛下听说后对尹大人说，你与牛受之对话我听了，很荒诞！立功立事，何必与古人相比？尹大人回答道，臣实未愧古人。为什么这样说呢？这是因为时来运转，前则辅佐太祖建八百年之基。等到陛下龙飞之始，翦灭符登，荡清秦雍，生极宰辅，死受庙庭祭祀，古之君子，正当如此。陛下听了后非常高兴，大赞尹大人。不知我说的对不对？

姚兴说，何至于对啊，连我们都知道得不如你详细，你是从哪里知道这些的？

罗什道，陛下，前面我已经说过，是凉州段业段大人告诉我的。他是京兆人，现在他的妻儿还在京兆呢。

姚兴道，段业也确是有才之士，可惜了。不知道他的子孙如何，尹昭尹大人，你可查查，若能提携扶持，则是你的功劳了。

罗什即刻下跪施礼，姚兴道，法师为何如此？

罗什道，这是贫僧代段业大人向陛下致谢。我想，他的孤魂也就回来了。

众人皆叹。然后，姚兴又向罗什介绍说，刚才尹大人的事说得时间长了，朕再向你介绍几位。这几位可都是响当当的大学者，第一位，天水姜龛。

殿下一人站起，罗什看去，是六七十岁的一位老者，便施礼道，贫僧早闻大名。

姚兴又向罗什介绍东平淳于岐、冯翊郭高等儒学大家，众人一一站起，与罗什认识。罗什也一一还礼。姚兴道，儒家之学在六艺，主要在于人伦之道，道之所至，礼法存焉，所以万民心中有法，知礼守法。这些学者，乃我国之大宝啊，他们讲学授徒，各有弟子门生数百人，远道而来向他们求学的人加起来有万人了，可以说是人才兴盛啊。国家就是要靠这些人治理，他们是秦国的将来啊。

罗什道，陛下此举乃有道明君之做法。贫僧到凉州之时，也接触了一些文人名士，看到了他们以身殉道的壮举，才知中土文明之强盛。国家的治理就是要靠这些儒学大才。他们的意志、理想与担当就是国家的四维啊。

姚兴便问，依法师来看，秦之儒生比凉州的那些名士如何呢？

罗什道，我刚刚已经看到了，他们遇到了陛下这样的有道明君，所以个个显得意气风发、昂扬向上，一心在为朝廷效力，然而，凉州虽然多名士，但遇到了吕光、吕隆这样的无道昏君，致使八子殉道，儒学大家孟砚蒙难，易学大师商古、音乐大家叶清商、道家学者李致皆远避他乡，这都是天下皆闻的大事，还有更多文人被杀的情况。幸有段业，才保全文脉。两者对比实在鲜明。

姚兴笑道，接下来，让朕为法师再介绍几位你的同道。

姚兴指着坐在后面的一位僧人道，僧睿法师。

说完，只见一人站起，双手合十，向罗什施礼。罗什看，此僧大约五十岁左右，正微笑着看他。不知为什么，他心里一动，便道，原来是僧睿法师，贫僧早闻大名，今日得见，实乃大幸。

姚兴道，法师今后译经，可依赖他。

罗什便再一次向僧睿施礼。僧睿慌忙还礼。众人皆道，看来罗什在凉州十七年，中土之礼法他都融会贯通了。

当晚，姚兴便留罗什继续长谈，很晚才入睡。第二天醒来时，又叫人请罗什。罗什早已起来，做过功课，来到姚兴的书房，两人又谈，午饭后各自稍事休息了一阵，姚兴便请罗什到花园散步，边走边聊。晚上又留下来，继续聊，仍住宫里。如此三天三夜，两人都觉相见恨晚，罗什便道，陛下，请允许我明天就开始译经。

罗什到长安的第四天，便开始带领道安原来的弟子们和后来在长安坚持译经的众僧们开始翻译佛经。

罗什一手拿着梵文的佛经，一手拿着汉文的佛经，两相对应，让僧睿记下他新翻译的内容。有些没有梵文的版本，罗什便请姚兴专派商人去西域买回来。僧睿写下的佛经，又被僧众抄写几份，一份飞速送给皇帝姚兴，剩下的则留传至僧人间，甚至传到市井。一时之间，长安的大街小巷，都在讨论罗什译经之事。

长安有了这样一位皇帝和这样一位高僧，可以说，比苻坚和道安时要更胜一筹。"佞佛贪利"是史家对姚兴的一个评价。意思是对佛教的提倡太过了，以至于"佞"了。是怎么一回事呢？

《高僧传·鸠摩罗什传》中说：至于长安，兴待以国师之礼，甚见优宠。晤言相对，则淹留终日。研微造尽，则穷年忘倦……什既至止，仍请入西明阁，及逍遥园，译出众经。意思是罗什一到长安，就与姚兴极为亲密，相谈甚欢，在皇宫里一谈就是几天几夜，可见，姚兴是位真正喜欢佛学的皇帝，而罗什也确是遇到了知己。不久，罗什便继承了道安的事业开始译经。

译经之时，皇帝亲自参与。"什持梵本，兴执旧经，以相雠校。其新文异旧者，义皆圆通。众心惬伏，莫不欣赞"。可见两人心意相通，姚兴对罗什之译文莫不赞同，而罗什也因为在凉州就通晓了汉语并对诸经之翻译有一些比较，所以此时格外通畅。姚兴之所以如此，是有其宏旨在："兴以佛道冲邃，其行唯善。信为出苦之良津，御世之洪则。故托意九经，游心十二。乃着通三世论以勖示因果。王公已下，并钦赞厥风。"

就是这样一个心存善念的皇帝，才做了一些很不当的事让史家诟病。一是提倡民众信佛和鼓励出家，使后秦举国上下崇信佛教，"一时寺院佛塔林立，仅长安一地的僧人就有五千多人，各地事佛的人达到'十室而九'的地步。"这个结果，不但使国家耗费大量物质财富，而且生产力严重下降，致使后秦国力开始衰退。二是他心地开始变善，对待外国也开始缺少狠心。他不但把凉州这个地方也放弃了，而且还把南乡十二郡归还东晋，极大地削弱了自身的力量。

但史家评说历史往往不足以观，因为史家总是从势的角度去评说成功，而不从道的角度去阐发真理。史家总把势认为是道，这就是社会进化论的庸俗观念。所以，在文史哲三家之中，史家之观只能信其一部分，只有将文与哲统一起来看，才会有正解。

所以姚兴之崇佛从根本上是善的，他希望人们从中解脱苦厄，即使国家消亡，又有何不可？要知道在佛教中，没有国家这个概念。历史的善恶轮回从未终止过，和平总被雨打风吹去，所以，才能有佛家等理想主义者拯救众生的愿行。即使姚兴不是一个彻底的和罗什同等道行的佛教弟子，他所做的已经很了不起了。没有他，大乘佛教虽也有人翻译，但就不会有鸠摩罗什纠正谬误的机会了。

皇帝向罗什请教

　　推开窗户，一股凉风吹进屋来，但已经带着春天的温暖。他发现长安的春天要比龟兹和凉州的要早来半月甚至一月。难道春天是先从东南方来的？在长安才一个多月，但他仍然觉得才来三天，又觉得已经很长时间了。

　　长安的生活是罗什一生中最幸福、最劳累的一段。十二岁那年迦毕试国北山上那个僧人的预言现在终于应验了，现在他知道了，所谓度人无数其实还是宣法，而宣法的重要路径便是像龙树菩萨一样重新解读佛经。他不能做到那样，他只能求其次，那就是翻译佛经。这个道理他早在凉州时就已经想得很透彻了，所以，他迫不及待地开始了这一工作。

　　西明阁原是一位高僧修行的地方，道安虽住锡五重寺，但也常常在此翻译佛经。

　　罗什对姚兴说，陛下，臣已经快六十岁了，时日不多了，臣希望陛下也能像支持儒家学者那样支持贫僧，在天下各处贴上告示，把天下有志于佛道事业的名僧都集中到长安来，如此，我们才可以广泛展开讨论，把几百年来佛经翻译中的一些问题彻底地解决，同时，也可以对他们进行培训，然后他们分散各地再进行佛教教育，中土的佛学就可以真正兴旺起来，陛下就是弘扬佛法的护法王，堪比阿育王。

　　姚兴一听，非常高兴，道，法师，您说的也正是朕想到的事情，朕给你人力、财力和各种政策，与儒家士子来长安学习一样，各地僧侣来长安学佛译经不设关卡，自由出入。

　　罗什向姚兴深深一礼。罗什便叫来僧睿，与朝廷相关大臣接触，不几日，告示拟好，罗什看了，又呈皇帝姚兴阅览，然后发往各地。三日之后，附近的僧人就来向罗什报到了。五日以后，连汉中、洛阳一带也不断有名僧来向罗什报到。十日之后，远在福建、浙江的僧人也有到来的。半月之后，西明阁人满为患。罗什开始为此苦恼起来，他对姚兴说，陛下，原以为邀请一些名僧就可以了，谁知告示一出，来者云集，现在西明阁每天活动的人已经一千多了，这里已经显得太局促了，这如何是好啊？

姚兴一听，大笑道，法师，这是好事啊，这说明你的号召力非常大。

罗什赶紧道，不是臣的号召力，而是陛下的恩德，大家都是奔着您来的。

姚兴笑道，不管是谁，总之，这是好事，天下佛学盛境，非我长安莫属。法师放心，朕早已料到会有此况，所以早就派人在长安城外给你修建一个寺院，取名为大寺，大寺之外，还修了花园，取名逍遥园。已经动工了，不出三个月，应当能完工。

罗什道，陛下，只有寺院就可以了，不必有花园。

姚兴道，法师，你看现在朕都参与进来了，难道到时候你也让朕住在寺院里。那个逍遥园，是为咱们两个修建的。平时你住，偶尔朕也去住一住，散散步。

罗什只好道，感谢陛下！

三个月后，逍遥园成，于是，罗什率大队人马去逍遥园大寺里住。此寺后名草堂寺，当下不表。且说罗什到得逍遥园一看，震惊了。此园大约有一千多亩，园子的外墙还在修建中，仿佛一座城池。事实上，它比罗什走过的西域一些国家的首都还要大。罗什对弟子说，这不是一个小国家吗？弟子们则高兴得惊呼。进去一看，除新建的僧房和还在修建的大雄宝殿外，还有好大一片园林。罗什一看，全是刚刚种下去的竹苗。修建的工人对罗什说，这全是竹子，等到秋天时，它们就长大一些了，那时候就绿了，再过一年，它们长高后，可就美死了。等到三五年后，这片林子可就十分壮观了。长安城里也没有这么好的地方。整个终南山上下，我也没见过这么大的竹林啊。

罗什一听，叹道，陛下真是用心良苦。

有一天，罗什正在与僧睿商量事情，忽报圣旨到。罗什赶紧接旨。太监刘奉道对罗什说，陛下昨夜写有一篇佛论，想咨询法师，请法师撰写佛论回复陛下。还在西明阁时，皇帝姚兴就兴奋地参与了译经。他拿汉文版的译经，罗什拿梵文版的原经，他把汉文版的念给大家听，罗什把梵文版的翻译给大家听，然后共同商议哪一句怎么译。此情此景，几百年来没有一例。僧人们都高兴地称姚兴是阿育王在世。姚兴也受鼓励，有一段时间，几乎天天都到西明阁来。后来罗什等搬到逍遥园后，姚兴来得就少了，但这阻止不了他的热情。

刘奉道走后，罗什打开皇帝的御书一看，有题有文，题为《通三世论——咨什法师》，内容如下：

> 曾问诸法师，明三世或有或无，莫适所定。此亦是大法中一段处所，而有无不泮，情每慨之。是以忽疏野怀，聊试孟浪言之。诚知孟浪之言，不足以会理，然胸襟之中，欲有少许意，了不能默己，辄疏条相呈，匠者可为折衷。余以为三世一统，循环为用，过去虽灭，其理常在。所以在者，非如《阿毗昙》注言：五阴块然，喻若足之履地，真足虽往，厥迹犹存。当来如火之在木，木中欲言有火耶？视之不可见，欲言无耶，缘合火出？经又云：圣人见三世，若其无也，圣无所见，若言有耶？则犯常嫌，明过去、未来，虽无眼对，理恒相因，苟因理不绝，圣见三世，无所疑矣。

罗什答姚兴书

数日之后，姚兴收到鸠摩罗什的回信，名为《答后秦主姚兴书》，其文如下：

雅论大通甚佳，来去定无此作不通。佛说色阴。三世和合总名为色，五阴皆尔。又云，从心生心，如从谷生谷，以是故知。必有过去无无因之咎。又云，六识之意识，依已灭之意为本而生意识，又正见名过去业未来业中果法也，又十力中第二力知三世诸业。又云，若无过去业则无三途报。又云，学人若在有漏心中，则不应名为圣人，以此诸云。固知不应无过去，若无过去未来则非通理经，法所不许。又十二因缘是佛法之深者，若定有过去未来则与此法相违，所以者何？如有谷子地水时节牙根得生，若先已定有则无所待有。若先有则不名从缘而生。又若先有则是常倒，是故不得定有不得定无，有无之说唯时所宜耳。以过去法行业，不得言无……此实是经中之大要，故言以不住般若……

罗什的回信，回答了有无创世说的问题。如果没有前生，那么，此生犹如无根之木，所以肯定有前生，这似乎也就是回答今天人们的问题"我从哪里来"，到来世便是回答"我到哪里去"，那么，"我是谁"的问题呢？似乎是回答了，当然是此生中的我。可是，这就进入了我执，也就进入了上帝创世论的拜物教中，所以，他又讨论了"有"与"无"的关系，主张不住世，也就是说，不用太在意有无和三世的概念，进入空无之中。这就是大乘般若。

当皇帝姚兴拿着罗什给他回复的书信看了三遍之后，他把书信交给弟弟安成侯姚崇道，真是通才啊，朕见过多少法师，多少次都问这些问题，可没有一个能像罗什法师这样通解的啊。

不久，他又收到罗什的《通三世》一稿，看过以后，不停地念着如下几句：

众生历涉三世，其犹循环。过去未来虽无眼对，其理学在，是以圣人寻往以知往，逆数以知来。

为此，他专门去了一趟逍遥园，罗什见姚兴到，赶紧率众出迎。姚兴看了一眼林子已长成，叹道，其色秀丽，然在佛法看来，一如空色。

罗什道，在眼为实，在心为空，才是佛法。

姚兴停下来思索了一阵道，法师之言在理啊。那么，法师，朕这个皇位也是空的了？

罗什笑了笑，不答。姚兴笑道，法师为何不语？

罗什道，陛下，您问臣的时候是不是觉得很矛盾？就像站在一个生死界或一个分水岭上一样？

姚兴道，是啊。

罗什道，如果我们看到的是没有矛盾的事物，我们一定是只看到了它的一面，就把事物实在化了，简单化了，犹如我们看这寺院一样，它是真实存在的，但是，当我们看到有一个点或面会否定我们刚刚看到的存在时，也就像我们在活着的时候想到死，在看到这寺院的时候会想到它会被毁，不管是出于自然老化，还是地震，甚至是被人放火烧了，总之，它一定会消失，那么，我们也就看到了它的另一面，即无，不存在，那么，我们就会发现，我们的心中有了与之前完全不一样的感受，我们就看到了它的两个面，即有与无，存在与不存在。

姚兴道，但如果只是看到这一点，是否就变成了一切为空，那么，有就毫无意义了呢？也就是说我们现在的弘法还有什么意义呢？

罗什道，这正是臣要向陛下阐述的。无是建在对有的否定上，若没有否定有，无又如何存在呢？轮回为有，但每一次的死亡则使这有成为无，然后又变成了新的有，再变成无，如此循环往复。那么，现在的问题是，如果轮回是无止境的，有又有什么意义呢？也就是我们的弘法与陛下的皇位有什么实际意义呢？这就是有的意义。它是我们在下一世的轮回中变成更有意义的有，而在最终超越这有，成为佛。成佛的时候，就跳出了轮回之苦，就变成了新的有与无的结合体。比如阿育王，他的弘法使他既摆脱了地狱之苦，又成为护法王，下一世的轮回将更靠近成佛。这是对有为法的理解。很多佛经中说，帝王更容易成为佛。

姚兴笑道，这是为什么呢？

罗什道，帝王的善行是最大的，帝王对佛法的理解更容易摆脱五蕴世界的羁绊，而最为重要的是，其前一世必然是行善修佛的人。

姚兴看着罗什，极其认真地说，听说你能知道人的过去，可否说说朕的过去？

罗什笑道，臣已经说过了，您在久远世时，与佛有缘，且行过大善，发过大愿，修行过很多世，所以才会有今世之皇位与今世之弘法之为。至于哪一世做什么，是什么人，又何必在意呢？

姚兴道，是啊，这也是朕能想到的。

他回去后说与安成侯姚嵩，并拿给他再看后来的几封书信，当姚嵩看到罗什《通一切诸法空》中的一句时，他说道，这罗什法师的语言，已经完全将儒道两家的汉语修为练到家了，你看这一句，"夫道者以无为为宗。若其无为，复何所有耶？"这哪里是佛家的语汇？简直就是和老子所做一样。毫无造作，毫无阻碍，完全是中国一流学者的文章了。

姚兴也感叹，是啊，他几乎是出口成章，别人说的都没他说得好，辞喻婉约，莫不玄奥，真是一位几百年才有的大才啊。

此话传至罗什与弟子那里，僧睿对罗什说，师父，自佛经传至中土，连中土法师翻译得也没有您的雅致与意深。您看，我们那么多人，很多都是著名的法师，可是，几乎都改不动您的一个字。

罗什答道，僧睿，我们不可狂妄，但有两点必须要告诉你和大家，一是这些佛经的译文我在凉州时就常常思考该如何翻译，那时觉得汉语不好，于是拼命读汉语著作，诸子百家韵文、《诗经》、汉赋、《史记》我基本上都读过，下过一番功夫，现在才知，其实这些东西已经深入我的骨髓里了，我已经完全变成了一个汉人。二是我要告诉你们，天竺国也非常重视文辞，与中土的《诗经》一样，每一句佛经都是有韵律的，是可以配之以音乐能唱的。佛经中偈颂，都是能唱出来的，但现在把梵文翻译为汉文，就失去了它的韵律，无法唱了，所以，现在的佛经，在你们看来，比起此前的已经很好了，但是我们只是得其大意，文体之美就失去了，只能读了，在我看来，有点像嚼饭与人，味同嚼蜡。

僧睿一听，颇为伤感，问道，那依师父您这样说，我们翻译它还有什么意义吗？

罗什道，那又不能如此想了，佛法重义，学佛之人能会其意，也可通神了。

僧睿叹口气道，原来在师父这里还有这样的大区别。

罗什道，不可有区别，今只是你说起，所以也便如此说，但就弘法来说，还是要少分别。

此话又传至姚兴那里，姚兴在看望罗什译经时问道，听说梵文的佛经能唱？

罗什道，是啊，陛下且看《妙法莲花经》《维摩诘经》等，里面有多少是唱出来的？我们翻译的时候也是尽可能地按汉文的韵来翻译，也希望汉文佛经也有韵味。但这些汉文的佛经如何唱呢？这就是遗憾了。

姚兴听了，也露出无奈的样子。罗什笑道，陛下，臣后来想，这个其实也不必遗憾，因为连佛法都讲法空，又何必纠结于这个呢？重要的是大意不能错。

姚兴说，是啊，过去翻译的佛经多有不通，现在终于好了，你翻译的佛经不但无有不通，且纠正了几百年留下的很多错讹之处。现在还有什么问题呢？

罗什说，陛下，臣探索了一段时间后，想把僧众们分工，按流程进行，臣来译，要有人记下来，然后再找懂梵文的僧人简单地看看，若有问题，赶紧要汇报于臣，臣再将其校正过来。这样还不行，最好还要再找些文采好的，在保持汉文意思不变的情况下，尽可能地让语言流畅、雅致起来。还要有对这些经文再反过去进行求证的，最后要有誊写、校对的。这样就会加快翻译的步伐。

姚兴说，这个你说了算，看有没有让朕给你帮忙的。

罗什犹豫了一下，说，有件事不知能不能向陛下您说？

姚兴说，说吧，无妨。

罗什说，自古以来，天竺国的僧人是有官职的，所以佛教才得以很快的发展，而臣发现中土的僧人都是方外之士，不干预国家事务，所以也不参与俗世与政务，但这也导致一个问题，即僧人不受人尊重，僧人在参与国家事务时也不会有积极性。比如，译经之事，在陛下这儿，变成了国家大事，但僧众们并不将其当成国家大事，所以，对一些事并不热心。

姚兴皱着眉头道，法师是想让朕给他们些待遇？

罗什说，陛下，臣也不知道如何办，所以才要与您商议。

姚兴道，这个好办，朕给他们相应的官职和相应的俸禄，这样他们就得干相应的活了。没问题，几百年来没有皇帝愿意如此做，朕就开个先河。

罗什说，那陛下少不了要与朝中大臣多解释解释了。

姚兴道，这又什么好解释的，朕说了算。

罗什笑而不答。姚兴回去的第二天，就让吏部商议如何给予僧众们相应的官职一事。吏部尚书侯启国反对道，陛下，鸠摩罗什来朝，陛下说以国师相待，因为过去历朝历代没有设置过这一官职，所以也就虚设了。至于其待遇，都是陛下所赐，所以吏部也只是随意做了一下工作。但如今要给予罗什法师下面几十人以官职，这可是闻所未闻之事。更何况，如此一来，罗什法师当以何种官职相待，而他下面的那些僧众又以几品来待，这就是一个问题。

姚兴道，这是非常时期，罗什已经六十岁了，他觉得自己时日无多，所以想加快翻译的步伐，而目前后秦和东晋的著名僧人大都到了长安，是历史上最好的翻译时期，如果错失这个时期，恐怕就遗憾大了，而最重要的是，能遇到罗什这样一个几百年才出现的大才是我朝之幸，要发挥好他的作用。所以，爱卿，就特事特办吧。

侯启国不大乐意地走了。再一天早朝时，又有谏官张奉奏道，听说陛下要给僧人们加官晋爵，臣以为万万不可，原因有二：一是不可抑儒扬佛。儒家之礼法，乃国之大器，可修身可齐家可治国平天下，而佛教乃西方之教，外来文化，若是弃儒家而扬佛教，先不说灭我华夏威风长他人之气的话，单就说家家壮士出家修行，罢兵歇马，那么，谁来保家卫国？谁来耕种稼穑？昨日，陛下之意已经传至太学夫子们，他们个个也在想能否为他们加官晋爵，否则，他们怎么办？二是数百年来佛道两家乃方外之士，不涉俗务，如今若给他们官职，那么，各地是否也效仿？职级如何来定？以后又如何沿袭？

姚兴听了后很不开心，但又不好直接反驳，正在生闷气，只见安成侯姚崇上前奏道，陛下，张大人之言差矣！提倡翻译佛经并非抑儒扬佛，儒家自孔子以来已经有八百年历史，后秦建国以来，也以儒学为国之根器，所有官员都以儒学为基业，从小学到老，甚至学到死，而儒家弟子做官已经成为天经地义之事，这样的根器如何能撼得动？就拿今日朝堂之上的文武百官来看，有过儒学教育的应当是绝大多数，甚至全部，而接受佛教思想的有几人呢？然而，儒学不通生死之教，只说人伦之事，而佛教恰恰解决的就是这个问题，佛教不是让人争天下，而是让人平心静气、少情寡欲、与人为善，是让百姓安宁，同时又不与儒家争宠，对后秦来说，只有好处，没有坏处。至于张大人所说级别一事，不过是为译经而做的权宜之计，乃虚职，各位又何必在意这些？既然他们在为国家做大贡献，国家就应当给他们相应的待遇，这难道有错吗？

姚崇一说，众大臣纷纷出来附议，于是，姚兴说道，各位爱卿，华夏文明自伏羲以来，以阴阳八卦为经天纬地之神器，至文王周公始，易与天地通，诗书礼乐为人伦，诸子之时，天子失书，道术为天下裂，百家兴起，儒道墨阴阳法家等诸家显世，而儒家尤盛，文脉渐壮，及至汉武大帝，集百家于一身，独尊儒术，董仲舒集阴阳与道家有天人感应之说，集法家与儒家有春秋决狱之说，立三纲、设五常、定六经，欲将天地人道和合为一，然而，儒家拜孔子为教，愈走愈窄，人伦礼法渐重，而天地玄道渐迷，所以，才会有佛教西来，补上生死之教之缺。魏晋以来，佛教已然融于儒道两家之中，开玄学之风。佛教入我华夏，已历三百余载，士子百姓皆有学焉，难道还不是我华夏文明之一部分？难道还要有分别吗？佛教于百姓，乃修行，乃通生死之道，教人向善，教人心中有神，教人心中有地狱惩罚之戒律，这是内在的律法，难道人世间还有比它更为叫人信服的律法吗？佛教于朕，乃御世之洪则，有教护国，则人心归焉，天下大同。众卿以为朕说得有无道理？

众臣未曾听姚兴对佛教有什么见解，今日一听，皆叹服，于是，众臣皆曰，陛下所言极是。

姚兴于是对吏部尚书侯启国道，侯大人，还有什么要讨论的吗？

侯启国躬身施礼道，陛下，臣无异议，这就去办。

几天后，逍遥园里莲花正开的时候，吏部有官员来代表皇帝下旨，重新封罗什为国师，领天下佛教事，与国相一职相待，同时，封僧睿等十多位僧人官职，也有相应的级别待遇。而罗什这边也将僧众进行分配，按译主、度语、证梵本、笔受、润文、证义、校刊等传译程序分工，健全制度，确保分工合作的有效性。据历史记载，当时助鸠摩罗什译经的名僧有八百余人，求学僧人达三千之众。

僧肇拜师

那一天，他从晨昏中醒来，推开窗棂，便被磅礴而出的辉日所穿越、所包围。他知道，这一天，来之不易。

那一日，他在逍遥园里焚香沐浴，然后庄严地打开《金刚经》，便看见如来正看着他微笑，并向他讲经说法。他知道，这一天，不是他的光荣，而是佛陀的光荣。

那一时，他再一次发下大愿，以庄严之心，说出如来的正义，生命不息，译经不止。

那一年，全中国最优秀的僧人们都集中到这个名为逍遥园的地方，在这八百名僧中，最优秀的有四个，他们是道生、僧肇、道融、僧睿。人们称他们为"什门四圣"。后来，人们又把昙影、慧严、慧观、道恒四位加起来，称他们为"什门八俊"。大概人们还觉得不够，又把道标、僧正加进来，这就是人们常说的"什门十哲"。

第一个投到罗什门下的是僧肇，被人们称为"解空第一"。那时，鸠摩罗什还在凉州。那时的外国人鸠摩罗什虽然也四处传法，同时，博采汉学，努力做一个中国人，在汉地传法。那时的外国人鸠摩罗什常常悲悯哀叹，每到秋天，他便听见天空中一声声哀鸣，由远及近，抬头一看，是无数的鸿雁摆成"人"字形往南飞去。那一声声雁鸣，仿佛啄着他的心头。于是，他便等待冬天，而冬日漫漫，常常大雪封门。于是，他便等待春天，而凉州的春天过于短暂，转眼便到了夏天。夏天也很漫长。

一个夏日的午后，他搬来一把椅子，躺在椅子上看龙树菩萨的中观论，寺门大开，忽有所想，想起汉语的"闲"字来，便叹道，原来闲就是他目前的状态，躺在木头做的椅子上，看着门外风尘仆仆、人来人往，而自己则平心静气，无所挂碍。这不就是不生亦不灭、不常亦不断、不一亦不异、不来亦不出吗？

突然，他看见门口有一人立定，然后敲门问他，请问，鸠摩罗什法师在吗？

罗什从椅子上坐起来说，我就是。

只见那人立刻放下身上的褡裢，扑通跪在地上说，请法师收我为徒。

罗什此时才看清楚，原来是一位十六七岁的青年，便将其扶了起来说，请起来说话。

青年并不起来，说，法师收下我后，我才起来。

罗什笑道，你且说说，为何拜我为师？

青年说，说来话长，请法师收下我后，我再一一道来。

罗什只好应允。青年起来后，罗什为其搬来另一把椅子，让青年坐下。又要给他沏茶倒水，青年慌张地说，请师父休息，容弟子来。罗什便笑着看这青年忙了一阵。然后，这个青年说出这番话来：

我叫僧肇，俗姓张，京兆人。我家里贫穷，便给人抄书来挣点钱，可就是因为常常抄写，也就把古代的经书都看遍了，且熟记于心。不瞒法师，我一直认为这是命运对我的眷顾。

天地间因缘际会，很微妙的。罗什笑着说。

僧肇喝口茶继续说，抄写的经书中，我最喜欢老庄之书。《道德经》五千言和《庄子》篇章我都能倒背如流。

罗什会心地笑着，说，这非常好，我到凉州才开始慢慢研读，还要请教你。对了，你听说过李致吗？

僧肇说，当然听说过了，他可是道家的传人。

罗什道，以后你可向他请教，他就住在凉州。

僧肇吃了一惊，但又笑了笑，说，有机会的话可向他请教，但我的重点不在他那儿，在您这儿。

罗什惊奇地说，为什么这样说呢？

僧肇说，我每读老子《道德经》，都有未能解决之事。《道德经》虽然很美，道理很开阔，但是有些问题他没有讲，或者说没有讲清楚。比如，我们从哪里来，到哪里去，怎么活着，他没有讲清楚。他只是讲人应当如何活得长寿，不受世事干扰，可人间世那么多烦恼如何解呢？他没有说清楚。

清静，无为，居善地，心善渊，与善仁……不是都讲过了吗？怎能说没讲呢？罗什一气讲了很多《道德经》关于这方面的话，僧肇听得目瞪口呆，问道，师父，你这么熟悉《道德经》啊？

罗什笑道，还没有精通，我还常常向李致先生请教呢？道家法义，微妙博大，不是一般人能够理解的，也不是你这个年龄就能理解的，你现在年轻气盛，如何能理解道家的示弱呢？

僧肇的脸一下便红了，有些不好意思地说，是的，师父，弟子造次了。

罗什道，佛道两家，很多理都是相通的，你将来会发现，它们可以互相印证，不可轻易贬损一个，抬高一个。

僧肇道，记住了，师父。

罗什看着门外。门外依然微风吹拂，微尘轻扬。阳光与它的阴影那样分明。他对僧肇说，继续说吧。

青年人初次见面，便被师父给了个下马威，有些慌张。他定了定神，继续说道，有一天，我突然接到一份工作，是抄写《维摩诘经》。那一天是我精神大转折的一天。按师父教诲的说，大概是我的修为不够，但佛教理论讲求方便之门，我这样的人是可以看懂的。于是，我发现《维摩诘经》中恰恰在回答我所思考的很多问题，便开始研读佛教经典。所以，那一天，我从道家转向佛教，不久，我就出家了，当了和尚。

罗什道，这也是前缘所定，前一世你修行过，你的意识里还有佛法的记忆，所以，你一见佛经便喜欢。对了，那是什么时候？

僧肇说，几年前。

罗什吃惊地看了看少年道，也就是十二三岁了？这个年龄能熟读老庄，并深解《维摩诘经》者，罕见啊！

僧肇红着脸说，师父，我哪能跟您比，七岁学佛，日诵千偈，十一岁辩才轰动西域三十六国，十三岁得大乘佛学，您的师父成了您的徒弟。您是数百年来少有的大才。

罗什笑着摇头，叹道，一切有为法，如露亦如电。说完他便沉默了片刻，然后突然问道，你似乎听说过我的一些事情？

僧肇说，不瞒师父说，师父之大名早已传扬四海。在我很小的时候，就已经听大人们说，前朝皇帝苻坚发兵十万，派大将吕光平定西域，主要是迎请师父您啊。我还听说，早已往生的道安法师总是对符坚和别人说，他的能力比起您要差得多得多。

罗什摇摇头说，都是妄语啊。

僧肇说，我觉得大家说的都是实情。道安法师师从于佛图澄法师，但是，他到底是汉地人，与我一样都是汉学起家，对梵语不通，而汉地佛学，翻译时多有错误。您是来自于佛教的故乡，本来就通梵语，现在又在凉州滞留十多年，汉语也应当精通了，所以您是前无古人之圣者啊。

罗什还是摇着头，一句话也没说。他看到寺院门前的风停了，而门口的那棵柏树的树影像是刻在地上似的，那么明亮，他淡淡地指着那树影说，你看，你刚刚说的多么了不起的我，就像那树影一样，现在看上去很明显，像是长在地上一样，其实它没有根，不过是幻象而已。它会随着太阳的西斜而逐渐移动、变形、变淡，最后没了。

僧肇看着树影，默默地点头，什么话也没说。

罗什看着那树影慢慢进入了禅定。僧肇默默地坐在一旁，听树上的小鸟叽叽喳喳叫个不停，直到它们飞走，留下一个寂静的世界。当罗什醒来之时，小徒弟已经给他沏好了茶。罗什喝了一口，道，好，走吧，去看看李致先生，我让你见识一下真正的道家大师是什么样子。

他们去拜访李致时，李致去山中炼丹了。过了几天，他们又去拜访，李致已经回来。罗什向李致介绍这是他刚刚收的徒弟，十二三岁时已经把老庄能倒背如流了。

李致看了一眼僧肇说，能背诵老庄的人天下何其之多。

僧肇瞥了一眼罗什，低下了头。罗什向他微笑了一下，没说什么。那一天，李致再没正眼看一眼僧肇。罗什和李致谈的也基本上是炼丹的事，以及卜卦的事，没谈什么老庄的经典。

回来的路上，罗什问僧肇，你觉得李致这个人怎么样？

僧肇说，师父，实话实说吗？

罗什笑道，当然了，出家人不打诳语。

僧肇说，太傲慢了。

罗什笑道，其实他在告诉你，道家的学说不是《道德经》和《庄子》那点东西，那是老生常谈，他向你显示了道家的秘术。一是炼丹，这是治病救人的法术，佛家里面可是药师菩萨的事了。二是易术，这是通天地鬼神的法术，佛道里面可是只有修炼到一定境界的人才能有这个本事，佛教中是通天眼。你都听到了、看到了，一般人是不能看见和听见的。你应该庆幸。

僧肇好半天不说话，罗什道，世人对道家是一知半解啊。你呢，要重新去学习道家的经典，还有儒家的。只有如此，才能开方便之门，在中国弘扬佛法。

僧肇还是想不通，但既然师父这样说了，也便照样去学习。一天黄昏，他们一起去散步，途中罗什问僧肇，"道可道，非常道；名可名，非常名"这一句怎么理解？

僧肇道，按老庄之说，道属于天地间先天就有的物，所以，老子说，先天地之前生，有物混成，名曰道。庄子说，道是看不见，摸不着的，视之不见，若有若无，但它确实存在。所以，老子说，道是可以说出的，可以命名的，但不是我们平常话能说的。名也一样，如是解。

罗什听了后，没说什么，默默地走着。僧肇也不敢插话，走了一会儿后，罗什忽然慢条斯理地说，你看，是不是可以这样来解释，这句话整体说的是道，所以，是否可以这样来断句：道，可道，非常道，名，可名，非常名。意思是什么呢？就是说，道，是可以试着来言说的，但是，不是平常的语言能够言说的，为道命名，可以试着去命名，但是也不是平常的语词可以命名的。我为什么这样理解呢？原因在于，老子写的《道德经》通篇是要说明道和德，对名是没有专门论述，只是在说明给道命名时才提到，说明这两句实际上是一句，即在说明道的言说与命名上。

僧肇听后，若有所悟地说，师父如此理解，弟子有所悟。

罗什笑道，我也是一种理解。因为佛经中经常有有无之争，有是小乘佛教所坚持，无是大乘佛教的主旨，这里的有就是色，无就是空。但是，佛教中说有的时候并不是否定无的存在，说无的时候也不是否定有的存在。它们是一个事物的两种状态。好比如说，我们前方远处的祁连山。当我们说什么是祁连山时，我们指着那山说，就是那座山。我们以为，那座山就是一切。实际上不是。当我们说那座山是祁连山时，是放在一个我们早已习惯的语言氛围中，是说，在天地之间，它是祁连山。那么，天地间除了祁连山之外的是什么呢？当然不能叫祁连山，可是，它是我们意识中祁连山的另一种依存。就好比说生时，是相对于死来说的，但我们往往说生的时候把死忘了。死是生的另一种依存。再说得明白一些，要说清楚祁连山，就必须把天地间的万物稍加分明，然后再说祁连山，这就是人最初看见山时为它命名时的情景。说到生的时候，就一定要想到死也是它的另一种存在，否则就没有生了。明白了吗？

僧肇点着头说，明白了，师父。

罗什继续说道，《金刚经》中说，佛法非佛法。怎么理解？难道是说世间没有佛法。非也。意思是，当我们太执着于佛法的教条时，佛法也就不是佛法了。在我们说是的时候，它一定存在非的一面，我们一定要看到。所以我也看到老子说，有无相生。有和无是相互生成的。与佛教的一些方面是相通的。

僧肇一听很高兴，他说，请师父继续说下去吧。

罗什说，你看《道德经》第二十五章，它又重新说起了什么是道。"有物混成，先天地生。寂兮寥兮，独立而不改，周行而不殆，可以为天下母。吾不知其名，强字之曰道，强为之名曰大。大曰逝，逝曰远，远曰反。故道大，天大，地大，人亦大。域中有四大，而人居其一焉。人法地，地法天，天法道，道法自然。"我看到这里时，就总是会翻到开篇。难道不可以把第二十五章放成第一章吗？不更顺吗？先是说有什么东西存在，它叫道。然后再说，道是可以言说的，但不是我们平时的语言能言说得清的。要给它命名也是可以的，但不是平常的命名能够做到的。在这个时候，又提到道的这种状态，可以为天下母。第二十五章也是这样说的。所以，在我们没有给它命名的时候，它是天地的混沌状态，而当我们给它命名的时候，它就成了万物之母。然后再讨论有和无的关系。有和无，是同出而异名，合起来就是玄。一切的道理就出自这里。你瞧，它们有多少共同点。龙树菩萨讲的不就是这个玄理吗？要我们不要站在偏执的一面去看待一切，一定要看到它还有我们未曾看到的一面。佛道是一家啊。不可轻易跟着庸人们否定道家。

僧肇听到这里时，心悦诚服，说道，师父，原来您对道家竟然如此通透啊？

罗什说，我来凉州本想译经，可我不懂汉语，怎可以轻易去译经呢？不就是人云亦云吗？现在我们再回头来看看，如果把《道德经》的第一章和第二十五章放在一起，又会怎么样呢？是不是又是另一番感受？

僧肇说，虽然我们都不知道古人为什么如此安排，但是，师父如此解释，简直是天下奇解。

十多年之后，当鸠摩罗什在草堂寺火化之后，僧肇便常常想起他与师父一起在凉州的日子。他才知道，那才是最为珍贵的日子。在那些时日里，鸠摩罗什每天都会和他探讨很多问题，他们仿佛父子。十八岁那年，后秦皇帝灭了后凉，重新请鸠摩罗什到长安译经传法。他便背负着罗什从龟兹背回来的佛像回到长安。

他问罗什，佛像到处都是，为什么要把它带到长安呢？

罗什道，你不明白，你如果觉得这佛像是活的，他肯定是活的，他就有灵气。他被我父亲从天竺背到龟兹，本来是要来中土传法的，可在那里中止了。你要相信，那到中土传法的意志在这佛的身上也是有的。他到龟兹之后，就与龟兹的地气接上了，也与龟兹的神佛相通了。然后我带到凉州，也一样，他带着大愿，和凉州的地气、神灵都相通了。现在，我们把他再带到长安，与那样的地气、神灵相通。他的大愿也就完成了。他与我父亲和我是一体的。

僧肇看着佛像道，原来师父是如此理解佛教的，弟子太愚钝了。

僧肇便把佛像背得很庄严、很神圣，晚上休息时，他也要给佛像上香，并与佛像说话。到长安后，他就觉得佛像与他的某个亲人差不多了。

什门四圣

　　道安住世时，有弟子竺法汰。道安被苻坚请去长安译经时，竺法汰还在彭城一带传法。竺法汰门下有一最年轻的弟子，叫道生，才十二岁。道生俗姓魏，巨鹿（今属河北）人。

　　竺法汰看见这个少年时，觉得在哪里见过，便问我们以前见过吗？少年说，没有，师父，大概上一世我伺候过您吧。竺法汰喜欢这个说法，但这不是真正的答案，便拼命地想，到底在哪里见过呢？这么面熟，可怎么也想不起来。总之，竺法汰觉得这弟子与他有缘，便收了他，到哪里去都带着他。少年很聪明，仿佛天生就懂佛法，只是慢慢地在想起似的。竺法汰叹道，你前一世肯定是修行的人，背过很多佛经，这一世都没忘掉。这个说法对道生的鼓励更大，他在心底里就觉得自己天生是学佛之人，所以，一心向学，无有旁心。

　　三年后，也就是道生十五岁时，便能登坛讲法，众人叹服。二十岁那年，道生受具足戒。他在那里一直待了很多年。在他三十二岁时，师父竺法汰圆寂。那时，他已名闻当地。又过了十年，他心中有很多疑虑无法解开，便南下庐山问学于慧远。

　　此时慧远已接受小乘说一切有部之学，道生便也受其影响。不久，道生听说鸠摩罗什已到长安，且批判小乘说一切有部，而提倡大乘说般若学。道生从竺法汰那里接受的就是般若学，想起竺法汰曾对其说过，当世佛学高僧，唯鸠摩罗什为宗，于是，便有了北上去问学于鸠摩罗什的想法。他把这个想法告诉了几位同道中人，没想到，有他这个想法的不止他一人。公元404年，也就是他年近五十岁时偕同慧睿、慧观、慧严等高僧北上长安。

　　那时，罗什正要搬往逍遥园，也是他用人之际，一听说有几位南方的高僧求见，便赶紧让僧肇接待。他们在西明阁相见。僧肇记得很清楚，那是一个下午，正下着大雨，他拿着商人们刚刚从西域带来的梵文佛经向大雄宝殿跑去时，便看见五个中年僧人打着伞站在院子中间。他们正在商议怎么进大雄宝殿。僧肇一听口音都是南方人，便远远地隔着雨问道，你们找谁啊？

雨让我们找谁，我们就找谁。里面一位五十岁开外的僧人缓缓说道。

僧肇一听，便知道是有人要考验他的禅机，便缓步走到屋檐下，将经书上的雨轻轻拭去，说道，看，雨已经停了。

五个人在雨中愣住了，像静止不动的塑像。大雨从他们的竹伞上泼下来，溅到地上，开出了无数的白花，像惊讶的舌头。

那么，雨告诉我们，找的人就是你。还是那位五十多岁的僧人发声。

雨从哪里来？僧肇问道。

从来处来，僧人道。

来处在哪里？僧肇问道。

有从无生，无中生有。来来去去，去去来来，有无相生，来去相缘。结缘则生，缘尽则灭。僧人道。

那么，我是谁？谁又是我？僧肇问道。

五个人还站在雨中，像飘摇的柳枝动了一下，又凝固了。

我就是佛，佛就是我。那个五十多岁的僧人答道。

大雨倾盆，五人仍就不动。整个世界凝固了。只有雨在喧哗着。此时，只听殿里有掌声响起，接着，鸠摩罗什从大殿门口出现，说道，好个"我就是佛，佛就是我"，僧肇，还不快快请客人到殿里。

僧肇便对五人说道，敬佩，请五位师父到殿里。这是我师父罗什法师。

五人中的一人先是惊道，原来这就是写了《般若无知论》的僧肇大师？失敬，我以为您是一位五十多岁的高僧呢。

而那位五十多岁的僧人对着鸠摩罗什合十对曰，贫僧狂妄自大，请师父为徒弟开示。

罗什一愣，道，来来来，先到殿里，别在雨中站着。

那僧人却道，若师父不为徒弟开示，徒弟宁愿被大雨浇透，以证无上真谛。

那僧人说完，其他人本来走了一两步了，此时又停了下来，只好陪着那位。罗什便上前几步，站在雨中道，世界本自空，佛岂能不空，佛若不空，我便不空。

那僧人一听，立刻躬身在雨中跪拜道，请师父收下我等。

罗什上前将僧人扶起道，好，请殿内说话。

几人进到殿里，那僧人道，师父，我名道生，这几位是慧睿、慧观、慧严，皆从庐山来。我们都接受了说一切有部，但我的师父竺法汰传承了他的师父道安的般若大法，我小时候也接受过他的教诲，所以来向师父您学习大乘佛法。

道生便将他们为何来此的目的大致说了一遍，罗什叹道，真乃佛法无边啊，我正需要你们这样有名望、有智慧的人来一起探讨大乘佛学，并翻译佛经。

罗什又把僧肇、僧睿等人一一向他们介绍。僧肇与道生都有些相见恨晚之感，两人都喜欢老庄之学。晚间，道生几位便迫不及待地向罗什问道，罗什皆一一答复。罗什发现，他们的对话与他和师父槃头达多的对话极其相似。他将大乘佛法与小乘佛法的区别讲给道生等听。道生第一次觉得世间有比自己高得多的智慧圣人。他便留下来译经。

姚兴听说道生来投奔，心中甚为高兴，他也听说过这个人，但他也很想看看传说中的高僧到底有多少学问，便命罗什弟子道融与其论难。

道融又是何许人也？在此需要补充一表。

且说鸠摩罗什一到长安，天下修道者无不举首西北望，有道名僧如道生、慧睿、慧观、慧严、智严、佛驮跋陀罗等皆禁不住迈步向着长安，一时间，天下僧众，有志者中半数以上皆要拜罗什学佛。

道融来的时候是个冬天，正在下大雪。西明阁内炉火正旺。皇帝姚兴和国师鸠摩罗什正在讨论该如何扩大队伍翻译佛经的问题。僧肇和僧睿在一旁伺候。姚兴对罗什说，榜已经发出去很多天了，来了一些人，但朕看，那些名僧还在观望，有什么办法吗？现在又到了冬天，来的人可能就更少了。

罗什道，陛下，佛家讲究一个缘分，有缘人自会不远万里而来，说不定都已经到门口了。

话音未落，就听有人来向罗什报，师父，有一僧人，自称道融，在门外求见。罗什大喜，叫人请。姚兴也惊讶地笑道，法师高明，难道你有预料吗？

罗什笑道，昨夜梦见门前花园里有莲花盛开了，一大片，醒来想，这不是冬天吗？便觉可能有佛缘者来见。

姚兴问罗什，你可知道此人？

罗什说，臣听说过这个名字，具体情况不知道，僧睿应当知道吧？

僧睿这才说道，恭喜陛下和师父，道融，乃当世名僧也，前师道安大师在世时，就经常提到他，此人乃河南汲县人，十二岁出家，不久便想云游四方，但师父不准。道融起初以儒家之学为要。一次，师父让他到邻村去借《论语》一书，他就在那里背诵后还给邻村的人，回来告诉师父，他已背会。师父便去借了一本《论语》，让他背诵，自己则看着书，结果一字不差。师父感到很惊讶，于是便准许他游学。

正说着，只听有僧人在门口大声说，道融到。姚兴对门口的卫士道，让他进来。众人望去，只见一中年僧人走上前来，身上还有雪未抖落，看上去很是健硕，声音朗润，他跪下拜道，参见陛下。

姚兴道，免礼。

又道，拜见什公。

罗什赶紧走上去将其扶起来说，原来是大名鼎鼎的道融师父啊，请坐下说话。

道融见皇帝在座，而一旁的两个弟子僧睿、僧肇全都站着，便说，在陛下面前，贫僧还是站着说话吧。

姚兴便对罗什道，还是让他们坐着说话吧。于是，罗什把僧肇、僧睿介绍给道融，让两位坐在自己一旁，而请道融坐在皇帝一侧。姚兴对道融说，刚刚僧睿介绍了你的一些情况，请你再讲讲吧。

道融未曾想到皇帝在座，有些不自在，但看罗什微笑示他，也便慢慢地放松了。他喝了口茶，说道，弟子十二岁出家，入师门，师父先让我读《论语》，以儒家经典为要。不久我便能背诵，大家戏称我为神童。然后再读道家，最后学佛教经典。经师父同意，四处游学，不意间听说法师从武威入得长安，正翻译佛经。弟子早年就听师父们说，当今世上，佛门圣徒，唯有法师一人，弟子已游学数十年，拜会的高僧无数，但很多迷惑至今未解，听说法师已达长安，故前来拜师，解我迷惑，还请法师收留。

罗什一听，饶有兴味，问道，那么，融公能否谈谈，你从儒家经典中学到了什么呢？又与佛学有什么关系？

道融说，儒家经典，主要说的是人伦俗世的事，孔子以仁为本，教人爱人，其实与佛教的以善为本一样。孔子教人行孝，认为百善孝为先，至孝能通神。孔子还发明中庸之道，教人行事以中庸为要，要节欲。他在行为规范上又教人守礼，以此来制约人们的行为。他以《易经》来通鬼神、合人伦，以此设教，可惜太过玄虚，难以实践，而这些恰恰又是佛教所阐述的主要内容，可以说，儒佛两家，殊途同归。

罗什听后，不禁鼓起掌来，说道，我来中土已有近二十年，未曾遇到融公这样将儒佛两家融为一体的，怪不得您取名为道融呢。

说完，他又指着僧肇道，僧肇是先学道家，再学佛教，与你走的是另一条道，你们合起来，就是儒释道合一了。

姚兴也鼓掌。忽然姚兴说道，朕也读过圣人书，子不曰怪力乱神，儒家是不说鬼神的，这怎么理解？

罗什笑道，陛下，臣对儒家经典，在武威时曾向段业学习过。他向臣系统地介绍过儒家的六艺。臣也专门向道家传人李致学习过道家学说与《易经》，向商古大师请教过《易经》，都有一点点心得，现汇报于陛下，也请融公批评指正。对于孔子，臣始终觉得是个谜。人们都说，孔子不语怪力乱神，但臣觉得孔子心中是有神在。在小乘佛教里，佛就是神。在中土人心中，神佛是一回事。孔子是一位祭师，他最先祭祀的是天地之神，然后是山川大地之神，再下来才是祖先。这些都是当世看不见的，可是《论语》里有句话，说"祭如在，祭神如神在"。至于《礼记》中，孔子谈到祭祀时一直在谈神。若无鬼神，祭先人何用？三年守孝又有何理由？礼的根基又在哪里？这都无从谈起。

罗什见众人都用庄严的神情看着他，他便继续说道，孔子在五十岁做官之前，主要精力放在诗书礼乐四艺中，五十岁拜访老子，并开始学习《易经》，并编撰《易经》，形成《周易》，五十六岁之后著有《春秋》，这就是他的六艺，或叫六经。六艺中，最终未真正完成的是《周易》。他死的时候说，如果再给他几年时间，他就能真正完成了。臣对此思考了若干年，他为什么要做这件事？为什么说未能完成呢？他要做的到底是什么事呢？

众人皆迷惑地看着他，他站起来说，臣从小就对中土的阴阳易经之术感兴趣，学有小成，每至一事，皆卜算，无有不灵，但这只是术，不是道，也就是说，这些卜术可以让我们能知得失，能趋利避害，但缺少一种大道。孔子一定是看到了这一点，所以，他便想补上道。他说，易为天地准，这说的是术，然后又在里面加上了道、仁、君子等概念，让人们在遇到任何事时，一方面要知道事物的变化规律，同时，也要能坚守正道，方可处于长久的安宁之中，跳出得失的忧患中。

道融站起来向罗什拜道，法师如此解，顿解我心中疑惑。敬佩敬佩！

罗什笑道，融公先坐，我还没说完。

转头他又对姚兴道，陛下，这只是针对常人的，孔子还在做一件伟大的事，臣发现，孔子之后很少有人能够理解。

姚兴疑惑地道，噢，国师请讲下去。

罗什道，既然易为天地准，那么，在孔子看来，天地人都要遵循易的大道，换句话说，就是天地之间的万事万物，包括神鬼人物都要遵循，臣在向李致和商古学习的时候，发现六爻所涉有神鬼等玄界、父母兄弟子女等人伦之界、二十四节气等天时、地上五行之变化，所有这些的运动最后综合形成了一个人的命运。发现了这一点后，才忽然觉得孔子不单单是要确立人伦之法，要人依循神鬼、天时、地利等的变化而行动，还要人能在这些纷乱的变化中立德、立功、立言。这是人们能知道的，但人们不知道的是，孔子以此也是在为神鬼立法。

姚兴惊道，为神鬼立法？

罗什道，是的，陛下，这就是臣对孔子的新解，这也是臣对他更加尊敬的地方。因为他知道，天地人、神鬼人都是相互依存的，人不是单靠神的命令而行事，他还有更高的道所依循，而这个道，也是神所依循的，也是神不可侵犯的。只有这样，才能理解为什么说"易为天地准"了。

姚兴若有所思地叹道，法师此解，初觉有理，也颇为深刻，不过，其中的道理还要容朕回去认真地想想。

道融则站了起来，向着罗什深深一拜道，法师之言，自孔子之后八百年来无人能达到如此高的理解，贫僧原以为法师在佛学上的修为独步天下，现在看来，法师在儒学上的修为也已达到无人能及的程度。贫僧从心底里佩服得五体投地，请收贫僧为徒。

罗什谦虚道，不敢，在儒学上的修为不敢说啊，只不过稍有心得而已。至于收徒的事，请融公再考虑一下。你我年龄相差无几，你又是成名的高僧，不妥，不妥。

道融便跪到地上说，请陛下成全。

姚兴笑了，对道融道，高僧啊，你这是向国师拜师，可不是向朕拜师。

　　说完，他转向罗什道，国师啊，朕看你就收下他吧。他是真心佩服你的，再不要谦虚了。

　　罗什只好上前扶起道融道，咱们就互为师徒，互相学习吧。

　　半月后的一天，逍遥园的门前来了一群骑着骆驼的西域人，他们自称是狮子国的婆罗门，声言要见罗什。罗什那天正好出去了，僧睿便出门来接见。其中一位矮个子男人将一封信交给了他，让他转交给罗什。

　　罗什一看，是用梵语写的一封信。他们说，要与罗什公开斗法，若是婆罗门胜了，则要罗什离开关中。罗什看后，叹道，没想到远在中土还是有婆罗门来斗法，不必管他们了，我们译经重要。然后他告诉僧睿，你去找他们，就说我没有时间与他们斗法，让他们回吧。

　　僧睿前去回复。一位五十多岁的男子看上去是他们的头人，他的汉语其实说得很流利，他听了僧睿的回复后说，我们既然从那么远的地方越过高山来到这里，就不可能轻易回去。

　　第三天，姚兴派人来请罗什进宫，对罗什说，听说一群婆罗门教的僧人们要与你辩论，你拒绝了？

　　罗什说，是的，陛下，臣年轻的时候与无数人辩论过，已经累了，现在不想分心再与他们做这些无谓的辩论了，臣想集中精力译经。

　　姚兴说，可是，这一次不一样。

　　罗什说，请陛下明示。

　　姚兴说，这一次是狮子国的使者带他们来的，属于两国之间的交流，已经成了国事了，请法师慎重对待吧。不然，让他们小瞧我后秦国无人了。

　　罗什一听，便说，好的，陛下。

　　罗什回来后，就对道融说，这次与狮子国婆罗门的辩论就由你来担任吧。这是外道中特别聪明的人，与他辩论很难取胜，若使外道得志，对佛教是很大的打击，那是很可悲的。在我看来，只有你可以胜任。

　　道融惊讶地问道，师父，辩论没问题，但还请师父指点一二。

　　罗什便一一指示。第二天，太监刘奉直来找罗什，说皇帝在问具体由谁来与婆罗门辩论。罗什便说，是道融。刘奉直问，为何。罗什说，找道融的缘故，在于道融既通佛法，又能过目不忘，所以和道融制定了一个详细的计划。刘奉直回复皇帝后，又来找罗什说，陛下也觉得道融合适。

　　道融暗地里派人抄录了婆罗门所读的书目，并找来那些书阅读，都可以背诵了，才对姚兴说，可以辩论了。

　　这是长安的一场盛会。当时大家都以为，鸠摩罗什是当世最有威望的高僧，现在突然有外国人来辩论，如果失败，鸠摩罗什就要移居他乡，而这个婆罗门就要取而代之了。人们的心情是复杂的。姚兴也一样。论场上，聚集了很多后秦重臣和社会名流以及关中的僧人。

　　这是一场世所罕见的辩论。鸠摩罗什八百弟子个个提心吊胆，生怕道融输了。但也有一些鸠摩罗什的对立方，他们则希望鸠摩罗什一战败北。

　　只听道融与婆罗门唇枪舌剑，你来我往，首先婆罗门在佛学上败下阵来。然后，婆罗门又以他的博学而夸口，道融马上背诵出了婆罗门所读过的书籍，并将他读过的中国典籍加入进来，超出婆罗门三倍之多。

　　婆罗门终于败下阵来。罗什想起了他十二三岁时与外道和尚辩论的情景，便对婆罗门道，你根本不知道中国有着多么博大精深的学问。除了佛教，还有儒家和道家以及诸子百家。我在凉州学习了十七年，也只是学习了皮毛。你身居国外，只学习了一些外道学问，就以为天下之士莫过于你了。你太轻率了。这对你学道不利，你赶紧回国去吧。若有生之年还能学习完中国的经典，可再来辩论。我们等着你。

　　婆罗门对道融行过大礼就羞愧地回国去了。此时，人们想起罗什曾说过的那句话，"佛法的兴盛，在于道融啊！"如果没有道融，不知谁还能应对自如。

　　这是道融给姚兴留下的最深的印象，所以，他想让道融与道生进行对话，一分高下。罗什则将这件事交给了僧睿具体来办。那么，为什么要僧睿来办这件事呢？僧睿又是一个怎样的僧人呢？他为什么位列头把交椅呢？所以有必要把僧睿也交代一下。

　　僧睿十八岁出家，拜僧贤为师。二十二岁时已博通经论，师门内无人能比。一日，他随师父到泰山金舆谷竺僧朗处，听僧朗讲《放光经》，听讲的过程中，他发现僧朗多有错误，便提出质疑，僧朗一一与其探讨解答，感叹其才。两年后，僧睿离开泰山，开始游学。

　　后来他来到长安，四处游学并讲学，听者云集。符坚之时，十万大军破襄阳，请道安以入长安，僧睿乃再拜道安为师。不久道安辞世，他便滞留关中，代替道安讲经说法，声名远播，只是他无法译经，所以无法真正替代道安的地位。他曾几次上书姚兴，要求尽快请鸠摩罗什入关，颇得姚兴厚爱。十七年后，鸠摩罗什终于入关，此时，他已年近五十。姚兴便派他助鸠摩罗什译经。

第一次相见时，罗什问，敢问睿公佛学经历。

僧睿笑了笑，答道，弟子二十七岁即参与译经，曾为先师道安之主笔。先师在世之时常称世上唯有师父您最具慧识与品德，也曾想去凉州武威拜师，但道场需有人管理，所以滞留在此，恭候师父。弟子已经盼师父盼了整整十七年。

罗什感动地说，请受罗什一拜。说完，罗什竟向僧睿跪拜了下去，吓得僧睿赶紧跪下，请罗什快起。他看见，罗什起身的时候，眼眶里满是泪水。于是，他在心中发下大愿，不管有任何困难，一定追随罗什左右，助其翻译佛经。

罗什有入室弟子八人，僧睿为首领，大事和公事都交僧睿来办，僧睿都办得极好。罗什到长安没几天，僧睿就请罗什翻译《禅法要解》三卷，并依法修习，颇有实效。

一日，罗什译《法华经》，至《五百弟子授记品》时，有一句"天见人，人见天"，罗什觉得虽然语意明了，但修辞不善。他问众僧，可有好的句子替代。大家一时纷纷思索，没有好的答案。这时，僧睿说道，师父，是否可为"人天交接，两得相见"？

罗什一听，甚合其意，大为赞赏，一时传为佳话。后来，罗什出《成实论》，令僧睿讲说，其旨甚合罗什之意。除译经外，僧睿在佛学上多有发挥，曾著《小品经序》《法华经后序》等经序，著述甚丰。此是后话，先不表。

这里只说僧睿领命去办道融和道生的辩论会。他还没有办过这样的事。他叫来僧肇商议道，现在道生和道融都是什门弟子，陛下要他们进行一次佛学辩论，他要亲自来观看，你说定个什么题目呢？

僧肇道，我看这样，我们选两三个题，让师父来定。

于是，两人商量了三个题目，去找罗什，罗什一看，说，第一个题目，《因缘论》，还是有些小乘佛教的意思，算了吧。第二个题目，《从儒道两家来看中观论》，这个题目好，道生是从道家起家学佛的，而道融是从儒家起家学佛的，最终汇于佛教，非常好。第三个题目，《中观论》，也很好，只是他们刚接触龙树菩萨，恐怕还不很熟悉，那就第二个吧。

题目确定后，报姚兴审阅，姚兴也说这个好，还特意让人去请东平淳于岐、冯翊郭高等儒学大家，又让人请洛阳李寿山、蓬莱张玉阳两位道学大家。

东平淳于岐、冯翊郭高前面已有介绍，洛阳李寿山、蓬莱张玉阳则是专攻黄老之说的两位官员，一位管星象，另一位管历法。就是忘了请道教的道长们，罗什提醒过一次，但姚兴说道士们暂时就不打扰了，不要影响两教之间的和谐了，把范围放在官方就可以了。罗什也不敢再说。

罗什把两位老弟子叫到一起道，皇帝想请你们各自从自身的经历、学道的体会、学佛的原因说起，然后谈谈从儒道两家如何去理解佛教，佛教与两家的相同点在哪里，不同点在哪里。你们只是两场演讲，并不是真正的辩论，但我可以请台下弟子们向你们提问题，你们也可以互相辩论。从我的角度来看，定然各有千秋、难分高下，所以，就是一场弘法大会。皇帝要的也是这样一个目的。你们好好准备。七天之后，在东郊专门搭一台论道。

七天后，终南山道观弟子王孚正好去办事，看见长安城的人都往东郊涌去，便问一位老者是怎么回事。老者道，听说啊，从西域来的国师鸠摩罗什要收徒弟，结果天下的名僧们都争先恐后地来报名，他一个都不收，前不久，他收了一名徒弟，叫道生，五十多岁了，可有名了，现在从南方又来了一位高僧，名叫道融。这个和尚在南方那可是大名鼎鼎啊。这不，人家还不行，说是要擂台比赛，辩论胜了才能收下人家。这可是今年最有看头的事啊。

王孚一听，也颇为好奇，便跟着去看。东郊外，有一片开阔地，原来是杨树林，因为修建一座宫殿把这里的树都砍伐完了，正好每一个树桩都是一个座位。在正中央搭起了一个很大的台子，上面放着两个讲台。台下已经挤满了人，有一半是僧人。不一会儿，王孚看见皇帝的大队人马过去，皇帝坐在了台下第一排正中央。有一个胡僧跟着皇帝，他想，那大概就是传说中的鸠摩罗什。正好已时，只见一个僧人上了台，有人喊道，这个是鸠摩罗什的大弟子僧睿。

只听僧睿把事情的原委讲了一遍，又把题目也讲了。王孚才知道前面那位老者所言是传言。僧睿又把与会的人员一一做了介绍，除了皇帝与鸠摩罗什外，几乎长安城内有名的人士都到了，足足有四五十位。僧睿先请道融上台演讲。只见道融快步迈上台去，声音洪亮，有条不紊。他从自己学习《论语》开始，讲到对儒家的认识，然后讲如何进入佛门，最后对比两家的观点来讲，道融得出的结论是，佛教要比儒家更为广大、更为仁义、更为圆通，所以他才选择学佛并弘扬佛教。

僧睿又请道生来讲，自然也一样，得出了佛教比老庄道家学说更为圆通、更为方便，故而他选择了佛门。

王孚在下面听得很气愤，一个劲地骂娘。也有人跟着他悄悄地表示不满。这时，僧睿请儒学大家东平淳于岐来评论道融的演讲。淳于岐大约六十多岁，他先给皇帝施礼，然后说道，道融大师的演讲让我受益无穷，我也从佛教这儿吸收了很多有益的养分，真是别开生面啊，但是，道融大师也有一些不足，他显然对儒家经典了解不全面，少年时只读了《论语》等少量作品，并未对六经通读，而且对其他儒学大家的作品也涉猎很少，所以对儒家的论述显得单薄了些，等以后有空时再向大师请教。

僧睿又请洛阳李寿山来点评道生的演讲。李寿山也大约六十岁左右，声音有些颤抖。他先向皇帝施礼，然后说道，虽然我们道家学者不是道士，但对老庄的理解还是有共同之处，今从佛学的角度来理解道家，有很多新的见解。这是中国学术新的开始，也只有陛下这样的胸怀才能做到今天如此的兼容并包。当然，也有一些问题需要指出。自汉明帝以来，佛学西进，一直靠道家学说为依托来翻译、传播，道家一方面被大力弘扬和传播，但另一方面也与佛学融为一体，致使道家的面目有些模糊。道家的经典看起来似乎并不多，道生大师也当然熟悉，但是，道家上承中国古道术，先为天子所有，后流至民间，庄子所谓道术为天下裂，说的就是道家一支。老庄的学术只是其中一部分。所以，道家的学术并非一般学者所能企及，就是我本人也只是涉猎部分而已。故而道生大师所讲的道家也只是泛泛意义上的道家，非全面的深刻的道家。关于这一点，老朽下来还要向大师请教。

李寿山讲完后，僧睿便请鸠摩罗什点评。台下立刻响起热烈的掌声和呐喊。罗什频频鞠躬感谢，他朗声说道，道生和道融都是当世有名的得道高僧，今来长安为皇帝陛下翻译佛经，我能与他们共襄盛举实乃荣幸。他们名为我的弟子，实则我们互为师徒。今日两位大师为了讲佛法，便选择了大家最熟悉的儒道两家这个方便之门进入，儒道两家皆为他们的开启者，讲解的重点在于佛学。我一直对他们讲，东方中华之学广博精深，重在人伦之教，天下莫其右，生死之教虽有，但不明，而西方天竺之佛学，重在生死之教，人伦之教化虽有，但文明不足，所以，东西之学各有所长，应当相互学习，陛下今日让两位大师来从儒道两家的角度谈佛学，重在佛学，他日，陛下也定当会请儒道两家弟子从佛学的角度去理解各自的学问，如此，中华之学则必走向伟大，他国之学则难以企及矣。

　　台下众人听得异常安静，王孚心中的气也顿消了一半。有人小声言论道，我以为这鸠摩罗什不会说汉话，哪知他说得比谁都好。这时，鸠摩罗什继续说道，我在凉州十七年，师从儒家学者段业、道家传人李致、易学大师商古，认真学习了儒道两家，现在看来也只学习了皮毛，也不敢妄谈儒学道家。在我看来，刚才两位大家的点评足以说明这个问题，我非常同意两位大家的看法。当然，我已经说了，之所以选择这样一个题目，就是想开方便之门，让更多的人能够更为方便地理解佛学。佛学弟子，在谈论佛学的时候，可借儒道两家这两座大桥，但且不可过了桥再将其拆掉，切记！切记！

　　罗什讲完，台下听众无不信服，掌声长久不绝。僧睿一看时间已经两个时辰，太监刘奉直一直来问何时结束，说皇帝下午还有要事去办，便说道，各位，本来安排与台下诸位同台交流，但因为时辰不早，此活动今后将继续进行，今日到此为止。

　　那日之后，来和道融、道生论道者比比皆是。王孚心有不服，但也始终没有机会。

访终南山

逍遥园离终南山不远，这里发生的事很快就传到了终南山的道观里。前面说到的那个道士王孚，号重阳子，大概三十多岁，据说是道观里最有才华的道士，乃下一届的接班人。王孚善游，到访过北方所有的名山大川，也去过南方一些地方，有辩才，每到一地总是与当地道人讨论道藏，也常常与僧人争辩，人们送其外号王辩才，享有大名。

自那次听了道生、道融的演讲，王孚总是想，道教如今不受皇室重视，他这样的人才也就藏于名山了，所以他总是感叹时运不济。逍遥园修建之初，王孚路过瞥过一眼，也未太注意，然后就去了泰山访友。半年后回来，又经此地，发现这是一个花园式的寺院，一问，才知是皇家寺院，再问，竟然是专为鸠摩罗什所建，便上山说与道长张崇文。

张崇文道，佛教这些年在皇帝的支持下发展很快，相比之下，我们道教是有些衰落了，如今长安城里佛寺林立，街上僧人摩肩接踵。至于你说的逍遥园，可能是目前中国最大的寺院。我也去看过一次，繁华浩大，天下名僧皆集于此，有八百人之多。鸠摩罗什在此主持译经，皇帝也经常来这里，甚至参与到译经中。这是从来没有过的事啊。唉，相比之下，我们道教呢……尽管各地也有一些道观，但受皇家重视的很少，当然，道家从来不涉皇事、不问俗世，也不愿意受到皇家的干预，这是相辅相成的，从这个角度来看，我们倒是不必去在乎佛教的流行于世，我们做好我们自己的事就行了。道家讲究清静无为，静为天下正。

王孚说，可是，师父，此消彼长，我道教乃华夏正宗，佛教为外来之教，可如今鸠摩罗什已经成为国师，说明佛教已经成为国教，那么，我道教何以立世呢？

张崇文道，我最近也在想这些事，可是，如果我们也想成为国教，就要参与天下纷争，那么，道家清静无为的宗旨也就迷茫了。

王孚说，师父，我以为这个并不矛盾。西汉之初就是以道家学说治天下，无为而治，武帝为专权才搞儒家的那一套。不然的话，道家就已经发展为天下第一教了。从那时起，道家就低于儒家了。现在又从外面来了个佛教，且被定为国教。几百年就这样过去了，道家有多少发展呢？师父，若我们再不奋起直追，恐怕道教要消亡了。

张崇文叹道，道家从来就不是世俗的主流，你说的仍然是世俗主流。这个道理经过八百多年的实践，已经再明显不过了。儒家讲的就是人伦世道、经世之学，朝廷管的也是百姓之生存以及平常之行为，所以儒家便成为朝廷依赖之学术。而我道家，清高寡欲，不与世争，才选择这清静无为之地修长生不老之体，道家在意的是天地万物的自在状态，是人的本真之状，是不必依赖朝廷也可存在的。

王孚道，可是，师父，佛教本来也是世外之术，但现在也成为国教了？

张崇文道，时也，势也。不必再说了。

王孚告别师父，出得道观，行至仰天池边，见师弟李复道正坐在一块大石上修炼，便咳嗽两声。李复道小王孚十岁左右，从小就出家跟着张崇文入道观学习，记忆力超常，悟性也最高，被认为是终南山道观中少年一派的代表性人物，大家都认为，王孚之后的接班人就是他，甚至有人以为，王孚可能都接不了班，李复道直接就接了。所以，平日里王孚对李复道有些提防，而李复道则从来都是与世无争之状。

李复道听到咳嗽声，便知是王孚，睁眼笑道，师兄回来了？

王孚说，是啊，刚刚去见过师父了，唉！

李复道说，师兄，有什么事让你这样不开心吗？

王孚连续叹息道，我从山下经过逍遥园，才知道现在佛教发展得很厉害。之前皇帝封鸠摩罗什为国师时只以为那只是一个虚号而已，现在来看，绝非虚言，而是把佛教坐实了。道教岌岌可危矣！

李复道说，不瞒师兄说，现在道观里很多师弟都如此说。

王孚说，我在泰山那里时，大家也都如此说，但我还没在意，回来一看，吓了一跳。这可如何是好？

李复道说，师父怎么说？

王孚说，师父能怎么说，他肯定有他的想法，但我也表达了我们应当振兴道教的意思。

李复道说，八百年来，诸子百家争相竞秀，其实最大者，不过道儒墨法四家，再加阴阳家。四家先是相冲，后是相济，此乃学术相长之律。没有一家可以独自存在。但任何一家的兴盛都与朝廷的支持分不开。师兄您看，暴秦用法家，法家兴，但朝廷速亡，法家遂受诟病。汉初用道家，国家兴盛，然七国大，天子虚，道家之术得以张扬之时，也是道术之短尽显之时。天子虚己，但七国不虚己，于是七国终究成乱。

王孚道，错，是七国虚己，天子想专权，若天子不用御史大夫晁错的《削藩策》，又怎能造成七国之乱呢？晁错用的不是道家之术，而是儒术。

李复道说，话虽可以如此说，但道术只可用于一国之治理，却无法应对敌国之入侵。这就是大问题。敌国并不用道术。匈奴逼迫汉朝要强大兵力，而强兵之策并非道术所为，所以道家在这时候就尽显短处。这就需要儒家上位，补短。

王孚道，可是，这一补短，就是道家退出历史舞台之时。

李复道说，道家最重视天道、天时、自然，此时退出也是顺天而为。但事实上儒家在治学时，把百家之长都融于一身了，把道家与阴阳家合起来有了天人感应之说，把法家与儒家合起来有了春秋决狱之法，而把《周易》作为六经之道。如此壮阔的道路，其他各家却没有。人家把你的路也走完了，你便只能在小道上散步了，大道却上不去。

王孚道，师弟这番话我爱听，所以我劝师父要发展道家。

李复道说，可如何发展呢？从道家学说到我们的道教，目前还没有完全理清楚呢。我以为，我们目前的重任就是重述历史，重新构建道教体系，为道教的发展提供可靠、可信而又厚重的学术基础。

王孚叹道，师弟就慢慢整理吧，我却以为，当下要与佛教展开对话，使朝廷知道哪是外哪是里，哪个先哪个后，哪个重要哪个不重要。

李复道说，所以我说一定要先把道教的理论体系建立完备，没有这些，怎么与佛教对话呢？

王孚说，来不及，等到那时候，你我都升天了，哪还有机会与他们争论？我们边整理边对话。

李复道说，当然也可以，对话本身也是壮大道教的一个方式。过去儒家的做法，就是每一次与一家对话，然后将其有利的部分吸收为己用。这个要向儒家学习。

王孚道，这一点我和你的看法倒是基本一致的。

半月后，道观里都在谈论这件事。张崇文也听说了，但不知如何是好。他特意召集了一次会议，说道，最近以来，逍遥园的佛教活动被我观弟子们传至四海，四川青城山的张道长、武当山的任道长、泰山的白道长都相继来信问我情况，我还未回复。我想，召集大家讨论讨论，看这封信如何回复。王孚，你先来说说。

王孚没想到师父会如此，有些窃喜。他站起来又把当时对师父说的话对师弟们说了一遍，最后他说道，我以为，现在不光是我们终南山的道教弟子们有了深切的危机感，天下所有道教弟子皆有同感，所以，我们应当联合各地道教弟子开一次会议，商议下一步如何发展道教的事。

王孚说完，张崇文对李复道说，复道，你来说说。

李复道说，我也曾与王师兄有探讨，最近半个月来经常与大家讨论此事，我以为，老庄道家学说在今天非但没有衰落，反而在佛教的影响下日益壮大。佛教在中国的传播常常要靠道家学说甚至道教的一些形式进行，当今天子重视佛教，教人行善，虽不是道教，但仍然是以道教或道家为依托。从这个意义上来说，道家学说并未衰落。而从道教方面来看，有一件事大家都知道，那就是两百三十多年前的黄巾起义，那可是借着道教的名义进行的一次起义，最终失败了。从那以后，朝廷对道教常常处于防备之中。佛教呢，历史上从无佛教起义。所以，朝廷利用佛教对百姓进行教化是有原因的。我们可以小规模地请几位道长来讨论讨论道教的教义、历史、体系等问题，同时也讨论今后如何发展，但绝不敢搞大规模的道教弟子聚众之事，否则，朝廷就会有干预。

王孚道，我倒是觉得，就是要让朝廷知道，我们本土的宗教道教弟子对他们扶持佛教是有看法的，让他们也要平衡平衡，否则，道教的存亡就危在旦夕。

众弟子七嘴八舌讨论了一上午，也毫无结论。最后，张崇文说，我同意李复道的看法，小议为好。于是，张崇文写信告诉几位道长他的意见，并邀请他们来终南山讨论道教发展大计，顺便也可来参观逍遥园的弘佛活动。

信在半路上走的时候，张崇文便遇到了一件让他意料不到的事。一个秋天的上午，有弟子来报，说山下逍遥园的鸠摩罗什法师率几位弟子来终南山一游，游至道观时，想与道长相见。张崇文出门接待。

张崇文一看，来者中有一位高个子的外国僧人，六十岁左右，虽身穿黄色袈裟，却掩不住一身贵气，便知此人定是鸠摩罗什。他上前拱手说道，莫非这位就是鼎鼎大名的罗什国师？

罗什带着僧肇、僧睿、昙影等四位弟子，一路从山下游览而来，观兴正浓，见张崇文施礼，便施礼道，贫僧正是罗什，想必您是张道长吧？

张崇文笑道，正是贫道。

罗什笑道，既然咱们都是贫僧贫道，就不再多礼了。我来山下逍遥园也有一段时间了，早听说这终南山是中国最有名的大山之一，很多有智慧的人都藏在这里，我也极想藏于山中，与自然为友，与大道相伴，逍遥自在，无拘无束，但初来乍到，诸事繁忙，今日才有时间来山上游玩，果然名不虚传啊。

张崇文听罗什之言，处处都是道家玄机，便有喜感溢于脸上，说道，想不到法师有这雅兴，那我先陪法师看看山上吧。

他们走到一个正在修建的殿前时，罗什问，此殿为何名？

张崇文道，这是说经台，相传汉末有一年终南山下发生瘟疫，百姓死伤无数，但无药可救，百姓叫苦连天。道观里派了很多人下山去救人，什么药都试过了，还是没办法。那时道观的道长叫张志道，他苦思冥想，研究了各种药方，也是毫无办法。一天夜里，他忽然梦见太上老君对他说，山前有一块石板，石板下有一眼泉，泉内有当年我炼就的丹药，可治瘟疫。第二天醒来，他就去看山门前，果然看到一块大石板，但没有泉水。他叫来两个小道士，命其向下挖，挖到一米不到时，就有水流出。他就叫人把这泉水舀上去给百姓喝。谁知百姓们喝上两个时辰后都有好转，连续喝三天后，病就好了。你看，这泉水都流成一个池子了。如今每逢庙会，香客们仍然争饮此水以祛病延年。我们便在这旁边建了说经台。

僧肇忍不住说道，好个上善若水啊，何不把此地命为至善泉呢？

罗什转过身来嗔道，不可妄语。

张崇文倒高兴地说道，这个想法很好啊，我们想把这个殿命名为老子祠，干脆就把这泉叫至善泉吧。谢谢小师父。

僧肇看着罗什笑，罗什也看着他笑道，道长是得道之人，在他面前一定要谦虚。

僧肇道，是的，师父，弟子记住了。

刚走几步，又见一池，罗什奇道，又有一池。此时，王孚和李复道也被小道士通知来陪罗什一行了。张崇文道，这个池名为仰天池，传说这是太上老君当年炼丹时打铁淬火的水池。

说着，他又指着一座八卦形的铁炉说，那是太上老君当年炼丹用的炼丹炉。

罗什感慨道，我在凉州十七年，几乎每日都要思索《道德经》的经文，凉州还有一位老子的传人，叫李致。

张崇文惊道，他在凉州啊？

罗什道，是啊，我经常去向他请教道家的经文。他也炼丹制药，但从不让我看。他的阴阳易卜术高明得很，我只学得一点点便受用无穷。没想到，今日能看到如此多的圣迹。逍遥园与道观如此相近，竟然感觉天涯海角。真是有幸啊！

王孚和李复道一听，相互看了一眼。说话间，又见一眼泉水。罗什问道，道长，这个泉名为什么泉？一定也有故事吧？

张崇文笑道，是的，法师，这个泉名为化女泉，传说是老子教训弟子徐甲的地方。

罗什道，噢，我也看过这方面的书，听起来与我看的故事不一样。

张崇文笑道，道教的传说很多，这个确有几个版本。其中这里的传说是，老子西游之时，见到一具白骨，便将其点化为一英俊少年徐甲，给他做侍从。到了函谷关时，徐甲有些不愿意再往西去了。老子为了考验他，便在这里将七香草点化成一美女，徐甲喜欢上了她，并想与此美女生活，不愿跟着老子西去了。老子便用手一指，让徐甲现出原形，地上一堆白骨。当时尹喜在场，便向老子求情说，不管怎么说，他陪了您很长一段时间了，再说西去路上，还需要有人陪，您一个人不行，还是让他陪您西去吧。老子经尹喜劝说，也觉得在理，便又点化白骨为徐甲，并用拐杖怒敲地面，美女遂化成一眼清澈的泉水，这便是化女泉。

张崇文看着罗什笑道，不知法师看到的是哪个故事？

罗什便指着僧肇说，我这个弟子，名僧肇，他从小就能背诵道家经文，后改为学佛。他到凉州拜我为师，我问他为何改道为佛？他说佛经更容易吸引他，那时他才十二三岁，见我的时候已经十六七岁。于是，我便让他重读。这些年过去后，他对道家的经文有了新的认识。那个故事还是他讲给我的，后来把书找来给我，我也看过。我看他一来终南山就兴奋，僧肇，你来替我讲吧。

于是，僧肇便笑道，道长，我看到的这个故事与您讲的大同小异，稍有区别。书上说，老子身边很早就有一个仆人叫徐甲，从少年时被老子看中，受雇于老子，每天的工钱是一百钱，到老子出关时一共欠了他七百二十万钱的工钱。徐甲见老子要出关去昆仑山，而他不想去了，于是想要回自己的工钱。但怎么要呢？他在街上转时，看见有写状子的人，便心生一计，请那人替他写个状子。当时函谷关的官员叫喜，他也认识。问题发生在给徐甲写状子的人那里。他看到老子欠徐甲的工钱数额巨大足以成为富翁，就想把女儿嫁给徐甲。徐甲见他女儿美貌非常，便铁定了心要告老子，就把状子递交给了喜。喜看了状子后把此事告诉了老子，老子很生气，把徐甲叫来说，你早就该死了，我当初招你的时候因为没钱才雇了你，同时也就把《太玄清生符》给了你，所以你才能活到两百多岁的今天。你已经长生不老了，难道还有比这个更为重要的吗？我们西行的时候，我曾告诉过你，等我到了安息国，就把工钱全数还给你，你怎么会想到告我呢？说完，老子就命徐甲面向地下张开嘴，《太玄清生符》立刻从徐甲的嘴里吐了出来，据说上面的字迹还非常鲜艳，像刚写的一样，然后，徐甲就变成了一具枯骨。为什么呢？因为两百多年过去了，徐甲本就早已成枯骨了。喜当然知道老子是神人，就为徐甲求情说，他的债我来还吧，还是希望您把他变回来吧。老子就把《太玄清生符》又扔向那堆白骨，白骨立刻变成了徐甲。

张崇文笑道，是的，也有这样一说。

僧肇便笑道，可这个故事里没有化女一说，不知道有没有更圆满的答案。

这时，李复道站了出来。他说道，法师的故事其实也不圆满，比如，尹喜为何要为徐甲还债？明明知道徐甲已经两百多岁了，还怎么忍心让一位少女嫁给他？如果说徐甲吃了《太玄清生符》可以长生不老，他跟着老子已经两百多年，定然已经得道了，为何还对少女产生此情并产生此举？

僧肇还要辩解，罗什示意不让他说话。只听李复道说，其实，这个故事都是民间的传说，传说就一定会有取舍，就慢慢地走向世俗了。这是很正常的。真正的故事应当是这样的：徐甲确实为老子的仆人，跟随老子两百多年了，老子要西出函谷关去昆仑山，他便开始犹豫不决，因为老子要他陪同至安息国，但安息国很远很远，徐甲不想去。所以老子便有心考验徐甲，点化七香草为一美女，自己则化为美女之父，为状师。徐甲便一五一十让状师把老子之债写在状纸上，老子转过头又想考验关尹喜，因为喜要让他传道术。尹喜立刻便把状纸告诉了老子，老子把徐甲及美女叫到一起，说明了来龙去脉，然后将美女点化为清泉，将徐甲变为白骨。此时就是考验关尹喜的时候了，但关尹喜说，老子欠徐甲的债他来还，关尹喜便过了关，于是，老子传他《道德经》五千言，而徐甲也因为关尹喜请求，又回到阳世。

　　众人皆惊，确实觉得这个故事才算是圆满的。李复道问僧肇，难道你没发现吗？两个故事有很多重合的地方，前面的基本都一样，可最后的时候，状师不见了，美女被点为清泉。几个人中间，多了一个状师。还有，凭什么老子会信任关尹喜而收其为徒并授以《道德经》呢？这个故事其实点化的有好几人，徐甲，关尹喜，七香草。

　　张崇文也吃惊地看着李复道，微笑着。僧肇则有些尴尬。罗什笑道，这位道长年纪轻轻，却竟然有如此之学问。不盲信古人，自己有一套通解。这样讲就通了。

　　正说间，到一墓前，罗什一看，上书"老子墓"，便皱着眉头问张崇文，道长，贫僧有一事请教。

　　张崇文道，法师请讲。

　　罗什道，贫僧在凉州时，曾从临洮来的文士那里听到，在临洮的岳麓山上有老子飞升之地，据说老子在那里生活过一段时间，又在那里飞升成仙。山下有很多人都姓李。陇上的秦州还有关尹喜的庙。而这里又有老子墓，这该如何解释呢？

　　张崇文道，法师有所不知，自古以来，关陇一家，陇上的秦州、陇西一带乃先秦之地，是秦人的发祥地。前秦苻坚乃秦州人氏，而后秦的皇帝姚苌、姚兴也是秦州人氏，所以他们才称自己的国家为秦国。这一带的文化是相通的，关中有尹喜庙，那里也便自然会有。关中有老子的传说，那里也会有。八百年以来，终南山的传说也有两个，一说关尹喜拜老子为师后，徐甲也不要了，没人陪同去安息国了，于是便接迎老子到我们现在的这里，老子在这里讲授道德之意五千言后便隐居楼观台大陵山，坐化于吾老洞。二说老子留给关尹喜《道德经》后便只身西去了，后来就到安息国。

王孚说，在那里点化了胡人佛陀。

罗什默默不语，僧睿却道，这个似乎不妥，佛陀是在菩提树下修行六年顿悟的，佛经中没有记载被人点化一说。

王孚说，佛经中当然不会说了，但道藏中写得很清楚，所以民间才会流传《老子化胡经》。

僧睿正要反驳，被罗什示意，便闭口不言。

罗什对张崇文道，道长，您相信哪个说法？

张崇文道，其实两个说法也是一个，道教有《开天经》，说老子乃神人，每隔一段时间就会来到人间，以不同的身份降下神教经文，教导圣人与帝王，所以，在这里坐化可以说得过去，而到安息去化胡也说得过去，就像佛教里佛的不同分身而已。

罗什笑道，道长，请恕罗什孤陋寡闻、见识浅薄。贫僧在凉州时读的都是道家的经典，也初读过一些道教的经文，自以为对道家和道教有所了解，今日才依稀知道，贫僧只是浅尝辄止。道教学术深藏不露、世人不知。今后贫僧可能会经常来请教道长，还希望道长不吝赐教。

张崇文正要还礼，忽听王孚说道，我倒觉得可以搞一个佛道学术大辩论，正好可以互相讨论学术，彼此共生。

罗什道，好啊，这个提议很好。

王孚便看了看张崇文，才对罗什说，如果……国师……

罗什一听，赶紧道，还是前面称呼的法师亲切些，切莫叫国师。

王孚便道，好吧，如果法师同意的话，我们可以在终南山或逍遥园搞一场佛道大讨论。

罗什兴奋地说，好啊，我小时候到天竺学习佛学，几乎天天都与人辩论，在凉州时也一样，现在在译经，只对佛经进行辩论，有点拘束了。我还是希望将佛教放在整个天下学术中讨论，因为这样才会有意义，也才会有发展。

张崇文看着罗什如此兴奋，也便附和道，也好，过一段时间，我们道教会在终南山有一个小的聚会，可以在那时候进行，也可让我们的同行们参与一下。

罗什说，好啊，就这么定了。

张崇文便邀请罗什等到观里用膳，忽然有一僧人飞奔而来，说皇帝姚兴忽然来到逍遥园，要罗什即刻赶回。罗什便匆匆领着弟子们返回。路上，他见僧肇有些闷闷不乐，便开玩笑地笑道，僧肇啊，回去好好与僧睿几个研读道藏，过一段时间你们可要代表我们与道教讨论讨论了。僧肇这才点头称是。

不到半个时辰，罗什赶到逍遥园，拜见皇帝。姚兴问他，为何去终南山。罗什答道，回陛下，臣一直对道家学说非常有兴趣，到这里后常常听终南山上有道教圣地，便想拜访去看看。

姚兴很有兴致地说，怎么样？

罗什答道，很有收获，臣和张崇文道长还商议过一段时间召开一次佛道大讨论，对一些问题展开对话，这对发展佛教和道教都很有意义。臣也想请陛下支持。

姚兴一听，说，这倒是闻所未闻的事情，让朕怎么支持？

罗什答道，这场辩论，请陛下来主持，可让终南山道观邀请天下有名道士皆来参与。具体辩论内容，臣与张道长商量后再汇报于陛下。

姚兴说，好。

老子真的是佛陀的老师吗

　　姚兴问太史刘正，你是执掌官史的，依你之见，佛道两家会争论一些什么问题？

　　刘正说道，陛下，依臣之见，大致可归为两类，一类是有无之争，难有高下，另一类则是争谁先谁后，这个就难说了。

　　姚兴问，争论谁先谁后有意义吗？

　　刘正说道，当然了，这是要争论谁为正宗的问题。近些年来佛教在陛下以及诸王的扶持下，其地位与日俱增，已经威胁到道家的存亡，所以，道家出了一部经，名为《老子化胡经》，大意为老子西出函谷关，然后又出玉门关，涉流沙、过雪山，到安息国点化了正在悟道的佛陀，所以，老子便是佛陀的老师。

　　姚兴奇道，噢，朕也听说过，依卿之见，会有什么结果？

　　刘正道，目前中国境内的史料不太充分，但不知罗什法师会从西域带来什么说法，所以结果未知。但依臣之见，陛下不应在这些问题上有偏见。陛下提倡佛教，是人人皆知的事，若在面子上也偏向于佛教，恐怕会招致天下文士们的不满，因为在儒家和道家看来，毕竟佛教为外来宗教，他们的心还在先人那里。

　　姚兴道，知道了。

　　于是，姚兴昭告天下，于中秋节召开佛道大会。佛教由国师鸠摩罗什为领事，天下名僧皆可参与；道教则由终南山道观张崇文道长为领事，赶紧邀请天下有名道长来参与。地点则定在皇宫弘道殿，题目是《老子化胡之辩》，每方有一人领队，四个辩手，一个主辩手。主持人由皇帝姚兴亲自担任。

　　接到圣旨后，罗什对僧睿说，陛下这次出的这个题目连我也没想到，不知道他是想证明老子化胡是真的，还是假的，但不管怎么说，我们还是要站在佛教的一面去据理力争。我已经考虑了，我来领队，你、僧肇、道生、道融为辩手，但谁来做我们的主辩手呢？

僧睿说，我看就是僧肇吧。

罗什让僧睿找来所有道经，把僧肇、道生、道融几个都叫到一起，说，这是咱们非常重要的一次辩论，关乎到我们今后是否还能译经的问题。道教的目的是要立自己为正宗，因为他们是中国本土的宗教，你们各位也都是中土人士，必然对自己的文化怀着一份真诚的热情，佛教虽是外来宗教，但能解生死之苦，且在中土已历三百多年，已然融入中土文化的血脉中。你们要把这一点紧紧地抓住，否则你们自己也就会像海上的浮萍一样，没有了方向。此外，离中秋节还有七天的时间，这一段时间，你们四人为主，再找几个弟子在一起，每日都苦读道经，并要去读与道家有关的历史著作，如《山海经》《史记》《淮南子》等，亦可一起讨论。

众僧都觉这一次意义重大，僧肇几乎都睡不着觉。罗什把他叫来说，你是我最早的入室弟子，这次僧睿推荐你来做主辩手，主要的目的一是陈述我方观点，二是打破对方的阵脚，你不要慌乱，你如果慌乱了，其他人也就跟着你乱了。这也是考验你定力的时候，同时也是看你修为的时候。我虽然那样强调了这次辩论的重要性，但你们也要想清楚，失败又如何？一切皆为幻象，如露亦如电，我心如空山，四海皆茫茫。

说来也奇怪，僧肇离开罗什后一直在想师父最后几句，想着想着，竟然将道经扔了，哈哈大笑之后睡觉去了。这一觉睡得天昏地暗，竟一直睡到了第二天早上。醒来后便觉一切爽朗清廓，毫无烦恼了。

中秋节的前两天，长安所有的佛寺、道观及客栈都住满了各地来的道士与和尚，罗什在前一天下午到原来住锡的西明阁住下。第二天一早，便带着弟子们去了皇宫。罗什看到，大殿内坐着很多大臣，都被安排到后面，前面空着十个座位，左右各五个，左边是道教代表座位，右边是佛教代表座位。大臣们的后面，又有很多座位，是儒家及诸家各派代表人物，以及佛教和道教代表性人物，共有一百人之多。已时已到，皇帝道，宣布开始。

姚兴说道，佛道两家论道，本无所谓输赢，以和为贵，但有一点需说明，几天来，有大臣不断上表，当今天下，战争频仍，生民受苦，仁者悲悯，乱世间当以大仁大义而救世，但世间也有伪道者，假借神佛之意，伪造经典，故而今日辩论，凡涉及此方面的经书，一定要论出真伪。伪者，当众受罚，重者斩首。伪经，立刻销毁，不得再流衍世间。

众人一听，心中凛然一惊。只听姚兴道，我先出一题目，各位先辩。题目是"佛与老子是否同时"，先请道教弟子陈述。

只见道教四位辩手却有两位是终南山弟子，王孚为主辩，李复道为辩手。王孚道，老子曾从西出关，化胡成佛，其时，佛是侍者。此记述出自《老子开天经》，可见佛与老子乃同时之人。

姚兴道，请佛教弟子陈述。

僧肇站起来道，按佛历时间与《史记》中所述老子的活动，有疑点，疑点一，若老子确是孔子的老师，根据孔子的时间，老子可以与佛陀同时代，但老子是否去了西方，西方诸经未有记载，佛经中也从未涉猎；疑点二，有学者以为老子比孔子要晚，甚至谁是老子也未有定，则老子此人首先存在争议，何能定与佛陀是否同时。

姚兴道，好，接下来双方可互相发问，开始辩论。

皇帝话音刚刚落下，这边僧肇就问王孚，请问老子生于何时？又于何时出关西入化胡？

王孚答道，老子生于周定王三年（公元前604年）九月十四日，乃楚国陈州苦县人。周简王四年（公元前582年）为守藏吏，周敬王元年（公元前519年）八月十五日，见周朝衰落，遂与散关令尹喜，西入化胡。

僧睿说道，王孚道士之说值得商榷。据贫僧来看，佛陀诞生于周昭王二十四年四月八日，周穆王五十二年二月十五日入灭。也就是说，三百四十五年之后，老子才出生，四百三十年之后，才与尹喜西遁，中间整整隔了近几百年。难道不荒谬吗？

王孚反问道，请问大师，你说的这些出自哪部典籍？

僧睿道，《周书异记》《汉法本内传》，两书中都有明确记载。

王孚一时语塞。此时，李复道站起来道，僧睿大师所说两书，据我所知，当是魏晋文人所作，魏晋之前，从未听说过此书。再说，孔子曾整理史书典籍，凡有圣人，多有记述，而于佛毫无记载，为什么呢？

僧睿愕然。他看诸师兄弟，大家都不知如何回答。于是，便就知道的一一作答。罗什也面有错愕之状，他未曾想到这个李复道会说出这样一番话来。皇帝便问后面的诸大夫与儒道两家学者，大家也是各执一见，难以证明其真，但也一时难以确定其伪。于是，姚兴便道，此一问题到此结束吧，已经争辩了一上午。大家就在大殿内用斋饭，饭后稍事休息后再进行辩论。

皇帝休息了一会儿后，便又来主持辩论。皇帝问道融，你们对上午的争议还有补充的吗？

道融道，陛下，上午李复道道士否定《周书异记》《汉法本内传》，从而把话题引向偏颇，讨论的重点不在佛与老子了，而在于两书是否真伪，事实上，两书只是我方的一个证据而已，它可以不存在，也可以不去管它。我们认为，双方所论必须以信史为主，如果以假史或伪书为证，则会走向反面。《周书异记》《汉法本内传》在我师父鸠摩罗什大师看来，也不足为信。佛经中未曾有此二书，故二书可能是伪书，请陛下差人再定真伪。但这不影响我们的论证。

姚兴道，噢，那就是说这两书可能会是假的，来人啊，立刻着手去查此两书的真伪。

立刻有官员在下面应喏。姚兴又对道融道，那么，你继续说吧。

道融道，当今之世，谁能证明老子到底是周初之守藏史？还是后来的柱下史？还是楚国的老莱子？

对方出来一位年龄五十岁左右的道士，进行了多方论述，大家听得越来越糊涂，半天后，道融终于忍不住了，他说，好了，我们暂且认为老子是写了《道德经》的老子，那么，我再问你，老子西去化胡，在哪部信史中有？

对方曰，《史记》。

道生插话道，《史记》中哪里记述了老子去了西方，又到了哪些地方，在哪里点化了佛陀？

最后一个道士大概有六十岁左右，他终于忍不住了，他说，《史记》中未有记载，但在《老子化胡经》中有记载。

道生即问《老子化胡经》乃谁人所作？何时所作？

那个道士道，从来有之，只是近人发现而已。

道生道，为何孔子未有记载？

对方无法回答了，都互相看着对方。

僧睿道，据我所知，《老子化胡经》《老子开天经》皆为近人所作。老子之时，只留下《道德经》五千言，再无任何文字，这是世人皆知的事情。老庄之后的所有经，都是后人所作。

僧睿的话刚说完，道生即道，可以将两经请在座的儒家诸生来定夺。于是，皇帝便请中书侍郎、尚书郎、太傅、吏部尚书等官员带领一众文人共一百五十人阅读。一个时辰后，奏道，老子只著五千文，此外并无其他著述，臣等认为，王孚等妖言惑众，罪在不赦。

皇帝姚兴听后，大怒，对着众道士道，汉末道士张角妖言惑众，聚众暴乱，致使方外之地的道家开始染指朝政，道家学术被污。如今你们假借伪书，制造谣言，罪不可赦。

话音未落，东平淳于岐站起身来道，陛下，臣以为佛家有伪书，可查，道教也有伪书，必查。若有谣言，皆有，所以，要罪两家都有。然而，四书皆非他们所造，都乃前朝之人造也。既然是辩论，就不该偏向于任何一方。

他的话刚完，冯翊郭高也站起来说，淳于先生言之有理。李寿山和张玉阳也站起来道，若说道家著作，自然我们目前只认老庄之作，但倘若说道教之经，则有他们所创之经，也未尝说都是伪造。若如此说，圣人所作，假借上天之言，难道不是伪造，关键在于是否是正道之作。

鸠摩罗什一听，也赶紧站起来道，陛下，佛道之争，其实由来已久，有争，是好事，可使两家相互学习，取长补短。同时，臣以为，儒道释三教，各有所长，也各有所短，假若能相互补济，则天下有福。至于伪书，圣人们则自有断定，它也自会显出原形，圣人们自会让其自灭，何妨天子动手。臣强烈呼吁，相互包容，是最大的道。

姚兴看着众道士道，若非国师与众名士为你们求情，朕一定会追问假借圣人之手伪造经书之罪。此等行为，不可再有。

张崇文赶紧率领众弟子纳首称谢。一场争论竟然就这样结束了。

道生之变

　　佛道之争之后，弟子们纷纷对鸠摩罗什道，师父，皇帝是支持咱们的，咱们要乘势发展佛教。罗什笑而不语，但译经的进程显然是加快了。

　　只有道生说道，这是双刃剑，你没听说过盛极而衰的道理吗？如果从卦象上看，必然是乾卦，子曰，亢龙有悔，它的里面就会出问题了。或者说水火即济卦，表面上看我们是得到了皇帝的支持，其实它一方面支持我们壮大起来，另一方面却也无形中树立了很多对立面。儒家、道家和其他各家都会成为我们的对立面。这不是我们能左右的。

　　这些话被罗什听到后，罗什就把道生叫去说，听说你对佛道之争还有些不同的看法。

　　道生道，师父，弟子以为，道教的问题也就是佛教的问题。

　　罗什问，此话怎讲？

　　道生说，皇帝以为道教的经是假的，理由是今人之作，可是，佛经中除了佛陀讲过的经之外，很多人都有著述，包括后来龙树菩萨的著作，我们并没有认为那是伪作，现在我们翻译的很多经就存在问题。那么，佛经就一定是合法的吗？

　　罗什黯然不语，道生继续说道，还有，师父，《论语》并非孔子亲自所作，都由弟子们整理而成，故而后世很多人都觉得其中的问题并不成系统，尚且怀疑。《道德经》说是老子所著，怀疑的人就不是很多。那么，佛经呢？佛陀并未亲自写下来，都是由弟子们根据回忆所写，这就存在与《论语》相同的问题。也许佛教弟子不会怀疑其真理性，但外道人士会怎么看？

　　罗什有些生气地说，你的意思是什么呢？是怀疑我所翻译的佛经吗？

　　道生赶紧说道，非也，弟子非这个意思。弟子是说，经是有了，但如果我们事事都以经为规矩，不敢越雷池一步，经上说有的，我们就说有，经上说没有的，我们就说没有。这就是佛陀所讲的末世说。这是住法。

　　罗什道，道生，你讲的是有道理的，但为今之计，译经是大事，要大家全力以赴，不可说一些动摇大家意志的话。

　　道生说，知道了，师父。

　　罗什觉得把道生说得有些重了，便微笑了一下，说道，你向我学习般若学，看来还是学有所成。不知你现在对你以前所学的说一切有部如何看？

　　道生也为了缓和师徒之间的气氛，就说，多谢师父，如今弟子有所顿悟。

　　与道生差不多前后来鸠摩罗什门的还有一个人，名佛驮跋陀罗。佛驮跋陀罗是释迦族后人，佛学精到，应中国僧人智严的请求到中国来传法。他们历尽艰难，先走雪山，继改走海道，辗转三年，才到达中国。他们听说鸠摩罗什到了长安，便一同去求见鸠摩罗什。罗什也常常请他来翻译佛经，但他并不常来，也未曾有过拜师的仪规，所以，罗什从未将其认为是自己的弟子。佛驮跋陀罗也一样，他住锡长安宫寺，传禅法，谨守声闻乘上座部的教学规模，修禅习定，聚徒数百人，甘于淡泊，不喜繁华。

　　道生自从学习了般若学之后，就常常把道家学说与般若学结合起来与众僧们交流，众人都觉得他所讲的与罗什的有所不同。说得时间长了，道生便也觉得与罗什之学有些远了。罗什不止一次地指出过他的问题，尤其是在翻译佛经的过程中，道生总是要用道家的语汇来直接翻译，罗什多次与其交流，但都达不到一致。即使当时道生说自己有所理解的话，也只是给罗什面子而已。

　　这些事被佛驮跋陀罗看在眼里，佛驮跋陀罗便私下里找道生说，我觉得你是对的，罗什法师自从皇帝委以重任以来，在佛经的理解上已经有些专横了，他不允许有与他不同的声音。

　　道生也困惑地说，这与他提倡的中观论是有背的。

　　佛驮跋陀罗说，是的。

　　道生道，我常常在想，凭他那样的智慧，怎么能不知道这些道理呢？

　　佛驮跋陀罗说，如果他还年轻，如果他没有在凉州耽误十七年，如果他没有皇帝给他的那么大的重任，如果他没有宏愿，他就会轻松一些，就会虚心一些，就会包容得多，但现在这些东西合起来把他压弯了，他心里很急迫，尤其

是皇帝常常来催他，三千弟子又等着他翻译新的佛经看，他就有了功利的思想。

道生说，你的意思是，他把译经这事看得过于实了，住相了，也住法了，所以才有些……

佛驮跋陀罗说，我是这么看的，而且他现在不会像过去那样轻易能放下架子包容别人了。他需要权威，以保证他的事业向前发展。

道生叹口气道，天下之事，没有一件事是完全向着善的，看来圣人也不能例外。

佛驮跋陀罗默而不答。

佛驮跋陀罗在自己的寺里传习禅法，罗什的一些弟子也有去学习的，罗什起初是同意的，所以道生也便常常去向佛驮跋陀罗请教，且专学禅法。后来，道生在逍遥园里也开始私下里讲授禅法，并且要求罗什也讲讲。罗什过去学习过一些禅法，便抽空讲讲，但弟子们的热情似乎没有学习经学那么高。学禅法的弟子还是要去佛驮跋陀罗那里去学。

有那么几天，罗什要找道生几个翻译一部佛经，到处找不到，一问始知去佛驮跋陀罗那里学习禅法了，他心中稍有不快，但没说出来。后来，越来越多的弟子都说在向佛驮跋陀罗学习禅法，译经的事常常有耽搁，他就开始批评起弟子们来。

道生本来生性喜静，也不喜欢跟着罗什去进宫，而罗什为了笼络道生，偏偏要带着道生，道生便对佛驮跋陀罗说，我师父太爱富贵和权力了，修佛者应当像法师您一样，清静无为才是。

道生把这些话也对道融说了，道融说，你这样说师父就不对了，如果没有皇家的支持，佛教的事业能发展起来吗？翻译佛经的事能做大吗？大乘教义在于利彼舍己，这是师父常说的话，你怎么还不理解呢？

道生说，道理是这样，但师父过于迫切，就会走向反面的。

道融把这些对话又说与其他人，最后又传到罗什耳朵里，但传言已经变成如下：道生对师父您有很大意见，首先是您总在巴结皇帝，这不是佛门弟子的气节；其次说您太爱权力，不允许不同意见者存在；最后说你还贪念富贵。

罗什听后，默然不语，等那位弟子走后，他关上房门，把自己禁闭了一下午。晚上有弟子送饭，他也不吃，仍然把自己关起来。他突然觉得自己好累好累。他躲在床上，想好好地睡一觉。自来长安，前三天晚上与皇帝彻夜长谈，第四天即开始翻译佛经，从此就没有休息过一天，每晚都是很晚才睡。只有这一个夜晚才属于他。他想起了自己的家乡，想起了母亲，对了，他听人说母亲还健在，又回到了龟兹，父亲则相反，又回到了他的故乡，也健在。阿竭耶末帝也回到了故乡。只有他漂流在外。他愿意为发下的宏愿粉身碎骨，在所不惜，连荣誉也不要了，但是，他又不能不说道生对他的批评也有些道理。所以，那天夜里，他对道生先是气愤，然后又是感激。最后，他终于睡着了，很沉很沉。

第二天巳时，他才醒来，一看，太阳都照到了桌前。他推门出来，对僧肇说，去把僧睿、道生、道融都给我叫来。不一会儿，大家都坐到了他的面前。他对四位弟子道，你们是我最倚重的四大弟子，我让你们做什么，你们都无怨无悔，可是，相反，我做错事时，你们却少有人指出来。今天，我要特别感谢一个人，他就是道生。我不知道他对弟子们说了什么，传到我的耳朵里时已经不成样子了，可我能想象到他最初说的是什么。道生，你是想提醒我，而你又不愿意直接来和我说，因为在你看来我已经听不进意见了。

道生红着脸争辩道，不是，师父。

罗什道，你先别说，先容师父把话说完。你最初学习说一切有部，我也熟悉说一切有部，我看你有些固执，便向你传授大乘佛经般若学，你是破了先前的固见，但是，你对大乘佛经的学习似乎不是很热衷，因为你对道家的学说已经深入骨髓，实际上，还是说一切有部学说深入骨髓。我一直讲，小乘佛学与道家是相通的，而大乘佛学与儒家则不谋而合。你喜静，好老庄，所以才学说一切有部，现在尽管破了它，接受了般若学，其实，你的根本没变，所以你喜欢玄学，喜欢禅学。这就是你与我们的不同。这些都没什么，只是学说的不同而已。我今天要说的是，恰恰也是你的好静，才看出我的问题来。不错，我在译经和传播佛教方面过多地依赖了皇帝陛下，这可能会走得过了，我正在反思；我对译经看得太重了，所以轻禅学的修习，所以对不同意见者听得少了，我也在反思；还有你说我有些贪念富贵，我自以为不会，但仔细想想，也许是如此，因为我所生活的地方从来都是富贵之地，小时候在国师府，后来有自己的寺院，凉州时也常与皇帝打交道，现在依然，所以，我可能不像很多弟子那样长期过着清贫的生活，这也是我要反思的。

道生的脸已经又红又涨，他不知道说什么，也无法插话。罗什继续说道，我叫你们来，就是当着你们的面，我要向道生说声谢谢。如果我只对他一个人说了，而大家又会在下面说成个四不像。我希望当有人再传我和道生的对话时，你们能够为我们正本清源。

罗什说完后，向着道生深深一礼。道生惭愧地说，都是弟子不好，说了些不该说的话，让师父您为此受损。

罗什道，师父有过错，弟子就应当指出啊，你做得对。

道生摇着头说，您越是这样说，弟子就越是惭愧。

罗什本意是想让大家都知道他说的什么话，不想让话传着传着就传成谣言，但后来道生就发现事情远不是他和师父所想象的那样。佛驮跋陀罗说，听说罗什当着众人的面把你批评得体无完肤，让你无地自容。

道生说，连你都相信这些谣言吗？

佛驮跋陀罗说，人们是这样说的，我没有听到别的说法。

道生叹道，佛说佛法会在传播的过程中慢慢灭去，我以前还不相信，现在终于信了。佛法也会像谣言一样被传播的。人们不喜欢传播善，总是相信恶的传言。看来我只能离开逍遥园了。

第二天，僧肇给他送来一封信，说，师父，这是道生给您留的信，人已经走了。

罗什打开一看，道生写道：

师父：

看到这封信的时候，弟子已经又向着四海漂流了。弟子向来以为，真理就是真理，谣言就是谣言，可最近以来的一些事让弟子感到一切都变了。是弟子没有认识到道的变化。老子曾批评过孔子，说你要放下你的聪明才智，因为自认为聪明有才华，便会常常揭别人的短，批评别人的不是，那不是真正的聪明，那是浅薄。弟子也犯了同样的错，而且是大不赦，因为弟子虽然说的话不是在批评师父，可传到师父您那里时就变样了。

我再留下来已经尴尬，所以，只好不告而别了。望师父珍重！

罗什看了几遍，叹了很长一阵，道，缘尽则散，一切为空啊！

　　僧肇看到师父如此，便默默地把门关上出去了。他以为罗什会休息半天，哪知过了一会儿后，罗什自己打开了门，走了出来，对他说，中国儒道两家不是一直在谈毁誉的事吗？一个人如果没有经历过毁誉的阶段，他是不会真正认识到大道的。既然名是空的，我们又何必执着于此呢，再说，大乘佛教就是教菩萨不顾一切，舍身救世，我又何必在意自己的名誉和别人对我的看法呢？走吧，译经去。

　　但这件事之后，罗什再见佛驮跋陀罗时，就没有以前那样的热情了，只是敷衍几句就走开了。很多弟子再也不去佛驮跋陀罗那儿听讲了。

　　几年后的一天，佛驮跋陀罗在罗什一些弟子面前谈论禅学，说到达摩禅师一叶渡江的事时，佛驮跋陀罗便说自己也有神异之功，有弟子要让他显露，他却显露不出来，于是，弟子们回来告诉了罗什，罗什笑道，此乃犯了妄戒。僧睿等便找到佛驮跋陀罗，指责他犯了妄戒，要他离开长安。佛驮跋陀罗本也觉得与罗什因为道生的事渐渐有了隔膜，如今一看，只好得走了。正好庐山慧远邀请他去南方讲禅学，也便匆匆离开了关中，往庐山去了。

十位歌伎

有一天，一位商人送来一封信，罗什一看，是从龟兹来的，写的是吐火罗文。他打开一看，是阿竭耶末帝写给他的。说他母亲前几天圆寂了，走得很安详，无疾病，要他不要太悲伤。同时说，听北天竺来的僧人说，父亲也生病了，有僧人在照顾，要他勿挂念。

那一天，他跪在佛像前默默念了一天经。接下来的半月内也未见罗什有过笑容。半月后，他又收到阿竭耶末帝的信。父亲在北天竺也离世了。他又跪在佛像前默念佛经一整天。西域来的僧人们也跟着念了一天。

这一次，他尽可能地不悲伤，他对僧肇说，庄子说，人是从道中来，现在又到道中去了，何必悲伤。连道家都如此通脱，佛教徒就更要通脱了。

僧肇道，佛陀也要行孝，师父离佛陀已经不远了。

皇帝姚兴听说后，专门到逍遥园来看望罗什，走的时候，对罗什说，你让僧睿几个先做工作吧，你呢，就跟朕去宫中，好好地休息一两天。罗什也只好跟着姚兴去宫里。晚上，姚兴叫宫女们来唱歌跳舞，罗什道，陛下，臣虽是出家人，但毕竟生母生父才走不到一月，臣不能尽欢。姚兴便作罢，只好再谈佛经，相谈甚欢，第二天，姚兴又把姚崇叫来，与罗什聊天。三天后让罗什回逍遥园。

回园没几天，僧肇对罗什说，师父，有弟子传言您到宫中喝酒看女色了，说您不孝。如何才能杜绝这种谣言呢？

罗什叹了口气，道，如今你做什么，别人都盯得死死的，如果他没看到，便造谣，如果看到，也会歪曲，任意曲解我们的原意。这是人心所致，是恶。我们不必被它所左右。所谓谣言，也就是在风中摇着走的话，是无根的，走着走着，也就没了。

罗什因为思念故乡，正好有一沙门来见，便抄写了一首诗。这是他一生中唯一的诗，诗曰：心山育明德，流薰万由延。哀鸾孤桐上，清音彻九天。几天后，这首诗便传遍寺院及长安的僧人，一个月后，罗什收到庐山慧远的来信，说，听说法师要西去故土，特致信请教。罗什回信道，译经事业未成，大愿未遂，何来回归故土之说？再说，佛教弟子，当以空海为家，何必眷恋故土。

这事也被姚兴听说了，也问罗什。罗什便一一回复，并说，陛下，自从佛道相争您支持佛教以来，臣在众人中太显眼了，动辄就成为别人的笑资，只言片语皆可成为流言蜚语，臣也曾无比苦恼，但后来也想，流言无根，一切为空，又何必在意呢。

姚兴笑道，但它在别人那里扎下了根。

罗什道，云来或成雨，可风来必散。夏日可能成为雾，但秋天时就被风吹散了。何必烦恼呢？

姚兴道，法师理解，越来越舍弃了道家的曲成，只留下佛家的牺牲了。

罗什道，臣命无几日了，若大愿未遂，徒留空躯又若何？

姚兴便感叹不已。过了几月，他又把罗什请到宫中，晚宴时，他特意请了几位歌伎们来唱歌跳舞以助兴。罗什叹道，中土歌舞，确与西域有天壤之别。

姚兴问道，有何区别？

罗什道，西域歌舞，宫廷里皆是颂扬佛陀的歌舞，属于雅乐正舞，但原始野性未泯，仍然豪放无比，民间则尽是原始舞蹈，野性十足，吕光的军队到那里去以后都发了狂，丢失了本性。中土歌舞，臣在凉州时也看过一些，但没有这里的正宗。宫廷歌舞，当属雅乐正舞，应了孔子那句话，人看了听了，好色而不淫，发乎情，止于礼，皆合中庸之道。臣也看过一些民间的歌舞，有狂放的，但比起龟兹来，就不算什么了。所以，感叹中土礼乐之兴旺非他国能比。

姚兴问道，听说你从龟兹到凉州时，还专门带了一位歌伎？

罗什道，是的，陛下，名为墨姑，原是龟兹民间最美的歌伎。因与臣有上一世的缘分，所以此生相聚。吕光本要让臣娶墨姑，但我们非夫妻之缘，臣将其收为俗家弟子，后随段业去了建康，在那里死了。

罗什说完，有些许伤感。

一位姓胡的大臣忽问罗什，现在长安城里有很多人既学佛法，又有家室，如此能得到正果吗？

姚崇便笑道，胡大人问的是自己的事吧？

大家都笑。罗什便说，佛教中也有在家修行者，被称为居士。维摩诘居士便是，但他是菩萨，不住相，也不住法，所以，能修成正果。像各位大臣，心中有佛，但也有家室，亦可修行。

胡大人便问，国师，可有佛经专门论述？

罗什说，《维摩诘经》便是，我已为僧肇译出。另外，我在龟兹和北天竺时看到过，在《杂阿含经》中也有专门阐述，但是，可能还未传到汉地。况且，汉地的戒律也不全，连专门修行的和尚尚且不能完全照戒律行事，更别说在家修行的人了。

胡大人继续问，敢问国师经中如何说？国师可记得？

罗什说，大约记得。按《杂阿含经》的规定，在家修行的称为居士，应该具足五个条件，也称为五法具足。一、信具足。对佛教要有正确的信仰，要皈依三宝。二、戒具足。这个大家都知道，我在这里就不说了。但有一点，在家居士不能与夫妇之外的异性发生关系。这是戒律。三、施具足。要毫不犹豫地施舍。四、闻具足。要日日诵经，最好到寺院去专心诵读、听讲、悟道。五、慧具足。也就是要向众人讲法。

姚兴一听，便对大臣们说，这个好，朕和众卿现在都是居士，要守此五法，即可成佛。

大臣们欣然应诺。姚兴便看着罗什说，国师，既然居士也可成佛，你还俗成居士不一样可成佛吗？一来，你这样聪明的人也就有了法种，将来可进一步传法；二来，目前学佛的人越来越多，十室九空，法师若能带头，则弟子们既可有俗室，能续法种，国家也有发展的动力。如何？

罗什一听，大惊失色，赶忙跪到地上说，陛下，万万使不得。臣已出家，受了具足戒，也就是不能与异性发生关系。佛门弟子，既然皈依三宝，自当遵守。

姚兴哪里听罗什的，他指着面前正在舞蹈的十位歌伎说，国师，当年你父亲就是龟兹国的国师，照样可以娶公主为妻，才有你这样几百年才有的人物。我们都老了，朕也没有貌美如花的妹妹。这样吧，面前这十位女子，虽然不是公主，但都貌美如花、国色天香。十个总敌得上一个公主吧？

罗什更是吓得面如土色，说道，陛下，使不得。家父当年也是没办法，是国王要留住家父做国师，同时，家父也未能过得色欲关，所以已然犯了戒。臣已经在龟兹国时犯下色戒，现哪敢再犯戒。

姚兴醉意蒙眬地说，你刚刚不是说，佛经中有居士一样能成佛吗？再说，你这样的聪明人若是绝了法种，朕想上天会惩罚朕的。来人，把十位歌舞女子送到国师府上。

有大臣说，陛下，国师还未有专门府第。

姚兴说，那就在逍遥园里开辟出一块地，给国师专门做府第。

说完，姚兴就笑着走了。有大臣把十位歌伎与罗什一并送回逍遥园，暂且安置在一处。逍遥园很大，草堂寺只是其中的寺院而已。

罗什带着女子回来的消息，当天下午就传遍了草堂寺。僧肇和僧睿都来看罗什，罗什枯坐在经堂上，十位女子则被安置在别的地方。

僧睿问，师父，这是怎么回事？

罗什便将前后原委告诉弟子们，最后说，陛下心意已定，难以违背。但我犯戒，则犯下大罪。若是不接受，则有杀身之祸，译经事业即停。如何是好？

僧肇问罗什，师父，果有《杂阿含经》？我只是听说，却未见过。

罗什说，我在北天竺时见过，只是从未觉得这与我有关，便只是粗粗看过。另外，汉地戒律不全，居士之戒更是没有。

僧肇便说，既然维摩诘居士都可成佛，师父也有如此功德，又是被逼而已，怎能不成佛。弟子以为，译经是大事，也是师父之宏愿。可应付。

僧睿则黯然不语。罗什说完，继续译经。僧睿心不在焉。晚饭时，罗什对僧肇说，麻烦你派人告诉那十位女子，晚上让她们自己吃饭，我就在这里和你们一起吃了。僧肇便去办理。罗什对僧睿说，陛下是想让我也变成他那样的人，不知你明不明白？

僧睿道，师父，弟子还是不明白，他是皇帝，是人间俗世之王，而我们是和尚，是方外人士，互不搭界，何必如此？

罗什叹道，僧睿啊，你还是道家思想啊。大乘佛教，哪有菩萨不入俗世的？连地狱也要进，何况市井？陛下对佛教是有修为的，他肯定也想让自己的生活得到佛的赞许，如此他便心安理得。现在很多大臣也都崇佛，但有两点他们解脱不了，一是家室，二是名利。陛下还有一点，就是杀戮。现在，用弘佛来抵消他的杀戮与贪念，但又如何摆脱情欲之困呢？这是人最后的痛苦。既然他们都摆脱不了，所以，也想让我成为他们那样的人。这样，大家不就一样了吗？

僧睿道，师父这样说，也有道理。如此一来，陛下就认为自己成为人间的王与佛界的菩萨了，也就超过师父了。

罗什叹道，君王御世，我们都不过是他的棋子而已。他不是说过吗，佛法乃御世之洪则。

僧睿道，可是，他这样不就破坏了佛陀的大法？

罗什道，何来破坏？如来之法，还没有人能够破坏！

僧睿不解地问，他不是破坏了我们的三宝戒律吗？

罗什道，维摩诘大士是否也毁了三宝戒律呢？其实，戒律是为一般人修行的方便大法，因为一般人没有很高的修为，所以心中无定法。维摩诘大士就不一样，他居于世俗，但教导世俗。

这时，僧肇回来了，他说道，是啊，《维摩诘经》中说，如果父母不同意出家，如何办？维摩诘说，只要发阿耨多罗三藐三菩提心者，如出家。持世菩萨说，有一天他正在家里，魔鬼波旬假装成帝释，还有一万两千天女围绕着他，伴着音乐和歌声，来到他面前。波旬对他说，愿你接受我这一万二千天女，把她们当作你的仆人。持世菩萨吓了一跳，回答道，我是宗教修行者，沙门之子，我不宜有女仆。这时，维摩诘居士来到，对持世菩萨说，别认为他是帝释！他不是帝释，是邪恶的波旬。他来嘲弄你。然后维摩诘居士对波旬说，把她们给我吧。魔鬼被揭穿后，只好将天女送给了维摩诘居士。僧睿，这些你都知道吧？

僧睿道，看来我读这部经读得不仔细，我也记得一些，但具体不清楚了，请再讲下去。

僧肇道，维摩诘居士接受了天女，便对天女们说，现在你们已经属于我了，我来教你们怎么做吧。于是他以适合她们觉悟的方便之法去劝诫她们，她们很快地就发了佛觉心，最后都成了佛的弟子。这时，波旬对天女们说，你们跟我回家去吧。天女们说道，你把我们送给了居士，现在我们要欢喜佛法，不要再欢喜欲望的乐趣，你走吧。

僧睿说，那维摩诘大士就收养了这么多的天女？

僧肇道，没有，魔鬼波旬来问维摩诘居士说，如果菩萨真的没有心智上的牵挂，真的能布施一切所有，那么，居士，请将这些天女还给我。维摩诘回答，好啊。众天女便向维摩诘居士行礼，并问道，我们在波旬家要如何过日子？

僧肇说到这儿时，他看了看罗什，只见罗什望着远方，也在听他讲解，便道，维摩诘回答说，姊妹们，有一个法门叫作不尽灯。一盏灯可以点着数十万盏灯而自己不会熄灭。一位菩萨可以开导数十万众生觉悟，这个法门叫作不尽灯。你们在魔界生活时，要以觉悟心影响无数天子和天女。用这方式回报如来，你们也将成为一切众生的施主。

僧睿叹道，原来佛法中有如此之法，我虽学过，但未曾在意。今日方懂，谢谢师父和僧肇。

罗什叹道，菩萨本不生病，但为了救苦，就必须去众生受苦的地方，去体验苦，教导他们超越苦难。这就是方便法门。维摩诘居士只是住于俗世中的一个菩萨而已。看来，我的事，唯有僧肇能圆通，可是，问题在于，我岂有维摩诘居士之智慧和修为？

僧睿道，可是，如此毁誉，对我们也是大损伤。

吃完饭后，罗什对僧睿道，你们今晚也休息吧，我也累了，早点回去休息了。

罗什走后，僧睿还是摇着头说，就怕师父是真想要那十个美艳女子。他这么早就想回去休息了。

僧肇道，别怀疑师父，师父会有办法的。

且说十位歌伎下午在逍遥园里美美地睡了一觉，然后出去结伴逛了一圈逍遥园，但见全是和尚，没有一个女子。而众和尚看见如此娇艳的十位女子在逍遥园里行走，都像是看见怪物一样，兴奋地看着。她们走了一圈，逍遥园的空气便变了。

十位歌伎都年方二十岁左右，最大的牡丹也不过二十三岁。她们按年龄大小分别是牡丹、芙蓉、茉莉、杜鹃、春桃、夏莲、秋菊、冬梅、慧竹、秀兰。罗什上午回来的时候，自己坐了一辆车，和她们分开坐，他生怕别人说闲话。中午也未与她们吃饭，晚上他也让她们自己吃。但现在回去如何与她们说话呢。他在路上就有些不知所措了。

按照宫里的安排，十位女子各睡一间屋，罗什也有一间禅房，稍大一些。罗什回去后，将十位女子叫到自己房间。他先说给牡丹，牡丹又让慧竹和秀兰分别去通知其他人。好大一阵工夫，十位女子才聚齐。

其间，罗什对牡丹说，陛下说让你来管事，你平时就替我管着她们吧。我太忙，没时间照顾你们。

牡丹早在宫中就仔细地看过罗什，到逍遥园的路上，她就对众姐妹说，我们都出身穷苦人家，自以为进了皇宫将来就可以当个王妃什么的，没想到，现在我们都被许配给了一个和尚。

芙蓉说，和尚怎么了？他可是国师啊，听说他本来就是龟兹公主的儿子，他父亲也是一位国师，他可是贵族。皇上对他极好，就像亲兄弟一样。

秋菊说，其实我觉得这也没什么不好的，至少我们比宫里那些姐妹要好得多，谁知道她们这一辈子会怎么过呢，我们现在也算是攀上了高官吧，吃住不愁了。还有啊，你看，现在我们多自由啊，说到哪里去就到哪里去，以前能这样自由吗？

冬梅皱着眉头道，可惜的是，他是个老和尚，已经六十多岁了，皇上还要我们给他生儿子，我们这十个狐狸，他能应付一个就不错了，我看啊，这事儿，玄。

杜鹃说，那我们怎么办？难道让我们偷那些和尚啊？

大家你一言我一语，有喜有悲。晚饭吃过后，大家没事干，杜鹃便笑着对牡丹说，哎，我们来这里干什么呢？干脆，我们唱歌跳舞表演给和尚们算了，这里可有上千和尚呢。

牡丹骂道，骚狐狸精，就你想得多。这是皇家寺院，你以为能为所欲为，皇上已经给我说了，若有谁不守规矩，立刻斩首。

杜鹃一听，吓了一跳说，我只是说说而已。

正说着，他们听见门响了，进来一人，六十多岁，一个和尚，便是鸠摩罗什。

非色异空

罗什问牡丹，你是牡丹？

牡丹说，是的，国师。

罗什对她是印象最深的，没有她，也许他不会这么容易接受姚兴的安排，也许他会要求重新找几位。他记得她是领舞，一身霓裳托着花容面貌，款款而出，娇羞中露着新奇、大胆的眼神，然后，其他霓裳们则像红花绿叶衬托着她。她频频向他示意，他本来只是微笑给予礼貌性的回应，谁知那一双深泓一瞥竟让他想起什么来。他认真地想过，是想起了墨姑？不是。墨姑比她要大胆、热烈。是阿竭耶末帝？更不是，阿竭耶末帝的眼神是那种母性的温暖。那是谁呢？他想不起来。但也就是牡丹的那么一瞥与罗什的刹那错愕，竟被姚兴发现了。

他的心竟然动了一下。这就是罗什虽然要求姚兴收回成命而姚兴未收他也未再坚持的重要原因。一切都是刹那间的事。刹那之间，乾坤倒转，星移物转。这一切怎么能想到呢？世间的事不都是这样发生的吗？他想。

他对牡丹说，你让大家坐好，我有话要说。

牡丹便大声喊道，安静了，国师大人要讲话了。

罗什笑道，以后别再叫什么国师大人了，听着别扭。

秋菊笑道，当然是大人了，大人听着气派，再说，不叫你大人，叫你什么啊？

罗什一看说话的是一位俊秀的女子，两只秀眼顾盼流连，一看便是那种没什么心机的女子，便笑道，其他的你们爱怎么叫都可以。

秋菊又笑道，那我们就叫你相公吗？

说完，秋菊就哈哈大笑起来，所有的女子都笑了起来。牡丹嗔道，秋菊，别胡说，听大人说话。

秋菊也嗔道，皇上不是让大人娶我们十人了吗？我们现在可是他的老婆了。

罗什的脸红了起来。牡丹说，皇上是那么说，现在听大人怎么说。

罗什干笑了两声，说道，叫什么我们以后再讨论吧。你们都找地方坐下，听我把我的故事给你们讲一讲，好不好。

女子们便笑着坐下了。因为是夏天，她们一坐下，便都露出了大半个腿。罗什的心便有些晃动。他收回了目光，努力不去看她们的下半身，又咳了两声，说道：

罗什本一和尚，在母亲肚子里时据说有异象，母亲突然能说天竺语，并能通佛经，人们都说是舍利弗在世。七岁跟着母亲出家，到天竺学佛，十二岁在毕迦试国北山上遇到一位罗汉大师，他说我在三十五岁前若不破戒，将会大兴佛教，度化无数有缘众生。我父亲本是要到中土来传法的，但在龟兹被我母亲迷住，被我当国王的舅舅拜为国师，便留在了龟兹。他的愿望被我继承了。我的母亲也希望我将来能弘扬佛法。所以，我不像你们中土这边的人那样，是因为走投无路才出家学佛。在西域，出家学佛是最崇高的行为。

夏莲听到这儿时惊奇地叹道，原来是这样啊！

罗什便冲夏莲笑笑。那是一位目光清澈的女子，看上去十六七岁左右，瓜子脸，柳叶眉，两手托着下巴出神地看着罗什。

罗什说，所以，我的父母都希望我能实现他们的大愿。我在二十岁时在龟兹的王宫里受了具足戒，也就是真正地出了家。三十五岁很快就到了。母亲也放心了。四十岁左右时，吕光打下了龟兹，我被请到宫中去。他不信佛，让我必须结婚。他是要破坏佛教的规矩。他先派了一位跟你们一样的舞女，叫墨姑。她是龟兹最美丽的舞女。我和她有前世之缘。她喜欢我，想跟我结婚，但我讲了我和她的前世，向她讲了佛法，就成了我的俗家弟子。吕光发现这个不成，便让我和已经出家的公主阿竭耶末帝结婚。你们想想，这可是佛教徒的大忌，我们都不愿意。他便设计灌醉了我们，又把我们的衣服拿走，让我们待在一个黑屋子里。

夏莲啊地叫了一声。罗什继续说，就那样，我在不知不觉中破了戒。但我们没有孩子。就那一次，之后，我们虽然名义上是夫妻，实际上还是守着戒律，在家里修行。

冬梅哼了一声道，那也可以啊？

罗什道，一切在于心，有什么不可以的？在你们看来可能世间情欲的事是大事，但在我们看来，这恰恰是要修行克服的。

冬梅还要说，被牡丹制止了。牡丹让慧竹给罗什端来了茶水，罗什喝了点后说，后来我们就都被吕光带到了凉州。在那里我们过了十七年。十七年之后，皇上又发动了一场战争，把后凉灭了，我又被姚硕德将军带到了长安。皇上待我很好，比我的舅舅龟兹国王还要好。这个好，不是给了我国师的位置，我对这个位置根本不在乎。这个好，是因为他要让我大兴佛法。这是我忍辱负重二十年要实现的大愿。不懂佛法者是不会理解我的。现在，他又把你们给了我，让你们来照顾我，并要给我生个儿子。

说到这儿，他苦笑了一下，说道，我不能说皇上不理解我，因为在汉地没有天竺、龟兹那样伟大的传统，在那里，佛陀身为王子都要出家修行，而在我们这里，修行并非最崇高的行为，结婚生子似乎才变成了不起的事情。这是习惯的不同，我不能怪陛下。他以这里的好待我，所以我认为对我极好。你们是世上极为美妙的女子，你们的上一世都是有过善举的人，这一世才有这样的花容月貌。你们要知道，没有你们上一世的修行，这一世可能就不会转世为人，更不会转世为你们这样美丽的女子。

十个女子相互都看着，努着嘴，似信非信。罗什继续说道，可是，我已经六十多岁了，我不是你们心目中的俊男，更没有精力照顾好你们。但我也在想，陛下既然把你们给了我，成了我的妻妾，我也得好好地对待你们。你们有任何愿望，都可以向我提出来，我能满足你们的一定会满足你们的。只有一点，希望你们能够理解我。对我来讲，翻译佛经是我一生中的大愿，我希望你们能理解并帮助我。

大家都不说话了。牡丹说，大人……我看我还是这样先称呼您吧，不然就无法称呼您了。您看，我是这样来安排的。皇上让我来管理一切，我的年龄也比她们大，再说，我们跳舞时我也是领舞，反正我暂时来管家里的事吧。我们只请两个做饭的老妈和丫环就行了，其他的事我们就自己做吧。慧竹和秀兰最小，就负责端茶倒水，芙蓉和茉莉的文笔不错，出身虽贫寒，但是读书人家的小姐，可帮您研墨，抄经。

罗什看了看两位，芙蓉脸庞圆融，一双眼睛大而闪亮，茉莉则有一双秀眉，眼睛虽不大，可一直微笑着，很暖人。罗什说，好啊，回头我告诉你们如何抄经。

牡丹又说，杜鹃和春桃在宫里就负责作曲，我想，是否可帮您作一些佛教方面的曲子，这个您来定夺，也算是她们有事可做了。

罗什一听，就非常有兴趣，他说，这个是要有的，我在龟兹时，听过很多佛乐，可惜到这里就都没有了。我可让人找来他们的乐谱给你们，你们替我做一些佛乐。

牡丹又说，您若同意她们作乐，我呢就可以替您来编一些舞蹈，不知您有没有考虑过。

罗什高兴地说，当然要了，我们要改编一些佛教的舞蹈，这个你来做好了。

牡丹又说，夏莲、秋菊、冬梅在宫里除了跳舞外，还兼做洗衣工，家里的这些活就让她们多做一些吧。当然，这些活我们其他人有空时也要做。她们做完就没事了，干什么呢？我想，我就带着她们继续改编舞蹈。您看这样行吗？反正是要把时间排满。

罗什说，难为你了，非常好。也不一定排满，我倒希望你们有空时帮我抄写一下佛经，至于乐舞，能做多少是多少，现在毕竟已经不在宫里了，你们也不能跳给和尚们看，没法再跳了。你们自己娱乐吧。

牡丹一听，便说，是啊，我都忘了这个，还在想着我们自己过去的事呢。那我们就都替您抄经吧。

罗什说，其实，抄经有很多好处，一是打发你们无聊的时间；二是可以有福报，如果做了坏事死了后不必下地狱；三是可以替父母抄经，增加他们的阳寿。

大家一听，都说，是真的吗？

罗什说，当然是真的。

罗什便把牡丹留下，让其他人都各自回了房间。他对牡丹说，我听说你们下午到逍遥园里转了一圈？

牡丹说，是啊，有什么事吗？

罗什道，事倒没有，只是打乱了和尚们的心。你还是在外面买一套院子，我们住到外面去。若没有，可让人尽快修建一座新的。

牡丹说，好，明天我就去办。

罗什又道，牡丹，十人中，就你识大体、顾大局，你要替我把她们管好。

牡丹说，这个没问题，大人，您尽管放心。我和慧竹、夏莲照顾您的饮食起居。

罗什说，这个……原来是僧肇在做这个事，现在由你们……好吧，让他去做其他事吧。对了，我要和你私下里谈谈另一件事。

牡丹说，大人请讲。

罗什说，我做和尚很久了，突然有了你们，且把你们当作我的妻妾，还这么多，我一时无法适应，给我段时间好吗？

牡丹说，大人说哪里话，我们都是您的人，您想怎样就怎样，不必问我的。

罗什说，还有一件事……算了，改天再说吧。明天，你就带着大家先抄经吧。抄什么都可以，从最简单的开始吧。

牡丹说，您还是说一部吧，不然我们摸不着头脑。

罗什想了想，就说，好吧，我刚刚翻译了一部最短的经，叫《心经》，明早我让僧肇拿来给你们，你们可先抄这部。

牡丹说，好吧。那我现在叫慧竹和秀兰给您洗脚吧。

罗什说，平时都是我自己洗，就不劳她们了吧。

牡丹说，那不行，皇上让我们把您照顾好，若照顾不好是要杀头的。

罗什便说，好吧。

不一会儿，慧竹端着热水进来了，秀兰则蹲下来给罗什要搓脚。罗什一时不适应。但秀兰一定要给他洗，他便只好把脚给了她。当秀兰给他搓脚的刹那，他的心就又晃动了一下。

他意识到，只要这身体还在，这意识便不可能不存在。他需要慢慢地超越这身躯。他把女子们打发走，熄灭了灯，独自躺在床上。夜突然异常之安静，夏虫的鸣叫近在耳畔。附近村子里的狗叫了三声。不知哪里来的猫也偷偷地走过他的房顶。过去怎么没在意这些众生中的精灵呢？不知有多少他看不见的众生在看着他。是不是过去太专注于译经，太累了，躺下便睡着了，而这一夜俗世突然从他的世界里醒来了。不知道轮回中的其他世界怎么样？那些地狱里受苦的众生现在还在被火烤，被锯割吗？那些天人又在唱歌跳舞吗？而那些跳出轮回之苦的前世诸佛们，现在又在哪里？这渺茫的世界到底有多大？难道俗世真的那样苦不堪言吗？此生之后，下一世的轮回中又在哪里呢？

他突然间对此有些迷惑了。连他都迷惑，那些正在修行的人们又怎能不迷惑。他常常想到对道生的责难和对佛驮跋陀罗的攻伐，是不是太过了。既然一切都缘聚缘散，那为什么人们要讲究礼法之人为的约束呢？他还记得段业对他说的话，礼法是世间能看得到的墙，道，是可以靠人的意志能够达到的，然而，你所说的因缘和合太玄了，是看不清的，只有事后你才能明白其中的一点点，但也就是一点点。段业说的也不是没有道理，戒律不就是另一种礼法吗？只不过不是针对众生的，而是针对修行的人的。

迷迷糊糊中，他突然听到有脚步声从他窗下轻轻飘过。从那声音他知道，是僧肇。他带回来这十个貌美如花的女子，对所有的和尚可能都意味着一次考验，然而对于僧肇来说，也许更为痛苦。这个二十多岁的青年梦中还常有与女子交欢的体验，醒来后身下湿漉漉的一片。这生命的力量是如此汹涌，难道就这样用戒律将其活生生地灭掉而视而不见吗？难道说它是空，眼睛里看到的也是空的？

记得皇帝姚兴曾与罗什探讨说，法师，你说佛陀如果不是王子，如果没有享受世间的荣华富贵，如果没有享受三千佳丽，如果没有经历过这一切，他还能那样轻易地抛弃吗？如果他不拥有那一切，又怎么会对世间受苦的众生产生怜悯呢？要知道怜悯是从高处看的。

罗什纠正道，是悲悯，慈悲。

姚兴道，是的，是的，是悲悯，是慈悲，但也是一种对弱小者的爱。如果他出身贫寒，从一生下就产生的是对财富的无限渴望，是对生的极大渴求，是对死的极端恐惧，他又会怎样呢？

罗什道，在久远的往世劫中，他定然也是经历这一切的，但他一点点地超越，一点一点地摆脱，舍身饲虎那一世，他摆脱了对肉体的依恋，摆脱了对死的恐惧，而在借花献佛的那一世，他又增添了对佛的爱戴，增加了他愿意为佛而献身的勇气。每一世的修为，都是一次摆脱，又是一次大勇气的提升。所以，到了他做王子成佛的那一世，他就轻松地摆脱了那些诱惑，有了巨大的勇气，也就有了无上的智慧。

姚兴频频点头，说，佛法高深啊，朕只是看到了一世，或三世，却未曾想到这久远的无数世。朕明白了。

他把这一些探讨曾讲给僧肇听，僧肇问道，师父，我出身贫寒，又智慧不高，按您说，难道我们这样的人修佛就没有出头之日了吗？

罗什说，非也，你今世的修为克服的恐惧、欲念将为你增加无上的勇气，那么，下一世的修为就会彻底地摆脱这些恐惧与欲念，而上升为新的境界。

僧肇说，师父，我有时候觉得成佛的历程太漫长了。

罗什说，是的，众生就是被这漫长的道路吓怕了，绝望了，所以便产生堕落的念想，便越陷越深而不能自拔了，地狱之门从他堕落的一刹那已经向他打开了。

僧肇说，谢谢你，师父。你总是在我迷茫的时候给我勇气与力量。

罗什说，我又何尝不是如此呢？

这一夜，这一切都又一次涌上他记忆的潮头。该怎么办呢？拒绝皇帝是勇气，可是这勇气相比于忍受痛苦而完成佛经的翻译这一伟大功德来说，又算是什么勇气呢？当年，忍受吕光的羞辱并忍耐十七年都过去了，现在怎么办呢？

忍辱负重。这四个字又一次敲击着他的心头。以前，他觉得这四个字是一个被动词，是别人逼迫他时能够忍辱，但这一夜，他忽然明白，这四个字的重心在负重两个字，因为你要负重，要承担大任，就可能会有各方面的压力，你就要能够去承受这些压力，而能够轻松地承受这些压力，你就要想通一件事，即心甘情愿地忍辱，于是，这辱也就不是辱了。这不就是不住相、不住法了吗？

是的，让这一切都来得更猛烈些吧！我愿忍辱不动，犹如深沉之大地。我愿承受一切苦难，而心仍如大海般蔚蓝。

他深深地叹了口气，便睡去。

第二天一早，他醒来时，听见外面有人在说话。仔细一听，是牡丹与僧肇。

牡丹说，僧肇师父，皇上把我们十个姐妹许配给国师大人，让我们来伺候国师大人，若大人有什么事，我们是要被杀头的，所以，从今日起，你就不用再来了。

僧肇说，可是，师父的有些情况你们不了解，比如，他腿有病，我每天要给他用艾条灸穴位，你们不知道吧。还比如，师父胃寒，每晚我要给他烫脚，要放好几味药，你们不知道吧。

牡丹说，这些你慢慢告诉我们就行了，夏莲小时候学过医，让她来吧。

僧肇说，可是，我和师父每晚还要探讨佛经呢。

牡丹说，以后晚上就让他休息吧，他都六十好几的人了，不能再熬夜了。

僧肇说，可是……

牡丹说，不要再说了，僧肇师父，我知道你对大人的感情比我们要深，可我们也是不敢违抗皇命啊。

僧肇还要争辩，罗什在里面喊道，你们进来吧。

牡丹和僧肇便进来。罗什对僧肇说，以后就让她们来做吧，我给她们说吧，你呢，以后陪我散步，我们在散步时聊天。

僧肇若有所失地说，好吧。

这时，慧竹和秀兰端水进来，都大方地与僧肇打招呼。僧肇看到这么多漂亮的女子在眼前晃，就觉得心里有无数个门被哗一下推开了。他无法表达此时那种矛盾的心情。

罗什说，僧肇，你在一旁等等我吧。

不一会儿，早饭端了上来。罗什说，来，僧肇，再陪师父吃一点。

僧肇说，师父，我吃过了。

罗什说，来吧，再吃一点点。

僧肇便坐下。不一会儿，牡丹把九个女子全都叫来陪罗什和僧肇一起吃饭。罗什给僧肇一一介绍，但他把名字也叫不准，牡丹便纠正。因为这些女子都是演艺场上的能手，个个都生动活泼，大家你一言我一语，把僧肇说得脸红红的，心跳加速，头晕目眩。

他不知道自己是怎么跟着罗什出门的，一直到大雄宝殿时，他还觉得自己在云里雾里。等罗什工作时，他出去舀了一碗凉水，一口将其喝完，才觉得三魂七魄终于回来了。他知道自己要修行的地方还多着呢。

中午的时候，罗什也回家去吃，再不与弟子们一起吃了。下午把晚上的事安排给僧睿，自己则早早地就回去了。僧肇看着师父的背影，总是唉声叹气。

晚饭后，僧肇想陪着师父去散步。这是师父自己说的。于是，他便早早地去看师父，在外面等着。他感到师父吃过了，便进去。罗什诧异地问僧肇，哎，僧肇，你来了，有什么事吗？

僧肇红着脸说，我想陪着师父散步。这是师父很多年来的习惯。

牡丹说，晚饭后散步有助于消化，大人，您去吧。

罗什便赶紧出门与僧肇去散步。罗什问他，你是不是觉得师父不应该如此？

僧肇说，弟子德浅，不能评论师父的所思所为。

罗什问道，你觉得对所有人一个标准好呢，还是不同的人不同的标准好？

僧肇道，标准当然是一样的好了，不然，怎么能确定不同的标准呢？谁来确定呢？又根据什么确定呢？

罗什问，可是，每个人前一世都是不同的人，这一世却用同样的标准来要求，合适吗？

僧肇道，尺子是一样的，但量下来的结果是不一样的。

罗什说，这就对了，所以，你们对师父的行为还是要用一把尺子来量，只不过得到的果报不同罢了。

僧肇道，那您的意思是我们要批评您了。

罗什说，批评还是要批评的，只不过你仍然要知道，不同修为的人在对待相同的事情时会有不同的果报。比如维摩诘大士，他就可以娶妻生子，但他娶妻生子也是为了度他们。他就可以接受魔鬼送他的天女，因为他有这样的定力，且他有智慧教导众天女，使她们抛却恶行，崇尚善行。比如他就可以在家发菩萨心，犹如出了家。为什么呢？菩萨若不去这些地方，又怎么能拯救这些众生呢？谁来向他们说法呢？

僧肇困惑地问道，可是，师父，那么，我们受持的戒律怎么办呢？

罗什说，戒律在心，若心无戒律，即使刀架在脖子上又有什么用呢？他至死也不会觉悟的。

僧肇道，师父，我有些懂了。

罗什叹道，这八百和尚并不一定懂，世人并不一定理解，后世将以此而诟病于我。也许这世上，唯有你才能懂我了，因为你深知《维摩诘经》的精髓。

晚间，罗什对牡丹说，皇上要我留下法种，给你们是怎么安排的？

牡丹说，皇上说一要照顾好您的身体，二要在您精力允许的情况下，要我们给您生个儿子，当然，越多越好。

罗什问，那你怎么想的呢？

牡丹说，我在想，您已经六十多岁了，能生育的可能性还是有的，但是，不能亏了您的身子。所以我的想法是，您半月内最多接触一个女子，这样就不至于亏损得太厉害。同时，我还让夏莲准备补药，养好您的身子。

罗什一听，道，你替我想得太周到了。你在家排行老几？

牡丹说，老大，下面还有三个弟弟。

罗什问道，他们都在等着你的接济吗？

牡丹迟疑地说，反正我得管他们。

罗什悲悯地说，好，好，好，我呢，这个年纪了，又是个和尚，就不去你父母的府上了，这个礼数恐怕不能尽到了。皇上给我的俸禄很多，你多给家里补贴一些吧。

牡丹感动地说，谢谢大人。

罗什说，我估计其他女子都一样，我也看到了，你做事很公道，你就把她们的事都考虑着办好吧。

牡丹说，好的。我估计她们会高兴死的。

罗什说，我大概也只有这点能力了。我们就按你说的那样办，我每半月与一位过夜。按《黄帝内经》来说，这已经是大忌了。

牡丹说，是的，大人，这只是个概数，您要按您的身体情况来定。

罗什说，好的，那今夜你就陪我吧。

牡丹红着脸说，好的，大人。

罗什看时间还早，便说，还早，让我来看看你们抄经的情况吧。

牡丹便拿来女子们抄写的《心经》，罗什看到七个人抄了，有三个人未抄，就问牡丹，牡丹说，春桃、夏莲、秀兰三个人今天忙着干活，把您的衣服全都洗了一遍，又把您的屋子里擦了个遍，她们没抄。

罗什抬眼看了看屋子，笑道，这些事还是女孩子干的好，僧肇跟我一样粗心。他看到里面有一份抄写得特别用心，且字也写得好，便问，这是谁写的？

牡丹说，是我。

罗什非常诧异地看着牡丹，说，你原来是位才女啊！

牡丹笑着说，大人见笑了，我父亲是一位教书先生，小时候教我练过，认得一些字而已。

罗什看着她抄写的《心经》道，不单单是这样，你抄写的时候，有什么感受吗？

牡丹说，觉得很安静，仿佛整个世界都不存在了，连我都不存在了。

罗什说，是的，我那天见你时，一直觉得我们在哪里见过，但怎么也想不起来，刚刚看你抄写的《心经》，就知道你某一世修行过，对《心经》非常熟悉，透过这部佛经，我隐约看见在久远的某一世，我们曾有缘。我看见我是位方丈，而你是一位寺院里的小僧，我在向你解释《心经》……

牡丹诧异地看着罗什说，您真能看见人的前世？

罗什睁开眼睛说，我看见的不一定是上一世，而是久远世的一世，不知道是哪一世。

牡丹还是惊奇地问，那其他姐妹呢？

罗什闭上眼睛，进入禅定，很长一段时间后，他醒来。牡丹问他，怎么样？

罗什说，很纷乱，我看见夏莲、慧竹的影子很清晰，其他人的模糊不清，也有今生才结缘的。

牡丹突然无限温柔地说，原来我们真的前世有缘啊！

罗什道，我们的缘还是在修佛中，今生也一样。

牡丹说，经你这么一说，我想起来了，我那天见你的时候也觉得在哪里见过你，但也想不起来。后来在皇宫中每有念诵佛经，我都觉得很亲切。今日抄经，我在恍惚间觉得好像这个情景在哪里见过，或者在梦里，但又想不起来什么时候做过这样的梦，依您说，可能是久远世的情景还留在记忆中。

罗什道，是的，你从明天起，继续带着她们抄写经书吧。你告诉她们，要经常抄写《心经》《金刚经》《地藏经》《莲花经》《维摩诘经》，将会有大功德，来生将投生到富贵处。

两人谈至深夜，牡丹服侍罗什休息。

第二天，罗什很晚才起床。牡丹早早地收拾好了一切，等着罗什起床。罗什一脸倦意，他看着牡丹有些不好意思。牡丹则仿佛一夜间变了，成了他的一部分，熟练地为他穿衣，并与他说话时再也没有生分。

出门的时候，他向着天上默念道，希望这也是方便之法，度牡丹早脱苦海。走了几步，便看见僧肇在花园旁坐着等他。他叫了一声，僧肇才发现罗什已到自己跟前。罗什说，今天起得太迟了。僧肇笑了笑，没说什么话。走了一程后，僧肇终于问罗什，师父，您说菩萨得不得病？

罗什道，菩萨本不生病，任何疾病都奈何不了菩萨。

僧肇问，那为何菩萨也要生病？

罗什道，因为他要救一切生病的众生。

僧肇又问，那么，世间有肮脏污秽之地，菩萨也去吗？

罗什道，菩萨要去，且要度化他们。

僧肇问，如果要度化众生，菩萨也要像他们那样肮脏污秽吗？

罗什道，菩萨也会像他们那样过着肮脏污秽的生活，也会有肮脏污秽的行为，但他们只是通过这个方便之门去度化那些人，菩萨岂能被肮脏污秽的东西所污染？世上所有的地方，都会有菩萨的化身，即使在妓女的群体中，也是有菩萨的，因为菩萨若不那样，那些地狱里受苦的众生怎么能够被度化呢？

僧肇道，师父啊，您说的与维摩诘大士说的一模一样啊。

罗什道，维摩诘大士乃真正的菩萨，我哪里敢相比呢？我的智慧不及他身上的一根毫毛。

僧肇道，可是，愚昧的弟子还无法真正理解这些。

罗什把手放在他的肩上说，我知道，你的内心很痛苦，为师父我痛苦。这就是你的悲悯之心。但你不知道我在做些什么，以后你就会明白了。我在向维摩诘大士学习。

僧肇道，好的，师父，容弟子慢慢理解。

午饭时，罗什回去发现，牡丹已经让人把饭早早地准备好了。见他到了，便去把其他人叫来，与罗什一起吃。吃饭的时候，罗什便问她们今天都做了一些什么。牡丹告诉他，今天所有的人都在抄写《金刚经》，一个上午才抄了一半，有的一大半。

罗什说，很好啊，晚上回来我给你们讲《心经》和《金刚经》上都说了些什么。

吃过饭后，罗什到自己的禅房休息时发现，自己的床旁边又放了一张床。牡丹说，你现在休息时，我要在旁边陪着你。还有，你每天睡觉前给我讲讲佛经吧。罗什说，好啊。

当天夜里，罗什向她们解释《心经》和《金刚经》，《金刚经》很长，他只讲了一小半，第二天夜里，他又给她们接着讲。到第四天夜里，夏莲请他讲地狱。第五天夜里，慧竹请他讲《地藏经》。

吞针说法

罗什娶歌伎的事很快传开，逍遥园里已经无人不知。僧睿告诉罗什，弟子们天天都在讨论这件事，他们试图想说清楚，但越说越说不清楚。罗什道，每个人的修为不同、出发点不同，都会有不同的想法。任何一种想法都不能被确定是对的，但任何人都只相信他自己的看法。是不是？

僧睿说，是的。

罗什说，这就是龙树菩萨的中观观念，现在得到了印证。

僧睿苦笑着说，可是，师父，这对您是很大的损失。

罗什说，有什么损失呢？既然每个人都赞同自己的看法，并不会赞同别人的看法，即使我说一千遍，他仍然不会相信我的话。我不会辩驳。

罗什看人都来得差不多了，便对大家说，我知道，你们都在议论我的生活，不错，我的生活宛如臭泥，但我自己仍然是莲花，但采莲花，勿取臭泥。

过了几天，僧睿对罗什说，慧树在外面娶老婆了。

又过了几天，僧睿对罗什说，僧达在外面娶老婆了，住在附近。

……

一个月后，大概有十几个僧人在外面娶了老婆，并买了院子住。罗什听后对弟子们说，我不知道怎么跟你们说，也许这件事不由我告诉你们为好，但是，我听僧肇和僧睿说，大家每个人都有自己的看法，不同意别人的观点，所以，我想，如果我告诉你们我的想法，你们也未必同意，不过，我今天在想，无论你们同意不同意，我还是要告诉你们我的想法。

罗什看见大家都在严肃地望着他，便说，你们哪一个是被逼结婚娶老婆的？

有一个和尚举起手来说，我老母，她已经七十三岁了，她不同意我出家，她说如果我不娶个老婆生个儿子，她就在我面前自杀。

有人问他，可你还是出家了。

他说，因为我不会种田，而出家可以有饭吃，干的活也不重。

大家便嘲笑他。罗什说，你出家是为了自己的肚子，那么，你告诉大家，你娶老婆真的是为了你的母亲吗？你不是为了你自己吗？

所有的人都笑，问道，是啊，你能扪心自问吗？你能在佛祖面前发誓吗？

他犹豫了一阵，说道，两者都有。但是，请问师父，您娶十个漂亮且年轻的老婆，就真的是被皇帝逼迫吗？难道您没有动心吗？

罗什犹豫了一阵说，我不能说这是陛下逼迫我的，他有什么理由逼迫我呢？他把国家那么多的财富拿出来，专门支持我带着大家来译经，这国家的女子他都可以支配，有什么理由说他逼迫我呢？他是希望我有后代，就像我父亲有我一样。他是仁慈的，伟大的。至于说我动心了没有？我也不能说我完全一点儿都没动心，我只能说，陛下的恩赐我不能拒绝，那么，她们与我动心不动心就没有关系了。我的职责在于，我如何让她们也修行，变成我们这样对佛法有修持的人。

那位弟子喃喃说道，师父，有一句话，不知弟子当问不当问。

罗什道，请讲。

他说，既然要让她们也像我们一样修持，也抄经、诵经，为什么不让她们去尼姑庵呢？

罗什道，她们并非自愿出家，怎么能去尼姑庵呢？若有一天，她们自己去出家，我会同意的。即使陛下不同意，我也会劝说陛下的。《维摩诘经》上说，如果佛教弟子在家能发菩提心，一如出家。不住色，且不住法，才是最为根本的。

那位弟子说，是的，师父，弟子也看了《维摩诘经》，弟子也发了菩提心，并教我的老婆也念《金刚经》。

罗什叹道，这么说，你要感谢佛祖了。你没吃的，逍遥园收留了你，不是我收留你，是佛祖。你有色心，情缘未了，所以你又娶了老婆，还遂了老母的愿。这也要感谢佛祖。

有弟子问道，师父，难道他做的是对的吗？

罗什道，他与师父我一样，是臭泥巴，但若他还能发菩提心，又让老婆也发菩提心，他的心还像莲花一样洁白。

僧肇不明白，他后来问罗什，师父，您本来是要批评他们的，可您最后不但不批评他们，反而赞扬了他们，这是为什么？

罗什道，难道你还不懂中观论吗？任何一件事都不是绝对的，它必须有两面甚至三面、四面、五面，只是人们认识不到而已。你看，他们娶老婆这件事，与我一样，是不对的。你们可以说我是皇上逼迫的，但我怎么能说呢？所以，我与他们是一样的。这是犯了戒。生活便是臭泥一样了。但是，佛心犹在。我让牡丹她们开始信佛，并念佛、诵佛，也开始修行。我也在度化她们，这就是我说的心如莲花一样。他们也一样，他们仍然心在佛祖，只不过，我们不能要求他们在这一世就成佛。他们此一世的孽缘与修行，将在来世得到报应。反过来你想过没有，即使他们不娶老婆，但他们的心仍然在污泥中挣扎，他们并没有摆脱色相的引诱，来世他们仍然会娶老婆的。直到他们在某一世彻底地摆脱了色相的引诱。

从那以后，和尚们娶老婆，或在外面乱搞的越来越多。僧睿对罗什说，师父，现在戒律快完了，如果再不采取措施，我们就无法面对世人了。

有一天，罗什收到泰山慧通的来信，是责问他身为天下佛教界领袖，为何自身破了色戒，从而致使天下僧众纷纷陷入色相，最后，慧通严厉地说，如果不赶紧把十名歌伎逐出逍遥园，那么，罗什就应当自己逐出逍遥园，再也不要翻译佛经，因为那将是对佛祖的侮辱。

罗什将此信给僧睿和僧肇看，并说，你们替我想想如何回复吧。

正好，牡丹说附近修建的房子好了，可以搬过去了。罗什便叫人赶紧搬出逍遥园。逍遥园暂时恢复到一种平静中。

因为罗什在外面居住，早上起床又迟，来逍遥园时比往日要迟半个时辰。弟子们原来晚上还要译经或与罗什聊天，现在罗什晚上也不在了，于是，很多僧人晚上偷偷地喝酒，迟到便是平常的事了。僧睿对僧肇说，照这样下去，逍遥园就不成体统了。

僧肇也说，那怎么办呢？难道我们去让师父把十个老婆赶出去，可那是皇命啊。

僧睿道，上行下效，师父破了戒，弟子们也都跟着效仿，这本身就是师父的错，又能怪谁呢？

僧肇说，昨晚师父的师父卑摩罗叉律师到了逍遥园，今天应该能见到师父了，我们去找他，让他劝劝师父。

于是，他们赶紧去找卑摩罗叉，把情况都告诉了他。卑摩罗叉一听，说道，我就是为这事来找罗什的，你们放心，我这就去跟他说。

卑摩罗叉来到大雄宝殿，罗什也刚刚到。罗什见是师父，赶紧跪下说，不知师父远来，请恕弟子不知之罪。

罗什便将卑摩罗叉迎至一间禅房招待。罗什问卑摩罗叉，师父，您为何来到关中？

卑摩罗叉说，我在龟兹把你母亲火化后，就到凉州去云游。到凉州时，碰到高僧佛陀耶舍，他告诉我，你在长安取了十名歌伎。他还说，你应当在凉州翻译佛经，不应该来长安。他感叹说，你是多好的锦缎啊，为什么会入棘林中呢？所以，我就来长安弄个究竟。一来就听说你娶十名歌伎的事是真的，几乎长安城的大街小巷都在谈论这件事。还说逍遥园现在有很多僧人也在娶老婆。难道你忘了你受戒律的事吗？你有多少弟子？他们又怎么看你？

罗什便告以实情，叹道，汉地经律未备，新经及诸论等，多是由我翻译出来，可现在首先又由我来破戒。这多么讽刺啊！弟子有三千徒众，都跟着我译经受法。上行下效，已无法掌控。师父指责得对，弟子累业障深，师父的教诲全都辜负了。

卑摩罗叉听到这里，也一次次叹息，对罗什说，你受苦了，你受苦了。世人都可能认为你在享受荣华富贵，但哪里知道，你在遭受罪责啊。你用你的罪在度人啊。

罗什也叹息不已。卑摩罗叉同情地对罗什说，你的性情从来都是如此，像水一样，但你的大愿却犹如磐石一样不会移去，所以你能忍辱负重，逆来顺受。这是我们任何人都无法与你相比的耐力。你还有什么需要我帮助你的吗？

罗什见师父能理解他，便说，若师父能留下来，可帮弟子翻译戒律方面的经。卑摩罗叉便留了下来，他对罗什的弟子们说，你们都不知道你们的师父在忍受多大的痛苦，他哪里不知道破戒的罪孽，但是，为了翻译佛经，他只好忍受。

僧肇问罗叉，听说西方曾有传言，说如果师父三十五岁之前不破色戒，将会成为阿育王门师优波掘多第二，将大兴佛法，度人无数。

罗叉说，是的，有这样的传言。他也确实在三十五岁前未曾破色戒。

　　僧肇又问，法师，师父是三十八岁破第一次戒，六十岁之后又破第二次戒。您说这与三十五岁前未曾破色戒矛盾吗？

　　罗叉说，总之，预言只是预言，但罗什确实做到了阿育王门师优波掘多第二的成就。他把大乘佛法传到汉地，必然度人无数。我们不必拘泥于预言，而要看其功德。

　　僧肇又问，那么，法师，我有一问题是否可以问您？

　　罗叉说，请问，但不知我能否回答上来。

　　僧肇说，师父若一生未破戒，这一生可以说是完美、伟大，但是，偏偏他又破了两次戒。弟子想，色欲是成佛最大的障碍。当年佛陀先是成家，可以说过了色障，然后顿悟成佛。师父是先出家，然后经历色障，也就是说，先受了具足戒，但又未能过色障。

　　僧融插话说，师父是被逼的，如果不逼他，他一定也是过得了的。

　　罗叉点头。

　　僧肇说，是的，这正是弟子矛盾所在。如果不逼师父，他还有色障吗？

　　罗叉叹口气说，当年佛陀成佛，也是过了无数劫，每一劫就是过了一个色空的关。要知道，情欲是色戒，身体也是色戒。所以，佛陀会以身伺虎，过了色关。也就是说，他把身体也看成空的。这是极其伟大的智慧，一般修为者做不到。我的意思是，你们的师父罗什他可能此生就要过这两次色劫。对于修行的人来说，这是劫难，非享受。如果他认为是享受，那么，他就不会认为是劫难，也就还没有过色障。那么，他的修为还差得远。

　　僧肇说，法师此解，弟子心里明白了。您的意思是，两次被逼成婚，其实就是师父的两次劫难，是避免不了的，所以师父才默默忍受。

　　罗叉叹道，然也，然也。你们师父心里苦啊，你们要多理解为好。如果连你们几位都无法理解他，恐怕天底下就无人能理解他了。

　　当罗叉把《十诵律》大概翻译完时，僧睿来告诉罗什，师父，律快翻译完了，可应了您的那句话，任何事都是多方面的，负面的问题也就来了，弟子们在私下议论，师父您一方面在译《十诵律》，但另一方面又在犯戒，所以大家都不相信师父您了。

　　罗什说，好吧，现在快到中午了，你把弟子们召集到一起，我与你们一起吃饭。

僧睿便把主要的弟子们聚到一起，与罗什共进午餐。罗什让人拿来很多铁针，他抓了一把放在自己的碗里，与饭菜搅到一起，然后对弟子们说，你们都不相信师父，你们以为，每个人在现世的修行都是一样的，我告诉你们，是不一样的。佛陀修行时，有那么多人跟他一起修行，可只有他能顿悟成佛，为什么？因为他经历了无数的劫难，无数世的修行才成就了他。我与你们也一样，表面上看，我们是一样的，但其实有很多不一样，我本不能强调，可是，僧睿和僧肇他们又解释不了。看来，我必须要亲自出面来解释一下了。

他看着众人，众人都严肃地看着他。师父罗叉也看着他。他说，本来这些法术我到长安后就不显露了，可是，今天我必须显示给你们。你们看，我面前的这碗菜，有一大半是铁针。你们几个在外面娶了老婆的，也把铁针搅拌在你们的饭菜里吧。

几个对他有些意见的弟子此时面面相觑，僧睿和僧肇便拿起几个碗，将铁针拌到几个碗里。

罗什说，现在，你们和我一起把这些饭菜吃了，要连同铁针一起吃了。我告诉你们，如果我吃了并相安无事，说明我的法力要远比你们高得多，也就说明我能承受这一切的罪恶，而你们呢，如果吃不了这些铁针，或者说吃了后就死了的人，说明你们还没有什么法力能承受这些，那么，你们就不要学我的样子，你们就好好地遵守寺院的戒律。

说完，罗什拿起碗筷，从容不迫地将一碗铁针吞了下去，就像吃土豆丝一样可口。然后，他对众弟子说，请你们吃吧。

众弟子纷纷跪下，对师父道，弟子知错了，弟子错怪师父了。

舌舍利出

有一天，僧肇去接师父，给他开门的是芙蓉。他对芙蓉说，芙蓉师娘，师父在吗？

芙蓉道，僧肇，我从今天起，不叫芙蓉了。

僧肇好奇地问，那你叫什么了？

芙蓉说，你们师父昨晚给我们取了新的名字，我叫妙月了。

僧肇说，好啊，那其他人呢？

芙蓉说道，牡丹叫静逸，春桃叫静春，秋菊叫静秋，冬梅叫静宣，茉莉叫妙灵，秀兰叫妙玉，杜鹃叫慧真，夏莲叫清莲，只有慧竹没变。

僧肇问道，这是为什么啊？

芙蓉道，我们都成你师父的俗家弟子，取个名字玩啊。

正说着，他们已经到了罗什住的禅房。罗什见僧肇到来，就对僧肇道，你来看看，她们几个抄写了多少佛经啊。

罗什说着就把僧肇拉到另一个房间去看，一屋子的佛经，把僧肇惊呆了。罗什说，你师父快成功了，她们都接受了佛法，都皈依了佛门。当然，都还跟我住在一起。不然，陛下会不高兴的。这件事，你不要声张出去。

僧肇觉得不可思议。路上，僧肇问罗什，师父，有件事我一直想问您，但无法开口。

罗什说，问吧。

僧肇道，皇上让您娶了十个老婆，意思是要让您有个法种，可是，现在连一个都没有，这……

罗什笑道，这是秘密，不告诉你。

僧肇道，好吧，师父不告诉我，我也就再不问了。

罗什笑道，我在娶她们的当天，就向佛祖请愿，只度化她们，不必留有子嗣，其实，我没告诉你，这一年多来，我就一直一个人睡呢。

僧肇道，原来如此。

那天晚上，罗什病倒了。他把牡丹几个叫到一起说，你们知道我为什么要给你们取个佛号吗？就是我觉得自己快不行了，想让你们在我死了之后还能继续吃斋念佛，以消除积业。当然，我死之后，你们可嫁富贵人家，继续在那里吃斋念佛。

牡丹一听，哭道，你只是一时生病，吃了药就会好的。你别吓唬我们几个了。

罗什道，我说的是真的，我知道自己的期限快到了。

牡丹哭得更伤心了，说，我才不嫁呢，你死之后，我就出家做尼姑。

罗什说，一切都随心随缘，不要强求。

罗什在家休息了一阵，稍好一些时，又去译经。他要把《十诵律》译完。可是，没几天又不行了。

八月十九日那一天。僧肇看见师父在刚刚译完《十诵律》，还没来得及修订、校对时，就跌倒在案几上。

他赶紧将师父扶了起来，叫众师兄弟一起来，把师父扶到禅房里的床上。罗什对他们说，请为我诵念三番神咒。于是众弟子集体诵咒。

他对弟子们说，我快不行了，有些话我要告诉大家。我们都因佛法而相遇在一起，我们都倾心尽力，但仍然有很多未竟之事无法做了。这真是让人很无奈的事。我虽愚钝，但有心传法，所以来到中国冒充翻译者。在我和大家的共同努力下，共翻译出经论三百余卷，只有《十诵律》一部，未来得及删改，但也保存它原来的意思，想必也没有多少差失。我快不行了，唯愿我们翻译的佛经能够流传后世，度化众生。我死后，我希望你们用我家乡的方式，将我焚烧。我也在你们面前对天发下重誓：如果我所翻译的佛经没有错误，那么，焚身之后，希望我的舌头不烂。

大家都很悲伤，又集体念神咒，但都无济于事。第二天，罗什离开了他们。牡丹等十个女子哭得很悲伤，牡丹对她们说，我要出家了，你们若有人还愿意与我一起出家，我们就集体在逍遥寺附近修一座尼姑庵。如果不愿意，我分给你们银两回家去吧，你们年龄还不大，还可以像大人所说的那样，再嫁个富贵人家。

不久，在逍遥寺附近，便多了一座尼姑庵，名为妙音寺。寺里住着十位妙龄尼姑。她们早都有了尼姑的名字。皇帝姚兴来过一次，为她们拨了很多银两，叫她们扩大寺院，广收弟子。

姚兴对罗什的死也非常伤感，叫人在草堂寺修了一座塔，将罗什灵骨埋于塔下。僧肇按师父暗中叮嘱，私自留下了师父的舌舍利。师父说，不要让皇帝知道，他是不允许把我的舌骨埋到秦国以外的地方去。

僧肇常常去看妙音寺的住持静逸，他的身上随时带着师父留下的那颗舌舍利。但是，他在三十一岁时不幸也死了。他死之时，将那颗舌舍利交给静逸，并说，师父一直有一个心愿，他希望把他的舌骨埋于凉州，因为没有凉州那十七年，他就不可能学习好汉语，也就不可能快速翻译这么多佛经。现在那里是北凉沮渠蒙逊的首都，他不会接受我师父的舍利的。我把它留给你，待时机成熟时你把它送往武威吧。那里有我和师父一起住过的一座寺院，叫凉州大寺，在武威城的北街上，与龟兹的新寺名称一样。

几十年后，罗什翻译的佛经传遍中土，他的传说也被他的弟子们四海传扬，人们评价他是三百年来最伟大的佛教翻译家，将大乘佛教传入中国，是当之无愧的一代宗师，于是，人们便想起他圆寂时说过的那番话，和那个舌头。

对啊，四海皆问，那个舌舍利也在灵骨塔下吗？它被焚烧后到底是个什么样子呢？有人说，它被姚兴皇帝带到了自己的坟墓里。也有人说，它就藏在草堂寺鸠摩罗什灵骨舍利塔下。还有人说，它被罗什的第一个弟子僧肇藏了起来，或许与僧肇的骨灰在一起，但僧肇的骨灰到底在哪里无人能知。

那时，北魏大兴佛窟，大搞佛寺建设，凉州的译场曾经因为鸠摩罗什在那里的缘故又热闹了起来，于是，凉州刺史张榜民间，四处募捐想扩建鸠摩罗什住过的寺院，且已经将其更名为鸠摩罗什寺。

不久，一个叫静逸师太的尼姑被一个叫慧竹师太的尼姑搀扶着来到了凉州武威，敲开了正在扩建的鸠摩罗什寺的大门。她们看到，寺院的牌匾才挂上没几天。她们献出了那颗宝贵的舍利，并将一年多四处化缘来的银两，包括后秦皇帝姚兴给她们的银两都捐了出来。她们俩一直看着鸠摩罗什舌舍利塔建好后，才相互搀扶着往东回去了。

一天，一个西域来的和尚站在鸠摩罗什舍利塔前，双手合十，鞠了三躬，然后大声地对着塔道，可惜啊，可惜啊，伟大的鸠摩罗什！

一位僧人走过来，问道，为什么这样感叹呢？

那位西域僧人头也不回地说，他翻译的这些佛经，不过是他所知道的十分之一而已。他忍辱负重，经历苦难，才做了这么一点。

寺内的僧人说，即使如此，几百年来也无人能及。

那位西域僧人哈哈一笑，转头走了，只留下声音在寺内回荡：

一切有为法，如梦幻泡影，如露亦如电，应作如是观。

［卷外卷］

对话与考辨

我出生在凉州城北郊，小时候常常徒步从家里往城里走。那时，城市和乡村简直就是天上地下，天悬地隔。一个城里掏粪的工人都要比大队队长神气。我常常跟着大人们去拉粪，每次都看见凉州城北关的那座高塔，被一排排平房围在中间。大人们都叫它罗什塔。早晨，光线好的时候，会看见塔顶上一片斑驳，那是鸽子经年的粪便发出的光辉。

据母亲回忆，1967 年，也就是文化大革命第二年时，她嫁到我们徐家，看见我家周围遍地都是寺庙，有一尊巨佛立于村北，但就在 1968 年我出生时，村里开始大规模灭佛灭道。那尊巨佛轰然倒地。所以，当我睁开眼睛时，世界上已经没有寺庙这回事。没有人告诉我凉州城里的那个罗什塔是干什么的。当然，至今我也未能弄明白为什么我们村周围的寺庙都被拆毁，而它却仍然独立于时代，突兀地站在那里。

是的，对于没有什么高楼的凉州城来讲，它太突兀了。它就那样高高地耸立着，一抬头便将你的目光挡住了。那时，它是一团神秘。我们村拉粪的地方就在罗什塔的旁边。好几次我想去看看那塔到底是什么，也想攀上去看看整个天地是什么模样，但都未能进去。大人们当然也不允许我去。

可我祖母偏偏信佛。记忆中两次有很多人闯入我家，逼迫祖母吃肉。我们小孩子被赶到很远的地方往这边偷看，也不知祖母吃了没有。后来再也没有人谈起。我们也不敢问大人。不问也便再也不问。它也成了谜。当然，我很清楚，祖母对佛教的虔诚并非是这样的胁迫能改变的，即使她吃了又能说明什么呢？关键是，她在挨饿的年代有很多传说，至今在我们那片土地上流传。

每次当我们兄弟们回去上坟，村里的老人们都会说，都是你奶奶行善积的德，你们才会有今天。整个村里，只有我们家兄弟们都考上了大学，走出了那片土地。但村里人从来都不会说我们是多么用功。如果我们这样说，他们立刻说，谁家的不用功？凭什么你们就能考个好成绩？关键是大奶奶（他们这样称呼我祖母）。还会有人告诉我，大奶奶人太善，她宁肯把稠的给我们吃，而把稀的留给自己喝，那样，我们才活下来。据说我爷爷奶奶都会织布，能从张掖或新疆换来很多吃的。饥饿的年代，他们救济了很多人。仅凭祖母能把稠的给别人而自己喝汤这一点，我想，今生我就是再有学问也难以与她相比。

这大概就是信仰的力量吧。她信，则她可以舍得。我从小就看惯了她与人们之间的各种斗争。比如，她认为大地是有灵性的，有字的纸是不可以坐在屁股下的，那是亵渎神灵，但我们家其他的人偏偏不理她的话。再比如，她从小就吃素的，可我们其他人都吃荤的，于是，祖母和母亲之间常常会为是否分锅做饭而发生口角。再比如，祖母坚持认为善有善报恶有恶报，人世间是有鬼神的。我和祖母睡一屋，半夜里醒来看见她总是坐在窗前，看着窗外。窗外一片月光，静静流淌。她告诉我，你爷爷刚刚看了你一阵儿走了。我翻起身来看门，门是大开着的，门帘正被风轻轻吹起，仿佛有人刚刚出去。她总是说一些关于这方面的事，我们接受了学校里的教育，自然不信她的，但她也不与我们争辩。她有她的活法，我们有我们的活法。小时候并不知道，以为她与我们一样。现在才知道，其实，她与我们之间，那才叫天悬地隔。她的灵魂在天上，我们的则在浊世，以后也不知在哪里。

似乎是到了上个世纪八十年代的某个元宵节，凉州城北的海藏寺开放了，人们像逛集市一样涌到了那座曾经被时代藏起来的院落里。我们才知道天地间原来有这样的存在。我们小孩子都问大人，过去怎么没有人说过呢？大人并不理我们。大人们在一起总是神秘地说，听说海藏寺大门口总是在冒青烟呢。还说，海藏寺方台上那口井的水能直接通到拉萨。那时候我就遥想，凉州与拉萨太遥远了，为什么会通到那里？很多年之后才知道，海藏寺是一座藏传佛教寺院，是萨班在这里传教时建的。

从那以后，罗什塔也总是在人们的交谈中被提及。但每次提及时总是会提起那个掏大粪的人，也总是会骂一阵城里的人如何吝啬。又过了些年，城北的松涛寺也常常成为一些人初一、十五要去的地方。老人们便对我们说，其实原来村北有一片很大的寺庙，在文化大革命破"四旧"时被平了。

　　事实上，凉州自古以来就是佛教传播的圣地，罗什塔是它的标志，我的祖母也是我认识佛教的一个标记。据说我爷爷就信佛，我奶奶在十二岁时开始信佛吃素。我爷爷娶我奶奶的时候，已经娶了两个老婆，但奇怪的是都生不下儿子，于是，他才娶了我奶奶。我奶奶和我爷爷结婚后第一胎生下的是我姑妈，我爷爷就不高兴，于是他和奶奶一起去南山的莲花山许了愿，求了尊罗汉供在家里，后来就有了我父亲。我父亲确实有些像罗汉的性格，天不怕，地不怕，天生带着煞气，年轻时夜里浇水在坟地睡觉也不怕，但他对佛教没有一点要信的意思。到生我的时候，我爷爷硬是给我取了个名字叫三宝，也是与佛教有关。但我叫这名字时常常生病，于是，我爷爷在高人指点下给我改名叫新泉，因为那年正好在我家附近发现了一眼泉水。我的更名在我们家就是我们这代人去佛教化的一个标志。也大概是这个原因，我到四十多岁时才开始接触佛教。

　　四十四岁那年，当我再次站在罗什塔面前的时候，心中无限感慨。从童年时看见它到真正地开始认识它，竟然隔了茫茫三十多年的心路。

　　我以为，这是命运。命定我必须完成鸠摩罗什这个形象的塑造。

关于西方

　　追踪鸠摩罗什的少年时代是一件既幸福又痛苦的事。关于他少年时代的记述在《高僧传》中只有寥寥几笔，但却花费了我三年多的时间去理解。为了他，我起初带着稍稍的恐惧翻开了那些庄严的佛经，在此之前，我几乎没有接触过这些古老的经卷。在成长的记忆中，它们是不祥之物，神秘之书，它们里面藏着神祇，同样也藏着魔鬼，所以我从未接近过它们。但这一次，我必须翻开它们。我必须去阅读鸠摩罗什曾经热爱过的这些信仰之书。我还阅读了大量的史书，尤其是与佛教、西域相关的材料，这还不够，我又走访了新疆、敦煌、武威、长安等地，亲身去丈量他所走过的地方。

　　我曾经为此想去一趟阿富汗，去看看被塔利班组织炸毁的巴米扬大佛的遗址。但我找不到一个可去的机会，也没有能解决我语言方面问题的人愿意同行。我只好去读那些阿拉伯人、印度人以及今天的阿富汗人写的关于丝绸之路方面的书。

　　有一个伊拉克学者在一本书里写道，"9·11"之后，世界基本上分为三大阵营：以欧美人为主的基督教阵营，俄罗斯、日本也在其中，是今天世界的霸权者；穆斯林世界，他们基本上流布于古老的丝绸之路的中端，沙漠、高山阻隔，是基督教文化的对立面存在；中国、印度东方文化区，及其文化惠及者，是正在崛起的新力量，属于中间力量，是世界的调和者。他说，自"9·11"之后，欧美世界的大门向穆斯林世界关闭，所以，穆斯林们重新启开古老的丝绸之路，向着中国方向东来，世界由此而发生转折。

　　他的这个分析不无道理。但他说，今天的丝绸之路不再是大地上的，而是空中的。不错，他说，据他观察，伊拉克人、伊朗人坐着飞机，越过古老的新疆、敦煌、长安，直接去了最新的目的地浙江义乌，因为在那里，有他们需要的小商品，且价格低廉。

他说，一个新的世界图景由此而展开。

我把这本书推荐给很多学者甚至政府官员去看，但人们似乎并不在乎这个作者的观点。人们看重的仍然是脚下的旧大路。

有一天，吐鲁番学会的新任会长，也是北京大学的著名学者唐季康先生来我所在的大学作关于玄奘的报告，我坐在最后一排认真地听他讲解，可能因为我前一天晚上看南怀瑾的《易经杂谈》未睡的原因，也可能他面对大学生讲的太浅显的原因，总之，我在他开讲五分钟后竟然酣然大睡。醒来的时候，正好也是他快结束的时候。我什么也没有听到。但有一件事引起了我极大的兴趣。他说，他暑假的时候要组织一群学者和企业家重走玄奘路。

我在门口截住了他，以一位作家的身份向他报了名。他犹豫着，我赶紧说，费用我自己来出，你们不用管的。他立刻松了一口气说，好的，但也只能再多加你一个人了。我又说，我在写一本关于鸠摩罗什的书，希望借玄奘去理解鸠摩罗什。他一听便说，好吧。

他们去的时间是八月初，正好在假期。我也正在仔细研读玄奘的《大唐西域记》和有关草原丝绸之路方面的书。我发现，玄奘所走的路虽与鸠摩罗什有些区别，但有很多是重合的。这使我非常惊喜。最重要的是，在《大唐西域记》中，我看到了一个与《西游记》和我们今天的西域完全不同的另一个西域世界。

那是个佛国世界。

八月很快就到了。唐季康等一行十五人正好到兰州经停，我加入了他们的大部队。我要把自己的费用给他，他笑了笑说，不用了。与我同住一室的是一位著名的老作家，叫冯大业，他曾经在新疆劳改过很多年，后来又对敦煌产生了浓厚的兴趣，常常往敦煌跑，写过这方面的纪录片。我对他非常崇敬。

正当我们要从兰州坐车去凉州的时候，有人买了几份当天的《兰州晨报》，我们传着看。《晨报》的第二版头条报道一件事，著名学者兼作家叶鸣自杀于家中。叶鸣是一位从美国留学回来的政治学博士，回国后一直在上海某著名大学任教，六十年代生人，写了很多抨击时事的杂文，正在准备写小说。他自诩为真正的自由知识分子，他的榜样是萨义德。他留下了一封很短的信，是给他姐姐的，意思是他自从回国后就一直觉得有些与社会格格不入，后来就有轻度的抑郁，已经很多年了，最近以来的一些琐事令他十分沮丧，再也不愿意活下去了。他给他姐姐留下了一笔很小的存款，因为父母早已不在，他是姐姐养大的。他在信的最后说，愿主接纳他到天国。

冯大业看完报纸对我说，你认识这个作家吗？

我说，不认识，但对他的文章很熟悉，还是一位不错的学者型作家。

他说，我就想不通，他为什么要自杀？难道他不知道这对他姐姐来说有多么痛苦吗？难道他所信奉的上帝认同他的自杀？也不知道怎么回事，最近经常有自杀的学者和作家。

我说，冯老师，我曾经认真地研究过这些自杀的作家和学者，发现一个共同的特点，您看，从海子到这些人，他们几乎都接受过西方的哲学教育，甚至很多都接受了基督教信仰，受了洗，他们写了大量的文章来批评中国的文化与这个时代，但是，他们无一不是生活的失败者，所以最终都孤独地生活着。这就导致他们成为整个时代的对立存在。比如这个叶鸣，我听说他本来是任系里的副主任，可他总是我行我素，后来，系主任调走，他十分想当系主任，大家就联名把他告了，于是，他被安排到一个所里任所长。他就很郁闷。最重要的是，他都四十好几了，还没有结婚。我估计他姐姐对他也是既爱又恨。光看他的文章，那真的是才华横溢，可是，生活中的他非常失败。他的哲学使他成为孤独者，他的性格又使他成为生活的弃儿。我想，他是实在活不下去了。

冯大业说，你是说这些人都有些水土不服？

我说，据我的浅显观察，他们有这个问题。尽管西方文化进入中国已经一百多年了，我们的很多教育都是西式的，但中国文化的传统影响实在太大了。民间生活的伦理仍然是中国的，不是西方的。他们的问题是太西化，融入不了生活。

这时，唐季康加入进来说，我也很奇怪，怎么自杀的全是学哲学的、写诗的，就没有我们搞历史文化研究的。

我说，大概你们看世界的角度相对多一些，更为客观一些吧。

冯大业说，写小说的自杀的也少，就是因为小说总是要从不同的侧面去观察一个人，角度多了，就不执着于一个自我了。相反，搞哲学的和写诗的人往往都执着于自我，认为真理就在他的手中，所以容易走向偏执。

我说，从我个人的写作经历来看，是这样的。三十岁之前，我主要是写诗，认为天下老子第一，不同于我的，我都认为有问题。我也听不进去批评的声音。后来开始写小说，慢慢地就平和了，能听进去批评的声音了。告诉你们一个经历，我二十八岁时也有一次要自杀的强烈冲动，觉得自己在为真理而殉道，很神圣。那时，我写了大量的批评文章，与很多人都不来往了。后来就觉得很荒谬。

唐季康笑道，你不是说你现在在研究鸠摩罗什吗？这可是佛教大师啊，你是不是觉得过去的执着很荒谬？

我也笑道，是啊，过去我以为，发展是人类永恒的脚步，所以我所接受的历史都是关于世界进化的知识，因而我也确信，人心是一直在向着善的方向在进化。

冯大业插话说，可是，佛教会告诉你，连佛教正法都在慢慢地毁灭，人类是物质生活在不断地进化，精神生活在不断地陷入困境。这是教科书上从来不讲的。"发展"这个词是值得警惕的。

我说，是的，是这样的，我们在破除原有宗教信仰之后，新的信仰也就树立起来了，那就是对科学的信仰，一旦过了，就成了迷信。你看，现在我们对科学太相信了。我们的科学家们一直在努力，希望在实验室里能把正义、爱情、善良、正直称出重量来。他们坚信，只有能量化的东西才是可信的。这是这个时代最大的愚昧。

冯大业说，我是刚才才知道你在研究鸠摩罗什，那么，我要告诉你的是，佛教既是科学的，又是真正的信仰。它会破除你刚才所讲的科学中的愚昧，引导人走向正途。

我说，我只是才开始研究佛教，我发现一个非常大的问题。在西域，包括印度在内，过去人们信仰佛教是一件高尚的事业，就像上帝要为人类赎罪一样，几乎大乘佛教的僧人们都怀着拯救众生的伟大愿望，所以，很多国王、王子、知识分子都纷纷出家修行，但在中国就不是这样，古代和现在几乎没变过，你看那些小说、电视剧中，所有出家的人都是因为杀人放火、走投无路者，是生活的失败者走的一条空门，有谁看见有高官厚禄者为拯救世人而出家修行的吗？即使有，也是要遁入空门者。有谁看见有伟大的科学家和思想家舍弃名位、拯救人类而献身佛教的吗？即使有，也是万念俱灰者。

冯大业说，是啊，你今天说的这个，我还真没想过。我告诉你，我在新疆劳改的时候就想，这世界一点意思都没有，如果有座寺院，我就去出家。当然，那时候破"四旧"，中国人也不可能去出家。你真正是走投无路，入地无门。现在想想，还真不是为了拯救什么众生，想的仅仅是自己，觉得活得没意思了，又不想自杀。你说的太对了。

我不好意思地说道，冯老师过奖了，我也是最近才发现这个不同。我想，如果从这个角度来讲，那时候的西方就真的是中国人的精神高原，是信仰的天国。如果按照今天我们世俗的想法，那时候东土大唐是世界上最富有的国家，当然也是精神生活最富裕的乐土，怎么可能去西方取经呢？就说不通。只有从信仰的角度才能讲通。

唐季康笑着说，看来作家们还是敏锐，我们搞历史研究的人，也可能会看到这些不同，但往往陷入这些历史的材料中，站不起来了。你们一下子就扔掉了那些材料，站了起来。

冯大业说，老唐也谦虚起来了。对了，老唐，你是搞历史研究的，我要向你请教一些现代西方的问题。我胡说了。

唐季康谦虚地说，冯老师，您是我们敬仰的前辈，我们经常看您的书呢，怎么能说是胡说呢，是向您学习。

冯大业笑道，你又来这一套了，我就不客气了。我接着刚才小徐教授的说法往下说了，我一直觉得，我们现在的人不信这个，也不信那个，就刚刚小徐教授说的迷信科学吧，也不见得，我觉得是什么都不信了，进入了一个真正的虚无主义时代。这是我们现代中国人痛苦的根本所在。现在的知识那么多，按说能够结构起来一个信仰的体系，可知识越多越不可能了。为什么呢？没有根基了。以前吧，我父母那辈人活着的时候，他们总是说，头顶三尺有神灵，所以做事什么的都有个度，尽可能不去做恶事，这是他们的根基，他们信神。你就别管有些人说什么我们中国人信的是多神好不好这件事了。我现在觉得他们还是挺好的。我母亲是相信她一辈子没做过恶事，所以不会下地狱的。我父亲也帮助过很多人，他可能也做过一些不为人知的事，这就不知道了，但他对我们说的时候，总是自信地说对得起列祖列宗。可是，我们呢？我们这一辈人信什么啊？我们不信头顶三尺有神灵。我坐在飞机上总是在观察，有没有神仙飞呢？

他说到这儿时，我们都笑。他也笑了一下，继续说道，是真的，我总是观察。我告诉你们，我到老了时觉得这件事越来越重要了，我为什么这么四处跑啊，还是想看看哪里有奇迹。我真的是希望有奇迹发生，能让我确信我父母说的是真的。可我证明不了。所以，我们就只能相信知识，科学知识，这就导致了现代西方医学在中国的极度发达。你看，过去我们感冒吧，到小药店里去看一下，很方便，医生与你有闲时间聊天，然后号号脉，看看你的舌头，听听你的声音，闻闻你的气味，开一点药，你就放心地走了，那些药也真的很管用。你觉得这个世界还是可以相信的。可是，现在呢，你去医院，不管三七二十一，要你做各种检查，然后把你当个动物，不，还不是动物，是一个实验室里的样本，做观察，得出结论。说你感冒了，或者得其他病了。你觉得人首先不是人了，是一个物了。然后，医生还可能会告诉你，这个病要抓紧治疗，若不治疗，就会如何如何，把你吓死。你就得住院。本来只是一个小病，结果，你住到医院后就不一样了，你发现各种疾病来临，血压也不正常了，心率也快了，总之，你确定自己是一个行将离开人世的病人。花了很大一笔钱，其实就是一个小感冒引起的。

唐季康说，就是，我去年有一次就是……

冯大业说，老唐你先别打岔。

唐季康就冲着我笑了，挤了挤眼睛。只听冯大业继续说道，我告诉你，老唐，我现在基本上不进什么大医院了。我这几年开始学中医了，噢，不，是看中医方面的书了。我还看《周易》什么的。当然，现在的中医是不行得很了，你看，那些中医大夫一去就给你拼命地开补药，什么贵就开什么。人心坏了，中国人的灵魂出了问题。再回到前面我们说的那个叶鸣自杀的事上，都是一样的原因。什么原因呢？我们太相信西学了。结果是什么呢？中国传统的一切都成为"四旧"的东西，都成了统统要杀掉的东西。

他看着唐季康说，说到这一点，我就老想批评你们这些搞历史的。

唐季康仍然笑着说，冯老师，您说。

冯大业说，我们中国的历史写作若从孔夫子的《春秋》说起，时间也很久了，为什么我们就没有中国的历史学者去写全球通史？我最近因为要写一些文章，从网上找了很多全球史方面的书，发现基本上都是外国人写的，美国人写得最好，相反，就是找不到中国学者写的。可能也有，但肯定不被学界认可。

老唐，你当然不是搞全球史的人，但你们史学界为什么就没有这样的人呢？

唐季康说，您说对了，我是搞中国史的，近些年来偏向中亚史的研究，我也有您这样的愤懑，但不敢写文章。

冯大业说，你们这些学者，就是怕这怕那，你怕什么呢？

唐季康说，比如说，现在考古学是显学，历史都要以考古为基础说了算。过去我们说中华文明有五千年的历史，可没有考古发现人家外国人不承认。

冯大业气愤地说，为什么要他们承认？

唐季康说，人家不承认，你就没有话语权啊。还比如，对文明的定义有几个标准，一是要有文字的形成，二是要有铁器的使用，三是要有城市。后来有人又加了一个标准，礼仪的形成，也就是国家制度的形成。按这个标准来看，我们的文明就很难确定。

冯大业听到这儿，似乎再也忍不住了，他说道，所以，我说你们这些搞历史研究的人，当然我不是说你老唐，而是那些认同这些标准的人，都是西方学术的奴才。我也想过这个事情。这个标准是谁定的呢？当然是西方人定的，他们要将自己的文明合法化，所以就把自己文明的特点确定为整个人类文明的标准。这还是《圣经》里的那句话，上帝用自己的形象创作了人。他们拿古希腊的标准来确定文明标准。你看，古希腊人在海上捕鱼，住在一起，所以，这就产生了城邦，并且有了他们的城邦制度，占了两条吧。铁器或青铜器也一样，也是在那里已经有了的。然后就是文字，他们也有自己的文字。如果拿这个标准来判断中国乃至草原上的游牧民族呢？显然是不行的。中国人是靠土地而生活的，有了土地便自成一家，不用非得住在城邦里，这是太简单不过的道理。只有皇帝才可能建一些大的城池，保护自己的政权。游牧民族呢，他们是逐水草而居，怎么可能有城邦呢？所以，城邦这个条件我表示反对。其他的几个吧，还勉强能认同一些，但这仍然是现代文明观念导致的标准。

冯大业看唐季康沉思不语便继续说道，最重要的不是这些，而是你们没有构建一个真正的全球通史。我看过几部欧美人写的全球通史，都是人家为中心而向四方拓展的历史，这不还是海洋大发现时期的那种欧洲人的心理吗？那时候他们没有发现中国，到现在他们的全球史中中国的历史还是若有若无。这不太荒谬了吗？他们算什么啊？一群野蛮人在轻视我们这个文明古国。你们这些历史学者，在这个世纪是有罪的啊！

唐季康一听到这句话就皱起了眉头，想要辩解，却被冯大业打断。冯大业说，我说的也许有些严重，但至少你们是有责任的。话又说回来，我们文学界又何尝不是如此呢？

说完他沉思起来。唐季康犹豫了很久，才说道，冯老师，我给您推荐两本书，一本是德国的雅斯贝尔斯写的《大哲学家》，另一本是美国历史学家斯塔夫里阿诺斯写的《全球通史》。他们虽然都不是中国人，但他们的书还可以看一下。

我也赞赏地说，嗯，这两本还不错。

冯大业说，好啊，我虽然看哲学方面的书不是很多，但也涉猎。你先给我介绍一下这两本书。

唐季康忽然对我说，小徐教授，你给冯老师介绍一下，如何？

我愣了一下，说道，好吧，我前几年正好看过这两本书，我试着介绍一二，不合适的地方请唐老师批评。在我看来，德国的雅斯贝尔斯是西方哲学家中第一个对西方以外的世界予以重视的学者，在《大哲学家》一书中，他将中国的老子、庄子以及印度的佛陀、龙树第一次与苏格拉底、柏拉图和亚里士多德等并列，他也第一次将公元前 600 年至公元前 200 年的全球化文化运动命名为轴心时代，但是，他仍然是站在欧洲那座孤岛上瞭望世界的，所以在他看来，两河流域、恒河流域、黄河流域以及古希腊岛上产生的那些文明是历史上非常神秘的事件，因为它们在互不来往的地域间突然诞生了。他的时代，还无法知道在那个时代就已经发生的大规模的全球化运动，自闭的人类还不知道远古时代大地上发生的伟大事件。所以，他也是第一个睁眼看世界的西方人。

说到这儿时，冯大业插话道，嗯，我虽然不懂你说的这个哲学家，但你的这个说法很好，他是第一个睁眼看世界的西方人。西方人自以为了解世界，其实他们很封闭。

我说，是啊，之前那些乱说世界的人，其实只是看到了欧洲，说的最多也就是欧美和他们的殖民地而已，包括黑格尔。他根本不懂中国以及东方的思想，他看了一下《论语》，就武断地说孔子只是一位作家，思想没有系统性。但他的学生雅斯贝尔斯不一样。雅斯贝尔斯认为孔子是人类历史上人性道德范式的创立者，是伟大的哲学家。这跟我们中国人的认识稍微有点一致。但我仍然觉得他不懂中国乃至印度的思想，他的《大哲学家》中论述最多的仍然是

《论语》，可孔子的思想怎么能是《论语》概括的，六艺呢？他们不论述。

冯大业又打断我说，唉，你说的这个我倒也很有些想法，老唐，你是这方面的专家，你怎么看？

唐季康说，我也觉得小徐教授说得有道理，我们研究孔子的人多关注《论语》，并不去关注六艺。六艺是孔子到晚年时完成的系统的教学思想与内容。尤其是《周易》，很多人都以为孔子不懂它，不属于孔子的思想范畴。

我也说道，是的，我想，这是很多半吊子学者们的认识，然后写成书又传播到欧美，那些欧美的学者自然也接受这些半吊子思想了。

冯大业说，那么，第二本书呢？你继续讲。

我说，第二个睁眼看世界的西方人是美国历史学家斯塔夫里阿诺斯，他在二十多年前出版了一本《全球通史》，很长，我记得我花了一周时间才看完。他比雅氏晚了整整半个世纪。他第一个看见一千五百年之前的世界是由中国和古罗马这两个庞然大物在拱动，一千五百年以来，则是由欧洲主导的世界运动。尽管在他的眼里，东方世界尤其是中国仍然幽暗未明，但他突破了西方人的狭隘。一生之中，他不曾踏上过中国这方古老的土地，所以，他目力所及也只能说是道听途说，与我们《山海经》中所讲的西大荒有类似的蒙昧。

冯大业说，噢，是吗？这个人还蛮可爱的。

我继续说道，我发挥一下，我在看这本书时，正好在进行草原丝绸之路的一些研究，因为我那时在旅游学院，在进行初步的丝绸之路文化旅游研究。呵呵，很粗浅，请唐老师别见笑啊。

唐季康说道，哪里啊，小徐教授，从你们作家的口中叙述出来时，跟我们搞历史的人说出来太不一样了。我们可能就是客观地叙述一下他的观点，但你是有感情的，是否认同对你很重要，所以，连我听得都有些新奇了。

我笑了笑，继续说道，我的研究与这个美国人的说法有些吻合，或者说，我的想法比他更为大胆一些，更为东方化一些。我认为，从今天人类的发现来看，那个时代，至少有两条文明的运河在地球上波澜壮阔地运动。这也就是我们今天所说的全球化运动。一条是希伯莱人的迁徙为欧洲和非洲带去了上帝的信仰，它和古希腊文明一起和合成了后来的整个西方文明，并一直延伸至美洲、非洲。最初，上帝的存在也非常艰难，他需要亚伯拉罕家族坚强的信仰来支撑，需要摩西的清教运动，需要一代代希伯莱人从美索不达米亚平原走向"流着奶与蜜的故乡"，其实是半干旱的地区，跟我们的河西走廊和新疆差不多。

　　冯大业似乎爱听我讲解，他听到这儿时，笑着拍了拍我的肩膀，我受到了鼓励，继续说道，另一条则是欧亚草原上的大规模迁徙活动，它的西端也是美索不达米亚平原，南方则是泱泱中华帝国，其东端则到了今天的俄罗斯的部分地界。它横穿整个西域世界和印度、波斯帝国。后来，由周穆王、汉武帝开辟的丝绸之路也加入这条洪流，先前的草原之路就被丝绸之路所代替。但在这两个西方人之前，这两条文明的运河似乎在毫不相干地独自流着。其实不然。美索不达米亚平原仍然是文明的交汇之地。几百年以来，也就是所谓的世界地理大发现之后，前一条文明之河已经被强势的欧洲人尽情地描述，并成为全球通史的主体部分，而后一条文明之河早已被黄沙淹没。在德国人李希霍芬于一百三十多年前吹开黄沙，以想象中的丝绸来命名之时，它仍然是前一条文明的殖民地。之后，斯坦因等人拿着玄奘的《大唐西域记》剖开黄沙，进一步挖出地下发黄的竹简和佛经时，殖民者的面目便清晰了。他们从中国、印度、中东地区盗取了大量的文物，在欧洲展出。

　　讲到这儿时，我对冯大业说道，冯老师，这段历史您应当比我更清楚了。

　　他点了点头，说道，是啊，正是因为如此，常书鸿先生才从法国到遥远的敦煌，并且献出了一生，今天有几个中国人还对祖国怀有如此深厚的感情啊！他们都恨不得将中国变成欧美的殖民地。一百年前，在欧洲这个巨人面前，东亚变成了病夫。病了的不是肉体，而是精神，是灵魂。跟着欧洲人说英语，跟着欧洲人发展科技，跟着欧洲人信仰基督，跟着欧洲人批判亚洲，最后，跟着欧洲人消灭亚洲的精神。这就是殖民者所要的。历史上那么多的文明不就是如此消亡的？古印度文明就是这样消亡于雅利安文明的，古爱琴海文明就是这样消亡于希腊文明的，玛雅文明就是这样消亡于欧洲文明的，难道我们也一样？文明是看不见的战争。在古希腊神祇中，第一代、第二代神祇都死亡了，让位于第三代神。中国不也一样？关公逐渐代替了赵公明。神明的兴亡就是文明的更替。当上帝的十字架插满中国大地的时候，中国古老的文明就彻底消亡了。

　　我叹了口气，说道，东方的这条大道还是被殖民者发现的，也是被他们命名的。黄沙下面，埋藏的是喑哑的佛头。整个亚洲的文明之河被欧洲的阴影笼罩着，在中国北方广袤的草原戈壁上投下荒凉的影子。然而，我在一次次西行中发现，俄罗斯人正在悄悄地擦亮着它。它在蠕动着，它在发着低低的怒吼。

远在中国西北的人群中，也有人开始重新寻找失去的传说、信仰。于是，人们发现，后一条文明之河的运作丝毫不比前一条逊色多少，甚至因为古中国和古印度的参与格外耀眼和辉煌。

冯大业说道，你说得太对了，这与我这些年来在西北的考察完全一致。

我受了鼓励后继续说道，所以，我曾经对一位学者说过，新的叙事会重新开始，新的全球史写作也正在默默酝酿。公元前 2000 年左右，与上帝同时期指导人类生活的神祇，在古印度有梵天、湿婆等，而在中国大概还是多神教和巫术时期。中国在那时候类似于古希腊的存在一样，诞生了很多哲学。而佛教就类似于那时候的犹太教一样。我们可以从古老的碎片般的记忆中将这两条大河拼出来。它们构成了公元前 2000 年前就已经开始的全球化运动。只不过，前一条大河被尽情地书写、赞美，上帝也几乎成为全球之神，而后一条大河因为近代以来文明的没落而导致文化上的自卑，所以自身的书写毫无信心。佛的故园荒芜不堪。在上帝与佛的中间世界，这个文明中的旋涡，后来又诞生了一尊新神，那就是伊斯兰教的真主。四千年的世界大体就是三尊大神统治，外加古希腊和古中国的文明运化。

我看见唐季康皱着眉头在沉重地思考，还有几个学者和作家也在悄悄地听我们讨论，时不时插一两句进来。冯大业则不断地点头。我继续说道：

"当我们把这个文明的拼盘拼出来的时候，就会发现，全球化运动虽然在那时还不能被人们全面得知，但是，每一个小的国家都以为自己就是世界的中心，就在再造世界。比如中国，她从来就认为自己是世界的中央。这样一种文化上的自信在人类历史上还没有哪一个国家能与其相比。如果我们把前一条文明的运河称为上帝之河，而把后一条运河称为佛国诸河时，那么，我们就会发现，在古老的草原之路化成运作之时，也正是中国的《山海经》成形之时。在这部中国最古老的经典中，中国一直居于世界的中心，在不断地丈量几个大荒之地。世界是由山与海组成的。海域茫茫，万山阻隔。但是，草原上的这条运河一直在影响着中国。据现在的一些研究，黄帝很可能就是从北方草原上下来的游牧民族，而西王母所在的国家则正是这条运河上的一个高峰。有人认为，中国的神话都是在这条路上从西北这个端口传入中国的。也有人认为，老庄之说与古印度的婆罗门教有着因缘关系，这也难说。因为老庄的虚静哲学与坐忘等方法都与婆罗门教、佛教有着很大的相似之处。甚至有人认为，墨子就是从西域来的一位学者。这也很难讲。

　　"如果我们把东方佛国诸河的这条全球化的命脉进一步厘清之后，也许我们在很多文化上的命题都可以进一步深入。比如，周穆王攻进西域去与西王母会面，就是那时的一次全球化运动，它可能带来的是最早的玉石之路，而西域的很多文化也就由此而传入中土，再经过数百年的运化，到了公元前六世纪时就激活了中国的诸子百家时代，这也就是雅斯贝尔斯所说的轴心时代。从这个意义上，也就解释了雅氏之疑问。也是从这个意义上，我们就可以确知我们的文明在那时已经广泛地接纳来自西域世界的文明。

　　"佛教的广泛接纳已经到了周穆王一千多年之后。当然佛教也是在周穆王四百多年后才从婆罗门教中脱胎而出。如果我们能够相信上述的那条始终不息的全球化的文明运河的话，我们也就能够从广义的角度认同，中国文化与来自西域的佛教有着经久不息的因缘关系。只不过，我们能够清晰地确认我们这样一种血缘关系的时间推演到了汉武帝之后的汉明帝，甚至南北朝时期。也就是说，从佛教因缘上讲，鸠摩罗什的出现是古中华文明与中亚文明和合造化的一个因果。我现在正在研究的鸠摩罗什的父亲鸠摩罗炎从北天竺到了西域的龟兹，鸠摩罗什则从龟兹往中国。到了这个时候，不仅中国的文明通过丝绸之路融入世界，而且佛教也真正地融入中国文化中，成为中国文化的一部分。"

　　冯大业激动地说，听说你在写一部鸠摩罗什的书？

　　我谦虚地说，才在进行中，这不正向你们讨教吗？

　　那一次旅行，使我和冯大业成为忘年交，而唐季康先生则因为我的慷慨演讲和冯大业先生的一些玩笑似的批评，不愿与我再多来往了。也许我们伤了他的自尊心。我们走到新疆的时候，冯大业先生突然发高烧，住进了医院。整个考察队在新疆等待了两天，可冯大业的高烧仍然未退。于是，我找到唐季康说，唐老师，让我留下来照顾冯老师吧，你们过境吧，不然的话，计划就泡汤了。

　　他想了想，握着我的手说，好吧，那你就照顾一下冯老师吧，以后我们的会你要多支持啊。

　　其实，我是多么想去走一遍玄奘和鸠摩罗什走过的那条路啊。冯大业的高烧到第三天还不退，医生便告诉我必须要跟他的亲人联系，说明情况。冯大业有一儿一女，儿子在一个报社当副总编辑，女儿则远在澳大利亚工作。我给冯大业的儿子打电话，他正准备去英国参加一个会议，一听到这个情况，便说，没关系吧，您给我一个卡号，我先把钱给您打过去，我去英国三天后就回来了。

我说，很严重，已经三天高烧不退了。

他在电话里犹豫着，我说，照顾老人家的事我能做好，只是万一有什么，我不能替你们做主。

他还犹豫不决地说，可是，我呢？这个会议很重要，副总理专门要我去的……

我一听确实也很重要，便说，那您看，要不我们就电话联系。

他立刻说，也只能这样了，我现在不好请假，已经在机场了。您看这样行不行，有什么事我们电话联系，您把电话录音，有什么事也有一个证据。这样总可以了吧？

我愣了，仿佛是我在跟他谈条件似的，便说，好吧。

我再没有与他女儿联系，因为她更远。第四天时，冯大业高烧仍然不退。这时候，我不得不给他儿子打电话，电话是关机的。我又给他女儿打电话，他女儿在电话那头仍然操着一口京腔对我说，那怎么办呢？你是主办方负责人吗？

我说，不是，我是后来参加者之一，是我主动要求照顾冯老师的。

电话那头立刻愤怒了，她吼道，那主办方怎么还逃跑了？这么大的事，我怎么办？我现在一下过不去……

她在电话里吼了半个小时，意思仍然与她哥哥的想法一样，只愿意给我打钱，但人过不来。第五天时，还是高烧。第六天时，发现肺部开始衰竭。我便打电话给他儿子，他儿子在英国的事还没结束，他焦急地说，你代我签字，动用一切力量救治吧。

我早在第一天就告诉医生，这位冯大业先生是中国最著名的一位作家，医生说，他也知道冯大业。现在，我又不断地对他说，一定要把这个老人救过来，否则，我无法交代啊。我把电话打给唐季康，说明了情况，他也焦急地说，那怎么办？我也赶回去吗？

我说，您看情况。

第六天时，冯大业的所有器官衰竭，那天夜里，他去世了。

第七天，冯大业的儿子从北京飞到新疆，而唐季康也从哈萨克斯坦飞了过来。冯大业的女儿说她直接到北京去参加追悼会。没有一个人流泪。我陪着他们又去了北京。冯大业的追悼会开得非常隆重，因为他病逝前仍然是文联副主席，是中国最有影响的作家之一，所以各界都送来了花圈、挽联，政治局常委们也派人送来了挽联。他被火化后安葬在八宝山上。他火化的那天早上，有一千多读者前来送他的灵车。有一位老太太流泪了，我看着那场面也流了泪。

　　我从未想过这次远行会是如此，但是，在后来的写作中，我发现冯大业给了我无穷的鼓励。遗憾的是，我未能自身体验玄奘和鸠摩罗什走过的佛国世界。当然，现在那里已经是伊斯兰国家了。巴米扬大佛也已经被炸毁。

关于信仰

那年夏天，我正在写《鸠摩罗什》，岳父来看我，他问我，你最近又在写什么呢？

我随口说道，鸠摩罗什。

他愣了一阵，然后对我说，那你可要小心，佛教中有两个说法，一个是谤佛，一个妄言。你写得如果不合适，很可能会犯下这两种罪。老人们说，这可不好。

我听后，说道，是啊，我奶奶活着的时候，说犯罪的人是要下地狱的。您放心，正是因为如此，所以我将我原来写下的东西都扔了，重新来写。

他吩咐我道，反正要小心为好。

他走后，我陷入长久的沉思。怎样写才能不是谤佛和妄言呢？谤佛倒可以规避，但妄言则是我们这些写作者常常犯的错误。

于是，我放下手头的写作，去请教一位朋友。这位朋友姓张，名志高，在社科院哲学所工作。比我要年长七八岁，但他看上去与我差不多，甚至比我还要年轻。这位快退休的研究人员现在还是位助理研究员，相当于大学里的讲师。早在十五年前他就宣布不再评定职称了。他没有任何头衔，二十年来也没有发表过任何文章，但只要是与他交往和交谈过的人，没有一个不佩服他的学识。就拿我来说吧，我交往的教授、博士、作家不计其数，包括北京、上海以及那些已经去世的名人们，从学养上来讲，没有一个比得上他的。但这位人大哲学系毕业的小个子男人从未炫耀过他的学识，他只是在与你单独交往时才会向你吐露他的深厚，无论是东方的哲学、宗教与艺术，还是西方的宗教、哲学、艺术与科学，他都无不精熟，缓缓向你道出。一般情况下，他总是默默地陪伴着大家。最重要的是，即使他拥有那么多的学识，可在人们的眼里，他仍然是一个随时可以忽略的存在。他从未显示过自己的重要。

我给他发了个短信，约他出来散步，然后，我们走着走着便坐在一个啤酒摊上开始吹风、喝啤酒。他看着我说，听说你在写鸠摩罗什？

我诧异地问他，你怎么知道？

他笑道，你不是在微博和微信上说过吗？

我只好干笑道，好吧，我以为你没看到。你从来在微信上都不发一言。

他笑道，我是无话可说，不像你有满腔的热情。

我笑了笑，摇着头。他喝了一口啤酒，看了一眼刚刚走过的一名打扮很时尚的女孩子，然后转过头来缓缓对我说道，我记得你最早的小说、诗歌，包括散文，都是西化的，在我的印象中，你是西部很先锋的学者和作家，你经常会谈论尼采、萨特、海德格尔、黑格尔、康德、亚里士多德、柏拉图、苏格拉底，却很少谈及佛陀、孔子、老子、庄子，更鲜有谈及龙树、朱熹、王阳明等，怎么会突然转向佛教呢？

我愣了一下，说道，你说得对，我过去是你说的那样，我宁可大谈鲁迅、胡适，也不会谈论古代。

他看着远处的灯火慢慢说道，你肯定遇到了什么精神上的难题，才慢慢转向中国传统文化和佛教的。我也看过你最近的一部长篇，在回归传统。

我说道，也许与年龄有关，四十岁以后总会叶落归根，我们的根在中国的传统里；也许与我的祖母有关，她在我童年的时候向我显示了人世间的奇迹；也许是鸠摩罗什寺的缘故，也在我童年时向我隐藏了伟大的秘密，现在才向我一一展示；也许……总之，我觉得在四十五岁之前，我一直在努力在树立自我，而四十五岁之后，我却在努力地走向无我。自我是西方式的，而无我则是东方的。

他听后沉默了片刻，我也不言语，我在等着他的回音。他的思绪似乎有一刹那不知去了哪里，然后慢慢地才回到我们谈话的场域里，他说，这是对的，每一个真正的思想者都要走这条路，约翰·克利斯朵夫是这样，陀思妥耶夫斯基是这样，尼采没走，鲁迅没走，所以他们都显得短命。中国的思想者需要一次伟大的回归。

他的声音很小，但听上去很大。我笑道，伟大与我无关，我只是回归而已。

　　他却正色道，那不对，你在内心深处就要树立一种伟大的精神，你只有感受到伟大的存在，你才可能写出伟大的作品。

　　我笑了笑，与他碰了碰啤酒杯，一口气将一杯喝完，又斟了一杯。正在这时，我们听到有人在叫我的名字，我一看，是党校的一位文学教授，姓马，名正东，他与张志高也很熟。与他一同散步的那个青年学者我也认识，姓牛，名仁，是我们学校一位哲学教师，去年刚从复旦毕业。他上课非常狂妄，第一句总是对学生们说，海德格尔我不大懂，不过，比我懂的中国人还没有出生呢，所以，各位能听到我的课，是你们的荣幸！因此，学生们把他的名字直接改为"牛人"。他因与我是校友，我们见面也很亲切。我便给他们要了啤酒，并给他介绍张志高。

　　张志高说，我们认识。

　　牛仁却一脸疑惑地说，是吗？我们什么时候见过呢？我怎么不记得呢？张志高说，上次在兰州大学哲学研讨会上。牛仁笑了笑说，我真想不起来了。张志高便淡淡地笑了笑，再不说话了。

　　马正东问起我最近的写作，我淡淡地说，正在给张老师说呢，在写鸠摩罗什。

　　马正东笑道，怎么忽然转向佛教人物了？

　　张志高笑道，写作又不是研究，写作是顺着精神走，最隐秘的写作是要解决作者自身的精神问题，当然也是现在整个中国人的问题。

　　我笑道，理是这个理，但说得有些大了。

　　这时，牛仁插话道，咳，中国人最大的问题就是从古至今没有宗教，太世俗了。

　　张志高慢慢悠悠地说，也不是，中国人有道教、佛教。

　　牛仁一听，立刻激动起来说，佛教可不是中国人的，至于道教嘛，也是多神教，中国人最大的问题就是什么神都拜，不像人家西方，只拜一个神。

　　我吸了一口气，端起啤酒来与马正东碰杯，要与张志高碰时，他却没意识到我们伸过去的杯子，他低头看着自己的杯子，慢条斯理地说道，你刚刚说没有宗教，现在又说什么都拜，其实还是承认有宗教。

　　牛仁并没有意识到自己前后的矛盾，我们听后也觉得诧异，笑了起来，马正东说道，牛博士的意思大概是说中国的知识分子不信宗教的多，底层百姓信的多，但底层百姓信的是多神教。

　　张志高认真地说，那也不对，高层知识分子甚至皇帝信奉宗教的自古都有，我们的黄帝不就信神吗？先秦时期的帝王都是。汉武帝信天，唐太宗不但信道教，还信佛教。之后的皇帝哪一个不是？他们说自己是天之子啊。

　　牛仁有些恼怒地说，即使如此，好，佛教总不是中国的吧？

　　张志高并不生气，继续用那种慢吞吞的声调说，我不知道你这个说法是怎么成立的。佛教的确不是从中国产生的，它的第一个发展期在佛陀时代，第二个发展期是阿育王时代，第三个发展期是犍陀罗时代，第四个则是在中国。如果她有第五个兴盛期的话，还在中国，只不过，它在中国的西藏和后来的蒙古。西方人的逻辑非常可笑。他们将基督教奉为自己的宗教，却从不承认佛教是中国人的宗教。基督教比佛教的诞生晚了五百年，但基督教在罗马的传播可以追溯到公元一世纪。那个时候，佛教也正好到了中国，只不过，晚了五十年左右而已。基督教在罗马被官方认可到了公元330年，佛教在中国的认可也是那个时候。基督教被奉为国教的时候，正好是鸠摩罗什被后秦皇帝拜为国师的时候。两种宗教都在异地诞生，同时也在异地落地并被官方认可并发扬光大，但世界历史中并非这样写的。我常常想，中国的学者为什么就没有人出来说一句话呢？为什么非要以讹传讹呢？

　　我们都点头称是。牛仁喝了一杯啤酒，想要说些什么，可张志高又说起来了，他说，还有一个观点，是我们哲学界的，也非常可笑。牛博士，你不要生气啊，我说的是中国的西方哲学界，我最早也是搞西方哲学的，和你一样。有人说，中国没有哲学，哲学的故乡在德国。他们试图把哲学拥为己有，排除其他学者谈论哲学的权利。这种观点后来就被广泛地认可。于是，后来就又产生一种观点，说学习哲学就必须要学会德语，因为按照海德格尔的观点，语言是存在的家，不学习语言，又如何能懂其中的深意呢？我有一段时间都有过学习德语的冲动。那时候，很多人都学习过德语。在这种气氛中，海德格尔研究者便拥有了趾高气扬的权利。再后来，我还听到更为绝对的话，说，只有德语是为哲学而存在的，汉语是不能表达哲学的。他们的意思是，能谈论哲学的只有那些既学习西方哲学，又是海德格尔专家，同时还精通德语的人方可谈论哲学与思想。我仿佛听到了希特勒的狂叫。

　　马正东尴尬地笑道，张老师，牛博士就是研究海德格尔的。

张志高却不以为意地说，那没关系，我也曾经是海德格尔的信徒，也做过研究，只是后来不做而已。现在研究海德格尔的人比比皆是，连你们文学界都有很多，我说的不是他。我没听过他的课，也没读过他的文章，当然也不知道他是研究海德格尔的。我不是批评他的，我是在批评我自己，检讨我自己。

牛仁脸红了一阵，说道，没关系，西方哲学的精髓就是与人辩论，你若辩论输了，自然你的理就站不住。我来西北与很多人都进行过辩论，但和张老师还是第一次。

不知是因为喝了酒的缘故，还是长久的压抑导致的爆发，总之，那晚的张志高一反常态，他说道，我也是第一次这样与人辩论。牛博士比我要小大概三十岁吧？我今年五十六，你呢？

牛仁不情愿地说，我是刚三十。

张志高便说，大二十六岁，整整两代人啊。你不要多心，我是喝多了，多说了几句。

我笑道，没关系，张老师，你继续说，我也是第一次听你这么激动地辩论，你继续。

张志高笑了笑，缓和了一下气氛，接着说道，几十年来，我听惯了我们学界那些自以为是的声音，我也从单一的喜欢西方哲学转向中国的智慧。我把中国和东方的思想叫智慧，不叫哲学。在我看来，西方的哲学就像佛教中的小乘佛教，是执着于自我，执着于小我，太自我了。而东方的智慧是破除这种自我、小我，达到无我的天地境界，当然，这也是西方哲学中的超我境界。这有点像佛教中的大乘佛教。西方哲学发展到今天就像小乘佛教发展到龙树菩萨时的佛教一样，人们喜欢绝对的知识，喜欢从一片树叶来谈大树，于是，谁拥有那片树叶便拥有了话语权，而大树和广大的土地乃至宇宙空间便被忽视了，不存在了。所以，人们过分地怂恿了西方哲学的学者们，其实是害了他们。他们从未真正思考过东方哲学，或者称为东方智慧的奥义。

马正东问道，你的意思是告别西方，发展我们自己的传统？

张志高说，也不是，西方文化已经在中国一百年了，实际上已经成了我们自己血液的一部分，丢也丢不掉了。我的意思是，应当重新正视我们自己的传统文化，重新来塑造我们文化传统基础上建立的文化。

牛仁似乎发现了什么似的，迫不及待地说，可是，中国的传统文化持续了两千多年，带来的就是亡国，还能是什么？能超过今天的欧美吗？

张志高举起杯子，喝了一口啤酒，才缓缓说道，我们崇拜的西方文化是发展的文化，所以我们发展了，但是，中国传统文化是关于自由、自在的文化，如果前者是实，后者就是虚，要虚实结合。老子说，实为利，空为用。《金刚经》上也说，一切贤圣，皆以无为法而有差别。如果我再说得通俗一些，西方文化是从原子、分子和上帝这个实有而开始的，所有知识、精神、逻辑都是建立在这个实有的基础上，即在我们能用眼耳鼻舌身意能感知到的存在的基础上开始创造的。西方文化，缺少对无为法的探索。

牛仁说，你说的这些，这正是西方文化的优点。我们的文化为什么不行了，就是太虚了。

我坐了起来，想说点什么，但又觉得不能打断他们的辩论，便又重新将身子躺回去，继续喝啤酒。马正东也如我一样，在思索着他们的对话。

只见老助理研究员不以为然地说，我再给你讲一个故事。有一天，我的一位老师问我，《论语》上说的"知之为知之，不知为不知，是知也"是什么意思？我愣住了。他可是给我们讲过这一课的。我笑道，您不是给我们讲过吗？他说，我以前没想清楚这个问题。所有的教科书上都是说，知道的就说知道，不知道的就说不知道，这才是知道。这个解释没问题，但我们一直理解有误。我们的理解是，你只说你知道的东西，那就是知道。后来，我看了老子的第一句"道可道，非常道"后，就觉得这两句有某种相似之处。我就在想，老子总是在谈一个事物的两个方面，如大音希声、祸福相依等。他所讲的道与非常道也是事物的两个方面，是一个否定另一个。孔子也是啊，他在研究《易经》后才提出中庸之道，中庸之道是什么？就是一个事物有两端，取中间。可是一个事物的两端是什么？这个问题，我觉得一般人没讲清楚。孔子说，刀山可以赴，中庸之道不可达也。他还说再给他些时间，他对《易经》的研究就能文质彬彬了。这些都在说些什么呢？有一天，我喝茶的时候就想，我手里拿的这个杯子是杯子，可杯子之外的东西叫什么？可统称为非杯子。如果把它置于一片荒野中，它与荒野融为一体，那么，这个时候你看杯子的时候，它的背景就是一片亘古的时间和空间了，你不能说杯子就是杯子，荒野就不是杯子的一部分。此时，我就知道，我们所说的"知"其实就是杯子，而"不知"便是荒野。把杯子和荒野共同来认识，它才是"知也"。其实，杯子是很小的一个存在，荒野才是无限的存在。这个世界上，我们知道的很少，就杯子那点，而不知道的太无限，就好比荒野。同样，"道"也好比杯子，但"非常道"就否定了杯子，它把杯子与荒野连为一片来看了。所以，西方人所讲的一切就好比是那个杯子，而荒野他们没看到。但东方的哲人们看到了。

牛仁一时不知从何驳倒张志高，他突然点了一支烟抽起来。老助理研究员斜眼看了一眼他吐出的烟圈，再看了看陷入深思的我和马正东，说道，前不久，我在读《金刚经》时，就发现，佛陀在告诉我们一个真理，当我们说杯子时，其实我们是执着于说了它的相，它总是会发生变化的，会消失的，因此要追求实，那么，实又是什么呢？是空。有人做过一个试验，把那个杯子迅速转动时，我们发现它几乎是空的，是不存在的。这虽然是两种认识的方式，但都说明其实杯子也并非实在的东西。那么，西方人怎么描述这个杯子呢？他们一定会描绘它的形状，或者描绘它的用途，或者描绘它是用什么物质构成的。形状还是相，用什么构成和怎么构成就成了法。但《金刚经》上说，这也是空的。"杯子"加上"非杯子"才是"杯子"，但如此执着于此，也便是"非杯子"。这个解释未必见得正确，但道理你应当懂的。色不异空，空不异色。就是这个道理。它比我刚才说的老子、孔子所讲的又多了一个层次，即它的运动。佛教讲究轮回。在万物和众生的轮回中，就像那杯子一样，是不存在的。这是从永恒的意义上讲的。但佛陀也说，世间一切法即佛法。所以，在有限的存在中，杯子是暂时存在的。确定暂时存在并非如来之境。只有达到永恒的境界中，才是如来之境。

牛仁听了后说，你是说，我，我们是不存在的？

张志高说，依佛陀之意，只是暂时的，必将不存在。

牛仁说，那么，你的意思是，我们所讨论的那一切价值、意义都无意义？

张志高说，一切有为法，如露亦如电。这是《金刚经》最后的四句偈。佛教的意思是，一切的一切都因为因缘际会，处于永恒的轮回与变化中，没有停止也没有开始。但探讨善恶还是有意义的，它可以使人一直在善中轮回，直到有一天，体验到如来之境，跳出善恶轮回之界，成为如来。你难道不觉得佛教要远比你们所讲的那些高吗？

牛仁说，听起来好像有一点，但也太虚无了。

张志高说，你们讨论的是有，是我，是个体的存在感，但道家和佛教，尤其是佛教探讨的是有之后的事，是我之外的事，是个体存在之后的永恒存在，属于生死之道。

牛仁说，基督教也在讨论它。

张志高说，是的，是的，可是基督教的问题是确定了世界是上帝造的，于是，有很多牧师便开始证明上帝是几千年前创作世界的，因为《圣经》上的时间是可以推算的。如此一来，上帝就成为永远的偶像，永远的父亲，人是不能超越的。可是，佛陀是不讲第一因的，他认为世界是从来如此的，只不过经常因为各种因缘际会在变化而已，而人只要觉悟，就可以超越自我，都可成为他那样的佛的。

……

那一晚，他们一直争论到深夜，啤酒摊的主人几次示意他要收摊了，可牛仁并不想如此失败地走开，他后来非要我们每个人都抽烟，于是，为了表示对他的支持我们都抽起了烟，直到把他的烟都抽完，他又要来了一包。他喝了很多啤酒，直到快要吐了，但他还是不想走开。张志高似乎也不想结束。他不想结束是因为他觉得伤害了一位青年，他想说说软话，可又怎么都说不出来。我明白他的意思，所以我对他说，张老师，我从今晚开始是真正地崇拜你了，我以为你对佛教并没有多少研究，今天才发现你非常了解。

张志高突然摇着头，淡淡地笑道，不是，我说的只是佛教的知识，并不是真如，我并不是真正信仰佛教的人，但我认为佛教是目前世界上真正能把哲学、科学融为一体的宗教，它是世界上唯一一没有暴力的宗教，在今天这样一个宗教冲突、民族纷争、思想混乱的时代，它是唯一能够让大家和平相处的宗教。

那一夜之后，张志高再也没有那样与人辩论过，他总是不停地对我说，是不是那夜喝多了伤害了牛仁博士，而牛仁博士则自从那夜之后不再与我来往。不久，有人说牛仁在博客上写文章骂我、马正东与张志高。我上网查看了一下，他后来似乎一直生活在与张志高的虚拟辩论中。再后来，有人说他得了幻想症。

前几天，马正东忽然给我打来电话，对我说，牛仁自杀了，你知道吗？

我吃了一惊，问道，难道是我们那次他和张志高的辩论引起了他的不快？

马正东说，不是，他就是这么一个人，跟所有人都合不来，写文章骂过的人多了，几乎跟他交往的所有人他都骂过。他没有朋友了。去年听说有一些轻微的抑郁，我也跟他后来来往的少了，没想到他竟然自杀了。太可惜了！

我叹道，是啊，他怎么能走这一步呢？

那天晚上，我约张志高散步。他再过一年就要退休了，但已经提前进入退休期了。他说，他现在任何会议也不参加，也不用去办公室，从早到晚所做的一件事就是看看闲书。他说他现在看得最多的就是养生学方面的书，对《黄帝内经》尤为推崇。我说，你还记得那个牛仁博士吗？

他说，当然记得啊，我很少与人那样争论，那天是我喝了些酒，听他说话的口气实在是太狂妄，忍不住要收拾他，后来我也后悔，何苦呢？

我说，他前两天自杀了。

他大惊道，为什么？

我说，很多原因，有性格上的，有内在精神上的，多种原因吧。

他叹了口气道，他是过渡性的一代人，丢失了自己的根脉，一味地强调西方文化，悲剧是自然的，可能他以后的几代人会好一些，会把中国传统的文化与西方文化很好地融合起来，中国人有外圆内方的格局，所谓方的一部分可多借鉴一些西方文化的，而圆的部分则靠中国古老的文化修养了。

后来我们又谈到了我正在写作的鸠摩罗什，我说道，通过鸠摩罗什，我还研究了一下龙树，发现一个很有意思的事，就是在龙树看来，任何一种观点都不可能说服其他的观点，它总是只能说明一个事物的一个侧面，它说不全面，所以就有了中观学说。

他激动地说，不瞒你说，我正是在五六年前研究了龙树的中观思想后才把很多问题想清楚了，也越来越不想说话了。

我突然想起遇见牛仁那晚本来要与他探讨的事，便笑道，那晚本来要与你探讨一个问题，就是如何不妄言，结果还没谈到这个话题就遇见了他。

他思考了一下，笑道，你可别以为我不想说话是因为不敢妄言，我是真的无话可说，因为怎么说都觉得是错的。

我笑道，那也不见得。后来我想清楚了，今天谈论佛法，当然要与今天的存在联系起来，破除迷雾，重显正见，那不就是龙树在做的事吗？

访问龟兹

在我四十五岁那年，我有幸去新疆的昭苏草原漫游。在作家张承志颂扬过的夏台，我在那里住了两个晚上，每天都望着汗腾戈里峰出神。有人告诉我，穿过夏台古道，就可以到达南疆，就可以去龟兹之地了。

龟兹，龟兹。我祖母说曾经在我两岁时带着我去新疆讨过饭，曾在龟兹的大地上漫游过。我丝毫没有任何印象。我七岁时生过一场大病，医生也说不清是什么病，总之，任何药都不起作用了。医生告诉我可怜的父母并让他们准备我的后事后，母亲一边哭泣一边给我买了黑布，晚上回家后给我做阴间用的棉袄。祖母看到母亲正在做棉袄，就问为什么。母亲泣不成声。祖母便知道是怎么回事了。她不相信我会死，一把将母亲手中的针线活抢了扔到正燃烧的火炉里，连夜坐着驴车去了县城。第二天早晨，她看见一个穿着花格子衣服的女孩子一直在窗外看我，她出去找却找不到。一连三次后，她就疑惑地自言自语道，难道我的眼睛花了吗？明明看见一个小姑娘趴在窗子外面看我的孙娃，出去看却又找不到。别的人都说没看到，于是问我祖母，那个女孩是个什么样的女孩。祖母形容了她的年龄和衣服，众人皆惊，说，前些天这个女孩刚刚死去，然后你孙子就来住到这个床位了。于是，我祖母立刻要求医生给我换床位。我搬到了另一张床上，当天夜里，我的肚子就通了。我的记忆就是从一间昏暗的厕所里开始的，我在呕吐。祖母说医生给我在洗肠子。洗过后就重新活了过来。奇怪的是，七岁之前的记忆一点都没有了。只有在梦里，我还不停地回到老院子里，在那里玩耍。祖母和母亲都向我复述了这个经历，而我浑然不觉。所以，祖母说她带着两岁时的我远去张掖讨饭，然后又坐火车一路到了南疆。可我一点记忆都没有。

　　每当我想到祖母带着我在龟兹的农民家里挨家挨户去乞食时，我就猜想祖母肯定去过克孜尔石窟，或者是库木吐拉石窟和森木塞姆石窟，甚至在乞讨的时候拜访过克孜尕哈、玛扎伯哈、托乎拉克埃肯等石窟，不然的话，我为什么心心念念要去龟兹看看那些石窟呢？

　　我最终还是未能徒步穿越夏台古道，而是坐着汽车去了库车。就那样都花了我好几天时间，如果是徒步，不知要花去多少时间才能到达龟兹。四十岁以后，生命越来越短，越来越经济。假如在二十岁那年，我一定会花大把大把的青春去挥霍在风景路上。但现在我得尽快地赶到目的地了。

　　当我在龟兹的大地上漫游的时候，我就觉得我的身体里同时存在两个人，一个是我的祖母，而另一个则是鸠摩罗什。

　　祖母没有名字，从来没有人知道她叫什么名字。她自己也忘了。1984 年第一次人口普查时，她的姓名一栏上写着"张氏"二字。祖母去世那年，悼词上也写着"张氏"二字。她十二岁那年得了一场大病，据说是因为饥饿等所致，她快死了。家里人准备在她死后拉到戈壁滩上烧成灰。这是我们那里的风俗，未成年的孩子都要烧掉。但她奇迹般地活了过来。活过来后，她的生命里也发生了诸多变化。她再也不想吃肉了，同时，开始信仰了佛教。

　　1958 年，我父亲还小的时候，整个凉州大地一片饥饿。村里死的人一个接一个。我祖父可以织布，祖母便拿着布去张掖和新疆换吃的。她将换回来的米和面熬成粥放在家门口，给村里人吃。我小时候经常会碰到有人来我家，他们冲着我说，你们这一辈有三兄弟，都是因为大奶奶积的德。他们向我们形容我奶奶如何把自己正要吃的馒头舍得给别人吃，如何把自己碗里的米给陌生人吃，而她自己则喝稀汤。那时我并没有觉得什么。等到我们兄弟们都考上了大学回去上坟时，那些老人们就看着我们说，都是大奶奶积的德啊，你看，你们一个个这么光鲜，若是没有大奶奶，你们都跟我们一样扛铁锨种庄稼呢。年复一年，我们都要回去为祖母上坟，而那些话老人们每年都要重复。这使我开始重新回忆祖母的生活。

　　祖母总是说，到我三弟生下来时，村里的日子慢慢开始好起来。那以后，我们村就再也没有人去外面讨饭吃了。祖母说，刚开始她是带着我祖父织的布去张掖和新疆交换吃的，但带的布很有限，而出一趟门很艰难，所以祖母会把布换来的米和面寄回来，然后继续北上，去讨饭。母亲则没有过这样的生活经历。祖父和父亲也没有。在我们全家，唯有祖母出门讨过饭。所以她对那些讨饭的人格外地热情。

记得八九岁甚至到二十岁时，村里每天都会来讨饭的人，有的是老爷爷、老奶奶，但更多的是年轻的小伙子和妇女。他们手里拿一根木棍，挨家挨户地要，他们的身后是一大群狗在追着，狂吠着。有些人家不想让要饭的人进来，就故意把狗放开，将要饭的人吓跑。一般情况下，要饭的人会在门口与狗对峙，但也不进去，直到那家的人出来，他就说，请行行好，给点吃的。往往是没有人拒绝，即使讨厌，也是背地里骂一声。

祖母不让我们骂那些人，她总是说，不定哪天我们又要去讨饭呢，三十年河东，三十年河西，那些要饭的人，以前跟我们一样富着呢，以前我们到他们那里去要饭，可现在他们到我们这里来要饭。人要想着后头，要长远些。

那时候母亲还年轻，总是会抱怨几句，说，那些人都是古浪、永登和皋兰的，没有张掖和新疆的。

祖母说，这辈子在凉州，下辈子呢？下辈子可能就在古浪、永登和皋兰了。

我们都无话可说了。我们只想着今生，祖母则想到了好几辈子。很多年之后，我才知道，她不只是想着好几辈子，而是永恒。

凉州人的生活轨迹很有意思，一有困难不是往东走，而是往西去，再往北，到新疆去。直到现在也依然。我家乡的年轻人都愿意去新疆打工，就是不愿意来兰州。我问他们为什么，他们说，那里有很多凉州人，说的话都一样。不错，我在伊犁河流域漫游的时候，总是会碰到凉州人和张掖人。他们告诉我他们是从什么时候到的新疆，他们的乡音还很浓很浓，听着那么舒服。

事实上，从地缘来看，整个河西走廊与新疆的关系从古至今非常亲密。从河西走廊向东，要穿越高高的乌鞘岭是很难的，即使穿越，再要过黄河也很难。于是，人们往往会选择景泰一带的平缓地，从靖远渡过黄河。黄河成了天堑。所以，黄河以西的地方也统称为河西。而河西走廊的尽头向北又有了路，那便是新疆的北部。河西走廊向西是沙漠，所以往往要穿越沙漠才能到达南疆。于是，从河西走廊放马过去，最平坦的道路便是向伊犁河流域奔去。

这就是整个河西走廊的人们为什么会去新疆的地理原因。另一方面，生活在新疆北部的人们总是放马南方，因为河西走廊的绿洲实在是太富有了。这便是生活在新疆的游牧民族为什么老是要侵犯河西走廊的主要原因。

河西走廊成了中国通往西域的咽喉之道。历史上，谁若拥有河西走廊，那么，不仅整个中国就可以打开通往世界的道路，谁就可以雄霸世界，因为在长期以来，海路未通，而河西走廊又是丝绸之路的黄金地段，必经之地，但是，谁若失去河西走廊，整个中国则就像一只没有了龙鳞的病龙。

在我小时候，我经常听大人们讲张掖、鄯善、伊犁，倒是很少说起乌鲁木齐，也很少说起兰州、西安。我的先人们的路径是向着西方的。关于这一点，我那时浑然不觉，一直到了四十多岁后才觉出其背后的意味深长。但祖母说我们未曾去过伊犁，那地方太远了。她说到鄯善才走了一半。在我那时候的想象中，鄯善就已经到了世界的某一个很遥远的节点，而伊犁就是世界的尽头。但我的姑妈和姑爹就去了世界的尽头。

母亲说在我两岁时——又是两岁——我姑妈和我姑爹因为饥饿逃到了伊犁，同去的还有很多人，包括我一个远一些的堂哥。那时候，父亲的脾气很暴躁，父亲和母亲吵架时，父亲说不过就老是打母亲。母亲便想跑去新疆。她常常对我说，她怀里抱着我，走了一阵后就走不动了，因为她一想起刚刚出生的二弟还需要母亲，她就心软了。她终于未能抵达那里。

我在四十五岁那年乘飞机降落在那里。从兰州到伊宁，再到昭苏，只用了不到一天的时间。据我姑妈叙述，她在我祖母活着的时候来看过她母亲一次，她说先坐汽车，得坐两三天时间到乌鲁木齐，然后再坐火车，要坐七天七夜才能到达凉州，再坐半天的驴车到我们家，得十天左右的时间。所以她有且只回来过一次，太遥远了。但我的先人们似乎未曾觉得遥远。我常常怀疑他们不是用时间来计算路程，也不是用脚来丈量道路，而是用习惯和血液，甚至说遥远的呼唤。

是的，在新疆，一定有某种神秘的声音一直在呼唤着我们，否则我们的先人和活在当下的兄弟们为什么不来半天就能到达的兰州，而要去遥远的天边。黄河的铁桥早已建好，乌鞘岭的隧道也已打通，但他们似乎无心观看，仍然一意孤行去了西方。

我的意识中，也有一种转头向西的倾向。每次去新疆，我就觉得头脑里一片空蒙，仿佛在进入一个熟悉但又未知的世界。我去过很多地方，没有一个地方令我如此眩晕，如此忘记一切。

祖母常常对我说，我们本不姓徐，是你爷爷的爷爷那辈子到的这里，据说是杀了人还是犯过事，总之，隐了姓，换了名，住在了这里。你爷爷的三叔叔也就是你的三太爷，人称三爷，还有一身的武功，能一下子跳到房顶上。那时候几个村子老是争水，互相打架。你三太爷手提一根武棍，把另一个村子里上百人打跑了。从此后，你三太爷就成了远近闻名的大人物，他说什么就是什么，没有人反对。那时候，几个村子一起共用一个麦场，但只有一个三百斤重的石碾子。大家争吵不停，你三太爷就把石碾子夹在腰间，一下就上了树，架在了树上，说，谁能取下来谁就可以先打场，否则就听他的。大家一看，都没这个本事，也就乖乖地听你三太爷的话。

祖母无数次地讲这个故事，我也无数次地问她，那后来呢？

她说，后来，他们在解放前，大约就是武威大地震之前吧，全家人都去了新疆，躲过了那场灾难。你爷爷本来也是要去的，但他那时候跟着人出去卖货去了，回来时听村里人说，让他也去新疆。他一个人觉得太远了，就没去，留在了这里。后来，大地震之后，你三太爷的后人还来过一次凉州，打听你爷爷的下落，那时候，你爷爷还是不在，也未成家，人家就回去了。你爷爷回来听说后，就觉得这是命。这就是为什么这个村里，我们始终都像外来户一样，没有特别亲的当家祖户。

由是，我明白了，我们都是被遗落在凉州大地上的新疆移民。这句话很拗口，也可能不通，但意思是清楚的。我们不属于凉州，似乎属于新疆。或者说，凉州与新疆从来就是一块大地，一荣俱荣，一枯俱枯，始终休戚相关，运命相连。

那一年，在我坐着汽车翻过天山去往龟兹的路上，上来了一个五十岁左右的男人，坐在了我旁边。他提着一个很大的箱子，货仓里放不下了，车主让他放自己座位下，可座位下哪里又能放得下。他显然要占用我放腿和脚的地方。他为难地看着我，我说，来吧，放下面吧，我把脚放你箱子上，不要紧吧。他感激地说，没事没事。然后我们就开始聊天。他是一位地质学家，单位是中国科学院地理所，但人则长期在新疆考察。于是，我向他请教新疆的一些问题。

他滔滔不绝地向我炫耀着他的体验，他说，你发现没有，在新疆来理解"疆"非常形象，三横代表的是三座山脉，即阿尔泰山脉、天山山脉和昆仑山脉，中间的两块田是塔里木盆地和准噶尔盆地。中间那横指的就是天山。当火车逶迤着爬过天山时，那壮丽的雪线足可以令天下英雄为之折腰。我也曾在飞机上俯瞰天山那英雄般的铁脊。人类自以为发明了飞机等东西就可以轻视曾经崇拜的山脉与大地。我以为恰恰相反。他把脸背对着人类，把秘密藏起。悲苦的是人类干枯的心灵。山林曾经是人类崇拜的对象，但也是最为亲密的心灵伙伴，后来人类将它征服，将它杀害，山林就与人类的亲密关系解除了，剩下孤零零的人类自身。人类将其身体割开，从其脏腑中挖出金银石油。中国的神话中曾经有夸父死后变成山川大地河流天空的传说，我们的先祖将其身体贡献给我们后人。现在，山林也将自己的身躯贡献给我们，可我们哪里有一点点的感恩？

我默默地听他说，插不上一句话。后来他忽然才想起似的问我是干什么的，我说是写小说的。他一听我是一位作家，谈话便更有激情了。这位科学家显然把他自己当成了牧师，而我则成了他布道的对象。

他说，你看那些自以为是的人类，他们以为能上天入地就不得了了。他们想否定一切，但这怎么可能呢。今天的人类是不义的。不义的人类在天空中先是一愣：天上哪里有神仙啊？然后便是哈哈大笑：原来我们自己可以随意主宰我们自己的一切。但最后发现，除了空虚和孤独、冷漠，我们一无所有。我们必须重新回到那些古老的信仰里，去一次又一次地剥去我们自以为是的知识、思想乃至主义，去印证我们心灵的回应。

他的口才极好，出口成章，而我只有听他演讲的份了。他的声音虽然不大，低沉但有力，总是会不时地把旁边和前后的旅客惊到，他们不时地看着我们。我有些不好意思，仿佛是我冒犯了他们，便更是沉默着听他演讲。

他说，你知道我为什么不愿意回北京而愿意在新疆的大地上漫游吗？你以为我的工作就那么重要吗？不，不是。我已经漫游成了习惯。我对这片土地越来越热爱，越来越觉得它神秘了。我在这里找到了信仰，对，信仰，你有吗？

我不知是该摇头还是点头，我笑笑，说道，还不确定。

他盯着我的眼睛看了半晌，突然问我，你来这里干什么？

我说，我正在写一部有关鸠摩罗什的小说，来这里看看他的足迹。

他的脸上立刻神采飞扬，他又盯着我看了半天说，你知道吗？你抢了我的事情。

我一脸迷惑地看着他，不知道说什么，只好笑笑说，怎么可能呢？

他说，不瞒你说，我也一直想写一部关于鸠摩罗什的书，不一定是小说，可能是诗歌，可能是传记，也可能是玄幻类的书，总之，这个想法已经很久很久了。我年轻时想做个诗人，也发表过几首诗，后来就想写小说，可一直没有写。

我便笑道，没关系的，我写我的，你写你的，肯定不矛盾的。

他想了想，说道，也是，我们肯定是不矛盾的，我是以一位科学家的角度来看鸠摩罗什的，与你肯定不一样。对了，我说到哪里了？

我小心地说道，好像是科学。

他说，对对对，是科学。你知道吗？科学是当代人类的迷信。人类在否定神佛的同时，一定要崇拜另一个事物，不然，人类就没有方向了。这另一个自然是科学。近代以来人类的发展就是靠科学，它的确为人类带来了福祉，但是，崇拜过头了，就会一味地追求物质的实有，而会否定人类的精神，就过了，又走向了反面了。我过去也一样，但现在不一样了。你看，我们现在的知识分子，在做些什么呢？在极力地否定我们先民的信仰，他们以为自己是对的，这是最不孝的行径。他们认为他们的先人们曾经生活在极度的愚昧之中，但是他们能做出先人那样的伟大行动吗？能有那样的牺牲精神吗？在新疆，你到处都能看到佛陀的神迹，你会想，佛陀舍身伺虎是多么伟大的施舍精神，可是，那些所谓的知识分子，那些实验室里的心理学家们，一定认为佛陀是得了抑郁症才会这样做的，否则他们何以能理解如此与人性不符的行为呢？他们怎么能够把人与动物同等来看呢？这不可能。他们口口声声宣扬平等，但是，他们树立的只是人本中心主义思想，以为人是世界的主宰，人高于一切生物。这是从哪里来的，上帝那儿来的。是的，今天的知识分子一定会认为，所谓的普适价值就是上帝的价值，不信仰上帝的人们一定是魔鬼，是异己者。你看，那些信仰上帝的人们从古至今杀了多少与自己不同的人类，他们尚且认为人类之间都不平等，还怎么可能有众生平等的观念呢？你说我说的对不对，真正平等的观念在佛陀这里，不在上帝那里。

我点点头，说，你说的对。

他继续向我宣教，他说，依此类推，他们更不可能理解佛陀最简单的乞食行为，以为那是行为艺术。再比如地藏菩萨发誓"地狱不空，誓不成佛"，并化身为亿万分身去救苦救难的行动，在今天的人们眼里肯定是有神经病。古今人类的知识已经发生了本质的区别。古代的知识是有神性的，是让人信的。可今天的知识是人为制造出来的概念，是让人怀疑古代而确立今天的概念的。所以，对于今天的世界来说，最可悲的事情是我们对什么都怀疑，对什么都不信了。我们唯一能信的就是我们的感觉：眼睛、耳朵、鼻子、口、手、身体。这是什么？这是佛教所说的五蕴、六根，是障。我们超越不了这个物象所生的世界。我们也不相信这世界上会发生什么奇迹。这就是信仰没落的真正原因。末世是轮回不断的。即使在一个人的身上，也有末世。佛教认为的末世不是人吃不上、用不着的物质匮乏阶段，而是指人心的没落。人心没落之时，便是善念微弱、恶念丛生之时。在这个时候，人对什么都不相信了，就像浮士德一样，不再相信善的知识，而被魔鬼靡菲斯特的各种诱惑而迷惑。

我忽然间也有了发表观点的欲望，我说，其实，在我看来，真正的宗教与科学应当是不矛盾的，应当相互印证、相互促进；真正伟大的学者，也不会把物质与灵魂、精神相对立的，也应当有更为浑然一体的认识。

我看见他愣了一下，在思索着我的说法，大概他也认同一些，我又多说了几句，我说，在我看来，也许佛教与科学、哲学最为接近。

他一听，突然间兴奋起来，他说，你说得太对了，我是一个科学家吧，可是我越来越觉得我所从事的科学与佛教的很多理论是一致的。你说佛教是唯心主义的吗？当然是了，尤其小乘佛教太唯心了，可是大乘佛教就有些唯物了，它讲物质运动的实在与空无。

我插话道，龙树的中观论既是唯物观，又是唯心观，其实是两者的统一体。

他一听到这儿，看了我半天，说，你都懂这么多？连龙树都知道？

我苦笑了一下，道，其实也只是知道一点皮毛。

他说，怎么能说是皮毛呢？现在知道龙树的人并不是很多。龙树面对的时代是一个知识混乱、佛教派别林立的时代，他要破除那些执迷不悟的愚见。他若活到今天，大概会郁闷死，因为今天知识更混乱，思想派别更复杂。

我也苦笑道，是的，但中观论依然是有借鉴意义的。

他突然问我，你说当下人类最迫切的问题是什么？

我一时如坠雾里，笑而不语。

他自言自语道，在我看来，当下人类最迫切的问题在于，破除对物质的迷恋，也就是对知识的迷恋，对知识的迷恋也就是对所谓逻辑的迷信。这些都是西方文化为主导的知识思想体系，要用佛教去破除那些坚固的金刚们……

　　我不能不说他的想法有可取之处，甚至都想击掌称好，在茫茫荒原上，能碰到这样一位健谈的人是不容易的，至少他的谈话印证了我的很多想法。在整整六个小时的车程中，这个陌生的科学家后来还是演讲累了。他终于停止了思想的轰炸，睡去了。我也睡去。等我醒来时，他已经下车不见了。另一个人坐在我身边，是位哈萨克人。我便觉得我已经身在国外了。

　　我在库车逗留了三天。其中的一个下午我坐在鸠摩罗什的那尊塑像前，陪着他陷入空茫。面前是伟大的千佛洞。我不满于这尊被世俗化了的塑像。显然，他被西方化了，被罗丹化了，被艺术化了。

　　这不是真正的鸠摩罗什。这是今天人们心目中的一个世俗形象。

　　当我想到这里时，便向他告别。他无言地坐着，并不向我显示什么。也没有什么不足、遗憾，甚至愤怒。

　　几年后，当我再次去看他时，我发现那里已经成为旅游胜地。人们在谈论他，诉说他，甚至在他面前烧香、施舍。我突然间发现了自己的短浅。原来，他是以这样的化身向人们开示。我便想起他曾在这里向人们讲解《妙法莲花经》。

　　是为妙法。

为鸠摩罗什和凉州而辩

2001 年的深冬，也就是鸠摩罗什离开凉州的一千六百年后，我从兰州坐着大巴先到靖远，然后再从靖远坐车来到凉州，走了整整两天。当年鸠摩罗什就是从这条道去长安的。他沿着山势先到古浪的大靖，然后到景泰，再到靖远，渡过黄河，绕过大山，去陕西境内。路途非常遥远。

就是那年的冬天，也是在大雪之后，我回到故乡凉州，故乡白茫茫一片。那时，我几乎在凉州城站都不站就匆匆回到乡下家里，因为我刚刚出生的女儿寄养在父母亲身边，我急着想去看女儿。我从凉州城南城门下打车，可打不上，便一直往北走，一边走一边向出租车招手。因为下雪，没有车愿意去乡下。过了大阵子，一直走到北街上时，忽然看见一座塔耸立在面前，身上全是雪。那便是鸠摩罗什塔。

我有些不认识这塔了。那时我多么希望凉州变得无比现代化，而这座塔便是现代化的对立存在。那样破旧而古老，一个过时的符号，一个从来不曾被人解释的符号。

但就在那儿，我打上了车。我在车上一直看着它，司机对我说，罗什塔有什么好看的？我说，如果把它开发出来，也许能发展旅游呢。司机说，谁来看这玩意儿？我说，不一定，现在凉州城能留下来的古建筑不多了。

十年过去，当我在又一个年关前伫立在罗什塔前时，看见罗什寺已经被当地开发，变成了一个旅游景点，但游人极少。行人们从它身边匆匆走过，并不注视它。或许它已经成为凉州人熟视无睹的一个存在，就像南城门一样，不用看也知道它就在那里，已经习惯了。

那时，我正在写鸠摩罗什，正在重新梳理凉州与鸠摩罗什、祖母和我的内在关系，由此我开始寻找鸠摩罗什的相关资料。但罗什在凉州十七年，留下来的资料竟少得可怜。在《晋书》中介绍到吕光、吕绍、吕纂以及吕隆几个帝王时，提了几笔，在《高僧传·鸠摩罗什传》中，也只是寥寥几笔，且有定论，说吕光在凉州时因为不信佛教，所以鸠摩罗什十七年无所作为。茫茫历史中，鸠摩罗什只显示了他的两个方面的能力，一是高超的法术，使吕光家族始终依赖于他，成为政治军事上的高参；二是他根据一些天象对几位帝王进行了劝诫，显示了他的德行。故而人们对鸠摩罗什在凉州的这段历史从来没有认真地解读。

　　几年来，我翻阅了很多资料，也把凉州大地走了几遍，把所有山寺都一一进行了寻访，有关他的记载几乎没有。除了那座塔和史书上的寥寥几笔，再就无法追索了。然后我也在想，史书上能怎样记载这样一个人呢？在以帝王为史的正史中，能出现的人物极少，有些大人物只是出现一个名字，而这样看来，鸠摩罗什的笔墨已经够多了。说明在当时的凉州，除了几个帝王之外，他就是凉州举足轻重的大人物。既然是大人物，那么，他在凉州的活动也便可以重新去考量了。

　　有一个重大的问题，必须先要理清楚：凉州当时到底是一个什么样的背景？它的文化地位是否就是我们今天所看到的情况？我们又如何去评估那个时代？当我带着这个问题剥开历史的外衣时，就发现了很多疑点。

　　在鸠摩罗什的时代，凉州泛指整个河西，乃至天水、兰州、青海部分地区，也就是后人所讲的五凉时代所能囊括的地方，小处说，就是以武威为中心的河西走廊。我拜读过若干本研究河西历史的著作，大都要引用陈寅恪先生的《隋唐制度渊源论稿》。陈寅恪先生第一次将河西文化提到非常重要的地位。他说，隋唐的礼制其中一脉来自西晋，而河西文化的主体恰恰是西晋文化。张轨于西晋永康年间为凉州刺史，经过张氏九世经营，河西文化也才开始兴起。

　　《晋书·张轨传》中说，张轨"威著西州，化行河右"，"征九郡胄子五百人，立学校，始置崇文祭酒，位视别驾，春秋行乡射之礼"。永嘉之乱后，西晋灭亡，北方被五胡割据，连年混战，民不聊生，河西独遗于世，自我经营，宁静而致远，专攻文化教育。恰恰因为这些原因，"中州避难来者日月相继，分武威置武兴郡以居之"。司马光评论道，凉州自张氏以来，号为多士。

　　似乎有了这些证据，就可以说明在鸠摩罗什去之前，凉州就已经是中国当时很重要的文化中心之一了，但实际上，还漏了另外两个重要的方面。

其一，他们都忘了吕光。我在写鸠摩罗什的时候，一直在想，是史学家有意忘之，还是吕光此人的确应当被遗忘？且先看看吕光西征时带的一帮人是些什么人。仅将军一级的高级官员就有姜飞、彭晃、杜进、康盛等，而文人则是来自陇西、冯翊、武威、弘农等郡有名望的人物，如段业、董方、郭抱、贾虔、杨颖等。这多少有点像曹操、袁绍、刘备等的气象。曹操手下不仅武将林立，而且文人名士众多。而孙权、刘备、袁绍等也一样。可见，那时这是一种风气。这种风气在东周列国志中也是常态。吕光带着这么多武将和文人名士在西域风光了好几年，然后一起将他们带到凉州，并在凉州生根发芽，绿树成荫。

其二，他们忘了鸠摩罗什等佛教界人士。北京大学考古学专家宿白1986年在《考古学报》第4期发表的题为《凉州石窟遗迹和"凉州模式"》影响颇大，不仅提出了佛教造像中"凉州模式"概念，而且考察了凉州的石窟遗存和佛教传播状况。他写道：

> 佛教艺术从新疆向东传播，首及河西地区。河西的政治、经济、文化中心，魏晋以来在武威，即凉州。西晋译经大师竺法护往来河西、长安、洛阳间，东晋中原地区的名僧道安谓其译经"寝逸凉土"。"凉州自张轨以来，世信佛教。"四世纪中期，邺都有凉附博学沙门。其时张氏在凉州东苑置铜像。373年，前凉统治者张天锡延揽月支人、龟兹人组织凉州译场，并亲自参加译经工作。374年，道安在襄阳撰《综理众经目录》时，其《凉土异经录》中，已收凉州译经五十九部、七十九卷。376年，前秦陷凉州，所遣凉州刺史杨弘忠崇奉佛教。之后，武威太守赵正亦崇仰大法，忘身为道。379年至385年，道安在长安译经，译场的主力竺佛念是凉州沙门，佛念洞晓梵语，"符姚二代为译人之宗"。这时，凉州僧人多西行求法，明确见于记载的有：竺道曼之去龟兹；智严随法显西行，后又泛海重到天竺；又有宝云曾抵弗楼沙国，东归后南渡江，"江左练梵莫逾于云"，晋宋之际翻传诸经多云所刊定。四世纪末，龟兹高僧鸠摩罗什居凉州十七年(385—401)，长安僧肇远来受业。其后，罽宾高僧佛陀耶舍亦来姑臧，后秦

末，耶舍还国犹托贾客寄经与凉州诸僧。凉州佛教渊源久远，412 年，沮渠蒙逊入据之前，已大有根基了。

宿白的这番考古足以说明当时武威也是中国佛教翻译的中心之一，等到鸠摩罗什到武威后，武威自然便成为中国佛教传播的中心之一。

假如我们把这些发现合起来看时，吕光时期武威的文化就不是人们所想象的那样凋敝，而是另有一番盛景。那么，我们由此就可以重新来评估和想象吕光与鸠摩罗什在凉州的活动，以弥补史学上记录的空白。

首先来看吕光父子。史书上说吕光不信佛，所以罗什十七年无所作为。从各种情形来看，吕氏父子的确不崇佛，但对鸠摩罗什还是礼遇有加。虽然吕光未曾拜鸠摩罗什为国师，但是，他在经历几番事后每每遇到大事必要垂询鸠摩罗什，这说明鸠摩罗什对于吕氏父子仍然是重要的智囊，尤其是魏晋玄学兴盛时期，精通中西道术的罗什对他们还有很大的用途。另一方面，传说吕纂虽也有杀罗什之意，但也仅仅是传说，吕氏父子并未加害于鸠摩罗什。同时，我们在史书上也未曾看到吕氏父子加害佛教徒的事情。

那么，我们是否可做如下设想：对于国家的正史来讲，佛教在吕氏父子的事业中并未占有重要位置，同时，吕光为武夫，在凉州盗号称帝本身就已构成非法政府，而吕氏所经营的后凉又充满了宫廷争杀，所以，史家对其也无好感。这就造成史家在陈述后凉时充满批判的态度。对于佛教史来讲，因为吕光在龟兹时对鸠摩罗什的侮辱和非难，又在凉州未能大力弘扬佛法，所以，佛教史家也对其充满敌意。这就能理解《高僧传·鸠摩罗什传》中那句充满气愤的陈述：什停凉积年，吕光父子，既不弘道，故蕴其深解，无所宣化。

但如果我们不被上面两种史学态度所惑，而以更为宽容的心态来想象吕氏父子和鸠摩罗什的诸种行为，就可能是另一番景象。

既然姚兴来邀请鸠摩罗什，而后凉也需要他，那么，依照龟兹王白纯为鸠摩罗什建立伽蓝寺，吕光也可以为鸠摩罗什来建立一座寺院，这就是后来的鸠摩罗什寺。罗什便可以安心在这里译经。这是根据历史资料的一种推测。但问题在于，为什么鸠摩罗什在凉州几乎没有翻译过佛经？而绝大多数甚至所有佛经都是在长安翻译的呢？

说不通。

　　但我决不相信鸠摩罗什在凉州的十七年是空白的。这是历史留下的秘密。当我写到这儿时，正值春节来临，便罢笔回凉，去考察凉州的古迹，从而进一步了解鸠摩罗什在凉州的十七年到底做了一些什么。

　　凉州是中国内地与西域交会的第一站，同时又是古代河西走廊的政治、文化中心，所以，凉州与内地和西域的佛教传统不同的地方在于，她既是汉传佛教传向内地的重要一站，其代表人物是鸠摩罗什，代表石窟是天梯山石窟，代表寺院有鸠摩罗什寺、恒沙寺（古为观音寺），同时她又是藏传佛教传向内地的第一站，其代表人物是萨加班智达和八思巴，代表寺院则是百塔寺。从元代到明清，汉传佛教与藏传佛教又在凉州融为一体，代表性寺院则是海藏寺、莲花山寺和松涛寺。1927年凉州大地震时，这些寺院和石窟多遭到毁坏。1958年大炼钢铁时，部分寺庙被毁。最大的毁寺行动到了文化大革命中的破"四旧"时期和1970年开始的砍伐树木活动，大部分寺庙都被毁坏，森林被砍伐。凉州的莲花山寺据说在明清时期是凉州最大的寺庙，是儒释道三教合一的最好见证，同时也是汉传佛教、藏传佛教、儒教、道教融合为一的最好见证，当时有寺庙七十多座，一千多间房舍，森林密布。但到了1972年时，这里的大部分树木都被砍光，寺庙几乎全都被毁。

　　我祖母活着的时候，她一直告诉我，我爷爷为求子，专门到凉州城南的莲花山上去求了个罗汉回来，所以，我父亲生得罗汉相，脾气大，气力也大。她还说，到莲花山去过的人，连续三年的五月十三日必须去莲花山还愿。我母亲一直想去一趟莲花山，但因为路途太远，且听一去就要去三年便未去过。我每次回家，都有一个萌动的愿望，希望去看看莲花山。

　　我在腊月二十八日下午回了家，二十九日上午即对我父亲说，我想去一趟莲花山。父亲知道我的意思，便主动说带我去。母亲开玩笑地说，你知道路吗？我父亲笑着说，我怎么不知道？母亲说，你去过吗？父亲说，当然去过。母亲说，啥时候？父亲说，六岁。我们都大笑。肯定是父亲在六岁的时候，我爷爷带他去莲花山上还愿了。

　　路上，我问父亲，那时爷爷怎么去莲花山。父亲说，走着去，背一个褡裢，装上三天的馍馍，第一天早晨早早地出发，要走三十五里路才能走到，有时要进凉州城，去听贤孝，有时直接从城西边去，到的时候，天也快黑了。晚上就住在莲花山上。我问，那里能住下吗？父亲说，听说莲花山很大，我也不知道，反正老人们说，莲花山，九条街（读 gai），姑娘们胳膊甩。第二天就拜佛、拜各路神仙，逛庙会，听贤孝。第二天夜里，大家席地而坐，继续听贤孝，直到睡着，到第三天早上起来便往回走，回的时候一般就不去凉州城了，直接回家，总之去一趟要三天。

当年我爷爷走过的西边的路现在都修成了高速公路，说话间，十公里已经过了，又不多时，已然能看见莲花山上的金塔了。父亲感叹，这么快就到了。小时候，太阳好的时候，从我们家就能看见莲花山上的金塔，光灿灿的。夜里塔上还有一盏灯忽明忽暗地闪着，但后来不知怎么就灭了。小时候觉得莲花山离我们很远很远，现在刹那间也就到了。父亲并不知道路。他东指指西指指，本来还有路标，后来都不见了。我们的车到了山底下，却就是到不了塔底下，也看不见任何寺庙的影子，只见莲花山下到处都是坟茔。我父亲说，现在这里成了凉州人埋人的最好的地方。我看见巨石横亘，蛮荒犹存。显然这里都是古老的河川。我倒并不急于想到达目的地，所以，一路开着车，顺着一条小路寻去。通常凉州人上坟都是大年三十日，现在，二十九日也是人们上坟的日子。只见很多车在半山腰里停着，但还是看不见任何寺庙。

寻了很久，终于看见一座寺庙，也立时发现一条刚刚由推土机推开的土路。巨大的石头像蛮荒之神的尸体一样到底都是，看得人心慌。那里是接应寺。我们并未进去，而是把车继续往山上开，因为在半山里还能看见几间庙宇。但走了一百多米后就再也没有路了。原来的小道上排列着无数的坟茔。显然，从 1972 年之后的四十年间，这里鲜有人上来。我们下了车。因为前一天下过大雪，这一天很冷。大家都看着半山上的金塔，感慨着。古人比我们要伟大。他们在运输、修建技术并不发达的古代，竟然能在那样陡峭的半山上修建高塔，现在，我们想上去一下都不容易。

我站在那里想看看当年七十多座寺庙和一千多间房到底能建在哪里，人们又是在哪九条街上行走，我爷爷他们又是在哪里住下来听贤孝的。怎么也看不出来。父亲没有一点记忆。我只有感叹。下山的时候，我弟在手机上看到有文章称，这座莲花寺最早建于西汉时期，那时叫灵岩陀，东汉改天竺寺，两晋又改灵岩寺，十六国时名大寺，隋唐时期才改名莲花山大寺，北宋时又改名为西竺寺，元初重又改回莲花山寺。

我一听，便问，怎么可能是西汉呢？佛教正式传入中国是东汉时期，第一座寺是白马寺啊。

我弟说，文章中说是西汉时期，所以那时叫灵岩陀，不叫寺，还说佛教先传入河西走廊，然后才传入内地，河西走廊的佛教比内地至少要早两百多年，在汉武帝将匈奴打败后就传入的吧。

我疑惑地说，是什么人写的文章？

我弟说，不知道。还说这里来的名人中有鸠摩罗什。

是的，肯定有他。我心中说。如果史料记载无误，那么，鸠摩罗什来到凉州后，必然要寻找属于他自己的佛教领域，而早在两晋时期凉州就有了铁佛寺和灵岩寺，铁佛寺在凉州城里，灵岩寺便成了他在凉州城以外宣扬佛法的最好去处之一。灵岩寺离武威城也只有十五里路，骑马有一个半时辰即可到达。所以，我一直在想象鸠摩罗什在灵岩寺的宣法情景。

还有一个历史的笔误。很多史书上说鸠摩罗什"在凉十七年"。这不知是哪位史家持此说，总之后来大都说鸠摩罗什到凉州十七年，甚至还有说二十年的。查史料便知，说二十年的人，大概是从吕光征讨西域时算起，即公元383年，到公元401年去长安，两头都算可勉强到二十年。说十七年的，大概是从公元384年或385年算起。公元384年是吕光打败龟兹的那一年，如果从那年算自然是十七年。但公元385年三月吕光还在龟兹，并准备留在那里。鸠摩罗什劝他回国，他才决定回国。公元385年九月，吕光回国，那年冬天，他占据了凉州。所以鸠摩罗什到凉州的时间可以从公元385年算起。

到鸠摩罗什于公元401年十二月离开凉州（《高僧传·鸠摩罗什传》中言"至九月，隆上表归降，方得迎什入关"。以其年十二月二十日，至于长安，兴待以国师之礼，甚见优宠）整整十六年。中国人好说虚岁，所以也可虚称为十七年。

接下来便是鸠摩罗什寺的修建时间。纵观天下，以人名而立寺的寺院似乎不多，而鸠摩罗什寺是特例。那么，它于何时建立的呢？目前至少有三说。一说是吕光为了留住鸠摩罗什，便特为其建立寺院，译经说法。此说似乎与《高僧传·鸠摩罗什传》上的"什停凉积年，吕光父子，既不弘道，故蕴其深解，无所宣化"相抵牾。二说为公元450年左右建造，但没有太多根据，人们也多不持此说。三说为公元488年所建。人们多采用此说。此二说与《高僧传·鸠摩罗什传》上所说一致。但是，如果鸠摩罗什在凉州毫无作为，后世所说的僧肇青年时来凉州投奔罗什与罗什在凉州翻译《龙树菩萨传》又作何解释？难道吕光到凉州后将张氏留下的译场全部驱散？

还有，先秦皇帝姚苌与其儿子姚兴在灭了前秦后同样尊崇佛教，几次派使去凉州迎请鸠摩罗什到长安译经，但吕光不同意，鸠摩罗什也未曾逃往后秦。这说明鸠摩罗什在凉州时的地位仍然很高。吕光事事必向他咨询，而吕光的儿子们也将罗什待为座上宾，与罗什常常对弈。这些都是史书上的记载。

只有两种可能才可以破解所有这些疑问。

一是鸠摩罗什在吕光时期就已经拥有自己的寺院，且开始初步翻译佛经。因为后期人们对鸠摩罗什寺的修建时间集中在了鸠摩罗什舌舍利塔的修建时间上，这是一个极大的错觉。正确的思考应当是，先有寺院，然后在此理所应当地有了舌舍利塔。舍利塔是其圆寂之后的产物，是后来物。我个人的判断是，吕光为了留住鸠摩罗什，让其很好地为他服务，所以为鸠摩罗什建了一座寺院，并命名为凉州大寺。这样，罗什也就安心了。

二是鸠摩罗什在凉州译经时遇到了很大的困难，即不懂汉语，所以用了十七年时间来学习汉语，但这恰恰为他到长安译经打下了坚实的基础。在学习汉语的同时，他也在凉州弘法。

关于这一点，人们也错把鸠摩罗什在长安的译经成就与在凉州的弘法进行对比，故而得出在凉州无所作为的结论。其实也不然。也许在那个时候，他所认为的弘法并非是译经，译经是他后来才选择的事业。要知道，他在龟兹时，从二十岁受具足戒到三十八岁龟兹被灭的十八年内，也难道是无所作为吗？在那个时候，鸠摩罗什的弘法就是在各大寺院，尤其是自己所在的寺院向大众进行佛法的讲习。这种日常弘法被史家忽略。人们始终有一个先入为主的要求，让鸠摩罗什在武威也翻译佛经。从现有的资料来看，那时翻译佛经主要还是国家倡导、国王推行的结果。虽然在南方也有一些僧人在翻译佛经，但力量不够，贡献也不大。凉州之前的译经活动是由前凉之主张氏来倡导和资助的，吕光对译经活动兴趣不大，所以鸠摩罗什在译经方面暂时还没有大作为，直到后秦皇帝姚兴时才有大作为，但不能因此而说他在凉州毫无作为。

一个文人的苦难

鸠摩罗什在长安的弘法行为，史书上记载得也自然较为笼统。我在查阅各种资料时，张志高向我介绍了一套唐时的著作——《广弘明集》，并且把这套影印本作品在当天晚上送到我家里。

我问他，你怎么会有这样的作品？

他说，十年前，我对佛道方面的作品突然发生了强烈的兴趣，后来还影响到笔记小说，什么《太平广记》《广弘明集》都是那时买的。

我问道，你都看过？

他笑道，翻过一遍，有些翻过几遍，比如唐传奇方面的小说，很耐读。

几天后，我们又在一起散步，我对他说，不知道你读《广弘明集》时是什么感受，我在读的时候，明显地觉得这是佛教批判儒家的一套作品，尤其是其前言部分，偏激之语比比皆是。

张志高说，就是，我当时也是这样的感觉，因为是唐代的高僧编的，所以选择了对佛教有利的文章。我记得开篇就讲儒家的不是，然后又否定道家，最后捧出佛教来。

我说道，是啊，但捧出佛教不是要融合前两家，而是要打败前两家，独要佛教。这多少让我有些不快。虽然我也崇拜佛教，但儒道两家也不想如此被弃之荒地，一文不值。这成了文化战争，有种胜者为王、败者为寇的感觉。这不是佛教的原意。我想，若是佛教不能融合儒道两家，不能站在两者的肩膀上弘道，佛教的广大又在哪里？

张志高缓缓说道，问题就在这里，也许那时还没来得及融合到一起。这也许就是文化融合中很难避免的问题。就像这一个世纪一样，中国人为了提倡西方文化，把自己老祖宗的文化贬得一塌糊涂，甚至革了命。但这种事情走过了头便会出现各种问题，中国人近些年来的各种道德、信仰、文化方面的问题便出现了，你还得回去。

我说道，是啊，你看现在很多进行西方哲学研究的人，尤其是留洋回来的学者们，还在骂中国文化，还在贬低孔子，我看过那些文章，全都是站在西方文化的立场上，说中国的文化没有逻辑，太模糊，太笼统，不像西方文化那样明确；说中国人没有自我，没有个人主义，而这正是文明社会必需的，等等。

张志高说道，你看看，这不正是当年龙树菩萨与鸠摩罗什所遇到的问题吗？那个时候，人们是太注重实在，太拘泥于知识甚至词语，造成了人们思想上的很多误解。福柯不也说过吗，自从西方社会的现代心理学、考古学、人类学产生后，人被知识解构了，整体的人不存在了。西方文化界极其需要一次佛教和中国的道家精神的冲和，否则，这样走下去就一定会走向撒旦的王国。你看现在西方的电影，不正是这种结局的暗示吗？

我说道，是啊，西方社会如果没有上帝精神的指引和约束，恐怕早被科学绑架到断头台上了。不过，我还觉得，儒家的中庸之道也是解决西方社会精神崩溃的一剂良药。

张志高说道，问题是，你所说的中庸之道与很多中国人理解的中庸之道离题万里。本来，中庸是一个非常难以抵达的为人处世境界，可以说是达到天人合一甚至人、神、鬼三界和同的一个境界，可让"五四"以来的一些学者们说成是折中主义、老好人主义。中国的一切都需要一次重新解释，才能焕发出新的异彩与力量。

我赞同道，不仅是中国，整个东方的学术都一样。现在的世界是不平衡的，是偏于海洋的，陆地变成了荒漠。其实，我们需要重新解释东方和旧大陆文明，重新解释中国人的精神世界。每一个词都需要重新擦亮，每一个汉字都需要重新去认识它的原初形象。

那天晚上，我们一直走了十公里，竟然走到了东方红广场。突然，我的电话响了。一个非常陌生的电话，是北京来的，我便接上了。对方叫出了我的名字，问我，最近怎么样？

我说道，太不好意思了，我没听出你是谁，也没存你的电话。

对方显然有点尴尬，他说，你把我电话都删了？我是老唐啊，唐季康啊。

还记得吗？

怎能不记得？我还常常想起他们把我和冯大业扔在新疆的事情。本来，冯大业的女儿要与他打官司，问他为什么没有照顾好冯大业，还是我劝阻了她。我说，跟他是有一些关系，但冯老师对我更信任，所以把我留了下来，我也算是代表了他，再说，你们现在打官司，会给学界、文坛留下笑柄，冯老师才刚刚下葬，你就向他讨要说法，不外乎赔些钱，但结果并不见得就是那样。我委婉地告诉她，如果记者进一步挖掘，会把你们当时没有及时回到老人身边导致老人临死前很难瞑目的事也捅出去，那样你们岂不两败俱伤？冯大业女儿才放过了唐季康。他们再未与我有过任何联系，我虽然替唐季康说了好话，但我仍然对他抱有一些成见，所以删除了他的电话。

没想到一年多以后他还是主动联系了我。我干笑了一下，说道，唐老师，说吧，找我有什么事？

唐季康说道，你看，徐教授，徐老师，我心中有个结一直未解开，就是冯老师的死，你那时候帮了我的大忙，我从未感谢过你。

我没想到的是，他一开口便直奔主题说到这儿了，便笑道，唐老师，是我应该的，没什么，您别往心里去。

他在电话那边叹了口气，说道，不是，你不知道，我这一年来经常做梦梦见冯老师，每次醒来都觉得当时我没处理好他的事。再过几日，就到了他的忌日了，我想请你来北大讲学，就讲你正在写作的鸠摩罗什，顺便，我们一起去祭奠一下冯老师。

我说道，好吧，我去祭奠一下冯老师，至于讲座嘛，我还不敢到北大去讲。

他赶紧说道，一定要讲一下，说真的，那次你和冯老师的谈话对我触动太大了。我当时还有些不舒服，但这一年多来的写作、阅读、讲学，我都在努力做一件事，就是冯老师和你那次说的那些，要重新书写一部中国人眼里的全球史。

我有些激动地说，你正在写吗？

他沮丧地说，不是，我才在准备阶段，不知道此生能不能完成。

我便说道，那好，我明天就订机票，到北京再聊。

他赶紧说道，好好好，你来回的机票我这边给你报销。

挂了电话，我把当年和冯大业、唐季康的交往对张志高讲了，他说道，也许当时他不会在意你，人家是学界的权威人士嘛，但慢慢地肯定会改变一些。

我对张志高说，要不，你跟我一起去，我有项目经费，你的费用我全包了。

他说，那不成，我怎么能用你的经费？

我说道，没关系的，反正现在除了出差，其他的经费都报销不了。你就替我花一些吧。

他犹豫了一阵，便说，也行，反正我是一个闲人。北京我也好多年没去过了。

第三天，我和张志高便坐在了去北京的飞机上。这个满腹经纶的小个子男人，从天空中不时地向下看着高山、大地与城市，他微微有些不安地说，我从人大毕业后已经三十六年了，记得二十年前去过一次北京，就再也没有去过了，不知北京变成一个什么样子了。

我看出他怀着一丝的惶恐，便说，现在已经是一座现代化的世界性大都市了，到处都是摩天大楼和高架桥。

他说，我正是害怕她成为那样。

他看了看飞机，又看了看我，笑道，不瞒你说，我刚刚生出一个奇怪的想法。我想回去，我不想去北京了。

我惊奇地笑道，那怎么能行？飞机可不是咱们的自行车，说掉头就掉头了。

他起身环顾了一下飞机里的人，说道，我说的可是真的。

我笑道，好了，老张，你这个人真是有些好玩。对了，我在想，我去北大演讲的时候，你也一起跟我上去讲吧。你的知识比我广大得多，思想也比我深刻得多，你不去讲真的太可惜了。

他想了想说道，你可别吓我，我此生没写过一篇文章，虽在年轻的时候也讲过几节课，但那都是朋友叫去捧场，正儿八经的课一节都没上过，我可不去讲。我习惯了在下面讲，一个人默默地想。你就不要为难我了。

我说道，可是，我总觉得可惜你一身的学问了，说老实话，你是我见过学问最大、最真诚的知识分子，可你竟然一个字都不写。

他笑道，我不是你这样的大才，我就只能是这样一个人了。

后来他睡着了。等他醒来的时候，飞机已经着陆。他惊慌地看着外面，一句话也没有。我们一同下了飞机，向机场外走去。我看到唐季康发来短信，说酒店已经给我们订好，让我们直接去酒店。他晚上请我们吃饭。张志高不停地看着巨大的航站楼，说道，这么大的变化啊。

　　走出候机楼，我在招手打车，他则向远处瞭望，一辆出租车停在我们面前，他突然说，兆寿，要不你一个人去吧。我想，我这就回去了。

　　我惊讶地问他，你回哪里去？

　　他说，兰州。

　　我把出租车先让给别人，把他拉到一边说道，老张，你怎么能这样？为什么？

　　他低着头，不敢看我的眼睛，然后他努力地说道，我怕。

　　我问道，你怕什么？

　　他说，我就是怕，我不进北京城了，我真的要回去了。我自己去买票，你就不用管我了。

　　我说道，老张，你不要这样，咱们两个人呢？你不上台演讲总行了吧？就算是陪我。

　　他坚决地说，不，不是演讲的事，我觉得我适应不了现在的北京，我的心很慌，我怕我会窒息，真的，你别拦我了，我真的要回去了。

　　说完，他就挣脱了我的手，向航站楼走去。我无法理解他，拼命地想拦住他，但我发现，越是拦他，他越是紧张。后来，他的呼吸都有些急促了。他说，兆寿，你真的让我回去吧，我觉得我的心脏快受不了了。

　　我看出他是真的，于是，我给他买了机票，而且是半小时后进站。他拿着机票说，我赶紧进去了，万一误了飞机就不好了。我无奈地看着他，目送着他去了候机室。

　　我在北大的演讲还算成功。很多人都不知道鸠摩罗什，他们不相信我把鸠摩罗什描绘得比玄奘还要伟大。唐季康用心良苦，他说，等我的书出版后，他要在北京大学给我开一场学术研讨会。我当然也是非常盼望的。我们一起去祭拜了冯大业。幸好没碰到冯大业的儿子。说真的，我是再也不想看到他。

　　但在那几天里，我也重新认识了唐季康。他不像我想象的那样，我惊讶地发现，他其实是有一些佛教情结的，只是他在外界始终要保持一个中立的学术立场，便总是在犹豫不决之中。我们谈了很多很多，我对他的各种不满都结束了。他告诉我，自从冯大业死后，他就一直在不安之中。有一天，他去北京的一个寺院与一位僧人聊天时，那个僧人告诉他，你必须自我救赎，于是，他鼓足勇气打通了我的电话。

我在愉快中回到了兰州，第一个便给张志高打电话。他告诉了我一个惊人的消息。他在医院里。

我飞奔进医院。他告诉我，他到北京后，看到一个陌生的世界在向他展开，他便感到极度地不适，他觉得他快要死了。当他坐在回兰州的飞机上时，他的心脏还在痛。后来，他昏过去了。正好飞机上有一位医生，救了他，给他吃了药。一下飞机，他就被送往医院。他的心脏上做了一个支架。那是他不愿意的。他从来对西医都不相信，但他老婆签了字。他活了过来。

他老婆对他的行为表示了十分的不耻，他也只是淡淡地一笑，说道，我就是这么一个人。

那天夜里，我继续翻看《广弘明集》，翻开姚兴写给鸠摩罗什的那封书信。第二天晚饭后，我便找他散步，兴奋地说，你那套《广弘明集》对我了解鸠摩罗什和姚兴太重要了。很显然，他崇扬佛教，不光是为了让百姓空虚自我，以守法纪，而且是为了解决自身的生死问题，是真正的信仰问题。他以为，过去世（前生）、现在世（今生）、未来世（来生）三世真实存在，所以才有佛教因果报应、三世轮回的理论。

张志高说，是啊，从那封信可以看出，姚兴在鸠摩罗什来之前，已经接受了小乘佛教的义理。小乘说一切有部主张"三世实有，法体恒有"，认为三世（时）、一切事物和现象（法）皆有实体，真实存在。在这一点上，我们发现它与犹太教、基督教、伊斯兰教和其他一些宗教的不同是它有过去，而上述那些宗教都只说此世（此岸）和来世（彼岸）两世，这就将上帝、真主的创世观打破了。人不是某个造物主创造的，他在前一世就已经有了，甚至前一世也是再前一世因缘的结果。因为有了前一世，才有此世，而有了此世，也就有了未来世。此世是未来一世的前一世，而未来一世又是再一个未来一世的前一世。往复循环，这就叫轮回。如何跳出这样的轮回之苦，便是大乘佛教所要解决的问题。这似乎就把人类绵延不绝的历史也解释清了，也就是说，人类的历史绵延正是众生在人世间的轮回现象。而上帝、真主创造世界时，人并无过去世，人是被凭空创造出来的，只有现世，然后现世的善恶决定了人死后是否进天堂。不进天堂者便进地狱，但地狱并非此世，也是来世。那么，这样的创世说就无法解释人类为何如此绵延不绝的道理。同时又存在一个问题，因为这样一来，那些地狱里的恶魔就永远地成了恶魔，永无翻身的机会。

他从口袋里抽出了一支烟，一边找打火机，一边说，所以，二元对立学说是从上帝那儿来的，即非善，便为恶。所以有绝对的善和绝对的恶，也就有了绝对的真理。这是西方文化的本质所在。但佛教为那些恶魔却给了新生的机会，地藏菩萨发下大愿，誓将地狱里的恶魔也要度尽，所以，每过一段时间，地狱里的门便要被打开，恶魔将来到世上修行，以便重新进入修行的轮回之中。佛教在善恶方面，从不绝对。它一方面讲善，同时也会将善在更高的层次或另一维度上否定，从而使其不至于走向绝对的反面。这与老子的思想"天下皆知美之为美，斯恶已；皆知善之为善，斯不善已"就一致了。这大概就是与东方思想的相通之处。"物极必反"说的正是此理。其实，又何尝不是说的"有无相生"，"虚实结合"的道理，即这世上有善的一面，肯定也埋藏着恶的一面。中国《易经》的八卦若属于最初草创阶段的大道，那么《周易》六十四卦就属于较为成熟的道。每一个卦中都有多个侧面在起作用，善恶并存，每一个因素都在不断地运动。在上上签中必然深藏着最大的危险，而在下下签中也必然存在能够转危为安的机遇。故而孔子在洞悉这些宇宙万物和人生社会的道理后，便得出一个基本的守持，即不管在任何情况下，君子都要坚守正道，就能立于不败之地。这就是儒家在《易经》中得到的正解。

做了一个支架的张志高觉得浑身不舒服，他总是埋怨老婆说，她干吗非要给我安一个支架，时时刻刻地提醒我，我是一个病人，其实，我根本就不需要这个支架。

我笑道，难道你不觉得这个支架也就是一个十字架吗？西方文化的因子已经深深地植入你的脉管中了。

他愣了一下，然后缓缓说道，还真是这么个理。

我说，我也与你一样，四十岁之前，我几乎是西方文化的信徒。因为读书的时代正好是上世纪八十年代西方文化在中国大爆炸的时候，而写作的时代也恰恰是西方文学对中国作家影响最大的先锋文学时期，我了解西方文化远比中国文化要多得多，读的小说也常常是西方的小说，我对中国文化传统常常只是顺便一瞥，已经失去了兴趣。

我向他讲述了我三十六岁那一年与女儿的一次对话。那时，女儿三岁，刚上幼儿园，晚上要求我给她讲故事，于是，我先讲古希腊的神话故事，因为很多朋友给她送的图册与光盘上的内容都与古希腊神话有关。她对宙斯的了解和兴趣要远比女娲大得多，再说，古希腊的神话很多，而中国神话似乎没什么可说的。后来就给她讲童话，也是西方的多，中国几乎没有童话。再后来，就给她讲《圣经》故事。

有一天，她突然问：

爸爸，上帝是谁创造的？

我说，上帝是从来就有的，在世界产生之前就已经存在了。

世界还未存在之前他就存在的话，他是为了什么呢？

这个……上帝不为什么。就像荒漠存在一样，最开始也不为什么。他就是在那儿。中国人把这个叫无为。

嗯，我听不懂了。那么，爸爸，上帝是男的还是女的？

我更为尴尬。我想了很久对她说：

上帝说，他按照自己的形象创造了人，那么，他也就是人的形象。他创造的第一个人是亚当。如果按照这个思维的话，他就是男的。所以，他最初认为女人就是男人的附属品。

噢！这样啊……

有一天，她又问我，爸爸，你说宙斯是第三代神王，那么，前两代神呢？神也会死吗？

会死的。

我还以为人会死，神就不会死了。中国的神话中不是说长生不死吗？

神与人一样。我犹豫着说。

可是神为什么会死呢？

古希腊神话中说，神的儿子们会长大，长大后就有了对权力的欲望。这大概就是宙斯推翻自己父亲的原因吧。

那中国的神话中神也会死吗？

中国的不是。中国的神话中，神都是人变的。人一旦成了神，就不会死了。

那为什么我们的和西方的不一样？为什么大人不给我们讲中国的神话呢？

我无言以对了。女儿只是随口问了一句，她似乎只是顺着我的话往下追问了一句而已，但让我想到的竟很多。是啊，三十六岁那一年，我就一直在想女儿提出的这些问题。她也许问的问题是幼稚的，但是根本性的。也许人类从来都是如此，在成长的过程中，把问题都悬置起来，而把吃喝的事放大，所以后来政治经济就变成了大事，而童年时期的问题并没有被我们解决。当然，问题也是两方面的，人类在这些根本性的问题上，从来就无力回答，于是，也只好去做能做的事。

张志高听完我的讲述后说，也许你与孩子的对话不是你们独有的，而是你们这一代人与下一代人之间的对话，你瞧，上帝的支架无处不在。

我笑了一下，说道，三十七岁那年，因为一个原因，我开始上一门课，名为《中国传统文化》，三十八岁的时候，又上了另一门课，名为《西方文化概论》。整整三年，我在中西方文化广阔的操场上奔跑。大概那三年与你的读书状态有些一样，不写一个字，只读书，去理解，去思考。四十岁那年，女儿七岁。她去南方旅游，回来写了一篇日记。她写道：未去海南之前，觉得天涯海角非常遥远，去了海南之后，才发现天涯海角就是两块石头，一块上写着"天涯"，另一块上写着"海角"。她还问了我一个问题，她说，爸爸，我看过的书上明明写着财神的名字叫赵公明，可是，为什么南方那些庙里头财神都是关公呢？

我说，神都是由人创造的。没有人的崇拜，神就不存在了，也就是说死了。人们以前崇拜赵公明，可后来就崇拜关公了，赵公明慢慢地就死了。如果过一段时间，关公也被另一个神取代，关公也就会死的。甚至说，赵公明若再被人崇拜，赵公明就又活了。

她说，神还可以这样吗？

我犹豫了一下说，也可以说，其实他们没死，只是新的神代替了他们，他们隐藏起来了，相当于死了。等到有人要崇拜他们的时候，他们便就又回来了。从这个意义上说，神是不会死的。

她又问，那么，上帝是原来的老神还是新神？他也是人创造的吗？

我吃了一惊，一想，从她少不更事的角度来看，这确实是一个问题，于是我试着告诉她，犹太人有一部古老的书，名叫《旧约》，这就是人们说的最早的《圣经》，书中说，最开始的时候，上帝只是亚伯拉罕的家神，他的仆人则有自己的神祇。那就说明，当时与上帝一起存在的神有很多，上帝只是一个而已。亚伯拉罕带着自己的族群向耶路撒冷一步步行走时，他还在怀疑上帝，所以上帝才要与他见面，鼓励他，并与他盟约。数百年之后，上帝仍然还不是希伯莱人唯一的神。到了犹太人的一个叫摩西的圣人领导时，他去了一趟西奈山，去见上帝，在那里一待就是四十天，与上帝订了约，这就是旧约吧。他回来的时候，发现人们崇拜的不是上帝，而是金牛犊。人们还在崇拜多神。于是，他做了一件历史上非常重要的事，就是清理了三千左右的异教徒，统一了上帝的一神教。从此以后，亚伯拉罕的上帝这个神才越来越大，逐渐成为西方很多人都认同的创世主。所以，到大家都崇拜上帝的时候，上帝在神界的力量就越来越大，其他的神就隐藏起来了，甚至真正的死亡了。从历史的角度来看，是人重新创造了上帝。从亚伯拉罕到摩西，再到耶稣。这是一个非常清楚的历史过程，非一开始如此。犹太教、基督教如此，中国的道教和儒教也是如此。比如，人人都知道诸葛亮和关羽都是历史中的真实人物，但他们死后，人们为他们建立庙宇崇拜他们的时候，他们就被人尊为神。我们到台湾的时候，不是看到诸葛亮的庙吗？至于关公的庙，在大陆就到处都是了。从这个意义上来说，神是由人创造的。没有人的崇拜，神就不存在。毛泽东时代，打倒一切牛鬼蛇神后，人人都信唯物主义，没有人再崇拜神，神也就不能住于世间，也就离人间而去，甚至死亡了。

　　她迷茫地看着我说，既然上帝最早也只是多神中的一个神，后来才成为一个神教中的上帝，那么，世界还是他创造出来的吗？

　　我已无法回答，我说，有很多人相信，但也有很多人不信。这世界就是如此。等你长大慢慢读书再体会吧，我现在给你说也说不清。女儿现在已经长大，也不再问我这些看上去幼稚的问题了，但是，她问过以后，我却长久地在思考着。我在想，有一天，我必须清楚地回答她，所以我花了很多精力去研究宗教问题，但是，直到四十岁那年，我站在武威文庙孔子的铜像前时，我才清楚地发现，在我内心的深处，由于青年时期接受了西方文化的熏染，所以我执拗地认为西方文化无可挑剔，尤其是全球一体化而欧美文化占主流的今天，但是，孔子挡在了我前面。我必须认识他。从三十七岁到四十岁的三年多时间里，我终止了小说创作，进行中国传统文化与西方文化的研究，而大量的时间被孔子所占用。但那个时候对孔子的理解还无法跳出历史来看，还是被很多学术大师所遮蔽，尤其是被"五四"时期的一些见解所左右。我苦苦挣扎着，不知道在他面前说些什么。即使如此，我也发现，过去的我是多么浅薄、无知，而现在的我同样浅薄、无知。我简直就是一个无知之徒。想到这一点，我无比沮丧。

张志高在我漫长的讲述中突然插了一句话，即使如此漫长，你还没接触到鸠摩罗什呢。

我会心地笑道，是的，我正要说呢。也就在同一天，我又站在鸠摩罗什舌舍利塔前，迷茫地看着这座高达十二层的佛塔。人们为什么要给他建一座塔？他已经成为人间的神，可人们还记得他吗？若不是搞旅游开发，谁会知道这座塔的主人是谁呢？它就矗立在那里，并且高过人们的视线，可人们熟视无睹。它在凉州已经矗立了一千五百多年，唐代敬德将军重新修建过一次，明代又重修过一次。为什么人们一次又一次地将它重修起来呢？鸠摩罗什到底是一个什么样的人？他对中国人和我故乡的人们到底产生了什么样的影响？

我说，我必须要彻底地了解他。正好在 2013 年的时候，清华大学出版社的一位编辑与我签订了丝绸之路文化的几本书，其中佛教石窟和佛教人士一本，鸠摩罗什便成为我首选的佛教人士。2013 年的春天，我开始翻开《高僧传·鸠摩罗什传》，由这本书开始，我翻开了无数的史书、佛经、地方志。我突然发现，我进入了一个浩瀚的信仰世界。我又一次感到了自己的无知与浅薄。

张志高在听完我的讲述后，沉默了一会儿，然后他说道，你今晚讲了这么多，你知道我听到的最多的一个词是什么吗？

我迷惑地问他，什么？

他说，我，还是一个我字。你还在挣扎。我的那个支架是明着的，但你的支架你感觉不到。这可能就是我与你的区别，也是我们这代人与你们这代人的区别。

我一听，愣了半天。从那天起，我们除了聊学问上的事外，也经常谈论日常生活，因为我们发现日常生活才是我们谈论今天思想的起点。

一次和张志高喝酒，喝到酣处，他低下了头。我以为他醉了，不能再喝了，谁知他抬起了头，满脸的泪水，他说，兆寿，你知道吗？我此生是极为失败的。

我说，怎么能这样说？

他说，年轻的时候我喜欢的是庄子，看不上任何人，任性狂放，世俗生活的第一个节点，如评职称、竞争职务，我都嗤之以鼻，不以为意，结果呢，所有人都在世俗生活中越过了我，我就更加不以为意了，如今，我老婆骂我碌碌无为一辈子。她说，当初嫁你的时候，因为你读书多，又是名牌大学毕业生，觉得跟着你能享富贵，结果受了一辈子穷。女儿也是啊，咱们都是一个女儿。高中时她上不了师大附中，我又不肯去求人，当然也无人可求，结果呢，她就上了一个很烂的学校，没考上大学，自学考试算是毕业了，现在也还在家里混着，跟我一样，眼高手低。今天下午，她问我要钱，我问她干什么去，她不说，我也没问，就给了她一千元。老婆后来给我说，女儿去医院做人流去了。你知道吗？刚刚我收到女儿一个短信，说，爸爸，你是哲学家，你告诉我活着有啥意义？我能告诉她什么呢？我太失败了。两个女人跟着我这样的人，你说倒霉不倒霉？

我伸手拍了拍他的肩膀，想说起什么，但又无从说起。我叹了口气，说道，老张，无论你怎么看自己，也无论嫂子、侄女怎么看你，在我看来，你是一个有智慧、有品格的人，是脱离了低级趣味的、真正高尚的人，我觉得你是很成功的。我是以你为荣的。来，我要为你干一杯。

我把酒杯端起来，试图打破僵局，他流着泪，端起了酒杯，但又无力地放下，把脸上的泪水擦干后说道，谢谢你安慰我，我老婆不让我再喝酒，但我不喝酒说不出真心话来。说真的，我在这人世间走一遭，除了家人外，真正的朋友也就你一个了，就你还能容得下我这个无用之人。

我也动情地说道，老张，在我看来，你能拒绝一切庸常，这就说明你是世上最大的英雄，很少有人能比得上你，我也比不上你。

他哭笑道，我老婆说，雁过还要留声，我在这世上留不下任何痕迹，还有什么成功可言？

我说，这恰恰说明你超越了一切。

他苦笑着说，我老婆说，你别蒙人了，人家老子和庄子说无为而治，可人家恰恰留下了《道德经》和《南华经》，你能留下什么？他把我们的超越论早都破了。

我惊问，嫂子也读老庄？

他摇着头说，偶尔读一读，她也是文学青年，所以才会喜欢我这种书呆子。我马上要退休了，退休后就更是没有世俗的痕迹了。她下午问我，你说，我们这辈子也就这样了，可我们的女儿怎么办？

我无言地叹息着，也不知如何是好。这时候的他脸上已经没有眼泪了，又跟平时差不多了。他突然说，兆寿，你看你们单位，或是你的研究生中，有合适的小伙子就给我姑娘物色一个吧，我没有什么可给他们，将来若他们没有房子，我和我老婆已经商量好了，我们就去租房子住，把我们现在的房子给他们当新房。

我已经真的无话可说了。为了打破这种尴尬的局面，我说道，别别别，将来的事情谁也说不清，说不定人家根本就不需要你们为他们做什么呢？现在别操心了。对了，我请教你一个问题，你看过《老子开天经》吗？

他缓了缓说，看过，大概两年前在网上找来看的，不全。说太上老君每隔一段时间就要从天上下来开化人间，所以，老子只是老君在周亡时降到人间的一个化身，从这个意义来讲，老君是永恒之化身。他是世界的起源，也是世界的主宰。与基督教不同在于，他每次只是教化圣人，让圣人再去管理世界，他自己并不直接管理世间。

我又问，《老子化胡经》呢？

他说，也看过。当时是想了解佛道两家争议的一些事。对了，你是不是也在研究这个问题？

我说，是啊，我刚刚写到佛道两家的相争。历史上，仅朝廷主持的论争就有十五次之多，到元代时结束，佛教成了国教，道教衰落。

他说，我还记得当时有四十五部经被认为是伪经，被忽必烈下令焚毁。其实，我们现在不大重视了，现在我们是中西之争，但那时也有中西之争，也就是佛道之争。每一次的争论在今天看来都很有意思，它们不仅仅成为学术史上的奇谈，而且每一次的争论官方都极为重视，因为它们就是那个时代的意识形态。

我说道，我最近一直在考证老子与释迦牟尼两人的生卒时间，发现一个很有意思的现象。孔子约生于公元前 551 年，卒于公元前 479 年。释迦牟尼约生于公元前 560 年，卒于公元前 480 年。孔子与佛陀去世的时间竟然那样相近，而他们出生的时候也亦然相近，只是佛陀比孔子早出生九年。也就是说，佛陀与孔子完全是同时代人。

他淡淡地说，嗯。

我继续说道，但我们无法知道老子的生卒年月。司马迁也只是知道老子的种种传说而已。一说他活了一百六十岁左右，另一说他可能活了二百岁之多。无论哪一种说法都是历史的疑点。只是人们谈得最多的是孔子拜见老子的说法。这个故事也是《孔子世家》中最为精彩的桥段。从这个故事出发，人们一直推断老子至少比孔子要大一辈多，甚至两辈。也就是说，老子比孔子要大至少二十岁甚至四十岁以上。庄子说，孔子见老子时已经五十一岁了。也就是说，那时的老子定然在六七十岁。问题在于，他为什么要向西而去？他要去干什么？从那时的情形来看，西方仍然是蛮荒之地，也是不安定之地，他为什么要选择这样一个地方？他去西方的时间至少也在六七十岁以后。有人已经研究出周代官员七十岁退休。那么，老子是退休之后才去的西方，还是未退之前就去的西方？显然，应当是退休之后，否则，一个那么大的官员莫名其妙地跑了，朝廷是不会轻易不查的。另外，按照老子的行为方式，也不会冒那样的危险。他必然是从容不迫地去了西方。所以，定然在七十岁之后。

张志高插话道，这个年龄的推算可谓至关重要。

我说，它说明老子至少要比释迦牟尼大十多岁。重要的是从这个推算就能知道老子与释迦牟尼的关系了。孔子拜见老子时已然五十一岁了，说明那时的释迦牟尼已经六十岁了。六十岁的释迦牟尼已经名满天下，弟子遍布印度诸国。说老子点化释迦牟尼成佛，那必然是释迦牟尼三十五岁时发生的事，那时，孔子才二十六岁，离拜见老子还有二十五年之久。那时的老子，还在做官，离退休也还有至少二十五年。如果说是孔子五十一岁拜访之后去的西域，那么，老子去天竺时，释迦牟尼已经六十左右了。何来老子点化释迦牟尼之说呢？

他听后缓缓说道，唉！历史中不知有多少这样的误区。就拿佛道相争这件事来说，竟然争论了一千年之久。这是多么令人不可思议的事啊。

我叹道，信仰会使人迷信，这话一点都不假。所以我觉得不能一味地说信仰就一定是好的，它会使人狭隘。

他说道，是啊，由此我们也可以判断百年来我们以西方文化为基础，而对东方宗教进行的各种攻伐是毫无道理的。假如站在佛教的立场上，来看基督教的一神教和犹太教的历史，实则充满了强权意识、侵略意识与杀伐性。摩西在西奈山下为统一宗教而杀人数千是不善的。犹太教和基督教是二元对立思维，人死之后要么进天堂，要么下地狱，没有第三条路可走。那么，地狱里的恶鬼难道永生永世都没有超度的可能吗？这是基督教无法解决的问题，但是，佛教有地藏菩萨，他看到地狱里的众生，也起了怜悯之心，并发下大愿，"地狱不空，誓不成佛。"凭这一点，佛教就要比基督教伟大得多。假如我们还要这样分析下去，基督教就变成一个非常有问题的宗教，但是，我们一定需要这样来打压基督教吗？一定要以非此即彼的二元论思维对待彼此吗？因此，近百年来中国知识分子对中国文化尤其是道教和佛教的各种口诛笔伐，实则既是往世的轮回，又是西方文化在中国知识分子心上的投影。

张志高在谈论这些问题时一点局促感都没有，只要你起个话头，他就会旁征博引、滔滔不绝，可一旦接触现实，他就像一个泄了气的皮球一样，毫无生气了。

我们分别的时候，他告诉我，我女儿的事你千万别说出去啊。

我说道，放心，一定。

第二天，我去了天祝考察。半路上，大雨倾盆，我们往一个叫天堂寺的地方进发。突然，张志高打来电话，问我在哪里，我说在去天堂寺的山路上。他急切地问道，你能不能回来？

我赶紧问道，发生了什么事吗？

他突然失声哭了起来，说，我老婆她出事了。

我大惊，怎么回事？

他说，昨晚酒精中毒，到现在还没救过来，可能不行了。我不知道怎么办？

我说，好好好，我马上回。你不要急。

但外面暴雨如注，车又往山上爬行，我怎么下山呢？我对大巴师傅说了实情，他说，这样吧，我们继续往前走，我看见有下山的大巴或出租车时就停下，我给你把他们叫下，不然的话，这么大的雨，你也打不上车。

我也只能如此。但每走一公里，我的心里就越是沉重。暴雨中，没有一辆车停下。我等不及了，我要求下车。大家也无奈，只好允许我下车。我在大雨中站定，十几秒之后就湿透了。等到一辆车停在我面前时，我已经觉得自己快不行了。那位司机说，是不是前面那辆大巴上下来的？我说，是的。于是，他把我拉到天祝县城，然后我又租了一辆车往兰州跑。

我浑身湿透地站在人民医院重症监护室时，张志高也只是看了我一眼，便哭了起来，他说，昨晚我出来与你喝酒了，我老婆她也与朋友去喝酒了，喝的酒很多，直到半夜才被人送到家里。过了一阵后，我就觉得不对，一看她一直吐，说胡话，神经有些不正常了。我给她喝水，她喝上后还是吐。我昨晚也喝了很多酒，头脑也不十分清醒，不知道怎么办。姑娘昨晚也没回来，我一个人，没人商量。到五点多时，我看她已经吐出了血，就赶紧打电话叫120。半个小时后，医院来人接走了，到医院后已经不行了。早上医生说，她的颅内大量出血，手术也没用了。当年我岳父就是这样死的，没想到她也这样。

我说，现在人已经没了吗？

他喃喃道，医生说没治了。

正说着，他女儿进来了，他把情况又给女儿说了，女儿便要冲进监护室去，医生不让，说他们在做最后的努力。女儿便大哭起来。他将女儿搂在怀里，一句话也没有。我也不知如何是好，心里很难过，总觉得这事跟我也有一定的关系。要是昨晚我们不喝酒就会好一些。

他老婆最终走了，这么突然，令他和女儿一时无法接受。女儿本来约下的那天去做手术，可母亲死了后，她突然决定要和男友结婚。男友是一位正在读硕士的小伙子，也已经三十岁了，什么也没有。他也同意。于是，三个月后，他就从家里搬到了办公室住，把房子让给了女儿做新房。他对女儿说，你们简单办一下先过日子吧。

生活如此突兀，令张志高一时难以适应，好在他本来就对生活无多大要求，物质追求方面也没有多少区别，只是他更沉默了。有人对他说，你还年轻，要不再找个伴儿，不然日子怎么过啊？他只是淡然一笑说，谢谢，先不找了，以后吧。

有一天，他喝了两杯后就有些醉了，突然哭起来，他说，我从来没觉得我老婆有多么重要，也不知我有多爱她，现在失去了，才知道天底下任何人都无法取代她。她虽然也老是骂我无用，可从来不弃不离。你看，我在单位工作了三十多年，退休的那天就让我从单位搬出来了，若不是你替我求情在你们学校图书馆搞了个资料员工作，我还没处去了。现在我就住在图书馆一楼的资料室里，替大家值班。原来单位的人没有一个跟我联系过。人情太冷了。以前吧，我觉得自己是一个无用之人，还能过得去，现在，我就觉得自己是一个完全多余的人。

我叹道，其实都一样，表面的繁华、热闹都是假象。

他说，我也这么安慰自己，所以，最近我又开始看佛教方面的书了。

我一听，喜道，这可是你新的开始啊，我倒觉得很好，但是，我倒不希望你像小乘佛教里说的那样，一个人出家，我觉得大乘佛教更好，不一定非得出家，但只要心中有佛，把自己的后半生贡献出去，为众生而谋利益就很伟大，一样在修行。

他听后喝了一口酒，缓缓说道，我可能最多能体会小乘佛教，对大乘佛教心向往之，但力有不逮啊。

我说，如此你不向大乘佛教过渡，你就只能是一个多余的人，一个只想着自己那点小伤感的人，就破不了我执，也摆脱不了人生的诸般苦恼，可是，你如果能向大乘佛教过渡，那么，你接下来的人生就非常精彩了。

他淡淡地说，希望如此吧，没想到，现在是你来救我了。

舌舍利的真伪

一千六百年之后，我和张志高站在鸠摩罗什舌舍利塔前。

张志高在我所在的大学图书馆里开始默默地做一件事，整理鸠摩罗什翻译的佛经，并进行这方面的研究。这是我未曾料到的。他告诉我，你不要惊讶，也不要觉得我抢了你的研究方向，你是进行文学写作，我是进行学术研究，我做的是基础性的工作。

我还是惊讶地问他，这是真的吗？

他说，当然是真的，三四年来，你每一次问我佛教与鸠摩罗什的问题时，其实我也在默默地研究，久而久之，我与你一样对这个人产生了莫大的兴趣，现在有时间，再做些整理。我在想，如果你的书能产生一些影响时，我们就在这里成立一个鸠摩罗什佛教研究中心。

我叹道，这个我是打死都想不到，我大概也无法做这件事。你知道的，我可能写完鸠摩罗什后，就换其他的选题去研究、去写作了。鸠摩罗什的研究工作，可能真需要你去做一些了。

他缓缓说道，几十年来，我先是进行西方哲学的学习和研究，后慢慢转向中国传统哲学、文化的学习和研究，但都未曾做真正的工作，就这样退休了，谁能想到，退休之后我突然又想搞这个了。

此后我隔几天就会去看他，他竟然忙得不可开交，有时连晚上散步的习惯都取消了。他的精神也越来越好，似乎青春期才刚刚开始。有一天晚上，我看见他在写作。那是我与他交往多年来第一次看见他写东西。他不让我看，我非要看，于是，他说，你先别看，我就是写着玩呢。

我笑道，我很好奇，你在写什么呢？

他笑道，我想写一部学术自传，把我一辈子看过的书、思考过的问题都写出来，把我学习西方文化与中国传统文化的各种困境都写出来，给人们一些启发。尤其是我要把佛教对世界可能的贡献性写出来。西方文化面临知识化、物质化、教条化的困境，而佛教与中国文化正好可以克服它。中国文化也仍然面临文化转型，但更需要的是弄清楚它的主体性是什么。我要把这些都写下来。

我点着头笑道，好啊，别人是工作时拼命地写，为的是职称、津贴，而你呢，工作时一个字都未写，别人是退休后就开始游山玩水，你呢，退休后才开始真正的研究工作，才开始写作，都反过来了。你真是与众不同啊！

他笑道，都是你讲的大乘佛教精神改变了我。

当我把写完的《鸠摩罗什》拿给他看时，他花了一天一夜将其看完，没有评价一个字，开口只是问我一个问题，你说，鸠摩罗什的舌舍利在武威？凭什么能证明呢？

我说，我去过西安的草堂寺，那里分明写着是鸠摩罗什舍利塔，而武威的明确写的是鸠摩罗什舌舍利塔，这还能有假？

他说，十几年前，我陪着几个考古学的专家去过武威的鸠摩罗什寺，我们共同的疑问就是，怎样才能证明这是鸠摩罗什的舌舍利塔？也就是说，在西安的草堂寺已经有了鸠摩罗什舍利塔，那么为什么独独把舌舍利放在凉州呢？在凉州的舌舍利是真的吗？

我们讨论了很久也未有结果。过了几天，我要回去看父母，就打电话给他，老张，你与我一起回趟武威吧，我们一起去拜访一下现在的鸠摩罗什寺方丈理方法师，我已经让朋友联系好了。

他犹豫了一下，答应了我。走在路途中，我拿出手机，上网又一次查出《高僧传·鸠摩罗什传》中记载的一段话给张志高看。

> 什未终日，少觉四大不愈，乃口出三番神咒，令外国弟子诵之以自救。未及致力，转觉危殆。
>
> 于是立即与众僧告别曰：因法相遇，殊未尽伊心。方复后世，恻怆何言。自以闇昧，谬充传译。凡所出经论三百余卷，唯十诵一部，未及删烦。存其本旨，必无差失。愿凡所宣译，传流后世，咸共弘通。今于众前发诚实誓：若所传无谬者，当使焚身之后，舌不燋烂。

　　以伪秦弘始十一年八月二十日，卒于长安。是岁，晋义熙五年也。即于逍遥园，依外国法，以火焚尸。薪灭形碎，唯舌不灰。

　　张志高说，从这个记载来看，鸠摩罗什的舍利中最神奇的便是舌舍利，所以凉州鸠摩罗什寺的舌舍利塔便也传奇起来，所以大家才要追问：为什么它不在草堂寺而在武威呢？

　　我说，我查了很多资料，未见高僧们对此进行过论证。

　　张志高说，也许对于高僧们来说，这无足轻重，不可有分别之心，但对于我等学人来讲，这是一件求真的事件，自然是要论证一番的。

　　我初中的同学翟相永是武威市书法家协会主席，武威城南城门上刻的"凉州"二字就是他写的，写时把"凉"的两点水改成了三点水，说是武威太缺水了，希望能加一点水，就风调雨顺了。他是武威市政协常委，正好理方法师也是政协常委，他把我要去的意思告诉理方法师时，理方法师同意了。

　　我们三个人去鸠摩罗什寺时，法师正好在接见一位来宾，于是，我们就先到塔下去敬礼。相永告诉我们，前几年在鸠摩罗什塔下，挖出了一块唐时敬德将军所立的碑石，上面刻着以下字样："罗什地基，四址临街，敬德记"。说明此塔寺早已有之，敬德在旧址上只是仿建而已。

　　我说，西安草堂寺也有一个鸠摩罗什舍利塔，也是敬德修建的，还有李世民写的一首诗，刻在一块碑上。大概两座塔修建的时候是一样的。

　　正在这时，只听一个声音说道，但我们这里的寺是敬德按原址仿建的，他的意思是原来就有地基，只是再建而已。

　　我们转过身去，只见一个高个子男子穿着一身黄褐色的僧袍走了过来，他看上去非常年轻，很帅。相永早已经给我们介绍过，理方生于1970年，凉州黄羊镇人，二十八岁时出国游学，先在中国香港，后去斯里兰卡学习，三十五岁时学成。他比我小两岁，但我觉得他大概三十出头，比实际年龄要小十岁左右。

　　相永说，这就是理方法师。

　　于是，我和张志高迎了上去，双方施礼后，我还是追问道，法师，怎么能确定我们这里的是舌舍利塔呢？

　　理方法师一口的武威话，听上去很亲切，他说，草堂寺的是灵骨舍利塔，塔上刻有"姚秦三藏鸠摩罗什舍利塔"的字样，我们的是舌舍利塔。

我还是紧追不舍地问，如何能证明呢？

理方首先为我列举了前面敬德之碑，他说，如果这是真的，就说明在唐时由敬德重建。这一点，史料可做证。此其一也。其二，鸠摩罗什圆寂后，其灵骨舍利葬于草堂寺，而舌舍利由其大弟子僧肇或让其弟子带到武威，因为僧肇是在武威拜师学佛的。应当是鸠摩罗什有遗言要将其舌舍利葬于武威。

我说，可僧肇只活了三十一岁，在鸠摩罗什圆寂两年后也圆寂了，应当没机会送到武威来。

他说，是的，所以我猜想，可能是他的弟子，或是他委托什么人带到了武威。弟子中只有他对武威怀有深厚的感情，也只有他深知鸠摩罗什对武威的感情。如果按照佛教的精神来理解，鸠摩罗什当然希望把他的舍利分散到各地，这样，他传播佛法的愿望也就实现了。在敦煌，有白马塔，在西安，有鸠摩罗什灵骨舍利塔，在武威，也有鸠摩罗什舌舍利塔，就像阿育王将佛陀的舍利分为八万四千枚，分散到世界各地，要建八万四千座舍利塔，以此来传播佛法一样，鸠摩罗什也一样希望能师法佛陀。

张志高点头说道，是的，这样说就理顺了。

后来，张志高与理方讨论了很多佛法方面的问题，我惊讶地发现，张志高像是换了个人似的。理方法师听说张志高想在我所在的大学图书馆建一个鸠摩罗什佛教研究中心，高兴地说，这个很好，是功德一件，若需要资金支持，我可给你提供一部分。张志高一听，说，暂时还不需要，若非得向您开口时再说。理方还要求，把张志高所整理的鸠摩罗什的资料复制一套，也在武威的鸠摩罗什寺搞一个展厅。张志高很高兴。

回到兰州后的第三天，张志高找到我说，我查了所有鸠摩罗什寺修建的资料，你猜想得没错，吕光时代应当就已经为鸠摩罗什修建了一座寺院，至于叫什么名字当然不知道了，但是，自罗什走后的第三年，也就是公元403年，吕隆因后秦、南凉、北凉交相攻逼，降于后秦，后凉亡，武威此后被鲜卑秃发乌孤所建的南凉控制。公元414年，南凉秃发傉檀率军西掠时，西秦偷袭乐都，南凉又灭亡。在此之前的公元412年，武威已被北凉所占，北凉王沮渠蒙逊自称河西王。直到公元439年，北凉又被北魏所灭。在这段时间不可能修建鸠摩罗什寺。

我默然不语，听他继续说下去。他说，北凉王沮渠蒙逊信仰佛教，从敦煌迎来印度高僧昙无谶，助其译经，同时在武威城东南天梯山开凿石窟。凉州又一次迎来佛教的繁荣。昙无谶大概不会在北凉王面前说太多罗什的好话，因为后秦是北凉的敌人，而后秦正在请罗什翻译佛经，已经有很大气象了。就在昙无谶到武威的第二年（413 年），罗什圆寂于长安，北凉也不会把罗什的舌舍利当回事。

我说，那是当然了。

他说，所以说，罗什圆寂，昙无谶便自然成为凉州乃至关中、中原一带的佛教领袖，凉州佛教的兴盛也在情理之中。据历史记载，到公元 439 年北魏灭北凉时，北魏从武威迁宗族吏民三万户到平城，其中有僧侣三千多人。如此庞大的数字，既说明当时凉州人口众多，也说明了佛教的兴盛。河西地区一百四十余年繁荣的局面就此被打破了，而曾经盛极一时的凉州佛教也受到重创，僧人们远赴他乡，一部分被迁平城，一部分则向西去了敦煌等地。他们的迁徙也造就了敦煌石窟与云冈石窟的兴盛。那么，也可以推测，在公元 439 年之前，鸠摩罗什舌舍利塔也不可能修建。而到北魏时期，整个国家都推崇佛教，凉州此时虽再不是割据一方，但也是佛教建设的中心之一。鸠摩罗什的舌舍利塔大概就是那以后修建的，而建的地址就选在吕光当时为鸠摩罗什建的寺院里，这样也就合情合理，也因此，后人为纪念鸠摩罗什，便把那座寺院命名为鸠摩罗什寺。

我看着他的样子笑，他问道，你为什么这样看我。

我说，我从来没见你如此投入地做一件事。

他笑了笑，又恢复了往日的那种状态，淡淡地一笑说，希望有一些变化吧，我要感谢你呢。

我笑道，别别别，要感谢的话就感谢鸠摩罗什吧！

他会心地一笑说，也是。

我突然想到了他心脏中的支架，问他，你心上的那个支架怎么样了？

他想了想说道，大概已经长在里面了，已经感觉不到了，我一直在想，也许我真的需要它救我一命，但我尽可能地忽视它，不让它影响我的自由。

图书在版编目（CIP）数据

鸠摩罗什/徐兆寿著. -- 北京：作家出版社，2017.3
（2023.7 重印）
ISBN 978 - 7 - 5063 - 9413 - 0

Ⅰ.①鸠⋯　Ⅱ.①徐⋯　Ⅲ.①长篇小说 - 中国 - 当代
Ⅳ.①I247.5

中国版本图书馆 CIP 数据核字（2017）第 065792 号

鸠摩罗什

作　　者：徐兆寿
责任编辑：田小爽
装帧设计：弋　舟
插图作者：郑彦英
出版发行：作家出版社有限公司
社　　址：北京农展馆南里 10 号　　　邮　　编：100125
电话传真：86 - 10 - 65067186（发行中心及邮购部）
　　　　　86 - 10 - 65004079（总编室）
E - mail：zuojia@ zuojia. net. cn
http：//www. zuojiachubanshe. com
印　　刷：中煤（北京）印务有限公司
成品尺寸：170 × 240
字　　数：475 千
印　　张：29.75
版　　次：2017 年 9 月第 1 版
印　　次：2023 年 7 月第 5 次印刷
ISBN 978 - 7 - 5063 - 9413 - 0
定　　价：68.00 元